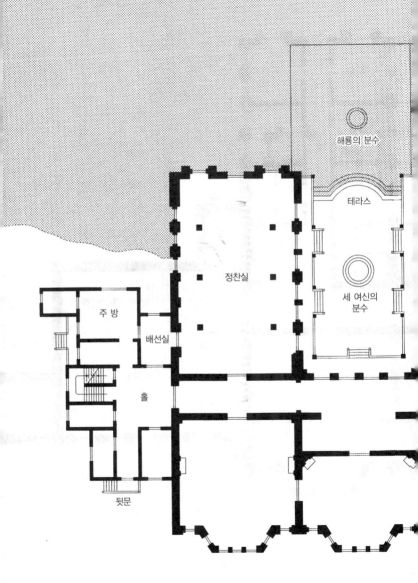

키리고에 저택 평면도 1층

해룡의 분수

테라스

정찬실

세 여신의
분수

주 방

배선실

홀

뒷문

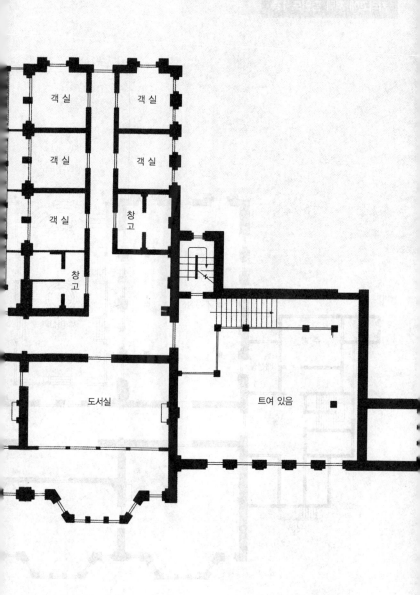

# 키리고에 저택 평면도 2층

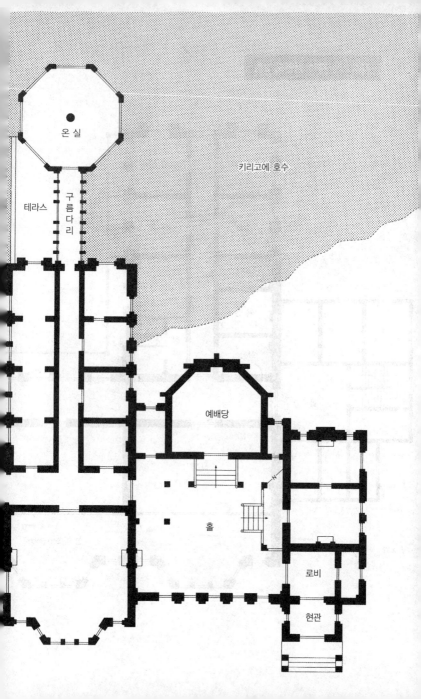

온실

키리고에 호수

테라스

구름다리

예배당

홀

로비

현관

# 카리고에 저택
# 살인사건

# 키리고에 저택 살인사건

2008년 11월 24일 | 초판 1쇄 발행
2011년  7월 28일 | 초판 7쇄 발행

지은이 | 아야츠지 유키토
발행인 | 전재국

본부장 | 이광자
단행본개발실장 | 박지원
책임편집 | 박윤희
마케팅실장 | 정유한
책임마케팅 | 정남익 노경석 조용호
제작 | 정웅래 박순이

발행처 | (주)시공사
출판등록 | 1989년 5월 10일(제3-248호)

주소 | 서울특별시 서초구 서초동 1628-1(우편번호 137-879)
전화 | 편집(02)2046-2852 · 영업(02)2046-2800
팩스 | 편집(02)585-1755 · 영업(02)588-0835
홈페이지 | www.sigongsa.com

ISBN  978-89-527-5368-7 03830

값은 뒤표지에 있습니다.

파본이나 잘못된 책은 구입하신 서점에서 교환해드립니다.

# 키리고에 저택
# 살인사건

**아야츠지 유키토** 지음 | **한희선** 옮김

시공사

**KIRIGOETEI SATSUJIN JIKEN** by AYATSUJI Yukito

Copyright ⓒ 1990 AYATSUJI Yukito
All rights reserved.
Originally published in Japan by SHINCHOSHA Publishing Co., Ltd., Tokyo.
Korean translation rights arranged with SHINCHOSHA Publishing Co., Ltd., Japan
through THE SAKAI AGENCY and YU RI JANG LITERARY AGENCY.

등장인물 ─ ( )안의 숫자는 1986년 11월 시점의 만 연령

## '키리고에 저택'을 방문한 사람들

야리나카 아키사야 槍中秋淸 _ 극단 '암색텐트' 주재 연출가(33)

나모 나시 名望奈志 _ '암색텐트'의 남자 배우, 본명 마쓰오 시게키 松尾茂樹(29)

카이 유키히코 甲斐倖比古 _ 본명 아이다 테루오 英田照夫(26)

사카키 유타카 榊由高 _ 본명 리노이에 미쓰루 李家充(23)

아시노 미즈키 芦野深月 _ 여배우, 본명 카토리 미즈키 香取深月(25)

키미사키 란 希美崎蘭 _ 본명 나가노 키미코 永納公子(24)

노모토 아야카 乃本彩夏 _ 본명 야마네 나쓰미 山根夏美(19)

린도 료이치 鈴藤稜一 _ 야리나카의 친구 소설가 '나', 본명 사사키 나오후미 佐夕木直史(30)

닌도 준노스케 忍冬準之介 _ 개업의(59)

## '키리고에 저택'에 사는 사람들

시라스카 슈이치로 白須賀秀一郎 _ 저택의 주인

나루세 타카시 鳴瀬孝 _ 집사

이제키 에쓰코 井關悅子 _ 요리사

마토바 아유미 的場あゆみ _ 주치의

스에나가 코지 末永耕治 _ 고용인

?? _ 저택에 사는 수수께끼의 인물

또 한 사람의 나카무라 세이지中村淸司\*씨에게 바친다.

---

\* 〈십각관의 살인〉을 비롯한 일련의 관 시리즈에 등장하는 건물을 지은 천재 건축가.

## 차 례

멀리 바람소리가 들린다.

무척이나 서글픈 음색이다. 눈앞으로 다가온 혹독한 겨울의 도래에 준비 태세를 취한 산들이 나누는 속삭임이거나, 어딘가 이 세상 밖에서 헤매다 들어온 거대한 동물이 원래 있던 세계를 그리워하는 통곡처럼 들리기도 한다. 가만히 귀를 기울이고 있으면, 그것만으로도 예리한 아픔의 모양을 한 감정이 한없이 가슴 깊은 곳에서 배어 나올 듯한.

그 소리에 메아리치듯이, 어쩌면 그 소리가 몰래 연주하기라도 하는 듯이, 내 귀의 안쪽 깊숙한 곳에서 어떤 노래의 가락이 흐르기 시작한다.

그것 또한 무척이나 서글픈, 그립고 그리운 노래였다. 아주 오래전—어린 시절에 배운 노래. 초등학교 음악 수업에서 배웠든지, 아니면 어머니가 노래해 주었든지. 이 나라에서 태어나 자란 사람이라면 아마도 누구나 알고 있을 그 유명한 동요.

그 선율과 가사를 입술로 더듬으면서, 나는 또다시 이 노래 때문에 파멸한 그 사람을 떠올리는 것이다.

이 노래 때문에⋯⋯.

4년 전 같은 계절의 그날, 마치 보이지 않는 실에 당겨 끌리듯 우리들이 찾아간 그 집. 그곳에서 조우한 이상한 연속 살인사건.

그 집에는 우리들이 사는 일상의 현실과 완전히 괴리된, 불가사의한 어떤 존재가 있었다. 근대의 과학 정신은 일단 그것을 모두 부정하고 다른 해석을 하겠지만, 그것은 그것으로 괜찮다. 적어도 그 사건에 직접 관계한 우리들의 주관으로는, 확실히 그것은 존재했다고 인정해 주기만 하면 된다. 이 노래는 말하자면, 그 집이 가진 불가사의한 의지의 상징이다.

나는 떠올린다. 그 의지의 존재를 알고 의도적으로 그것을 뛰어넘으려다가, 결국은 스스로가 파멸해 버리게 된 인물을.

그로부터 딱 4년의 세월이 지났다.

시간은 유난히 급한 발걸음이었다. 80년대 말에서 90년대로, 눈이 어지러울 만큼 세계는 바뀌어 갔다. 평화와 풍요로움이라는 진부한 단어로 밋밋하게 칠해서 굳힌 이 나라에 있기 때문에, 세기말을 향해 뭔가에 쏠린 듯이 질주하는 시대의 거친 호흡을 아주 가까이에서 들을 수 있었다. 이상할 정도로까지 가속하는 그 모습에 나 같은 사람은, 마음이 일종의 자폐적 상태가 돼 버릴 정도로 스스로를 혹사시켰다.

4년의 시간이 흘러 나는 서른네 살이 되었다. 반년 전에 약간의 병을 앓아 태어나서 처음으로 몸에 메스를 댔다. 자신이 결코 더 이상 젊지는 않다는 것을, 위약한 정신을 둘러싼 육체는 이미 전성기를 지나 오로지 하나의 정해진 방향으로 향하고 있는 것을, 그때의 아픔으로 실감했다. 내 마음속 어느 층위에 존재하는 소소한 신념이 그와 함께 흔들리기 시작한 것도 사실이었다.

바람은 멀리서 신음하고, 노래는 끝나지 않고 되풀이된다.

지금 나는 신슈信州의 이 산속 깊은 땅. 4년 만에 찾아온 이곳, 아이노相野 읍내의 역에 있다.

나 말고는 누구도 없는 대합실이다. 천장에서 깜빡이는 형광등 빛이 묘하게 밝다. 최근에 다시 칠한 듯이 보이는 묘한 흰색이 눈에 띄는 벽. 게시판에는 세련된 관광 광고 포스터가 몇 장이나 붙어 있다.

이 낡은 역사도 4년 동안에 정취가 무척 변해 버렸다. 앞으로 몇 주쯤 있으면—아니, 다음 주말쯤이 되면 이곳도 많은 젊은 스키 손님들로 붐비는 걸까. 잘 맞지 않아 보이는 나무창이 추운 듯이 유리를 흔든다. 실내의 기온이 급격히 하강하기 시작한 느낌이 들어 무심코 눈앞의 석유스토브에 손을 뻗었지만, 아직 불이 들어와 있지 않았다.

4년 전—1986년의 11월 15일.

찌그러진 세븐스타 갑에 남아 있던 마지막 한 개비를 꺼내면서, 나는 마음속으로 성급하게 움직이고 있는 시곗바늘에 천천히 손을 뻗어 본다. 그러다 무심코 시선을 드니, 땅거미가 다가오는 창 밖에서—.

그날, 그 시작의 광경이 되풀이되듯이 막 눈이 내리기 시작했다.

눈이 내리고 있었다.

일몰까지는 아직 좀 시간이 남았을 텐데 시력을 유지하는 빛의 절대량 자체는 이미 밤에 가깝다. 먹물을 녹인 듯한 어두운 공간을 순백의 송이로 다 메우려는 듯 줄기차게 눈이 내리고 있다. 얼어붙은 바람을 타고 미친 듯이 흩날리고 있었다.

잠시 후, 얼어붙은 바람이 잘 벼린 날붙이처럼 얼굴에 칼자국을 내려는 듯 불어 온다. 차가움도 아픔도 넘어, 이제는 뜨겁게 아리기까지 한 귓속으로 예리한 소리가 윙윙거린다.

산의 자연이 그 품에서 방황하는 우리들 여덟 명의 인간에 대해 보인 것은, 이제는 노골적인 적의뿐이었다.

쌓인 눈에 발이 무겁다. 가방을 든 오른손 손가락은 곱아들어 당장에라도 떨어질 것 같다. 속눈썹에 붙은 눈이 녹아 차갑게 시야 안에서 번진다. 한 호흡마다 목구멍을 태우는 냉기. 추위와 피로로 의식은 몽롱하고, 방향 감각도 시간 감각도 이미 정상적인 상태가 아닌 것이 틀림없다.

아무도 군이 입 밖으로 말하지 않지만, ―그런 기력조차 없을지 모른다―길을 잃어버린 것은 이제 부정할 길이 없었다.

어째서 이렇게 되었을까.

이제 와서 말해 봤자 어쩔 수 없다는 것은 알고 있다. 하지만 역시 그렇게 묻지 않을 수 없었다.

딱 몇 시간쯤 전―오후에 호텔을 출발했을 적에는 눈은커녕, 늦은 가을 하늘은 어디까지나 푸르고 투명했고 흐르는 구름 조각 하나 보이지 않았다. 이 계절에 신슈는 처음 찾았지만 막연히 품었던 상상을 배신할 정도의 청명함이 요 사흘간 계속되고 있었다. 멀리 이어지는 깎아지른 듯한 갈색의 산조차, 상냥하게 팔을 벌려 우리들을 부르는 것처럼 보였다.

그런데ㅡ.

목덜미에 묘하게 싸늘한 바람의 감촉을 느낀 게 시작이었던 것 같다. 그렇다고 특별히 나쁜 예감을 품지도 않고 꼬불꼬불한 비탈이 된 기슭을 내려가는 비포장 길을 계속 걷고 있는데, 머지않아 '엄청 추워졌네' 하고 누구랄 것도 없이 말하기 시작했다. 그리고 문득 하늘을 올려다보니, 연달아 솟은 산의 건너편에서 불쑥 솟아오른 납빛의 구름이 이쪽 상공으로 흘러 퍼지려던 참이었다. 마치 캔버스에 대량의 물감을 쏟은 듯한 기세로.

한 차례 차가운 바람이 적갈색 낙엽송림을 흔들며 불어 갔다. 퇴색해서 초라해진 소나무 가지와 그 아래쪽 땅을 메운 얼룩조릿대 잎이 무서움을 털어 내듯이 길게 울었다. 순식간에 좁은 하늘을 전부 덮어 버린 두꺼운 구름이 곧바로 하얀 결정의 무리를 토해 내기 시작했다.

눈이 내리기 시작해도 처음에는 아무도 딱히 신경 쓰지 않았다. 오히려 도쿄에서는 그리 자주 볼 수 없는 장대하고 아름다운 광경에 순수한 환성마저 여기저기 뒤섞여 나왔다. 그러나 곧 그것은 심각한 불안으로 변하지 않을 수 없었다. 날씨의 변화는 그 정도로 급격하고 심각했다.

전혀 예상도 하지 못했던 사태였다. 너무나도 급격한 일이었다. 그때까지 우리들을 상대로 깊어 가는 가을의 자연을 조용히 연기하고 있던 풍경이 그야말로 손바닥을 뒤집은 듯이 변모하는 모습은 어쩐지 기묘하게 만들어진 것 같아서, 마구 헤매다가 오래된 공포 영화의 한 장면으로 들어간 듯한 엉뚱한 기분조차 들었다.

갑작스레 덮친 눈보라 속, 우리들이 할 수 있는 것은 어쨌든 자신의 발로 계속 걷는 것뿐이었다. 선택의 여지는 그 외에 하나도 없었다. 무엇보다도 이대로 앞으로 한 시간만 길을 내려가면 마을로 나갈 수 있을 테니까, 다소 고생스럽더라도 도리 없는 위험에 방치되는 일은 없을 거라고 내심 낙관적인 생각을 하고 있었다.

그런데—.

눈은 하늘에서 내린다기보다 계속해서 공중에 생성되는 것처럼 보인다. 그것은 지금 우리들에게 두려운 악귀 이외의 무엇도 아니었다. 시야를 가리고 체온을 빼앗는다. 자신의 육체, 그리고 정신까지 시시각각 벌레 먹는 것을 느낀다.

어디선가 길을 잘못 들었다고 깨달았을 때는 너무 늦었다. 그때까지의 피로와 주위를 다 덮은 눈에 판단력이 둔해져 우리들은 온 길로 되돌아가는 등의 대책을 검토할 생각조차 하지 못했다. 마치 뭔가 강한 주술에 사로잡힌 듯한 상태였다. 이대로 얼마쯤 간들 마을에 다다를 수 없다고, 거의 그렇게 확신하면서도 느릿느릿 계속 길을 걸은 것은 절망과 기대가 왜곡되어 뒤섞인, 혹은 자학적이기까지 한 이상한 행동이었다고 할 수 있다.

도로의 폭이 점점 좁아지는 것 같았다. 오르막길인지 내리막길인지도 잘 알 수 없었다. 온몸이 눈투성이가 되어 모두 오로지 입을 다물고 발을 움직이고 있다. 낙오자가 나오는 것도 이대로라면 시간문제 같았다.

−그런데 갑자기.

길게 이어지던 단조로운 흰색이 단절된 느낌이 들어 나는 걸음을 멈추었다.

바람은 세찬 맞바람이다. 차가운 총탄이 되어 얼굴로 날아드는 눈발이 아파서 도저히 제대로 눈을 뜨고 있을 수 없다. 그래서 계속 걸으면서도 우리들의 시선은 발밑으로만 향했다(짐작건대 그것이 어디선가 길을 잘못 든 원인의 하나였겠지만). 그때 얼어붙은 망막의 한구석을 자극하는 변화가 있었다.

"무슨 일이야, 린도."

내 바로 뒤에서 야리나카 아키사야의 잠긴 목소리가 들렸다. 상당히 오랜만에 듣는 인간의 목소리인 것 같다.

"저기."

나는 눈이 들러붙어서 서걱거리는 코트 호주머니에서 왼손을 끄집어내어, 느릿한 동작으로 그 방향을 가리켰다.

그 단절은 이 앞에서 완만한 커브를 그리고 있는 길가에 드문드문 늘어선 자작나무들 사이에 있었다. 힘껏 시선을 집중하고 쇠약한 신경을 분발해서 무엇인지 확인하려 했다.

바람의 방향이 조금 바뀌었다. 얼굴을 두드리는 눈의 기세가 약간 약해졌다.

어두운 공간을 비스듬히 날다 떨어지는 눈 사이로 연회색 벨벳을 빈틈없이 깐 듯이 뭔가가 펼쳐졌다. 눈보라 소리에 섞여 표면에서 뭔가 웅성웅성 떠들어대는 소리가 희미하게 귀에 전해진다.

저것은−.

물인가, 하고 나는 생각했다.

마치 그쪽으로 끌어당겨진 듯, 몹시 차가워진 무거운 다리가 운동을 재개했다. 사막을 방황하고 온 것도 아닌데 이 상황에서 '물'이라고 인식한 것이 어떤 구원이 될 리도 없다. 그런데 왜 그런지 나는 이상한 흥분을 느끼고 있었다.

오른손으로 눈 위를 가리고 둔한 걸음으로 나아갔다. 고대 생물의 뼈 같은 하얀 나무들. 넓게 펼쳐진 건너편은 서서히 전모를 드러내기 시작한다.

그것은 역시 물이었다. 들려오는 희미한 수런거림은 수면이 바람에 물결치는 소리 같다.

"호수다."

차갑게 갈라진 입술이 그렇게 움직였다.

"호수래."

선두를 걷고 있던 사카키 유타카가 갈 곳 없는 울분을 부딪는 소리를 내고 이쪽을 돌아본다.

"그게 뭐라고."

"아니, 봐."

내 옆에 나란히 선 야리나카가 팔을 들어 바로 앞을 손가락으로 가리켰다.

"어이, 저거."

"네? – 앗."

부르짖음에 가까운 소리가 목에서 솟아올랐다.

나무들의 건너편에 펼쳐진 호수 – 그 뿐만이 아니다. 그 뿐만은 아닌 것이다.

누군가의 손으로 연출된 듯한 절묘한 타이밍으로, 그때 문득 바

람이 멎었다. 오싹할 정도로 갑작스러운 고요함이 눈 속에서 우뚝
선 우리들을 둘러쌌다.

나는 내 눈을 의심했다.

그때는 하얀 악마가 보여주는 환각이 아닐까 하고까지 진심으로
의심해 보았다. 시간과 공간의 벽을 깨고 어딘가 별세계로 빠져나
가 버린, 뭔가 장대한 꿈속에 던져진 듯한 실로 기묘한 기분이었
다. 신기루라든지 집단 최면이라든지 하는 단어가 순간 머리를 스
친 것도 같다.

눈 내린 어두운 경치 속에 펼쳐진 호수. 그 연회색 호수면에 몸을
내민, 어쩌면 반쯤 뜬 것 같은 모습으로 거대한 서양식 저택이 서
있었다. 작은 로지lodge나 보통 규모의 별장이 아니다. 이런 산속 깊
은 곳에 있다는 것이 도저히 믿기지 않는 당당한 건축물이다.

줄기차게 내리는 눈과 함께 하늘에서 내려온 큰 새가 날개를 펼
치고 물가에서 쉬고 있는 인상이었다. 그리고 검은 윤곽 속에서 빛
나는 몇 개의 불빛. 그것이 그때까지 본 어떤 야경의 네온보다도
아름답고 화려한 빛으로 보였다.

바로 다시 바람이 거세졌다. 잠깐 사이의 고요함이 깨졌다.

휘몰아치는 눈바람 속, 그래도 그 건물은 의연하고 묵직하게 미
동도 하지 않는 중량감으로 그곳에 계속 존재했다. 결코 꿈은 아니
다. 결코 환각 따위는 아니다.

"아아."

깊은 한숨이 새하얗게 얼어 바람에 감겼다.

"살았다."

살았어…… 하고, 다른 사람들의 입에서도 연달아 목소리가 솟

아 나온다.

　그것이 우리들 여덟 명과 그 집―'키리고에霧越 저택'이라 불리는 불가사의한 서양식 저택과의 운명적이라고까지 할 수 있는 만남이었다.

제1막
극단 '암색텐트'

# 1

"어라, 단체 손님이시네."

방에 들어간 순간, 말 울음소리 같은 새된 목소리가 튀어나왔다. 우리들은 다들 당황해서 그 자리에 걸음을 멈추었다.

목소리의 주인은 입구로 들어와서 왼쪽 중앙의 벽에 붙박이로 된 난로 앞에 있었다. 동그란 은테 안경을 쓴 몸집이 작은 초로의 남자다. 난로 안에는 진짜 불꽃이 새빨갛게 타고 있고, 그는 그 앞에 놓인 스툴*에 걸터앉아 양손을 불 쪽으로 내민 채 짤막한 목만 비틀어 이쪽으로 웃는 얼굴을 돌렸다.

손으로 뜬 것 같은 희고 두꺼운 스웨터를 입고 있다. 나이는 쉰 이상, 아니 벌써 예순에 가까울 것이다. 머리는 거의 벗겨졌지만 그와는 대조적으로, 코 아래부터 입 주변, 턱에 걸쳐서 새하얗고 풍성한 수염이 덮여 있다.

---

* 등받이가 없는 의자.

한데 이 남자가 저택의 주인인가.

나는 순간 그렇게 생각했는데, 다른 사람들도 마찬가지였던 듯하다.

"저어."

선두로 방에 발을 들인 야리나카 아키사야가 질문을 하려는 듯 입을 열었다. 그러자 남자는 더욱더 얼굴을 싱글거리며,

"아니, 아니."

한 손을 들어 크게 좌우로 흔들었다.

"단체 손님이라고 했잖습니까. 저도 말이죠, 눈보라가 쳐서 처마를 빌린 쪽입니다."

그 말을 듣고 모두 어딘지 모르게 안심한 모습이었다. 나도 예외는 아니다. 긴장이 풀리니 차가워진 몸이 점차 방 안의 온기에 반응해서 확 뜨거워진다.

"정말로…… 어머."

내 바로 뒤에서 마지막으로 들어온 아시노 미즈키의 목소리가 났다. 돌아보니 그녀는 열린 문의 손잡이에 손을 걸친 채 의아스럽게 복도 쪽을 살피고 있다.

"무슨 일입니까?"

내가 물으니 검고 긴 젖은 머리카락을 가볍게 쓸어내리면서 미즈키는 작게 고개를 갸우뚱했다.

"안내한 사람, 벌써 없어졌어요."

과연, 우리들을 2층의 이 방까지 데려다 준 남자의 모습이 이미 그곳에 보이지 않는다. 나는 아무 말도 하지 않고 추위로 뻣뻣해진 어깨를 약간 움츠려 보였다.

"어쩐지 으스스해요, 저 사람."

미즈키가 말했다.

"확실히 무뚝뚝한 남자네요."

"그뿐만 아니라, 저 사람, 어쩐지 내 얼굴만 뚫어지게 보는 것 같아서."

당신이 아름다워서 그렇습니다—그리 말하려다 바로 그만두었다. 그 말이 이 상황에서 아무런 무게도 없는 농담으로 사라져 버리는 게 싫었기 때문이다. 그때 내 얼굴은 분명 어색한 표정이 되었던 게 틀림없다.

그러는 사이 다른 동료들은 너도나도 난로 앞으로 몰려가 손을 녹이고 있었다. 감각을 잃은 양손을 입가에서 마주 비비면서 나는 미즈키를 재촉해 그 뒤를 따랐다.

열은 초록빛을 띤 대리석으로 만든 난로 위에는, 두꺼운 느티나무 목재를 한일자로 놓은 장식 선반이 설치되어 있다. 거기에는 양쪽 끝에 높다란 은 촛대가, 그 사이에는 산뜻한 그림이 들어간 단지와 세밀한 자개로 장식된 작은 상자가 늘어서 있었다. 나는 잘 모르겠지만 다들 오래되고 상당히 값어치 있는 물건처럼 보인다.

그 뒤의 벽에 걸린 타원형의 큰 거울이 난로 앞에서 밀치락달치락하며 북적대는 우리들의 모습을 비춘다. 모두 반쯤 멍한 얼굴로 잠시 동안 묵묵히 불을 향하고 있었다.

어느 정도 몸이 따뜻해지자 나는 다시 방 안을 둘러보았다.

널따란 서양식 방이다. 다다미로 치면 2,30장이나 될까. 내가 도쿄에서—라고 해도 23구내*는 아니지만—세 들어 사는 2DK**보다 이 방이 훨씬 넓다. 천장도 높아서 3미터는 족히 된다.

중앙에 난로가 있는 쪽과는 반대쪽 안으로 호화로운 직물을 씌운 소파세트가 여유롭게 배치되어 있다. 하얀 천을 댄 벽을 메운 몇 개 정도의 장식장. 바닥에는 연지빛 바탕에 우중충한 녹색을 주조로 한 배색으로 당초무늬가 들어간 멋진 페르시아 카펫이 깔려 있다.

그러나 무엇보다도 시선을 빼앗긴 것은 들어온 문에서 보면 정면에 해당하는 벽이었다. 벽면의 대부분에 유리를 끼워 놓았다. 그렇지 않은 부분은 바닥에서 1미터쯤의 갈색 징두리 벽판 부분뿐으로, 그 위로는 천장까지 전부 유리다. 검고 가느다란 나무 격자 사이를 빽빽이 채운, 한 변이 30센티미터 정도의 정사각형 무늬유리. 푸르스름한 색조는 바깥쪽 빛의 영향도 있어서인지 어쩐지 깊은 바다 같았고, 천장에 매달린 커다란 샹들리에의 형상을 안쪽 깊이 비추고 있다.

"거참, 정말 놀랐습니다."

스툴을 옆으로 옮겨 자리를 내줬던 먼저 온 남자가 둥근 안경 속의 눈을 부드럽고 가늘게 뜨고 우리들에게 말을 걸었다.

"갑자기 이런 대설이라니. 어처구니가 없습니다. 여러분은 여행 중이신가요?"

"네, 뭐."

김으로 흐려진 화사한 금테 안경을 벗으면서 야리나카가 대답

---

* 도쿄는 특별구와 시 등으로 이뤄져 있는데 23구내라면 대략 도쿄 중심부를 뜻함.
** 방 둘에 식당 겸 주방을 갖춘 집.

했다.

"그쪽은? 흠, 여기 분이십니까?"

"네, 그렇습니다. 이래 봬도 의사 나부랭이로 닌도라고 합니다."

"닌도?"

"그렇습니다. 참을인忍에 겨울동冬자를 써서 닌도."

이상한 성이지만 '닌도' 라면 '인동 덩굴' 을 뜻한다. 장마철, 엷은 홍색의 가련한 꽃을 피우는 풀이다.

"그렇군요."

납득한 표정으로 끄덕인 야리나카는 재빨리 발밑으로 시선을 떨어뜨려, 이번에는 뭔가 유쾌한 표정으로 상대를 다시 보았다.

"이건 또, 흠, 재미있는 우연이 있군요."

"그 말씀은?"

"이겁니다. 이 카펫 말입니다."

"네에."

노의사는 어리둥절한 얼굴로 다시 발밑으로 향한 야리나카의 시선을 좇았다.

"이 녀석이 뭔가."

"모르셨습니까."

그리고 야리나카는 옆에서 이야기를 듣고 있는 나를 향해,

"너는 알고 있나, 린도."

라고 물었다. 내가 묵묵히 고개를 가로젓자,

"이 페르시아 카펫 무늬는 말이지, 잘 봐. 이른바 아라베스크와는 상당히 다를 거야. 전체적으로 큼직하고, 풀 한 줄기 한 줄기가 독립되어 있어. 줄기 부분이, 이렇게 쭉 길게 강조되어 있고, 잎의

비율이 적지."

듣고 보니 확실히 아라비아풍 당초무늬와는 상당히 다른 것 같다. 이국적인 분위기도 별로 느껴지지 않고, 어쩐지 일본적인 풍취가 있는 것 같다.

"인동 덩굴을 도안화한 거야. 인동당초문이라고 하지."

"아, 그래서."

"그냥 인동무늬라고도 해. 기원을 더듬어 가면 아마 고대 그리스의 팔메트 무늬라고 했던가. 그게 페르시아, 인도를 경유해 중국, 일본으로 전해져서 말이지, 그렇게 불리게 되었어."

야리나카는 "호오" 하는 소리를 내는 노의사 쪽으로 돌아서서,

"재미있는 우연이 아닙니까. 처음으로 만난 분의 성과 같은 이름을 가진 무늬의 카펫이 첫 대면 자리에 깔려 있었다. 닌도란 매우 드문 성인 것 같은데, 그게 바꿔 말하자면 이 방에 들어온 순간부터 우리들에게 제시되었다는 거지요."

"과연."

닌도 의사는 둥근 얼굴을 주름투성이로 만들어 싱긋 웃었다.

"박식하시군. 저는 제 장사 외에는 전혀 소양이 없는 인간이라서. 아니, 인동무늬라고 그런 게 있는 것도 몰랐지."

"그런데 닌도 선생님은 이 집에 왕진하러 오셨습니까?"

"아니, 다른 곳에 일하러 갔다 오는 길에 눈이 내려서 말이죠, 아무래도 구름의 형세가 심상찮아 허둥지둥 여기로 뛰어 들어왔습니다."

"현명하시네요. 우리들은 자칫하면 쓰러져 죽을 참이었습니다."

야리나카는 수척한 볼에 미소를 지으며 윗도리 안주머니를 더듬

었다.

"말씀이 늦었습니다. 저는 야리나카라고 합니다."

젖어서 구깃구깃한 명함을 지갑에서 꺼내어 상대에게 내민다. 그 순간 소맷부리에 얼어붙어 있던 눈이 후드득 떨어졌다.

"야리나카…… 이 이름은 '아키키요'라고 읽습니까?"

"淸은 '사야'라고 읽습니다. '아키사야'입니다."

"그렇습니까. 호오, 연출가. 그렇다면 텔레비전이나 그런."

"아니요. 보잘것없는 소극단의 연출입니다."

"극단? 대단한데요."

뭔가 진귀한 장난감을 발견한 아이처럼 노의사는 눈을 빛냈다.

"'암색텐트'라고 해서, 도쿄에서 활동하는 조그만 극단입니다."

"언더그라운드 극단이라는 거군요. 다른 여러분도 같은 극단 분입니까?"

"네."

야리나카는 끄덕이고,

"이쪽은 린도 료이치 군."

하고 나를 가리켰다.

"제 대학 후배로, 초짜 작가입니다. 극단원은 아니지만 억지를 써서 때때로 대본에 도움을 받습니다. 다른 여섯 명은 모두 우리 배우들입니다."

"도쿄 극단분이 모두 모여서 이쪽에는 뭘 하러 오셨습니까. 설마, 이 시골에서 지방 공연 같은 일은 있을 리 없을 테고."

"안타깝게도 지방 공연을 할 수 있는 위치는 아니라서."

"그러면 합숙 같은?"

"뭐, 그렇지요. 합숙이라기보다도 소소한 위문 여행이라는 편이 좋겠지만요."

"그럼 어째서 이런 깊은 산속으로 헤매어 들어오신 겁니까?"

복스럽게 웃는 표정을 흐트러뜨리지 않고 닌도 의사는 허물없이 이것저것 질문해 온다. 야리나카는 우리들이 이 저택에 당도하기까지의 경위를 설명하기 시작했다.


2


예로부터 한적한 온천지로 알려진 신슈는 아이노의 읍내이다. 이곳에서 차로 한 시간 남짓, 고개 너머 산길을 가면 미마하라御馬原라는 이름의 작은 마을에 도착한다. '90년대 신슈의 새로운 종합 리조트'라는 화려한 선전 문구와 함께, 이제 막 개발 중에 있는 토지다.

우리 여덟 명이 미마하라를 찾은 것은 그저께 ─11월 13일 목요일의 일이었다.

원래는 지난달 중순에 한 '암색텐트'의 가을 공연이 그런대로 성공을 거두어 뒤풀이로 어딘가 여행을 가자는 말이 나온 게 발단이었다. 일부러 이곳을 목적지로 고른 것은 공연을 연 소극장 주인이 마침 미마하라 출신이고, 게다가 이 '프로젝트' 관계자였기 때문이다. 극장의 주재이기도 한 야리나카가 이전부터 친하게 지내던 소극장 주인이 만일 미마하라로 간다면 이것저것 편의를 봐주겠다고 한 말을 전해 요컨대 그것을 따랐다는 말이다.

'개발 중'이라는 말에서 알 수 있듯 미마하라는 아직 거의 문명의 세례를 받지 않았다고 해도 좋을 듯한, 실로 시골티 나는 산촌이었다. 다만 '개발 계획'의 존재 자체는 확실한 듯, 띄엄띄엄 진행 중인 공사 현장이 보였다. 하필이면 이런 외진 곳에 어째서, 라는 것이 솔직한 감상이었지만 물어보니 역시나 이 마을 출신의 모 유력 국회의원의 강력한 지원이 있다는 이야기였다.

우리들은 마을 변두리에 제일 먼저 세워진 호텔에 머물렀다. 세련되고 아주 근대적인 건물로 숙박객은 우리 외에 아무도 없는 듯했지만 소극장 주인의 교섭은 크게 효력을 발휘해 청구 금액에 상당하는 이상의 충분한 대접을 받았다.

언젠가 골프장이나 스키장 등의 설비도 갖추어질 것이다. 아이노로 이어지는 우회도로도 현재 건설 중으로 완성되면 현 내, 아니 전국 유수의 리조트로 번창하게 될 것이다. 새 호텔의 한산한 로비에서 중년의 풍채 좋은 지배인이 득의양양하게 미래의 전망을 말하던 것이 기억난다.

그 전망의 실현이 바람직한 것인지 어떤지 나는 한마디로 판단하기 어렵지만, 어쨌든 우리들은 미마하라의 이 호텔에서 아주 쾌적하다고 할 수 있는 휴일을 보냈다. 정말로 아무것도 없는 곳이었지만 투명한 공기와 조용함만은 듬뿍 있었다. 평소 생활하는 거대 도시의 극단적이기까지 한 기형을, 새삼 알아차린 것은 나만은 아니었을 것이다.

그리고.

2박 3일의 일정을 끝낸 오늘 11월 15일 토요일 오후, 우리들은 미마하라를 떠났다.

고불고불 고부라진 비포장도로를 호텔의 송환용 미니버스에서 흔들리며 아이노로 향했다. 그런데 3,40분 달렸나, 미마하라와 아이노 사이의 카에리토우게返峠라는 고개를 넘는 중에 갑자기 버스가 멈추어 버렸다.

의아함을 느낄 사이도 없이 운전수가 미안한 듯이 차가 고장 났다고 했다. 차 밖으로 나가서 '이것도 아니고 저것도 아닌데'라며 잠시 동안 엔진을 만지는데 전혀 고쳐질 기미가 없다. 상당히 성가신 문제 같았다. 일단 미마하라의 호텔까지 걸어 돌아가 그곳에서 택시를 부르는 편이 좋다며, 운전수는 어려운 수술에 실패한 외과 의사 같은 얼굴로 우리들에게 선언했다.

곤란하게 되어 버렸다.

고장은 수리하는 사람이 오지 않으면 고칠 수 없을 것 같다고 한다. 그러나 그렇다고 해서 운전수의 지시대로 호텔까지 도보로 돌아가자니 상당한 시간이 손실된다. 예정된 열차에 도저히 시간을 맞출 수 없을 것이고, 자칫 잘못하면 오늘 밤 중으로 도쿄에 돌아갈 수 없을지도 모른다.

그렇다면 차라리 이미 도정의 반 이상은 와 있을 테니 이대로 아이노까지 걷는 편이 낫지 않을까, 하고 우리들은 생각했다.

운전수에게 물어보니 한 시간 정도 걸으면 적어도 민가가 있는 시가지에는 나갈 수 있다는 대답이었다. 전화를 빌려 그 근처에서 택시를 부르면 최악의 사태를 면할 수 있을 것이다.

의논 끝에 결국 우리들은 그렇게 하기로 정했다. 나머지는 계속 내리막길일 것이고 날씨도 좋다. 그러면 작은 하이킹을 즐기는 마음으로 갈까, 하고 의견이 모였다. 여자 중에는 하이힐을 신은 사람도 있어서 좋지 않은 길을 오래 걷기 힘들다는 소리도 있었지만 참을 수밖에 없었다.

미안한 듯이 몇 번이고 머리를 숙이는 운전수와 헤어져, 우리들 일행은 카에리토우게 고개를 내려가는 꼬불꼬불한 비탈길을 걷기 시작했다.

그런데…….


3


"그래도 뭐, 여러분이 무사한 게 무엇보다 다행이지요."

닌도 의사는 스웨터의 동그란 목 언저리에 손을 쑤셔 넣어, 부스럭부스럭 셔츠의 가슴 주머니를 더듬어 녹색의 납작한 종이 상자를 꺼냈다. 담배가 아니라 캔디 같은 걸 넣는 상자다. 안에서 작은 은박 포장을 꺼내더니 벗기고는 휙 하고 입에 던져 넣는다.

"오늘 같은 눈은 말이죠, 이 지방에서는 자주 있는 일입니다. 올해는 평년보다도 약간 빠른 듯합니다만, 뭐, 내릴 때는 이런 식으로 갑자기 왕창 내리지요."

"정말 어이가 없습니다."

야리나카는 외부와 접한 무늬유리벽으로 흘끗 눈길을 던졌다.

"그렇게 좋던 날씨가 눈 깜짝할 새에 이런 눈보라라니요."

"분명히 오늘은 좀 극단적이었지요. 마을에도 분명 난리가 났을 겁니다."

풍성한 볼살을 우물우물 움직이면서 의사는 말한다.

"그렇다고 해도 버스 운전수는 책임이 있네요. 이 계절에는 혹시 이런 사태도 있을지 모른다는 예상도 가능했을 텐데."

"이 지방 사람이 아니었던 것 같습니다. 간사이關西 사투리가 섞였던데."

"그런데 상당한 장거리를 걸어오셨네요. 카에리토우게라면 여기서는 상당히 떨어졌는데. 10킬로미터 정도나 되니까요."

"그렇게나."

야리나카가 놀란 얼굴로,

"여기는 어디쯤입니까?"

"아이노 중심부에서 보면 북서쪽 산속이 됩니다만. 카에리토우게는 마을 북동쪽이니까 산속을 이렇게, 마을을 멀찍이 둘러싸듯이 해서 돌아 들어온 셈이 되네요."

"그렇구나."

"어딘가에서 길을 잘못 든 겝니다. 그러고 보니 아마, 저 고갯길 도중에 이쪽 방향으로 빠지는 샛길이 있는데."

"아마 거기겠네요. 눈이 정면에서 몰아쳐서 제대로 앞을 볼 수 없었습니다. 게다가 우리들은 계속 길이 하나라고 생각했고."

"그렇다면 더더욱 운전수의 책임이 중하군. 샛길이 있다고 한마디 주의를 주었다면 헤매지 않아도 되었을지 모르는데."

"그건 그렇군요. 하지만 뭐, 이제 와서 불평을 해도 어쩔 수 없겠지요."

넓은 이마에 내려온 앞머리를 손가락으로 쓸어 올리며 야리나카는 생각난 듯이 한숨을 쉬었다.

"어쨌든 이렇게 지금 따뜻한 방에 있을 수 있는 것만으로도 하늘에 감사하고 싶은 마음입니다. 이 집을 발견하기 전까지는, 솔직히 정말 이제 틀렸다고 생각했으니까요."

"오늘 밤은 더 이상 여기서 움직일 수 없을 겁니다. 택시를 불러도 이런 눈 속에 여기까지 오지 않을 것이고."

"네에. 그도 어쩔 수 없지요."

그렇게 말하고 야리나카가 다시 작은 한숨을 내쉬었을 때,

"말도 안 돼."

내 뒤에서 초조한 목소리가 튀어나왔다.

"그러니까 난 아이노까지 걷는 거 따위 싫다고 했잖아. 호텔에 돌아갔으면 이렇게 되지 않았을 텐데."

키미사키 란, 스물네 살. '암색텐트'의 여배우 중 한 사람이다. 육감적인 몸매에 무대에서 돋보이는 화려한 이목구비. 옷 취향도 상당히 화려해서 지금은 노란색에 심홍색 깃이 달린 원피스를 입고 있다. 미인이라면 확실히 미인이지만, 솔직히 나로서는 별로 친하게 사귀고 싶지는 않은 타입의 여성이었다.

"란."

야리나카가 날카롭게 주의를 주었다.

"그런 말은 하지 않기로 했잖아. 최종적으로 모두의 의견을 모아서 결정했으니까."

"나는 싫다고 했어."

"그건 첫, 하고는 의미가 다른 게 아닐까."

놀리는 어조로 말한 것은 나모 나시다. 호리호리하고 키가 큰,

해골이 옷을 걸친 것 같은 앙상하게 마른 남자로, 현재 '암색텐트'의 배우 중에서는 가장 고참이다. 나이는 나보다 한 살 아래인 스물아홉. '나모 나시'*라는 이 진기한 이름은 물론 예명으로, 본명은 마쓰오 시게키라고 한다.

"란 짱이 싫다고 한 건 어쨌든 산길을 자기 발로 걷는 게 싫은 거지. 호텔에 돌아가기로 했어도 어차피 똑같이 떼를 썼을 게 분명해."

"말이 너무 심하잖아."

란은 나모를 노려본다.

"사실이니까 어쩔 수 없어."

"그래도, 나 빨리 도쿄로 돌아가지 않으면 곤란해. 이런 데에 대체 언제까지 있으라는 말이야."

"어라. 이 훌륭한 저택을 두고 '이런 데'라고 하면 실례가 아닙니까?"

"그런 소리 해 봤자."

세팅이 흐트러진 긴 소바주 헤어**를 짜증스러운 듯이 양손으로 매만지며, 화장이 벗겨진 얼굴을 까칠하게 찡그린 그녀는 화가 풀리지 않는 모양이다.

"자자, 그러지 마시고."

온화한 목소리로 닌도 의사가 중재에 들어갔다.

"우선 목숨은 부지하고 보라고 하잖습니까. 늙은이와 달리 여러

---

* 일본어로 이름도 없다는 의미.
** 머리끝부터 잘게 파마를 해서 웨이브를 준 스타일.

분들은 행동을 서두를 필요가 조금도 없어요. 이 정도 돌아가는 건, 그야말로 인생 경험이라는 녀석입니다."

의사는 우두둑우두둑 캔디를 씹어 먹더니, 영차 하며 스툴에서 일어났다. 얼굴과 마찬가지로 통통하고 둥그스름한 체형에 키는 중키인 나보다도 약간 작다. 160센티미터가 안 되는 정도인가.

"어디 몸 상태가 나쁜 분은 안 계십니까? 진료소를 임시 개업합니다."

옆에 놓인 검은 가죽 가방에 훌쩍 눈길을 주면서 의사는 이럭저럭 제정신이 든 모양이다. 여전히 난로 앞에서 굳어진 채로 있던 모두의 얼굴이 그 익살스러운 대사에 어딘지 모르게 누그러진다.

그때 조금 전 우리들이 들어온 양쪽 여닫이문이 소리도 없이 열렸다. 우연히 시야에 들어와서 나는 바로 알아차렸지만, 모두가 그쪽을 돌아본 것은 우리들을 여기까지 안내한 남자의 약간 잠긴 듯 억양이 부족한 목소리가 들리고 나서였다.

"여러분, 식사를 시작하겠습니다."

그렇게 말하고서 남자는 그의 위치에서 오른쪽, 소파세트 뒤쪽에 있는 갈색의 한쪽 여닫이문을 가리켰다.

"자, 저쪽 식당으로."

우리들이 모인 난로 옆에도 같은 모양의 문이 하나 있으니까, 복도로 통하는 양쪽 여닫이문을 더하면 이 방에는 전부 세 곳의 출입구가 있다. 양쪽의 두 문은 각각 옆방으로 통하는 것 같다.

남자는 마치 죄수의 상태를 감시하는 간수 같은 눈으로 닌도 의사를 포함한 우리들 아홉 명의 얼굴을 순서대로 둘러보았다. 그때 그 차가운 시선이 나의 대각선 뒤에 있던 아시노 미즈키에게서 일순 멈춘 느낌이 들었다. 그러나 조금 전 그녀가 이 남자에 관해 그런 식으로 말하는 것을 들은 탓에 그런 생각이 들었을 뿐일지도 모른다.

가볍게 인사를 하고 남자는 다시 복도로 사라졌다. 우리들은 그의 말대로 줄줄이 그가 가리킨 문 쪽으로 향했다.


4


옆방과 대략 비슷한 정도의 넓이, 비슷한 구조의 방이었다.

들어가서 왼쪽의 벽은 옆방처럼 푸르스름한 유리를 댄 것이고 오른쪽에는 복도로 나가는 문이 있다. 난로는 정면, 즉 옆과는 반대쪽 벽에 붙박이로 되었고 이미 불이 지펴져 있었다.

공들여 부조浮彫를 하고 광을 내어 완성한 혼색混色 대리석 난로 위에는 칠보 세공과 섬세한 에나멜화로 장식된 아름다운 탁상시계가 놓여 있다. 그 양쪽에 작은 배를 본뜬 군청색 유리 대접과 자색 유리에 금의 마키에蒔繪*가 들어간 쓰루쿠비鶴首 술병이 몇 개쯤. 그것들의 신선한, 그리고 어딘지 그리운 색조는 유리라기보다 '비드로vidro**' 라는 이름이 어울린다.

방 중앙에 설치된, 검게 옻칠한 식탁. 직사각형 테이블을 마주 보

---

* 칠공예. 옻칠 위에 금은가루나 색가루를 뿌려 무늬를 나타냄.
** 유리제품의 옛말.

고 오른쪽에 넉 장, 왼쪽에 다섯 장, 적갈색의 식사 매트가 딱 우리들 사람 수만큼 깔려 있고 요리를 담은 식기세트가 늘어서 있었다.

"호오. 이거 호화로운 식사군."

새된 목소리로 신난 듯이 말하고는 닌도 의사가 제일 먼저 테이블로 향했다. 우리들은 테이블 옆 목제 왜건에 쌓인 수건을 한 장씩 집어서 아직 다 마르지 않은 머리나 옷을 닦으면서 차례로 자리에 앉았다. 테이블 양쪽에 늘어선 의자는, 역시 검게 옻칠한 테두리에 남색 비단을 댄 말쑥한 물건이다.

뜨거운 차우더 chowder*와 포토푀 pot-au-feu**가 무엇보다도 감사했다. 난로 장식 선반 위 탁상시계의 바늘은 이미 오후 6시를 넘어 있다. 벌써 해가 떨어질 시각이다. 추위와 피로 때문에 잊고 있던 공복감이 갑자기 고개를 쳐들어서 우리들은 아무 말도 하지 않고 겨울잠에서 깬 곰처럼 아귀아귀 요리를 먹어 치워 갔다.

"그런데 야리나카 씨."

모두가 식사를 끝낼 무렵, 닌도 의사가 옆자리의 야리나카를 향해 말했다.

"모처럼의 인연이니까 여러분 소개를 부탁드릴 수 있을까요."

"네?"

뭔가 생각이라도 하고 있었던 듯, 야리나카는 허를 찔린 듯한 목소리를 냈지만 바로 "아아, 네" 하고 다시 대답을 했다.

"그도 그렇군요. 아니, 정말 실례했습니다."

---

* 해산물과 야채 등을 넣고 끓인 수프 같은 요리.
** 육류와 야채를 넣고 장시간 끓인 프랑스의 가정요리.

의자를 당겨 몸을 약간 식탁에서 떨어뜨리고 우리들 쪽을 바라본다.

"제 옆에서부터 순서대로 조금 전 소개한 린도 료이치, 그 건너편이 카이 유키히코, 아시노 미즈키, 맞은편으로 가서 사카키 유타카, 키미사키 란, 나모 나시, 그리고 노모토 아야카. 지난달 공연에서 역할을 맡은 동료들입니다.

그렇지, 순서대로 자기소개라도 할까. 연령, 출신지, 취미, 특기……."

"좀 봐 줘, 야리나카 씨."

과장되게 양손을 펼치고 사카키 유타카가 의자에서 일어났다.

"엄청 녹초가 됐으니까 피곤한 소리는 하지 말라구."

약간 코맹맹이의 응석부리는 목소리로 무례한 대사를 내뱉는다. 동그스름한 어깨와 홀쭉한 몸에 조금 큰 새빨간 스웨터를 척하니 걸치고 있다. 길게 기른 갈색 머리카락. 하얀 피부의 작은 얼굴에 굵은 눈썹, 크고 맑은 눈. 이의 없이 미남 부류에 들어갈 그 용모는 약간 비아냥을 섞어 말하면, 한 십 년 전의 아이돌 탤런트를 연상시킨다.

"그럼, 먼저 실례. 란, 저쪽으로 가자."

그렇게 말하고 사카키는 냉큼 식탁에서 일어나 옆방으로 향했다. 뚱하고 새침한 얼굴로 식탁의 사람들을 한 번 홀끗 보고 키미사키 란이 그 뒤를 쫓는다.

둘의 모습이 문 저편으로 사라지자,

"정말 죄송합니다."

야리나카는 닌도 의사를 향해서 면목 없다는 듯이 말했다.

"예의를 모르는 녀석이라."

"저 작자, 무서운 게 없으니까요."

나모 나시가 얇은 입술 사이로 다람쥐 같은 앞니를 살짝 보였다.

"돈은 있지. 얼굴은 괜찮지. 여자에게는 인기 있지. 게다가 우리 극단 차세대 간판 배우. 최근 젊은 여자애들 손님이 배로 느는 건 어쨌든 저 달달한 외모의 공적이고, 저래 봬도 연기 쪽도 꽤 괜찮고. 뭐, 야리 씨도 별로 강하게 나갈 수는 없는 것이죠."

"그렇게 만만하게 보이는 건 아니야. 할 말은 다 한다고."

"그럴 작정인지도 모르겠지만, 나 같은 사람이 보면, 아아, 약해, 약해."

"그런가."

"뭐, 어쩔 수 없지. 어쨌든 천하의 리노이에 산업의 자제시니까."

"호오."

닌도 의사가 큰 소리를 질렀다.

"그렇습니까."

리노이에 산업이라면 2차 대전 후 전기제품 제조를 중심으로 눈부신 발전을 이룬 국내 굴지의 대기업이다. 의사가 놀라는 것도 무리는 아니다.

"현 사장의 막내입니다. 이른바 방탕한 자식으로 가문의 쭉정이인 것 같은데."

야리나카는 미묘하게 얼굴을 찡그렸다.

"지금 스물세 살입니다만, 대학은 2학년쯤부터 휴학했고 제대로 졸업할 의사도 없어요. 연극을 하고 싶은 것 같은데 대학의 연극 연구회는 들어가자마자 싸워서 뛰쳐나왔다던가, 그러면 우리 쪽으로 들어와 보라고 했죠. 친누나가 실은 제 대학 동기라서, 돌봐 달라고 부탁받기도 했고."

"하아, 그렇군요."

"뭐 그렇더라도, 그 정도밖에 안 되는 남자라면 벌써 내팽개쳤겠지만, 나나시도 말했듯 저래도 배우로는 꽤 좋은 재능을 갖고 있으니까요."

"하지만 야리나카 씨, 좀 전에 저 사람을 '사카키'라고…… 하아, 그런가. 예명입니까."

"아, 네. 본명은 리노이에 미쓰루라고 합니다. 조금 전에 말한 것은 전부 각자의 예명입니다."

"린도 씨의 이름은, 그러니까 펜네임이겠네요."

짧은 목을 테이블 위에 쑥 내밀 듯하며 닌도 의사는 내 쪽을 보았다. 내가 끄덕이자 바로 야리나카에게 눈길을 되돌리고,

"야리나카 씨도?"

"아니, 저는 본명입니다."

야리나카는 안경을 벗어 렌즈에 입김을 불었다. 더러움이 마음에 걸리는 듯 주머니에서 티슈를 꺼내어 세심하게 닦기 시작한다.

야리나카와 나는 이럭저럭 벌써 십 년 이상 알고 지냈다. 그는 현재 서른세 살, 나보다 딱 세 살 연상이지만 나처럼 아직 독신생활을 이어가고 있다.

"죄송합니다만, 한 번 복습해 볼까요. 아니, 원래부터 사람 이름을 잘 못 외워서."

닌도 의사가 말했다.

"저쪽으로 간 사람이 그, 리노이에 산업의 사카키 씨. 흠. 확실히

미남이랄까, 젊은 여자에게 인기가 있을 듯합니다. 그리고 그를 따라간 사람이 '란' 씨?"

"키미사키 란. 덧붙여 말하면, 그녀의 본명은 나가노 키미코라고 합니다."

"그렇군요. '키미코' 를 따서 '키미사키' 라고 명명했습니까. 아, 아니, 본명은 가르쳐 주지 않아도 됩니다. 뒤죽박죽이 되어서 어떻게 할 수가 없어지니까. 그래서, 그쪽 린도 씨 옆이, 으음."

"카이입니다. 잘 부탁합니다."

그렇게 대답하고 카이는 정중하게 인사했다.

카이 유키히코, 스물여섯 살. 본명은 아이다 테루오라고 한다. 이 중에서는 가장 몸집이 크고 다부진 체격을 하고 있지만 성격은 제일 소극적이고 얌전하다. 약간 오므리듯이 다문 작은 입에 언제나 고개를 숙인 자세에 가느다란 눈. 얼굴 생김도 억센 몸집과는 반대로 아주 섬세한 느낌이라 도수가 높은 각진 안경이라도 쓰면 흰 가운을 입고 실험실의 현미경을 들여다보는 편이 어울릴 것 같다.

"그 건너편의 아가씨가 '아시노' 씨였습니까."

"아시노 미즈키입니다."

대답하고, 그녀는 조용히 미소 지었다.

아시노 미즈키, 스물다섯 살. 카토리가 원래의 성으로 이름은 역시 미즈키. 키는 나와 비슷한 정도니까, 여성으로서는 큰 축에 들까.

나는 일단 아름다운 사람이라고밖에 말할 수 없다. 적어도 내게는 거의 나무랄 데가 없을 정도의 아름다움을 가진 여성이라고밖에. 지적이고 조용하고, 조금 나른한 운치가 있고…… 그녀에 관해서 말하려고 하면 결국은 진부한 찬사를 늘어놓기만 한다. 그 말들의 그물코에서 스르르 넘쳐 나가는 뭔가가, 나를 어떻게 할 수도 없이 답답한 마음이 들게 한다.

"아름다우십니다."

노의사가 눈부신 듯이 눈을 깜빡거리는 것을 보고, 나는 내심 더없이 득의양양한 기분이었다. 내가 그런 식으로 생각할 이유는, 안타깝게도 하나도 없지만.

"아니, 아니. 물론, 다른 두 분도 아름다우십니다만……. 흠, 그러니까 그쪽이 '나모 나시' 씨라 하시고. 그리고."

의사는 자신의 정면에 있는 마지막 한 사람에게로 시선을 옮겼다.

"노모토 아야카. 잘 부탁해요. 선생님."

노모토 아야카는 붙임성 있는 말투로 말하고는 동그랗고 커다란 눈으로 윙크해 보였다.

본명은 야마네 나츠미. 올해 갓 열아홉이 되어 극단 멤버 중에서는 가장 어리다. 이즈伊豆 오시마大島 출신이고, 작년 봄 고등학교를 나와 바로 상경해 여기저기 극단 문을 두드렸다고 한다. 작은 몸집에 통통하고 귀여운 느낌의 여자 아이지만, 짧게 친 머리를 한 아이 같은 얼굴에 익숙하지 않은 두꺼운 화장을 하니, 아무래도 조화가 되지 않아 냉정하게 말하면 다소 우스꽝스럽다는 인상을 부정할 수 없다.

"아이노에서 개업의를 하고 있는 닌도 준노스케입니다."

노의사는 다시 자기 이름을 말했다.

"그런데 참 부러울 따름이군요. 연극이란, 뭐랄까요 동경이 있어서."

"의사에게도 동경은 있겠지요."

야리나카가 말하자 의사는 남아도는 턱살을 푸들푸들 떨면서 머리를 흔들었다.

"당치도 않아요. 있는 것은 실로 흔한 현실뿐입니다."

"인간 생사 옆에서 말입니까?"

카이 유키히코가 흥미진진한 표정으로 조금 고개를 갸웃했다.

"그렇지."

닌도 의사는 진지한 얼굴로 끄덕이고,

"병원에 오는 환자는 의사에게 진찰받는 편이 득인지 참고 일하는 편이 득인지, 빈틈없이 이해득실을 계산하죠. 목숨을 건진 환자는 치료비 걱정, 죽은 환자의 유족은 장례식 계산, 유산이 있으면 집안싸움. 이건 현실 외에 아무것도 아닙니다."

"뭐, 그런 말씀을 듣고 보니."

"저는 어릴 적에 그림이 특기라서 사실 미술학교에 가고 싶었지만 외동아들이어서 어쩔 수 없이 의학부로 진학했습니다. 그래서 제 아이는 어떻게든 예술가로 키우고 싶어서 어릴 때부터 이것저것 가르쳤어요. 그런데 아이란 부모 마음대로는 되지 않더라고요. 장남이 제 뒤를 잇는 것은 그렇다고 치고 차남까지 의사가 된다는 말을 꺼냅디다. 이런 사람도 없는 곳에 의사가 두 명은 필요 없다고 하니, 그러면 무의촌에 간다는 소리를 하고 지금은 오키나와沖縄 쪽 무슨 섬에 있습니다. 적어도 막내딸은, 이라고 생각했더니 올해 약학부에 들어가 버렸습니다."

"흐음. 우수한 자녀분들이 아니십니까."

카이는 감탄한 듯이 볼을 쓰다듬는다.

"옛날엔 의학부 지망이었어요, 제가. 하지만 성적이 전혀 부족해서 일찍이 단념했습니다."

"아니, 보통 부모라면 자랑하겠지만, 저로서는 기대가 어그러진 것도 이만저만이어야 말이죠. 아들 둘을 화가와 소설가로 하고 딸은 피아니스트로 만들 계획이었습니다만."

"그러면, 여배우 딸은 어때요."

식탁에 몸을 내밀 듯이 해서 노모토 아야카가 장난스럽게 헤살을 놓았다.

"나를 양녀로 삼는 거예요. 있지, 그럼 여배우 딸을 가질 수 있어요."

닌도 의사는 벗겨 올라간 머리를 긁으면서, "하하하" 하고 커다란 입을 벌리며 웃었다.


5


문득 정신이 들고 보니 야리나카는 또 뭔가 생각을 하는 모양이었다. 큼직한 매부리코 끝을 손끝으로 문지르면서 식탁 위의 한 점에 멍하니 눈을 고정하고 있다.

"무슨 일 있으십니까."

내가 물어보니 그는 "아아" 하고 낮게 대답하며 살짝 고개를 비틀었다.

"조금 전부터 마음에 걸리는데, 이 식탁⋯⋯"

"식탁이 왜."

"이 식탁 말이야 10인용인 것 같아. 자, 이런 식으로."

야리나카는 적갈색 식사 매트의 끝을 젖혀 올려,

"각 자리 앞에 은박으로 테두리가 그려져 있지. 이게 전부 열 개 있으니까 당연히 10인용인 거지."

"그렇군요. 그런데 그게 왜?"

"문제는 의자의 수야."

"의자?"

"저기."

야리나카는 마주 보고 가장 왼쪽 끝자리를 가리켰다. 조금 전까지 사카키가 앉아 있던 자리 옆이지만 그곳에 매트는 깔려 있지 않다.

"저 빈자리에는 의자가 없잖아. 둘러보니 이 식당 어디에도 원래 거기 놓여 있어야 할 의자는 보이지 않아. 어째서일까?"

과연, 식탁 주위에는 전부 아홉 개의 의자밖에 놓여 있지 않았다. 실내를 둘러보았지만 야리나카가 말한 대로 어디에도 남은 의자 하나는 없다.

"밖에 내놓은 게 아닐까요."

내가 말했다.

"일부러?"

야리나카는 눈썹 끝을 쓰윽 치켜 올렸다.

"우리들이 닌도 선생님을 포함해 아홉 명이니까 원래 열 개 있던 의자 중 하나를 일부러 방 밖으로 내놨다는 말인가?"

"그건……."

대답하기 지친 내 옆에서 야리나카는 여전히 고개를 갸우뚱하고 있었지만 곧 "뭐 됐겠지" 하고 중얼거리며 단념한 듯 노의사 쪽을 보았다.

"조금 전부터 언제 물어볼까 생각했지만, 이곳은 대체 어떤 집일까요? 굉장한 건물입니다만."

"그게, 실은 저도 잘 모릅니다."

닌도 의사는 대답했다.

"이 집에는 처음이신가요? 출입은 하지 않으십니까?"

"저택 안에 들어온 것은 저도 오늘이 처음이어서 말이지요. 아니, 뭐, 큰 소리로 말할 일은 아니지만요."

실제로 목소리를 낮추고 의사는 말했다.

"아무래도 기묘한 사람들입니다. 이 저택 사람들은 마을 사람들과 전혀 교제를 하지 않으니까."

"교제를 하지 않는다? 옛날부터 그렇습니까?"

그러자 의사는 복도 쪽 문으로 흘끗 눈길을 던지고,

"이 집 뒤쪽이 연못인 것은 아십니까? 대단한 넓이는 아니지만, '키리고에 호'라는 이름이 붙어 있습니다. 안개霧를 넘는다越고 써서 키리고에."

딱 두 시간 전 눈보라 속에서 발견한 옅은 회색으로 펼쳐진 광경이 뇌리에 생생하게 되살아났다.

"그러니까 이 집은 '키리고에 저택' 혹은 '키리고에 저邸'라든지 그런 식으로 불리고 있습니다."

"키리고에 저……"

"원래는 다이쇼大正*초기에 어느 화족華族**님이 세운 은거 장소였다던가. 뭐, 이런 궁벽한 산속에 이런 호화로운 저택을 세울 정도니까 보통 부자는 아니었겠지요. 약간 이상한 사람이었다는 말도 있습니다. 잠시 동안은 영감님이 살았지만 그분이 돌아가시고부터는, 몇 십 년 동안 계속 빈집과 마찬가지 상태였지요. '키리고에 저'라고 소유주의 이름이 아니라 땅 이름에 '저'를 붙여 부르게 된 것은 아마 그런 경위가 있었기 때문이었을까요.

그게 지금으로부터 3년 정도 전이었나, 갑자기 대대적으로 손질을 해서 무척이나 황폐해졌던 것을 수리해 이듬해 봄에는 사람이 살게 되었습니다. 주인의 이름은 시라스카─시라스카 슈이치로라던가. 흴백白 자에 요코스카橫須賀의 '스카須賀'라는 자입니다. 시라스카 씨가 고용인들과 함께 이사 왔습니다.

그런데 말이지, 묘하게 이 사람들은 외부와는 전혀 관계를 맺으려고 하지 않아요. 고용인 중에 의사가 있는지, 저를 비롯한 이 근처 의사 누구와도 연이 없습니다. 마을에 고용인이 장을 보러 내려오지만 지독하게 무뚝뚝한 녀석이라고 하던데. 처음 한동안은 그 사람들, 뭔가 나쁜 짓을 해서 경찰에 쫓기기라도 하는 게 아닐까 소문이 났을 정도였습니다."

"시라스카라는 사람에게는 처자식은 없습니까?"

유창하게 이어지는 의사의 이야기를 야리나카의 질문이 가로막았다.

"글쎄. 정확하게 이 저택에 몇 명의 인간이 사는지 그것조차 확실하지 않습니다."

---

* 1912~1926년 사이.
** 작위를 가진 집안.

노의사는 새하얗고 긴 턱수염을 쓱 쓸어내렸다.

"저는 뭐랄까, 환갑 직전이지만 아직도 호기심이 쇠하지 않는 남자라서 오늘은 우연히 산 건너편쯤까지 일 때문에 걸음을 옮겼습니다만, 돌아오는 길에 눈을 만나 이것 참 행운이구나 하는 마음으로 이 집 쪽으로 차를 향했지요.

뭐, 평소라면 약간 무리를 해서 그대로 차로 하산했을 겁니다. 그렇지만 이런 훌륭한 큰 건축물이니 건물 안을 한 번 보고 싶다고 전부터 생각했고, 운만 좋으면 시라스카 씨와 연을 맺는다는 생각도 있었지만, 거참, 완전히 헛물을 켠 느낌입니다. '차에 체인을 신지 않았다, 눈길 운전을 정말 못 한다' 등 문전박대당할 것이 뻔한데 이래저래 구실을 붙여 부탁해서 어떻게든 처마를 빌릴 수 있었지만, 주인과 만나기는커녕 붙임성이고 나발도 없는 저 집사인지 뭔지가 저쪽 방으로 데려다 줘서 여러분이 오시기까지 완전히 내팽개쳐졌으니까요."

"집사인가. 그렇군."

야리나카는 끄덕이고 목소리를 조금 낮췄다.

"아무리 그래도 너무 무뚝뚝한 것 같네요."

# 6

…… 살았다.

살았어…….

세차게 불어대는 눈보라 속, 반쯤 가라앉아 가던 깊은 절망의 구렁에서 터져 나온 목소리.

내려 쌓인 눈에 발을 잡히면서 불빛이 보이는 건물을 향해서 우리들은 굴러가듯이 뛰었다. 흰 자작나무 숲을 곧장 가로질러 호숫가를 따라 뻗은 좁은 길을 간다.

어느 정도 거리였는지 잘 모르겠다. 어느 정도 시간이 걸렸는지도 잘 모르겠다. 죽자 사자 눈 속을 달려, 이윽고 우리들은 건물 한쪽 끝에 설치된 테라스 앞에 당도했다.

테라스 안에 문이 있었다. 암갈색 경판에 끼워 넣은 무늬유리 건너편에서 주황색 빛이 비치고 있었다. 소리치듯이 "계십니까!"라고 호소하면서 야리나카가 문을 난타했다.

머지않아 유리 건너편에 사람 그림자가 나타났다. 문을 연 것은 마흔이 넘은 작은 몸집의 여자로 커다란 흰 앞치마를 두르고 있었다.

거칠게 숨을 헐떡이면서 야리나카가 간단하게 설명했다. 여자는 처음에는 몹시 놀란 얼굴을 했지만 이야기를 듣는 동안에 점점 표정을 잃고,

"주인어른께 여쭙고 오겠습니다."

그렇게 말하고 쌀쌀맞게 문을 닫아 버렸다. 찰칵 하고 안쪽에서 자물쇠를 거는 소리까지 들렸다.

우리들은 바깥 테라스에서 완전히 식은 몸을 서로 붙이고 그 자리에서 감각이 없는 발을 동동 구르며 그저 다시 문이 열리기를 기다릴 수밖에 없었다.

실제로는 단지 1, 2분의 기다림이었을지도 모르지만 우리들로서는 거의 영원의 시간처럼 느껴졌다. 겨우 돌아온 여자는,

"들어와도 좋다고 하셨습니다."

담담한 목소리로 그렇게 알렸다.

그 말에 마음을 놓은 것도 잠시, 우리들이 안으로 들어가려 하자 여자는 문 앞을 막아서며 제지했다. 그리고 테라스를 내려가 왼쪽으로 돌아가면 뒷문이 있으니까 그쪽으로 돌아가라고 지시했다.

한시라도 빨리 집 안으로 들어가고 싶었다. 이 경우 어디로 들어가든 상관없지 않느냐고도 생각했다. 그러나 우리들이 반론하려 입을 열려고 하니,

"여기는 주방입니다."

딱 잘라 말하고 여자는 다시 문을 닫았다.

우리들은 마지못해 테라스를 내려가 그치지 않는 눈 속에서 건물 뒤쪽으로 돌아 들어갔다.

다행히 여자가 말한 '뒷문'은 바로 찾았다. 반 정도 열린 문틈으로 검은 사람 그림자가 보였다.

가까스로 건물 안으로 들어가니 거기에 조그마한 홀이 있었다. 키가 큰 초로의 남자가 우리들을 맞았다. 짙은 회색 정장을 입고 검은 넥타이를 말쑥하게 매고 있다. 다부지게 넓은 어깨, 쑥 튀어나온 새가슴, 두터운 입술에 튼튼해 보이는 턱 선. 움푹 팬 작은 눈 속 흰자위와 검은자위가 구별되지 않는 느낌이, 어쩐지 박제된 새

를 연상시켰다.

남자는 조금 전 여자와 마찬가지로 차가운 표정을 억누른 얼굴로 대충 우리들을 둘러보고,

"신발과 코트, 짐의 눈을 털어 주십시오."

억양이 없는 목소리로 명령했다.

"저기 슬리퍼로 갈아 신고 저를 따라 와 주십시오. 코트나 짐은 그대로 거기에……."

왼쪽 안으로 보이는 계단을 2층까지 올라갔다. 계단은 180도 구부러져 다시 위층으로 이어졌지만 남자는 정면에 있던 양쪽 여닫이문으로 나아갔다. 문을 빠져나가니 폭 2미터 이상이나 될 것 같은 널찍한 복도가 똑바로 뻗어 있었다.

그렇게 안내된 곳이 조금 전 그 방이었다. 그동안 우리들은 지시에 대한 짧은 대답 이외에 완전히 입을 닫은 채였다. 아무리 초대하지 않은 손님이라고 해도 너무나도 냉담한 이 집 사람들의 태도에 완전히 기가 죽어 위축되어 버렸다.

7

"그건 그렇지만, 굉장하다. 성 같아."

새삼스레 방 안을 슥 둘러보더니 노모토 아야카가 의자에서 일어났다. 테이블을 떠나 난로 오른쪽에 놓인 커다란 장식 선반을 향해 고양이가 살금살금 걷는 발걸음으로 천천히 걸어간다.

아야카를 따라서 야리나카와 나도 자리에서 일어섰다. 무심코 아야카의 뒤를 쫓아 선반 앞으로 걸음을 향한다.

"굉장하다기보다, 이거 무시무시한걸."

감탄을 미처 다 억누를 수 없다는 표정으로 야리나카는 유리문을 댄 장식장 안을 들여다보았다. 안에는 다도 기구나 술병, 술잔 같은 여러 가지 물건이 수없이, 흡사 박물관의 진열대처럼 정연하게 늘어서 있다.

"이것도 저것도 다 상당히 오래된 물건인 것 같군. 흠. ─ 이 엷은 갈색의 찻종은 하기萩나, 어쩌면 이도井戸일지도 몰라. 저쪽의 검은 것은 라쿠楽구나."

"라쿠가 뭐야?"

아주 진지한 태도로 아야카가 물었다. 야리나카는 어라, 하는 얼굴로,

"라쿠야키楽燒 말이야."

"도자기 이름? 특별한 거야?"

"뭐, 그렇지. 녹로가 아니라, 손으로 만들어. 풀무 가마에서 저온의 불로 굽지. 이런 식으로 만든 것을 일반적으로 라쿠야키라고 부르는데 원래는 라쿠가마楽窯 ─ 즉 교토의 라쿠 일족, 혹은 그 제자의 작품만을 가리킨다고 해."

"흐음. 이도라고 하는 건?"

"조선 이조 시대 도자기야. 쉽게 말하면 '일이도 이라쿠 삼카라쓰唐津'라고 해서, 무로마치室町 시대*부터 찻종의 왕으로 매우 귀

---

* 1338~1573년. 무로마치 바쿠후 시대.

하게 여겨졌어. 다이이도大井戶라든지 메이부쓰데名物手라고 불리는 완성도 높은 큼직한 이도 찻종은 서른 개 정도 밖에 현존하지 않는 것 같아. 나는 별로 좋아하지는 않지만."

극단을 주재하고 연출에 힘을 쏟는 한편, 야리나카는 도쿄 내에 몇 곳쯤의 앤티크 가게를 소유하고 있다. 오히려 그쪽이 본업이라는 게 적절할 것이다. 원래 부모가 경영하던 골동품점 경영을 그가 이어받아 발전시켰다고 하는데, 실제 이러한 고미술품이나 공예품에 관한 그의 지식과 보는 눈은 문외한의 영역을 벗어났다고 해도 지장 없을 것이다.

"있지, 저 커다란 상자는 뭐야?"

아야카가 유리 너머로 가리키며 물었다. 상판에 철 손잡이가 달린 장식장 같은 물건으로, 안에는 주바코重箱*나, 큰북 모양을 한 술병 등이 아름답게 수납되어 있다. 각각의 도구에는 금과 은을 듬뿍 쓴, 같은 디자인의 마키에가 그려져 있었다.

"사게주提重라고 해. 에도江戶 공예 정수를 결집했다고 할 수 있는 물건이지. 흠. 아니, 멋진 마키에군."

"마키에라니?"

"참나."

야리나카는 질린 듯이 이마를 손에 대고,

"혼아미코에쓰本阿彌光悅라든지 오가타코린尾形光琳 같은 거 모르냐?"

"몰라."

---

* 이중에서 오중 정도로 겹쳐쌓는 요리를 넣는 찬합.

"거참. 대체 아야카는 고등학교에서 뭘 배웠어?"

"공부 정말 싫었는걸."

"어이쿠."

그렇게 말하면서도 야리나카는 성실하게 풀이를 시작한다.

"옻칠로 모양을 그려 마르기 전에 금이나 은, 주석 따위의 가루를 뿌려 붙이는 거지. 있잖아, 저 큰북에 그려진 봉황을 봐. 그림 부분이 약간 솟아 있지. 저런 것을 타카마키에高蒔繪라고 해."

"흐음."

미덥지 못한 얼굴로 끄덕이고 아야카는 살짝 혀를 내밀었다.

"야리나카 씨, 과연 대단해. 뭐든 아는구나."

"네가 모르는 게 너무 많을 뿐이야."

"그런가."

아야카는 볼을 부풀려 약간 삐진 표정을 보였지만, 바로 이번에는 약간 작은 쥘부채를 몇 개쯤 펼쳐 세워 놓은 것을 가리키며,

"이 쥘부채, 작네. 어린이용인가."

"저건 차부채. 어엿한 다도 기구야."

"그렇구나. 그런데 예쁘다."

아야카는 한층 더 저건 뭐야, 이건 뭐야, 하면서 장식장 안의 물건을 가리키며 질문을 계속했다. 야리나카는 사회 견학 인솔로 온 초등학교 선생님이라도 된 기분이었겠지만, 그렇다고 그다지 귀찮은 기색도 보이지 않고 하나하나 질문에 대답해 주고 있었다. 그러는 동안 질렸는지 아야카는 커다란 하품을 한 번 하고 갑자기 자리를 떴다. 무슨 생각이 났는지 조르르 유리를 끼운 벽 쪽으로 달려간다.

가까스로 학생에게서 해방된 야리나카는 작게 숨을 쉬었다. 그로부터 잠시 동안 마치 하나하나 감정하는 눈으로 장 안의 여러 물건을 보고 있었다.

"있지, 있지, 야리나카 씨."

방울이 들어간 공이 튀는 것 같은 울림으로, 아야카의 목소리가 날아들었다.

"있지, 이쪽에서는 조금 전의 방으로 돌아갈 수 있어."

아야카는 방 안쪽 구석에 있었다. 보니까 그 근처 유리를 끼운 벽에는 징두리 벽판 부분이 없이 아래쪽이 한쪽 여닫이문이다. 그녀는 그 문을 열어서 여기, 여기 하고 밖을 가리키고 있다.

야리나카와 나는 그쪽으로 가서 그녀 뒤에서 바깥을 내다보았다.

문밖은 안쪽으로 3미터 정도의 길이의 길고 좁은 방이었다. 정면 벽에는 갈색 나무틀의 내리닫이창이 주르르 늘어서 있다. 유리는 장식 없는 투명한 것으로 문밖을 향한 창인 것 같다.

오른쪽은 바로 막다른 곳이지만 왼쪽은 훨씬 안으로 뻗어 있었다. 아야카가 말한 대로 조금 전 그 방, 그리고 그 건너편 방으로 이어지는 모양이다.

"선룸sun room 이라고 불러도 될까."

야리나카가 말했다.

"대체 얼마나 넓은 걸까, 이 집은?"

아야카가 종종거리며 밖으로 뛰어나갔다. 똑바로 방을 가로질러 정면 창유리에 찰싹 몸을 붙인다.

"바깥은 벌써 캄캄해. 와아, 여전히 눈은 엄청나다."

야리나카도 따라서 밖으로 나가려다가, 문득 걸음을 멈추고 바로 앞 벽면을 메운 무늬유리 한 장에 눈을 멈추었다.

"오호. 이야, 이거 재미있군."

"무슨 일입니까?"

내가 물으니,

"이 유리의 무늬. 잘 봐."

그는 금색의 화려한 테를 들어 안경의 위치를 바로잡으면서 그렇게 말했다. 그 말대로 나는 격자 사이에 낀 유리의 무늬에 주목했다.

"이것은 무슨 꽃무늬네요."

푸르스름하고 두꺼운 유리 한 장 한 장, 그 중앙에 하나씩 꽃잎과 잎사귀를 짜 맞춘 도안이 새겨져 있다. 무늬 부분이 유리에 음각되어 있는데, 투과광 때문인지 마치 부조처럼 보인다.

"가문家紋 같은 걸까요?"

내가 말했다.

"그래. 아마, 조금 전 닌도 선생이 말했던 이 집의 원래 소유주의."

"잘 알고 있군."

야리나카가 말했다.

유리공예는 옛날부터 좋아해서 다소의 지식이라면 내게도 있었다. 그라빌이라는 유명한 조각 기법이다. 원반 모양의 구리 그라인더로 유리의 표면을 깎아 조각을 하는데, 무늬의 종류에 따라 가려 쓰는 그라인더의 수는 백 종류도 넘어서 유리공예 중에서도 극히 고도의 기법이다.

"특별 주문이겠죠."

"그야 그렇겠지. 게다가 이렇게 많다니. 현기증이 날 것 같다."

야리나카는 안경테를 손가락으로 잡은 채,

"그래서, 문제는 이 무늬야. 어떤 무늬인지 모르겠나?"

"글쎄요."

"공부 부족이네."

옅은 미소를 지으며 야리나카는 말했다.

"린도龍膽 즉 용담무늬야."

무심코 "앗" 하는 소리가 나왔다.

"꽃이 세 개, 그 사이로 잎사귀가 세 개. 방사상으로 배치되어 있어. 삼엽 용담이라는 유명한 무늬야."

"삼엽 용담……."

"린도鈴藤 와 린도龍膽. 이거 또 재미있는 우연이잖아. 그렇지?"

유쾌한 듯이 말하고 야리나카는 유리를 끼운 벽면을 훑는 듯 시선을 천장으로 향했다.

"옆방의 카펫에 인동무늬, 이 유리에는 용담무늬. 이거 다른 곳에도 찾으면 있을지도 모르겠어."

"찾으면 있다니. 우리 이름과 같은 물건 말입니까?"

"응. 뭐, 그렇지."

조금 전 있던 자리에 아야카가 없는 것을 그때 알아차렸다. 고개를 빼서 밖을 살펴보니 언제 이동했는지 왼쪽으로 쭉 가서 막다른 곳 근처에 서 있다. 그녀는 거기서 고개를 갸우뚱하며 건너편 방안을 들여다보다가, 곧 종종걸음으로 이쪽으로 돌아왔다. 쪽매붙임 타일 바닥을 뛰는 따닥따닥 슬리퍼 소리가 아치형 난간이 늘어선 높은 천장에 울린다.

"저쪽 방에 책이 가득 있었어. 도서실 같아."

아야카는 의기양양하게 보고했다.

"정말 수고하셨어."

쓴웃음을 지으면서 야리나카는 천천히 발길을 돌렸다. 그리고 이번에는 옆방으로 통하는 문의 오른쪽에 놓인 식기장 앞으로 향한다. 안을 한 번 둘러본 후, 유리문을 열어 커피 잔 하나를 살짝 손에 들었다.

"마이센<sup>Meissen</sup>*인가. 이것도 오래된 거네. 참을 수 없는데."

"비싸?"

어느새 또 아야카가 옆에 와 있었다.

"하나라도 깨면 너는 변상 못해."

"이야, 굉장하다."

둥글고 커다란 눈을 뱅글뱅글 움직이면서 아야카가 그렇게 말했을 때.

"여러분."

뒤에서 갑자기 쉰 목소리가 들려왔다.

우리들 세 사람은 일제히 그쪽을 돌아보았다. 카이, 나모, 미즈키와 닌도 의사, 아직 테이블에서 이야기하던 네 사람의 입이 동시에 뚝 하고 닫혔다.

"식사가 끝나셨으면 방으로 안내하겠습니다."

그 '집사'가 있었다. 아무래도 그는 기척도 없이 문을 여는 달인 같다.

"그러면 이쪽으로."

---

* 독일의 유명한 자기.

그는 복도로 나가는 양쪽 여닫이문 옆에 서서 우리들을 밖으로 불렀다.

옆방으로 간 사카키와 란을 불러 우리들은 식당을 나갔다. 복도에는 1층 계단 홀에 남기고 온 우리들의 코트나 신발, 짐이 전부 옮겨져 있었고 그 옆에 여자가 한 사람 서 있었다. 주방의 문을 연 몸집 작은 중년 여자와는 다른 여성이다.

연령은 야나나카와 비슷한 정도일까. 나보다도 조금 키가 크고 도수가 강해 보이는 검은데 안경을 쓰고 있다. 짧게 깎은 머리에 검은 바지, 하얀 셔츠에 회색 조끼 차림. 어깨도 제법 넓어서 처음에는 남자라고 착각할 뻔했다.

"짐을 드시죠."

집사가 말했다.

"문의해 보니 눈보라는 아직 더 계속된다고 합니다. 일단 하산할 수 있게 될 때까지는 재워드립니다만 한마디 주의 말씀드리겠습니다."

정중한 말투가 더욱더 냉정함을 자아낸다.

"저택 안을 마음대로 여기저기 돌아다니는 것은 부디 자제해 주십시오. 특히 3층에는 절대로 들어가지 마시길 부탁드립니다. 아시겠습니까?"

가면 같은 무표정으로 우리들의 얼굴을 둘러본다. 그 눈이 내 오른쪽 옆에 있던 미즈키에게서 일순 멈춘 듯한 느낌이 그때 다시 들었다. 나는 바로―왜라고 할 것도 없이―짐 옆에 선 안경 쓴 여자를 살폈다. 그러자 기묘하게도 그녀의 시선 또한 똑바로 미즈키의 얼굴에 꽂혀 있다.

어떻게 된 일일까.

미즈키가 아름다워서라는 것은 충분히 납득이 가는 하나의 이유이기는 하다. 남성뿐 아니라 여성의 눈에도 강한 인상을 주니까. 같은 미모라도 키미사키 란의 화려한 이목구비는 남자에게 생생한 욕망을 불러일으키기는 하지만 결코 동성의 상찬을 받을 일은 없을 것이다. 말하자면 아름다움의 레벨이 다른 것이다.

하지만 그렇다고 해도…….

"그럼 남성분은 저를 따라 이쪽으로 오십시오. 여성분과 남성분 중 한 분은 저쪽으로. 방 수 때문에."

"그럼, 내가" 하고, 사카키 유타카가 재빨리 자기 짐을 집어 들었다. 그 옆에는 란이 찰싹 붙어 있다. 두 사람의 친밀함은 극단 관계자라면 누구나 다 알고 있었다.

앞장서서 걷기 시작한 남자 뒤를 따라 우리들은 긴 복도 오른쪽으로 나아갔다. 여성 세 사람과 사카키는 안경 쓴 여자에 이끌려 다른 방향으로 향하는 모양이었다.

복도의 막다른 곳에 있는 양쪽 여닫이문 바로 앞은 상당히 넓은 홀이고, 거기서 왼쪽으로 꺾여 있었다. 꺾어진 복도를 따라 문이 잔뜩 늘어서 있다. 세어 보니 오른쪽에 셋, 왼쪽에 넷, 전부 일곱 개다.

"안쪽 다섯 방을 사용해 주십시오. 바로 앞 두 개는 창고입니다."

남자는 말했다. 과연, 바로 앞 양옆의 하나씩은 다른 다섯 개의 문과 비교해 약간 폭이 좁은 것 같다. 여성들이 안내된 복도도 이쪽과 비슷한 구조라고 상상할 수 있다.

나는 머릿속으로 저택의 구조를 그리기 시작했다. 대충 말해서 이키리고에 저택은 뒤쪽 키리고에 호수를 향해 입을 벌린 거대한 ㄷ 자 형이 되어 있다고 생각하면 되는 게 아닐까. 그 건물의 정면에서 봐서 오른쪽 돌출부에 해당하는 곳에 우리들의 방이 있는 것이 된다.

"정말 감사합니다."

가려는 남자를 향해 야리나카가 정중히 예를 표했다.

"그런데 저택 주인 분은 어디신지. 한마디 저, 감사하다고 말씀드리고 싶은데."

"그럴 필요는 없습니다."

남자의 대답은 기막힐 정도로 무뚝뚝했다.

"그래도."

"주인어른은 만나고 싶지 않다고 하십니다."

코앞에서 기세 좋게 문이 닫힌 느낌이었다. 말하자마자 남자는 총총히 그 자리를 떠나 버렸다.


# 8


적당히 방을 정하고 짐을 옮기니 금세 목욕 알림이 있었다. 알리러 온 것은 조금 전에 본 검은테 안경의 여자로 뜨거운 물은 나오도록 해 놓았으니까 써도 좋다며 욕실의 위치를 가르쳐 주었다. 같은 층 왼쪽 돌출부—즉 여성들이 간—앞부분에 해당하는 위치에 욕실과 화장실이 있다는 것을 알게 됐다.

식사도 그렇고 방도 그렇고 목욕탕도 그렇고, 정말로 나무랄 데 없는 대우다. 그러나 그런 만큼 도리어 거주인들의 무뚝뚝한, 일부러 감정을 억누른 표정과 태도가 이상하게 붕 떠 보였다. 저택 주인도 전혀 알지 못하는 우리들을 이 정도로 대접해 줄 정도라면, 뭔가 한마디 인사를 하러 모습을 보여도 좋지 않은가.

그러나, 라고는 해 봐야 우리들은 어디까지나 초대받지 못한 손님이다. 그에 대해 불평을 할 수 있을 만한 입장은 전혀 아니다. 호텔같이 한 사람씩 개인실까지 준비해 줬는데 이 이상 뭔가를 바라는 것은 지나치게 염치가 없다.

순서대로 목욕을 마친 다음, 우리들은 왠지 모르게 또다시 처음에 들어간 2층 중앙의 방(그 방은 일단 '살롱'이라고 부르는 게 제일 적절할까)에 모였다. 닌도 의사도 와 있었다.

넓은 살롱의 이쪽저쪽에 흩어진 일동은 역시 지친 기색을 감추지 못했다. 다만, 아무도 아직 방으로 돌아가려고 하지는 않는다. 체력의 소모와는 반대로 정신은 묘한 고양 상태에 있을지도 모른다. 적어도 나는 그랬다.

"일기예보, 듣고 싶어."

소파 한쪽에 축 늘어져 몸을 파묻고 있던 키미사키 란이, 덜 마른 불그스름한 갈색 머리카락을 쓰다듬으면서 말했다.

"있잖아, 누구 방에 텔레비전 없었어?"

란의 물음에 대답하는 사람은 없었다. 살롱에도 식당에도 텔레비전은 놓여 있지 않다. 옆 도서실에도 물론 없을 것이다.

"그럼 라디오는?"

초조한 듯이 란은 모두를 둘러본다.

"누군가 가져오지 않았어?"

"그러고 보니."

란의 옆에 앉아 긴 다리를 꼬고 있던 사카키 유타카가 말했다.

"카이 짱의 워크맨, 라디오 달려 있지 않았나?"

"으응."

두 사람 건너편에 앉아서 담배를 피우고 있던 카이 유키히코가 별로 기운 없는 목소리로 대답했다.

"가져올까?"

"한동안 눈보라가 계속된다고 조금 전 저 아저씨가 말하지 않았습니까."

난로 앞에 있던 나모 나시가, 히죽히죽 웃으면서 말을 던진다.

"일기예보 따위 들어 봐야 그치지 않는 건 안 그친다니까."

"신경 꺼. 있지, 카이 군, 부탁해."

"아, 응."

피우던 담배를 탁상 위 담배 쟁반에 담긴 재떨이에 문질러 끄고 카이는 두 사람과 소파에서 일어났다.

방의 세간을 천천히 둘러보다가 이윽고 나는 난로의 오른쪽에 놓인 장식장 앞에 섰다. 높이는 어른의 목 정도까지, 측면 길이가 긴 장으로 난로와 안의 벽을 거의 다 메우고 있다. 안에 장식된 물건은 접시나 단지 종류가 많고 중간에는 책을 늘어세운 부분도 있었다. 안타깝게도 나는 야리나카 같은 감식안을 갖고 있지 않았지만, 장 안의 내용물만 봐도 상당한 컬렉션이라는 것 정도는 짐작할 수 있었다.

옆에 아시노 미즈키가 있었다. 고백하자면 내가 이 장으로 다가

간 이유 중 하나였다. 그녀는 장의 오른쪽 끝에 놓인 한 장의 이로에 色繪*접시를 열심히 바라보고 있다.

"주의를 해서 보고 있었는데, 분명 그 남자, 당신을 신경 쓰는 것 같더군요."

내가 말을 거니, 그녀는 조용히 끄덕이고,

"'나루세' 라고 한대요."

라고 말했다.

"나루세?"

순간 '鳴瀨' 라는 글자가 머리에 떠올랐다.

"그 남자의 이름입니까?"

"네에."

"어떻게 알았어요?"

"저희들을 방에 안내해 준 여자가 조금 전 그렇게 불렀거든요. 그 여자는 마토바 씨. 그렇게 말했습니다."

"직접 가르쳐 줬습니까?"

"제가 물었어요. 상대의 이름을 모르는 건 마음이 안 놓이니까."

"그러고 보니, 그녀도 그 남자─나루세 씨입니까, 그와 마찬가지로 당신을 신경 쓰는 것 같았는데."

"그러게요. 왜지?"

"기분이 나쁜가요, 역시?"

"네, 조금."

미즈키는 약간 나른한 듯이 가늘게 눈썹을 모으고 다시 장식장의

---

* 유약을 발라 구운 도자기 위에 무늬를 그리거나 글씨를 쓰는 것.

접시로 시선을 되돌렸다. 나는 그녀의 시선을 좇았다. 직경 20센티미터 정도의 크기로, 푸른 물결 사이로 빨강이나 노랑 단풍이 흩날리는 그림이 화려하게 그려져 있다. 식당에서 본 찻종 등과 달리 이러한 이로에 자기는 외관이 화려한 만큼 나 같은 사람이 알기 쉬워서 좋다.

거기에 야리나카가 다가왔다. 나와 미즈키가 나란히 선 뒤에서 장 안을 들여다보고,

"이로나베시마色鍋島인가."

라고 중얼거렸다.

"이마리야키伊万里燒네요."

미즈키가 말하자, "응, 그래. 아리타야키有田燒를 다른 말로 이마리라고 하지만, 이마리에는 대체로 세 종류의 양식이 있어. 카키에몬柿右衛門, 코이마리古伊万里, 그리고 나베시마鍋島. 그 나베시마야키야. 나베시마의 이로에 접시를 흔히 이로나베시마라고 하는 거야."

"오래된 건가요?"

"그렇겠지. 정말, 이것도 저것도……. 취향도 좋고, 보존 상태도 좋아. 어떻게 이만큼이나 모았을까? 주인과 꼭 친해지고 싶네."

그 말은 본심일 것이다. 후우, 하고 커다란 한숨이 튀어나온다.

"야아, 그 옆에 있는 접시가 지금 말한 카키에몬이야. 여백이 많지. 이 걸쭉한 유백색 질그릇을 '니고시데濁し手*'라고 해서, 카키

---

* 쌀뜨물 같은 백색에 이로에가 아름답게 비치는 이마리카키에몬 양식의 자기에 쓰이는 유약을 입히기 전의 질그릇.

에몬의 특색 중 하나다."

"카키에몬이란 분명 일본에서 이로에 자기를 시작한 사람의 이름이죠?"

"잘 아는군."

"대학에서 조금 배웠어요."

"아, 미즈키는 예대 출신이었지. 그래, 그런데, 초대<sup>初代</sup> 사카이다<sup>酒井田</sup> 카키에몬이 아리타에서 아카에<sup>赤繪</sup>**를 창시했다는 것은 사실 어디까지나 전설의 영역을 벗어나지 못하는 이야기야. 확증은 아무것도 남지 않은 것 같아."

말하는 것을 잊고 있었지만, 야리나카와 미즈키, 이 두 사람은 혈연관계에 있다. 야리나카의 어머니 쪽 사촌 오빠의 아이가 미즈키인데, 그러고 보면 어딘가 이목구비에 닮은 부분이 있는 듯도 보인다.

두 사람의 대화에 재미있게 귀를 기울이면서도, 어느새 나는 장 중앙에 꽂힌 책 쪽으로 눈길을 옮기고 있었다.

뭐든 다 고풍스런 장정뿐이다. 그도 그럴 것이, 메이지<sup>明治</sup> ***중기에서 다이쇼에 걸친 시집이나 가집만이 모여 있었다.

이런 때 처음에 눈에 들어오는 것은 대개 자신이 좋아하는 작가의 저작명일 것이다. 내 경우, 키타하라 하쿠슈<sup>北原白秋</sup>의 『자슈몬<sup>邪宗門</sup>』이나 『추억<sup>思ひ出</sup>』, 사토 하루오<sup>佐藤春夫</sup>의 『순정시집<sup>殉情詩集</sup>』 등이었다.

---

** 적색을 주조로 한 그림이나 도자기.
*** 1868~1912년.

어쩐지 가슴이 매어 오는 기분으로, 새삼 늘어선 뒤표지의 글자를 좇아본다. 쓰치이 반스이土井晩翠 『천지유정天地有情』, 하기와라 사쿠타로萩原朔太郎 『달에 울부짖다月に吠える』 『파란 고양이靑猫』, 와카야마 보쿠스이若山牧水 『바다의 목소리海の声』, 시마키 아카히코島木赤彦 『절화切火』, 호리구치 다이가쿠堀口大學 『달빛과 피에로月光とピエロ』, 사이조 야소西條八十 『사금砂金』, 미키로후三木露風 『하얀 손의 사냥꾼白い手の猟人』……

"호오."

내 시선을 알아차렸는지 야리나카도 그곳에 늘어선 책에 시선을 옮겼다.

"압권이군, 이거. 시키子規에 텟칸鉄幹, 토코쿠透谷, 토손藤村, 모키치茂吉……."

"아무래도, 어느 것도 초판 장정 같습니다. 진짜 초판본도 있을지도."

"그래. 린도, 침 흘리지 마."

"소설도 좀 있네요."

"토손인가. 흠. 특별히 토손과 하쿠슈를 좋아하는 것 같군, 이것을 모은 양반은."

"있잖아, 토손이 뭐야."

갑자기 튀어나온 질문의 주인은 노모토 아야카였다. 언제 다가왔는지, 나의 왼쪽 옆에 서 있다.

"시마자키島崎 토손입니다."

나는 진지하게 대답해주었다.

"「첫사랑初戀」이라는 유명한 시 모릅니까?

'갓 올린 앞머리

사과나무 아래서 보일 때

앞에 꽂은 꽃빗

꽃다운 그대라 생각했네'"

"몰라."

아야카는 두툼한 입술을 약간 뾰족하게 내밀고 작게 고개를 갸웃했다.

"하쿠슈란 키타하라 하쿠슈지?"

"시를 압니까?"

"설마."

"알겁니다. 하쿠슈는『빨간 새赤い鳥』에서 동요를 잔뜩 썼으니까요."

"몰라."

"그렇지 않아."

야리나카가 말했다.

"아무리 아야카라도「이 길この道」정도는 알겠지."

"뭐야 그게."

"'이 길은 언젠가 올 길,

아아, 그래,

아카시아의 꽃이 피어 있다.'"

야리나카가 빠르게 노래하는 것을 들어도 아야카는 여전히 고개를 갸우뚱거린 채다.

"그럼,「요람의 노래搖藍のうた」는?"

내가 말했다.

"'요람의 노래를,

카나리야가 노래한다.'"

"아, 그거라면 알고 있어."

"「친친 물떼세ちんちん千鳥」라든지 「쩔쩔매는 이발소あわて床屋」

도 하쿠슈지."

"「빨간 새 작은 새赤い鳥小鳥」「비雨」「페치카ペチカ」…… 정말로

많이 있네요."

"그렇다면 더 잘 아는 게 있을 거잖아."

눈초리가 긴 눈을 우습다는 듯이 가늘게 뜬 미즈키가 말참견을

했다.

"'오십음五十音'도 분명 하쿠슈가 지었어."

"오십음?"

"신세를 졌잖아."

"'소금쟁이 빨갛구나, 아, 이, 우, 에, 오.

수초에 작은 새우도 헤엄치네.' 라고."

야리나카가 말하고 웃었다. 아야카는 동그란 눈을 더 동그랗게

뜨고,

"아, 발성 연습의……"

'오십음'은 발음 발성의 기초 훈련 시 대개의 극단이나 연극 연

구회에서 쓰이는 시지만, 작자가 키타하라 하쿠슈라는 것은 나도

실은 그때까지 몰랐다.

어쩐지 볼이 달아올라 나는 장의 유리문에 손을 뻗었다. 잠겨 있

지는 않았다. 늘어선 책 중에서 살짝 『자슈몬邪宗門』을 꺼낸다. 새

빨간 책등에 금문자. 표지는 오른쪽 반이 책등과 같은 색이고 왼쪽

반은 미색 바탕에 가는 백묘화가 들어가 있다. 언젠가 어떤 자료 사진에서 본 적이 있다. 1909년, 메이지 42년의 초판본이 틀림없었다.

「자슈몬비메이屝銘」를 기억하고 있나, 린도?"

야리나카가 말했다. 나는 페이지를 들추려던 손을 멈추고, 기억을 더듬었다.

"이곳 지나서 곡조의 고뇌의 무리로, 이곳 지나서 관능의 유락으로—였습니까. 분명 『신곡』 1절의 패러디지요?"

"그래. 나는 그게 좋아. 뭐랄까, 연극의 개막도 같다고 생각하거든."

야리나카는 어딘가 황홀한 표정을 떠올리고 팔짱을 꼈다.

"'이곳 지나서 감각의 쓴 수마로.'

—정말로, 그렇지, 응? 린도, 그렇다고 생각하지 않나?"

## 9

조금 전 야리나카는 닌도 의사에게 나를 '대학 후배'라고 소개했다. 틀린 말은 아니고 같은 대학에 학부도 같은 문학부였다고는 해도, 그는 철학과, 나는 국문학과, 게다가 학년도 3년이 달랐다. 학생 수가 많은 종합 대학 안에서 우리들 두 사람이 알게 된 것은 물론 그 나름의 경위가 있다.

미에三重 현 쓰津시 출신의 나는 도쿄로 나와서 코엔지高円寺의 작은 학생용 아파트에서 독신생활을 시작했다. '칸나즈키神無月 장'이라는, 어감이 나쁜 이름을 가진 이 아파트의 주인이 다름 아 닌 야리나카 아키사야였다.

그 시점에 그는 같은 대학의 4학년이었다. 현역 대학생이 아파트 의 주인이라는 것은 이상해서 나도 처음에는 상당히 당황했지만, 듣자하니 '칸나즈키 장'은 원래 그의 부친의 소유로 그는 대학에 들어간 무렵부터 그 관리를 맡았다고 한다. 아파트의 수익은 그대 로 용돈으로 충당된다니, 부모님의 송금으로 간신히 어떻게든 생 활을 유지하지 않으면 안 되는 가난한 학생이 보면 부러운 이야기 였다.

학생 시절의 야리나카는 무척 마르고 창백한 얼굴에 부스스한 머 리를 길게 길러 신경질적인 예술가 같은 풍모를 하고 있었지만, 사 귀어 보니 의외로 이야기를 좋아하고 사람을 잘 돌봐 주는 호감이 가는 청년이었다. 게다가 머리 회전이 빠르고, 내게는 없는 많은 분 야에 걸친 풍부한 지식을 갖고 있었고, 무엇보다 인습이니 관습이 니 하는 내가 어린 시절부터 이유 없이 싫어했던 것들에 결코 얽매 이지 않는 사고방식을 신조로, 냉정하게 그것을 실천하는 점이 매 력이었다. 그것은 지금도 기본적으로는 변하지 않았다고 생각한다.

나는 그를 앙모해서 그가 사는 1층의 관리실을 자주 찾아갔다. 당시부터 나는 어엿한 소설가(그것도, 이른바 순문학!)를 지망하고 있어, 대학의 강의보다도 오로지 습작 집필에 시간과 정열을 소비 하고 있었는데, 그 점을 알고 있음에도 묘한 눈으로 보거나 바보 취급하지 않고, 지금 생각하면 얼굴이 붉어질 것 같은 유치한 문학 논의도 함께 해 주었다(린도 료이치란 이름은 그 시절부터 썼던 필명이다. 덧붙여 말하면 나의 본명은 사사키 나오후미라고 한다).

1975년에 학부를 졸업하고 야리나카는 철학과 대학원에 진학했다. 그러나 석사 과정을 끝내고 박사로 올라간 직후에 시원스레 중퇴해 버린다. 그 시기에 불의의 사고로 부모를 잃은 것이 한 이유라고 들었지만, 원래 학자가 되려는 뜻도 별로 없었던 것 같다. 외동아들이었던 그는 자산가였던 부친의 땅과 재산을 고스란히 상속받아 '칸나즈키 장'의 관리실을 떠났다. 아파트는 곧 남의 손에 넘어갔고 나는 다른 하숙을 찾아야 했다.

그 후 잠시 동안 그와 만난 일은 없었다. 나는 5년 걸려 대학을 졸업하고 제대로 취직도 하지 않은 채 여전히 작가를 지망하기로 결심하고 아르바이트 생활을 하고 있었다. 완성된 작품을 이곳저곳 문예지에 투고하고, 몇 번쯤 신인상 후보에 오르거나 가작으로 입선하기도 했지만, 시시한 잡문 청탁으로 겨우 생계를 이어가고 있는 현재의 상황을 생각하면, 결국은 아직도 싹이 나지 않았다는 게 된다. 그렇다고는 하지만 나 자신은 어떤 의미에서는 속 편하고, 또한 때로는 무절제하게 되기 쉬운 상태를 꽤 즐기고 있었다.

야리나카와 내가 재회한 것은 4년 반 무렵, 그가 '암색텐트'라는 이 극단을 창단했을 때의 일이었다.

1982년의 4월이었다. 날아온 창단 공연 안내장에 나는 놀랐다. 대학에서 연극 연구회에 관계하지는 않았지만, 야리나카는 진작부터 연극이 좋아서 언젠가 자신의 손으로 연출을 해 보고 싶다고 주저 없이 공언했다. 그것이 이번에 자신의 극단을 주재하게 된 이유라고 했다. 물론 그에게 그만큼의 정열이나 재능, 인망, 그리고 경제력이 있기에 실현된 일로, 나는 친구로서 아주 기쁘게 생각했지만 한편으로 적지 않은 선망을 품고 있었던 것 또한 속일 수 없는 부분이었다.

공연 첫날, 걸음을 옮긴 키치조지吉祥寺의 어느 가설극장에서 우리들은 몇 년 만에 만났다. 야리나카는 예상 이상으로 나를 환영해 줬고, 나는 축복의 말을 아끼지 않았다. 이렇게 해서 두 사람의 친교는 재개되었지만, 그의 권유로 극단의 연습장에 출입하거나 각본을 돕게 된 것은 요 2, 3년의 일이다.

"나는 말이지 '풍경'을 찾고 있어."

언제였는지 야리나카의 말이 어쩐지 마음속에 떠오른다.

"자신이 몸을 두어야 할 풍경. 그 안에 있으면서 나라는 존재의 의미를 가장 실감할 수 있는, 그런 풍경. 뉘앙스는 다소 다르지만 원풍경이라고 할까. 살짝 변덕을 부려 대학원에 진학한 것도 아버지의 뒤를 이어 골동품점을 하는 것도, 뭐 말하자면 그것을 원해서 한 일이지. 자유를 얻을 만큼 시간과 돈이 있어서 다행히 이 극단을 만든 것도 그 때문이고.

맞아. 응. 나는 '풍경'을 찾고 있어. 그것은 잊어버린 어린 시절의 기억일지도 모르고, 더 옛날 어머니의 뱃속에서 본 꿈일지도 몰라. 태어나기 전의 혼돈 속에서 본 뭔가일지도 모르지. 혹은 자신의 죽음의 다음에 있는 뭔가ー천국인가 아니면 지옥인가, 나는 뭐든 상관없다고 생각해. 어이, 알겠어?"

내게 그 '풍경'이란 그러면 대체 무엇일까.

이제 와서 묘하게 감상적인 기분으로 그런 생각을 했던 것은 그때 내 마음이 일종의 고양 상태에 있었기 때문일지도 모른다. 어느덧 나는 야리나카나 미즈키가 있는 장식장 앞을 떠나 선룸으로 나가는 무늬유리의 문을 열고 있었다.


# 10


"뭐라고?"

뭔가 매우 놀란 듯한, 당황한 목소리가 들려왔다. 오후 9시가 몇 분쯤 지난 무렵의 일이다.

선룸에 나가 멍하게 창밖의 어둠과 마주 하고 있던 나는 깜짝 놀라 살롱 쪽을 돌아보았다. 실제로는 그다지 큰 목소리는 아니었지만, 마침 아무도 이야기하는 사람이 없을 때 던져진 말이라서, 이상하게도 또렷이 남아 귓전을 떠나지 않았다.

목소리의 주인은 카이 유키히코였다. 그는 이쪽을 향하고 소파에 앉아 있었다.

"응? 무슨 일이야, 카이 짱."

테이블을 사이에 둔 건너편 소파에서 사카키가 물었다.

"아니, 그게."

카이는 귀에 소형 헤드폰을 끼고 있는 것 같았다. 목부터 모래빛 카디건을 입은 두꺼운 가슴께로 검은 코드가 늘어져 있다. 조금 전 란의 말에 라디오 달린 워크맨을 방에서 들고 온 것 같다.

"그게 말이야."

대답하려다가 카이는 더욱더 머뭇거렸다. 상당히 긴, 부자연스러운 틈이었다는 느낌이 든다.

"지금 뉴스에서 말했어. 오시마의 미하라야마三原山가 오늘 오후 폭발했대."

모두의 안색을 살피는 듯이 신경질적인 시선을 돌린다.

제일 먼저 그에 반응한 것은 아야카였다. "앗" 하고 큰소리를 지르더니 소파 쪽으로 뛰어 다가간다.

"정말? 아니, 카이 씨, 정말?"

"—응."

"어느 정도의 폭발이래? 마을에 피해는 났을까?"

"글쎄, 거기까지는 도중에 들린 뉴스여서. 아, 그런가. 아야카 짱 오시마 출신이었지?"

"일기예보는 어때?"

폭발 따위 아무래도 좋다고 말하고 싶은 듯, 란이 큰소리로 물었다.

"빌려 줘 그거."

"아니. 아, 잠깐 기다려."

카이는 양손으로 헤드폰을 귀에 댔다.

"일기예보 시작했어."

"나, 전화 좀 빌려 쓰고 올게."

참기 어려운 듯이 아야카가 작게 소리쳤다. 파리해진 얼굴로 허둥지둥 문으로 향한다. 누군가가 말을 걸 겨를도 없이, 기세 좋게 복도로 뛰어나갔다. 이러니저러니 해도, 그녀는 아직 스무 살도 안 된 어린 여자다. 고향의 가족이 걱정되어 애간장이 탄 게 틀림없다.

"날씨는?"

애가 탄 듯이 란이 다그쳤다.

"안 될 것 같아."

짧은 침묵 이후, 카이는 헤드폰을 손으로 누른 채 대답했다.

"눈은 당분간, 그칠 것 같지 않대. 대설 경보까지 나왔어."

"아아."

란은 힘이 다한 듯이 고개를 숙였다. 그 모습을 곁눈으로 보면서, 나는 선룸에서 살롱 안으로 돌아와 천천히 소파의 뒤로 돌아갔다.

"내일 오후에는 돌아가지 않으면, 난."

란은 낮게 내뱉고 문득 깨달은 듯이 난로 앞의 스툴에 앉아 있는 닌도 의사 쪽을 보았다.

"저기, 선생님. 선생님 차로 어떻게 안 될까요?"

"아니, 그 녀석은 좀."

노의사는 난처한 얼굴을 하고 둥근 대머리를 쓰다듬었다. 포동포동한 볼이 우물우물 움직이고 있다. 또 캔디를 한입 가득 먹고 있는 것 같다.

"어차피 눈 때문에 시야가 가려요. 내일 아침에 설사 그쳤다고 해도 상당한 깊이일 테고. 제 차로는 도저히."

"무리한 소리 하는 게 아냐, 란."

장식장 앞을 떠나면서 야리나카가 말했다.

"하지만."

란은 빨간 루주를 바른 입술을 깨물었다.

"돌아가지 않으면 안 된다니, 대체 내일 오후에 뭐가 있다는 건데? 아르바이트가 있다면 전화를 빌려 양해를 구하면 되잖아."

"그런 게 아니야."

그녀는 힘없이 머리를 감싸 쥐었다.

"······디션이······."

희미한 목소리라서 잘 들리지 않는 단어를 야리나카가 알아들었다.

"오디션? 무슨 오디션이 있는데?"

물어봐도 란은 머리를 감싼 채 느리게 고개를 흔들 뿐이다.

"텔레비전 드라마야."

옆의 사카키가 대답했다.

"어쩔 수 없어. 포기해"라고 말하고 란의 어깨를 가볍게 두드린다.

야리나카는 "흐음" 하고 작게 신음하고,

"그런 데 응모했냐? 뭐, 괜찮잖아. 요즘 오디션 따위 썩어날 정도로 있고."

그러자 란은 홱 시선을 들어,

"이번 건 특별해."

약간 히스테릭한 어조로 그렇게 말했다.

"그-렇구나."

닌도 의사의 옆에 서 있던 나모 나시가 히죽히죽 웃으면서 말을 던졌다.

"그러고 보니 란 쨩, 요전에 나, 언뜻 봐 버렸는데. 언제였나, 목요일 밤중에 도겐자카 道玄坂*를 걷고 있었잖아. 그때의 상대 말이야, TBS의 프로듀서 아냐? 그, 야리 씨의 지인이고 언젠가 공연에도 왔던 아저씨."

"잘못 봤겠지."

---

* 도쿄 시부야의 러브호텔 거리.

란은 모른 척했다. 나모는 가늘고 긴 양팔을 크게 펼쳐,

"나, 눈 좋은데. 양쪽 다 2.0이야."

"그게 뭐 어쨌다고?"

"아니, 두 사람, 약간 위험한 분위기로 보이던데. 방향도 방향이고."

"신경 꺼. 대체 무슨 소리가 하고 싶어?"

"걱정하는 건데. 텔레비전 나가는 건 좋지만 단순한 섹스어필만으로는 그 세계에서 해 나갈 수 없어. 오타쿠 취향 얼굴에 연기도 안 되는데 반년 버티면 오래 가는 거 아냐?"

"쓸데없는 참견이야."

란은 소파에서 몸을 일으켜 얼굴을 새빨갛게 하고 나모를 쏘아보았다.

"나는 있지, 더 유명해지고 싶어. 여자는 젊을 때가 승부처니까. 언제까지나 이런 조그만 극단에 있으면서 제자리걸음할 시간이 없다고."

노기등등. 모두들 아연해 하는 한편에서, 나는 장식장 앞에 선 미즈키의 모습을 슬쩍 살폈다. 그녀는 아무 말도 하지 않고 슬픈 눈으로 큰소리를 치는 란의 모습을 바라보고 있었다.

"그야, 맘대로 하라고 말할 수밖에 없네. 그래서, 그 프로듀서 씨랑은 몇 번 잤냐?"

여전히 히죽거리면서 나모 나시는 더 파고든다. 란은 히스테릭하게 얼굴 전체가 굳어졌다.

"뭘 하든 내 마음이잖아!"

"하하."

나모는 얇은 입술을 날름 핥았다.

"아무리 하반신의 요구라고 해도 엄청난 여자 친구를 갖고 있구나, 사카키 군."

사카키는 자기는 관계없다는 얼굴이다. 날씬한 어깨를 천연덕스럽게 으쓱하고, 테이블에 있던 장식품 겸 라이터로 가느다란 멘톨 담배에 불을 붙였다.

"나나시."

보다 못해 야리나카가 나무랐다.

"적당히 해라. 닌도 선생님도 계신다고."

나모 나시가 독설의 피에로라도 된 듯이 이쪽저쪽 놀리며 돌아다니는 것은, 딱히 어제오늘 시작된 건 아니지만 그렇다고 해도 지금은 너무 신랄한 것 같았다. 눈에 갇힌 이 상황 속에서, 그도 또한 뭔가 근심스러운 일이 있어서 초조했을까. 그렇게 생각하니 그에 대답이라도 하는 듯,

"흥. 그래도 말이지, 도쿄에 돌아갈 수 없어서 곤란한 것은 꼭 너혼자만은 아니거든."

개구쟁이처럼 코밑을 손가락으로 문지르면서 나모가 말했다.

"나도 말이야, 실은 발이 더 묶이면 난처해진다고."

"뭐, 너도 오디션 있냐?"

야리나카가 말했다.

"무슨 말씀입니까. 전 지금 야리 씨의 극단에 만족하고 있는데."

"그건 고맙군. 그럼 왜?"

"아니, 약간 부끄러운 일이 있어서요."

나모가 야리나카의 얼굴에서 살짝 눈을 돌리고 그렇게 말했을

때, 쿵 하고 커다란 소리가 나며 복도 쪽 문이 열렸다. 살인마에게 쫓긴 B급 영화의 히로인 같은 기세로 아야카가 방으로 뛰어 들어온다.

"어땠어?"

야리나카가 묻자, 아야카는 뛰어나간 때보다 한층 더 파리하고 굳어진 얼굴로 몇 번이고 좌우로 고개를 흔들었다.

"전화, 안 빌려 줘."

그녀는 당장에라도 울음을 터뜨릴 것 같은 목소리로 말했다.

"안 빌려 준다고?"

"나, 어디에 가면 좋을지 몰라서, 아래로 내려갔거든. 그쪽 계단에서 커다란 홀로 내려가서 어두워서 이리저리 돌아다녔더니, 그랬더니 남자가 와서."

"그 남자?"

"아니. 다른 사람. 수염 기른 더 젊은 남자. 갑자기 불쑥 나타나서, 뭐하고 있냐고 무서운 목소리로."

"제대로 사정을 설명했어?"

"응. 하지만 무서워서 잘 말을 못했더니, 그랬더니 프랑켄슈타인 같은 나이 먹은 남자가 와서."

"그 집사 말이지."

"그래."

아야카가 흥 하고 콧방귀를 뀌었다.

"나, 설명했어. 그런데, 안 된대. 이 집 사람들은 일찍 잠자리에 드니까. 일이 있으면 내일 하라면서 빨리 2층으로 돌아가래."

"거참 지독하네."

"있잖아, 야리나카 씨, 그뿐만이 아니야. 나 말이야, 이상한 물건을 봤어."

아야카가 계속 말했다.

"계단을 내려간 곳에 그림이 있었어. 커다란 유화인데 여자가 그려져 있는데, 그런데 그 사람 얼굴이."

"그림의 얼굴?"

야리나카가 의아스러운 듯이 중얼거리는 것을 가로막고,

"미즈키 씨랑 꼭 닮은 거야!"

아야카는 소리를 지르듯이 말했다.

"아름다운 여자야. 그게, 미즈키 씨와 꼭 닮았어. 검은 드레스를 입고 똑같은 머리 모양에."

가장 놀란 것은 당사자인 미즈키 자신인 게 틀림없다.

"미즈키, 짚이는 거 있어?"

야리나카가 돌아보고 물으니,

"설마."

그녀는 하얗고 완만한 이마에 손을 대고, 조금 비틀거리면서 뒤쪽의 장식장에 등을 기댔다.

"묘하군요. 아니, 정말 묘합니다."

닌도 의사가 스툴에서 일어난다.

"역시, 이 집에는 뭔가 정체 모를 부분이 있군요. 아무래도, 뭔가 그, 이야기가 괴담같이 되는데."

"저기, 야리나카 씨, 그리고."

아야카가 말했다.

"더 있어?"

"응. 있잖아, 돌아오는 도중에 저쪽 계단에 말이지, 뭔가 이상한……"

아야카가 막 말을 꺼내던 참이다. 갑자기 그때까지 방에서 들리던 목소리나 소리와는 완전히 이질적인 소리가 울리기 시작해서 그녀의 입을 다물게 만들었다.

난로 쪽이었다. 닌도 의사가 이미 불이 꺼진 난로를 향해 서 있다. 그 땅딸막한 어깨너머로 장식 선반에 장식해 둔 작은 자개 상자의 뚜껑이 열린 것이 보였다.

"이야 놀래라."

상자의 뚜껑을 연 것은 의사 같다. 벗겨진 머리에 새하얀 수염, 눈을 동그랗게 뜨고 멈추어선 그의 모습은 마치 열어서는 안 되는 타마테바코玉手箱 상자를 연 우라시마 타로浦島太郎 같았다.

"오르골이라고는 생각 못했는데."

소리는 틀림없이 상자에서 흘러나오고 있었다. 애수가 어린 높고 맑은 음색. 더듬더듬 어쩐지 무척 그리운, 어슴푸레 애조 띤 선율이 연주되고 있다. 그것은 누구나 알고 있는 어느 동요의 멜로디였다.

"「비」-인가."

카이가 중얼거렸다. 워크맨의 헤드폰은 이미 벗었다.

"하쿠슈의 시군."

야리나카가 말했다.

"자개 상자에 오르골이라. 흠, 재미있는 배합이구나."

그러던 중-마침 1절의 멜로디가 끝났을 때였다-, 흐흠, 하고 큰 헛기침이 복도의 문에서 들려왔다. 오르골에 마음을 빼앗긴 우리들은 깜짝 놀라 그쪽을 돌아보았다.

"미리 말씀드리겠습니다만, 이곳은 호텔이 아닙니다."

나루세라는 이름의 집사가 문을 열고 서 있었다. 닌도 의사가 당황해서 상자의 뚜껑을 닫았고, 동시에 오르골이 연주하는 「비」의 가락이 꺼졌다.

"이곳은 호텔이 아닙니다."

나루세는 되풀이했다.

그리고 그는 겁먹은 얼굴을 한 아야카 쪽을 무서운 눈초리로 쏘아보았다.

"조금 전 그쪽 분에게도 말씀드렸습니다만, 밤에는 되도록 빨리 쉬어 주십시오. 여기서 너무 소란스럽게 하시는 것도 곤란합니다. 집 사람들은 보통 늦어도 9시 반에는 방에 올라가는 습관이라서."

"기다려 주세요."

야리나카가 한 걸음, 나루세 쪽으로 나아갔다.

"저기요, 저 여자분은 오시마 출신입니다. 그러니까."

"뉴스에서는 마을에 피해는 나지 않았다고 합니다."

아무 감정도 담기지 않은 목소리가 돌아왔다.

"오늘 밤은 이제 해산해 주십시오. 그리고 방에 장식해 놓은 물건은 함부로 건드리지 않도록 부탁드립니다. 아시겠지요."

나루세의 차가운 눈이 빤히 지켜보는 가운데 우리들은 묵묵히 살롱을 나갔다.

정말로 답답한, 혹은 거북한 공기가 우리들의 사이에 떠돌기 시작했다. 그것은 한마디로 무뚝뚝한 집사를 비롯해 이 집에 사는 사람들의 태도 탓만이라고도 할 수 없는 것 같다.

어스름한 복도를 낀 건너편의 벽면에는 키가 큰 프랑스식 창이 몇 개나 늘어서 있었다. 바깥은 안뜰을 향한 베란다가 되어 있는 것 같다. 방으로 돌아가는 도중, 나는 잠깐 발을 멈추고 흐려진 차가운 창유리를 손으로 닦아 보았다.

　깊고 깊은 어둠이 유리의 건너편에 있었다. 그 안에서 결코 어둠의 색에 물든 적 없는 새하얀 눈이 지치는 기색도 없이 계속 세차게 날리고 있다. 나는 일순 ─딱 일순─, 정체를 모르는, 뭐라고도 할 수 없는 어떤 종류의 예감에 몸이 떨렸다. 그때 그런 예감을 느낀 것은 분명 나 혼자만은 아닌 게 틀림없다.

제2막
'눈보라의 산장'

# 1

여기는 어디일까.

잠에서 깼을 때, 제일 먼저 머리에 떠오른 것은 역시 그 의문이었다. 익숙한 자신의 집 이외의 장소에서 눈을 떴을 때 반드시 빠지는 그런 의문. 약간 인식 불능 상태다.

세미 더블 침대 위였다. 감촉이 좋은 담요와 부드럽고 커다란 베개. 쾌적하게 데워진 실온. 나는 마른 몸을 옆으로 돌려 양수에 뜬 태아의 자세로 자고 있었다.

희미하게 뜬 눈에 나이트 테이블에 놓인 손목시계가 들어온다. 오후 12시 반을 가리킨 그 바늘을 알아차리고, '아직 이런 시간인가'라고 먼저 생각이 든 것은, 지금 자신이 있는 곳이 어디인지 확실히 인식하지 못했던 탓이었다. 보통 나는 오후 늦게야 일어나는 생활을 하고 있으니까.

상체를 일으켜 베개를 등에 대고 손목시계와 나란히 놓아 둔 담배와 라이터에 손을 뻗었다. 불을 붙여 니코틴이 신경으로 뻗어 가는 가벼운 현기증에 취하면서, 내뱉은 연기의 행방을 좇는다. 소용돌이치는 보랏빛 연기의 움직임에 하얀 눈의 난무가 겹쳐 떠올라, 서서히 그때―눈보라 속에서 이 집의 불빛을 발견했을 때의 그 장대한 꿈속으로 던져진 듯한 감각이 마음에 되살아났다.

키리고에 저택.

이름을 가까스로 떠올리면서, 테이블 위의 재떨이에 담뱃재를 턴다.

타원형을 한 두툼한 유리 재떨이는, 우중충한 특유의 색조를 보아 이른바 파트 드 베르Pâte de verre 작품이라는 것을 알았다. 파트 드 베르란 19세기말, 아르누보에서 재발견·재평가된 고대 메소포타미아의 유리 제법이다. 유리를 다듬어 굽는 기법으로, 이에 따라 부드러움이 있는 불투명감과 도기 같은 부드러운 감촉이 생긴다고 한다. 재떨이 옆에는 세련된 동제 나이트 스탠드가 놓여 있다. 뒤얽혀 뻗은 풀꽃을 본뜬, 이 또한 아르누보풍의 디자인이다.

테이블 건너편에 가늘고 긴 내리닫이창이 보였다. 투명한 유리 바깥에 두꺼운 미늘창이 닫혀 있지만, 순백 레이스 커튼을 통해서 볼 수 있다. 마찬가지로 미늘창이 달린 커다란 프랑스식 창이 그 옆에 늘어서, 미늘창살 틈으로 하얀빛이 유유히 비쳐 들고 있었다.

나는 침대에서 나와 구두를 신고 방의 한구석에 설치된 세면대로 향했다. 수도꼭지는 두 개 있었고 빨간 꼭지를 비틀면 뜨거운 물이 나왔다. 짐작컨대 이 급탕 장치는 3년 전 시라스카 슈이치로라는 현재의 주인이 저택을 개조했을 때 설비한 물건일 것이다.

그렇다고 해도 이런 방이 2층에만도 적어도 여덟 개는 있다. 닌도 의사는 이 집에 사는 사람들을 '전혀 바깥과 교제가 없는 사람들'이라고 했지만, 화장대도 그렇고 제대로 손질된 침구도 그렇고 이런 방들은 손님을 상정하고 준비했다고밖에 생각할 수 없다.

몸단장을 끝내고 방의 공기를 환기시켰다. 내리닫이창을 열고 바깥의 미늘창을 조금 연 순간 무시무시하다고 해도 과언이 아닐 듯한 냉기가 흘러 들어온다. 카디건의 앞섶을 여미고 나는 무심코 몸을 떨었다.

눈은 그러나, 다소 약해진 듯했다. 베란다에 나가보려고 나는 프랑스식 창을 열었다.

날카롭게 깎은 크리스털처럼 딱딱하게 긴장된 바깥 공기. 바람 소리가 멀리 신음하고, 둘러본 풍경은 온통 새하얀 눈에 덮여 있었다.

차양 덕분에 베란다에 쌓인 눈의 양은 그다지 많지 않다. 나는 한 걸음만 밖으로 발을 내딛었다.

이 방은 ㄷ자 모양을 한 건물의 돌출부의 끄트머리 안쪽에 위치한다. 베란다 밑은 안뜰풍의 테라스로 되어 있어, 그것을 끼고 건물의 또 다른 한 면의 돌출부가 마주 하고 있었다. 아이보리색으로 늘어선 창에 미늘창이 열려 있는 것이 몇 개쯤 있다.

세 방향이 건물로 둘러싸인 넓은 테라스는 오른쪽, 즉 호수 쪽을 향해 열린 한 변이 물위에 둥글게 튀어나와 있어 중앙 주변에는 눈을 뒤집어 쓴 어떤 상이 보였다. 아마 분수일 것이다. 테라스의 몇 미터쯤 앞의 호면에는 외딴 오두막처럼 오도카니 작은 원형 테라스가 떠 있다. 그 위에도 뭔가 상이 놓여 있는데, 그렇다면 저것에도 분수가 내장되어 있는 것인가.

키리고에 호라는 이름을 갖고 있다는 그 호수는 투명한 수면에 아주 약간 녹색이 섞여 거울처럼 주위의 경치를 비추고 있었다. 어제 눈보라 속에서 본 연회색 광경과는 완전히 다른 평온한 인상으로, 아무래도 매우 얌전한 표정을 짓고 있는 것 같다. 거리가 얼마 안 되는 건너편 기슭 근처의 호면에 드문드문 튀어나온 말라죽은 나무의 새카만 실루엣. 줄로 간 듯한 날카로운 산들이 그 건너편으로 몇 겹이나 우뚝 솟아 있다.

눈앞에 펼쳐진 숨을 삼킬 정도로 압도적인 설경.

나는 그것을 아무런 주저도 없이 '아름답다'고 느끼고 있는 것을 알아차렸다. 어제 눈보라 속을 헤매던 때의 상황이 떠올라, 나는 새삼 깊은 안도의 한숨을 내쉬었다.


2


방을 나가서 일단 나는 살롱으로 향했다. 그러면서 옆방─아리나카가 고른 방이다─의 문을 노크해 보았지만 대답은 없었다. 벌써 일어나 방을 나갔을 것이다.

살롱에는 닌도 의사가 혼자 있고, 소파에 깊숙이 허리를 묻고 뭔가 잡지 같은 책에 시선을 떨어뜨리고 있었다. 내가 들어온 것을 알고,

"피로는 풀렸습니까, 린도 씨?"

둥근 얼굴 가득 싱글벙글 웃으면서, 새된 목소리를 던진다.

"네에. 잘 잤거든요."

나도 웃는 얼굴을 보였다.

"무엇을 읽고 계십니까?"

"이거 말입니까?"

노의사는 양손의 사이로 펼치고 있던 책을 세워서 이쪽으로 표지를 보였다. B5판의 커다란 얇은 책자로, 『제1선』이라는 타이틀이 위쪽에 커다랗게 쓰여 있다.

"무슨 잡지죠?"

"아니 뭐, 그렇습니다. 경시청이 발행하는 내부용 간행물입니다. 최근의 범죄 정세나 실제 사건의 수사 리포트 따위의 기사가 실려 있어서요."

'경시청'이라니, 전혀 어울리지 않는 단어를 들은 느낌이었다. 내가 놀라는 표정을 알아채고 의사는 둥근 안경 속의 눈을 가늘게 떴다.

"아니, 이래 봬도 옛날에 경찰 일을 도왔던 적이 있어서 그 연줄로 아직 이런 것을 받습니다."

"경찰 일이라고 하시면, 검시라든지 해부라든지를?"

"뭐, 그에 가까운 일입니다."

"감찰의 같은 일을 하셨습니까?"

"아니, 아니. 이렇게 좁은 시골이니 그런 굉장한 일 따위 원체 있지도 않습니다. 일본에서 감찰의 제도라는 것은 그야 도쿄나 오사카 같은 대도시 이야기지요."

"그러면……."

"아이노 경찰서장이 옛 친구여서, 긴급한 때 이따금 달려갔던 겁니다. 그렇다고 해도 근처에서 일어나는 사건이라고 하면 뻔하지요. 여관에서 약간의 도난이 있었다든지, 양아치 사이의 싸움 소동이라든지. 살인 같은 것은 요 30년간 두 건인가 세 건 밖에 일어나지 않았습니다. 평화라고 하면 평화, 지루하다고 하면 지루한 동네라서요.

엇, 오해하지 말아주십시오. 딱히 그런 흉악 범죄가 빈발하면 좋겠다는 생각을 하는 게 아닙니다. 단지 역시 뭐랄까, 자극이지요. 그런 자극을 원하는 마음은 누구에게나 있지 않겠습니까."

"네."

내가 애매한 대답을 하자, 의사는 약간 쑥스러운 듯이 머리를 긁었다.

"그래서 뭐, 심심풀이로 이런 잡지를 받는 겁니다. 이게 또, 어설픈 텔레비전 드라마나 탐정소설보다도 재미있지요. 상당히 생생한 내용으로, 시체 사진 같은 것도 실려 있으니까, 뭐, 보통 사람에게는 별로 보여 주고 싶지 않습니다만."

'시체 사진'이란 말을 듣고, 그것만으로 조금 기분이 나빠졌다. 소설이나 영화 속에서는 아무리 잔학한 살인이 일어나도 개의치 않고, 그것을 즐기는 인간의 심리도 공감할 수 있지만, 예를 들어 신문이나 주간지에서 센세이셔널하게 채택된 현실의 흉악사건을 '자극'으로서 향유할 생각은 아무리 해도 들지 않는다.

"저쪽에 식사가 준비되어 있습니다. 저는 먼저 들어서."

말을 듣고, 식당으로 이어지는 문이 열려 있는 것을 깨달았다. 보니, 야리나카와 미즈키, 카이 세 사람이 저쪽 의자에 앉아 있다.

"어이."

쾌활한 목소리를 던지고 야리나카가 손을 들었다.

"좋은 아침 — 이라곤 할 수 없나. 이런 시간이니까."

"충분합니다. 이런 시간이라면."

나는 엷게 웃으며 아침인사를 되받았다. 식당으로 발길을 향하면서,

"눈이 약해졌네요. 어쩌면 돌아갈 수 있을지도 몰라요."

"이제부터 다시 나빠진다고 해."

야리나카가 가볍게 어깨를 움츠리고,

"어쨌든 적설이 엄청나. 하산은 역시 무리 같군."

"어떻게든 누가 데리러 오지 않을까요?"

"그게, 전화선이 끊겼대."

야리나카의 옆자리에 있던 미즈키가 말했다.

"뭐라고?"

내가 놀라서, 의자를 끌어당기던 손의 움직임을 멈추었다.

"어젯밤 늦게 그런 것 같아."

야리나카가 말을 이었다.

"당분간 통조림 신세라는 거지. 란이 불쌍하지만."

아홉 개의 의자를 갖춘 10인용 식탁에는 스튜가 든 퐁뒤용 냄비가 사람 수만큼 준비되어 있었다. 접시에 담긴 빵과 키슈, 생햄과 훈제연어 샐러드. 손을 대지 않은 요리는 내 몫을 포함해 아직 5인분 남아 있다.

10분 정도 지났을 무렵 커다란 하품에 입을 누르면서 아야카가 식당에 들어왔다. 어젯밤, 달아나듯이 1층에서 돌아온 때의 겁먹은 표정은 이제 조금도 남아 있지 않아 보였다.

"잘 잤어?"

야리나카가 묻자, 아야카는 또 한 번 하품을 하면서 "응" 하고 끄

덕였다. 스튜를 데우는 램프에 불을 넣고 재빨리 샐러드로 손을 뻗는다.

"전화, 빌리러 가야 하는데."

미하라야마 폭발이 마음에 걸렸는지 그녀가 말을 꺼내자마자, 야리나카는 전화선이 끊어졌다고 가르쳐 주었다.

"정말?"

아야카는 눈을 똥그랗게 뜨더니, 야리나카의 얼굴을 다시 쳐다보았다.

"어떻게 하지. 큰일이네."

부루퉁하게 얼굴을 부풀리고 약간 고개 숙여 골똘히 생각하고 있나 했더니, 바로 건너편 좌석에 앉아 있던 카이 쪽을 바라보며,

"있지, 카이 씨, 나중에 워크맨 빌려 줄래? 뉴스, 듣고 싶어."

"아니, 그게."

지난밤은 별로 잠을 못 잤는지, 카이는 새빨갛게 충혈된 눈을 깜박이면서 면목 없는 듯이 말했다.

"전지가 떨어져 버렸어. AC어댑터도 안 갖고 왔고."

"그래?"

"괜찮아, 아야카."

야리나카가 상냥한 어조로 달랜다.

"어제 오후에 첫 폭발이 있었다고 하잖아. 만일 큰 폭발이었다고 해도 갑자기 섬이 용암 범벅이 되는 일은 없어."

"하지만."

"자꾸 마음에 걸린다면ㅡ, 아아, 맞다, 닌도 선생님."

야리나카는 살롱 쪽을 보고, 열린 문 건너편으로 말을 건넸다.

"네? 뭡니까."

소파에 앉은 채, 의사는 살찐 몸을 굽히듯이 해서 이쪽을 들여다보았다.

"저기 말이죠, 선생님 차, 집 옆에 세워 두셨죠?"

"그렇습니다만."

"괜찮으시면, 나중에 카 라디오를 들려 주지 않겠습니까. 미하라야마의 폭발 상황을 알고 싶어서."

"정말, 곤란하시겠네요."

닌도 의사는 면목 없는 듯이 이마를 두드렸다.

"죄송합니다만, 라디오는 고장났습니다. 슬슬 차를 바꿀까 하던 참이라 수리하지 않아서 말이죠."

"어라, 그렇습니까. 그러면 어쩔 수 없네요."

야리나카는 아야카의 얼굴로 눈길을 되돌려,

"이 집 사람에게 부탁해서 텔레비전이나 라디오를 빌릴 수밖에 없는 것 같네."

"이 집 사람한테?"

겁먹은 것까지는 아니지만, 아야카는 노골적으로 표정이 어두워졌다.

"내가 부탁할게. 그렇게 비통한 표정 짓지 마."

야리나카는 "착하지, 착해" 하고 덧붙이는 듯한 얼굴로 두세 번 계속해서 끄덕였다.

사카키와 란이 함께 들어온 것은 그로부터 잠시 후였다. 어떻게된 일인지 두 사람 다 술에 취하기라도 한 듯 비틀거리는 걸음걸이였던 것이 기억에 남아 있다.

빈자리에 앉아도 란은 시무룩한 얼굴로 요리에 손을 대려고 하지 않았다. 어제의 눈 속 행군으로 감기라도 들었는지 거듭거듭 코를 훌쩍이고 있다. 사카키 쪽은 그런 그녀를 특별히 걱정하는 기색도 없었고, 그 또한 별로 식욕이 없는지 스튜 냄비는 제쳐 두고 샐러드만 조금 입에 넣고 있었다.

오후 2시가 지났을 때 드디어 마지막 한 사람이 왔다. 나모 나시다.

란 옆의 빈자리에 앉아 접시 옆에 놓인 나이프에 시선을 고정시키고, "윽" 하는 소리를 냈다. 조심조심 나이프의 손잡이 끝에 검지를 뻗어 그대로 식사 매트 밖으로 밀어 버린다.

"여전하군."

야리나카가 쓴웃음을 지었다.

"젓가락을 달라고 할까."

"비웃지 말아 주세요."

나모는 문어처럼 입을 뾰족하게 하고,

"누구에게나 질색인 물건은 있잖습니까."

그에게는 '날붙이 공포증'이라고 할 만한 버릇(병이라고 하는 편이 정확할지도 모른다)이 있었다. 어떤 유아 체험의 영향인지 식칼부터 주머니칼, 면도칼, 페이퍼 나이프에 이르기까지 날붙이란 이름이 붙는 물건은 전부 질색, 손이 닿는 것조차 무섭다고 한다. 식사용 나이프도 예외는 아니다. 유일하게 가위는 다룰 수 있어서 다행이라고 언젠가 본인 입으로 들은 적이 있다.

"이야. 이 집, 사는 패거리는 저렇지만 먹는 것은 몹시 맛있군."

나모 나시는 포크 하나를 오른손으로 들고, 뼈뼈 마른 몸 어디에 감추어져 있는지 왕성한 식욕으로 요리를 위주머니에 넣기 시작했다.

"어라, 란 짱, 배 안 고파? 먹지 않을 거면 내가 먹을 테다."

적당한 때를 노렸는지, 머지않아, 야리나카가 전화선 건을 말했다.

오늘 도쿄에서 '특별한' 오디션이 있다는 란은 화장이 별로 잘 먹지 않은 볼을 흠칫 굳혔다. 그러나 깊이 쌓인 바깥의 눈 상태를 보고 이미 반은 포기했을지도 모른다, 어젯밤처럼 히스테릭한 반응은 보이지 않고 아무 말도 없이 고개를 숙인다.

"전화도 안 된단 말이야?"

빵을 뜯는 손을 멈추고, 나모가 떫은 얼굴을 했다.

"맙소사, 이건 정말 어떻게 할 수도 없군. 손쓸 도리가 없다는 건가."

"볼일이 있다고 했지? 무슨 일이야, 나나시?"

야리나카가 묻자 그는 가볍게 어깨를 으쓱하고,

"자자, 그 건은 묻지 마시고."

"신경이 쓰이는데. 감춰야 하는 일이냐?"

"별로. 하지만 별로 기꺼이 말하고 싶은 것도 아니지요."

"흠. 그럼 처음부터 말하지 마라."

"아, 냉정하네. 야리 씨 말투."

나모는 가볍게 혀를 찬다.

"그런 말 들으면 더 묻고 싶어지네, 라든지 뭐든지 말이야, 딱히 말할 곳도 없는데."

"역시."

야리나카는 우습다는 듯 하얀 이를 드러냈다.

"여기서 떠들어 버리고 싶다는 게 본심이라는 말인가?"

"헤헤. 속에서 묵히는 성질은 아니라서."

나모 나시는 색이 옅은 콩나물 같은 곱슬머리를 손바닥으로 마구 쓰다듬었다.

"실은 저, 요번에 경사스럽게 독신생활로 컴백하게 되어서."

"뭐?"

"그러니까 말이죠, 이혼인가 하는 걸 해볼까 하고."

"허어."

야리나카는 입속에서 꿀꺽하고 웃음을 삼키고,

"요는 마누라가 도망갔구나."

"그렇게 확실하게 말하지 말아 주세요. 이래 봬도 상당히 상처받고 있으니까."

"그래서 그거랑 도쿄로 돌아가지 않으면 안 되는 건 무슨 관계가 있어?"

"17일—월요일에 부인이 이혼 신고서를 내러 가기로 되어 있는데요. 그래서 즉, 이쪽은 뭐랄까, 역시 다소 미련이 있어서 최후의 발버둥을 쳐보려고 여행하는 동안 생각했는데."

"발버둥?"

"돌아가면 다시 한 번 평화 교섭을 해 볼까 했죠, 뭐."

"그렇군. 그건 확실히 볼일이군."

"남 일이라고 정말."

"그러고 보니, 나모는 데릴사위 아니었어?"

"그렇습니다. 친정이 야리 씨처럼 부자니까 땅도 잔뜩 있고. 까놓고 말해서 나도 참, 반했느니 어쩌니보다 재산이 없어지는 게 힘드네요."

"흐음. 나모 나시 씨, 데릴사위였나. 뭔가 의외네."

아야카가 말참견했다.

"그러면, 마쓰오라는 건 부인 쪽 성이구나."

"당연히 그런 거지."

"이혼하면 본명이 옛날대로 돌아가겠네. 뭐야?"

배려가 없는 질문이지만, 별로 기분 상하지 않는 듯,

"키누가와鬼怒川."

나모는 대답했다.

"키누가와?"

"키누가와 온천의 키누가와야. 귀신이 노하는 강."

아야카는 풋 하고 웃음을 터뜨렸다.

"어머. 너무 이상해. 이미지 안 맞아."

"역시 그렇게 생각해?"

"나모 나시 씨는 나모 나시 씨인걸. 아무리 봐도 귀신이 노한다는 느낌이 아니니까."

"감사 감사."

"하지만 큰일이네, 부인이 없어지면."

"동정해 주는 거?"

"뭐, 약간은."

"누군가 친구 소개 시켜 줘. 미인이고 부자인 여자애라면 이제는 누구라도 좋으니까. 잘 부탁해, 아야카 쨩."

여전히 익살스러운 말투로 떠드는 나모 나시지만 말과 표정의 여기저기에 이따금 평소의 그와는 다른 느낌이 든다. 헤어지는 아내의 재산 운운하는 말은 의외로 단순히 강한 척하는 것일지도 모르겠다고 생각했다.

# 3


화장실에 갔다가 돌아오니 야리나카가 혼자 복도에 나와 있었다. 회색 플란넬 바지 호주머니에 양손을 깊숙이 찔러 넣고 안뜰 쪽 벽에 걸린 커다란 일본화를 바라보고 있다.

"이걸 봐, 린도."

내가 다가가자 야리나카는 그렇게 말하고 보고 있던 그림을 가리켰다.

"봄의 풍경이군요."

연두색으로 물든 산들이 희미하게 그려져 있다. 근경에 펼쳐지는 숲의 한 부분을 차지한 산벚나무─그 흐드러지게 핀 흰색에 나는 눈을 가늘게 떴다.

"아니, 그게 아니라, 이거 말이야."

야리나카는 다시 한 번 오른손 검지를 세워 그림 오른쪽 아래를 딱 가리켰다.

"이 낙관落款 말이야."

"낙관?"

나는 조금 몸을 굽혀, 그가 가리킨 부분에 시선을 집중했다. 과연, 그곳에는 작자의 서명과 낙인이 있다.

"이……."

초서체의 글자를 판독하고, 나는 말문이 막혔다. '彩夏'라는 이름을 읽어냈기 때문이다.

"이것은."

"'아야카'가 아니야. '사이카'라고 읽어. 별로 알려지지는 않았지만, 쇼와昭和* 초기에 활약한 사람으로 후지누마 사이카藤沼彩夏라는 풍경 화가가 있었어. 아마 그 그림일 거야."

나는 뭐라고 하면 좋을지 몰랐다. 인동 문양의 카펫, 삼엽 용담의 무늬유리, 그리고 이번에는 사이카라는 화가의 서명이다. 우연이라면 물론 그렇겠지만, 연속으로 이렇게 겹치면 역시 어쩐지 으스스하다. 우연이라는 단어만으로는 설명하기 힘든 이상한 기분도 든다.

"저쪽은?"

안뜰 쪽 벽면에는 베란다로 나가는 네 장의 프랑스식 창을 끼고 같은 크기의 일본화가 또 한 장 장식되어 있다. 나는 타들어 가는 듯한 단풍의 산들이 그려진 그림을 쳐다보며 물었다.

"저 그림도 같은 사람 작품입니까?"

"아니."

야리나카는 고개를 가로저었다.

"저것은 다른 화가야. 서명도 있지만 우리들과는 관계없는 이름이다."

그때 바로 아야카가 살롱에서 나왔다. 우리들의 모습을 발견하고 빈틈없이 깔린 검붉은 빛 카펫 위를 성큼성큼 달려온다.

"어이, 이거 봐. 네 이름이 있어."

야리나카가 말하자, 아야카는 고개를 갸웃하고 문제의 낙관을 들여다보았다.

---

* 1926~1989년 사이.

"아, 진짜다."

소리를 지르고는 휙 뒤를 돌아보고,

"있지, 미즈키 씨, 여기 여기."

이어서 복도로 나온 미즈키를 손짓으로 부른다. 야리나카는 그리고, 그녀들 두 사람을 상대로 어젯밤 이후 집에서 발견한 '이름'에 대해 설명해 주었다.

"있지, 모두 탐험하러 가자."

느닷없이 아야카가 말을 꺼냈다.

"탐험?"

내가 고개를 갸우뚱하자,

"저택 안 탐험이야."

악의 없는 웃음을 통통한 입가에 머금는다.

"어젯밤엔 그렇게 새파란 얼굴로 무서워했던 주제에."

야리나카가 말하자, 아야카는 "헤헷" 하고 머리를 긁적이고,

"회복이 빠른 게 장점인 걸. 게다가 모두가 봐야 하는 게 있어."

"그게 뭔데?"

"있지, 어젯밤 이야기한 거 말이야. 미즈키 씨와 아주 닮은 그림이 있다고."

"아아……."

그렇다. 그랬었다.

어젯밤, 전화를 빌리러 간 아야카가 아래층에서 봤다는 미즈키와 꼭 닮은 얼굴을 한 유화. 그것이 만일 사실이라면 이 집은 또 하나, 기묘한 '우연'을 우리들에게 제시하는 것이 된다.

"하지만 너무 어슬렁거리지 말라고 집사가 못을 박았잖아."

별로 내키지 않는 듯이 미즈키가 말했지만,

"조금인데 뭐 어때."

아야카가 장난스럽게 이를 드러낸다. 정말로 회복이 빠르다.

"찬성이야. 조금만 보는 건데."

금테 안경을 들어 올리면서 야리나카가 점잔 빼는 듯한 어투로
말했다. 그다지 싫지도 않다는 얼굴이다. 이 건물, 그리고 살롱과
식당만 봐도 저만큼의 수집품이니, 빨리 다른 곳을 보고 싶어 견딜
수 없다는 기분이 절절히 전해져 온다.

말없이 쓴웃음 짓는 미즈키와 얼굴을 마주 하니 나 또한 쓴웃음
을 지을 수밖에 없었다.

"이쪽이야."

아야카는 안뜰을 마주 보고 오른쪽 방향에서―나나 야리나카의
방이 있는 쪽―우리들을 불렀다. 어젯밤 안내되어 들어온 것과는
반대쪽이다. 우리들은 미술관을 견학하는 손님처럼 청바지에 핑크
스웨터를 입은 아야카를 따라 걷기 시작했다. '탐험' 시작이다.

식당, 살롱, 도서관으로 늘어선 세 개의 문 사이 벽면에는 두 개
의 커다란 태피스트리가 걸려 있다. 바로 앞은 황금색 태양과 그
반짝임을 비추는 바다, 또 한 장은 백은白銀의 설경. 금실은실을
풍부하게 써서 화려한 색실로 짠 '여름' 과 '겨울' 로,.저쪽 벽을
장식한 일본화 '봄' 과 '가을' 을 맞추면, 이렇게 멋진·사계가 완성
된다.

복도의 막다른 곳에는 아르누보풍 장식이 집대성된 커다란 양쪽
여닫이문이 닫혀 있다. 젖빛유리가 들어간 파란 경관, 그 위를 뻗
은 놋쇠 덩굴. 문 앞까지 도착하자, 아야카는 흘끗 이쪽을 돌아보

고 우리들이 따라오는 것을 확인하고는 양손으로 손잡이를 잡고 앞으로 열었다.

문 건너편은 약간 넓이가 있는 층계참이다. 확 트인 휑뎅그렁한 홀에 튀어나온 모양으로 1층의 계단과 3층으로 이어지는 계단을 연결하고 있다. 커피색 난간에 복잡하게 뒤얽힌 초목을 본뜬 놋쇠살 또한 전형적인 아르누보 디자인이다.

"어머."

층계참에서 나와서 오른쪽, 조금 옆으로 툭 튀어나온 공간에 놓여 있던 유리 케이스에 시선을 고정하고 미즈키가 소리를 냈다.

"꺄, 귀여워."

환성을 지르고, 아야카가 그 앞으로 달려간다.

"조그만 히나雛 인형이야."

검은 나무 대에 놓인 유리 케이스는 높이와 폭이 6, 70센티미터 정도의 물건으로, 그 안에는 작은 히나단雛壇* 이 들어 있다. 작다고 해도 어엿한 5단 장식으로 최상단은 남자 히나와 여자 히나, 그 아래에는 3인 관녀, 5인 악단, 그 외 일체의 히나 도구가 부족함 없이 갖춰져 있다. 인형의 크기는 가장 큰 것도 높이 10센티미터가 되지 않는다.

"케시비나芥子雛**네요."

눈초리가 긴 눈을 눈부신 듯이 가늘게 뜨면서, 미즈키가 야리나카 쪽을 살폈다.

---

* 히나 인형 등을 차려놓은 계단식 진열단.
** 아주 작은 히나 인형.

"으응."

야리나카는 한 발 케이스로 다가가 무릎에 손을 대고 몸을 굽힌다.

"유명한, 우에노 上野 이케노하타 池ノ端 의 나나사와야 七沢屋 의 물건 같네. 그렇다면 상당한 값이 나가는 물건인데, 이거."

"케시비나라니?"

아야카가 고개를 갸우뚱했다.

"게쿠비비나 牙首雛 라고도 해. 인형의 머리가 상아조각으로 되어 있어."

"응?"

"지금 같은 히나단 장식은 에도 시대에 들어와서 겨우 완성되었지만, 그 후에는 에도나 오사카의 부유한 상인들 손에 의해 점점 세련되어져서 여러 가지 기교에 집중하게 되었어. 그러자 막부는 점점 과도한 사치를 경계해서 히나 인형도 재료나 치수 따위를 제한했지. 그렇다면 오냐, 하고 직인들이 분기해서 제한의 틀 안에서 만들어낸 것이 이런 소형 히나였고."

"오호. 그런 말을 들으니까 뭔가 엄청난 느낌이 드네."

"히나 도구를 봐봐. 정말로 잘 만들어져 있으니까."

야리나카의 말대로 표준보다도 훨씬 작은 사이즈임에도 그 도구의 정교함, 기예의 섬세함에는 눈이 휘둥그레졌다.

직경 5센티미터 정도의 카이오케 貝桶* 안에 빽빽이 들어찬, 1센티미터가 채 못 되는 크기의 카이아와세 貝合わせ** 조가비. 벼루에

---

\* 카이아와세에 쓰는 조가비를 넣는 육각형 통.

\*\* 조가비를 내어 짝을 맞추는 놀이.

먹, 붓을 넣은 3센티미터 정도의 벼룻집. 길이가 5밀리미터에도 미치지 못하는 작은 새를 넣은 새장. 달구지의 소에는 가느다란 털까지 심어져 있다. 어느 것 하나를 봐도 세심한 주의를 기울여 마무리되어 있어, 작지만 싸구려 느낌 따위는 티끌만큼도 들지 않는다.

세밀한 미니어처 세계에 빨려드는 기분으로 가만히 케이스 안을 바라보고 있는데,

"어라."

아야카가 돌연 괴상한 소리를 냈다.

"왜 그래?"

야리나카가 물으니 그녀는 휙 뒤를 돌아보고,

"싫어. 또……."

의아스러운 얼굴에 그늘이 진다.

"왜 그러는 거야?"

야리나카가 거듭해서 물었다. 아야카는 눈썹을 팔자로 모으고,

"지금 못 봤어?"

"봐? 뭘?"

"케이스의 유리에 모르는 얼굴이 비쳤어."

"뭐?"

"무슨 일이야?"

미즈키가 묻는다. 아야카는 눈썹을 더욱 찡그리고,

"나도 잘 몰라. 문득 누군가의 얼굴이 우리들 뒤에 떠올라서."

"어떤 얼굴?"

"희미했으니까 잘 몰라. 하지만, 그래서."

아야카는 오른팔을 앞으로 들어 올렸다.

"저 문 건너편에 누군가가 있는 것 같은데."

그녀가 가리킨 것은, 케시비나의 케이스 반대쪽—복도에서 나와 왼쪽에 있는 3층으로 이어지는 계단을 올라가는 입구였다. 아치형 투명한 유리가 끼워진 한쪽 여닫이문으로 올라가는 입구가 구분되어 있다.

"저 유리의 건너편?"

턱을 쓰다듬으면서 야리나카가 말했다.

"거기 있던 누군가의 그림자가 케이스에 비쳤다고?"

"응."

애매한 표정으로 끄덕이고 아야카는 종종걸음으로 그 문 앞으로 향했다. 희미하게 빛나는 금색 문손잡이를 양손으로 쥐고 발돋움을 하듯이 유리의 건너편을 들여다본다.

"아무도 없어."

"기분 탓이 아닐까?"

"그렇지 않아.—앙, 열리지 않네, 이 문. 잠겨 있어."

"3층에는 결코 올라가지 말라고 집사가 말했지."

"어젯밤도 참 이상했어."

손잡이를 쥔 채 아야카는 이쪽을 돌아보았다.

"여기서 아래로 내려가려고 했어. 그랬더니, 뭔가 이상한 소리가 이 문 쪽에서 들려와서."

"이상한 소리?"

"응. 탁 하고, 뭔가 딱딱한 소리."

"발소리?"

"그런 느낌이 아니었어."

고개를 갸웃하고, 또다시 문 건너편을 들여다보는 아야카를 재촉해 우리들은 아래층으로 향했다.

아래로 향하는 계단은 복도보다도 조금 폭이 좁다. 그렇다고 해도 2미터 정도는 될까. 일단 중2층 높이까지 내려가, 왼쪽 벽을 따라 회랑처럼 홀의 주위를 두르고 있었다.

"호오. 이거."

선두를 걷는 야리나카가 L자로 꺾어진 회랑의 갈림길 바로 앞에 멈춰 섰다. 막다른 곳 벽에 장식된 한 장의 수채화를 올려다보고,

"이 저택 그림이다."

낮게 그러나 감탄에 가득 찬 목소리로 중얼거린다.

그의 옆으로 걸어가, 나도 그 은테 액자에 들어간 그림을 올려다보았다. 어젯밤 눈보라 속에서 본 것은 날개를 쉬는 큰 새 같은 검은 윤곽과 그 안에서 숨 쉬는 불빛뿐이었지만, 거기 그려진 서양식 저택은 분명 이 키리고에 저택이라고, 어쩐지 확신이 들었다.

건물을 정면에서 포착한 그림이다.

중심은 빅토리아풍 하프팀버half-timber 스타일. 북구나 북미에서 발달해, 일본에서는 메이지 20년대부터 쇼와 초기에 걸쳐 유행한 목조 건축 양식으로, 상아색 벽에 시커멓게 뻗은 나무 살이 실로 아름답다. 중앙에 늘어선 돌출창을 비롯해 도처에 유리가 사용되어, 그것들과 유리가 아닌 벽면의 균형이 또한 훌륭했다. 지붕은 이른바 맨사드mansard 지붕으로, 섬세한 용마루 장식이나 지붕창, 빨간 벽돌 굴뚝이 녹청색의 급경사를 장식하고 있다.

"하프팀버구나."

황홀한 얼굴로 야리나카가 말하는 것을 듣고,

"그렇지만 아마 형식만 빌렸겠죠."

나는 내 생각을 말했다.

"뭐?"

"이 건물의 골조 자체는 아마 목조는 아닐 거라 생각합니다. 눈도 많다고 하는데, 이렇게 유리를 많이 쓰고 있어요. 100퍼센트 목조라면 도저히 하중을 견딜 수 없을 텐데요."

"과연. 그러면, 철골인가?"

"그렇지요."

"다이쇼 시대에 철골 건축?"

등 뒤에서 미즈키가 말했다. 야리나카가 대답해서,

"분명, 메이지 말경에 들어온 게 아니었나? 철골재 자체는 수입품이 대부분이었겠지만. ─ 흠. 서명이 들어 있군."

안경테에 손가락을 걸치면서 야리나카는 앞으로 나아갔다.

"또 의미 있는 이름입니까?"

내가 묻자, 그는 "아니" 하고 고개를 흔들고,

"일단, 우리와는 관계가 없는 이름인데. '아키라' 라고 읽는 건가. 아니면 '쇼' 인가."

"아키라……."

나는 야리나카가 가리킨 사인을 들여다보았다. '彰' 이라고 한자한 자로 이름이 적혀 있다.

"이름이 있는 화가입니까?"

"글쎄. 적어도 나는 모르겠는데."

야리나카는 작게 양팔을 펼쳤다.

"의외로 보통 사람이 그린 것일지도 몰라. 능숙한 필치이기는 하지만, 뭐랄까, 화가의 느낌 같은 게 거의 없고."

트집을 잡으면서도 야리나카는 황홀한 표정을 유지했다. 잠시 동안, 필시 계절은 봄인 엷은 녹색을 배경으로 그려진 화려한 서양식 저택의 모습을 올려다보며, 우리들은 그 자리에 가만히 서 있었다.


4


1층에 내려서자, 정면 오른편 위쪽으로 조금 전의 층계참이 보였다. 2층에서 내려오기까지 이 홀의 주위를 거의 반주半周한 것이 된다. 왼쪽 뒤편에 있는 검고 커다란 두 장짜리 문이 아무래도 건물의 현관으로 통하는 것 같다.

어스름하고 스산한 공기가 자욱이 낀 큰 방이다. 바닥 면적 자체는 2층의 살롱이나 식당보다도 조금 넓은 정도지만, 3층까지 트인 구조이기 때문에 공간적인 넓이는 몇 배나 크게 느껴진다.

벽면은 세 방향에 창이 하나도 없다. 우리들 기준으로 왼쪽 — 호수와는 반대 방향이 된다 — 한쪽에만, 2층 높이에 달하는 가늘고 긴 원형 아치창이 늘어서 있다. 부분 부분 색유리가 들어간 그 창으로 지탱되는 듯, 수태고지를 그린 스테인드글라스가 위쪽에서 우리들을 내려다보고 있었다.

검은 화강암에 여기저기 하얀 대리석이 무늬처럼 아로새겨진 바닥. 벽도 중후한 회색 석조다. 빨강, 파랑, 노랑으로 채색된 약한 광선이 스테인드글라스로부터 내려 와서 어스름을 뚫고 마치 오래된 교회당 같은 고요하고 장엄한 분위기를 빚어낸다. 정면에 드리워진 그리스도 탄생과 부활을 나타낸 두 개의 거대한 고블랭직의 태피스트리까지 회색 벽에 녹아 들어 모자이크 벽면처럼 보인다.

"저거야. 저 그림."

아야카가 말하고 홀을 가로질러 간다. 두 개의 태피스트리의 중간쯤에 설치된 대리석 난로. 그 위쪽에 걸린 금 액자 안에 문제의 그림이 있었다.

"이봐, 이거."

난로의 앞에서 아야카는 우리들을 돌아보았다.

"있지, 꼭 닮았지, 미즈키 씨?"

"진짜 그렇네."

경탄의 소리를 내면서, 야리나카가 어정어정 걸음을 나아갔다.

"대체 이건……."

50호 크기의 캔버스에 그려진 유화다. 새카만 드레스를 호리호리한 몸에 걸치고 창가의 의자에 걸터앉은 여성이 어스름의 저편에서 가만히 이쪽을 들여다보고 있다. 칠흑 같은 머리칼을 가슴께까지 늘어뜨리고, 약간 눈부신 듯 긴 눈을 가늘게 뜨고 있다. 어딘가 쓸쓸한 미소. 어쩐지 이 세계의 끝을 꿰뚫어 보는 듯한 고요함. 그 아름다운 여성은 아야카의 말대로 확실히 아시노 미즈키와 무척 닮은 얼굴이었다.

"누굴까?"

멍하게 초상화를 올려다보면서 야리나카가 중얼거린다.

"어젯밤에도 물었지만, 미즈키, 뭔가 짚이는 거 없어?"

그 물음을 뿌리치듯이 계단을 내린 곳에 잠시 멈춰 선 채로 있던 미즈키는 고개를 흔들었다.

"몰라, 이런……."

검은 스웨터에 검은 롱스커트, 신기하게도 그녀는 그림 속 여성과 같은 색 옷을 몸에 두르고 있다.

"그건 그렇고 닮았어. 너도 그렇게 생각하지 않아?"

"—네."

"〈저주받은 유산〉이라는 영국 공포영화가 있었는데."

야리나카는 혼잣말처럼 말했다.

"캐서린 로스가 분한 히로인이 우연히 산속의 대저택을 찾아가. 그러자 거기에 자신과 꼭 닮은 초상화가 있는데."

"그만해."

미즈키가 작게 소리쳤다.

"무섭잖아."

"저기요, 이쪽으로 가 봐요."

아야카의 목소리가 울렸다. 어느새 그림 앞을 떠나, 오른쪽에 보이는 파란 양쪽 여닫이문 옆에 있다.

초상화에서 눈길을 휙 돌려 미즈키가 아야카 쪽을 본다. 야리나카는 그림을 올려다본 채, 바로 움직이려고 하지 않지만, 곧 커다란 한숨을 내쉬고 그 자리를 떠났다.

야리나카가 오기를 기다려 아야카가 문의 손잡이를 쥐었다. 살짝 문을 밀어 여는 손이 "와" 하는 짧은 소리와 함께 딱 멈춘다.

"저 사람."

속삭이는 목소리로 아야카가 말했다.

"저 남자야. 어젯밤, 여기서 나한테 화낸 사람."

가늘게 열린 문틈으로 길고 넓은 복도가 보였다. 2층과 마찬가지의 검붉은 빛 카펫이 깔린 복도를 흰 트레이너를 입은 키가 큰 남자가 걸어간다. 뒷모습이라서 확실히는 모르겠지만 어젯밤 아야카가 말했던 대로 나루세라는 이름의 집사보다 훨씬 젊은 듯했다.

남자는 똑바로 뻗은 복도의 막다른 곳까지 가서 이쪽과 같은 파란 양쪽 여닫이문을 열었다. 그렇게 해서 그의 모습이 사라져 버렸지만 우리들은 몇 십 초 정도, 미동도 하지 않고, 라기보다도 미동도 할 수 없었다.

"갈까."

입을 뗀 것은 야리나카였다.

"하지만 뭔가 미안한데, 역시."

미즈키가 난색을 표했지만,

"들키면 들켰을 때야. 설마, 그렇다고 바로 집을 나가라 같은 무리한 소리는 안 하겠지."

야리나카는 젠 체하는 태도로 슬쩍 받아넘기고, 문을 몸의 폭만큼 열어 복도로 미끄러지듯 나갔다.

바로 앞에 오른쪽 호수 방향으로 꺾어지는 복도가 있었다. 우리들은 미리 짠 것도 아닌데 진로를 그쪽으로 잡았다. 금기를 깨고 저택 안을 돌아다니고 있다. 그런 죄책감이 있는 만큼, 건물 중심쪽으로는 가기 힘들었다. 걸음도 무의식중에 살금살금 걸었다.

복도의 막다른 곳에는 한쪽 여닫이문이 있었다. 푸른 경관에 무늬유리가 들어가, 덩굴 모양의 놋쇠 장식을 댄 다른 곳과 같은 만

듬새의 물건이다.

"잠겨 있지 않아."

종종걸음으로 먼저 앞까지 나아간 아야카가 작은 목소리로 말했다. 야리나카가 말없이 끄덕이는 것을 보고, 조용히 문을 연다.

그 순간 나는 문밖으로 나왔다고 착각했다.

문 건너편에는 하얀 빛이 흘러넘치고 있었다. 새하얗게 쌓인 눈. 그 위로, 깨어나서 베란다에서 봤을 때보다도 명백히 기세가 등등해진 새 눈이 바람에 날리며 줄기차게 내리고 있다.

그곳은 양쪽에 투명한 유리를 끼운 구름다리였다. 오른쪽에는 바로 두꺼운 유리의 벽을 사이에 두고 키리고에 호의 물이 흔들리고 있다. 왼쪽에는 호수를 따라, 몇 미터 폭의 가늘고 긴 테라스. 조금 떨어진 호수 위에 외딴 작은 섬과 같이 뜬 원형 테라스가 보인다.

7, 8미터의 길이의 복도다. 안에 있는 것과 같은 한쪽 여닫이문을 향해 우리들은 천천히 나아갔다.

왼쪽 중앙 부근의 벽에는 테라스로 나가기 위한, 이 또한 투명한 유리를 끼운 문이 설치되어 있었다. 지나가는 김에 나는 그 문의 손잡이를 돌려 보았지만, 잠긴 것 같지는 않았다.

"뭐가 있을까?"

"무슨 방이지?"

미즈키와 아야카가 동시에 소리를 낮췄다. 이렇게 되면 정말 '탐험'이다.

"그런데, 저건……."

유리 사이로 보이는 앞쪽 건물에 시선을 고정하면서 야리나카가 말했다.

"아마, 저것은……."

그 추측보다 먼저 아야카가 문을 열었다. 순간,

"와, 굉장해. 굉장해."

아이 같은 환성이 퍼졌다.

우리들의 눈에 그 안에 흩어져 있는 선명한 빨강과 노랑, 코를 찌르는 자욱이 낀 향기, 그리고 열기…….

그곳은 온실이었다.

"대단하다."

매우 기뻐하며 뛰어 들어가는 아야카를 따라 우리들은 하얀 호수에 뜬 초록의 방 안으로 발을 들였다.

"정말, 어떻게 된 집이냐."

밝은 실내를 둘러보면서 야리나카가 멍하니 중얼거린다. 겨울색 일색으로 온통 칠해진 바깥의 경치와 생명의 영위가 흘러넘치는 실내—너무나도 동떨어진 양자의 대비에 나는 가벼운 현기증마저 느꼈다.

"바깥에는 저렇게 눈이 내리고 있는데."

미즈키 또한 놀라움을 감추지 못했다. 들어온 문을 뒤로 닫고, 휴우 하고 짧은 한숨을 쉬었다.

"멋져. 이렇게 가득, 꽃이."

말하다가, 문득 말을 멈추고, 그녀는 야리나카의 얼굴로 시선을 향했다.

"이 꽃, 전부 난이야."

"난……."

야리나카는 높은 콧대에 주름을 잡았다.

"그렇군. 난이군."

다시 하나, 우리들과 인연이 있는 이름이 발견되었다. 난—키미사키 란의 '란'이다.

무리 지은 초록은 화분에 재배된 서양난의 잎이었다. 카틀레야, 시프, 심비디움, 팔레노프시스, 덴드로비움…… 각종 난이 그 안에서 색색의 꽃을 피우고 있다.

전면 유리를 끼운 넓은 온실은 천장 모양을 보아, 아마 정팔각형의 구조인 것 같았다. 입구에서 방 중앙을 향해 폭 1미터 정도의 통로가 뻗어 있다. 중앙에는 원형의 광장이 있고, 민짜 나무 원탁과 의자가 놓여 있었다.

"요컨대, 이 꽃이 란의 분신이라는 건가?"

광장의 바로 앞에 무리지어 핀 노란 카틀레야를 가리키며 야리나카가 말한다.

"어때, 화려함도 그렇고 색조도 그렇고, 그녀와 꼭 닮았어."

"확실히."

쓴웃음을 삼키고, 나는 끄덕였다.

선명한 노란색 꽃잎에 새빨간 순판. 직경은 20센티미터 정도나 되는 큼직한 송이의 꽃 색깔은 란이 어제 입고 있던 화려한 원피스의 색과 그대로 겹친다. '화려함'이라고 야리나카는 말했지만, 도무지 그녀에게 호감이 없는 나로서는, 그곳에 '지나치게 강렬한'이라는 말을 덧붙이고 싶었다.

그때 뒤에서 문을 여는 소리가 났다.

누군가 이 집 사람이 왔나 해서 나는 경계 태세를 취했다. 야리나카나 미즈키도 마찬가지로 몸을 경직시키고 문을 돌아본다.

"뭐야."

들어온 남자의 얼굴을 보고, 아야카가 소리를 질렀다.

"카이 씨?"

그도 심심파적으로 저택 안을 '탐험'한 듯, 우리들의 모습을 알아본 카이 유키히코는 일순 매우 놀란 듯했지만, 바로 창백한 볼을 펴고, "어이" 하고 한 손을 들었다.

"깜짝 놀랐지?"

온실 내의 모습에 카이가 눈이 휘둥그레지는 것을 보고, 아야카가 어쩐지 우쭐거리듯이 말한다.

"아아, 응."

갈색 가죽 블레이저 호주머니에 양손을 넣으면서 카이는 낮게 웅얼거렸다.

"참나. 설마 온실이라니."

우리들은 중앙 광장으로 가서, 다시 실내를 둘러보았다. 철망의 대에 늘어선 크고 작은 화분. 천장에서 철사로 늘어뜨린 화분도 있다. 성대히 핀 꽃들 사이에는 몇 개 정도의 조롱이 배치되어 있어, 잉꼬나 카나리야가 경쾌하게 노래를 부르고 있다.

"이만큼 여러 가지 종류의 난을 피우기는 상상 이상으로 힘든 일이야, 린도."

민짜 나무 원탁에 양손을 올리고, 야리나카는 그 위에 있는 탁상시계와 같은 모양의 온도계를 흘끗 살펴보았다.

"섭씨 25도인가."

"그렇게 따뜻합니까?"

두꺼운 카디건을 입은 채 여기에 들어오고 나서 몇 분만에 조금 땀이 밴 것도 당연하다. 유리의 바깥은 아마 영하의 추위일 텐데.

"원래 열대나 아열대산 품종이니까. 어쨌든 섬세한 꽃이지. 온도에 습도, 햇빛의 양, 통풍, 어느 하나만 갖춰지지 않아도 잘 피지 않고, 자칫 잘못하면 바로 시들어 버려."

"같은 이름을 갖고 있어도, 어딘가의 누구 씨와는 아주 다르네요."

이야기를 듣고 있던 아야카가 혀 짧은 소리로 가시가 있는 대사를 뱉었다. 야리나카는 조금 당황한 듯이,

"어이어이, 말이 좀 심하잖아."

"왜냐하면 저, 잘 안 맞는 걸요, 그 사람 하고."

반 농담 같은 어조로 아야카는 말한다. 그녀의 약간 불그스름한 갈색 눈동자 속에 일순 어두운 빛의 불길이 혀를 내민 듯한 느낌이 그때 내게 들었다.


# 5


어느 정도를 거기서 보냈을까. 슬슬 철수할까 하고 야리나카가 말을 꺼냈을 때, 카이를 포함한 우리들 '탐험대' 다섯 명은 이번이야말로 달갑지 않은 인물과 조우하게 되었다.

놀란 것은 양쪽 모두였다.

"무엇을―."

구름다리에서 안으로 들어온 그 인물은 비명 같은 날카로운 목소리로 쏘아붙였다.

"뭘 하고 있습니까?"

어젯밤 만난, 검은테 안경을 쓴 여자—이름이 마토바라고 미즈키가 말했던—였다.

"무엇을 하고 계십니까?"

거듭해서 말하는 여자의 손에는, 백자 티 포트와 컵을 올린 은쟁반이 있다. 도수가 높은 듯한 안경 저편으로 어쩐지 지적인 느낌이 드는 눈이 차가운 빛을 발하며 우리들을 응시했다.

"아, 아니."

야리나카 역시 횡설수설했다.

"저, 멋진 난이군요."

"집안을 멋대로 돌아다니지 말라고 부탁드렸을 텐데요."

여자치고는 낮고 약간 쉰 목소리다. 결코 흥분하지 않고 침착한 어조로,

"여기는 호텔이 아닙니다."

그녀는 우리들에게 냉정하게, 어젯밤의 나루세와 같은 대사를 내뱉었다.

"바로 2층으로 돌아가 주셨으면 합니다."

대답할 말이 있을 리도 없다. 묵묵히 맥없이 머리를 숙이고, 나나 카이는 그 자리에서 움직이려고 했다. 그런데 그때, 야리나카가 말했다.

"잠깐 기다려 주세요."

"뭐죠?"

여자는 약간 눈썹을 찡그렸다.

"무단으로 어슬렁거린 것은 사과드리겠습니다. 변명의 여지는

없습니다. 다만."

야리나카는 똑바로 상대의 시선을 받아,

"우리들의 기분도 조금은 이해해 주시지 않겠습니까?"

"무슨 말씀이시죠?"

말하면서, 여자는 성큼성큼 광장의 원탁으로 다가가 쟁반을 탁상에 놓았다.

"모두 불안합니다."

야리나카는 호소했다.

"어제는 정말로, 과장되게 말하면, 죽느냐 사느냐 하는 참이었습니다. 여러분들이 구해 주신 것은 다행이지만."

"뭔가 불만이 있으신가요?"

"불만이 아닙니다. 전혀 모르는 남에게 방에, 식사에, 무척 잘해 주셔서 감사하고 있습니다. 그렇지만……."

야리나카가 주저하는 것을 보고, 여자는 눈을 가늘게 떴다.

"저택 안을 돌아다니지 말라는 게 마음에 들지 않습니까?"

"그런 것도 아닙니다. 다만, 그래요, 우리들이 몸을 의탁한 이 집에 관해 어떤 집인지 어떤 분이 살고 계시는지 조금은 알고 싶다고 생각하는 게 인지상정이겠지요. 주인을 만나서 한마디라도 감사를 표하고 싶고."

"주인어른은 만나시지 않습니다."

여자는 매정하게 말한다.

"이 집이 어떤 집인지도 별로 아실 필요는 없습니다."

"그렇지만 말입니다."

"마토바 씨."

그때 미즈키가 끼어들었다.

"제멋대로 굴어서 죄송합니다. 하지만, 정말로 우리들은 불안하거든요. 모두 빨리 도쿄로 돌아가고 싶다고 생각해요. 그런데 이렇게 심한 눈에 갇힌 데다 전화까지 끊겨서."

"아, 네."

마토바라는 여자의 반응이 눈에 띄게 변화했다. 미즈키 자신도 그것을 상당히 의아하게 느낀 모양이다. 이상한 듯이 연한 화장을 한 상대의 얼굴을 보면서,

"하나만 질문할게요."

그때까지 오로지 냉담하던 여자의 표정이 흠칫 움직였다.

"뭔가요?"

"조금 전, 저쪽 홀에서 봤습니다. 여자의 초상화. 대체 어떤 분의 그림이죠?"

여자는 대답이 막혔다. 미즈키는 거듭해서,

"저를 닮았더군요, 무척. 도저히 다른 사람이라고는 생각할 수 없을 정도로. 그분은 누구시죠?"

몇 초가 흘렀다. 미즈키의 얼굴을 새삼 빤히 쳐다보면서 여자는 대답했다.

"사모님입니다."

"사모님? 이 집의 주인분의 사모님 말씀인가요?"

"네. 사모님의 젊은 시절의 그림입니다."

"그것이 대체 어째서 저와?"

"모르겠습니다. 저도 나루세도, 어제 당신의 얼굴을 보고 놀랐습니다. 너무나도 꼭 닮으셔서."

그래서 이 집 사람들은 그렇게 미즈키의 얼굴을 뚫어지게 보았다는 말인가.

"완전한 우연?"

"그렇다고밖에 생각할 수 없습니다. 사모님에게는 형제도 조카도 없습니다. 천애고아 신세셨으니까."

셨으니까, 라고 그녀는 말했다. 그 과거형이 포함하는 의미를 미즈키도 알아차린 듯, 가는 눈썹을 가득 찡그리며,

"그러면, 그―사모님은, 이미?"

"돌아가셨습니다."

미즈키의 물음에 대답하는 여자의 목소리에는, 조금 전까지의 차가운 울림은 없었다.

"이 집에서요?"

미즈키가 거듭 묻자, 여자는 슬픈 듯 고개를 흔들고,

"벌써 4년이 됩니까. 요코하마橫浜의 저택이 화재로 불탔을 때가."

"화재⋯⋯."

"텔레비전 메이커의 책임입니다. 한밤중에 텔레비전이 발화해서."

거기까지 말하고 여자는 갑자기 입을 다물었다. 어째서 그런 말을 해 버렸는지, 자신도 모르겠는 듯 낭패한 모습이었다.

"쓸데없는 소리를 했군요."

스스로를 질책하는 듯이 슬슬 고개를 흔들고, 그녀는 미즈키의 얼굴에서 눈을 떼고 고개를 숙였다.

"그럼, 2층으로 돌아가 주십시오."

"저……."

미즈키가 뭔가를 더 말하려는 것을 야리나카가 손을 들어 제지했다.

"죄송합니다. 하나만 더, 물어도 되겠습니까?"

여자는 가볍게 아랫입술을 깨물면서 시선을 들었다. 차가운 가면이 다시 그녀의 표정을 덮어 버렸다.

"그 돌아가신 사모님의 이름은 뭐라고 하십니까?"

"아실 필요 없습니다."

"가르쳐 주십시오. 이름만이라도 좋습니다."

"그럴 필요는 없……."

"혹시 미즈키가 아닙니까?"

야리나카가 목소리를 높여 말한 단어에, 여자는 눈이 휘둥그레져서 입을 닫았다.

"미즈키―그렇군요. 깊을심深에 달월月, 아니, 아니면 다른 자를 쓰십니까?"

"어째서 그런 것을?"

"제 이름입니다."

미즈키가 대답했다.

"이것도 우연―이겠지요."

그때다. 갑자기 어딘가에서 이상한 소리가 났다. 휙 하고 뭔가 딱딱한 채찍이 휘는 듯한 소리.

우리들은 깜짝 놀라 허둥지둥 소리의 출처를 찾았다.

"저기다."

야리나카가 가리켰다. 그것은 우리들의 머리 위―원탁이 놓인 곳 바로 위 높은 천장의 일부분이었다.

"봐, 저 유리."

천장에 끼워진 투명한 유리 한 장에, 십자 모양 균열이 들어간 것이 보였다. 30센티미터 정도의 길이로 한 줄. 그와 직각으로 교차하듯이, 거의 같은 길이의 또 한 줄.

"지금 갈라진 걸까?"

미즈키가 의아한 듯이 말하자 야리나카는 작게 끄덕이고,

"그런 것 같은데. 마토바 씨, 저 균열은 이전부터 있었던 겁니까?"

여자는 말없이 좌우로 고개를 흔들었다.

"자연히 갈라졌다는 건가요? 눈의 무게로? 하지만 그렇다고 해도……"

"신경 쓰지 말아 주세요."

뭐라 할 수 없는 심정으로 유리의 균열을 올려다보는 우리들을 향해, 여자가 말했다.

"이 집에서는 자주 있는 일이라서."

"자주 있는?"

야리나카는 고개를 갸우뚱했다.

"집이 낡아서 그렇습니까?"

"아뇨. 이 집에는 좀 이상한 부분이 있어서, 특히 이렇게 손님이 오거나 하면 그 순간에 집이 움직이기 시작합니다."

그것은 우리들에게는 무척 수수께끼 같은 말이었지만, 어째서인지 누구도 그 의미를 물으려 하지 않았다. 어차피 아무리 물어봐도 그녀는 더 이상 아무것도 대답해 주지 않을 것임에 틀림없다.

재촉을 받아 온실을 나가기 직전에 야리나카는 다시 한 번 여자

를 돌아보고, 라디오가 있으면 빌려 주면 좋겠다고 말했지만, "주인어른에게 물어보겠습니다"라는 차가운 대답만이 돌아왔다.


# 6


저녁때가 되어 야리나카와 나는 2층 도서실에 자리 잡았다. 다른 사람들은 닌도 의사와 나모 나시, 아야카 세 사람이 옆의 살롱에서 잡담하는 것을 제외하고 각각의 방에 틀어박힌 모양이었다.

도서실의 방 구조는 식당과 거의 똑같다고 할 수 있었다. 살롱으로 이어지는 문과 마주한 벽에 혼색 대리석의 중후한 난로가 붙박이로 있다. 식당과는 살롱을 끼고 딱 대칭의 위치가 된다.

오늘은 어느 방 난로에도 불은 들어와 있지 않았다. 중앙난방이 설비되어 있어서 불을 땔 필요가 없다. 어제는 눈보라 속을 찾아온 우리들을 위해 일부러 장작을 땠던 것이다.

희귀본을 넣어 놓은 커다란 장식장이 식은 난로의 오른쪽에 있었다. 다른 벽면은 선룸 쪽의 일부분을 빼고는 전부 천장까지 닿는 높은 책장으로 메워져 있다. 책장에는 다양한 장르의 책이 정확히 분류·정리되어 빽빽이 늘어서 있었다. 앞뒤 두 줄로 채워진 곳도 꽤 있어서 어쩌면 고등학교 도서관 정도의 양이 있을지도 모른다.

압도적으로 많은 것은 일본 문학으로, 그 중에서도 시가집의 충실함이 눈에 띈다. 해외 문학도 결코 적지는 않고 미술 전집이나 연구서 종류도 상당한 수다. 그 외에도 의학관계의 전문서부터 현대물리학, 동서의 철학서에 평론, 소설은 최근의 오락 작품까지 실로 폭넓은 분야의 책이 모여 있다.

"린도. 어쩐지 나는 이제 도쿄로 돌아가고 싶지 않아졌어."

난로 앞에 놓인 흔들의자에 앉아 좁은 턱을 거듭해서 마구 쓰다듬으면서 야리나카가 말한다.

"계속 이대로 눈이 내리면 좋겠다고 바라면 안 될까."

나는 애매한 웃음을 지으며 난로 옆 장식장 앞에 섰다.

유리문으로 구분된 장 안에는 책 외에 칠기붓함이나 벼룻집 같은 물건이 들어 있다. 일본식 장정본도 상당수 있었다. 그중에서도 눈길이 끌린 것은 중앙단에 페이지를 펼쳐 늘어 놓은 몇 권쯤의 『겐지 이야기源氏物語』다. 은문이 들어간 일본 종이나 쓰인 글씨의 색 등으로 보아 상당히 오래된 물건임을 알 수 있다.

'겐지'는 일본 고전 문학 중에서는 특히 좋아하는 작품이다. 연애소설로서가 아니라 풍속소설로. 헤이안平安 귀족의 생활을 그린 기록으로서가 아니라 그들의 떳떳치 못한 환상을 그린 이야기로.

나는 무의식중에 그 책을 손으로 집으려 했지만, 유리문은 단단히 잠겨 있었다.

"훌륭해, 이곳은."

그런 나의 모습에 개의치 않고 야리나카는 혼잣말을 하듯이 말한다.

"정말로 훌륭한 집이다."

야리나카는 어딘가 먼 저편을 조망하는 눈을 하고 있었다. 이런 눈을 한 그를 보는 것은 어쩐지 아주 오랜만이라고 생각했다.

"나는 말이지, '풍경'을 찾고 있어."

과거 그 말을 입에 올렸을 때의 표정이 지금과 겹쳐 떠오른다. 그것은 언제 일이었을까. 장식장 앞을 떠나면서, 나는 기억을 더듬어 나간다.

그것은―그래, 4년 반 전의 봄, '암색텐트'가 막을 올린 그날 밤의 일이었다. 상연이 끝난 다음, 우리들은 키치조지의 어느 술집에 들어가 재회의 정을 나누고 있었다. 그때 일이었다.

아마 나는 극단 이름의 유래를 그에게 물었을 것이다. '텐트'라는 단어를 붙였으면 언젠가 이른바 텐트 공연도 할 작정인가, 그런 질문도 했다.

"나는 말이야, '풍경'을 찾고 있어."

그는 혼잡한 가게의 카운터에서 먼 곳을 바라보는 듯이 쌍꺼풀의 눈을 감는 듯 가늘게 뜨고 미즈와리水割り*의 유리잔을 입술로 옮겼다.

"자신이 몸을 두어야 할 풍경. 그 안에 있으면서 나라는 존재의……."

내가 물은 것과는 직접 관계가 없는 것 같은 단어를 한 차례 늘어놓은 다음, 야리나카는 말했다.

"'텐트'라는 단어에 그렇게 깊은 의미가 있는 건 아니야. '흑색텐트'라든지 '붉은 텐트'라든지, 그런 것을 목표로 할 생각은 조금도 없어. 그러니까 이제 와서 텐트 공연을 할 생각도 없어.

다만, 그래, 옛날 신주쿠新宿 추오中央 공원에서 있었던 사건을 목격한 것이 다소 영향을 끼쳤을지도 몰라."

---

* 위스키 등에 물을 타서 묽게 한 것.

1969년의, '붉은 텐트 소란'을 말하는 것이었다. 나는 그때까지 거의 연극이라는 것에 흥미를 가진 적이 없었지만, 그 유명한 사건의 개요 정도는 알고 있었다.

그해의 1월 3일 밤에 일어난 사건이었다. 카라 주로唐十郎가 이끄는 극단 '상황극장狀況劇場'이, 신주쿠 서쪽 출구의 추오 공원에서 〈코시마키 오센腰卷お仙—후리소데 화재편振袖火事の卷〉이라는 연극을 상연하려고 했다. 그러나 이에 대해, 당시의 미노베美濃部 도정 측은 도시공원법을 내세워 허가를 하지 않았고, 당일 극단 측은 무허가로 공연을 강행했다. 기동대가 텐트를 포위해 확성기로 고함치는 가운데 감행된 그날 밤의 연극은 지금은 전설이 되었다고 한다.

"…… 당시 나는 열여섯 살, 고등학교 1학년이었고 상당히 어엿한 불량소년이었어. 학교에는 거의 가지 않았지. 교사는 처음부터 바보 취급했어. 같은 나이의 친구들은 거의 없었지. 그렇다고 해도 흔들흔들 놀기만 한 것도 아니야. 방에 틀어박혀 책만 읽고 말이지, 흔한 말로 뭐, 오로지 자신의 세계에 틀어박혀 있었단 거지.

69년이라면 딱 대학 분쟁이 화려하던 때였지. 도쿄대 야스다安田 강당의 공방전도 그해였던가. 내가 다니던 고등학교에도 불똥이 튀었지만 나는 전혀 무관심했어. 마르크스도 조금은 읽어 보았지만 전혀 머리가 받아들이지 않더군. 아니, 이해할 수 있다 없다는 문제가 아니라 거부반응이라고 할까, 그런 느낌이었어. 안보도 혁명도 아무래도 좋았고. 그들은 그들의 싸움 자체에 도취되어 있구나, 하고 묘하게 싸늘한 눈으로 보고 있었을 정도니까, 아마 상당히 기분 나쁜 소년이었을 거야.

정치는 물론 동시대의 연극에 대한 흥미도 거의 없었어. 당연히 당시 달아올랐던 소극단 운동 같은 것도 전혀 관심 밖이었지.

그런 내가 그날 밤 그 사건을 목격한 것은 물론 이유가 좀 있어. 그런 곳을 밤에 고등학생이 지나간다는 것도 이상한 이야기지? 친척 중에 연극 좋아하는 열다섯이나 나이 차이가 나는 사촌형이 있었어. 그래서 그날은 형과 함께 어딘가 외출해 돌아다니다가 형이 날 데려갔어. 재미있는 것을 볼 수 있을지도 모른다면서."

그 연극 좋아하는 사촌형이란 인물이 아시노 미즈키의 선친이라는 사실을 안 것은 상당히 나중의 일이다.

"그가 사전에 아무것도 가르쳐 주지 않아서 무슨 일이 일어났는지 나는 잘 몰랐지. 밤의 공원 속 많은 군중. 두랄루민 방패를 든 기동대. 투광기의 공격적인 빛. 뭔가 격렬하게 서로 고함치는 목소리. 그곳에 어둠의 밑바닥에서 일어선 듯 홀연히 모습을 드러낸 새빨간 텐트.

이상한 광경이었어. 그건 음, 계속 안쪽 세계만 열심히 바라본 열여섯 살 소년에게는 상당히 충격적인 장면이었어. 감동 비슷한 것도 확실히 있었고. 정말 멋지게 울렸다고나 할까. 어디까지나 환상적인데도, 그러면서 확실히 그곳에 존재한다. 뭔가 악몽 같은 두려움에 떨린다. 섬뜩한 아름다움도 느꼈던 것 같아.

그날 밤은 안에서 연극을 시작한 붉은 텐트를 멀찍이 둘러서서 보기만 하다가, 우리는 집에 돌아갔어. 데리고 간 그는 엄청나지 않느냐고 말했을 뿐 아무런 해설도 해 주지 않았지. 사건의 사회적 의미를 제대로 이해한 것은 다음 날이 된 후였어. 신문 기사 등을 읽고. 그 순간에 오히려 흥분이 깨져 버렸지. 뭐야, 그런 거였나, 하고.

물론 그것을 계기로 나는 현대 연극에 흥미를 갖기 시작했지만, 이른바 '언언더그라운드 · 패러다임' 이후 연극 운동의 전개에 반드시 찬성하는 건 아니야. 원래 연극은 시대의 함수라는 고착된 의견 자체가 너무 싫어. 자주 듣는 '집단창조' 등의 사상도 나에겐 아무 공감도 느껴지지 않아. 뭐, 그것은 그렇다 치고……．

　내게 가치가 있는 것은, 그러니까 그날 밤 광경 그 자체. 그뿐이라 해도 좋아. 독기 어린 핏빛이 철철 넘치는 텐트가 생물처럼 몸을 들어 올린다. 그 광경. 사회적이기도 하고, 어쨌든 온갖 의미 부여를 전부 치워 버린 후에 말이지. 아무런 논리적 뒷받침도 없는, 단순한 인상의 문제이지만, 그것이 나를, 나를 찾는 '풍경' 으로 이끌었어.　─뭐, 잘난 듯이 말하지만 의외로 근원을 따져 보면 어릴 적에 본 축제날의 가설 흥행장 텐트 같은 것과 관련이 있을지도 모르지."


# 7


　"뭘 멍하게 있어?"

　야리나카의 목소리에 문득 제정신으로 돌아왔다. 나는 방의 중앙, 검은 대리석 테이블의 주위에 놓인 팔걸이의자에 앉아 끝 부분까지 재가 된 담배를 손가락에 끼고 있었다.

　"회상하고 있었습니다."

　테이블의 재떨이를 끌어당기면서 나는 솔직하게 대답했다. 흔들의자를 움직이면서 야리나카는 "흐음?" 하고 고개를 갸우뚱한다.

"야리나카 씨 일입니다. 당신이 찾고 있다는 '풍경' 말입니다."

"뭐야?"

야리나카는 자조하듯 입술의 가장자리를 구부렸다.

"흠. 그런 말을 했던 때도 있었나?"

"어쩐지 흥이 깨진 말투네요."

"그건 아니고. 다만 요즘 아무래도 뭐라고 하면 좋을까, 감성이 슬럼프 상태라서. 무엇을 봐도 무엇을 해도 이렇게 마음속까지 울리는 게 없어."

야리나카는 일어나 테이블 건너편 의자로 몸을 옮겼다.

"아니, 그렇지만 이 집에 온 후 빠져나온 것 같아. 응, 나는 키리고에 저택이 무척 마음에 들어 버렸어. 사는 사람들은 뭐, 별개지만."

"완전히 반하셨군요."

"뭐랄까, 완벽해, 이 집은."

"완벽?"

"여러 가지 의미에서 말이야. 나는 그런 생각이 들어."

말하고, 야리나카는 혼자 끄덕인다.

"예를 들어, 서양식 저택 건축의 전통적인 내장 양식 속에서 어른거리는 아르누보 디자인과, 곳곳에 들어간 일본 취미와의 멋진 조화. 뭐, 아르누보라는 운동 자체가 원래 일본의 우키요에浮世繪* 등의 영향을 받았으니 어울리는 것이 당연하다면 당연하지만, 이 정도로 많이, 실로 잡다한 물건이 모여 있다면 한번 삐끗하면 전부 엉망이 될 수도 있어. 줄타기 같은 균형 감각이 필요하다고 생각해."

"그런 건가요?"

"몹시 주관적인 문제지만. 어떤 인물인지 모르겠지만, 시라스카 씨는 역시 뵙고 싶군."

이 저택의 주인과 만나보고 싶다는 것은 나도 동감이었다. 끄덕이며 새로 담배에 불을 붙이려고 할 때,

"가령."

다시 야리나카는 말했다.

"1층 홀에서 예전 연극을 했다면, 그런 생각 들지 않아? 관객은 모두 위의 회랑에서 무대를 내려다보는 거야. 저 검은 화강암의 플로어에 체스판을 만들어……."

〈황혼의 선공법〉은, 지난달 '암색텐트'가 상연한 연극의 제목이다. 야리나카와 내가 쓴 오리지널 작품으로, 무대를 체스 판으로, 등장인물을 체스 말로, 모략과 연애를 종횡무진하는 이야기를 한 판의 게임에 비유해 구성된 극이었다. 야리나카로서는 드물게 상당히 실험적인 시도를 담은 연출이었지만, 다행히 공연은 제법 호평을 얻었다. 확실히 이 저택 홀에서 그 연극을 할 수 있다면 상당히 재미있었겠지만…….

"그런데."

나는 이야기의 방향을 바꾸었다.

"온실에서 마토바라는 사람이 신경 쓰이는 말을 했죠?"

"미즈키와 닮은 시라스카 부인 말이야? 이름까지 똑같다는."

---

* 에도 시대의 풍속화.

"그것도 있지만."

나는 아무 생각 없이 천장의 샹들리에를 올려다보면서,

"그녀가 마지막으로 말했던 겁니다. 지붕의 유리가 금이 간 것을 보고, 이 집에는 조금 이상한 부분이 있다고."

"흠. 그거 말이군."

"대체 무슨 말일까요? 아무래도 이 집에는 기묘한 게 너무 많다고 생각하지 않습니까? 이름의 우연의 일치도 그 하나고. 그리고 저, 아야카 짱이 봤다는 계단의 사람 그림자라든지, 소리라든지."

"확실히."

야리나카는 천천히 한 번 눈을 감았다.

"그러나 말이지, 무슨 일이든 수수께끼가 있는 편이 좋아. 그렇게 생각하지는 않나?"

"수수께끼가 있는 편이?"

"아무리 매력적인 것이라도 모두 알아 버리면 시시하다는 거야. 그것은 인간에 대해서도 마찬가지겠지. 예를 들면 린도, 너는 미즈키에 관해 얼마나 알고 있나?"

"헉."

완전한 기습이었다. 내가 당황한 것을 야리나카는 태연한 눈으로 보면서,

"네 마음이라면 손에 쥔 듯이 잘 알아. 원래 별로 연극에 흥미 없던 네가 내 권유에 따라 극단에 자주 출입하게 된 것도 리허설 장에서 그녀와 만난 이후였으니까."

"그건."

"화내지 마. 놀릴 생각이 아니니까. 음. 미즈키는 멋진 여자야. 네가 아니라도 마음을 빼앗기지 않는 편이 이상한 거지."

"야리나카 씨……."

그리고 나는 무엇을 말하려고 한 것일까. 그때 무엇을 말할 수 있었을까. 살롱의 문이 열린 것은 내게 역시 하나의 구원이었던 것 같다.

"아, 나나시."

들어온 것은 나모 나시였다. 야리나카는 아무 일도 없는 듯한 웃는 얼굴로,

"어떻게 된 거야. 심심해?"

"뭐, 조금."

나모는 가냘픈 팔을 펼쳐 보였다.

"아야카는?"

"저쪽에서 닌도 선생님이 이름점을 봐 주고 있습니다."

"저 선생, 그런 것도 하나?"

"난, 점이란 건 아무래도 질색이라서."

"전혀 믿지 않나?"

"반대입니다, 반대. 제비뽑기를 해서 흉이라도 나오면 절망적인 기분이 되는 성격이거든요. 그래서 점을 보고 만일 나쁜 말을 들으면 어쩌나 해서."

"의외군."

야리나카는 재미있다는 듯이 웃는다. 나모는 입을 삿갓 모양으로 구부리고 과장되게 어깨를 으쓱했다.

"굉장한 양의 책이군요."

검은 청바지 앞주머니에 양손을 찔러 넣으며 그는 방을 가로질러 난로 왼쪽의 벽을 메운 책장 앞에 섰다. 발돋움을 하거나 허리를 굽히면서 잠시 동안 주르르 늘어선 책등을 보다가 곧,

"허어, 이건 곤란한데."

갑자기 뒤집어진 목소리로 말했다.

"응? 무슨 일인데."

"우와. 보세요, 야리 씨. 이런 곳에 내 이름이 있는데."

"이름?"

야리나카와 나는 동시에 의자에서 일어나, 나모 쪽으로 걸음을 향했다.

"이거 이거."

책장의 유리문이 들어간 한가운데쯤의 한 단을 향해 나모는 뾰족한 턱을 가리켰다.

"저기, 한가운데 네 권."

나모가 가리킨 주변에는 불그스름한 황색 케이스에 들어간 책이 몇 권 늘어서 있었다. 서명은 각각 달랐지만 저자명은 전부 '시라스카 슈이치로'다. 이 집 주인의 이름이다. 어느 책도 출판사 이름이 나와 있지 않는 것을 보면, 그가 자비출판으로 만든 책인가.

'한가운데 네 권'이라고 해도, 그것들 중 정확히 어느 것을 가리키는지 알 수 없었다. 당황하면서 나는 순서대로 책이름을 좇아 보았다. 『순간瞬間』『때의 회랑時の回廊』『이름을 부를 때에名を呼ぶ時に』『망향의 별자리望郷の星座』『나락에 솟구치는 샘奈落に湧く泉』『지조의 색志操の色』『꿈의 역류夢の逆流』……

"모르겠는데요."

우리들의 반응을 보고, 나모는 약간 유쾌한 듯이 앞니를 드러낸다.

"이 네 권입니다.『이름을 부를 때에名を呼ぶ時に』『망향의 별자리望郷の星座』『나락에 솟구치는 샘奈落に湧く泉』, 그리고『지조의 색志操の色』. 저기, 네 개 제목의 처음 글자, 옆으로 읽으면."

"아아."

"과연."

타이틀 문자는 모두 책등의 똑같은 위치에서 시작하고 있다. 즉, 처음 첫 글자는 똑바로 가로로 늘어서 있다. 나모가 말한 것처럼 맞춰보니, '나名' '모望' '나奈' '시志' ─정확하게 그곳에 그의 이름이 있었다.

야리나카와 나는 얼굴을 마주 보았다. 또다시 나타난 기묘한 우연의 일치…….

나는 책장 유리문을 열어, 그 네 권 중의 한 권『망향의 별자리』를 꺼냈다. 생각대로 그것은 자비출판으로, 안에는 몇 십 편 정도의 산문시가 수록되어 있다.

"들었습니다, 야리 씨, 아야카 쨍에게."

펼친 책을 옆에서 들여다보는 야리나카를 향해 나모 나시가 말했다.

"이 집 여기저기에 우리들 이름이 있다고 말이죠. 순진하게 웃으면서 말했지만 잘 생각해 보면 꽤 으스스하잖습니까."

"뭐, 그렇지. 뭔가를 암시한다고 해도, 단순한 우연이라고 결론을 내더라도."

"그럼 아직 이름이 발견되지 않은 것은 세 명뿐인가요? 야리나카 씨와 카이 군과 사카키 군."

내가 말하자, 나모는 히죽 웃으며,

"아니, 또 하나 발견해 버렸어."

"정말로?"

"어디?"

나와 야리나카의 목소리가 겹쳤다. 나모는 오랑우탄처럼 긴 팔로 살롱 쪽을 훌쩍 가리키며,

"저쪽 테이블에, 사카키 군의 이름을 나타내는 물건이 있었어요."

"뭐가 있어?"

채근하듯이 야리나카가 묻는다.

"저 사각형 쟁반입니다. 재떨이가 들어 있는 녀석."

살롱 소파세트의 테이블에는 재떨이와 담뱃대 받침을 넣은 목제의 담배 쟁반이 놓여 있었다. 나모가 말하는 것은 그것인 모양이다.

"담배 쟁반 말이야?"

야리나카는 코를 문질렀다.

"저기 어디에 사카키 이름이 있지?"

"옆에 투조透彫로 무늬가 들어간 거, 안 보입니까? 저도 조금 전 알았는데 그 무늬가 겐지코노즈源氏香之圖의 '사카키賢木'인데."

"겐지코노즈?"

야리나카는 눈썹을 찡그렸다. 그에게도 모르는 게 있나 보다.

"흔히 겐지 무늬라고 해서, 전통식 방의 난간 같은 것에 자주 쓰입니다."

내가 해설 역을 자처하고 나섰다.

"원래는 겐지 향의 냄새에 맞춰 그림으로 나타낸 거라고 합니다."

"흠. 냄새 맞추기인가."

"네에. 다섯 종류의 향을 다섯 포 씩, 전부 스물다섯 포 만들어, 향원이 그 안에서 임의의 다섯 포를 골라 피운다. 그것을 맡아 구분해서, 그 이동을 다섯 줄의 선으로 나타내는 거죠. 이 다섯 줄의 조합을, 『겐지 이야기』 쉰네 첩의 각 첩에, 히카루 겐지와 여성들과의 연애관계를 기준으로 해서 끼워 맞춘 것이 겐지코노즈입니다."

엄밀히 말하면, 쉰네 첩 중 '키리쓰보桐壺'와 '사카키賢木', '아카시明石'와 '유메노우키하시夢浮橋'에는 동일한 도안이 쓰이고 있다. 또, 예외적으로 '야나기柳'와 '와카바若葉'를 추가한 것도 전해지고 있다고 한다.

"그러고 보니 그런 것도 있었던가. 과연. 그 중의 '사카키'가 담배 쟁반의 무늬로 쓰이고 있다는 말이군."

야리나카는 깊게 팔짱을 꼈다.

"그러나, 린도는 그렇다 치고 어째서 나모가 그런, 겐지코노즈 같은 우아한 것을 알아?"

"흥. 무시하지 않았으면 좋겠네요. 이래 봬도 대학에서는 린도 선생과 같은 국문과에 그럭저럭 우수한 학생이었는데."

"그렇다고 해도 잘도 저런 세세한 도안까지 구분할 수 있군."

"졸업논문 때문에 저 무늬와는 상당히 눈싸움을 했거든요. 너무 고생해서. 아직도 머리에 달라붙어서 떨어지지 않습니다."

그렇게 말하고 나모는 가냘픈 가슴을 편다. 쓴웃음을 지으면서 나는 손에 들고 있던 시라스카 슈이치로의 저작을 책장에 되돌려 놓았다. 원래대로 '나' '모' '나' '시'라는 문자열이 그곳에 나타나도록.

# 8

눈보라는 전혀 약해지지 않았다. 약해지기는커녕, 해가 떨어짐과 동시에 그 기세는 더욱더 격렬해져서 복도나 선룸에 나가면 흉포하다는 형용사가 잘 어울리는 날카롭고 드높은 바람소리가 들렸다. 난방이 잘 된 저택 안에 있어도 공기가 어제보다 한층 매서워진 것을 알 수 있다.

저녁 식사에는 또다시 초대받지 못한 손님들의 대접으로는 아까운 듯한 호화로운 식사가 제공되었다. 요리를 나른 이는 어제 처음 도착한 테라스에서 주방문으로 얼굴을 내민 몸집 작은 중년 여자다. '날붙이 공포증'의 나모 나시의 부탁을 듣고 일부러 젓가락을 갖다 주기는 했지만, 그녀도 역시 이 집의 다른 사람과 마찬가지로 무뚝뚝하고 쓸데없는 말 한 마디 하려 하지 않았다.

식사를 끝낸 것이 오후 7시를 넘어서였다. 왜건에 준비된 커피 메이커로, 미즈키와 아야카가 모두에게 커피를 서비스해 주었다.

"드디어 저거네요. '눈보라의 산장'이라는 녀석 말입니다."

커피에 세 스푼의 설탕을 넣으면서 닌도 의사가 그런 말을 꺼냈다.

"오래된 탐정소설에 자주 있잖습니까. 눈이나 폭풍으로 완전히 바깥 세계로부터 고립된 집. 그곳에서 일어나는 공포의 연쇄 살인. 경찰은 부를 수 없고 달아날 수도 없는."

"불길한 소리 하지 마십시오."

내가 대답했다.

"그렇지 않아도, 이 집 상당히 으스스한 점이 있으니까."

"하하."

컵에서 올라오는 김에 흐려진 둥근 안경을 손가락으로 닦으면서 노의사는 웃는다.

"의외로 린도 씨는 겁이 많으시군. 소설가란 자주 그런 엉뚱한 상상을 하지 않습니까?"

"사람에 따라 다르지요. 적어도 저는 별로 그런 피비린내 나는 방향으로는 상상력을 발휘하고 싶지 않은 편이라."

"탐정소설 같은 것은 안 쓰시는가요?"

"네에. 심심풀이로 읽는 것은 싫지 않지만 직접 쓰고 싶지는."

"닌도 선생님은 좋아하십니까?"

카이가 물었다. 역시 어젯밤도 잘 못 잤는지, 여전히 충혈된 벌건 눈을 하고 있다. 안색도 별로인 듯하다.

"예전에 경찰 일을 돕거나 하셨으면 소설은 거짓말 같아서 읽을 수 없다든지."

"아니, 아니, 그렇지 않아요. 그야말로, 현실과 소설은 별개입니다."

닌도 의사는 살짝 입을 댄 커피에 한 스푼 더 설탕을 넣었다.

"소설에는 소설을 즐기는 법이 있지요. 생생한 현실의 사건도 그야 재미있지만, 그것과 탐정소설의 묘미는 또 다르답니다."

"어라."

내가 말했다.

"오늘 아침—아니, 이미 정오가 지나서였습니까, 그때의 이야기로는 탐정소설 따위보다도 경시청 잡지 쪽이 훨씬 재미있다고 하지 않으셨습니까?"

"그러한 측면도 있다는 거지요, 그건. 즉 그, 자극으로서는."

"자극이요?"

"그렇소. 어떤 종류의 탐정소설이 머리에 주는 자극에는 그와는 또 다른 강렬함이 있겠지요. 현실을 질질 끌고 오지 않고 마음껏 무섭고 잔학한 놀이를 즐기자는 듯한."

"뭐. 그러네요."

"그러니까, 탐정소설 속에서 일어나는 사건은 역시 가급적 엉뚱한 것이면 좋지요. 너무나도 현실에 있을 법한 사건을 지겹도록 읽을 바에야 경찰 수사기록을 훑어 보는 편이 낫죠. 그쪽이 훨씬 리얼하다는 의미에서는 자극이 되고."

"의외네요."

유쾌한 목소리로 야리나카가 말했다.

"닌도 선생님 세대시라면, 미스터리는 마쓰모토 세이초松本清張가 아닙니까?"

"세이초 말입니까. 흠, 옛날에는 꽤 읽었습니다. 그 시기에 붐이었으니까, 그런 게. 그렇지만 뭐랄까, 나이를 먹으면 머리가 어릴 적으로 돌아가는 걸까요. 아니, 멍청해진다는 게 아니고. 지금은 저런 녀석에는 전혀 흥미가 생기지 않습니다. 오히려 란포亂步가 공연히 그립거나 합니다."

"역시. 란포군요. 저도 역시 좋습니다, 란포는. 『외딴섬 악마』라든지 『파노라마 섬 기담』 같은 건 최고라고 생각합니다. 두 시간 드라마에서 자주 하는 아케치 코고로明智小五郎 시리즈는 그만 좀 해줬으면 좋겠지만."

야리나카가 묘하게 기분이 좋다. 빙긋빙긋 웃으면서 테이블의

모두를 둘러보고,

"여기서 미스터리 강의가 열릴 거라고는 생각하지 않았는데. 우리 동료들은 대개 미스터리를 꽤 읽습니다."

"호호. 여러분이요. 그건 또 드문 일이네요그려."

"드문 일입니까?"

"이 시골 동네에서는 나이 먹고 탐정소설 따위 읽고 있으면 이상한 사람 취급받거든요."

"정말입니까?"

"이상한 사람 취급이라는 거야 뭐, 지나친 말이겠지만, 죽은 아내는 항상 싫은 얼굴을 하고 있었습니다. 그런 살인자 이야기를 읽고 어디가 즐겁냐면서."

"흐음. 뭐, 의외로 그런 분들이 많을지도 모르겠네요. 우리 극단의 경우는 말이죠, 약간 이유가 있습니다. 카미야 미쓰토시神谷光俊라는 작가를 모르십니까?"

"글쎄, 어딘가에서 들은 듯한데."

"《키소奇想》라는 잡지가 있지요. 탐정소설 전문지. 3년 전 신인상을 타고 데뷔한 작가입니다."

"아, 네."

닌도 의사는 하얀 턱수염을 쓸어내렸다.

"꽤 화제가 된 책이었지요. 흡혈귀가 어쩌고 하는."

"『흡혈의 숲』입니다. 그의 데뷔작으로 첫 작품집의 타이틀이기도 합니다."

"네네. 읽었습니다. 카미야 미쓰토시가 무슨?"

"실은 말입니다, 그는 본명이 키요무라淸村 군이라고 해서 2년 전까지 우리 극단에 있었습니다."

"우리 극단? 여러분의 극단에 말입니까?"

"네에. 그러니까, 모두 그와는 안면이 있습니다."

"하아. 그래서."

"내부 사람 중에서 추리 작가가 나오면 읽어보고 싶어지는 것이 인지상정이겠지요. 그것을 계기로 한때 '암색텐트'에서는 미스터리가 유행해서요. 나나 카이는 그렇지 않아도 원래부터 비교적 좋아했습니다만."

"과연."

"이 안에서 미스터리 싫다는 사람은 아야카 정도일까요. 미스터리가 싫다기보다는 활자가 싫다는 편이 정확한가."

놀리는 투로 야리나카가 말한다. 아야카는 불만스럽게 볼을 부풀리고,

"아카가와 지로赤川次郎는 좋아해."

"우리 딸과 같네요. 아니, 저도 읽습니다, 아카가와 지로는. 다른 양산 작가와는 약간 다르니까."

쌀알처럼 눈이 작아지게 미소 지으며 닌도 의사는 홀쩍 내 쪽을 보고,

"그런 이야기가 가까이에 있는데, 린도 씨는 탐정소설을 쓰지 않는다는 겁니까?"

"아, 아니, 저는."

내가 말을 계속하기 전에, 야리나카가 말했다.

"권하지만 쓰려고 하지 않더군요. 어린 시절의 문학 지향을 버릴 수 없는 것 같아서."

"그런 것도 아닙니다. 순문학은 이미 포기했으니까요."

나는 변변찮은 반론을 했다.

"미스터리를 쓴다는 것은, 특수한 재능입니다. 도저히 저는 쓸 수 없을 것 같다고 언제나 읽으면서 통감합니다."

"그렇습니까."

닌도 의사는 두툼한 아랫입술을 내민다.

"이런 거라면 누구나 쓸 수 있다는 책이 꽤 있는데."

"그럼 선생님이 직접 써 주십시오."

"아니, 그건."

"그래, 그런데."

하고 야리나카가 아야카 쪽을 돌아보았다.

"선생님이 이름점을 봐 주신 결과는 어땠어?"

"그게 말이야."

아야카는 다시 볼을 부풀리고 조금 말을 머뭇거렸다.

"별로 좋지 않대. 이 이름 마음에 들었는데."

"그렇습니까, 선생님?"

"뭐, 자세한 자료도 없어서 대충 봤지만요. 그렇게 나쁜 획수도 아닙니다. 주격에 16이라는 최대 길의 수를 가지고 있고. 다만, 아무래도 외격이 좋지 않아요."

"외격이라고 하시면?"

"성명에는 5격이라고 해서, 다섯 개의 중요한 획수의 조합이 있습니다. 성격, 주격, 명격, 외격, 총격의 다섯 개로 각각이 여러 가지 의미를 가져옵니다."

이상하게도 그런 설명을 점잔을 빼면서 시작하니, 머리가 벗겨진 의사의 둥근 얼굴이 길거리의 점쟁이나 절의 주지처럼 보인다.

"5격 중에서도 주격이 운세로는 가장 중요한 격으로, 노모토 씨의 경우 불평할 것이 없지요. 그런데 외격이란 대인관계라든지 연애, 결혼, 즉, 자신과 주위와 관련을 나타내는 격으로, 이 녀석이 12라는 아주 나쁜 숫잡니다. 가족 운이 약하고 병약, 단명, 조난 등이라는 의미를 가진 숫자입니다.

"확실히 이름점이라는 것은 본명이 아니라 예명으로 보셨죠?"

"그렇습니다."

"그래서, 선생님이 만들어 주셨어."

아야카가 말했다.

"개명한다는 말이야?"

"응. 왜냐하면 역시 기분 좋지 않은 걸. 모처럼의 예명이니까, 좋은 이름으로 하는 게 더 좋잖아."

"뭐, 그야 그렇지."

"그렇게 대수술을 할 필요는 없다고 생각합니다만. 주격은 그대로 하고, 요는 외격을 어떻게 하면 되는 거라서."

닌도 의사가 말했다.

"하는 김에 다른 분도 약간 조사해 봤습니다."

"호오. 어땠습니까."

"예를 들어, 그래, 아시노 씨는 아주 강한 이름이군요. 상처가 없는 것도 아니지만 이제부터도 여배우로서 해 나갈 수 있다면 우선 더할 나위 없고. 지식이 있는 분에게 받은 이름입니까?"

"아뇨. 하지만 친구 중에 이름점을 하는 사람이 있는데 그 사람한테도 언젠가 같은 말을 들었습니다."

그렇게 대답할 때 미즈키의 미소를 잊을 수 없다. 언제나처럼 조용하고 아름다운 미소였지만, 동시에 뭐라고도 할 수 없는 쓸쓸함과 슬픔의 빛이 보인 느낌이 들었으니까.

"하지만 믿을 수 없어요. 이름이 좋고 나쁘고 따위는."

그녀로서는 드물게, 묘하게 될 대로 되라는 말투였다. 노의사는 흥이 깨진 듯이 안경 안쪽의 눈을 끔뻑이고,

"물론 믿느냐 마느냐는 마음대로지요. 그러나 의사가 이런 말을 하는 것도 이상한 이야기지만, 이름점은 꽤 잘 맞습니다."

"시시해."

그때까지 묵묵히 담배를 피우고 있던 사카키가 조소하는 목소리로 말했다.

"나, 미즈키 씨에게 찬성이야. 이름점이든 뭐든 점 같은 거 믿을 수 있을 리가 없어."

"어라, 사카키 군, 그래?"

나모 나시가 움푹 팬 눈을 부라렸다.

"여자 아이를 꼬드길 때 점은 필수 아이템이잖아."

"훗. 이래 봬도 나, 원래부터 현실주의자라서."

"그런 건 몰랐는데."

"크게 웃긴 적이 있었어. 고등학교 때 말이야, 친구가 엄청난 게 있다면서 기문둔갑인가 하는 점을 쳐 주었어. 그게 죽을 때를 안다는 건데."

"자기가 죽을 때 말이야?"

"그렇지. 생년월일과 출생 시간만으로 점치는 것 같은데, 해 보니 열두 살에서 열일곱 사이에 죽는다고 나왔어. 게다가 사인은 타

살이라고. 그런데 그때, 나는 이미 열여덟 살 생일이 지났거든."

아야카가 천진난만하게 깔깔 웃었다. 나모는 그러나 진심인 것 같은 매우 진지한 말투로,

"아니. 그래도 사카키 군, 그렇게 무시할 것도 아니야. 나의 백부님은, 벌써 8년 전이지만 길가의 점쟁이에게 흉상이 나왔다는 말을 들은 다음 날 덜컥 돌아가셨지."

"그만둬, 나모 씨. 바보 같아."

사카키는 흥이 깨진 얼굴로 어깨를 움츠린다.

"조심을 하는 편이 좋다고 생각하지만. 아아, 그래, 그래."

나모는 사카키 옆에 앉은 란 쪽으로 눈길을 옮긴다. 그녀는 조금 전부터 계속 평소의 패기도 없이 얼굴을 숙이고, 때때로 흑흑 하고 눈물을 훌쩍이고 있었다.

"란 짱도, 넌도 선생에게 부탁해서 좋은 이름으로 바꾸면 어때? 분명 좋지 않은 이름이라고 생각하는데."

"무슨 의미야?"

엷게 다크 서클이 생긴 눈으로, 란은 나모를 째려보았다.

"왜냐하면 몸을 굴린 오디션이, 이런 일로 날아갔으니까."

"나나시."

야리나카가 날카로운 목소리를 날렸다.

"시비도 작작 걸어. 이제 됐잖아."

"헤헤."

"다른 사람 흠을 잡을 처지도 아니면서. 이혼이라는 것도 별로 좋은 운세라고는 할 수 없어."

"아, 정말. 그건 말하지 말기. 모처럼 잊었는데."

나모는 콩나물 같은 머리카락을 긁적이면서.

"아아, 도쿄 돌아가면 일단, 배우하면서 먹고 살 돈을 생각해야 해. 슬프다."

"아아, 맞다."

콩 하고 테이블을 손가락으로 두드리더니, 사카키가 카이 쪽을 보았다.

"돈이라고 하니, 카이 짱, 빌려 준 돈, 가급적 빨리 갚아 줘."

"앗."

카이는 허둥지둥 눈을 들고, "그래" 하고 낮게 대답했다.

"요즘 할아버지도 쩨쩨해지셔서 불편해. 여러 가지 돈 들 일도 있고."

"아아, 응."

"어떻게든 해, 알았지?"

당부하듯이 말하고 사카키는 자리를 일어나, 살롱 쪽을 향했다. 뒤따라 란이 일어선다. 어제 저녁 식사 후와 같은 광경이다.

두 사람의 모습을 지켜보며 카이는 시무룩한 표정으로 작게 한숨을 쉬었다.

# 9

오후 8시 전.

조금 전 여자가 다시 와서 식기의 뒷정리를 끝낸 직후 노크 소리가 들렸다. 식당에 남은 건 야리나카, 카이, 닌도 의사와 나 네 사람으로, 다른 다섯은 살롱 쪽에서 쉬고 있었다.

"늦어져서 죄송합니다."

들어온 것은 그 마토바라는 여자였다.

"적당한 것을 찾을 수 없어서. 꽤 오래된 기계지만 괜찮으시다면 빌려 드리겠습니다."

그렇게 말하고 그녀는 오른손에 들고 있던 검은 라디오를 내밀었다. '코지엔広辞苑' 사전 정도 크기의, 확실히 상당한 구형 물건이다.

"아아, 이거 감사합니다."

야리나카가 문으로 가서 라디오를 받아 들었다.

"신경 써 주셔서 감사합니다."

"저기서 전원을 연결하세요. 전지는 안 들어 있어서요."

여자는 살롱으로 이어지는 문 옆에 있던 콘센트를 가리킨다.

"감사합니다. 그런데 말입니다."

야리나카가 뭔가 말을 걸려고 하니, 그녀는 안경테에 손을 대면서, "그럼" 하고 가볍게 인사한 후,

"어젯밤 나루세도 말씀드렸을 테지만, 밤에는 되도록 일찍, 그렇지요, 늦어도 10시까지는 해산 부탁합니다―실례."

"정말."

머쓱하게 어깨를 움츠렸다.

"어이, 아야카. 라디오를 빌려 줬어."

열려 있던 살롱 문으로 아야카가 바로 뛰어왔다. 야리나카로부터 라디오를 건네받자 식탁 끝에 놓고 부랴부랴 플러그를 콘센트에 꽂는다. 스위치를 찾고 안테나를 뽑고, 꽤 조작에 공을 들였더니 머지 않아 스피커에서 잡음투성이의 음성이 들려오기 시작했다.

"뉴스 뉴스……."

의자에 앉지도 않고, 아야카는 튜너의 다이얼을 돌린다.

"아아. 아무 데도 뉴스를 안 해."

"괜찮다니까, 아야카 짱."

카이가 라디오 가까이로 자리를 옮기면서 말했다.

"대폭발로 엄청난 상황이었다면, 긴급 보도라든지 할 테니까. 분명 대단한 분화는 아니었던 거야."

"그런가."

아야카는 여전히 불안한 얼굴이었다. 그렇게 원하는 프로그램을 찾아 다이얼을 계속 돌리는 중에,

'…… 하라야마 분화 속보입니다'

득득거리는 잡음에 섞여 남자 아나운서의 갈라진 목소리가 흘러 나왔다.

'15일 저녁, 12년 만에 분화한 이즈 오시마의 미하라야마는 그 후에도 분연이나 불기둥을 뿜어 올리고 있습니다. 도쿄대 지진 연구소에 따르면 화구저에 용암이 쌓이기 시작한 것이 확인되어 활동은 장기화가 예상된다고 합니다. 16일은 오전 10시 이후부터 수

십 번에 이르는 여진이 되풀이해 발생하고 있습니다만, 동네나 주민에게 직접적인 피해를 주지는 않았습니다. 분화가 격화될 전망은 현재 없으며 밤에는 하늘을 불꽃처럼 물들이는 화산의 분화를 구경하려고 오히려 관광객이 늘고 있어⋯⋯.'

"라고 하네."

야리나카가 웃음을 던졌다.

"당장 심각한 사태는 아닌 모양이야. 부상자 같은 것도 나오지 않은 것 같고."

아야카가 후우 하고 긴 숨을 토하고 라디오에서 손을 뗐다.

"하지만, 역시 걱정이야. 여섯 살인가 일곱 살 때는 한 번 커다란 분화가 있었어. 진짜 무서웠어. 섬이 가라앉는 게 아닌가 하고."

"걱정 없어. 관광객이 몰려간다는 정도니까."

'⋯⋯ 계속해서 뉴스입니다. 올해 8월, 도쿄도 메구로日黑 구의, 리노⋯⋯.'

"꺅."

갑자기 아야카의 비명이 짧게 울리고 한 박자 뒤에 라디오가 테이블에서 떨어졌다. 벽의 콘센트와 연결된 코드가 그녀가 발에 걸린 것 같다.

"괜찮아?"

야리나카가 의자에서 일어나 뛰어간다. 가까이에 있던 카이도 아주 깜짝 놀란 얼굴로 자리에서 일어났다. 아야카는 당황해서 자리에 쪼그리고 앉아 바닥에 나뒹군 라디오를 주워 올렸다.

"앙. 부서져 버린 걸까."

뉴스의 음성은 끊어졌고, 스피커는 쉭쉭 하고 가스가 새는 듯한 잡음만을 토해 내고 있다.

"잠깐 줘 봐."

허둥지둥하는 아야카의 손에서 카이가 라디오를 들어올렸다.

"괜찮아. 떨어진 충격으로 튜닝이 이상하게 됐을 뿐이야."

"다행이다. ─앗, 어떻게 해. 안테나가 구부러졌어."

"넣어 두면 모를 거야."

카이가 튜너를 조절하자 조금 전의 뉴스와는 다른 방송국의 음악 프로그램이 울려 나왔다.

"저기, 잠깐."

마음에 걸리는 것이 있어 내가 말했다.

"잠깐, 조금 전의 뉴스에 맞춰 주지 않겠나?"

"왜 그래, 린도?"

야리나카가 물었다.

"돌아가면 화산 구경하러 가려고?"

"설마. 아닙니다. 그 후에 시작한 뉴스가 조금 마음에 걸려서."

"뭐가?"

"못 들었습니까. '올해 8월, 도쿄도 메구로 구의, 리노' 까지 들렸습니다. 메구로 구의 리노…… 리노이에라고 이어졌던 게 아닌가 해서."

"메구로의 리노이에. 아하, 그 사건 말이군."

"뭔가 진전이 있었던 걸지도 모르겠네요."

"과연."

"이미 뉴스는 끝나 버린 것 같네요, 린도 씨."

튜너를 돌리고 있던 카이가 눈을 치켜뜨고 내 쪽을 보았다.

"광고를 하고 있어."

"아, 그러면 뭐 괜찮습니다. 잘못 들었을지도 모르고."

정말로 그렇게 들렸는지 어떤지 잡음 섞인, 아주 선명한 목소리는 아니어서 자신이 없었다.

카이는 조금 구부러진 안테나를 넣고 라디오 스위치를 껐다. 플러그를 빼서 정성 들여 코드를 손잡이에 감고, "또 떨어뜨리면 안 되니까"라고 말하며 콘센트 가까이의 벽 쪽에 놓았다.

살롱의 문은 열려 있어서 그때 우리들의 대화는 건너편에 있는 사람들에게도 들렸을지도 모른다. 그러나 '그 사건'이 계속해서 화제가 되지는 않았다. 아야카와 카이는 당연히 내가 무엇을 말하려고 했는지 이해했을 것이다. 닌도 의사만은 혼자 영문을 모르겠다는 표정으로 멀거니 있었지만, 우리들은 딱히 설명하려고 하지 않았다.

키미사키 란이 살롱에서 이쪽으로 온 것은 그로부터 잠시 지나서의 일이다.

"닌도 선생님."

그녀가 우아한 얼굴로 짧은 다리를 꼬고 캔디를 입에 가득 문 노의사 옆으로 다가갔다.

"부탁이 있습니다만."

"네."

의사는 허겁지겁 앉은 자세를 바로 하고.

"저한테 말입니까. 그야 뭐⋯⋯. 하아. 그러고 보니, 오늘은 계속 눈물을 훌쩍이고 계셨지요. 몸 상태가 나쁘십니까?"

"조금."

"진찰해 드릴까요? 약은 대충 갖고 왔으니까."

"저런, 봐 주실 정도는 아니지만요."

란은 힘없이 고개를 흔들고.

"잠을 못 자서, 어젯밤부터. 그러니까, 저기."

"아하."

의사는 끄덕였다.

"수면제를 달라고 하는 거군요."

"있나요?"

"없는 것도 아니지만, 열이 있을 때 먹는 것은 좋지 않습니다. 열은 있습니까?"

"아니요. 코가 근질근질할 뿐이에요."

"알레르기는?"

"딱히 없어요."

"흠. 그럼, 좋습니다. 잘 듣는 게 있으니까. 그 녀석을 드리죠."

닌도 의사는 의자에서 일어나 얌전하게 감사를 표하는 란의 얼굴을 들여다보았다.

"확실히 지친 것 같네요. 오늘 밤은 푹 주무세요."

"감사합니다."

"방에 가방을 두고 와서. 잠시 함께 가지 않겠습니까?"

"아, 네."

"효과가 빠르니까 방에 돌아가서 먹도록 하세요. 알겠습니까?"

의사가 란을 데리고 식당을 나간 차에 우리들은 모두 살롱으로 자리를 옮겼다. 난로 앞에서 나모 나시가 스툴에 앉은 미즈키를 상대로 말장난을 하고 있다. 사카키는 소파에 앉아서 다리를 쭉 뻗고, 무료한 듯이 담배를 피우고 있었다.

"8월에 있었던 사건 말이야."

사카키 건너편에 앉으면서 야리나카가 말을 걸었다.

"범인은 잡혔어?"

"뭐?"

사카키는 굵은 눈썹을 쑥 끌어올리고,

"사건이라니?"

"그 강도 살인사건 말이야. 메구로의, 너희 할아버님 댁에서 일어난."

"아, 그거?"

사카키는 홱 얼굴을 돌리고는 담배 연기를 토해 냈다.

"몰라. 아직 안 잡힌 거 아냐?"

퉁명스럽게 그렇게 대답했다. 그런 사건 따위 듣고 싶지도 않다는 기분이 역력히 얼굴빛에 배어 있다. 야리나카는 그 이상 말하려고 하지 않고, 나도 아무것도 말하지 않았다.

잠시 후, 닌도 의사가 식당 쪽에서 들어왔다. 란은 약을 받아서 이미 자기 방에 돌아간 것 같다.

"사카키 군, 란 짱을 따라가지 않아도 되나?"

난로 앞에서 나모가 말을 던졌다. 사카키는 담배를 든 손을 가볍게 흔들고,

"우울한 여자는 질색이야, 난."

희미한 웃음을 보인다.

"또 몸이 안 좋은 분이 계십니까? 사양 말고 말해 주세요."

모두의 얼굴을 둘러보면서 말하고는 의사가 문을 닫았다.

정말, 그 순간이었다. 약간의 이변이 우리들 앞에서 일어났다. 소파 앞의 테이블에 놓여 있던 담배 쟁반이 무거운 소리를 내며 바닥에 떨어진 것이다.

가장 놀란 것은 나였다.

다른 사람들은 물론 놀라기는 했지만 아마 사카키나 누군가가 손이 걸려 떨어뜨렸다고 이해한 게 틀림없다. 혹은, 누군가가 테이블을 흔들었다고 생각했을지도 모른다. 그러나 실제로 담배 쟁반이 떨어진 원인은 그 어느 것도 아니었다. 적어도 내가 보고 있던 바로는.

보고 있었다—그래, 나는 보고 있었다. 나모 나시의 말에 대답하는 사카키의 얼굴을 보고, 그리고 닌도 의사의 목소리에 돌아보려고 한 그때, 테이블의 담배 쟁반이 떨어지는 순간을 확실히 눈으로 포착했던 것이다.

거기에는 아무런 외부 힘도 더해지지 않은 것처럼 보였다. 의사가 모두에게 말을 걸고 문을 닫는 소리가 들림과 동시에 담배 쟁반이 얼음 위를 미끄러지듯이 스르르 움직여 그대로 떨어져 버렸다. 누군가의 손에 닿지도 않고.

나는 자신의 눈을 의심했다.

의사가 문을 닫아서 그 진동에 떨어졌나 하고 생각했다. 담배 쟁반은 테이블의 비교적 끝에 놓여 있었다. 그러나 그것을 떨어뜨릴 정도의 기세로 문이 닫혔다고는 도저히 생각할 수 없었다.

"지금, 지진이 났습니까?"

영문을 몰라서 나는 야리나카에게 물었다.

"지진? 나는 아무것도 못 느꼈는데."

그는 내용물을 카펫에 쏟아 버리고 거꾸로 나뒹군 담배 쟁반 쪽으로 허둥지둥 달려갔다.

"그렇지만, 지금……."

"내가 아니야, 떨어뜨린 건."

사카키가 어깨를 들썩인다. 그는 떨어진 순간을 보지 않았던 듯하다.

"그러면 어째서?"

"어쩌다 보니 그렇게 됐겠지."

어쩌다 보니―그것은 뭐, 우리들이 일상에 자주 쓰는 아주 애매하기는 하지만, 왠지 설득력을 지닌 말이었다. 나는 아무래도 기분 나쁜 느낌에 고개를 갸우뚱했지만, 결국은 사카키 군의 설명을 받아들여 스스로를 납득시킬 수밖에 없었다.

그러나 한편으로,

―이 집에는 좀 이상한 부분이 있어서요.

온실에서 만난 그 여자가 입에 올린 수수께끼의 대사가 흘끗 머리를 스친 것 또한 사실이다.

―특히 이렇게 손님이 오거나 하면, 그 순간에 집은 움직이기 시작합니다.

"곤란한데."

담배 쟁반을 주워 올리면서 야리나카는 낙심한 목소리를 냈다.

"이건 곤란해."

야리나카는 쟁반에 붙은 손잡이를 쥐고 천천히 들어 올리면서 다른 한쪽 손으로 안에서 뒹굴어 떨어진 원통형 재떨이를 집어 테이블에 놓았다. 아주 무거운 듯한, 검은 남부철 재떨이다.

"부서졌어요?"

식당에서 걸레를 들고 온 미즈키가 그의 옆에 무릎을 꿇었다. 야리나카가 얼굴을 찌푸리며 쟁반의 옆면을 가리키고,

"여기. 이렇게 금이 가 버렸어."

"정말."

"아마 엄청난 물건일 거야, 이것도."

일어서서 들여다보는 내 얼굴을 보고, 야리나카는 말했다.

"이봐. 겐지 무늬의 투조가 이것으로 엉망이 됐어."

그것은 —지금 생각하면 그것은 확실히 하나의 암시이고, 예언이었다. 갈라진 겐지코노즈의 '사카키' —그 의미를 깊이 생각한 사람은 그때는 아무도 없었다.


# 10


문자판이 정십이각형으로 꾸며진 진자식 벽시계가 9시 반의 종을 한 번 쳤다. 아주 조금 늦게 무늬유리의 벽으로 구분된 선룸 쪽에서 그보다도 훨씬 낮고 커다란 종소리가 울려 온다. 도서실 쪽 끝에 위치한 높이 2미터 이상이나 되는 긴 케이스 시계의 소리다. 담배 쟁반의 낙하 소동 후 어쩐지 가라앉아 버린 분위기에 오늘 밤은 이제 해산할까, 하고 야리나카가 말을 꺼냈다.

"담배 쟁반은 내일 내가 사과할게. 변상하라고 하면 어쩔 수 없지. 또 질책을 받지 않도록 오늘은 이제 모두 얌전하게 자자고."

아무도 이의를 제기하려 하지 않았다. 잘 자라는 인사말을 나누는 일도 없이 각자의 방으로 철수했다.

"린도."

문으로 향하려는 나를 야리나카가 불러 세웠다.

"벌써 졸려?"

그의 물음에 나는 "아뇨" 하고 고개를 흔들었다.

"잠이 안 오면, 방에서 책이라도 읽겠습니다. 도서실의 책, 빌려도 괜찮겠지요."

"그야 문제없다고 생각하지만."

야리나카는 앉아 있던 소파에서 일어나, 바지 호주머니에 한 손을 넣으면서,

"그보다도, 잠시 같이 있어 주지 않겠어?"

"같이 있어요?"

"그래. 나도, 아무래도 오늘 밤은 쉽게 잠들 수 있을 것 같지 않아. 완전히, 뭐랄까, 흥분해 버려서."

"이 집이 멋져서요?"

"뭐, 그런 거지."

쑥스러움을 감추듯이 야리나카는 두드러진 이마에 늘어뜨린 앞머리를 쓸어 올렸다.

"그러니까, 다음 연극 초안이라도 다듬어 볼까 하고. 어때?"

"네. 그야 물론, 상관없습니다만."

"좋아. 그러면…… 아, 잘 자."

손을 흔들며 살롱을 나가는 아야카에게 대답하고 나서,

"그러면, 그렇지."

하더니 야리나카는 도서실의 문 쪽으로 시선을 던졌다.

"자료가 있는 곳 쪽이 좋겠군. 옆으로 할까. 노트와 펜을 가지고 올 테니 먼저 가 있어."

"괜찮겠습니까? 들키면, 또 잔소리 들을 텐데요."

"시끄럽게 하지 않으면 괜찮아."

야리나카는 살짝 수염이 자란 볼을 한손으로 문지르면서, 십대 소년 같은 장난기 어린 미소를 지었다.

"설마, 도청기가 설치되어 있지는 않겠지."

제3막
「비」

비가 내립니다. 비가 내린다.
놀러 가고 싶어, 우산은 없어,
붉은 끈 나막신도 끈이 끊어졌다.

키리고에 저택의 아침은 빠르다. 고용인들은 보통 오전 6시 반에 기상해서 7시 이후에는 각자의 일에 착수한다.

저택 내의 잡무를 혼자서 도맡고 있는 스에나가 코지는 아침에 제일 먼저 일단 지하의 보일러실로 향한다. 보일러 점검을 하고, 중앙난방 조절 등을 조정한 다음, 온실로 가서 기온이나 습도, 관수灌水 등의 체크를 한다.

그날 아침도 그는 보일러실에서 난방을 조금 강하게 틀고 지붕의 눈을 제거하기 위한 스프링클러를 작동시키고, 그런 다음 온실로 향했다.

문을 열기 전에 그는 그 소리를 들었다. 뭔가 샤워를 하는 듯한 물소리가 실내에서 들려왔다. 물론, 온실 안에 샤워기 따위는 없고 그 안에서 샤워를 하는 별난 인간도 없을 것이다. 의아하게 생각하면서 문을 열었다고 한다.

소리의 주인은 물뿌리개였다.

온실에 비치해 놓은 동제 물뿌리개가 천장에서 늘어진 철사 한 줄에 매달려 있다. 그 안에 수도꼭지에서 끌어온 파란 비닐호스의 한끝이 쑤셔 들어가 있었다. 그의 키 정도 높이의 공중에 매달린 물뿌리개에서 몇 줄기나 되는 가는 실처럼 물이 떨어지고 있다.

그리고.

그 아래에 남자의 시체가 젖어 있었다.

# 1

그날, 11월 17일 월요일—키리고에 저택에서 맞이하는 두 번째 아침은 단조로운 노크 소리로 시작했다.

나는 처음에 아직 꿈속에서 되풀이되는 그 소리를 듣고 있었다. 꿈속에서는 문이 아니라 유리의 벽을 두드리는 소리로 들렸다.

두껍고 투명한 유리 저편에서, 누군가가 계속 두드리고 있다. 뭔가를 힘껏 소리치면서 꼭 쥔 주먹을 추켜올려 유리에 찰싹 달라붙은 채 몇 번이고 몇 번이고. 소리치는 목소리는 그저 크게 벌린 입만 보일 뿐, 벽의 이쪽까지는 미치지 않는다. 유리는 튼튼해서 꿈쩍도 하지 않는다. 드디어 주먹의 피부가 찢어져 피가 흘러나와 유리의 한 면을 붉게 물들이기 시작한다.

그런 꿈을 노크 소리 때문에 꾸고 있었던 것 같다. 아주 긴 시간으로 느껴졌지만, 물론 그것은 현실의 시간의 흐름에서는 고작 몇 초였을 것이다.

유리벽의 저편에 있는 인물은 아무리 해도 얼굴이 보이지 않고,

어떤 사람인지 알 수 없었다. 하지만 어쩌면 나는, 마음속 어딘가에서 그게 누구인지 알고 있었을지도 모른다. 스스로도 역시 뭔가를 소리치고 이쪽에서 벽을 두드렸다. 그러자 그 최초의 일격으로 바지직 유리에 균열이 생겨…….

거기서 눈을 떴다. 침대 위에서 벌떡 일어났을 때, 양손은 주먹을 꼭 쥐고 있었다.

"―네."

노크에 대답하고, 벗어 둔 손목시계를 나이트 테이블에서 집어들어 시간을 확인했다. 오전 8시 반이 될 참이다. 어젯밤은 완전히 늦어져서 방에 돌아온 것이 오전 4시 반경, 잠든 것이 5시 전이었으니까, 아직 세 시간 정도밖에 자지 않았다.

카디건을 어깨에 걸치고 비틀거리는 걸음으로 문을 향했다.

"쉬시는 중 죄송합니다."

검은 정장에 검은 넥타이, 말끔히 나누어 가지런히 한 백발 섞인 머리칼. 노크의 주인은 나루세라는 이름의 집사였다. 문을 열자 박제 같은 눈으로 흘긋 내 얼굴을 보고, 여전히 무뚝뚝한 얼굴로 인사한다.

"수고스럽겠지만, 급히 아래층 정찬실로 모여 주시기 부탁드립니다."

말을 들어도 나는 의미를 잘 이해하지 못하고, 잠이 덜 깬 눈을 손가락으로 문지르면서 "예?" 하고 머리를 갸웃했다.

"홀에서 중앙 복도로 나와서 똑바로 와 주십시오. 오른쪽 안의 방입니다."

"네에. 저, 대체 무슨 일인가요?"

"어쨌든, 바로 와 주십시오."

뭔가가 일어났다?

아직 덜 깬 머리에, 그런 생각이 솟구쳤다. 목이 쉰, 억양이 빈약한 상대의 목소리에 어쩐지 미묘하게 상기된 울림을 느꼈기 때문이다.

말할 것만 말하고 나루세는 다시 인사하고는 빠른 발걸음으로 문 앞에서 떠나갔다.

뭔가가 일어났다. 그러나 대체 무슨 일이.

서둘러 채비를 끝내고 나는 방을 나갔다. 마찬가지로 깨워져 불려 나온, 졸린 얼굴로 복도로 나온 동료들과 합류한다.

"이야, 린도."

야리나카가 말을 걸어왔다.

"갑자기 어떻게 된 걸까?"

"글쎄."

"저 남자, 드물게 당황한 것처럼 보였는데."

"네에. 저도 어쩐지 그렇게……."

"그런데 참을 수 없군. 거의 못 잤어. 너도 눈이 새빨개."

어제 '탐험' 한 계단에서 확 트인 홀로 내려간다. 1층의 복도로 나가니 알려 준 '오른쪽 안의 방' 은 문이 열려 있어서 바로 찾았다.

안쪽 길이가 아주 넓은 방이었다. 2층 중앙에 늘어선 방들보다, 배 가까이 넓은 것 같다.

방에는 네 명의 인간이 있었다.

방금 얼굴을 마주쳤던 나루세. 마토바라는 이름의 검은테 안경의 여자. 이 두 사람은 그저께 이 저택을 찾아온 이후, 말하자면

'낯이 익은' 사람이다.

나머지 두 사람 중 한 사람도 기억에 있는 인물이었다. 하얀 민무늬 트레이너를 입은, 키가 크고 다부진 체형의 젊은 남자―아직 서른은 되지 않았을―로, 딱딱해 보이는 곱슬머리를 부스스하게 늘어뜨리고 입가에는 짙은 수염을 기르고 있다. 어제의 '탐험' 때, 홀에서 복도로 나오려던 참에 뒷모습을 보았던 그 남자다.

그리고 남은 한 사람.

그 인물은 방 중앙에 놓인 길고 커다란 테이블의 건너편에 있었다. 품위 있는 올리브색 가운을 입은 쉰 살 정도의 남자로, 안쪽 벽에 늘어선 창을 등지고 앉아 있다. 두꺼운 파란 커튼을 연 창 저편에는 바로, 반질반질하게 닦은 거울 같은 키리고에 호의 수면이 펼쳐져 있었고 눈은 여전히 격하게 내리고 있었다.

"앉아 주십시오."

의자에 앉은 채, 그 남자가 말했다.

올백으로 한 갈색의 머리칼. 약간은 일본인 같지 않은 뚜렷한 이목구비, 거무스름한 얼굴에서 똑바로 이쪽을 바라보는 깊은 다갈색의 눈. 눈빛의 예리함과는 정반대로, 모양이 좋은 코 밑으로 살짝 수염을 기른 입가에는 온화한 미소가 떠 있다.

"제가 이 집의 주인으로, 시라스카 슈이치로라고 합니다. 처음 뵙겠습니다. 부디 앉아 주십시오, 여러분."

침착하고 위엄에 가득 찬 목소리였다. 이 저택, 키리고에 저택의 주인. 도서관에 있던 몇 권 정도의 시집의 저자. 우리들은 무엇을 묻지도 이야기하지도 못하고 그의 권유에 따랐다.

조금 늦게 미즈키와 란, 아야카의 여자 세 사람이 방에 들어오자,

"나루세."

남자─시라스카 슈이치로 씨는 입가의 미소를 키우면서 살짝 오른손을 들었다.

"다 모인 것 같군. 커피를."

테이블 옆에 대기하던 검은 옷의 집사는 허리부터 몸을 굽혀 절을 하고, 방의 한 모퉁이에 있는 카운터로 향했다.

"죄송합니다만, 시라스카 씨."

내 옆자리에 앉아 있던 야리나카가 그때 조심스럽게 말했다.

"아직, 한 사람 오지 않았습니다만."

한 사람 오지 않았다. 그 말을 듣고 겨우, 나는 그것을 깨달았다.

손님 전원이 이곳에 모였다면, 전부 아홉 명일 것이다. 그런데 지금 테이블 주위에 있는 것은 여덟 명 뿐. 한 사람이 모자라는 것이다.

"성함이 뭐라고?"

키리고에 저택의 주인은 태연한 얼굴로 야리나카에게 그렇게 물었다. 질문의 의미를 파악하지 못했는지 야리나카는 "네?" 하고 말문이 막혔다.

"오지 않으신 분은 뭐라고 하시는 분입니까?"

"아아, 네."

테이블에 앉은 일동에게 시선을 향하면서 야리나카는 대답했다.

"사카키─사카키 유타카라는 남자입니다만."

"그렇습니까."

시라스카 씨가 갑자기 입가의 미소를 지우고,

"그렇다면 사카키 씨는 아무리 기다려도 오시지 않습니다. 안타까운 일이지만, 영원히."

"영원히라니?"

야리나카가 놀라서 되묻는다.

"대체 무슨 의미입니까?"

"그분은 돌아가셨습니다."

시라스카 씨가 말했다.


## 2


던져진 말의 의미와 말한 인물의 조용한 표정이 너무나도 어울리지 않았다. 순간 모두 자신의 귀를 의심했음에 틀림없다. 나도 마찬가지다. 이것은 어쩌면 조금 전까지 꾸던 꿈과 이어지는 이야기가 아닌가 하는 진부한 의심이 머리를 스쳤을 정도였다.

"지금, 뭐라고?"

이 자리를 둘러싼 몇 초의 침묵을 야리나카의 목소리가 깼다. 키리고에 저택의 주인은 눈썹 하나 까딱하지 않고 대답했다.

"그분은 돌아가셨다고 했습니다."

"거짓말……."

띄엄띄엄 억양이 분명하지 않은 목소리를 내뱉은 것은 란이다.

"무슨 농담이야?"

"그런 농담을 하는 취미는 없습니다, 물론."

시라스카 씨는 다시 입가에 미소를 짓고 창백해진 란의 얼굴을 보았다.

"사카키 씨가 돌아가신 것은 사실입니다. 우리 집 온실에서."

온실? 어젯밤 본 그 온실에서 그가 죽었다는 건가.

"거짓말이야."

란은 잠긴 목소리로 소리쳤다.

"거짓말!"

"란."

야리나카가 날카로운 목소리를 던졌다.

"침착해. 어쨌든 이야기를 듣자."

"그래서, 이렇게 여러분들을 모이시게 했습니다. 양해를 부탁드립니다."

능숙한 말투로 말하고 시라스카 씨는 우리들을 곁눈으로 노려보았다. 다시 생긴 사라지지 않는 입가의 미소가, 멋지게 내심의 감정을 덮어 감추는 역할을 수행하고 있다.

"스에나가."

오른쪽 벽에 서 있던 수염의 젊은 남자가 "네" 하고 한 걸음 앞으로 나왔다.

"우리 집에서 일하는 남자로 스에나카 코지라고 합니다."

우리들에게 소개하자, 저택의 주인은 고용인―스에나가를 향해 말했다.

"오늘 아침의 일을 이야기해 드리게."

"네."

굵은 목소리로 대답을 하고, 그는 그 자리에 선 채 긴장한 상태로 온실에서 사카키 유타카의 시체를 발견한 경위를 이야기하기 시작했다.

"…… 어쨌든 그곳은 그대로 놔두고, 바로 마토바 선생님을 불렀습니다. 이미 숨이 없는 상태인 것은 한눈에 보고 알았습니다만."

"마토바 선생은 우리 집 주치의로, 아주 우수한 분입니다."

시라스카 씨가 덧붙였다. 검은테 안경의 여자가 살짝 목례한다.

그러고 보면 첫날 밤, 이 집에는 의사가 있다는 이야기를 닌도 의사가 했는데, 이 여자가 그 의사였나 보다. 알고 나니 역시 그녀에게는 정말로 '여의사'라는 직함이 어울린다.

"그—사카키 씨는 어젯밤에 사망한 거라고 합니다. 게다가."

시라스카 씨가 말했다.

"살해당했습니다."

덜컹, 하고 몇 개의 의자가 울렸다. 일어선 것은 야리나카와 닌도 의사, 그리고 란 세 사람이었다.

"살해당하다니."

란의 얼굴과 목소리가 굳어졌다.

"무슨 말이야."

"말 그대로입니다."

시라스카 씨는 조용히 대답했다.

"병도 사고도 아니라, 그는 어떤 사람에게 살해당했습니다."

"그런."

란은 멍하니 눈을 휘둥그레 떴다.

"그런……."

중얼거리는 표정이 긴장에서 이완으로, 그리고 갑자기 격렬한 흥분으로 변했다. 테이블 끝을 움켜쥔 양쪽 손이 강하게 와들와들 떨리나 했더니, 그녀는 크게 뜬 눈을 번쩍 빛내고 건너편 자리에 있는 나모 나시의 얼굴을 노려보았다.

"당신 말이야."

"무무무무슨 소리를 하려는 거야."

나모 나시는 놀라서 얼굴 앞에서 양손을 흔들었다. 란은 새된 목소리로,

"시치미 떼도 소용없어."

"어이어이."

"유타카에게 좋은 역할을 빼앗기기만 해서 재미없었던 거지. 그렇지? 그러니까 그 분풀이로."

"농담하지 마."

"그럼 누구라는 거야? 그런 짓을 할 만한 인간이……."

"란, 그만해!"

야리나카가 날카롭게 말하고, 닌도 의사가 "자자" 하고 란의 어깨를 누른다. 그녀는 불그죽죽한 소바주 헤어를 양손으로 껴안고 쥐어뜯는 듯이 움직이면서, 털썩 하고 의자에 주저앉았다.

"……거짓말이야. 거짓말. 유타카가 살해당하다니, 그런, 그런 일이."

그대로 말을 멈추고 얼굴을 가린다. 노란 원피스를 입은 어깨가 가늘게 떨리고 있었다.

"죄송합니다. 흉한 장면을."

의자에 다시 앉자 야리나카는 진중한 목소리로 말했다. 힘껏 동요를 억제하려는 것은 바지의 무릎 주변을 양손으로 꽉 쥐고 있는 모양으로 봐서 알 수 있다.

"살해당해서라고 하셨습니다만, 확실합니까?"

"안타깝지만, 의문을 품을 여지는 없는 듯합니다."

"─그렇습니까."

야리나카는 답답한 듯이 크게 심호흡을 하면서, 이쪽을 응시하는 시라스카 씨의 시선을 받았다.

"현장을 보여 주시지 않겠습니까? 시체의 확인도 필요할 테고."

"원래부터 그럴 생각으로 모이시게 했습니다."

저택의 주인은 천천히 끄덕였다.

"마토바 선생, 여러분을 안내해 드리세요. 여성분들은 보지 않는 편이 좋겠지만."

우리들은 미즈키와 란, 아야카의 여자 세 사람을 정찬실에 남기고 검은테 안경의 여의사를 따라 사건 현장으로 향했다.

3

팔각형의 온실.

그 중앙에 설치된 원형 광장의 민짜 나무 원탁 바로 앞에 사카키 유타카의 시체가 있었다. 갈색 타일을 바른 바닥에 여자 같은 가냘픈 몸이 하늘을 보고 누워 있었다.

미모를 자랑하던 그 얼굴은 더러운 보라색으로 부풀어 올라 나도 모르게 눈을 돌리고 싶어질 정도로 추하게 일그러진 형상을 하고 있다. 야차처럼 끌려 올라간 입술, 번득이는 흰자위를 드러낸 두 눈, 젖어서 흐물흐물하게 헝클어진 짙은 밤색의 머리칼. 그리고.

턱을 든 하얀 목 언저리에는 뭔가 벨트 모양의 것으로 졸린 흔적이 거무스름한 멍이 되어 남아 있었다.

그것은 내가 태어나서 처음으로 가까이에서 본 인간의 타살 시체였다. 힘이 빠지고 게다가 부들부들 떨려 오는 무릎을 양손으로 누르고 나는 무참한 시체에 시선을 떨어뜨렸다.

날씬한 청바지를 입은 긴 다리. 새빨간 스웨터를 입은 상반신에는 이미 스스로의 힘으로 움직일 수 없는 두 개의 팔이 명치 주위에서 교차해 휘감겨 있다. 자신의 몸을 껴안는 듯한 자세다. 그 위쪽으로 늘어진 동제 물뿌리개. 천장에서 내려온 철사에 걸려 있고 조금 전 스에나가 코지가 말했던 대로 안에는 수도에서 끌어온 파란 호스가 쑤셔 들어가 있었다. 물은 이미 멎었지만, 시체는 아직도 푹 젖어 있다.

게다가 또 하나, 눈에 띄는 물건이 있었다. 똑바로 가지런히 뻗은 다리—그 바로 옆에, 신고 있던 검은 워킹 슈즈와는 별개로 낯선 한 쌍의 신발이 놓여 있었다. 그것은, 옻칠한 빨간 폿쿠리木履* 였다.

"저—".

야리나카가 시체 옆에 선 마토바 여사의 얼굴을 살폈다.

"저 폿쿠리는 이 집 거죠?"

"네에, 그렇습니다."

여의사가 끄덕이자 야리나카는 날카롭게 눈썹을 찡그리며,

"분명, 1층 홀에 있었어. 장식 선반 위 유리 케이스에 들어 있던

---

* 여자 아이용 나막신.

물건이군요."

홀의 난로 장식 선반에 그런 케이스가 있었다는 것을 나는 기억하지 못했다. 그 위에 걸린 초상화에 눈을 빼앗겨 알아차리지 못한 게 틀림없다.

그렇다고 해도 어째서 저런 물건이 여기 놓여 있는지, 우리들은 고개를 갸웃하지 않을 수 없었다. 범인이 남기고 간 물건이라고 보는 것이 아마 타당할 테지만, 시체의 발치에 붉은 풋쿠리라니 대체무슨 의미가 있냔 말이다.

"어디, 어디, 잠깐 보여 주십시오."

닌도 의사가, 종종걸음으로 앞으로 나왔다. 옛날에 익힌 솜씨가여전한지, 별다른 망설임 없이 약간 뚱뚱한 몸을 시체 옆에 굽힌다.

"야야, 흠. 이거 참 비참하네."

새된 목소리를 내뱉고 의사는 자리에 웅크리고 앉은 채, 동업자의 얼굴을 올려다보았다.

"교살이겠군요. 어떻습니까, 당신은 마토바─씨?"

"네. 다만."

하고 여의사는 약간 눈썹을 찌푸리며,

"후두부를 봐 주시겠습니까?"

"호오."

닌도 의사는 시체의 머리를 조금 들어올려, 옆을 향해 후두부를들여다보았다.

"허어."

그는 신음했다.

"이 녀석 말입니까. 지독한 혹이 생겼군. 이러면, 즉 처음에 뒤에서 때려 기절시키고 나서 목을 졸랐다는 거군요."

그러고는 다시 여의사의 얼굴을 올려다보고,

"잘 조사했습니다. 주인 양반이 말씀하신 대로, 확실히 우수하십니다."

"과찬입니다."

"그러면 다음으로 갈까요. 마토바 씨, 당신이 본 바로는 이 시체, 사후 어느 정도입니까?"

노의사의 물음에 여의사는 약간 움츠러들었다. 망연한 표정으로 안경을 고쳐 쓰면서 크게 한 번 어깨를 들썩하고,

"저는 좀 판정하기 어렵습니다."

라고 대답했다.

"대학에서 법의학은 하지 않았습니까?"

"그건……."

"지금 경찰은 부를 수 없지요. 우리들이 보고 어느 정도인지 가늠을 해 두는 편이 좋아요. 너무 시간이 지나기 전에."

"그야, 네."

다소 불안한 듯이 대답하고, 그녀는 닌도 의사와 시체를 두고 마주하는 위치에 한쪽 무릎을 내렸다. 긴장한 표정으로, 부자연스러운 모습으로 굳어진 시체에 시선을 던지면서,

"사후 경직은 되고 있는 듯합니다만."

"그렇군요. 경직이 시작되는 것은 보통 사후 세 시간에서 네 시간. 우선 턱관절에 나타나고 그 후에 팔과 다리의 대관절, 그리고 손가락, 발가락, 이런 순서로 진행됩니다. 하행형 경직이라는 녀석이지요."

그리고 의사는  경련이 일어난 듯이 일그러진 사카키의 입가에 오른손을 댔다.

"턱의 경직은 매우 강하네요."

다음으로 몸에 휘감긴 팔로 손을 옮긴다.

"이것도 아주 강하네. 다리 쪽은 어떻습니까?"

마토바 여사는 시체의 다리로 손을 쭉 뻗었다.

"경직이 진행되고 있습니다."

"다음은 손가락인데."

닌도 의사는 허리 주변에 댄 시체의 손을 움켜쥐고,

"이건 아직 별로 딱딱해지지 않는 것 같네요. 약간 힘을 주면 펴지니까. 흠. 그렇다는 것은."

"손가락의 경직이 강해지는 것은 사후 열 시간 이상 지난 후라고 기억하고 있습니다만."

여의사가 말했다. 닌도 의사는 만족한 듯이 끄덕이고,

"그렇지. 턱이나 사지의 관절이 이런 식으로 강하게 경직되는 것은 일곱 시간에서 여덟 시간. 뭐, 그쯤이 대략이겠지요."

"시반은 어떤가요?"

닌도 의사는, 힘을 써서 시체를 옆으로 돌려 놓았다. 이쪽으로 향한 목 뒤의 피부에, 적자색 반점 모양이 뜬 것이 보였다.

"-흠. 손가락으로 누르니 재빨리 없어집니다. 사후 경과 시간이 길면 점점 퇴색하지 않게 되는데."

"역시 사후 일곱 시간에서 여덟 시간이라는 걸까요?"

"예. 열 시간은 지나지 않았겠죠. 그렇게 생각하면 우선 틀림없겠지. 다만."

닌도 의사는 시체에서 손을 떼고, 녹색이 넘치는 실내를 휙 하고 훑어보았다.

"온실의 기온은 몇 도나 됩니까?"

"아아."

여의사는 깜짝 놀란 얼굴로,

"대체로 25도 정도네요."

"상온보다도 약간 높군요. 뭐, 그 정도라면 커다란 오차는 없겠습니다."

"도서관에 법의학서가 있던데요."

야리나카가 말참견을 했다.

"나중에 조사해 보는 게 어떻습니까?"

"그렇군요."

닌도 의사의 희미하게 땀이 난 주먹코 위에 주름이 잡혔다.

"일단 여기서 조사할 수 있는 것은 이 정도일까요. 위의 내용물이 대개 제일 좋은 증거가 되지만, 설마 이 집에서 해부를 할 수도 없을 테고. 사후 일곱 시간에서 여덟 시간, 아니, 아홉 시간 쯤으로 하는 편이 좋겠습니다. 더 신중하게 오차를 고려해도 여섯 시간 반에서 아홉 시간 반."

나는 손목시계를 보았다. 지금 시각은 오전 9시 10분이다. 역산하면 사망 추정 시각은 오후 11시 40분에서 오전 2시 40분 사이라는 것인가.

그 시간대라면 나는…….

"잠깐, 모두."

그때 온실의 입구 쪽에서 목소리가 들렸다. 나모 나시의 목소리다.

"잠깐만, 이쪽으로 와 보세요."

우리들은 광장을 떠나 나모가 말한 곳으로 줄줄이 발을 옮겼다. 그곳은 입구의 문을 들어와서 왼쪽—온실 안의 벽을 따라 도는 통로를 꺾은 곳으로, 다른 곳과 같은 갈색 타일이 깔린 바닥의 한 곳에 나모 나시는 시선을 떨어뜨리고 서 있었다('키리고에 저택 부분도1' 참조).

"이겁니다. 여기, 이거."

나모가 손가락으로 가리킨다. 그 장소에는 두 개의 물건이 떨어져 있었다.

하나는 금색 버클이 달린 검은 벨트. 버클에는 서로의 꼬리를 물어 원이 된 세 마리의 뱀이 새겨져 있다. 이 '우로보로스의 뱀'의 디자인은 본 기억이 있었다. 죽은 사카키 유타카의 소지품이다.

또 하나는 시체의 발치에 있던 붉은 폿쿠리와 마찬가지로 기묘한 물건이었다. 사륙판 케이스에 든 두꺼운 한 권의 책이다.

나는 몸을 굽혀 그 책을 자세히 살폈다. 하얀 케이스의 표지는 부분부분 노랗게 얼룩이 져 더러웠다. 그곳에 검게 늘어선 고딕체의 문자를 읽어 보니,

"이것은."

나는 무의식중에 목소리를 냈다.

"하쿠슈의 책이다."

『일본시가선집 키타하라 하쿠슈』—도무지 '살인 현장'에는 어울리지 않는 책 이름이 그곳에 있었다.

## 키리고에 저택 부분도1

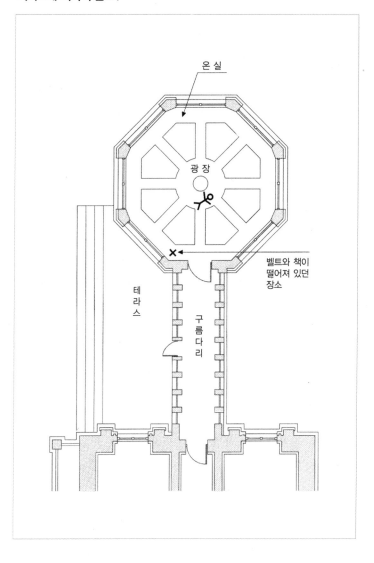

온실

광장

벨트와 책이
떨어져 있던
장소

테라스

구름다리

4

정찬실로 돌아가니 테이블 위에 커피가 기다리고 있었다. 꽃무늬가 들어간 민튼Minton의 컵. 피어오르는 커피향은 최고급이었지만, 그것을 즐길 마음의 여유가 우리들에게 있을 리는 없었다.

의자에 앉은 채, 미즈키, 란, 아야카 세 사람이 호기심에 가득 찬 시선을 이쪽으로 돌린다. 해야 할 말도 찾지 못하고 우리들은 느릿느릿 원래의 자리에 앉았다. 저택의 주인과 무뚝뚝한 집사는 조금 전과 똑같은 장소에 있다. 스에나가 코지의 모습은 이미 방에서 보이지 않았다.

왼쪽 벽에 있던 문에서 하얀 앞치마를 한 몸집 작은 중년 여자가 들어왔다. 샌드위치를 가득 담은 커다란 접시를 왜건에 올리고 있다.

"소개하겠습니다."

시라스카 씨가 말했다.

"주방을 맡고 있는 이제키 에쓰코입니다."

입술에는 여전히 희미한 웃음을 띤 채다. 여자는 왜건을 미는 움직임을 멈추고, 우리들을 향해 머뭇머뭇 머리를 숙였다.

"그러면, 여러분."

커피를 한 모금 홀짝이고 시라스카 씨는 테이블 끝에서 우리들의 얼굴을 둘러보았다.

"저는 여러분과는, 말하자면 인연도 관계도 없는 인간입니다. 여러분은 그저께 아주 우연히 저택에 오셨습니다. 제가 면식이 있는 분은."

입가의 미소와는 반대로 여전히 날카로운 그 눈이 미즈키에서 일순 멈춘다.

고용인들로부터 들어서 그는 이미 저 초상화의 여성―죽은 자신의 아내―와 꼭 닮은 얼굴을 한 여자가 우리들 중에 있다는 우연을 알고 있었을 것이다. 두 사람의 이름이 모두 '미즈키'라는 우연도. 그러나 그는 눈에 띄는 표정의 변화를 보이지 않고, 그저 천천히 머리를 흔들었을 뿐 말을 계속했다.

"한 명도 안 계십니다. 우리 집 고용인들도 마찬가지라고 생각합니다. 어떠십니까?"

아무도 입을 여는 사람은 없다.

"그리고 오늘 아침, 여러분 중에서 죽은 사람이 한 사람 나왔습니다. 저런 모습으로. 설마, 우리 집 사람 중에 범인이 있다는 말씀은 하시지 않겠지요."

공기가 술렁, 하고 흔들렸다.

그가 말하려는 것은 명백했다. 사카키 유타카를 살해한 범인은, 따라서 당연히 우리들 여덟 명의 손님 중에 있다는 것이다.

우리들의 반응을 태연한 표정으로 바라보면서, 다음으로 시라스카 씨는 물었다.

"이 안에서 대표가 어느 분이십니까?"

"아마, 제가 될 겁니다."

야리나카가 대답했다.

"성함은?"

"야리나카 아키사야라고 합니다."

"야리나카 씨입니까. 흠."

저택의 주인은 끄덕이고, 평가하는 듯이 눈을 가늘게 뜨고 '대표자' 의 얼굴을 응시했다.

"좋습니다. 그러면 야리나카 씨, 이 집의 주인으로서 대표자인 당신에게 이 자리에서 말씀드리고 싶군요."

끝까지 침착한 말투로 그는 말했다.

"확실히 말해서 우리들은 아주 불쾌합니다. 불행하게도 전화도 끊겼고, 눈이 그칠 기색도 없습니다. 그쳤다고 해도, 계절의 초입에 이런 적설입니다. 잠시 동안은 이곳에 틀어박혀 있어야 할 겁니다. 그리고 이 안에 살인범이 있습니다.

경찰에게 연락을 하는 것은 지금 말한 상황에서 당분간은 가능할 것 같지도 않습니다. 본심을 말하면 저는 지금 바로 여러분들에게 나가 달라고 하고 싶습니다. 그렇게 할 수는 없지만. 그러니까, 야리나카 씨."

시라스카 씨는 더욱더 눈을 가늘게 뜨고,

"이 일은 당신이 책임을 지고 여러분들 중 누가 범죄자인지 빨리 찾아내 주십시오. 경찰을 부르지 못하는 이상, 그렇게 노력하시는게 당연하다고 생각합니다만. 물론, 이의는 없으시겠죠?"

말투는 어디까지나 조용하고 신사적이었지만, 그곳에는 결코 반론을 허락지 않는 일방적인 압력이 있었다. 완전히 한 단 높은 곳에서 우리들을 내려다보고 있다─그런 느낌이다. 야리나카도 역시 약간 울컥한 듯, 아랫입술을 꾹 깨물고 대답을 못했다.

"아시겠지요, 야리나카 씨?"

다짐하듯이, 시라스카 씨가 말한다.

"알겠습니다."

드디어 야리나카는 야무지게 상대의 시선을 되받아치고 결심한 목소리로 대답했다.

"알겠습니다. 제가 탐정을 맡겠습니다."

키리고에 저택의 주인은 당연하다는 듯이 미소를 짓고 그대로 자리를 일어나려고 테이블에 양손을 짚었다.

"기다려 주십시오, 시라스카 씨."

야리나카가 불러 세웠다.

"―뭡니까?"

"탐정을 하라고 당신은 제게 말씀하셨습니다. 그것을 받아들인 이상, 실례지만 그쪽도 제게 협력을 하시지 않으면 안 됩니다."

"글쎄, 그건 어떨까요."

시라스카 씨는 가볍게 어깨를 으쓱했다.

"그러나 뭐, 어느 정도라면 협력한다고 말씀드리겠습니다. 그래서?"

"일단 두 가지만 묻고 싶은 것과 부탁하고 싶은 것이 있습니다만."

"말씀하시죠."

"하나. 이 집에 사는 분은 당신과 마토바 씨, 나루세 씨, 스에나가 씨, 그리고 이제키 씨, 그뿐입니까? 한 번 전원의 대면을 부탁하고 싶습니다만."

"우리 집 사람 중에 범인은 없습니다."

쌀쌀맞게 시라스카 씨는 말했다.

"그래도 부탁드립니다."

"두 번째는?"

저택 주인은 다음을 재촉한다. 분한 듯이 눈썹을 찌푸리면서도, 야리나카는 그에 따랐다.

"온실 출입을 허가받고 싶다는 겁니다. 어쨌든 그곳이 범행 현장이니까요."

"그렇군요. 좋습니다."

"아아, 또 하나."

일어나려는 시라스카 씨를 향해 야리나카는 말을 더했다.

"사카키의 시체를 어떻게 하실 겁니까? 저대로 놔두면 아무리 그래도 불쌍하니까요."

"지하실로 옮깁시다."

시라스카 씨는 바로 대답했다.

"그런 게 거기 있으면 우리들도 곤란합니다. 그렇지요, 사진과 스케치를 한 다음에. 그것으로 괜찮겠습니까?"

아무런 주저도 없이 시체를 물건 취급하는 상대의 말에 야리나카는 일순 표정이 얼어붙었지만 바로 "좋습니다"라고 대답하고 고개 숙인 란 쪽을 보았다.

"괜찮겠지, 란?"

그녀는 흠칫 얼굴을 들었다. 그러나 바로 다시 고개를 숙이고 힘없이 될 대로 되라는 목소리로,

"좋을 대로 해."

라고 대답했다.

# 5

시라스카 씨가 자리를 뜨자 그에 이어 마토바 여사도 방에서 나갔다. 이제키 에쓰코는 들어온 왼쪽 문의 건너편으로 모습을 감추고 집사인 나루세도 커피를 몇 사람쯤의 컵에 더 따라 주고 나서 서버를 테이블에 놓고 떠났다.

식은 컵에 손을 대면서 야리나카가 커다란 한숨을 내쉰다. 그 모습을 옆 눈으로 보면서,

"괜찮습니까, 야리 씨."

찌푸린 얼굴을 하고 있던 나모 나시가 씩 앞니를 드러내며 어색하게 웃었다.

"불쌍한 사카키 군의 시체를 녀석들에게 맡겨 버려서. 저 녀석들, 오늘 저녁 반찬으로 다리라도 뜯어먹을지도 모르겠어요. 그렇지, 전채로는 손가락을 소금물에 데친 것을 하나씩. 메인 요리는……"

"그만해."

란이 시선을 들어 쉰 목소리를 던졌다.

"아니, 사카키 군, 제일 맛있을 것 같아서. 흐흠. 그런데 녀석들, 꾸민 거야. 처음부터 그럴 생각으로."

"그만하라고 하잖아!"

나모가 과장되게 어깨를 움츠리고 입을 다물자, 란은 한 손으로 테이블을 쾅 하고 두드리고, "당신이 죽인 주제에"라고 내뱉었다.

"어라, 아직 그런 말을 하는 거야?"

"당신 외에 없잖아."

"나 진짜 미움받고 있구나."

나모는 북북 머리를 긁으면서,

"그렇지만 이래 봬도 나, 사카키 군은 그렇게 나쁘게 생각하지 않았어. 말로는 상당히 이것저것 떠들었지만, 그건 뭐, 내 성격이라서."

"이제 와서 변명해도 소용없어."

"믿어 주면 좋겠는데."

"당신이 아니라면, 그러면 누구라는 거야!"

베이지색 테이블보를 손가락으로 움켜쥐면서 란은 핏기 없는 마른 입술을 깨물었다. 이를 가는 소리가 들릴 듯한 다급한 표정이다.

"알았어. 당신이네."

그녀가 다음 표적으로 한 것은 카이였다. 커피를 홀짝이려던 카이는 흠칫 놀라 컵을 놓고,

"내가 뭘?"

"카이 군, 유타카 한테서 돈 빌렸잖아. 몇 십 만쯤 되지? 그걸 갚을 수 없으니까, 그래서."

"그런, 설마."

카이는 창백해진 얼굴로 도움을 구하듯이 다른 사람들에게 눈을 돌린다.

"어이어이. 그렇게 어림짐작으로 동료를 살인자 취급하는 거 아니야."

나모 나시가 히죽거리며 입 끝을 구부렸다.

"그럼, 나도 한마디 하겠는데. 란 짱, 내가 본 바로는 제일 수상

한 게 댁이잖아."

"내가?"

"왜냐하면 남자와 여자 사이인걸, 감정의 갈등이란 게 있으니까 어디서 어떻게 살의가 생겼다고 해도 이상하지 않아. 게다가 그저 께 일을 생각하면."

나모는 얇은 입술을 혀로 축였다.

"버스가 서는 바람에 걷기 시작해서 눈이 내려 길을 헤매기까지 선두를 걸었던 건 계속 사카키 군이었고."

"그게 어쨌다는 말인데?"

"그러니까 말이야, 그의 탓이라고 생각한 게 아니냐고. 길을 헤 매서 도쿄에 돌아갈 수 없게 된 게 그 녀석 탓이라고."

"그런 생각하지 않았어."

"어떨까. 모처럼의 오디션에 나갈 수 없게 됐잖아, 그 탓에. 프로 듀서 상대로 매춘하는 시늉까지 했는데."

"그만해!"

소리가 들리나 했더니 란은 갑자기 신발을 한 짝 벗어서 나모 나 시를 향해 던졌다. 싸구려 빨간 하이힐이 놀란 나모의 관자놀이를 스쳐 지나 뒷벽에 맞는다. 기세 좋게 비스듬하게 튀더니 그대로 카 펫 위를 데굴데굴 구른다.

그러던 그 앞에 마침 문을 열고 방에 들어온 마토바 여사가 서 있었다. 눈을 휘둥그레 뜨고 우리들의 모습을 둘러본다.

"아, 이거."

야리나카가 당황해서 달려가 하이힐을 주웠다.

"죄송합니다. 살해당한 남자가 애인이라서."

구두가 부딪친 벽에는 선명한 상처가 나 버렸다. 야리나카는 죄송한 듯이,

"저, 이 일은 너그럽게 봐 주시지 않겠습니까. 어쨌든 흥분한 것 같습니다."

"알고 있습니다."

의외로 부드러운 목소리로 여의사는 말했다.

"그보다 저 분은 조금 쉬는 편이 좋지 않겠습니까?"

차분한 반응에 야리나카는 좀 놀란 듯했다. 당연히 그녀의 입에서 차가운 질책의 말이 되돌아올 거라고 예상했기 때문이다.

"잠깐 가서 약을 가져오겠습니다."

닌도 의사가 일어나서 말하자, 여의사는 작게 고개를 흔들고,

"진정제라면 필요하신 분이 있을까 해서 가져왔습니다."

하고 말했다. 야리나카는 황송한 듯이,

"정말 죄송합니다."

"별 것 아닙니다."

마토바 여사는 당혹감을 감추지 못하는 야리나카를 향해 미소 지었다. 우리들이 처음 보는 그녀의 웃는 얼굴이었던 것 같다.

"그리고 주인어른이 예배당을 열어 뒀으니 쓰시라고 하셨습니다."

"그것 참 감사합니다."

감사를 표하고, 야리나카는 테이블의 일동을 돌아보았다.

"뭐가 어쨌든 동료가 죽었다. 모두 함께 명복을 빌어 줘야지."

# 6

닌도 의사가 동행해 란을 2층 방으로 돌려보내고 우리들은 마토바 여사의 안내로 예배당으로 향했다.

예배당은 1층 홀의 호수 쪽에 있었다. 중2층을 도는 회랑 아래에 해당하는 부분에 몇 단의 넓은 계단이 있어 그곳을 내려가면 입구가 있다. 반지하 구조인 것이다.

파란 양쪽 여닫이문 건너편에는 홀보다도 더욱 어둑하고 고요한 공간이 기다리고 있었다. 침체되고 썰렁한 공기에 토해 내는 숨이 희미하게 얼어붙는다.

반구형 돔 모양의 하얀 회반죽을 바른 천장. 그 제일 높은 위치에 작은 스테인드글라스가 몇 개나 들어가 있다. 오른쪽 전방 벽에도 스테인드글라스가 있는데, 이것은 큰 직사각형으로 어쩐지 성서에서 따온 것으로 보이는 풍경이 그려져 있었다.

정면 제단을 향해 세 사람이 앉는 자리가 앞뒤 두 줄, 중앙 통로를 낀 양쪽으로 고정되어 있다. 우리들이 묵묵히 자리에 앉자,

"뭔가 연주하겠습니다."

하더니 마토바 여사가 제단 옆에 놓인 피아노로 향했다. 세밀한 장식이 칙칙하고 짙은 불그죽죽한 색의 자단紫檀 횡판에 새겨져 있다. 그랜드피아노의 모양을 하고 있지만 너무 작은 것 같았다.

"여러분, 묵념을."

곧 예배당 내에 울려 퍼지기 시작한 소리. 피아노가 아니라 쳄발로 소리였다. 조용하게 연주되는 아르페지오, 그곳에 휘감겨 오는

어슴푸레하고 투명한 선율 – 베토벤 〈월광〉의 제1악장이다. 본래 피아노 소나타인 이곡에 쳄발로 특유의 서글픈 경질의 음색이 묘하게 잘 어울렸다.

앞줄 가장 오른쪽 끝에 앉은 나는, 어둑한 돔에 울려 퍼지는 가락에 귀를 기울이면서 옆에 늘어선 모두의 모습을 슬쩍 살폈다.

아름다운 얼굴이 굳어진 미즈키. 양손을 꼭 쥐고 어른스럽게 고개를 떨어뜨린 아야카. 어깨를 축 늘어뜨리고 눈을 꾹 감고 있는 카이. 낡은 악기를 능숙하게 연주하는 여의사의 모습을 가만히 바라보는 나모 나시. '탐정 역'을 받아들인 야리나카는 엄하게 눈썹을 찌푸리고, 오른쪽 스테인드글라스를 올려다보고 있다. 늦게 온 닌도 의사가 내 뒷자리에 살짝 앉았다.

대체, 정말로 이 안에 사카키를 죽인 범인이 있는 것일까. 아니면…….

예배당을 나가 2층으로 돌아가는 도중의 복도에서 앞을 걷고 있던 내 어깨를 야리나카가 살짝 두드렸다.

"알아 봤어, 린도?"

그의 물음에 나는 애매하게 고개를 갸웃했다.

"앞에 있던 스테인드글라스 말이야. 봤지?"

"네. 그야, 봤지만요."

"뭐가 그려져 있는지 몰라?"

"글쎄요."

야리나카가 무슨 말을 하려는지 나는 짐작이 가지 않았다.

"저 그림이 뭐라도?"

"보니까 「창세기」 제4장을 모티프로 한 그림이야."

"「창세기」 제4장이라고 하시면."

"남자가 두 사람, 꿇어앉아 있었지? 한쪽 남자 앞에는 뭔가 곡물 같은 물건이, 또 한쪽 앞에는 양이 있었어. 저것은 제물이야. 내미는 상대는 물론 야훼고."

"그러면 두 사람은 카인과 아벨?"

"'카인은 땅의 소출을 야훼께 제물로 바치고, 아벨은 양 떼 가운데 맏배들과 그 굳기름을 바쳤다.' 그래. 카인과 아벨이야."

야리나카는 주걱턱을 살짝 쓰다듬었다.

"카인과 카이. 이것으로 여덟 개가 모였군."

# 7

조의를 표하는 건지 짙은 회색 정장으로 갈아입은 마토바 여사가 테이블에 앉은 우리들에게 돌아가며 유리잔을 나누어 준다. 여성으로서는 약간 몸집이 큰 편에, 게다가 아주 자세가 좋다. 하얀 피부에 이목구비도 뚜렷해서 두꺼운 안경만 벗으면 의외로 미인이겠지만, 가장 처음에 받은 '남자 같다'는 인상은 아무래도 아직 지우기 어려웠다.

"이건 뭡니까?"

잔에 든 무색투명한 액체를 눈앞으로 치켜들면서 닌도 의사가 물었다. 여의사는 엷게 화장을 한 볼을 누그러뜨리며,

"차조기술에 소다수를 넣은 겁니다. 입에 맞으면 더 드세요."

오후 12시 반. 2층 식당의 점심 식사 자리다.

우리들이 식사를 하는 사이 마토바 여사는 계속 옆에 붙어 있으면서 이것저것 시중을 들어 주었다. 여전히 담담하지만, 어조도 표정도 어제까지보다 훨씬 부드러웠고, 때때로 온화하게 웃는 표정마저 보인다. 생각하기에 따라서는 기분 나쁜 태도의 변화였지만, 동료의 한 사람을 그런 식으로 잃은 우리들에 대한 동정 혹은 배려의 표시라고 이해했다.

점심 식사 전의 한 시간, 그녀는 도서실에서 닌도 의사와 이야기를 했다. 그 때문인지 노의사는 완전히 이 연하의 동업자가 마음에 든 듯 명랑한 웃음을 만면에 띠면서 기회만 있으면 말을 건다.

"그렇다고 해도, 마토바 씨, 그렇군요. 대학은 당연히 의학부일 텐데 능숙하십니다."

"무슨 말씀이시죠?"

"조금 전의 쳄발로 말입니다, 예배당에서 연주해 주셨던. 대단히 잘 치시더군요."

"황송하네요."

"쳄발로라는 것은 힘들잖습니까. 그, 제대로 조율하기가 상당히 번거롭다고 어딘가에서 읽은 기억이 있습니다만."

"조율은 스에나가가 해 줍니다."

"그 수염 북실북실한 청년이 말입니까?"

"옛날에 악기의 조율을 전문으로 배운 적이 있다네요."

"호오. 겉보기와 다르군요. 나이는 몇입니까, 그 사람?"

"스물여덟인 것 같습니다."

대답하는 마토바 여사 쪽도, 그렇게 성가신 얼굴을 하는 것은 아니다.

"그래, 그래, 그런데 이름은 뭐라고 하십니까?"

"아유미라고 합니다만."

"아유미? 어떤 글자를 쓰죠?"

"히라가나로 씁니다."

"호오. 이거 참 유쾌하군."

닌도 의사는 벗겨 올라간 이마를 손으로 치며,

"이야, 제 막내딸과 어딘지 모르게 분위기가 비슷하다 했더니, 어떻게 이름까지 같다니."

이름까지 같다 – 그 말에 민감하게 반응한 것은 물론 나뿐만은 아니었다.

"이름이라면, 마토바 씨."

아니나 다를까, 야리나카가 입을 열었다.

"기묘한 일이 있습니다. 들어봐 주시겠습니까?"

"네. 뭐죠?"

"그게……."

야리나카는, 이곳을 찾아와 오늘 아침까지 이 저택 안에서 발견한 '이름의 우연의 일치'를 여의사에게 들려 주었다. 처음은 의아한 듯이 고개를 갸웃거리던 그녀의 얼굴에 이야기가 진행됨에 따라 묘하게 긴장한 표정이 나타나는 것을 깨달았다.

"……라는 겁니다. 모두 단순한 우연의 일치라고 정리하기는 간단하지만, 아무래도 너무나 잘 맞는 느낌이 들어서."

야리나카는 여의사의 얼굴을 살폈다.

"어떻게 생각하십니까?"

"저야, 글쎄요."

그녀는 말을 흐렸다.

"아직 발견되지 않은 것은 제 이름뿐입니다. 야리나카 아키사야. 어떻습니까? 뭔가 이 이름을 명시하는 물건이 집에 없습니까?"

그의 질문에 그녀는 잠시 동안 생각에 잠겨 있었지만 이윽고 하나의 답을 제시했다.

"1층에, 갑주甲冑나 갑옷 등의 낡은 무구武具를 수집한 방이 있습니다. 거기에 그런 물건이 있다면 있지만."

"뭡니까?"

"창입니다. 야리나카의 '야리槍'."

"과연."

하고 끄덕였지만, 야리나카는 어딘지 김이 빠진 모습이다.

"창 말씀이군요. 확실히 제 이름의 일부분이기는 하지만, 다른 것에 비하면 별로 감이 오지 않네요. 그렇다는 것은……."

"신경 쓰지 않는 편이 좋은 것 같네요. 그런 것은 받아들이는 방식에 따라 어떻게든 의미를 바꿀 수 있는 거니까."

"그건, 뭐, 그렇습니다만."

야리나카는 팔짱을 끼고, 신중히 생각하는 모양으로 천천히 되풀이해 눈을 깜빡였다.

"닌도 선생님의 이름점은 아닙니다만, 이름이라는 것은 그 인물이나 사물의 명칭 이상의 의미를 가진다고 자주 그러죠. 의미─그리고 또한 거기서 어떤 종류의 힘을 보는 것도 고래, 세계의 도처에서 행해져 왔습니다."

야리나카는 계속해서 얘기했다.

"미개 사회나 고대 사회에서는, 사람의 이름은 단순한 기호가 아니라 하나의 실체로서 즉, 마치 그 사람 몸의 일부분인 것처럼 파악되었다고 하지요. 예를 들어 고대 이집트인은 인간이란 '육체'를 비롯한 아홉 개의 요소로 이루어진다고 생각한 것 같은데, 그 중의 하나는 바로 '이름'이었습니다. 그린란드 사람이나 에스키모들도 인간은 '육체' '영혼' '이름'의 세 개가 모여서 비로소 인간이 될 수 있다고 생각했다고 합니다.

그러니까, 이름을 파악해서 저주를 걸면, 그 이름의 소유주를 자유자재로 조종할 수 있다고 믿었고 그 때문에 그들은 자기 본명을 좀처럼 타인에게 밝히지 않아요. 타인의 본명을 알아도 함부로 부르지 않고, 불려도 대답을 하면 안 된다. 아프리카의 어떤 부족에 따르면 사람은 세 개의 이름을 갖는다고 합니다. 하나는 '내면의 이름' 혹은 '존재의 이름'이라고 불리고, 이것은 비밀입니다. 두 번째는 통과의례 때 붙여지는 이름으로, 연령이나 신분을 나타냅니다. 세 번째는 이른바 통칭으로 이것은 그 인간의 본질과는 관계가 없고."

반쯤 중얼중얼 혼잣말을 하는 듯이 야리나카는 이야기를 계속한다.

"이러한 이름에 얽힌 금기 습속은 일본이나 중국에서도 물론 보입니다. 고귀한 사람의 이름을 직접 입 밖에 내어서는 안 된다는 관습이 이 나라에는 아직 남아 있지요."

"호 말인가요?"

마토바 여사가 끼어들었다.

"그렇지요. '이미나諱'라는 것이 있지요. 원래의 의미는 '이름을

피한다名を忌む'라는 뜻이지요. 이것은 지금은 천황의 사후에 경의를 담아 내리는 칭호 − '시호'의 의미로 쓰이지만, 원래는 비밀이 되어야 할 귀인의 실명을 가리켜 그렇게 말했습니다. 중국에서는 이 이미나에 관한 피휘학避諱學이라는 학문까지 있었다고 합니다.

요는 이름과 사물 사이에서, 이름은 단순히 우연하게 붙은 부호 이상의 의미가 상정된다−이름과 본질은 하나의, 그렇죠, 내적 필연관계에 있다는 겁니다."

야리나카는 잠시 말을 끊고 당혹스러운 얼굴로 귀를 기울이는 여의사를 고쳐 보았다.

"예를 들면 말이지요, 당신의 이름이 '마토바 아유미'인 것은 적절한 이유가 있기 때문에 그렇다는 겁니다. 단순히 마토바 가에서 태어나 이름이 붙여졌다는 레벨을 넘은 곳에서, 뭔가 더 당신이라는 인간의 본질에 관련되는 필연적인 의미가 있다고."

"필연적인, 의미."

"그렇습니다. 중세 유럽이 되면, 당연한 일이지만, 그곳에 유일무이한 절대 '신'의 존재가 관련되게 됩니다. 사물도 사람도 말도, 모두 전능한 신의 창조물이다. 그러니까 물건과 그것을 표현하는 기호 사이의 필연적인 연결이란 즉 신의 의사다. 그런 세계관이 보여지는 겁니다만.

엉뚱한 쪽으로 많이 빠졌군요. 아아, 아니, 그렇지도 않나.−음, 그러니까 바꿔 말하면, 이것은 이름이 운명과 관련 있다는 사상이지요."

야리나카는 안경의 금테에 손가락을 걸쳤다.

"이름이라는 것은 그 자체에 신비한 힘이 있어 인간의 운명에 영향을 주는 것이라는 사고방식. 혹은 역으로 운명 쪽에 중점을 두어 이름은 미리 정해진 운명의 적용을 나타내는 부호라고 하는 생각.

–이름점이란 말할 것도 없이 전자의 발상에서 온 것이지요. 실명이 아니라 통칭에 무게를 두고 있는 점에서 크게 어긋나기는 하지만, 아니, 그러나 이곳에 있는 배우라는 사람들은 말하자면 본명보다도 예명 쪽이, 그 인격의 핵심에 가까운 존재니까요, 이 자리에서는 오히려 그 편이 옳을지도 모릅니다.

어쨌든, 이런 말이나 문자, 이름에 대한 과도한 집착–정리해서 말하면, 이른바 언령言靈 신앙이라는 게 될까요, 이것은 전 세계의 어디에서도 상당히 보편적인 것이라고 할 수 있습니다. 사회가 주술에서 종교로, 그리고 과학으로 패러다임을 옮겨 온 현대에서도, 그것은 역시, 어떻게 해도 달아날 수 없는 것으로 우리들 안에 계속 살고 있다고 봅니다.

그래서–라고 논리적으로 직결될 만한 것도 아니지만–, 아무래도 저는 마음에 걸려 어쩔 수 없습니다. 물론 '이 집에는 우리들의 이름이 있다'는 것, 그 우연에 얼마간의 필연을 찾아내려 한다면 그것은 뭘까, 우리들이 평소 사고의 근거로 하는–그렇게 믿는– 환원주의적인 과학 정신을 부정하는 것으로 이어져 버리지만요."

야리나카는 차조기술이 든 유리잔을 입으로 옮기면서,

"뭐, 그건 그렇고 마토바 씨."

하며 여의사의 얼굴을 쳐다보았다.

"하나, 묻고 싶은 게 있는데 괜찮겠습니까?"

"뭐죠?"

"이 식탁 의자 말인데요, 10인용 식탁에 의자가 아홉 개밖에 없네요. 남은 하나는 어디 있습니까?"

"아아" 하고 한숨과 같은 목소리가, 여의사의 입에서 새어 나왔다.

"부서져서 창고예요. 다리가 하나 부러져 버렸습니다."

"그것은—부러진 것은 언제입니까?"

"그저께 오전 중에."

"과연. 그렇군요."

야리나카는 천천히 혼자 끄덕였다.

"어제 일인데 온실에서 기묘한 일이 있었지요. 천장의 유리가 갑자기 균열이 가 버린."

"네."

"그때 말씀하셨던 것은 대체 어떠한 의미였습니까. 이 집에는 이상한 부분이 있다든지."

마토바 여사는 씰룩 눈썹을 움직이고, 시선을 깔았다. 야리나카는 계속해서,

"손님이 있으면 그 순간에 움직이기 시작한다고, 그런 말도 하셨지요?"

"그건."

말을 꺼내다가, 그녀는 생각을 고친 듯이 입을 다물었다.

"신경 쓰지 않으면 아무것도 아닌 일입니다. 보통은 개의치 않습니다."

"흐음."

낮게 끄덕이고, 야리나카는 몇 번이고 눈을 깜빡거렸다.

"옆방의 담배 쟁반이 부서져 버린 점은 조금 전 사과했습니다만, 생각해 보면 어젯밤 그 쟁반이 테이블에서 떨어진 때의 상황도 약

간 묘했습니다."

"그 말씀은?"

"누군가 만진 것도 아닌 것 같습니다. 즉, 마치 혼자서 떨어져 버린 듯한."

어젯밤 헤어진 후에 야리나카와 도서실에서 이야기를 했을 때, 나는 내가 '본' 것을 그에게 설명했다. 그때는 역시 '어쩌다가' 떨어졌을 가능성도 없지는 않다고 두 사람 다 그냥 납득했었다.

"조금 전 말한 듯이, 담배 쟁반의 투조는 겐지 무늬의 '사카키'였습니다. 그것이 어젯밤 부서졌고 오늘 아침이 되어 사카키 군이 시체로 발견된 겁니다. 이것은."

야리나카는 여의사의 얼굴을 응시했다.

"이것 또한 이 집이 움직이기 시작했다는 걸까요?"

마토바 여사는 완강하게 답변을 거부하는 모양도 아니었다. 이야기를 해야 할지 어떨지 이리저리 생각하고 있는 것 같다. 그러나 야리나카는 바로 살짝 고개를 흔들고,

"아니, 이제 괜찮습니다."

라고 말했다.

"그 말의 의미는 어딘지 모르게 상상이 갑니다. 분명 상식 있는 인간이라면 개의치 않겠지요. '받아들이는 방식에 따라서' 라고도 할 수 있죠. 이야기하고 싶지 않으시다면, 지금은 묻지 않겠습니다. 언젠가 다시……."

# 8

"미안한데, 모두 주목해 줘."

마토바 여사가 식후에 향이 좋은 허브티를 내었을 때 야리나카가 긴장한 목소리로 그렇게 말을 꺼냈다.

"얼마간 기분도 안정되었겠지. 란, 괜찮아?"

"네."

진정제를 받고 잠시 방에서 쉬던 란이지만 안색은 더더욱 신통치 않다. 식사에도 거의 손을 대지 않는다. 다른 사람들도 다소간 그렇기 때문에, 평소와 다름없는 식욕을 보이는 사람이라면 닌도 의사와, 나이프와 포크 대신에 젓가락을 받은 나모 나시 정도였다.

"좋아. 그러면, 이제부터 잠시 어젯밤 사건에 관해 검토하고 싶어. 사실 이런, 형사 흉내 같은 것은 하고 싶지 않지만, 어쩔 수 없지. 모두 내 질문에 대답했으면 좋겠다. 시라스카 씨의 부탁이기도 하지만, 무엇보다도 우리들에게 필요한 거라고 생각하니까."

테이블의 일동을 둘러본 다음, 야리나카는 왜건 옆에 서 있던 여의사를 돌아보고,

"마토바 씨, 협력을 부탁하고 싶습니다만."

그녀는 얌전하게 끄덕인다.

"감사합니다. 그럼, 어디든 앉아 주십시오."

"우선" 하고 야리나카는 비어 있던 내 옆자리에 앉은 여의사 쪽을 보았다.

"발견된 때의 그, 사카키의 시체 상태에 관해 다시 한 번 확인하

고 싶습니다만, 말씀 부탁드릴까요?"

"네."

시원시원한 목소리로 그녀는 대답했다.

"제가 스에나가에게 불려 온실로 간 것이 오전 7시 40분경이었습니다. 한 번 보고, 이미 숨이 없는 것을 알았습니다. 물론, 맥을 재거나 동공을 조사하는 등 한 차례 확인 작업을 했습니다. 후두부의 혹을 본 것은 그때입니다.

물뿌리개에서 떨어지는 물에 시체는 온몸이 푹 젖어 있었습니다. 일단 물만 잠그고, 다음은 그대로 놓아두었으니까, 조금 전 보신 상태와 변함은 없었다고 말해도 틀림없을 겁니다."

"그리고 바로, 저희들을 불러 모으신 겁니까?"

"네. 주인어른과 의논하고, 그 후 나루세와 분담해서 여러분을 불렀습니다."

"그것이 대략 8시 반이었지요?"

"네."

"그리고, 우리들이 현장을 봤을 때, 당신과 닌도 선생님 손으로 이른바 검시가 행해졌습니다. 분명, 9시 이후-10분경이었습니다. 그에 따르면, 사인은 질식사-교살이었지요. 후두부를 맞아 졸도하고 나서 벨트 모양의 흉기로 목이 졸렸다. 사후 경과 시간은, 음, 여섯 시간 반에서 아홉 시간 반이었습니까? 따라서 단순히 역산하면 어젯밤 오후 11시 40분에서 오전 2시 40분, 이 세 시간 사이에 범행이 행해진 것으로 보인다.-그렇지요, 닌도 선생님?"

"그렇습니다."

노의사는 진지한 얼굴로 끄덕였다.

"사망 시각에 관해서는, 조금 전 다시 한 번 마토바 씨와 검토했지만 우선 그 시간대로 보면 틀림없을 겁니다. 상당히 넓게 잡아 두었으니까, 그 이상의 오차가 있었다고 해도 어차피 플러스마이너스 10분 정도일 거고. 뭐, 빨리 해부해서 자세하게 조사하면 시간을 더 좁힐 수 있을지도 모르지만."

"시체가 물을 뒤집어 쓴 것을 고려하지 않아도 됩니까?"

"온실 물은 호수에서 길어 올려 쓰고 있으니까."

마토바 여사가 말했다.

"키리고에 호라는 이름의 유래는 아세요?"

"아니요. 거기에 뭔가 있습니까?"

"이 주변에는 안개가 무척 많습니다. 이 호수는 원래 화산 활동으로 생긴 언지호로, 호수 바닥에 몇 군데쯤 온천이 솟아오르는 곳이 있어서 수온이 상당히 높습니다. 그 탓으로 안개가 많아요."

"아하. 물 온도가 높으니까, 시체에는 별다른 영향은 없을 거라는 말씀이군요."

"네. 물에 의한 냉각 효과는 별로 없었을 겁니다. 물의 양도 얼마 되지 않고요."

"과연."

야리나카는 오목한 코 끝을 쓰다듬으면서,

"그런데, 조금 전 온실에서 우리 나모 나시가 발견한 벨트와 책에 관해서입니다만, 마토바 씨, 어떻게 생각하십니까?"

"그 물건들이 거기에 떨어져 있던 것은 스에나가에게 불려 온실로 갔을 때부터 알고 있었습니다."

"그랬습니까. 그래서요?"

"아마 저 벨트가 목을 조른 흉기일거라고 생각합니다."

"책은?"

"저쪽 도서실에 있는 물건입니다. 보신대로 케이스에 넣는 두꺼운 책이고 제법 무게도 있으니까 생각하건대 범인은 저것으로 피해자의 머리를 때린 게 아닐까 합니다."

"그렇습니까? 음, 저도 그렇게 생각합니다."

야리나카는 몇 번쯤 되풀이해 끄덕였다.

"닌도 선생님 의견은?"

"찬성입니다."

노의사는 대답했다.

"책이 흉기라는 것은 다소 이상하지만, 책등 부분으로 세게 때리면 상당히 큰 타격이 됩니다. 게다가 사카키 씨는 저런 가냘픈 체격이니까, 여성이라도 충분히 가능한 일이겠지요."

그 말을 듣고, 미즈키와 아야카, 란 세 사람이 식탁 너머로 슬쩍 눈빛을 교환한다. 정도는 다르겠지만 놀람과 낭패를 감출 수 없는 모습이었다.

"그리고 저 벨트 말이죠."

닌도 의사가 계속한다.

"야리나카 씨, 저건 사카키 씨의 소지품이지요? 아니, 본 기억이 있어서 그렇게 말하는 게 아닙니다만, 그러니까 시체는 바지에 벨트를 하지 않고 있어서."

"말씀대로입니다. 확실히 저것은 그의 벨트였지요."

야리나카가 깊숙이 끄덕이고, 팔짱을 꼈다.

"이것으로 둘 다 범행에 쓰인 흉기라는 것은 알았지만, 그렇게 되면 어째서 그것들이 온실의 입구 가까이—시체와는 상당히 떨어진 곳에 놓여 있었는지가 문제군요."

"저, 그것은."

마토바 여사가 의견을 말했다.

"여러분, 알아차렸는지 어떤지 모르겠지만, 벨트와 책이 떨어져 있던 곳에는 깨진 화분이나 소변의 흔적 등이 남아 있었습니다. 그러니까, 사카키 씨가 살해된 장소는 시체가 있던 중앙 광장이 아니라 그곳이었다고 판단해도 되는 게 아닌가 합니다만."

"즉, 범행 후에 시체를 이동시켰다고 하는 겁니까?"

"네."

"흐음. 우리들이 봤을 때, 시체는 이렇게 양팔이 배를 감싸듯이 몸통에 휘감겨 있었습니다만, 저것도 처음부터?"

"스에나가가 발견했을 때부터 그랬다고 합니다."

"목이 졸려 죽은 인간의 자세치고는 너무나 부자연스러운데요."

"네에. 제 생각에 아마 사후 경직이 시작하기 전에 저 포즈가 된 게 아닐까 하네요."

"그렇군요. 범인의 소행이라는 말씀입니까?"

야리나카는 홍차를 한입 천천히 홀짝였다.

"또 하나, 시체의 발 옆에 묘한 물건이 놓여 있었지요. 붉은 풋쿠리가 한 켤레. 물론 저것도 처음부터 거기 있던 거지요?"

"그렇습니다."

"흠. 풋쿠리도 그렇고, 물뿌리개도 그렇고, 시체의 부자연스러운 포즈도 그렇고, 대체 뭘까요?"

분명 야리나카의 말대로다. 기묘한—너무나도 기묘한 것이 너무 많다.

지금까지 판명된 사실에서 어젯밤 범인이 취한 행동은 대체로 상상이 간다. 뭔가 구실을 붙여 사카키를 온실로 데려간다, 혹은 불러 낸다. 틈을 노려 미리 도서실에서 들고 온 책으로 머리를 때린다. 실신한 사카키의 바지에서 벨트를 빼서 그것으로 목을 졸라 죽인다. 문제는 그 다음이다.

시체를 중앙의 광장으로 옮겨 포즈를 취하게 하고 홀에서 가져온 폿쿠리를 발 옆에 놓는다. 게다가 물뿌리개를 철사에 매달아 호스에 물을 튼다.

대체 무슨 의도를 가지고, 범인은 시체에 그러한 일련의 기묘한 공작을 했을까.

"응? 뭔가 하고 싶은 말이 있나, 카이?"

쥐죽은 듯이 조용한 일동 중에서 어쩐지 뭔가 말하고 싶은 듯 침착하지 못한 시선을 움직이고 있는 카이를 보고 야리나카가 물었다.

"아니, 저."

신경질적인 홑꺼풀의 눈을 약간 깔고 그는 담배에 불을 붙였다.

"뭐라도 좋으니까, 알아차린 게 있으면 말해."

"아, 네."

눈을 내리깐 채, 카이는 작게 끄덕이고,

"조금 전 생각한 건데, 저 책―저곳에 떨어져 있던 책 말입니다, 저거, 키타하라 하쿠슈의 시집이었죠?"

"아, 그랬어. 그게 뭔데?"

"그러니까 즉."

카이는 불안한 표정으로 말했다.

"즉, 「비」의 비유가 아닐까 하는데."


## 9


"「비」의 비유?"

야리나카는 날카롭게 눈썹을 끌어올렸다. 카이는 조급하게 담배를 피우면서,

"그렇습니다. 그, 키타하라 하쿠슈의."

"하쿠슈의 「비」……."

불안정한 틈이 있었다. 카이의 말에 주목하는 모두의 얼굴은 강한 당혹의 빛을 감추지 못했다. 그가 말한 의미를 이해할 수 없는 사람도 적지 않게 있었을 것이다.

"'비가 내립니다. 비가 내린다.'"

침묵을 깬 것은 닌도 의사였다. 높고 쉰 목소리로 잠자는 아이에게 들려 주듯이 노래하기 시작했다. 그 노래—.

"'놀러 가고 싶어, 우산은 없어,

붉은 끈 나막신도 끈이 끊어졌다.'"

수런거림이 파문처럼 테이블로 퍼져 갔다.

눈썹을 끌어올린 채 가볍게 헛기침을 하는 야리나카. 움푹 팬 눈을 부라리고 작게 휘파람을 부는 나모 나시. 창백해진 볼을 경련하는 듯이 가늘게 떠는 란. 완만한 하얀 이마에 손을 대고, 느릿하게 고개를 젓는 미즈키. 눈을 둥글게 뜨고 그런 모두의 모습을 둘러보

는 아야카.

'비가 내립니다. 비가 내려' – 물뿌리개에서 떨어져 내리는 물. 그리고 '붉은 끈 나막신' – 빨간 폿쿠리.

"어째서 그런."

윗주머니의 담배를 더듬으면서 내가 중얼거렸다. 그것이 들렸는지 안 들렸는지,

"비유인가."

야리나카는 관자놀이에 검지를 눌러 대고, 복잡한 얼굴로 긴 숨을 토했다.

"확실히, 그 이외에 생각할 수 없는 것 같군. 그러나……."

"비유라니?"

멀거니 눈을 커다랗게 뜨고, 아야카가 묻는다.

"있잖아, 뭐가 어떻게 된 거야?"

"'비유 살인'이야."

야리나카가 대답했다.

"동요나 소설 따위의 가사나 내용을 따라한 살인. 크리스티의 『그리고 아무도 없었다』 같은 거 안 읽었어?"

"안 읽었어."

아야카가 고개를 흔들었지만, 바로,

"알았다. 그거지? 있잖아, 공놀이 노래대로 사람이 살해당하는 영화, 있었잖아?"

"『악마의 공놀이 노래』인가. 그래. 그것도 전형적인 비유 살인이지. 알겠어? 지금, 닌도 선생님이 부른 「비」의 가사를 따라 범인이 시체를 장식했다는 말이야. 물뿌리개의 물을 비에, 붉은 폿쿠리를

「비」 207

붉은 끈 나막신에 비유해서."

"그렇구나."

아야카는 얌전히 끄덕였다.

"하쿠슈의「비」라면 저쪽 방에 있던 오르골 곡이구나."

"오르골? 아, 그런가. 그랬지."

살롱으로 이어지는 문 쪽으로 흘끗 시선을 던지고 야리나카는 잔의 테두리를 가볍게 손톱으로 튀기면서 일동에게 시선을 돌렸다.

"일단 이 일은 제쳐 두자. 그보다도, 그래, 어젯밤 각자의 행동에 관해 여기서 묻고 싶어. 알리바이 조사라는 거지.

어젯밤 모두가 방으로 철수한 것은 분명 9시 반쯤이야. 그 후의, 특히 오후 11시 40분부터 오전 2시 40분 사이의 알리바이가 문제인데, 우선 나와 린도는 계속 도서실에 있었어. 다음 연극에 대해 의논했지. 너무 길어져서 그대로 새벽 4시 반까지 계속 함께 있었으니까 운 좋게 완전한 알리바이가 성립한다. 그렇지, 린도?"

"네."

내심 가슴을 쓸어내리고 싶은 기분으로, 나는 힘차게 끄덕였다.

"야리나카 씨가 한 번 노트와 펜을 방에 가지러 갔다 돌아와서 4시 반경까지, 확실히."

"그사이, 각자 한두 번 화장실에 갔지만 고작 2분이나 3분이었어. 그런 시간에 그런 범행을 하기는 도저히 불가능하다고 단언할 수 있다. 아무리 짧게 어림잡아도 2, 30분 이상은 필요할 테니까."

야리나카는 숨을 쉬고 모두의 얼굴을 바라보았다.

"순서대로 질문하겠어. 기분 좋지는 않겠지만 되도록 자세하게, 정확한 것을 대답해.

나나시부터 갈까. 어젯밤 알리바이는 있나?"

"있을 리 없습니다."

나모 나시는 해골과 같은 얼굴을 찌푸렸다.

"바로 방에 돌아가 잤으니까요. 저는 언제 어디서든 숙면할 수 있는 인간이거든요. 아침이 되어 저 아저씨가 깨우기까지, 계속 꿈 속이었습니다. 어떤 꿈을 꿨는지도 말할까요? 눈이 그쳐 도쿄로 돌아가서 아내가 이혼 신고를 하러 가는 것을 아쉬워하면서 쫓아 가는 꿈인데……."

"됐어."

야리나카는 난감한 얼굴로 손을 흔들고,

"다음, 아야카는?"

"나, 미즈키 씨와 함께 있었어."

아야카는 대답했다.

"미즈키 씨 방에 있었거든. 분화 같은 게 마음에 걸려서 잠이 안 와서."

"미즈키, 정말이야?"

"네."

미즈키는 아야카에게 흘끗 눈길을 주고,

"하지만, 계속은 아니고."

"계속이 아니고?"

"아야카 쨍이 내 방에 온 것이 아마 12시경이고, 그 후 잠시 두서 없는 이야기를 했지만 이제 잘 수 있을 것 같다며 돌아간 게 2시 정 도. 그러니까."

"완전히 알리바이가 있는 건 아니군?"

"네. 그렇게 되네요."

"다음은, 그럼."

야리나카는 란의 얼굴로 시선을 옮긴다.

"넌도 선생님에게 약을 받아서 다른 사람들보다 먼저 방에 돌아갔지. 그 후 어떻게 했어?"

"약을 먹었어."

란은 나직하게 대답했다.

"흠. 사카키 방에는 가지 않았나?"

"가지 않았어. 그럴 기분이 아니었는걸."

"약은 효과가 좋았어?"

"네."

"아침까지 계속 잤다는 말이야?"

"그래. 설마, 야리나카 씨, 날 의심하는 건 아니지?"

란은 표정이 굳어졌다. 야리나카는 천천히 고개를 흔들고,

"뭐라고도 할 수 없어."

한숨을 섞어 말한다.

"받아들인 걸 어떻게 하냐. 나도 난감해. 나한테 명탐정 소질이 있는지 따위는 지금까지 생각한 적도 없으니까. 그렇지만 역시, 모든 것을 의심해야 하는 건 기본이야."

"나는 유타카를 죽이지 않았어."

"그 말은 진실일지도 모르고, 그렇지 않을지도 모르지."

"그런."

"란도 한동안 미스터리를 읽었잖아. 범인은 대개, 가장 그럴듯하지 않은 인간으로 정해져 있어."

"소설이랑 같은 취급 하지 마."

"그럴 생각은 없어. 하지만 눈에 갇힌 집에 비유 살인이야. 정말, 대체 어디서 현실과 소설의 선을 그어야 할지 헷갈려."

반쯤 어찌할 바를 모르는 듯 그렇게 말하고, 야리나카는 입술을 깨무는 란의 얼굴에서 눈길을 돌려 질문을 재개했다.

"그런 연유로."

다음은 닌도 의사 쪽을 보고,

"실례지만, 선생님은 어젯밤 어떻게 하셨습니까?"

"나모 씨나 키미사키 씨와 같습니다."

하얀 수염을 매만지면서 노의사는 대답했다.

"방에 돌아가서, 조금 있다가 잤습니다. 아침에 일어날 때까지 아무와도 만나지 않았지요."

"그렇습니까. 감사합니다."

야리나카는 다시 한숨을 쉰다.

"그러면, 다음은 카이뿐인가."

말하면서 그는 아주 지친 듯 어깨를 늘어뜨리고 식탁 한가운데를 응시하는 카이 쪽을 보더니, 이어 나의 얼굴을 살폈다.

"카이에게는 알리바이가 있지. 나와 린도가 증인이다."

나는 묵묵히 끄덕였다.

그렇다. 나와 야리나카와 마찬가지, 카이에게는 확실한 알리바이가 있다. 어젯밤 문제의 시간대, 그는 우리들과 함께 도서실에 있었던 것이다.

"일단 본인의 입으로 들을까? 괜찮지, 카이?"

"네."

카이는 충혈된 눈을 들어 대답했다.

"9시 반에 일단 방으로 돌아간 후, 저도 어쩐지 잠이 안 와서, 도서실로 갔습니다. 책을 읽으려고. 그랬더니, 야리나카 씨와 린도 씨가 먼저 와 있었습니다."

"오후 10시 반경의 일이었던가?"

"네에. 그쯤이었습니다. 그래서 저는 그대로 그곳에……."

방에 들고 가서 읽기는 좀 걸린다며 그는 난로 앞 흔들의자에서 계속 책을 읽고 있었다. 때때로 야리나카와 나의 이야기를 듣고는 말을 덧붙이면서, 그렇게 그가 방으로 돌아간 것이 오전 3시가 지나서였을까.

시간은 선룸에서 울린 긴 케이스 시계의 종소리 덕분에 기억에 남아 있다. "벌써 시간이 이렇게" 하고 말하면서, 자신의 손목시계로 시각을 확인한 것도 확실히 기억하고 있었다.

"그러면."

카이의 알리바이 확인이 끝나자 야리나카는 팔짱을 끼면서 말했다.

"결국, 제대로 된 알리바이가 있는 것은 셋뿐이라는 말이네? 미즈키와 아야카의 알리바이는 완벽하다고 할 수 없어. 나모와 란, 닌도 선생님에게는 전혀 없고. 단순히 생각하면 이것으로 범인은 다섯 사람으로 좁혀졌다는 건가."

야리나카는 그리고, 묵묵히 '알리바이 조사'의 진행을 방관하던 여의사 쪽을 보았다.

"저는 일단, 당신에게도 같은 질문을 하고 싶다고 생각하는데요. 어떠십니까. 마토바 씨."

"제 알리바이, 말씀인가요?"

그녀는 다소 당황한 듯이 눈을 깜빡였지만, 바로 평온한 얼굴로 돌아가 담담하게 대답했다.

"저는 보통, 늦어도 오후 10시에는 자려고 하고 있습니다. 아침에 일찍 일어나니까 수면 시간은 되도록 충분히 취하도록 유의하고 있습니다. 어젯밤도 그랬습니다. 10시에는 취침해서 그대로 잤습니다."

"다른 분은 어떨까요?"

"저희들 중에 범인이 있다는 건가요?"

마토바 여사는 약간 눈초리를 끌어올려 그렇게 되물었다.

"시라스카 씨는 그렇게 말씀하셨지만, 저로서는 역시 그 가능성을 무조건 간과할 수는 없습니다. 알고 싶습니다."

야리나카의 호소에 여의사는 조금 생각한 후, 천천히 끄덕였다.

"고용인은 모두 오전 7시에는 각자의 일을 시작합니다. 그러니까 밤을 새는 사람은 한 사람도 없습니다. 밤에는 보통, 늦어도 9시 반에는 각자의 방에 돌아가 되도록 빨리 잡니다. 그저께 밤은 갑자기 여러분이 오시는 바람에 다소 늦어졌지만, 어젯밤은 평소대로였다고 생각합니다."

"아무도 알리바이 같은 것은 없겠군요."

"네, 아마."

"여러분들 방은 저택 어디에 있습니까. 참고로 가르쳐 주시기 바랍니다."

"저와 이제키의 방은 3층 끝에, 나루세와 스에나가는 2층 끝에 있습니다."

"시라스카 씨의 방도 3층입니까. 아니면 1층?"

"3층입니다."

"그분도 빨리 취침하셨습니까?"

"주인어른은 모르겠습니다. 평소대로라면 빨리 주무셨겠지만."

"흠. 그리고 그 외에는?"

템포 좋게 들어온 야리나카의 질문에, 여의사의 하얀 볼이 희미하게 흔들리고 있다는 것을 알았다. 안경 안쪽의 눈에 경계의 빛이 휙 떠오른다.

"그 외에 이 집에는 아무도 안 계십니까?"

야리나카가 거듭해서 묻자,

"안 계십니다."

그녀는 퉁명스레 대답했다.

"그렇습니까. 아, 알겠습니다. 감사했습니다."

야리나카는 선선히, 그 이상의 질문을 그만두었다. 너무나 끈질기게 캐물어 모처럼 협력적인 그녀의 태도가 무너져 버리면 곤란하다고 생각한 게 틀림없다.

"그러면, 그래."

일동에게 시선을 돌리고 그는 말했다.

"어젯밤 문제의 시간대, 혹은 그 전후라도 좋은데, 수상한 소리를 들었다든지 뭐라든지, 뭔가 생각나는 것은 없나?"

대답하는 사람은 없었다. 서로의 시선이 마주치는 것을 피하듯이 다들 눈을 깐다.

그사이에 계속 나는 건너편 자리에 앉아 있는 미즈키의 모습을 살피고 있었다. 그녀 또한, 란과 마찬가지로 별로 안색이 좋지 않다. 하필이면 살인 같은 어처구니없는 사건이 발생했으니까 당연하겠지만, 그러나 그 때문에 그녀의 아름다움이 망가지는 일은 전혀 없었다.

나는 역시 그녀에게—그녀의 모두에, 어쩔 수 없이 마음이 끌리고 있다. 그곳에 사랑이라는 말을 넣어버려도, 그래도 좋다. 부정할 수 없다.

이런 상황 속에서 조심성 없을지도 모르지만—아니, 혹은 이런 상황 속이라서일까, 나는 자신의 마음속에 있는 그 감정을 새삼스레 명확한 말로 확인해 보았다. 그리고 동시에—.

어젯밤, 이라기보다도 오늘 새벽 도서실에서 야리나카에게서 들은 어떤 말을 떠올렸다. 그것은—정확하게 무엇을 의미하는지 불명확하지만—내게는 어쩌면 사카키 유타카의 죽음보다도 훨씬 중요한 문제일지도 몰랐다.

"만약에 다른 사람들 앞에서 말하기 어려운 게 있으면 나중에 직접 나한테 말하러 와 주면 좋겠어. 아주 사소한 거라도 괜찮으니까."

이윽고 야리나카가 말했다.

"그런데 말이죠, 마토바 씨, 현장에 있던 폿쿠리 말인데요."

마침 그때 복도의 문이 열려, 야리나카의 대사는 도중에 끊어졌다.

"마토바 선생님."

들어온 집사의 쉰 목소리가 울렸다.

"죄송합니다만, 잠시 와 주셨으면 합니다만."

## 10

"동기의 문제로 한정해서 조금 생각해 볼까."

나루세의 부름으로 마토바 여사가 자리를 뜨자, 야리나카는 모두를 향해 말했다.

"범인이 누구든지 사카키를 죽인 것에는 당연히 그에 상응하는 이유가 있었을 거야. 세간에서는 광기에 의한 동기 없는 살인이라는 게 대유행이지만, 이 자리에 그런 정신이상자는 없는 것 같고.

이 중에서 사카키를 죽일 이유가 있을 만한 사람은 우선 나나시인가. 그리고 란, 카이."

"어라. 야리 씨까지 그런, 내가 사카키 군을 미워한다고 말할 생각입니까?"

나모 나시가 납득이 가지 않는 듯이 입을 뾰족하게 한다.

"옆에서 보면 별로 사랑하는 것처럼은 보이지 않았는데."

"참나. 사카키 군만이 아니라, 저는 남자를 사랑하는 취미는 없는데요."

"게다가 오늘 아침 너 자신도 말했지만, 분명 그저께 우리들이 길을 잃어버렸던 것은 계속 선두를 걷고 있던 사카키 탓이었다고 할 수도 있어. 그게 원인으로 이곳에 갇혀 버렸기 때문에, 어떻게든 이혼을 회피하려는 계획이 무산됐잖아. 미워서 불타오를 이유라고 할 수 있지."

"네네."

나모 나시는 될 대로 되라는 얼굴로 양손을 들었다.

"어차피 저는 오늘부터 키누가와입니다. 이제 또, 본명을 말할 때마다 비웃음당할 테니까."

"란에 관해서는 조금 전 아래에서 나나시가 말한 그대로다. 얽히고설킨 연애 감정. 더구나, 도쿄로 돌아가지 못하게 되어 오디션이 허사가 되고 말았다. 그 일에 대한 원한이라는 것도 생각할 수 있지."

그런 말을 들어도 란은 더 이상 아무것도 반론하려고 하지 않았다. 낮게 얼굴을 숙인 채, 한숨을 되풀이하고 있다.

"카이는 사카키에게 빚이 있었다. 그것은 사실이지?"

야리나카가 눈을 향하니, 카이는 넓은 어깨의 다부진 몸을 움츠리며 끄덕였다.

"얼마나 빌렸어?"

"그렇게 큰 금액은 아니었습니다. 50만 정도."

"흠. 보통, 그 정도의 금액으로 사람을 죽이거나 하지는 않겠지만, 뭐, 뭐라고도 할 수 없네. 돈을 빌린 당사자의 입은 이미 닫혔으니. 사실은 훨씬 더 많이 빌렸을지도 몰라. 돌아가면 바로 갚으라고 했는데, 할 수는 있나?"

"어떻게든 하면."

"흐음."

카이의 얼굴에서 눈을 떼고, 야리나카는 비어 버린 컵 끝을 다시 손톱으로 두드렸다.

"다른 사람에게는 일단 동기가 없는 것 같지만."

"그렇지 않아."

란이 어두운 얼굴을 들어, 쉰 목소리로 말했다.

"나를 의심한다면, 아야카도 똑같잖아. 게다가 미즈키 씨도."

"호오. 그건 또, 어째서 그렇지?"

"아야카는 말이지, 유타카를 좋아했어. 유타카는 오는 사람 안 막는 남자니까, 적당히 논 것 같아. 그러니까."

"그만해."

아야카의 새된 목소리가 란의 대사를 잘랐다.

"당신한테 여기서 그런 말을 들을 이유 따위 없으니까."

평소의 아이 같은 표정이나 말투와는 달리 다른 사람처럼 보였다. 밉살스럽게 눈을 빛내며 란을 쏘아본다.

"놀았다고? 정말이냐?"

야리나카가 물었다. 아야카는 볼을 붉히고, 애매하게 고개를 흔든다.

"그야, 사카키 씨는 핸섬하고 멋지니까 좋아했어. 하지만 딱히 진심으로 사랑한 건 아냐. 나를 데리고 놀았다고 화내다니, 그럴 리 없어."

"입으로는 무슨 말을 못해."

란이 노여운 빛을 띤 눈으로 되쏘아 본다. 아야카는 지지 않고,

"뭐야. 당신 질투하고 있잖아."

"내가? 이……."

"알았어. 이제 됐어."

몹시 못마땅한 얼굴로, 야리나카는 두 사람을 제지했다.

"미즈키에게도 동기가 있다고 했지. 어떤 일이야?"

"그건."

란은 조금 말을 우물거리더니,

"그가 최근에 건드리려고 한 것 같으니까."

"정말이야?"

야리나카는 미즈키 쪽을 보았다. 그녀는 조용히, 하지만 뭔가 마음에 걸리는 것이 있는 듯한 표정으로, 느리게 고개를 흔들었다.

"그런 대단한 건 아니었어요. 몇 번쯤 권한 건 사실이지만, 나는 별로 흥미가 없었고."

"억지로 당했다든지."

"설마."

"이야아. 그렇지만, 그렇게 되면, 야리 씨도 아주 재미있게 되는데요?"

나모 나시가 말했다.

"어차피, 미즈키 짱은 애지중지하는 제자니까. 그런 녀석이 손대면 어느 정도는 진심으로 화나지 않습니까."

"역습으로 나왔군."

야리나카는 어깨를 으쓱하고,

"정색을 하고 부정할 생각도 없지만. 뭐, 그래, 그런 식이라면 뭐든 동기가 되지."

그렇게 말하고, 흘끗 내 쪽으로 의미심장한 시선을 던진다. 미즈키가 당했다면, 너도 말이지―라고, 그 눈은 말하고 있었다.

"결국, 동기가 전혀 없는 사람은 닌도 선생님뿐이라는 건가?"

"아니, 그것도 모릅니다, 야리 씨."

나모가 말하는 것을 듣고, 닌도 의사는 눈을 휘둥그레 뜨고,

"제게도 동기가 있다는 말씀?"

"생각 못할 것은 없지요. 예를 들어, 막내 따님이 도쿄의 대학에

가서 실은 어딘가에서 사카키 군과 알게 되어."

"유혹당해서 지독한 꼴을 당했다든지 하는 겁니까?"

"그런 거죠."

"만일 정말로 그렇다고 하면, 그야 무시무시한 우연이군요."

노의사는 둥근 몸을 흔들며 웃었다.

"와아, 겁난다."

"실례되는 말을 해서 죄송합니다."

야리나카가 이렇게 말하고 나모를 노려본다.

"아니, 아니, 별로 신경 쓰지 않습니다. 뭐, 이 집에는 아무래도 저 무시무시한 우연히 흘러넘치는 것 같으니까요."

"의심하기 시작하면 한이 없다는 건가."

혼잣말처럼 말하고, 야리나카는 크게 숨을 쉬었다.

"이 집 사람들이라고 해도……."

그때, 마토바 여사가 돌아왔다. 나루세에게 불려간 후 20분 정도가 됐을까. 시각은 오후 2시를 조금 넘은 참이었다.

"전해 드릴 말씀이 있습니다."

방에 들어오자마자, 여의사는 약간 긴장한 표정으로 우리들에게 말했다.

"그전에 하나 확인하겠습니다. 돌아가신 사카키 씨의 본명은 리노이에 미쓰루 씨라고 하십니까?"

야리나카가 그렇다고 대답하니 그녀는 거듭해서,

"리노이에 산업의 사장 아드님이라든지."

"확실히 그렇습니다만, 왜 그러십니까?"

그녀가 무엇을 말하려는지 나는 전혀 상상이 가지 않았다. 다만 그 말투로 보아, 뭔가 아주 중요한 정보를 얻어 왔다는 것은 알 수 있다.

"실은 텔레비전 뉴스에 그 − 리노이에 미쓰루 씨의 얼굴 사진이 나왔습니다."

원래 앉았던 의자에 앉으면서 마토바 여사는 그렇게 말했다.

"뉴스에서 사카키 군의 사진이?"

야리나카가 놀라서 묻는다.

"대체 무슨 일입니까?"

"경찰이 찾고 있다고 합니다."

"경찰?"

야리나카는 더더욱 놀란 얼굴로 의자에서 반쯤 일어났다.

"무슨 뜻입니까? 뭔가 저질렀다는 말입니까?"

"네."

여의사는 끄덕이고 알려 주었다.

"8월에 도쿄에서 일어난 강도 살인의 중요 용의자라고⋯⋯"


# 11


8월 28일 목요일 심야, 도쿄 도 메구로 구에 있는 리노이에 산업 회장 리노이에 쿄스케享助 씨 자택에서 사건은 발생했다. 어떤 사람이 저택 내로 숨어들어 근무 중인 경비원 한 사람을 살해하고 도주한 것이다.

현장의 상황을 보아 금품을 찾는 장면을 경비원이 발견했고, 살인에까지 이른 것으로 추정되었다. 뭔가에 머리를 부딪친 뇌 내출혈이 사인으로, 격투 끝에 일어난 사고였을 가능성도 적지 않다고 한다. 그러한 상황에 당황했기 때문인지 범인은 금품에는 손을 대지 않은 채 바로 도주한 것으로 보였다.

워낙 넓은 집이어서 범행 시의 소란스러움에도 그 집 사람들은 깨지 않았다. 그 결과, 사건의 발견 시각은 다음 날 아침이 됐고 그 이후 두 달 남짓, 이렇다 할 단서도 잡지 못한 채 경찰의 수사는 난항에 부딪친 모양이었다. 그런 지금 드디어 유력한 목격자가 나타났다는 것이다.

사건 당일 밤 범행이 있었다고 보이는 시간, 리노이에 씨 저택 부근 길에 수상한 차가 세워져 있었고 갑자기 집에서 뛰쳐나온 사람이 그 차를 타고 급발진해서 달려갔다고 목격자는 증언했다. 그리고 요컨대 목격자의 기억에 남아 있던 차종과 번호가 사사키 유타카, 즉 리노이에 미쓰루가 소유한 차와 일치했다는 것이다.

당국이 사카키를 중요 용의자로 수배하기까지는 물론 더 세세한 조사의 수순이 있었겠지만, 키리고에 저택에 체재하던 기간 중 우리들이 알 수 있는 것은 뉴스에서 전해진 극히 대략적인 사실뿐이었다.

"그 사건의 범인이 사카키였다고?"

마토바 여사의 설명을 듣고 야리나카는 역시 강한 동요를 감추지 못했다.

"하지만 그는 리노이에 회장의 친손자입니다. 그런 일이……. 아아, 실례. 당신에게 물어봐도 소용없지요. 그렇지만."

"아니, 야리 씨, 그건 있을 수 있는 일이지요."

나모 나시가 말을 끼어들었다.

"죽은 녀석을 이렇게 말하는 건 뭣하지만, 사카키 군, 리노이에 일가 중에서도 가장 방탕한 인간이었습니다. 덧붙이자면, 사물을 별로 깊게 생각하지 않는 성격이죠. 용돈이 궁해서 형편을 아는 할아버지 집에 돈을 훔치러 들어갔다. 가벼운 놀이쯤이라 생각하고. 너무나도 있을 법한 이야기가 아닙니까."

"놀이로 도둑질을 한다고?"

"술에 취해서 그랬을지도 모릅니다. 아니면, 그러고 보니 약을 했던 시기도 있었고."

"약?"

야리나카는 망연히 눈썹을 찡그렸다.

"각성제라도 했다고 하는 거야?"

"아니, 아니, 그런 불건전한 게 아니라, 더 건전한 것. 대마라든지, 그냥 LSD라든지."

"LSD가 건전한 약이냐?"

"중독성은 그다지 없는 것 같으니까요."

"너도 해?"

"말도 안 됩니다. 나는 말이죠, 약에 의지하지 않아도 내 힘으로 하이해질 수 있는 체질이라서."

"흠. 그러고 보면, 어젯밤 사카키 녀석, 여러 가지 돈 들 일이 있다고 했는데.─란, 너는 몰라?"

야리나카가 물어보니 란은 흠칫하고 어깨를 떨었다.

"몰라."

파리한 얼굴로 억지로 가장한 듯 세차게 고개를 흔든다. 그 반응에 야리나카는 눈을 가늘고 엄하게 떴지만 바로 마토바 여사를 보고,

"그 뉴스는 언제 방송됐습니까?"

하고 물었다.

"처음 보도가 있었던 것은 15일 밤이라고 합니다."

"그저께 밤입니까?"

어젯밤 내가 들은 뉴스—'올해 8월, 도쿄 도 메구로 구의 리노'에서 끊어진 그 뉴스는 역시 그 사건의 보도였던 것인가. 만일 그때, 아야카가 라디오를 테이블에서 떨어뜨리지 않았으면 우리들은 그 시점에서 경찰이 사건 용의자로 사카키 군을 찾고 있다는 사실을 알게 되었을 것이다.

경찰은 아마 극단의 관계자와 접촉하거나 해서, 13일부터 우리들이 신슈에 와 있는 것을 이미 밝혀냈을 것이다. 혹은 그저께 우리들이 떠난 다음에라도 미마하라의 호텔에 문의가 들어갔을지도 모른다. 하지만 그날 밤에는 귀경했을 사카키가 여전히 모습을 보이지 않는다. 그래서 의심이 한층 깊어졌겠지만, 설마 우리들이 아직 신슈에 있고 이런 상황에 놓였다고는 생각도 못한 게 틀림없다.

그렇다고 해도 사카키가 어젯밤 어떤 자의 손에 의해 살해당했다니. 이 두 사실 사이에는 대체 뭔가 의미 있는 연결이 있을까. 아니면 단순한 우연에 지나지 않는 것인가.

"마음에 걸리는 일이 있습니다."

카이가 조용히 말을 꺼냈다.

"그 사건—8월의 사건에서 죽은 경비원의 이름 말인데요."

"이름?"

중얼거리고 나서 야리나카는 깜짝 놀라 눈을 빛냈다.

"그건 분명 나루세라는 이름이었지."

"그래요. 역시 그랬군요."

우리들은 뭐라고도 할 수 없는 기분으로 얼굴을 마주 보았다.

'나루세'라는 성과 키리고에 저택의 초로의 집사 얼굴이 겹친다. 첫날 밤 미즈키로부터 '나루세'라는 이름을 들었을 때 순간적으로 '鳴瀬'라는 한자가 떠오른 것은─8월 사건의 신문 기사를 보고 기억에 남아 있던 그 이름이 무의식중에 떠오른 것일까.

"마토바 씨."

야리나카가 진지한 얼굴로 말했다.

"그─이 집의 나루세 씨의 이름은 뭐라고 합니까?"

"'타카시'라고 합니다만. 효도효孝 자를 써서."

"살해당한 경비원은 분명 미노루稔라는 이름의 남자였습니다. 나이는 사십대 후반이었지만."

"설마."

마토바 여사의 목소리가 잘 나오지 않았다.

"그 사람이 나루세의 동생일지도 모른다는, 설마 그렇게 생각하시나요?"

"있을 수 없는 일입니까?"

"그런 이야기는 들은 적 없습니다."

"하지만 그렇게 흔한 성도 아니지요. 동생까지는 아니라도 어쩌면 혈연관계일지도 모르고. 그렇다면 사카키를 죽일 강력한 동기가 됩니다. 그렇게는 생각하지 않습니까?"

여의사는 아무 말도 하지 않고 당혹감에 가득 찬 얼굴로 느릿느릿 고개를 저었다. 긍정이라고도 부정이라고도 할 수 없는 움직임이었다.

무너져 가는 폐가의 대들보에 매달린 듯한 기분 나쁜 침묵이 그로부터 잠시 동안 이어졌다. 누구나 복잡한 표정으로, 때로 흘끗흘끗 복도나 천장 쪽으로 시선을 던진다. 불신과 의혹, 혼란, 불안, 분노, 공포…… 다양한 감정이 넓은 방 가득 감돌아 서로를 견제하는 그런 느낌이었다.

"야리나카 씨."

이윽고 마토바 여사가 입을 열었다.

"또 한 가지, 이야기해 두는 편이 좋은 게 아닌가 생각되는 게 있는데."

"뭡니까?"

"폿쿠리 말입니다. 시체의 발치에 놓여 있던."

"아, 네."

"스에나가가 말했는데."

조금 깔고 있던 눈을 들고 그녀는 말했다.

"아시다시피 그 폿쿠리는 홀의 난로 위 장식 선반의 유리 케이스에 장식된 물건이었습니다. 케이스 안에는 물이 들어간 작은 유리잔이 함께 들어 있는데, 이 유리잔의 물은 스에나가가 매일 갑니다."

"옻의 건조를 피하기 위해서군요."

"네. 그런데 어제 평소대로 물을 갈려고 했을 때, 케이스의 문이 조금 열려 있었다고 하더군요."

"그때 폿쿠리는 분명히 안에 있었습니까?"

"네에. 하지만 놓인 위치가 원래보다 약간 벗어나 있었던 것 같다더군요."

"흠. 그러니까, 누군가 그전에 케이스를 열어서 폿쿠리를 손댔다는 말씀이거군요."

"우리 집 사람은 아무도 저 케이스에 손대지 않았다고 합니다."

"우리들 중 누군가가 만졌다고 하시는 겁니까?"

야리나카가 천천히 턱 끝을 쓰다듬었다.

"스에나가 씨가 그것을 알아차린 것은 어제 언제쯤이었습니까?"

"저녁 6시경이라고 합니다."

"과연."

야리나카는 고개를 끄덕이며 테이블의 일동을 날카로운 눈으로 바라보았다.

"어제 오후 6시 이전, 폿쿠리의 유리 케이스를 손댄 사람은 말해 주지 않겠나? 그렇다고 그 사람이 사카키를 죽인 범인이 되는 건 아니야. 켕기는 게 없으면 그냥 여기서 이름을 대도 상관없을 테니까."

하지만 그 요구에 응한 사람은, 아무도 없었다.

"그렇군."

야리나카는 안경테를 잡고, 눈을 가늘게 뜨고 엄격하게 말했다.

"이름을 대고 나오기가 불가능한 사정이 있다고 하는 건가? 즉, 어제 케이스를 만진 인물이 범인이라고 여기서 그렇게 판단해 버려도 좋다는 거지?"

# 12

그날 오후에도 눈은 계속 내렸다.

바깥 세계와 고립된 '눈보라의 산장' – 동서고금의 탐정소설에서 엄청나게 많이 쓰인 이상한 상황 속에서, 키리고에 저택을 무대로 한 살인극의 막이 열렸다. 게다가 '비유 살인'이라는, 탐정소설에서는 친숙하지만 현실에서는 원래 궤도를 벗어난 모티프로 연출된 극.

점심 식사 후의 '심문회'가 열리자 나는 혼자 아래층 예배당으로 발길을 향했다.

마치 공기의 입자 자체가 정지하고 침묵하는 듯한 예배당 안은 빛이 띄엄띄엄 천천히 흔들리는 듯, 조용하고 어둑해 내 마음을 끌었다. '그립다'는 기분이 그 안에 포함되는 것은 어린 시절 근처의 교회에 다녔던 적이 있기 때문일까. 어쨌든 그곳에서 혼자가 되어 생각을 해 보고 싶은 기분이 들었다.

예배당의 문은 열린 채였다.

앞줄 오른쪽 의자에 앉는다. 돔 천장의 스테인드글라스로 들어오는 약한 빛 아래, 미묘하게 빛으로 물든 제단의 십자가에 매달린 예수의 공허한 눈빛이 나를 내려다본다.

수면 부족일 터였다. 어쨌든 세 시간 남짓밖에 자지 않았다. 눈이 푸석푸석 부었고 온몸에 열이 좀 있는 듯이 나른하다. 하지만 이상하게 – 상당히 흥분돼 있는지 – 졸음은 몰려오지 않았다.

대체 어째서 이런 사건이 일어난 것일까.

생각의 많은 부분을 차지하는 것은 역시 '사건'에 관한 수많은 의문이다.

어째서 사카키 유타카는 살해당했을까. 누가 살해한 것일까. 적어도 지금 이 키리고에 저택 안에 있는 사람 중 누군가가 범인이 틀림없겠지만, 시라스카 씨가 단언한 듯이 닌도 의사를 포함한 우리들 여덟 명 손님 중에 있을 것인가. 아니면 야리나카가 '가능성'으로서 지적한 것처럼 저택에 사는 사람들 안에 범인이 있을 것인가. 예를 들어 나루세라는 이름의 집사가 8월 사건에서 살해된(사카키에 의해?) 경비원의 친척이라는 것이 정말로 있을 법한 일일까.

물뿌리개의 물, 붉은 폿쿠리—일련의 시체를 둘러싼 이상한 연출은 대체 무엇을 의미하는가. 그것들이 키타하라 하쿠슈의 「비」의 '비유'라는 것은 알았다. 그러나……

흉기의 하나로 쓰인 책이 암시하듯이 확실히 저 상황은 범인이 하쿠슈의 「비」의 싯구를 의식해서 준비했다고 보인다. 그러나, 그렇다면 어째서 범인은 그런 비유를 했을까.

게다가 범인의 소행으로 보이는 시체의 부자연스러운 자세도 의문이라면 의문이다. 양팔을 몸에 휘감듯이 한 포즈. 「비」의 내용과는 전혀 관련이 없어 보이는 기묘한 공작은, 또 뭔가 다른 의미가 있을까.

이것저것 생각을 굴려 보지만 도저히 해답 같은 것이 보이지 않는다. 혼돈 속에서 계속 제자리를 돌고 있을 뿐이다. 밖에서 몰아치는 눈보라 소리에 재촉받은 듯, 시간만이 노곤한 몸을 빠져나간다.

사건과는 별개로, 또 하나 내 마음속에는 먹구름이 서려 있다. 그것은, 그렇다, 오늘 아침 방에 돌아와 자기 전에 야리나카가 도서실에서 입에 올린 그 말…….

어젯밤 9시 40분경부터 계속 우리들은 다음 공연 내용을 어떻게 할지에 관해 이야기를 했다. 도중에는 책을 읽고 있던 카이도 때때로 끼어들면서, 야리나카는 최근 전혀 보이지 않았던 드문 정도의 열의로 새 연극의 아이디어나 콘셉트를 말했다. 그렇게 날이 바뀌고 오전 3시가 지나서 카이가 방으로 돌아간 후.

"미즈키 말인데."

갑자기 야리나카는 말을 꺼냈다.

"있잖아, 린도, 너는 그녀에 대해 얼마나 알고 있어?"

어젯밤 저녁때 같은 방에서 그가 한 것과 같은 질문이었다. 나는 그때도 거짓말을 하는 심정으로, 마치 첫사랑에 빠진 중학생처럼 갈팡질팡 대답이 막혔다.

"어째서 너는 미즈키를 좋아하는 거지? ―극히 단순하게 결론내리자면, 아름답기 때문이겠지. 그녀는 아름다워. 그래서 너는 그녀에게 마음이 끌리고 있어. 실로 명쾌한 도식이지. 아니, 물론 단순히 그것뿐이라고 할 수는 없어. 하지만 그뿐이라도 별로 상관없다고 생각해. 오히려 그 편이 훨씬 순수한 마음이라고 생각되고.

나도 그렇다고. 나는 이 세상에서 내 눈이 '아름답다'고 포착하는 것들 전부를 사랑하고 있어. 사람도 사물도 관념도, 어느것도 똑같이. 그러나 그중에서도 미즈키라는 여자는 각별하지. 그녀는 정말로 훌륭해. 거의 예술적인 아름다움을 갖춘 존재라고 느끼고 있어. ―아아, 그렇게 걱정스러운 얼굴을 하지 않아도 돼. 남자로서 미즈키를 내 것으로 만들고 싶다든가 하는 생각은 하지 않아. 오히려 그런 마음은 ―그녀에 대해 모독이라는 느낌조차 들 정도니까.

아니, 아니 그렇다고 해서 네 마음을 부정하려는 것도 아냐."

야리나카는 결코 빈정거리는 게 아니다. 그것은 안다. 내 마음을 놀리는 것도 아니다.

"그러면 말이야, 린도, 그녀가 저렇게 아름다운 것은 대체 어째서일까?"

그러고는 이렇게 물었다.

"—너는 몰라. 몰라도 좋을지도 모르지만 내 생각에 그녀 안에 있는 체념의 감정에 의한 것 같아. 조용한 체념 말이지."

"체념?"

나는 영문을 모르고 그 말을 되풀이했다.

"체념이라뇨?"

"모르겠어?"

야리나카는 작게 한숨을 쉬었다.

"조용한 체념. 그것이 그녀의 마음이야. 그래. 그녀는 체념하고 있어. 절망이라든지, 늙은이 같은 깨달음이라는 그런 의미가 아니라. 어떻게 하기도 불가능한 미래를 체념하고, 현재만을 이렇게 조용히 살고 있어. 기적 같은 거지, 정말. 그래서 그녀는……"

"어떤?"

도저히 참지 못할 기분이 되어 나는 야리나카의 말을 막고 물었다.

"어떤 의미입니까?"

그러나 그는, 대답해 주지 않았다. 언젠가 알 때가 온다고 말하는 듯이 묵묵히 고개를 가로젓고, 그대로 천천히 의자에서 일어나 등을 돌려 버렸다.

그것은— '체념'이라는 단어는 어떤 의미일까. 어째서 그녀는 '체념할' 필요가 있는 것일까. 그녀에게는―미즈키에게는 대체, 내가 모르는 무엇이 있다는 것일까.

그런데 갑자기.

뒤에서 희미한 소리가 났다. 탁, 하는 약간 딱딱한 소리다.

나는 움찔해서 의자에서 일어나 돌아보았다. 입구는 열려 있다. 파란 문 뒤로 스르르 사라지는 누군가의 그림자가 보인 것 같았다.

"누구야?"

내 목소리는 썰렁하고 어둑한 예배당 내에 작은 소용돌이가 말리듯 울려 퍼졌다.

"누구십니까?"

대답은 없었다.

의아하게 생각하면서 나는 입구로 발길을 향했다. "누구십니까?"라고 다시 한 번 말하고, 문 밖을 내다본다. 그러나 거기에는 누구의 모습도 없었다.

방금 소리는, 뭔가 잘못 들은 것인가. 방금의 그림자는 뭔가의 착각이었던가.―아니, 그럴 리 없다. 아무리 수면 부족으로 지쳤다고 해도.

누군가가 분명히 있었다. 예배당에 들어오려다가 내 모습을 보고 발길을 돌렸다. 내가 말을 걸어도 대답도 하지 않고, 그대로 이 자리를 떠 버린 것이다.

대체 누구였을까. 어째서, 마치 도망치듯이 떠나갔을까.

머릿속에 어수선하게 흩어진 많은 의문 속에 새로운 하나를 더하며 나는 예배당을 뒤로했다.

# 13

예배당을 나온 옆의 벽에는 커다란 장식장이 세워져 있다. 안에 든 것은 오래된 일본 인형 컬렉션으로, 각종의 노멘能面*이 전시된 부분도 있다.

고쇼御所 인형에 카모加茂 인형, 사가嵯峨 인형, 이쇼衣裳 인형…… 그중에서도 많은 것은 고쇼 인형이다. 새하얗게 닦인 광택 나는 피부, 둥글게 살찐 몸통, 삼등신 머리에 무심한 이목구비가 오도카니 그려져 있다. 원래는 '호코婢子'라 불리는 영아의 모습을 한 액막이 인형에서 발전했다고 들었지만, 그 변형들은 실로 다채로웠다. 기는 아이에 선 아이, 노 의상을 입힌 미타테見立て 인형부터 가면을 쓰는 장치가 들어간 것, 다리가 세 부분으로 꺾여 굽어지는, 이른바 '미쓰오레三つ折れ' 세공이 된 물건까지 있다.

다양한 포즈, 의상, 표정으로 늘어선 인형들을 한 차례 바라보면서, 나는 새삼 감탄의 한숨을 쉰다. 골동품적인 가치는 잘 모르지만, 그 신비한 아름다움을 느낄 수는 있다. 가만히 쳐다보고 있으면 숨결이나 목소리가 귓가에 들려오는 듯한, 소름이 끼칠 정도로 요사한 느낌이 전해져 온다. 석조 벽에 둘러싸인 어둑한 홀의 분위기와 그것이 또 묘하게 잘 어울렸다.

완벽한 서양식 저택 안에 흘러넘치는 일본 취미, 혼돈과 조화, 줄타기와 같은 균형 감각……. 야리나카가 이 집을 평가하는데 사

---

* 일본의 가면극인 노에 쓰이는 가면.

용한 몇몇 단어를 떠올린다. 과연, 분명 그럴지도 모르겠군, 하고 생각한다.

그러나 무엇보다도 지금 내가 강렬하게 느끼는 것은 키리고에 저택이라는 건물 전체에 감도는 어떤 정념이었다. 극히 막연한, 단순히 개인적으로 직감하는 것뿐이라서 명확한 분석은 도저히 불가능하지만, 감히 말하자면 그것은 – '기도' 일까.

이 집은 기도하고 있다.

건물 부분의 하나하나, 방대한 수의 수집품들 하나하나가 각자 혼연일체가 되어 기도를 바치고 있다. 조용하게 한결같이. 뭔가를 향해(무엇을 향해서일까)…….

인형 선반 앞을 떠나, 천천히 홀을 가로질러 난로 앞에 섰다.

난로 장식 선반 위에는 폿쿠리가 들어 있었다는 유리 케이스가 그대로 남아 있었다. 안에는 역시 짙은 남색 대의 한구석에 건조 방지용 물이 든 작은 유리잔이 놓여 있다. 높이 30센티미터, 폭과 내부 길이가 둘 다 50센티미터 정도 크기의 케이스로 앞면은 히키치가이식引き違い式*문으로 되어 있다. 이 문이 어젯밤 저녁 약간 열려 있었다는 말인가.

시선을 드니, 금테의 액자에 든 그 초상화가 있다.

'미즈키' 라는 이름의 고故 시라스카 부인. 그 쓸쓸한 미소 위로 내가 알고 있는 아시노 미즈키의 얼굴을 겹쳐 본다. 그리고 야리나카의 '체념' 이라는 말을…….

"린도 씨."

---

* 두 줄의 홈에 두 짝 이상의 문짝을 끼운 미닫이.

갑자기 누가 말을 걸어 나는 펄쩍 뛸 듯이 놀랐다. 초상화가 말을 했나, 순간 진심으로 생각했을 정도로.

"잠시 괜찮겠어요?"

목소리의 주인은 다름 아닌 미즈키 본인이었다. 주뼛주뼛 돌아보니, 그녀는 정면 계단에서 천천히 이쪽을 향해 내려오는 참이었다.

"뭡니까?"

볼이 뜨거워지는 것을 스스로도 느꼈다. 평소에 그녀가 말을 걸었다고 해서 그다지─얼굴을 붉히는 일은 없다. 나라고 해서 이 나이까지 전혀 연애를 한 경험이 없는 것은 아니다. 이것은 타이밍의 문제다. 그림을 보면서 그녀를 생각했다, 마침 그곳에 당사자인 그녀가 왔으니까.─아아, 아니, 그런 변명은 그만두자. 미즈키는 역시 내게 여태껏 사랑했던 몇 명의 여성들과는 완전히 다른 특별한 존재다. 그녀와 알게 된 지 벌써 3년 정도가 되는데, 아직도 나는 애초부터 안고 있는 마음의 조그마한 조각조차 전할 수 없었다.

"아, 실은."

미즈키는 처음부터 조금 말을 우물거렸다. 말할까 말까, 상당히 망설이는 듯하다.

"8월의 일인데요."

"8월? 그─리노이에 회장 저택사건 말입니까?"

"네에."

"뭔가 알게 된 거라도 있습니까?"

"네. 실은 그 사건이 나던 밤, 12시 전이었나, 저희 집에 전화가 왔어요. 사카키 씨한테."

"정말입니까? 대체 무슨 일로?"

"자기 맨션에서 파티를 하는데, 오지 않겠냐고."

"갑자기 그런 늦은 시간에?"

"네. 그래서 이제 와 생각해 보니 아무래도 그 사람 말짱한 정신이 아니었던 것 같아요."

"예를 들면?"

"말투가 부정확하고 말도 되는 대로 하고. 술에 취했나 했는데 그거랑은 또 다른 것 같고."

"그러면요?"

"조금 전 나모 나시 씨가 말했잖아요."

미즈키는 슬픈 듯이 눈초리가 긴 눈을 가늘게 떴다.

"사카키 씨, 마약을 했던 것 같다고. 그러니까, 어쩌면 그때도."

"과연. 그래서 권유를 거절했습니까?"

"네."

"즉."

나는 미즈키의 이야기에서 간단히 떠오른 상상을 말해 보았다.

"즉, 이런 말씀이군요. 그날 밤 사카키 군은, 마리화나인지 LSD 인지 모르겠지만, 자기 집에서 그런 종류의 파티를 하고 있었다. 문제의 사건이 일어난 것은 새벽 2시나 3시인 것 같으니까 혹시 그가 범인이라면 그는 당신에게 전화를 걸어 권유를 하고 거절당한 다음, 아마 약에 취한 기세로 범행에 이르렀다는 거군요.

아아, 그런가. 하지만 파티를 한다고 했으면, 적어도 당신에게 전화를 걸 때 혼자가 아니었을 텐데. 그 외에 누군가가 있었습니까?"

"그래요."

미즈키가 끄덕였다.

"전화로 웃는 란 짱의 목소리가 들렸으니까……."

"그녀도 같이 마약을 했을 가능성이 있다는 겁니까?"

그렇다면, 그 후에 일어난 사건에 관해 란은 역시 뭔가를 알고 있을 가능성이 높다. 조금 전 야리나카가 질문했을 때의 그녀의 반응 ─그때까지보다 훨씬 더 창백한 얼굴로 필요 이상 정색을 하며 고개를 흔들었다─이 떠오른다.

"전화의 저편에 있던 것은 키미사키 씨뿐인 것 같았습니까?"

"그게."

미즈키는 다시 슬픈 듯이 눈을 가늘게 뜨고,

"확실히 그렇다고 잘라 말할 수는 없겠지만, 어쩐지 또 한 사람 있었던 것 같아서."

"그녀 외에?"

"네에. 확실한 목소리는 들리지 않았고 사카키 씨 입에서 이름이 나온 적도 없었습니다. 하지만 어쩐지 그, 말투나 기척이."

"누굽니까?"

대답하려고 입을 열다가 그녀는 상당히 긴 시간 말을 머뭇거렸다.

침묵 속에서, 순간적으로 묘한 감각에 사로잡혔다. 이 어둑한 홀 어딘가에 지금 자신과 미즈키 이외의 인간이 있는 것 같은 감각이다. 누군가가 가만히 숨을 죽이고 우리들의 대화에 귀를 기울이고 있는 것 같은.

무심코 주위로 시선을 돌렸다. 누구의 모습도 없다. 그러나 복도로 나가는 양쪽 여닫이문에 약간 틈이 벌어진 것을 알아차렸다.

저 문 건너편에 누군가가? 그렇게 생각했을 때,

"역시, 잘 모르겠네."

길고 검은 머리를 손가락으로 스르륵 빗고, 속삭이는 목소리로 미즈키가 말했다. 시선을 내 발치로 떨어뜨리면서,

"전혀 확실한 게 아니라서요. 확신도 없는데 말하면 안 되니까."

"그렇지만 어쩌면 사건과 중요한 관련이 있을지도 모르잖습니까."

"그러니까 더더욱."

미즈키는 천천히 고개를 젓는다.

"틀리면 큰일이니까요."

"하지만 말이죠."

말을 하려다가 나는 목소리를 멈추었다. 그녀가 말하고 싶지 않다는데 억지로 캐묻기는 불가능하고, 해서도 안 된다고 생각했다. 비록 그것이 어떤 종류의 내용이건 간에.

"야리나카 씨에게 지금 이야기는 하셨습니까?"

조금 생각하고 나서, 나는 그렇게 물었다.

"아뇨. 아직."

"그에게는 역시 말해 두는 편이 좋겠지요."

"네."

그녀는 순순히 끄덕였다. 그 의미는 그녀가 마음에 그리고 있는 문제의 '또 한 사람'은 적어도 야리나카가 아니라는 것이다.

하지만—

어째서 그녀는 지금 이야기를 야리나카보다 먼저 내게 이야기했을까. 우연히 여기 내려와서 나를 발견했으니까? 아니면…… 아니, 너무 깊이는 생각하지 말자. 그녀가 나를 다소라도 신뢰해서 이야기해 줬다고 생각하면 된다.

살짝 얼굴을 숙인 채 나는 눈을 치켜뜨고 미즈키를 살폈다. 검고

폭이 좁은 스커트에, 블라우스의 하얀 깃을 낸 같은 색 스웨터를 입고 있다. 그녀 또한 약간 눈을 깐 채, 뭔가 다음으로 말해야 할 대사를 찾고 있는 것처럼 보였다.

그런 그녀의 얼굴이 문득 오늘 아침 본 꿈의 기억으로 들어와서 나는 두근거렸다. 오늘 아침 나루세가 깨우기 직전에 꾸고 있던 꿈이다. 두꺼운 유리벽 건너편에서 주먹을 움켜쥐고 두드리던 인물, 어떤 사람인지 도무지 알 수 없었던 저 인물―그 얼굴에 그녀의 얼굴이 겹쳐진다.

그것은 미즈키였을까.

그렇다면 그 꿈은 무엇을 상징하는가. 생각해 봐도 어떻게 할 수 없다. 뭔가 의미를 찾아낸다 해도, 필경 그것은 나 자신의 마음속에 있는 어떤 감정을 찾아 끼워 맞추는 것밖에 되지 않을 테니까.

그러나.

커다란 불안 그리고 두근거리는 가슴. 저 꿈의 바닥에 있던 감정이다. 시간을 들여 생각할 필요도 없이 직감한 순간 나는 그녀에게 물어보기로 결심했다. 오늘 새벽, 야리나카가 도서실에서 입에 올린 '체념'이라는 단어의 의미를.

그때 그곳에,

"싫어!"

새된 여자 목소리가 홀 가득히 울려 퍼졌다. 위쪽이다. 나도 미즈키도 놀라서 목소리가 들려온 방향―석조 벽을 둘러싼 회랑 쪽―을 올려다보았다.

"싫어. 싫다고!"

선명한 노란 원피스가 보였다. 마치 눈에 보이지 않는 누군가의 손에 농락당하는 듯이 커피색 난간 건너편에서 하늘하늘 흔들리고 있다. 그러면서 불규칙하고 불안정한 움직임으로 회랑을 이동해 온다.

"란 쨩."

미즈키가 작게 소리쳤다.

"왜 그래?"

"싫어. 말하지 마. 이쪽으로 오지 마."

미즈키의 부름을 무시하고 란은 다른 누군가를 향해 딱딱한 목소리로 쏘아붙이고 있다. 허둥거리는 말투에, 아주 겁에 질린 목소리로.

심상치 않은 사태를 짐작하고, 나와 미즈키는 서둘러 계단을 뛰어올랐다.

"그만둬. 부탁이니까."

란은 양손으로 귀를 막고, 덜덜 고개를 흔들고 있다. 다른 사람의 모습은 없다. 곤두선 듯이 흐트러진, 불그스름한 소바주 헤어. 학질에 걸린 것처럼 떨리는 어깨. 신발 한 짝이 벗겨져 버린 발을 비틀비틀 헝클어뜨리고 벽에 세차게 등을 부딪치더니 튕겨나간 것처럼 난간 쪽에서 몸을 허우적거린다.

"키미사키 씨."

나는 당황해서 그녀 옆으로 달려가 힘차게 난간 밖으로 반신을 내미는 그녀를 손으로 눌렀다.

"위험해. 꼭 잡아. 무슨 일입니까?"

"들려."

잠꼬대처럼 중얼거리고는 내 쪽을 본다. 그 눈은 멍해서 초점이 없었고, 크게 열린 동공에는 격렬한 공포의 빛이 넘치고 있었다.

"들려. 들린다고."

"뭐가. 뭐가 들린다는 겁니까?"

"들린다고. 아아……."

란은 다시 양손으로 귀를 막고, 머리를 흔든다.

"여기저기서 속삭이고 있어. 벽이 말해. 천장도, 창도, 카펫도. 그림도 인형도 모두 살아 있어."

그녀는 진지했다. 농담으로도 연기같이 보이지 않는다. 만일 이것이 연기라면 나는 배우로서 그녀의 재능을 근본적으로 재인식하지 않으면 안 된다.

"이봐, 들리잖아. 이봐. 이봐."

"기분 탓일 겁니다."

나는 어쩔 줄 몰라 하며 말했다.

"침착해. 벽이나 천장이 말할 리가 없어."

"싫어."

쇳소리를 지르고 란은 내 손을 뿌리쳐 풀었다.

"말해. 말한다고. 목소리가 가득해. 사라지지 않아. 덮쳐 온다고. 으악……."

"키미사키 씨."

"란 짱."

내 뒤에서 미즈키가 말을 건다.

"정신 차려. 아니, 어떻게 된 거야, 대체."

"다음은 나라고 말하고 있어. 모두 그렇게 말하고 있어."

아무래도 그녀의 귀에는 정말로 벽이나 천장이 속삭이는 소리가 들리는 것 같다. 환청? 그러나 어째서……

"살해당해. 살해당할 거야, 나."

귀에서 손을 떼고 자신의 몸을 필사적으로 더듬기 시작한다. 트랜스 상태로 엉터리 춤을 추는 미개인 같은 움직임이었다.

"아아. 이거 봐, 흐늘흐늘해, 내 몸."

제정신이 아닌 목소리로 그녀는 호소한다.

"뼈가 흐늘흐늘해. 으아악, 녹고 있어. 점점 녹아. 벌써 살해당하고 있어. 곧 죽는 거야, 나. 나, 이제……"

"정신 제대로 차려, 키미사키 씨!"

강하게 말해도, 바람직한 반응은 전혀 없다.

"나, 아무것도 하지 않았어."

몸을 더듬던 손을 이번은 볼에 갖다 대고, 란은 갑자기 내게 눈길을 돌렸다.

"아무것도 안했어. 차에서 기다렸을 뿐이야. 그만하라고 했어. 그런데……"

달려들 듯이 얼굴을 가까이 내민다. 빨간 루주가 얼룩덜룩 벗겨진 입술 끝에 하얀 거품이 고여 있다.

"아시노 씨."

또다시 난간으로 몸을 내밀지 않도록 그녀의 어깨를 꽉 누르고 나는 미즈키 쪽을 돌아보았다.

"빨리, 야리나카 씨를 불러주십시오. 닌도 선생님도. 부탁합니다."

# 14

란의 착란 증상은 격심해서 바로 달려온 야리나카와 닌도 의사, 그리고 나 세 사람이 겨우 방으로 데리고 돌아갈 수 있었다. 그래도 그녀는 더더욱 영문 모를 헛소리를 되풀이하며 날뛰려고 해서 의사는 다시 진정제를 투여하지 않을 수 없었다.

겨우 소동이 가라앉고 잠시 지났을 무렵, 흔히 말하는 '현장백편現場百遍'*이라는 탐정법의 기본을 실천하기 위해 야리나카와 나는 온실로 향했다. 오후 5시 이후. 이미 해가 떨어지고 난 후의 일이다.

"아무래도 그녀는 약을 했던 것 같군."

벽에 조명이 켜진 홀의 회랑을 걸으며 야리나카는 낮고 엄격한 목소리로 말했다.

"닌도 선생님도 그렇게 말했어. 뭔가 강한 환각제를 복용했던 게 아닌가, 하고."

"그렇겠죠. 그러지 않으면 정말로 미쳐 버렸다고밖에 생각할 수 없었습니다."

"란의 방 테이블에 그런 물건이 내팽겨쳐져 있었잖아."

"알약 케이스가 있었죠."

"그래. 안에 약이 들어 있었어. 아주 작은 물건이지만 한 변이 2밀리미터 정도의 피라미드형 하얀 알약이 몇 개쯤."

---

* 현장에는 반드시 수사의 증거가 있으니 수사에 막히면 몇 번이고 현장으로 돌아가라는 의미

"LSD입니까?"

"아마."

야리나카는 몹시 불쾌하다는 듯이 한숨을 쉬고,

"리세르그산 디에틸아미드 lysergic acid diethylamide. 마리화나 같은 것보다도 훨씬 환각 작용이 강해. 원래 각성제나 코카인 따위와는 달리 신체적 의존성은 없는 것 같으니까, 그 점에서는 나모가 말했듯이 '건전한' 약이겠지만."

"역시, 사카키 군은 그런 종류의 약에 손을 댄 걸까요?"

"그렇지. 란과 둘이서. 여행지에서 저 녀석들, 우리 눈을 피해 저렇게 놀고 있었다는 말인가. 뭐, 그 자체를 흠잡을 생각은 없지만."

그러고 보면 어제 오후, 나란히 식당에 들어온 사카키와 란의 발걸음이 묘하게—술에 취하기라도 한 듯이—휘청거렸던 것은 전날 밤에 약을 복용했기 때문이었을지도 모른다.

"란 녀석, 사카키가 살해당한 충격에 현실에서 도피하려다가, 달아나기는커녕 오히려 무서운 환각이나 환청이 덮친 거군."

야리나카는 얼굴을 찌푸리고 혀를 찬다. 경찰이 개입했을 때의 사태를 생각하니 머리가 아플 것이다.

"실은 말이죠, 야리나카 씨."

나는 조금 전 미즈키에게서 들은 8월 28일 밤 이야기를 그에게 전했다.

"허. 최악이군, 그건."

회랑의 모퉁이—키리고에 저택의 그림이 걸려 있는 근처—에서 발을 멈추고 야리나카는 오른손바닥으로 이마를 눌렀다.

"즉, 사카키뿐 아니라 란도 8월의 사건에 관계했을 가능성이 크다는 말이야?"

"조금 전 그녀가 헛소리를 계속 반복했잖습니까. 아무것도 안했어, 라든지, 차에서 기다렸을 뿐이라고."

"그랬지. 그럼 그게 그런 의미인가? 흠. 그 말은."

이마에 손을 댄 채, 야리나카는 눈을 꼭 감았다.

"사카키가 살해된 원인은 8월 경비원 살해의 복수고, 범인은 나루세라는 남자일지도 모른다. 그것을 알고 그녀는 안절부절못한 거군. 8월의 사건에 관계했던 자신도 마찬가지로 목숨이 위험한 게 아닌가 하고."

"의문스러운 게 있는데."

"뭐야?"

"마리화나나 LSD 같은 것을 복용한 상태에서 그 기운으로 범죄를 일으키다니, 있을 수 있는 일입니까?"

"어째서 그렇게 생각하지?"

"저런 쪽 환각제는 무기력이라든지 무관심이라든지 의욕 상실이라든지, 그런 방향으로 작용하는 것이 아닌가 해서요."

"일반적으로는 그렇다고 해. 너는? 해본 적 있어?"

"딱 한 번."

"말투로 보아하니 별로 하이한 상태가 되지는 못한 것 같군."

"아시겠습니까?"

대학을 졸업한 후, 한 번 그런 기회가 있었다. 어떤 곳에서의 일인지는 여기서 말할 필요도 없을 것이다. 다만, 그때 피운 것은 해시시였지만, 야리나카가 말했듯이 내게는 결코 기분 좋은 경험이 아니었다.

"원래 그런 약은 일종의 정신 확장제야. 어떤 효과가 나타나는지는 복용자의 정신 상태나 놓인 상황에 크게 좌우돼.

예를 들어, 음악에 관심이 있는 인간은 청각이 아주 예민해져서 평소에 들리지 않는 미묘한 소리의 파동을 감지할 수 있거나, 혹은 '소리를 본다' 든지 '소리를 만진다' 든지 하는 감각을 얻는다고 하더군. 그림을 좋아하는 사람은 마찬가지의 일이 색채에 관해서도 일어나고, 섹슈얼한 분위기 속에서 쓰면 그 감각이 증폭되게 돼. 네 경우는."

야리나카는 내 얼굴을 바라보며,

"대충 그렇겠지, 감각이나 인식이 몹시 안으로만 파고들어 간다든지 혹은 그래, 자신의 사고를 점점 대상화해 간다든지, 그런 상태에 빠져든 거 아냐?"

그 말 그대로였다. 자신이 무엇을 느끼고 있는가, 무엇을 생각하고 있는가ㅡ그것을 느끼고 생각하고, 더욱더 그것을 그 바깥에서 느끼고 생각하고…… 라는 무한 상태에 빠져들었다. 그런 기억이 있다.

"너 같은 타입의 인간에게는 흔한 케이스야. 나도 젊은 시절 처음 했을 때는 비슷했거든. 꽤 지치지, 그거."

야리나카는 입술을 일그러뜨리고 희미하게 웃었다.

"그러니까, 그런 약의 복용이 범죄나 폭력적인 충동과 결부되는 일도 충분히 있을 수 있다는 말이야. 불안이 해소되어 필요 이상으로 낙관적이 되거나 해서. 애초, 조금 전의 란같이 머리를 지배한 공포심이 거꾸로 증폭되어 엉뚱한 악몽에 끌려 들어가는 일도 있어."

조금 전 이곳에서 일어난 그녀의 광란을 떠올리면서 나는 묵묵히 끄덕였다.

"그러나 조금 신경이 쓰이는 건 미즈키가 말했다는 그 '또 한 사람' 인데. 우리 극단 사람일까?"

"아무래도 그런 느낌이 들었습니다만―전혀 자신이 없으니까 말하고 싶지 않다고 해서."

"녀석답네."

다시 걸으면서 야리나카는 중얼거렸다.

"나중에 내가 물어볼까?"

홀에서 1층 중앙 복도로 나간다. 복도를 돌아 구름다리로 이어지는 파란 문을 열었다.

유리벽 바깥―테라스의 외등에 비친 어둠 속에는 여전히 세찬 눈이 흩날리고 있다. 내쉬는 숨이 얼어붙고, 셔츠 깃으로 바로 냉기가 들어온다. 집 전체에 고루 퍼지는 난방도 구름다리까지는 닿지 않아 무심코 몸을 떨 정도의 추위를 느꼈다.

온실은 불이 켜져 있었다. 안에 들어가니 다시 온기가 느껴진다. 방을 채운 녹색. 농밀한 향기. 새장에서 지저귀는 작은 새들의 소리. 그것들에 겹치듯 오늘 아침 본 사카키 유타카의 시체가 생생하게 뇌리에 되살아나 나는 다시 몸이 떨리는 것을 억제할 수 없었다.

우리들은 들어가서 왼쪽 통로로 우선 나아갔다. 흉기로 쓰인 벨트와 책이 떨어져 있던 장소―갈색 타일 바닥에는 실금으로 더럽혀진 흔적을 지금도 확인할 수 있었다. 경찰이 올 것을 생각해 청소는 하지 않았다. 벨트와 책은 그곳에는 이미 없었다. 비닐봉지에 봉인해서, 시체와 함께 지하실로 가져다 놓았다고 낮에 마토바 여사가 말했다.

"여기에서 범인은 사카키를 죽였다."

양손을 바지의 호주머니에 찔러 넣으면서 야리나카는 스스로에게 말하는 것처럼 중얼거린다.

"그리고 사용한 흉기는 두 개 모두 이 자리에 남긴 채, 시체만을 중앙 광장까지 이동시켰다."

"여자도 가능한 작업이라고 닌도 선생님이 말했지만, 어떻게 생각하세요?"

"찬성이야. 안아 올리기는 어려울지 모르지만 질질 끌면 간단하겠지."

"끌었다면 흔적이 남아 있지 않을까요?"

"바닥은 이렇게 타일이 깔려 있으니까 흔적은 안 남아."

야리나카는 살짝 허리를 굽혀 발밑으로 시선을 고정하고 천천히 머리를 흔들었다. 발길을 돌려 입구에서 중앙으로 이어지는 통로로 향한다.

"응?"

원형 광장 바로 앞에서, 야리나카는 갑자기 발을 멈추고 뒤에서 따라오는 나를 돌아보았다.

"린도, 저거."

오른쪽 앞의 한 부분을 손으로 가리킨다.

"어떻게 된 일이지? 꽃이."

"지독하군."

나는 눈을 휘둥그레 떴다.

"완전히 시들어 버렸네."

카틀레야 화분이 늘어선 부분이었다. 어제 온실을 방문했을 때, 야리나카가 '란과 꼭 닮았다'고 한 노랗고 커다란 카틀레야다. 그런데─어제는 그렇게 멋지게 피었던 그 꽃이 지금은 믿을 수 없을 만큼 거의 시들어 버렸던 것이다.

"오늘 아침은 어땠더라?"

야리나카의 물음에 나는 애매하게 고개를 흔들고,

"기억나지 않네요. 그럴 계재가 아니었으니까 그때는. 섬세한 꽃이라고 했는데 하루 만에 이렇게 될 수 있는 겁니까?"

"글쎄."

야리나카는 턱을 쓰다듬으면서,

"뭔가 원인이 있다면, 아마, 물일까?"

"물?"

"그래. 시체에 쏟아졌다던 물뿌리개의 '비' 말이야. 그게 꽃을 과도하게 적셔서 이렇게 됐다. 생각 못할 것도 없지."

"그렇다고 해도……"

시든 꽃들로부터 시선을 든 나는 무심코 더 위쪽을 보았다. 기하학 모양을 그리며 교차하는 검은 철골과 그 사이에 낀 유리들. 시선은 중앙 광장 바로 위로 이동해, 이윽고 그 부분의 유리에 간 균열을 포착했다.

십자 모양으로 교차한 두 개의 금. 어제, 균열이 생긴 직후에 마토바 여사의 입에서 흘러나온 수수께끼 같은 단어. 집의 곳곳에서 발견된 우리들의 이름. 깨진 '사카키' 담배 쟁반. 그리고……

"누구야!"

갑자기 놀란 야리나카의 목소리에 어떤 방향으로 천천히 뻗어 가던 나의 사고는 끊어졌다.

"무슨 일입니까?"

"누군가가 있는 것 같아. 건너편 기둥 뒤에."

야리나카는 광장에 놓인 원탁 옆까지 갔다.

"누군가 있나?"

예리한 목소리가 온실 안으로 퍼졌다. 그러나 대답은 없다. 소리
도 없다.

"정말입니까?"

슬슬 그 옆까지 가서 내가 물었다.

"사람 그림자를 봤습니까?"

"있는 것 같은 느낌이 들었는데."

눈썹을 찡그리며 고개를 갸웃하면서 야리나카는 한 걸음 안으로
나아갔다.

"검은 옷을 입은 사람 그림자."

나는 예배당의 일을 떠올렸다. 그때―등 뒤에서 소리를 듣고 돌
아보았다. 문의 저편으로 사라진 누군가도 그러고 보면 검은 옷을
입고 있었던 것 같다.

"누가 있으면, 나오……."

"왜 그러시죠?"

야리나카의 말을 자르듯이, 그때 뒤에서 목소리가 튀어나왔다.
돌아보니 입구에서 곧바로 이쪽을 향해오는 마토바 여사의 모습이
있었다.

# 15

"왜 그러시죠?"

성큼성큼 우리들 옆까지 다가오자, 마토바 여사는 거듭 물었다. 어젯밤과 마찬가지로 무표정하고 냉정한 목소리였다.

"아니, 저쪽에."

야리나카는 녹색으로 가득찬 방 안쪽을 가리켰다.

"누군가가 있었던 것처럼 보였습니다. 그래서."

"기분 탓이겠죠."

야리나카가 가리킨 방향을 흘끗 보면서, 여의사는 쌀쌀하게 말했다.

"아무도 없습니다."

"그렇지만."

"현장 검증은 이제 끝나셨나요?"

마토바 여사는 방 안을 바라보는 야리나카 앞으로 나섰다. '그곳에 있다'고 야리나카가 확신하는 누군가를 감싸듯이 한 손을 허리에 대고 가로막는다.

"뭔가 단서는 잡으셨어요?"

"아뇨."

야리나카는 작게 어깨를 으쓱하고 포기했다는 듯이 빙글 돌아 몸의 방향을 바꿨다. 원탁 위에 한 손을 놓으면서,

"나루세 씨에게는 조금 전 이야기 물어보셨습니까? 8월의 사건 말입니다."

"네."

같은 곳에 선 채, 여의사는 대답했다.

"그렇지만, 관계없다고 했어요. 살해된 경비원은 완전히 남이라고."

"그렇습니까?"

야리나카는 끄덕였지만, 물론 완전하게 의혹이 풀린 게 아닐 것이다. 비록 진짜 관계가 있었다고 해도, 나루세가 범인이라면 부정하는 게 당연하니까.

"저기 카틀레야가 시든 것은 언제의 일입니까?"

야리나카가 여의사에게 물었다. 그러자, 그녀는 "어머나" 하고 작은 소리를 내고, 검은테 안경 안의 눈을 동그랗게 떴다.

"언제 이렇게."

그녀 또한 오늘 아침은 시체에 정신을 빼앗겨서 꽃 상태는 눈치채지 못한 것인가.

"어제는 멋지게 피어 있었지요. 아니면, 슬슬 한창 때를 넘긴 시기였습니까?"

"글쎄. 꽃 재배에 관해서는 그다지 자세히 몰라서요."

"물뿌리개 물에 젖은 탓이라는 가능성도 생각해 봤습니다만. 아니면—"

야리나카는 카틀레야에서 눈을 떼고, 천천히 온실 안을 둘러보았다.

"아니면, 혹은 이것도 '이 집이 움직이기 시작한다' 고 당신이 어제 말씀하셨던 그 '움직임' 의 일환일까요?"

"저는 도무지……."

말을 흐리는 여의사의 얼굴에 야리나카는 차가운 시선을 집중했다. 두 사람 사이의 심리적인 역학관계가 방금 전과는 역전된 듯이 보였다.

"낮에 질문하려던 것을 여기서 물어도 괜찮겠습니까. 즉, 키리고에 저택이라는 집이 갖고 있는 것으로 생각되는 특별한 성질에 관해서."

"그건……"

"받아들이는 방식에 따라서, 라고 당신은 말씀하셨죠. 마음을 쓰지 않으면 아무것도 아닌 일이라고도."

깊은 생각에 빠진 듯이 턱을 쓰다듬고, 야리나카는 말했다.

"어쩐지 상상할 수 있다고 저는 말했습니다. 받아들이는 방식에 따라—어떤 방식을 택하면 그것은 스스로 보인다. 이 집의 특질. 이 집이 가진 이상한 힘이라고 바꿔 말해도 좋을지 모르겠네요. 마토바 씨, 당신은 아니, 이 집에 사는 여러분은 어떻게 생각하십니까?"

마토바 여사는 아무 대답도 하지 않는다. 희미하게 입술을 떨었지만 말로 나오지는 않았다.

"원래 마음에 걸린 것은 2층 식당의 의자 수였습니다."

야리나카는 과감한 태도로 계속했다.

"10인용 식탁에 의자가 아홉 개 밖에 없다. 마치, 우리들 아홉 명 손님의 수에 맞춘 듯이, 하나 부족하다. 그리고 문제의 하나는 그저께 오전 중에 다리가 부러졌다고 말씀하셨습니다.

물론, 이것은 우연히 생긴 일이겠지요. 보는 방식을 바꾸면 그러나, 하나의 암시이기도 합니다. 손님용 식당의 의자가 아홉으로 줄었고, 그날 저녁이 되어 정말로 아홉 명의 인간이 이 집을 찾아왔다. 9라는 수에 의해 극단적으로 말하면 하나의 미래가 예언되었던 겁니다. 어떠십니까?"

여의사는 시선을 깔고 아무 대답도 하지 않는다.

"저희들 아홉 명의 인간을 맞은 이 집에는 마치 우리들의 방문이 처음부터 정해져 있었던 듯이 손님의 이름이 여러 가지 형태로 표시되어 있었습니다. 그리고 어젯밤, 그중의 '사카키'가 부서지고, 오늘 아침이 되자 사카키 유타카가 시체로 발견되었죠. 이것 또한 하나의 암시—더 적극적으로 해석하면, 하나의 예언이라고 받아들일 수가 있습니다."

야리나카는 말을 끊고, 가만히 여의사의 얼굴을 응시했다. 짧은, 그러나 이상하게 긴박한 침묵이 있은 다음,

"이 집은 거울입니다."

시선을 휙 들고 마토바 여사는 낮은 목소리로 말했다.

"이 집 자체는 아무것도 하지 않습니다. 다만 들어온 인간을 비추는 겁니다. 거울처럼."

그때의 그녀 목소리는, 마치 어딘가 먼 저편에서 울려오는 것처럼 들렸다. 조용한 눈빛은 마치 우주의 끝을 바라보기라도 하는 것 같았다.

"밖에서 여기를 찾아오는 사람들은 모두 자신들의 미래에 가장 관심이 있습니다. 미래를 향해 살고 있지요. 여러분에게 지금이라는 시간은 언제나 미래로 이어져야만 하는 순간입니다. 그러니까 이 집은 그것을 비춥니다. 여러분의 마음의 형태에 공명하듯이 미래를 보기 시작합니다."

뭔가 거대한 존재의 팔에 안겨 끝도 없이 몸이 떠올라가는 것 같은 이상한 기분으로, 나는 마주보고 있는 야리나카와 마토바 여사, 두 사람의 모습을 보고 있었다. 온실 여기저기서 우는 작은 새들 소리가 갑자기 조용한 파문처럼 퍼져 온다. 그것은 점점 커다란 소용돌이의 모습이 되더니 방의 중앙에 멍하니 서 있는 나를 천천히 어딘지 모르는 장소로 끌어들이려 했다.

"거울이라고요?"

야리나카가 중얼거렸다. 여의사는 눈을 깜빡거리고, 천천히 고개를 흔들면서,

"지금 말한 것은 그저 제가 느낄 뿐이니 아무쪼록 오해하지 말아 주십시오. 무엇 하나 근거 있는 말이 아닙니다. 아주 비과학적인, 얼토당토않은 것. 모두 단순한 우연일지도 모릅니다."

"당신은 어느 쪽이라고 믿고 계십니까?"

야리나카의 물음에는 대답하지 않고, 마토바 여사는 담담하게 말을 계속한다.

"꼭 초자연적인 현상이 일어나는 것은 아닙니다. 생긴 일 자체는 어디까지나 자연 현상이겠지요. 그 의자는 부서질 만해서 부서졌고, 담배 쟁반은 어떤 진동이 원인이 돼 미끄러져 떨어졌겠죠. 이 꽃도 그렇고……."

카틀레야에 시선을 던진 그녀는 다시 고개를 흔들었다.

"어떠한 방식이든 받아들이는 쪽 의식에 따른 거라고, 역시 제가 말할 수 있는 것은 그뿐입니다."

암시. 예언. 미래를 비추는 거울.

어디까지 진실로 받아들여야 좋을지, 부유감 같은 이상한 기분

에 둘러싸이면서 나는 판단을 할 수 없었다. 확실히 어느 정도 비과학적인 일, 얼토당토않은 일이다. 영혼이나 UFO 이야기에 눈을 빛내는 여학생처럼 무비판적으로 그런 것을 믿지는 않는다. 모든 것은 단순히 우연이 겹친 것에 지나지 않는다고 해석하는 편이 훨씬 현실적이고 설득력이 있다. 그러나 한편으로는 도저히 끝까지 부정할 수만은 없는 마음이 있는 것도 사실이었다.

그러면 만일 그것이─이 집은 '거울'이라는 여의사의 말이 진실이라면…….

나는 오싹해져서 시든 노란색 난을 바라봤다.

# 16

오후 7시.

어제와 거의 같은 시간에 차려진 저녁 식사에 적극적으로 손을 대는 이는 적었다. 점심 식사 때보다 다들 식욕을 더 잃었다. 그 자리에는 실로 답답하고 서먹한 공기가 고여 있었다.

점심의 '심문회' 때까지는 누구도 일어난 사건을 현실로 받아들이는 게 완전히 불가능했을지 모른다. 충격은 물론 있었다. 그때까지 경험한 적이 없는 당혹과 긴장. 하지만 그러면서 어딘가 가공의 이야기 같은 현실성이 무척 결여된 시간을 보냈던 것 같다.

그런데 지금은 명백히 변화했다. 충격은 불안으로, 당혹은 공포로, 긴장은 의심으로─확실히 모양을 바꾸면서 그것들이 검은 소나

기구름처럼 부풀어 오르는 것이 눈에 보이는 듯했다. 조금 전의 란의 광란도 적지 않게 영향을 미쳤을 것이다. 또 하루가 지나려고 하는데도 바깥의 눈은 전혀 그칠 기색을 보이지 않는 것도.

식사 도중, 야리나카는 침묵을 지키고 생각에 잠겨 있었다. 미즈키나 카이도 마찬가지다. 란은 방에서 나오지 않는다. 그저께부터 쌓인 피로와 의사에게 받은 진정제의 효과로 잠들었을 것이다. 스스로 '회복이 빠르다'고 말하던 아야카 역시 평소의 기운은 전혀 없었고, 나모 나시조차 두드러지게 말수가 줄었다. 저번처럼 젓가락이 준비되었지만, 요리에는 별로 손을 대려 하지 않는다. 때때로 어색한 농담을 날려도 웃는 사람은 거의 없다.

단 한 사람, 별반 변한 점이 없는 것은 닌도 의사뿐이다. 자기 몫의 요리를 제대로 다 먹어 치우고는 딸과 똑같은 이름이라는 이 집 주치의에게 허물없는 태도로 이것저것 말을 건다. 신경이 둔한 건지 아니면 일부러 그렇게 행동하는 건지. 어느 쪽이든 그런 그의 모습이 다소 이 자리의 답답함을 완화시키는 것 같다.

"아아, 그래, 노모토 씨."

커피에 설탕을 듬뿍 넣으면서 닌도 의사가 아야카에게 말을 걸었다.

"새로운 이름, 어젯밤에 좀 생각해 봤습니다만."

아야카는 "아아" 하고 흥미 없는 목소리를 내고 시선을 들었다. 은근히 좋아하던 사카키가 살해당했고, 그 범인이 집 안에 있다. 그녀로서도 도무지 이름점을 할 상황은 아닐 게 틀림없다.

"이렇게 말하면 뭐하지만, 이런 사태가 된 마당에 말이죠, 나쁜 이름은 빨리 바꿔 버리는 편이 좋아요."

완전히 농담은 아닌 듯 노의사는 말한다.

"어젯밤에도 말했잖습니까. 당신 이름은 말이지요, 외격 – 인간 관계를 나타내는 격에 12라는 숫자를 갖고 있다고. 이게 조난이라든지 단명을 의미하는 수인데."

"그런."

아야카는 눈을 동그랗게 뜨고,

"사카키 씨가 죽어 버린 것도 내 이름 탓같이 되잖아요."

"아아, 아니."

닌도 의사는 당황해서 손을 저었다.

"물론 그런 게 아닙니다. 다만 뭐랄까, 마음에 따른 문제죠. 이러한 상황에 놓이면 여러분이 점점 불안해집니다. 마음이 어두운 쪽으로 어두운 쪽으로 계속 기울어지는 거죠. 그야 뭐 어쩔 수 없는 일이겠지만 또 그렇기 때문에 불안의 싹이라면 작은 거라도 없애는 편이 정신위생상 좋으니까."

"–신경을 써 주시는구나, 우리들을."

팔꿈치를 짚고 양손 위에 턱을 괸 아야카는 표정이 누그러져 갑자기 깊은 한숨을 쉰다.

"고마워, 선생님."

"아니, 아니."

닌도 의사는 하얀 턱수염을 쓰다듬으면서 쑥스러운 듯이 한 번 헛기침을 했다.

"그래서 말이지요, '야모토矢本 아야카' 라는 이름을 생각해 냈습니다."

"야모토?"

"노모토의 노乃를 화살의 야矢 자로 바꿀 뿐입니다. 그렇게 하면 이름은 아야카 그대로라도 문제없지요."

"그렇게 간단해도 괜찮은 거예요?"

"그럼요. 외격이란 당신의 경우 노모토의 '노' 와 아야카의 '카' 획수를 더한 수입니다. 아야카라는 것은 제법 멋진 이름이니까, 이것을 그대로 두려면 '노' 쪽을 바꿀 수밖에 없지요. 그래서 대충 생각해 봤는데, 2획인 '노'를 5획인 '야'로 바꿔 주면 외격은 15가 되고 이 수는 꽤 좋습니다. 덧붙여, 총격―성명 전체의 획수죠, 이것도 31이라는 아주 좋은 숫자가 됩니다. 어떻습니까?"

"거의 비슷하니까, 별로 실감이 안 나는데."

"완전히 다른 이름이 좋습니까?"

"아뇨. 그런 건 아니고. 아야카라는 이름은 마음에 들어요."

아야카는 생긋 하고 천진한 웃음을 보이고, 의사를 향해 꾸벅 머리를 숙였다.

"그러면 이 이름, 오늘부터 쓸게요. 괜찮죠, 야리나카 씨?"

"그래, 그야 네가 좋을 대로 하면 돼."

야리나카는 희미하게 웃고, 블랙커피를 홀짝였다. 곧 닌도 의사 쪽을 보고,

"란은 괜찮을까요, 선생님?"

"키미사키 씨 말입니까. 흠. 뭐라고도 못하겠는데, 일단은 진정제가 잘 들으니까 조금 전 같은 일은 없을 겁니다. 하지만 위험한 약은 빼앗는 편이 좋습니다. 그 알약 케이스의 알맹이가 그거겠지만요."

"네, 분명 그렇겠죠."

야리나카는 곤란한 얼굴로 끄덕였다.

"선생님이 맡아 두시는 게 제일 좋을지도 모르겠네요."

"그야 상관없습니다. 나중에 다시 한 번, 상태를 보러 갑시다."

"부탁합니다. 그리고 그렇지, 만일 그때 제대로 의식이 있으면 문의 걸쇠를 걸라고 말씀해 주시겠습니까?"

우리들이 배정받은 방의 문에는 밖에서 열고 닫을 수 있는 잠금쇠가 없었다. 안쪽에 간단한 걸쇠가 달렸을 뿐이다. 따라서 문단속은 안에 있는 사람이 걸쇠를 거는 수밖에 없다.

"그렇다면 그녀의 신변이 위험하다고 생각하시는 겁니까?"

닌도 의사의 물음에 야리나카는 살짝 고개를 흔들고,

"무슨 일이 일어날지 모르니까요, 조심해서 나쁠 것은 없겠지요. 그뿐입니다." 그뿐ㅡ일부러 야리나카는 그런 말을 덧붙였다. 그러나……

저녁때 온실에서 있었던 일을 떠올리면서 나는 흘끗 마토바 여사의 얼굴을 살피고, 그런 다음 눈을 꼭 감는다. 암시, 예언, 미래를 비추는 거울……. 결코 진실로 믿을 생각은 없지만 그래도 역시 마음에 걸린다. 야리나카도 나와 같은 기분임에 틀림없다.

아무 생각도 하지 않고 오늘 밤은 푹 자 버리고 싶었다. 충혈된 눈에 샹들리에의 빛이 스며들어 온다. 몸속 깊은 곳에서 피로감이 왈칵 솟구친다. 그래도 머릿속만은 여전히 흥분 상태에 있는 듯, 이대로 방에 돌아가서 침대에 기어든다 해도 도저히 편하게 잠이 들 수 없을 것 같은 느낌이 들었다.

"저, 닌도 선생님."

맛있다는 듯이 커피를 홀짝이는 노의사를 향해 나는 머뭇머뭇 말했다.

"오늘 밤은 저도 수면제를 받을 수 없을까요. 수면 부족입니다."

"하아, 거참."

닌도 의사는 옆자리에 앉은 내 얼굴을 들여다보았다.

"그렇군요. 지치셨나 봅니다. 잠이 부족한데 잠도 안 올 것 같다는 말씀이죠?"

"네에."

"뭐, 무리도 아니지요. 알겠습니다. 알레르기는 없습니까?"

내가 "괜찮습니다"라고 대답하니,

"또 필요한 분은 안 계십니까?"

의사는 식탁의 일동을 둘러보았다.

"그러면, 나도."

아야카가 손을 들었다. 의사는 끄덕이고,

"다른 분은요? 안 계십니까? 그럼 잠시 방에 가서 가방을 갖고 오겠습니다."

잠시 후 나갔던 닌도 의사가 검은 가방을 안고 돌아온다. 거의 동시에 카이와 나모가 둘이서 화장실에 갔다.

식탁 위에 가방을 놓은 의사는 커다란 물림쇠가 달린 돈지갑 같은 뚜껑을 열고, 부스럭부스럭 안을 뒤지기 시작했다. 옆자리에서 살펴보니 아무래도 이 선생, 별로 꼼꼼한 성격은 아닌 듯, 가방 안에는 여러 가지 약제가 청진기나 혈압계 같은 기구에 뒤섞여 아주 어수선하게, 마치 아이의 장난감 상자처럼 가득 채워져 있다. 이 모양인데 잘도 어느 게 어느 건지 구별을 하는군, 하고 일순 불안한 생각이 들 정도였다.

이윽고 "이거 이거"라고 말하고 닌도 의사는 찾던 약을 발견했다. 은색의 얇은 판에 엷은 보라색 작은 타원형 정제가 잔뜩 늘어서 있다.

"신제품이라서 한 알만 먹어도 잘 듣습니다. 방에 돌아가서 드세요. 여기서 먹으면 돌아가는 도중에 복도에서 잠들어 버릴지도 모릅니다."

어젯밤 란에게 말한 것과 같은 주의를 주고 의사는 약을 한 알씩 뜯어 나와 아야카에게 건넸다.


## 17


이제키 에쓰코가 와서 식사 뒷정리를 끝내고 마토바 여사가 자리를 뜬 것을 기회로 우리들은 옆의 살롱으로 자리를 옮겼다.

"오늘은 이제 뉴스를 듣지 않아도 될까? 라디오는 빌려 놨잖아."

테이블 너머로 아야카의 얼굴을 보며 나모 나시가 말했다.

"괜찮아, 이제."

아야카는 소파 등에 기대어 100미터를 전력질주하고 온 듯 숨을 내쉰다.

"지금 여기서 분화까지 신경 쓰면 머리가 어떻게 되어 버릴 거야."

"의외로 신경이 예민하군, 아야카 쨩. 좀 더 흔들리지 않는 타입이라고 생각했는데."

"흔들리지 않는다니, 그런 건 단순한 바보잖아."

"역시 사카키 군을 좋아했어?"

"정말. 나모 나시 씨까지, 그만해, 그런 식으로 말하는 거."

"미하라야마 화산의 상태라면 마토바 씨가 저녁 뉴스를 봤다고 했지요?"

닌도 의사가 부루퉁한 얼굴을 한 아야카를 위로하듯이 말참견을 한다.

"분화는 장기화될 것 같지만 눈에 띄는 피해는 없었답니다. 뭐, 잠시 동안은 그렇게 걱정할 필요도 없을 테지요."

나는 소파에서의 대화를 들으며 난로 앞 스툴에 앉았다. 팔짱을 끼고 우리 안의 마른 북극곰처럼 어슬렁어슬렁 방안을 돌아다니던 야리나카가 곧 이쪽으로 다가와서 말했다.

"상당히 피곤해 보이네. 역시 세 시간 수면은 힘들지."

"야리나카 씨도 얼굴이 지독합니다."

나는 대답했다. 원래 마른 볼이 한층 더 홀쭉해 보이고 눈가에는 진하게 다크 서클이 졌다.

"너나 나나 장수는 못할 거야."

어깨를 움츠리고 말하더니 야리나카는 쓱 난로 옆으로 걸어간다.

"나중에 내 방으로 와 주지 않겠어? 자기 전에 다시 한 번 사건에 관해 검토해 보고 싶어."

"뭔가 알아 내셨어요?"

"아니."

야리나카는 건조한 입술을 뾰족하게 했다.

"여러 가지 무책임한 상상은 해 보지만. 아무래도 나한테는 그다지 명탐정의 재능은 없는 것 같아."

그리고 그는 문득 생각이 미친 듯 난로 장식 선반 위에 놓인 오르골에 손을 뻗었다. 각종 조개껍데기나 대모갑, 마노 등을 풍부하게 쓴 페르시아풍 꽃무늬가 그려진 작은 자개 상자. 그 뚜껑을 양손으로 살짝 연다.

흘러나온 가락에 방안의 시선이 모였다. 입을 여는 이는 없다. 복잡한 표정으로 오르골이 연주하는 슬픈 선율에 귀를 기울인다.

비가 내립니다. 비가 내린다.
놀러 가고 싶어, 우산은 없어,
붉은 끈 나막신도 끈이 끊어졌다.


무의식중에 나는 가락에 맞는 가사를 입속으로 흥얼거리고 있었다. 하나하나의 단어에 또다시 오늘 아침 온실에서 본 살인 현장의 광경이 겹쳐 떠오른다.

1절이 끝나자 곡은 다시 처음으로 돌아간다. 그렇게 세 번째 되풀이된 즈음부터 점점 템포가 느려져 소리는 곧 끊어져 버렸다.

"태엽이 다 풀린 건가."

야리나카는 상자의 뚜껑을 닫았다. 작게 숨을 내쉬고 난로 앞을 떠난다.

"어째서 하쿠슈일까요."

내가 말했다. 야리나카는 "흥" 하고 가볍게 코웃음을 치고, 벽 쪽에 놓인 스툴을 내 옆까지 옮겨 와서 앉았다.

"우리들은 모두 그저께 밤 여기에서 저 오르골 소리를 들었어. 닌도 선생님이 열었던가. 그러니 아무런 맥락도 없이 갑자기 이 노래가 나온 건 아니지. 당연히 이 집 사람들도 오르골에 하쿠슈의 「비」가 들어 있는 것은 알 테고."

"뭔가 범인이 하쿠슈를 고집하는 이유가 있는 걸까요? 아니면 「비」라는 노래 자체에."

"글쎄."

"하쿠슈는 첫날 밤에도 약간 화제가 되었지요."

"그래. 저기 책장에 책이 있었으니까."

야리나카는 대각선 뒤쪽의 벽을 가득 메운 장식장을 보았다.

"아야카를 상대로 하쿠슈의 시 제목을 이것저것 말했지. 그때 모두 이 방에 있었어. 닌도 선생님이 오르골의 뚜껑을 열었을 때도. 마침 그때 집사가 왔지."

"그랬죠."

"시인 키타하라 하쿠슈에 관해서는 네가 나보다 자세히 알겠지. 뭔가 짚이는 것은 없어?"

"하쿠슈 말입니까."

나는 윗주머니의 담배를 더듬었다. 몇 갑이나 가져온 담배도 슬슬 앞날이 걱정됐다.

"하쿠슈라면 우선 야나가와柳川지요. 후쿠오카福岡의 지금의 야나가와 시가 고향으로, 본가는 오래된 술집이었습니다. 하쿠슈는 그곳의 장남으로, 본명은 아마 이시이 타카요시石井隆吉."

"야나가와, 이시이 타카요시."

야리나카는 중얼중얼 복창한다. 여기서도 역시 '이름'이 마음에 걸리는 것 같다.

"스무 살 전에 중학을 중퇴, 상경해서 와세다 영문과 예과에 입학했습니다. 여기도 금방 중퇴하고 '신시샤新詩社'에 들어가, 잡지 《묘조明星》에 작품을 발표하기 시작했지요."

"와세다군. 《묘조》…… 음. '판의 회パンの會'에도 하쿠슈는 관계했던가?"

"네. '신시샤'를 탈퇴한 다음, 키노시타 모쿠타로木下杢太郎 등과 함께 '판의 회'를 결성합니다. 아마 1908년의 일일 겁니다."

그리스 신화의 목신牧神의 이름을 붙인 이 모임은, '호슨方寸'이나 '스바루スバル' '미타분가쿠三田文學' '신시초新思潮' 등에서 활약한 젊은 미술가나 문학가의 교유의 장이 되었다. 하쿠슈, 모쿠타로 외에도 요시이 이사무吉井勇, 타카무라 코타로高村光太郎, 다니자키 준이치로谷崎潤一郎 등 쟁쟁한 멤버가 모여 문단에 이른바 탐미파의 부흥을 가져온 원동력이 되었다고 한다.

"그리고 1909년, 스물네 살 때, 처녀 시집 『자슈몬邪宗門』을 자비 출판. '판의 회'의 기관지 《오쿠조테이엔屋上庭園》이 창간된 것도 그해였던가요."

생각이 떠오르는 대로 나는 말을 이었다. 그러나 그러한 문학사적 사실이 「비」의 비유'의 수수께끼를 풀 열쇠가 된다고는 도저히 생각할 수 없다.

"자세한 지식이 필요하면 도서실에서 조사하는 편이 좋지 않을까요?"

내가 말하자 야리나카는 씁쓸한 듯이 약간 어깨를 들썩이고 "그렇군" 하고 중얼거렸다.

"그러면 일단, 너의 하쿠슈 관觀 같은 것을 들어보고 싶군."

"하쿠슈 관이라니, 그런 대단한 건 없습니다. 전문 연구가도 아니고."

"하지만 좋아하는 시인이잖아."

"그야 뭐."

나는 불이 붙지 않은 담배를 손가락 사이에서 놀리면서,

"이런저런 말을 듣지만, 그렇죠, 그가 일본의 근대 문학 사상 최대의 종합 시인이었던 것은 확실합니다. 메이지, 다이쇼, 쇼와에 걸쳐 근대시부터 창작 동요, 창작 민요, 단가에 이르기까지 여러 장르에서 각각 획기적인 공적을 남겼죠. 그건 역시 대단하다고 생각합니다."

"일반 사람이 하쿠슈라고 하면 일단 동요의 이미지가 떠오르겠지. '마더 구스Mother Goose'의 번역으로도 유명하고."

"그렇지요. 아야카 짱은 아니었지만 시나 문학에 전혀 관심 없는 사람이라도 반드시 몇 곡쯤 그가 만든 동요를 알고 있으니까요. 동요 분야에서 하쿠슈의 자질과 재능의 우수한 점이 가장 풍부하게 발휘되었다는 평론가도 있습니다."

"흐음. 너는 어떻게 생각해?"

"제가 좋아하는 하쿠슈는 제일 초기 때입니다. 이십대 초반 '판의 회'를 하고 있던 무렵."

"『자슈몬』이라든지 『추억思ひ出』이라든지?"

"그리고 『도쿄 풍물시 및 기타東京景物詩及其他』 가집이라면 「오동나무꽃桐の花」, 뭐랄까 선명하고 강렬합니다. 무척. 지금 읽어도 전혀 낡은 느낌이 없어요. 오싹해져서 무심코 숨을 멈추어 버릴 정도로 선명하고 강렬합니다. 어쩌면 요즘 시대에 읽어서 그런지도 모르겠지만요. 요염하고, 악마적─엽기적이라고까지 할 수 있는 아

름다움이 있고, 그러면서 슬프고 해학적이고."

『자슈몬』이나 『추억』도 그렇겠지만, 이어지는 『도쿄 풍물시 및 기타』가 아마, 그런 초기의 하쿠슈 시풍이 최고조에 달한 시집이라고 할 수 있을 것이다. 초판은 1913년이지만 창작 연대는 3년 전으로 거슬러 올라가 『추억』과 겹치니까 『자슈몬』의 직후를 잇는 관계가 된다. 원래 그의 초기의 창작 자체가 보들레르Baudelaire나 베를렌Verlaine 등 프랑스 세기말 시인의 영향 하에서 이루어졌으니까, 그러한 경향도 당연하겠지만 그렇다고 해도 농밀한 이국 정서, 신비와 몽환, 독살스러울 정도로 퇴폐적인 분위기 속에서 지은 감각시, 관능시에는 일종의 기이할 정도의 박력이 넘쳐흐르고 있다.

처음 이 작품들을 접했을 때─중학교 시절이었던가─, 당시는 나도 '하쿠슈=동요'라고 하는 생각에 사로잡혀서 너무나도 심한 작품의 인상 차이에 아연했던 기억이 있다.

"과연. 나도 그 무렵의 하쿠슈는 좋아해."

야리나카는 만족한 듯이 미소 지었다.

"「인형 만들기人形つくり」라는 시가 있었잖아, 『추억』 안에. 그걸 초등학생 무렵에 읽었는데 뭐가 잘못됐는지 혹은 너무 강렬했는지 그날 밤은 잠 못 든 게 기억 나. 무서워서─아니, 무섭다는 것과는 또 다를까."

그렇게 그는 문득 눈을 가늘게 뜨고 그 시 전부를 암송해 보였다.

"'나가사키의, 나가사키의

인형 만들기는 재미있어.

색유리…… 파란 광선이 내리쬘 때,

하얀 점토 주물럭거려, 풀로 녹여, 숫돌 가루를 섞어,

휙 잠깐 녹로에 걸어,

뒤집으면 머리가 된다.'"

내가 다음을 받아서,

"'그 머리는 공허한 머리,

하얀 가면이 데굴데굴, 데굴데굴……' 이었지요."

야리나카가 싱긋 웃고, "어때" 하고 나의 얼굴을 다시 본다.

"「비」 따위보다도 이쪽이 비유 살인의 제재로는 훨씬 적절하네."

"그러게요."

나는 고개를 끄덕이고, 손가락에 끼고 있던 담배를 결국 피우지 않은 채 호주머니에 집어넣었다.

"그런데 그런 작풍이 어떤 사건을 계기로 확 바뀌지요. 그때까지의 지나칠 정도의 퇴폐 취미가 꼬리를 감추고 인간 창명彰明이라고 할까, 조신한 기도 같은 것이 담긴 시풍으로."

"그 간통사건 말인가?"

"네."

1912년─메이지 45년의 사건이다. 하쿠슈는 진작부터 사모하던 유부녀와 맺어졌지만 상대방 남편에게 고소되어, 이치가야市ヶ谷 구치소에서 2주간 구류되는 신세가 된다. 곧 무죄방면이 되었지만 이 사건을 계기로 그의 시풍은 일변하게 되었다.

"뭐라는 이름이었더라, 그 상대방 여자?"

"토시코─마쓰시타 토시코松下俊子."

"흠. 별로 관계없나."

야리나카는 어디까지나, 뭔가 의미가 있는 '이름'을 이야기 속에서 찾아내려는 것 같다.

"저기, 야리나카 씨."

나는 말했다.

"하쿠슈 중에서도 역시 초점을 그의 동요로 좁히는 편이 좋지 않겠습니까. 어떻든, 사건에 나타난 건 「비」니까요. 괜히 생각할 범위를 넓히는 것도 좀 그렇지 않나 하는데."

"정론이군."

야리나카는 떫은 얼굴로 끄덕였다.

"하쿠슈의 동요라면 바로 떠오르는 것은 '빨간 새' 운동이나."

스즈키 미에키치鈴木三重吉에 의해 잡지《빨간 새》가 창간된 것은 1918년 7월이다. 그에 앞서 배포된 팸플릿에 나오듯이, 일본에서 '동화와 동요를 창작하는 최초의 문학적 운동'으로 '예술로서의 참다운 가치가 있는 순려한 동화와 동요를 창작하는 것'이 목적이었다.

"당시의 문단인이 빠짐없이 참가하고 있지요. 오가이鷗外에 토손, 류노스케龍之介, 이즈미 교카泉鏡花, 쓰보타 조지坪田讓治, 타카하마 교시高浜虚子, 토쿠다 슈세이德田秋声, 사이조 야소西條八十, 오가와 미메이小川未明…… 파고들자면 한이 없어요."

"동요라면 그중에서도 하쿠슈와 야소 쯤이 대표 선수라는 건가."

"이 두 사람은 자주 비교되지요. 하쿠슈의 동요는 전원적이고 야소의 동요는 도시적이라든가. 창작 동기의 차이라든가."

예를 들어 하쿠슈는 1919년의 제1동요집『잠자리의 눈알トンボの目玉』의 머리말에서 이렇게 말하고 있다. 진짜 동요는 알기 쉬운 아이의 말로 아이의 마음을 노래함과 동시에 어른에게도 깊은 의미를 가지지 않으면 안 된다. 그러나 무리해서 아이의 마음을 사상

적으로 키우려 하면 오히려 나쁜 결과를 가져오는 일이 많다. 감각 자체가 완전히 아이가 될 필요가 있다. ─ 즉 '동요는 동심동어童心 童語의 가요다'라는 인식이다. 사실, 당시의 하쿠슈는 아홉 살 이하 정도의 아이들을 주된 대상으로 상정해 어디까지나 '구전 동요'를 기준으로 해서 새로운 동요의 창조를 지향했다고 한다.

한편 야소는 아이들에게 양질의 노래를 준다는 동기 이외에 처음부터 성인 독자를 의식했다. 어른들 마음에 동시의 정서를 되살리고 싶다는 것이 애초의 희망이었다.

하쿠슈는 그 후 점점 의식을 변화시켜 간다. 시대의 흐름에 따라 그가 대상으로 하고 싶은 연령은 올라가서 1929년 간행된 『달과 호두月と胡桃』에 이르면 '나 자신이 동요를 만드는 데 있어서 딱히 이제 와 아동의 마음으로 돌아갈 필요도 없다고 생각한다. 시를 만들어 노래를 이루는 것과 같은 마음, 같은 태도라고 해도 좋다'라고까지 말하게 된다.

"문제의 「비」는 언제쯤의 작품이야?"

야리나카가 말했다. 나는 조금 생각하고 나서,

"아마, 동요를 만들기 시작한 초기 무렵의 것이겠죠. 《빨간 새》의 창간 직후 정도. 아마 「비」와 야소의 「카나리야」가 '빨간 새' 최초의 작곡 동요였을 테니까요."

"흐음."

"그러고 보니 「비」의 작곡자는 뭐라는 사람이었더라. 아십니까?"

"오후에 조사해 봤어."

그렇게 말하고 야리나카는 도서실로 이어지는 문에 눈길을 주었다.

"히로타 류타로弘田竜太郎라는 작곡가야. 의미가 있는 이름이 나오지 않을까 조금은 기대했는데."


## 18


"잠시 괜찮습니까?"

그때까지 거의 입을 열지도 않고 소파에서 고개를 숙이고 있던 카이가 갑자기 말을 꺼냈다.

"마음에 걸려서 어쩔 수 없는 일이 있는데요."

"뭐야?"

야리나카는 스툴에서 일어나 소파 쪽으로 향했다.

"뭐든 좋아. 신경이 쓰이는 것은 전부 말해 줘."

"아, 네."

한쪽 눈을 바르르 떨듯이 깜빡이면서 카이는 말했다.

"으음, 그게 말이죠. 그러니까, 이 저택에 사는 사람은 정말로 그 사람들뿐일까 해서요."

"호오."

"시라스카 씨에 마토바 씨, 집사인 나루세 씨, 스에나가라는 수염 난 남자, 그리고 이제키라는 이름이었습니까, 부엌에 있는 여자 말예요. 전부 다섯 명이지요. 낮에 야리나카 씨가 물었을 때, 마토바 씨는 그 다섯 명 이외에는 없다고 했지만, 아무래도 적어도 누군가 한 사람이 더 있는 듯한 느낌이 자꾸 들어요."

자신이 없는 목소리였다. 그러나 그 자리에 있던 모두가 그의 지적에 일순 숨을 삼켰던 것 같다.

"어째서 그런 생각이 들었나?"

야리나카가 물었다. 카이는 불안한 듯 시선을 움직이면서,

"확실한 근거가 있는 건 아니지만, 예를 들어―그게, 아야카 짱? 저쪽 계단 쪽에서 사람 그림자를 봤다고 말했잖아요. 어제 온실에서 만나기 전에."

"응. 야리나카 씨 하고 탐험하러 갔을 때야. 그때도, 그 전날 밤도 이상한 소리를 들었어."

아야카가 진지한 얼굴로 그렇게 대답했다. 야리나카는 일단 끄덕이였지만,

"그렇지만, 확실하게 어떤 사람이었는지는 보지 못한 거지? 어쩌면 시라스카 씨였을지도 몰라."

"그렇죠. 그러니까 단순히 그런 느낌이 든다는 것뿐이지만요."

카이는 손가락을 관자놀이에 대고 살짝 고개를 갸웃했다.

"그 외에도 묘하게 생각되는 것은 있습니다. 어젯밤 온실에서, 마토바 씨와 만났습니다. 그때, 그녀가 들고 있던 쟁반에는 티 포트와 컵이 분명 두 개 있었습니다."

"그랬나. 그렇지만, 그것만으로는 뭐라고도 할 수 없어."

"네에. 하지만, 온실에서 차를 마신다니 고용인끼리는 보통 그렇게 하지는 않습니다. 적어도 두 개의 컵 중 하나는 시라스카 씨 거라고 생각합니다. 그렇다면, 또 하나는?"

"마토바 여사가 상대를 했다고도 생각할 수 있어. 그녀는 고용인이라는 느낌도 아니니까. 시라스카 씨도 '선생'을 붙여서 불렀어."

그렇게 말하면서도 야리나카는 카이가 말하는 '또 한 사람'의 존재를 의심하는 게 틀림없을 것이다. 실제로 그도 오늘 저녁, 온실에서 어떤 사람 모습을 보았으니까. 그전에 내가 예배당에서 본 사람 그림자도 이미 그에게는 말해 두었다.

"나도 그런 느낌이 들어."

긴 머리카락을 천천히 쓸어내리면서, 미즈키가 입을 열었다.

"오늘 아침, 묘한 소리를 들었어요."

"그건 처음 듣는 얘긴데."

눈썹을 찌푸리고 야리나카는 미즈키를 보았다.

"언제, 어디서?"

"오늘 아침, 우리들은 마토바 씨가 깨우며 아래로 내려오라는 말을 들었어요. 저쪽—앞 복도의 양쪽 여닫이문에 불투명 유리가 들어 있는."

첫날 밤 우리들이 나루세에게 안내받아 올라온 계단으로 통하는 문이다.

"그 문은 오늘 아침 잠겨 있어서 우리는 홀 쪽으로 돌아서 1층으로 내려갔지만, 마침 그 앞을 지나갔을 때 건너편에서 발소리가 들렸어요."

"발소리라."

야리나카가 더더욱 눈썹을 찌푸렸다.

"그게 어떻다는 거지?"

"그 발소리, 뭔가 다리가 안 좋은 사람이 걷는 듯한 소리예요. 즉, 지팡이나 뭔가를 짚고 있었던 것 같네요. 딱딱한 소리가 탁탁, 하고."

아야카가 그저께 밤, 홀 층계참에서 들었다고 하소연했던 것도, 그러고 보니 '뭔가 딱딱한 소리'였다. 내가 오늘 예배당에서 들은 소리도 그렇다.

"계단을 걷고 있었던 것 같아요. 저쪽 계단에는 카펫이 깔려 있지 않았죠. 막연한 느낌이지만, 아마 그 발소리, 계단 위─3층으로 올라간 듯한데."

미즈키는 생각 탓인지 창백해진 얼굴로, 눈초리가 긴 눈을 흘긋 천장으로 향했다.

"우리들이 아래층 식당에 도착했을 때, 그곳에는 이제키 씨 이외의 전원이 모여 있었잖아요. 그렇다면 내가 들은 것은 이제키 씨의 발소리였겠지만, 그때 그녀는 나중에 나온 샌드위치를 준비하고 있을 때였을 거예요. 애당초, 그녀는 지팡이 따위는 짚고 있지 않았고."

"과연. 제법 논리적이군."

야리나카는 감탄한 듯이 눈을 가늘게 떴다.

"반론한다면, 그렇지, 그녀는 계단을 오르락내리락할 때만 지팡이가 필요할지도 몰라. 그래서 뭔가 용무가 있어서 3층으로 향하던 때의 발소리를 네가 들은 거야. 어때?"

"식사 준비라든지 뒷정리 때, 다리가 안 좋아 보였어요?"

"흠, 아니."

"그리고, 하나 더."

미즈키는 계속한다.

"오늘 아침, 남자들이 마토바 씨와 함께 온실로 갔을 때, 나와 아야카 짱, 란 짱 세 사람이 식당에 남아 있었죠. 그때, 나."

"또 발소리를 들었나."

"그런 게 아니라."

미즈키는 천천히 고개를 흔들고,

"피아노 소리를 들었어요. 아주 희미한 소리여서 무슨 곡인지 모르겠지만요."

"어디에서 들려왔어?"

"잘 모르겠지만, 아마 위쪽이었을 거예요."

"레코드 소리는 아니었을까?"

"그건 아닐 거예요. 도중에 멎기도 했으니까. 레코드를 걸어 둔 채로 두면, 끊어지거나 하지는 않잖아요. 그러니까 누군가가 어딘가의 방에서 연주하고 있었다고밖에는."

"잘못 들었을 가능성은 없어?"

야리나카는 어디까지나 신중하다. 그러자 미즈키 옆에 앉아 있던 아야카가,

"나도 들었어, 그거."

하고 목소리를 올렸다.

"무슨 곡인지 모르겠지만, 어딘가에서 피아노가 울리는 건 진짜로 들었어."

"이거 정말로 진짜겠네요."

뾰족한 코 아래를 손가락으로 문지르면서, 나모 나시가 초승달처럼 입가를 끌어올려 웃었다.

"미즈키 짱의 관찰은 상당히 예리하니까. 유념하는 편이 좋습니다. 탐정 씨."

야리나카는 손끝으로 안경을 올리고, "그래" 하고 낮게 중얼거렸

다. 나모는 음침한 목소리로,

"자주 나오잖습니까. '자시키로座敷牢*의 광인'이라는 거."

완전히 농담을 할 생각도 아닌 듯하다. 입가는 히죽거리지만 눈빛은 지극히 진지하다.

"생각해 보면 이런 시골의 산속에 몰래몰래 살고 있다니, 뭔가 곡절이 있다고밖에 볼 수 없어요. 산기슭의 동네에도 좋지 않은 소문이 났다는 거겠죠."

"가족 중에 다리가 불편한 광인이 있어서 세상으로부터 감추기 위해 이런 곳에 살고 있다, 라고?"

"그렇죠. 어쩌면 그 녀석이 사카키 군을 죽인 범인일지도 모릅니다. 비유 살인이라니 정말 이상한 녀석이 할 만한 짓이지. 예를 들어 과거에 한 번 사람을 죽인 적이 있는데 그때 우연히 부르던 노래가 「비」였다든지."

"흠. 최근 유행하는 이상심리학에서 나올 법한 이야기군."

가볍게 넘기는 것 같은 말지만, 야리나카 또한 아주 진지한 얼굴이었다.

"다시 한 번, 마토바 여사를 떠 볼 수밖에 없나."

결국 그 이야기는 거기서 중단되었다.

이 키리고에 저택에는 여섯 번째 사람이 있다. 그 가능성을 나타내는 재료가 한 차례 검토되었지만, 그러면 그는 어떤 사람인가 하는 문제에 관해 나모가 말한 것 이외의 의견을 말하는 이는 없었다. '자시키로의 광인'이라는 말은 허황되기는 하지만, 이 상황 속

---

*죄인, 미치광이 등을 감금하기 위해 만든 방.

에서는 역시 강렬한 울림을 갖고 있었다. 무서운 상상에 마음이 휘둘려 흘끗흘끗 천장에 눈길을 주고는 무심코 몸을 움츠린 사람은 분명 나만은 아니었을 것이다.

자리가 파하고 모두가 방으로 올라간 것은 어젯밤과 같은 오후 9시 반경이다. 잠잘 때는 반드시 문의 걸쇠를 내리도록, 이라는 야리나카의 주의에 모두 힘껏 끄덕였다.


# 19


"이런 표를 만들어 봤는데."

오후 10시 전. 약속대로 야리나카의 방을 찾아가니 그는 리포트 용지 네 장을 써서 작성한 표를 내게 보였다. 이 집에 있(다고 알고 있)는 사람 전체에 대해 사카키 유타카 살해의 알리바이나 동기 등을 정리한 것이다('알리바이·동기 일람표' 참조).

"이렇게 보니 알리바이 쪽은 일목요연한데 감이 안 오는 것은 동기야. 여러 가지 생각해 봤지만 이거나 저거나 사람 하나 죽일 동기로는 너무 약한 것 같고."

내게 책상 앞 의자를 양보하고 자신은 침대 끝에 걸터앉으면서 야리나카는 중얼거리는 듯한 목소리로 말한다.

"뭔가 간과하고 있는 게 있을까? 감춰진 동기가……."

과연 사건의 동기 같은 것을 타인이 그렇게 쉽게 이해할 수 있을까. 이 동기는 강하다든지 약하다든지, 한마디로 판정할 수 있는

## 알리바이 동기 일람표

| | | |
|---|---|---|
| 사카키<br>유타카 | 사망 추정 시각<br><br>비고 | **남 23세 본명 · 리노이에 미쓰루 (피해자)**<br>16일 오후 11시 40분부터 17일 오전 2시 40분 사이<br>8월에 일어난 리노이에 쿄스케 씨 저택사건의 범인으로 보임 |
| 나모 나시 | 알리바이<br>동기<br><br>비고 | **남 29세 본명 · 마쓰오 시게키**<br>없음<br>극단에서 사카키의 입지를 좋게 생각하고 있지 않았다(?)<br>15일, 사카키가 선두를 걸어 길을 헤맸던 것에 대해 화냄<br>17일에 아내와 이혼, 키누가와라는 성으로 돌아감 |
| 카이<br>유키히코 | 알리바이<br><br>동기 | **남 26세 본명 · 아이다 테루오**<br>16일 오후 10시 반부터 17일 오전 3시까지, 야리나카, 린도와<br>함께 도서실에 있었다<br>사카키에게 빚이 50만 엔(금액은 본인이 말함) 있어, 변제를 재<br>촉받았다 |
| 아시노<br>미즈키 | 알리바이<br><br>동기 | **여 25세 본명 · 카토리 미즈키**<br>17일 오전 0시경부터 오전 2시경까지, 자기 방에서 아야카와<br>이야기를 하고 있었다<br>사카키에게서 집적거림을 당해 화가 나서(?) |
| 키미사키<br>란 | 알리바이<br>동기<br><br>비고 | **여 24세 본명 · 나가노 쿄코**<br>없음. 수면제 복용(?)<br>사카키와의 연애관계의 갈등<br>16일의 오디션이 날아간 것을, 사카키 탓이라고 생각했다<br>8월의 사건에 사카키와 함께 관계했던 모양 |
| 노모토<br>아야카 | 알리바이<br>동기<br>비고 | **여 19세 본명 · 야마네 나츠미**<br>17일 오전 0시경부터 오전 2시경까지 미즈키의 방에 있었다<br>뒤틀린 연애 감정(?)<br>17일, 닌도의 이름점에 의해 야모토 아야카로 개명 |
| 린도<br>료이치 | 알리바이<br><br>동기 | **남 30세 본명 · 사사키 나오후미**<br>16일 오후 9시 40분경부터 17일 오전 4시 반까지, 야리나카와<br>함께 도서실에 있었다<br>? |

| | | |
|---|---|---|
| **아리나카<br>아키사야** | 알리바이<br><br>동기 | **남 33세**<br>16일 오전 9시 40분경부터 17일 오전 4시 반까지, 린도와 함께<br>도서실에 있었다<br>? |
| **린도<br>준노스케** | 알리바이<br>동기<br>비고 | **남 59세 아이노의 개업의**<br>없음<br>?<br>이전에 경찰을 도운 적이 있어, 시체 소견에는 신뢰성 있음 |
| **시라스카<br>슈이치로** | 알리바이<br>동기 | **남 키리고에 저택의 주인**<br>없음<br>? |
| **나루세<br>타카시** | 알리바이<br>동기 | **남 집사**<br>없음<br>8월의 사건에서 살해된 나루세 미노루가 친척일 경우, 범인인<br>사카키에게 복수(?) |
| **마토바<br>아유미** | 알리바이<br>동기 | **여 의사**<br>없음<br>? |
| **스에나가<br>코지** | 알리바이<br>동기 | **남 고용인**<br>없음<br>? |
| **이제키<br>에쓰코** | 알리바이<br>동기 | **여 고용인**<br>없음<br>? |

것일까. 야리나카의 말을 들으면서 나는 막연히 그런 상념에 잠겨 있었다.

동기, 동기 쉽게 말하지만, 결국 그것은 보고 만질 수 있는 물체가 아니라 사람 마음의 형태인 것이다. 그런 것을 당사자가 아닌 인간이 제대로 아는 것은 불가능하다는 생각이 자꾸 드는 것이다.

"그런데."

나는 표를 야리나카에게 돌려주고, 머릿속에 흩어진 많은 의문 속에서 하나를 꺼내어 슬쩍 내밀었다.

"'이름'은 역시 마음에 걸리십니까. 조금 전도—하쿠슈의 이야기를 할 때지만—무척 마음에 걸리는 것처럼 보이던데요."

"아아, 응."

자기가 쓴 표를 받아 들어 침대 위로 휙 던지면서 야리나카는 낮은 목소리로 대답했다.

"뭐, 그래, 어쩔 수가 없어."

"이 저택 안에서 발견한 우리들 이름이나 그에 따른 암시가 어떤 형태로든 사건에 관계할지도 모른다는 의미에서 그렇습니까?"

"어려운 질문이군. 나도 잘 모르겠어. 모르겠지만 공연히 마음에 걸려."

"마토바 씨가 말했던, 이 집은 방문한 인간의 미래를 비추는 거울이라는 말을 야리나카 씨는 어느 정도 진심으로 받아들입니까?"

"그것도 무척 어려운 질문이군."

피곤한지 야리나카는 양 눈꺼풀 위를 손가락으로 누르면서,

"나는 근대 과학 정신의 노예라는 사실을 벗어날 수 없는 인간이라고 기본적으로 생각하고 있어. 그러니까 초과학적인 현상이나

신비주의적인 사상에는 부정적인 입장에 있지. 그러나 한편으로 그런 입장에 대해 무척 회의적이 되어 버릴 때도 있지."

그리고 그는 내 얼굴로 시선을 던졌다.

"패러다임이라는 말은 알지?"

"네, 그야 일단은."

"'과학자들이 공통으로 활용하는 개념 도식이나 모델, 이론, 용구, 응용의 총체' – 원래는 과학사학자 토마스 쿤 [T. S. Kuhn]이 『과학혁명의 구조』라는 책에서 제창한 개념이야. 자연 과학뿐 아니라 사회 과학에서도 인문 과학에서도 연구자는 모두 그 시대의 지배적인 패러다임으로부터 자유롭기가 불가능해. 그러나 예를 들어 천동설이 지동설로 대체되었듯이, 혹은 뉴턴 역학에서 상대성 이론, 그리고 양자 역학으로라는 식으로 구조 자체가 크게 전환되는 일도 있어. 패러다임 시프트라고 하지.

게다가 이 용어는 과학의 분야에 그치지 않고, 그것들을 전부 총괄하는 레벨 – 우리들의 세계관이나 의식, 일상생활의 형태에까지 부연해서 쓰여. 이 경우, 메타 패러다임이라고 하지만."

야리나카는 말을 끊고, 다시 눈꺼풀 위에 손을 눌러 댄다.

"요컨대 우리들은 언제나 시대나 사회를 지배하는 어떤 패러다임 위에서 매사를 보고 생각하고 있다 – 아니, 생각되어지고 있다는 거야. 뭐, 당연한 이야기지만. 그래서 근대 이후 현재에 이르기까지의 그것은 무엇인가 하면, 이른바 근대 과학 정신 – 기계론적 세계관이고, 요소환원주의라는 거야. '과학성' '객관성' '합리성' …… 우리들은 이러한 여러 가지 말이나 개념에 '옳다'라는 가치를 전제한 후에 매사를 파악하고 사고하지. 오귀스트 뒤팽을 비롯해 셜록 홈스든 엘러리 퀸이든 고전적인 미스터리에서 활약하는 명탐정은 그 화신 같은 사람일 거야. 이 중에서도 예를 들어 '객관성'이라는 것은 이론 물리학에서 오래전에 부정된 것 같지만, 그렇다고 그것이 일반인의 세계관, 가치관을 흔들게 되지는 않았어."

"'객관성'이 부정되고 있다는 겁니까?"

"그래. 하이젠베르크Werner Karl Heisenberg의 불확정성 원리에서 시작되어 유명한 솔베이 회의…… 아아, 그런 세세한 것은 아무래도 상관없잖아. 요는 관측에는 반드시 관측 주체로서의 '나'가 존재한다는 거지. 따라서 제일 중요한 문제는 객체로서의 실존 그 자체가 아니라 주체와 객체의 상호 작용이야. 더 풀어서 말하면 우리들이 보고 있는 세계는 바꿔 말하면 우리들 자신의 인식 구조라는 거지.

이것은 물론 입자라는 극소의 세계에 관한 이야기이지만, 이러한 사고방식의 뒤를 좇는 듯이 다른 학문 분야에서도 같은 방향으로 패러다임이 움직여 갔어. 상호작용론이라든지 해석주의라든지 그쪽 방향으로 말이야."

감질나는 기분이 들어서 나는 조금 전 살롱에서 피우려다 만 담배를 다시 꺼내어 입으로 옮겼다.

"결국, 야리나카 씨는 어떻게 생각하시는 겁니까? 그러니까 처음 질문으로 돌아가서."

"그래."

중얼거리고 야리나카는 잠시 입을 다물었다. 앞니로 가볍게 아랫입술을 물고, 미간에 깊게 세로 주름을 새긴다.

"솔직히 도저히 갈피를 못 잡고 있어."

드디어 그가 입을 열었다.

"자신이 무엇을 현실이라고 느껴야 하는가. 결국, 모든 것은 거기에서 시작해 거기서 끝나는 거니까."

"애매한 말투네요."

"갈피를 못 잡겠다고, 그러니까."

야리나카는 양손을 침대에 짚고 결림을 푸는 듯이 목을 돌린다.

"그러나, 흠, 예를 들면 말이지, 극단적으로는 이렇게 생각할 수도 있어. 코시마幸島의 원숭이 일화는 아나?"

"원숭이?"

내가 아연해서,

"그게 뭡니까?"

"유명한 이야긴데."

수척한 볼에 갑자기 자조와 같은 웃음을 지으며 야리나카는 그것을 설명했다.

"미야자키宮崎 현 코시마에 생식하는 일본원숭이에게 모래로 더럽힌 고구마를 주었을 때, 원숭이들은 처음에 그것을 먹으려고 하지 않았어. 그런데, 어린 암컷 원숭이 한 마리가 더러운 고구마를 물에 씻어 먹는 것을 생각해 냈어. 말하자면 거기서 원숭이들의 사회에 '고구마 씻기'라는 새로운 문화가 태어났다는 거야. 이윽고 이 문화는 같은 섬의 원숭이들에게 퍼져 가. 그렇게 해서 몇 년이 흘러 고구마를 씻는 원숭이가 어느 정도의 마릿수에 달했을 때, 하나의 이변이 일어났다는 거야."

"이변?"

"응. 그야말로 이변이지. 편의상 이 '어느 정도의 마릿수'를 100마리라고 하자. 100마리째의 원숭이가 고구마 씻기를 배운 바로 그 날 중으로 섬에 서식하는 원숭이 전부가 고구마를 씻기 시작했어."

"갑자기, 말입니까?"

"그래. 마치, 그 100마리째의 원숭이의 출현에 의해 뭔가가 임계점을 넘어 버린 듯이 말이야. 롤플레잉 게임에서 말하는 '레벨이 올랐다'는 거지. 그뿐만이 아니야. 그 일을 경계로 '원숭이의 고구마 씻기'는 바다를 건너 전국의 다른 곳에서도 자연 발생처럼 일어났다는 거야."

"정말?"

"라이얼 왓슨 Lyall Watson 의 『생명조류』에 소개된 사례야. 어느 정도 신뢰할 수 있는 데이터가 있는지 의문을 제기하는 목소리는 많은 것 같지만."

그 저자와 책 이름 정도는 과학의 문외한인 나도 알았다. 최근 주목받는 이른바 뉴사이언스의 계기를 만든 책이다.

"어떤 일을 진실이라 생각하는 사람 수가 일정의 수에 달하면, 그것은 만인에게도 진실이 된다. 사상이나 유행 같은 사회 현상에서는 명백한 것이지만, 이것이 자연계에서도 널리 존재한다는 거지. 왓슨은 '콘틴젠트 시스템 contingent system'이라는 알려지지 않은 시스템을 상정해서 이 현상을 논리적으로 설명하려고 했어."

의자에 앉은 나의 무릎 언저리에 눈길을 주면서 아리나카는 뭔가 주문을 외는 듯한 어조로 말을 계속한다.

"아주 비슷한 것으로 '형태형 성장 이론'이라는 것도 있어. 루퍼트 셸드레이크 Rupert Sheldrake 라는 학자의 설이야. 같은 종 사이에는 시공을 넘은 어떤 연결이 존재해서 '형태형 성장'이라는 장을 통해

종끼리의 공명 현상으로 반복적으로 나타난다—며 그는 이에 따라 종의 진화를 설명하려고 했어. 어떤 종에서 진화해 발생한 새로운 종은 자신들의 '형태형 성장'을 가진다. 그리고 그 새로운 종의 수가 일정량에 달했을 때 떨어진 곳에 사는 아직 진화하지 않은 동종에게도 똑같은 진화를 재촉한다는 거지. 알겠어?"

"네."

"재미있는 것은 이것이 생물뿐 아니라, 물질에서도 일어난다는 점이라서. 왓슨도 언급하고 있지만, 글리세린의 결정화에 관련된 유명한 에피소드가 있어.

글리세린이라는 물질은 20세기에 들어오기까지는 고체로서 존재할 수 없는 거라고 믿어졌던 것 같아. 결정화에 성공한 화학자가 없었어. 그것이 어느 때 우연히 여러 가지 조건이 겹쳐 자연스레 결정화된 글리세린이 발견되었단 말이지, 이것을 샘플로 이곳저곳의 화학자가 결정화에 성공하기 시작했어. 그러던 중에 이변이 일어났지. 한 실험실에서 어떤 화학자가 결정화를 성공시킨 그 순간, 같은 방에 있던 글리세린 전부가 자연스럽게 결정화됐다고 하는 거야. 게다가 이 현상은 어느새 세계 각지로 퍼졌다고 해.

셸드레이크는 설명하지. '글리세린은 결정화된다'는 명제가 그 시점에서 글리세린이라는 물질의 '형태형 성장'에서 성립한 것이라고 말이야."

되받아칠 말도 없이 강의를 경청하는 내 머리로 눈길을 들어, 야리나카는 그 자신도 어찌할 바를 모르는 듯한 표정을 짓고 깊은 숨을 내쉬었다.

"거기서 말이지, 이런 가설을 한 번 세워 보는 거야. '어떤 종의 낡은 집에는 예언력이 있다', 혹은 마토바 여사가 말하듯이 '방문한 이의 마음을 비춘다' —그런 명제가 바로 지금, 이 폐쇄된 장소 이외의 세계 각지에서 성립하기 시작하고 있는지도 모른다고.

어때, 린도?"


## 20


입술 끝에 물고 있던 담배에 불을 붙여 천천히, 끝이 재가 되기까지 나는 묵묵히 창 쪽을 보고 있었다. 밖의 미늘창은 열려 있는 듯했다. 유리를 온통 칠한 칠흑 속, 단속적으로 하얀 것이 어른거린다. 그것이 마치 밖에서 방의 상태를 살피는 어떤 이의 모습처럼 생각되어, 나는 몇 번이고 강하게 눈을 깜박거렸다.

야리나카는 침대 끝에 걸터앉은 채 조금 전 알리바이나 동기 일람표를 다시 집어 들고 한 손으로 안경테를 누르면서 가만히 눈길을 떨어뜨리고 있었다. 때때로 한숨이 들려오거나 낮게 신음하는 목소리가 새어 나오기도 했지만, 내게는 아무것도 말하지 않는다. 내 쪽도 아무 말도 걸지 않았다.

머리가 마비된 듯이 무거웠다. 그 때문인지 조금 전 야리나카의 이야기를 다시 한 번 음미해 보려 했지만 되지 않았다. 무엇을 어떻게 생각하면 좋을지, 그가 조금 전 한 이야기에서 결국 무엇을 말하려 했는지 사고는 공전할 뿐 전혀 아무것도 보이지 않는다.

갑자기 바깥의 바람이 거세져서 창유리가 오래도록 흔들렸다.

그 소리에 놀라, 졸다가 퍼뜩 깬 듯한 기분으로 나는 야리나카의 얼굴로 시선을 돌렸다.

"아시노 씨에게는 그 일에 관해 물어보셨습니까?"

내가 묻자 야리나카는 곤란한 얼굴로 끄덕이고,

"'또 한 사람'이 누구라고 생각하는지는 말해 주지 않더군. 그러나 분명 그 모습을 보면, 그녀는 극단 사람, 그것도 지금 여기에 와 있는 사람 중 누군가로 생각하는 것 같아."

"역시."

"그렇다면 일단 나와 너는 제외하고, 그 아무개는 남은 세 명 중의 하나라는 건데. 나모냐 카이냐, 아니면 아야카냐."

"누구라고 생각하십니까, 야리나카 씨는."

"글쎄. 다들 그럴듯하지 않은 것 같기도 하고, 누구라도 그럴듯하다는 느낌도 들어. 예를 들어."

야리나카는 다시 손 주위에 있는 표에 눈길을 떨어뜨리고,

"나모는 사카키나 란과는 사이가 안 좋아 보이고, 특히 란에 대한 태도는 신랄 그 자체지만 원래 어디까지 진심인지 모를 녀석이니 전부 연기라고도 볼 수 있지. 카이는 일견 성실하고 약에 손을 대거나 할 타입은 아니지만 의외로 어떤지 모르겠어. 사카키 같은 고집이 센 녀석이 권하면 거절할 수 없을지도. 아야카도 마찬가지지. 란과는 좋은 관계가 아니지만 사카키가 끼어든다면 이야기는 달라지겠고. 어떻게 생각하나, 너는?"

"뭐라고 할 수 없습니다."

"혹은, 그래, 의심하기 시작하면 또 한 가지 가능성을 생각할 수 있군."

"어떤?"

"미즈키지. 실은 그녀 자신이 관련되어서, 마치 관계없다는 듯이 거짓말을 하고 있을 가능성."

"설마, 그런."

"없다고 확신할 수 있나?"

대답이 막혀, 나는 거기서 자신에게는 끝내 이런 일―'탐정'이라는 말로 상징되는 행위―에 대한 적성이 없다고 통감했다. 야리나카 말대로다. 미즈키는 나 개인에게는 아주 특별한 사람이지만 사건과의 관계라는 점에서는 결코 특별 취급할 수 있는 존재는 아닌 것이다.

나도 모르게 커다란 한숨이 입에서 새어 나왔다. 야리나카의 얼굴을 눈을 치뜨고 살폈다. 표를 무릎에 놓고 턱에 손을 댄 채로 그는 조금 전과 다른 험상궂은 표정으로 묵고를 시작했다.

그리고 잠시 동안 나는 다시 어두운 창을 멍하니 보고 있었다.

"그런데, 야리나카 씨."

드디어 나는 이 방을 찾아와 세 번째로 같은 질문을 던졌다.

"이 집에 대해 조금 전 여러 가지 말씀하셨지만, 결국은 어떻게 생각하시는 겁니까?"

그것은 물론 다름 아닌 나 자신에 대한 물음이기도 했다. 야리나카는 묵묵히, 뭔가 딴생각을 하는 듯이 턱에 손을 댄 채 천천히 고개를 흔들었다. 모른다는 의미인가.

"만일 말이죠, 온실에서 본 카틀레야의 상태가 정확하게 미래를 암시한다면, 사카키 군과 마찬가지로 이번에는 키미사키 씨가 죽는다는 게 되잖습니까."

"뭐 그렇지."

나직이 그렇게 대답하면서 야리나카는 침대에서 일어났다. 등을 돌려 천천히 프랑스식 창 쪽으로 다가간다.

"만일 그런 사태가 나면 역시 우리들은 믿을 수밖에 없는 건가."

"그 균열에 대해서는 어떻게 생각하십니까?"

문득 떠오른 의문을 나는 던졌다. 야리나카는 흘끗 이쪽을 돌아보고,

"균열?"

하고 고개를 갸웃했다.

"온실 천장 말입니다. 어제 우리들의 눈앞에서 생긴 그 십자 모양 균열."

"아아."

"만일 그 균열도 이 집이 '움직인' 결과라면 대체 무엇을 의미하는 것일까요?"

"음. 그러게. 지금은 그것만 의미 불명인데."

다시 창 쪽으로 얼굴을 돌리며 야리나카는 나직하게 중얼거린다.

"십자 모양 균열. 뭘까."

내가 방으로 돌아온 것은 그 후 바로였다. 시각은 자정을 조금 넘었다. 야리나카의 방을 나갈 때 손목시계로 확인한 기억이 있다.

언제 끝날지도 모르는 — 이대로 영원히, 세상이 끝나는 날까지 이어지는 게 아닌가 하는 생각조차 드는 — 눈보라에 둘러싸인 키리고에 저택의 밤은 깊어갔다.

# 막간 1

멀리 바람소리가 들려온다.

아이노 역의 대합실. 차가운 벤치에 홀로 걸터앉아 나는 과거를 돌이켜 본다. 짙어진 창밖의 어스름에서는 겨울의 도래를 알리는 눈이 하얗게 날고, 귓속에서는 그 노래의 가락이 계속 울린다.

— 그날 밤.

4년 전 11월 17일 밤에 그 저택의 그 방에서 야리나카 아키사야와 둘이 이야기를 하던 — 그 말 하나하나가 생생하게 마음속에 되살아난다. 그리고 그때 야리나카가 보여 준 알리바이와 동기 일람표가 떠올랐고, 나는 깊은 한숨을 참을 수 없었다.

지금 생각하면 그 표에는 실로 중대한 의미가 감추어져 있었다. 그것은 하나의 우연의 일치이고 암호였다. 혹은 또한, 하나의 암시이고 예언이었을지도 모른다. 그러나 그때 내가 대체 어떻게 그것을 읽어낼 수 있었단 말인가.

누가 사카키 유타카를 죽인 범인인가.

어쨌든 우리들은 그것을 알 필요가 있었다. 탐정의 역할을 연기하게 된 야리나카의 심정은 다른 누구보다도 절실했을 것이다.

그가 지극히 명쾌하고 논리적인 추리에 의해 모두의 앞에서 사건의 진범을 지적할 수 있었던 것은 그 다음다음 날의 일이었다. 그러나 지금 생각하면 그날 밤 내가 그의 방을 나간 시점에서 이미, 그는 진상에 도달하기 위한 실마리를 잡았던 것이 된다.

나는 그와 이야기를 한 다음에도 무능한 왓슨 박사처럼 정리가 되지 않는 많은 의문으로 더더욱 머리가 혼란해질 뿐이었다. 방으로 돌아가서 바로 닌도 의사로부터 받은 수면제를 먹고 침대로 들어갔다.

의사가 말한 대로 그 약은 아주 잘 들었다. 고작 10분도 지나지 않은 사이에 나는 어물어물 깊은 잠의 늪 속으로 끌려갔고, 그 후에는 오로지 부족했던 수면을 탐했다.

다만, 그렇다, 잠에 빠지기 직전의 몽롱한 의식 속에서 순간적으로 또렷한 모양을 갖춘 불길한 예감이 맹렬한 기세로 부풀어 올라 터진 것을 기억하고 있다. 부들부들 떨면서도, 되돌릴 수 없는 잠으로 가는 경사로 미끄러지면서 나는 환자의 잠꼬대처럼 그 노래를 -키타하라 하쿠슈의 「비」 2절을- 웅얼거리고 있었다.

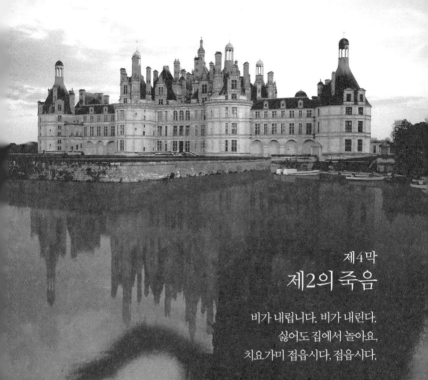

제4막
# 제2의 죽음

비가 내립니다. 비가 내린다.
싫어도 집에서 놀아요,
치요가미 접읍시다, 접읍시다.

헤라, 아테나, 아프로디테―그리스 신화의 세 미신美神이 높이 발돋움하는 듯이 한 손을 쳐들어 하나의 물건을 놓고 다투고 있다. 아이기나 섬의 왕 펠레우스의 혼례 자리에서 불화의 여신 에리스가 던진 사과―'가장 아름다운 사람에게 보낸다'고 적힌 금사과―를 서로 차지하려 하는 것이다.

하얀 석조 여신들이 선 원형 대에는 많은 분수 구멍이 둥글게 늘어서 있다. 동결 방지를 위해서인지 그곳에서는 물이 계속 졸졸 흘러나오고 있다.

키리고에 호수를 향한 안뜰 테라스다. 산뜻한 목조 베란다를 두른 건물의 외벽이 그 세 방향을 둘러싸고 있다.

세 여신의 분수 끝에서 테라스는 호수 쪽으로 둥글게 튀어 나와, 낙낙한 단을 형성하면서 투명한 물속으로 미끄러져 들어간다. 수심은 매우 얕다. 어른 무릎 위 정도일까. 맑고 깨끗한 물을 통해 하얀 포석이 깔린 호수 바닥이 가깝게 보인다.

호수를 향해서 오른쪽 전방에는 온실로 이어지는 구름다리를 따라 만들어진 가늘고 긴 테라스가 있다. 이들 두 테라스를 두 변으로 하는 직사각형 중심 근처의 호수 위에 작은 원형의 섬이 떠 있다. 호숫가의 두 테라스에서 단을 이루어 수면 아래에 잠긴 포석이 다시 완만한 단을 이루며 그 작은 섬으로 올라간다.

섬 위에는 세 개의 긴 목을 지닌 해룡이 웅크리고 앉아 있다. 여신들의 미모와는 대조적인, 무서운 얼굴을 한 세 개의 괴상한 모양이 하늘을 향해 크게 입을 벌려 날카로운 송곳니를 드러내고 있다.

눈은 그쳐 있었다.

상공을 편편하게 다 덮은 어둡고 낮은 납빛의 구름. 바람소리는 없고, 물소리도 없고, 모든 소리가, 모든 움직임이 내려 쌓인 흰색 눈에 빨려 들어갈 듯한 조용한 아침의 풍경이었다.

다만—.

호수 위에 뜬 괴상한 모양의 석상—그 하얗고 울퉁불퉁한 등 위에 주위의 경치와는 전혀 어울리지 않는 것이 화려하게 물들어 있다. 선명한 노란색 원피스를 몸에 걸친, 그것은 한 여자의 시체였다('키리고에 저택 부분도2' 참조).

1

"어떻습니까, 선생님."

야리나카의 물음에 닌도 의사는 찌푸린 얼굴로 크게 고개를 흔들었다.

"처치 곤란이군요."

내뱉듯이 말하고 의사는 시체의 목을 가리킨다. 웅크린 세 개의 목을 가진 용 등에 배를 올리고 몸이 꺾인 시체. 머리를 축 늘어뜨려 드러난 목덜미에는 백은색 가는 나일론 끈이 휘감겨 살에 깊이 파고들어 있었다.

"교살입니까, 또?"

"머리에도 상처가 있습니다. 여기요."

의사는 후두부에 손가락을 가까이 가져간다.

"어제와 완전히 똑같은 수법이라는 거군요. 머리를 뭔가로 때려 기절시키고 나서 끈으로 목을 조른 겁니까?"

"그건 그렇다 쳐도 어째서 시체를 이런 장소로 옮겨 왔을까요?"

## 키리고에 저택 부분도2

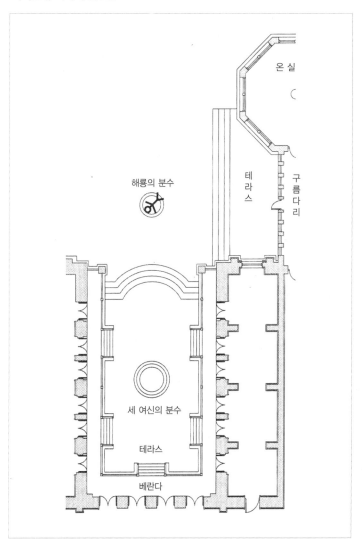

온실

해룡의 분수

테라스

구름다리

세 여신의 분수

테라스

베란다

해룡상 건너편에서 나모 나시가 말했다. 갈색 스웨터 옷자락에 양손을 휘감고 날씬한 몸을 불안하게 좌우로 흔들고 있다.

"일단, 시체를 호숫가로 옮기자. 생각하는 건 그다음부터다."

그렇게 말하고 있는 야리나카는 파자마에 윗도리를 걸치기만 한 옷차림이다. 새하얀 숨과 함께 토해 낸 목소리는 망가진 녹음테이프처럼 가늘게 떨리고 있었다.

"나나시, 발을 들어 줘. 린도, 저쪽 어깨를."

그 말에 나는 닌도 의사의 뒤를 돌아가서 시체 옆으로 나왔다. 얼어붙은 눈에 발이 미끄러져, 순간 몸의 균형이 깨진다. 순간적으로 왼손을 내밀어 해룡의 가늘고 긴 목을 잡았다. 벌어진 입의 날카로운 송곳니 사이로 흘러나오는 물이 팔을 적신다.

"어라?"

나는 소리를 질렀다. 시체의 배와 용의 등 사이에 묘한 물건이 끼어 있는 것을 발견했기 때문이다.

"왜 그래?"

야리나카가 시체의 어깨에 뻗으려던 손을 멈추고 물었다.

"이게."

라고 말하고 나는 그 물체를 손가락으로 가리켰다. 바지의 호주머니를 더듬어 손수건을 꺼내고 지문을 묻히지 않도록 주의하면서 시체 밑에서 끄집어 낸다.

"하아."

닌도 의사가 짤막한 목을 갸웃했다.

"이건 또, 어떻게……."

문득 말을 멈추고, 그는 '과연' 하고 중얼거렸다. 어째서 이런 물건이 여기에 있는지 바로 납득한 것 같다.

"잃어버리지 말고 갖고 있어."

야리나카는 날카로운 목소리로 말했다.

"범인이 남기고 간 물건일 테니까. 중요한 증거품이다."

나는 얌전히 끄덕이고, 그것을 살짝 손수건에 싸서 카디건 호주머니에 넣었다. 뭔가 막연한 위화감이 그때부터 이미 마음 한구석에서 욱신거리고 있었던 같다.

빨간 하이힐을 신은 발을 나모 나시가, 야리나카와 내가 양쪽 어깨를 안고 시체를 용의 등에서 들어올린다. 닌도 의사에게 안내를 부탁해서 우리들은 천천히 해룡의 작은 섬을 떠났다.

어제 마토바 여사가 말했던 것처럼 키리고에 호 자체는 별로 차갑지 않았다. 그러나 코트를 입을 겨를도 없이 대충 나온 몸에 불어오는 바람은 역시 춥다. 바람이 다시 불기 시작했는지 호면에서 피어오른 연무가 호숫가 주변의 자작나무 숲 안으로 천천히 빨려 들어가고 있었다. 어둡고 낮게 낀 두꺼운 구름은 당장에라도 눈이 내릴 듯한 기색이다.

어젯밤 먹은 수면제의 후유증인지 입 속이 무척 건조했다. 차가운 입술을 핥으니 몹시 쓴 맛이 난다. 이것도 약 탓인가. 아직 머리가 완전히 깨어나지 않은 기분이었다. 혀에 달라붙는 맛과 매우 비슷한 불쾌한 쓴 맛이 마음속에서도 서서히 무겁게 배어 번진다.

첫 번째 발견자는 아시노 미즈키였다. 일어나서 안뜰을 향한 창문에서 호수 쪽을 보다가 발견했다고 한다. 좀처럼 이성을 잃는 일이 없는 그녀가 지른 높은 비명은, 안뜰을 끼고 바로 건너편 위치에 있는 내 방까지 들려서 나를 잠의 늪에서 건져 올렸다.

그게 지금으로부터 30분 쯤 전, 오전 8시 반 경의 일이다. 키리고에 저택의 고용인들은 평소대로 아침 7시에는 각자의 일을 시작했다고 하지만, 누구 한 사람 그때까지 호수 위의 테라스에 주목한 이는 없었던 것 같다.

정기적으로 제설 작업이 행해지는지 안뜰이나 구름다리 테라스에 쌓인 눈은 그다지 깊지 않았다(그렇다고 해도 10센티미터 이상은 될 테지만). 호수에서 올라와 우리들은 일단 시체를 눕혀 눈 위에 내려놓았다. 에리스의 사과를 서로 차지하려는 세 여신의 분수 옆에서 이쪽을 지켜보던 마토바 여사가 조용히 걸어서 다가온다.

"선생님."

거칠어진 호흡을 정돈하면서 야리나카가 닌도 의사를 보았다.

"사망 시각은 추정 가능하십니까?"

노의사는 "흠" 하고 짧게 소리를 내고, 옆까지 온 여의사의 얼굴을 바라봤다.

"어렵겠는데요, 그건."

약간 살찐 몸을 살짝 구부려 푹 젖어 버린 바지 무릎을 움켜쥐면서 의사는 말했다.

"이 시체는 아마 하룻밤 내내, 이렇게 추운 곳에 내던져진 채 있었을 겁니다. 계속 냉동 상태에 있었다는 말이지요. 그러니까 도저히."

"대충이라도 상관없습니다."

"그렇게 말씀하셔도 뭐."

둥근 어깨를 부르르 떨고, 의사는 동업자 쪽을 보며,

"어떻게 생각하십니까, 마토바 씨."

"무리라고 생각합니다."

여의사는 창백한 얼굴로 고개를 흔들었다.

"냉동 상태에서 사체 현상이 거의 진행되지 않았으니까. 예를 들어 사후경직은 주로 근육 내의 ATP 분해―즉, 일종의 화학 반응이 원인이 되어 일어난다고 되어 있습니다. 당연히 이런 저온에서 그런 반응은 진행되기 어렵습니다."

"그렇군요."

다시 어깨를 크게 떨면서, 닌도 의사가 끄덕인다.

"시반을 봐도 극단적인 저온에서는 원래대로 나오지 않으니까요. 뭐, 빨리 대학 병원으로 들고 가서 전문의가 해부해 자세하게 조사하면 어느 정도 짐작이 갈지도 모르겠지만."

발밑에 눕힌 여자의 죽은 얼굴은 테라스를 덮은 눈과 비슷할 정도로 하얗고, 덕분에 번민에 일그러진 추한 표정이 어느 정도 누그러져 보였다. 생전의 그녀로서는 불가능할 정도로 하얗게 보여 나는 갑자기 참을 수 없는 가여움을 느꼈다.

1층 정면 베란다에서 미즈키와 아야카가 내려왔다. 그 뒤를 늦게 일어난 듯한 카이가 종종걸음으로 쫓아온다.

여자 두 사람은 세 여신의 분수 앞에서 걸음을 멈추었다. 분수에 기대듯 멀찍이 둘러싸고는 이쪽을 살핀다.

"이것은―".

두 사람을 앞질러 이쪽으로 나온 카이가 시체에 눈길을 떨어뜨리고 말했다.

"이것은 어제에 이은 겁니까?"

"그런 것 같군."

야리나카가 대답하고 내 쪽으로 눈길을 주었다. 나는 묵묵히 카디건의 호주머니에서 조금 전의 손수건을 꺼내고는 손바닥 위에서 펼쳐 안에 싸인 것을 카이에게 보였다.

"앗."

카이는 무척이나 놀란 얼굴로 그것을 빤히 응시했다.

"–종이학."

"시체 옆에 있었습니다. 바람에 날려가지 않도록, 배 밑에 끼워 놓았더군요."

"이게 시체 옆에요?"

내 설명을 듣고도 카이는 여전히 놀란 표정인 채 영문을 모르겠다는 듯이 고개를 갸웃거린다.

"그 외에는 아무것도……. 아, 그러니까 시체 근처에는 이것만?"

"그렇습니다."

"–왜지?"

"「비」의 2절을 모르십니까?"

내가 말하자 카이는 손수건 위에 놓인 종이학을 멍하니 응시하면서,

"「비」?"

떨리는 목소리로 중얼거렸다.

"「비」의 2절.–앗."

"'비가 내립니다. 비가 내린다.'"

닌도 의사가 작은 목소리로 노래를 흥얼거리기 시작한다.

"'싫어도 집에서 놀아요,

치요가미千代紙* 접읍시다, 접읍시다.'"

뭔가 주문을 외는 양 노래를 부르니 그 선율에 이끌린 듯, 그때

갑자기 강한 바람이 호수에서 불어왔다. 허둥지둥 손수건을 덮으려고 했지만 늦었다.

바람에 날려 하늘하늘 볼품없는 포물선을 그리면서 자주색 종이학은 떨어졌다. 노란색에 심홍의 옷깃—시든 온실의 카틀레야 같은 색조의 옷을 입은 키미사키 란의 가슴 위로.


2


스에나가 코지의 안내로 우리들은 란의 시체를 저택 지하실로 옮기기로 했다.

조금 전과는 달리 위치를 바꾸어 야리나카가 다리를, 나모와 내가 양 어깨를 든다. 베란다에서 중앙 복도로 들어오니 물이 들어간 구두를 신고 철벅철벅 소리 내면서 앞을 가는 스에나가가 있어 그를 따라 검붉은 빛 카펫 위를 나아갔다.

정찬실의 앞을 지나간다. 열린 문으로 안을 들여다보니, 테이블 건너편에 어제 아침과 같은 차림을 한 시라스카 슈이치로 씨의 모습이 있었다. 망연하게 팔짱을 끼고, 창밖을 보고 있다. 우리들은 곧바로 막다른 곳의 파란 양쪽 여닫이문으로 향했다. 스에나가가 문을 여니, 그곳은 첫날 우리들이 눈보라를 피해 들어온 뒷문이 있는 작은 홀이었다.

---

* 색종이에 여러 무늬를 인쇄한 일본 종이.

"이쪽입니다."

다부진 체격에 어울리는 굵은 목소리로 말하고, 스에나가가 위로 이어지는 계단의 오른쪽 옆에 있던 갈색 문에 손을 댄다. 젖은 원피스의 옷자락을 끌면서 우리들은 천천히 홀을 가로질렀다. 문이 열린다. 지하로 향하는 급경사의 계단이 나타난다.

"발밑을 주의해 주십시오."

그렇게 말하고 스에나가가 먼저 걸음을 내딛었다.—바로 그때였다.

탁 하고 딱딱한 소리가 울리고, 누군가가 멈춰서는 듯한 기척이 났다.

란의 시체를 멘 채, 우리 세 사람은 일제히 소리가 들린 방향으로 시선을 돌렸다. 2층으로 향하는 계단 쪽이다. 순간 층계참 위에서 훌쩍 몸을 감추는 검은 사람 그림자가 보인 것 같았다. 그와 동시에 쿵, 하고 요란한 소리가 울려 퍼지고 계단에서 지팡이 하나가 굴러 떨어졌다.

"누구야."

나모 나시가 소리쳤다.

"지하실은 이쪽입니다."

스에나가가 엄중한 목소리로 말한다. 젊은 고용인의 수염 난 얼굴을 흘끗 살피고, 나모는 얇은 입술을 날름 핥았다.

"떨어진 것은 주우라고 부모님이 가르치셔서."

익살떠는 어조로 그렇게 말하고, 시체의 오른쪽 어깨에 걸치고 있던 손을 떼고 계단 쪽으로 향한다. 중심이 무너져 시체가 획 기운다.

"안 됩니다."

스에나가가 심하게 당황한 기색으로 나모를 쫓아가 뒤에서 앙상한 어깨를 홱 잡았다.

"부디 신경 쓰지 마시고. 얼른."

"시끄러워."

새된 소리를 지르고, 나모는 정색을 하고 손을 뿌리친다.

"누구야. 숨어 다니지 말고 모습을 보이란 말이야."

더 세게 잡으려는 스에나가의 손을 슬쩍 피해, 재빨리 계단을 뛰어오른다. 그러나 층계참의 바로 앞까지 가서 걸음을 멈추고, 쯧하고 크게 혀를 찼다.

"달아났군."

뒹굴고 있던 검은 지팡이를 주워 올려 추처럼 흔들흔들 휘두른다. 잠시 동안 층계참에서 방향을 바꿔 뻗어 있는 계단을 아쉬운 듯이 올려다보고 있었지만, 이윽고 지팡이를 벽에 세우고 걸음을 돌렸다.

스에나가는 험상궂은 눈으로 나모를 째려보다가, 아무 말도 하지 않고 지하실 문 앞으로 돌아왔다. 시체를 멘 채 멈춰 서 있던 야리나카와 나의 얼굴에도 한 번 눈길을 주고,

"이쪽으로."

낮게 죽인 목소리로 말한 후 앞으로 나아간다.

"있지, 당신."

느릿느릿 어둑한 계단을 내려가면서, 야리나카가 스에나가에게 물었다.

"저 지팡이 누구 거지?"

1, 2초 후,

"주인어른 것입니다."

그는 돌아보지도 않고, 그렇게 대답했다.

"주인은 숨바꼭질을 좋아하는 것 같군."

야리나카가 빈정거리는 듯이 말하니, 스에나가는 태연한 말투로,

"주인어른은 저쪽 식당에 계셨잖습니까. 지팡이는 위의 난간에 세워 둔 게 아닌가 합니다."

"그런 곳에 물건을 놓는 습관이 있는 건가, 여기 주인은."

스에나가는 갑자기 걸음을 멈추고, 억센 어깨너머로 이쪽을 돌아보았다. 검은 수염으로 덮인 그 얼굴에, 순간 도전적인 분노와 같은 빛이 떠오른 듯이 보였다.

"그 말씀대로입니다."

그는 말했다.

"주인어른은 아무 데나 물건을 내버려 두는 습관이 있습니다. 그러니까 신경 쓰시지 말라고 했던 겁니다."

이 남자는 거짓말을 하고 있다. 그때 내가 그렇게 느낀 것은 말할 필요도 없다.

분명히 조금 전 나는 계단 위에 어떤 사람의 기척을 느꼈다. 기척뿐이 아니다. 나는―아마 야리나카도 나모도―, 우리들의 시선에 놀라 몸을 감추는 어떤 이의 모습을 순간적이지만 목격했다.

검고 작은 사람 그림자였다. 그저께 밤 아야카가 홀의 층계참에서 봤다는 모습. 어제 내가 예배당의 입구에서 본 모습. 야리나카가 온실 안에서 봤다는 모습. 미즈키가 들었다고 하는 지팡이 소리, 그리고 피아노 소리⋯⋯.

역시, 이 집에는 우리들이 모르는 여섯 번째 사람이 있는 것일까.

계단을 내려가니, 짧은 복도의 좌우 양쪽에 네 개의 검은 문이

늘어서 있었다. 스에나가가 그중 왼쪽 바로 앞의 하나를 밀어 열고 전등을 켰다.

다다미 열 장 정도의 넓이의 방 안에는 대형 세탁기나 건조기가 늘어서 있었다. 벽도 바닥도 콘크리트를 그냥 발라 놓은 것이고 정면 안쪽 벽면에는 커다란 정리 선반이 설치되어 있다. 바깥과 비교하면 물론 훨씬 낫겠지만, 난방이 들어오지 않은 실내는 숨이 얼어붙을 정도로 춥다.

오른쪽 바로 앞 구석에, 하얀 시트가 한 장 펼쳐져 사람 모습으로 부풀어 있었다. 사카키의 시체가 그곳에 안치되어 있는 것이다.

우리들은 날라 온 시체를 그 옆에 나란히 눕혔다. 스에나가가 정리 선반에서 시트를 한 장 당겨 끄집어낸다. 야리나카가 그것을 받아 들어 시체를 덮어 주었다.

"사이 좋게 있어, 둘 다."

나모가 안타까운 목소리로 중얼거리는 것을 들으며, 나는 문득 어젯밤까지는 생각도 해 보지 못했던 어떤 가능성이 떠올랐다. 그런 얼토당토않은 일이, 하고 바로 부정하려고 했지만 몸은 가만히 있질 않았다.

"응?"

내가 사카키의 시체의 시트에 손을 뻗는 것을 보고 야리나카가 미심쩍은 소리를 냈다.

"왜 그래, 린도."

"아니, 잠깐."

내가 말을 흐리자,

"하아. 린도 선생님, 혹시, 사카키 군이 좀비가 된 게 아닌가 의

심하고 있습니까?"

긴 양팔을 펼치고, 나모 나시가 씩 웃었다.

"좀비는 농담입니다. 그러니까 이런 거겠죠. 사카키 군은 정말로 죽은 걸까, 그렇게 생각해서."

"어제는 전부, 위장이었고?"

야리나카가 질렸다는 듯이 말했다.

"설마. 있을 수 없어."

"가능성으로서 떠올랐을 뿐입니다."

"나도 어제 그 생각은 해 봤지. 처음에 죽은 것처럼 보이게 하는 건 '눈보라의 산장' 같은 상황에서는, 말하자면 상투적인 수단의 하나니까. 그러나 만일 그렇다고 하면, 그 경우 대체 몇 명의 공범이 필요하다고 생각하나?"

"일단 확인해 두는 게 더 좋은 게 아닐까요?"

"그래. 그야 물론 그렇지만."

나는 조심조심 차가운 시트를 젖혀 올렸다. 야리나카와 나모도 옆에 다가와 조용히 들여다본다.

시트 밑에는 어제 아침 온실에서 봤을 때와 완전히 똑같은 표정의 사카키의 얼굴이 있었다. 희미하게 썩은 냄새가 감돌고 있는 듯한 느낌도 든다. 제2의 살인이 현실이 되어 버린 탓인지 강한 의심의 포로가 되었던 나는, 치밀어 오르는 메스꺼움을 참으면서 손으로 맥을 짚어 보았다.

틀림없이 사카키 유타카는 죽었다.

# 3

야리나카와 나모, 나 세 사람은 호수에 들어가는 바람에 젖은 옷을 갈아입으려 일단 2층의 방으로 돌아간 후, 나란히 아래층 정찬실로 향했다. 갈아 신을 신발을 가져오지 않아서 셋 다 저택의 슬리퍼로 갈아 신었다. 카이, 미즈키, 아야카, 먼저 옷을 갈아입은 닌도 의사―이미 모두가 그곳에 모여 우리들이 오기를 기다리고 있었다.

"그럼 앉아 주십시오."

테이블 끝에서 날카로운 시선을 던지며 시라스카 씨가 말했다.

"나루세, 커피를 끓이게."

"아니, 저는 됐습니다."

하고 야리나카는 낮게 손을 들고 같은 손으로 의자를 당겨 힘없이 앉았다. 나루세가 발소리도 없이 카운터 앞으로 가서 나와 나모, 두 사람 몫의 커피를 준비하기 시작한다.

"시라스카 씨."

긴 테이블 중앙 부근에 시선을 집중하고 야리나카는 숨이 차는 듯한 목소리를 냈다.

"뭐라고 말씀드리면 좋을지, 그."

"범인은 짐작이 갑니까?"

키리고에 저택의 주인은 쌀쌀맞게 물었다. 말투와는 정반대로 살짝 수염을 기른 입가에는 어제 아침과 마찬가지로 고상한 미소가 피어올라 있다.

"아니요."

기가 죽은 듯이 야리나카는 고개를 가로저었다.

"아무래도 역량 부족으로."

"뭐, 여기서 당신을 탓해도 도리가 없겠지만, 솔직히 말해 무척 불쾌합니다."

올리브색 가운의 앞섶을 침착하게 여미면서, 시라스카 씨는 작게 헛기침을 했다.

"집이 피로 더럽혀지는 것이 기분 좋지는 않습니다. 다음부터는 어디든 집 밖에서 부탁하고 싶습니다."

'다음부터는' 이라는 말에 나는 무심코 숨을 멈추었다. 그가 어디까지 진심으로 그렇게 말했는지는 모르겠지만 '다음' 이라니. 둘만으로는 성에 차지 않은 범인이 살인을 거듭할 생각이라고 말하고 싶은가.

"전화는 아직 되지 않습니까?"

야리나카가 물었다.

"사건의 범인은 아직 경찰이 오기를 바라지 않는 것으로 보입니다."

그렇게 말하고 시라스카 씨는 입가에 온화한 미소를 머금은 채 짙고 굵은 눈썹 사이로 깊은 세로 주름을 새겼다.

"오늘 아침 뒤쪽 계단 홀에 있는 전화기가 부서진 것을 나루세가 발견했습니다. 지하실로 갈 때 못 보셨습니까?"

"진짭니까, 그거?"

"네. 수화기의 코드가 발기발기 찢어져서 어떻게도 할 수 없는 상태입니다. 범인이 어젯밤에 했겠지요. 전화선이 복구되는 게 무서워서."

"이 집 전화기는 한 대뿐입니까?"

"전화를 싫어합니다."

시라스카 씨는 가볍게 어깨를 으쓱하고,

"거는 것도 받는 것도. 전혀 없는 것도 문제라서 어쩔 수 없이 한 대 놓아두었지만."

야리나카는 험상궂게 눈을 가늘게 뜨고 길게 숨을 쉬었다.

"아이노 읍내로 내려가기는 아직 무리일까요? 눈은 그쳤는데요."

"내리기 시작했습니다, 다시."

시라스카 씨는 테라스에 면한 프랑스식 창 쪽으로 눈길을 주었다. 그가 말한 대로 뿌연 창유리 저편은 조금 전의 고요함이 잠깐 사이의 잔잔함이었던 듯 다시 세차게 눈이 내리고 있었다. 날카로운 바람의 신음도 들려온다.

"사흘간 계속 내렸으니까 상당한 적설량입니다. 읍내로 내려가는 것은, 그렇습니다. 절대로 불가능하지는 않을지도 모르지만, 그에 상응하는 각오가 필요하겠지요. 적어도 저는 우리 집 사람들에게 그런 각오를 강요할 생각은 없습니다."

어디까지나 자신들에게 책임은 없다는 말투였다. 위험을 무릅쓰고 도움을 부르러 가려면 너희들이 해야 한다고 말하고 싶은 것이다.

야리나카는 고개를 숙이고 입술을 깨물었다. 그 옆자리에서 나도 다시 조금 고개를 숙이면서 테이블에 앉은 다른 사람들의 모습을 눈을 치뜨고 살폈다.

누구도 똑바로 시선을 들지 못하고 있다. 창백한 얼굴. 굳은 표정. 때때로 내뱉는 한숨. 내 앞에 앉아 있는 카이가 커피 잔에 손을 뻗었다. 숨 막히는 침묵 속, 달각달각 컵이 울린다. 손이 떨리는 것이다.

"그런데, 시라스카 씨."

야리나카가 시선을 들어, 단단히 각오한 듯 저택의 주인을 응시했다.

"뭡니까."

"여기저기에 물건을 놓고 잊어버리신다는 습관이 있다더군요."

시라스카 씨는 미심쩍은 듯 눈썹을 끌어올리더니 말문이 막혔다. 질문의 의미를 납득할 수 없다는 반응이다.

"누가 그런 말을?"

"저 사람입니다."

야리나카의 시선을 좇아 시라스카 씨는 왼쪽 벽에 서 있는 젊은 고용인 쪽으로 눈길을 향했다. 스에나가의 모습은 내 위치에서도 보였다. 그는 움찔하고 한 발 나아가 사정을 설명하려 하는지, "저어" 하고 낮은 목소리를 냈다.

"곤란하군요."

손을 들어 스에나가를 제지하면서, 저택 주인의 입가에 미소가 볼까지 퍼졌다.

"내 습관 따위 말하지 않아도 되는데."

"지팡이는 사용하십니까?"

더욱 몰아붙이듯이 야리나카가 묻는다.

"지팡이?"

시라스카 씨는 다시 눈썹을 끌어올렸지만 곧, 팽팽하게 끌어당긴 입술 사이로 하얀 이를 드러내며,

"네. 때로는."

하고 대답했다. 그러고는 매우 연기 같은 몸짓으로 양팔을 펼쳐, "어라" 하고 익살부린 목소리를 낸다.

"아무래도 또 어딘가에 지팡이를 잊어버리고 온 것 같군요."

"건너편 계단에 있었습니다. 지하실로 가는 도중에 봤습니다."

불쾌한 듯이 눈썹을 찡그리면서 야리나카가 말한다.

"그렇습니까. 감사합니다."

철없는 아이를 어르듯이 싱긋 웃고, 시라스카 씨는 커피 잔을 입으로 가져갔다.

"다음부터 잊어버리고 온 물건을 찾을 때는 당신에게 의뢰하기로 하지요."


4


시라스카 씨가 자리를 뜬 다음, 어제 아침과 똑같은 문에서 이제키 에쓰코가 나타나 계란에 수프, 프랑스빵이라는 간단한 식사를 날라 왔다. 오전 10시가 넘어서의 일이다.

"죄송하네요, 마토바 씨. 급사도 아니신데."

이제키를 도와 수프를 나누어주는 여의사에게, 닌도 의사가 말을 건다.

"별 말씀을요."

마토바 여사는 차분한 목소리로 말했다.

"어제처럼 오늘도 이런 사건이 또 일어나서요. 주인어른은 말씀을 저렇게 하셨지만 딱히 여러분들을 싫다고 생각하시는 건 아닙니다. 가까운 사람을 갑자기 잃어버리는 아픔은 저 분이 가장 잘 알고 계실 테니까요."

4년 전, 시라스카 씨는 부인을 화재로 잃었다고 한다. 그 일을 떠올리며 그녀는 그렇게 말하는 것이다.

"어쨌든 빨리 범인을 알게 되면 좋겠습니다만."

테이블을 떠나며 마토바 여사는 불안한 눈으로 우리들의 얼굴을 둘러본다. 야리나카가 그 말을 받아서,

"이 건물 안에 그 녀석이 있는 것만은 확실하지만요."

뭔가 함축하는 면이 있는 말투로 말했다.

"이번 경우는 그러나, 피해자―란의 사망 시각을 거의 한정할 수가 없어. 알리바이를 조사하기 위한 기본 재료조차 없다는 겁니다. 탐정을 맡은 저로서는 기가 막힐 정도로 속수무책입니다, 정말."

"역시 어제 사건과 같은 범인의 소행인 걸까요?"

"당연히 그렇겠죠. 조금 전 밖에서 그 종이학 보셨죠?"

"네."

"『비』의 2절인 '치요가미 접읍시다, 접읍시다'라는 가사에 비유해서 범인은 종이학을 남기고 갔습니다. 동요 살인이라면 미스터리 내에서는 연속 살인으로 정해져 있지요. 그래서 뭐, 제2의 사건이 일어날 것은 충분히 예상 가능했지만, 그렇다고 해서 현실의 문제로서 이렇게 간단히 일어나 버리다니."

야리나카는 커다란 한숨을 내쉬었다.

"게다가 하필이면 란이 그 피해자라니. 마토바 씨, 어떠십니까,

이 집의 예언이 멋지게 적중한 감상은?"

여의사는 아무것도 대답하지 않고, 눈을 내리깔았다. 다른 사람들은 모두 고개를 갸우뚱했지만, 야리나카는 그 자리에서 설명을 하려고 하지는 않았다.

"이렇게 되면 정말로 저도 주장을 바꾸지 않으면 안되겠습니다."

시니컬하게 입술을 일그러뜨리고 야리나카는 계속한다.

"정해진 운명이라는 것이 이 세계에는 존재한다. 그것은 즉, 동적인 시간의 부정으로 이어진다. 무한의 가능성을 감추고 미래로 향해 나아가는 시간의 부정입니다. 시간은 정적인 평면, 아니 직선에 지나지 않는다. 생도 사도, 모두 그곳에 미리 배열되어 차례를 기다리고 있는 것에 지나지 않는다, 라고."

마토바 여사는 야리나카의 목소리를 떨쳐 내려는 듯 몇 번이나 작게 머리를 혼들고 있었다.

"조금 전의 종이학을 잠깐 볼 수 있을까요?"

눈을 들어, 그녀는 말했다.

"그거라면 제가."

내가 의자에서 일어났다. 손수건에 싸서 아직 카디건 호주머니에 넣어 둔 것을 완전히 잊고 있었다. 어차피 경찰이 조사할 증거 물건이니까, 어제의 벨트나 책 등과 마찬가지로 비닐봉지에 밀봉해 지하실에 보존해 두지 않으면 안 될 것이다.

손수건을 꺼내어 테이블 위에서 살짝 펼친다. 시체를 받쳐 든 탓인지, 안의 종이학은 약간 모양이 짜부러져 버렸다.

마토바 여사는 내 옆으로 다가와 종이학을 살폈다. 종이학은 옅은 보라색 그러데이션에 은색의 자잘한 삼잎무늬가 들어간 치요가

미로 접혀 있다.

"역시."

그녀는 중얼거렸다.

"뭔가요?"

내가 고개를 갸우뚱하자 여의사는 종이학에 시선을 집중한 채,

"편지지입니다."

하고 말했다.

"편지지?"

"아실지 모르겠지만, 뒤를 봐 주십시오. 은색 줄이 들어가 있을 겁니다. 우리 집에서 손님용으로 준비한 것입니다."

"그렇습니까?"

"보라색은 세로쓰기 쪽입니다. 편지지와 같은 색 봉투, 그리고 또 다른 세트인 노란색 가로쓰기용 편지세트가 2층의 각 방에 비치되어 있습니다."

"몰랐네요. 책상 서랍 안입니까?"

"네."

그렇다면 — 하고, 나는 생각했다. 이것은 모두의 방의 서랍을 조사해 볼 필요가 있는 게 아닐까. 범인의 방 편지지는 당연히 한 장 줄어 있을 것이다. 만일 그것이 확인되면…….

내가 그 의견을 말하니 야리나카는 바로 고개를 흔들고 "안 돼" 하고 말했다.

"진짜 바보가 아닌 한, 자기 방의 편지지를 쓰겠어? 사카키나 란의 방에 있는 것을 쓰면 되잖아."

"아아, 그렇군요. 확실히."

나는 지레짐작을 부끄러워할 수밖에 없었다. 야리나카는 엷게 수염이 난 턱을 쓰다듬으면서,

"뭐, 어쩌면 그럴 수도 있어. 조사해 봐서 나쁠 건 없겠지."

"도서실에도 같은 편지지가 놓여 있습니다."

마토바 여사가 설명을 보충했다.

"범인은 그것을 썼을지도 모르죠."

"과연."

야리나카는 끄덕였다.

"어느 쪽이든 종이학의 소재가 범인을 한정하는 단서가 된다고는 생각할 수 없어. 여기서 지문 검사를 할 수 있다고 해도, 아마 마찬가지겠지. 요즘 세상에 증거품에 자신의 지문을 남기는 녀석 따위는 있을 리도 없어."

그로부터 잠시 동안 야리나카는 관자놀이를 손가락으로 문질러 푸는 듯하더니, 묵묵히 일동의 반응을 살피고 있었다. 누구 한 사람도 준비된 식사에 손을 대지 않는다.

"나중에 다시 검토할 생각이지만."

드디어 야리나카는 말했다.

"일단 알리바이는 아무한테도 없다고 하고, 란을 죽일 동기를 가지고 있을 법한 인간이라면……. 아니, 이런 질문은 별로 의미 없지만."

관자놀이에 손가락을 누른 채 천천히 머리를 흔들고,

"직접 그녀를 미워하지 않아도 죽이지 않으면 안 되는 상황에 몰릴 수는 있어. 예를 들어 자기가 사카키 살해의 범인이라는 것을 그녀에게 들켰다든지, 결정적인 증거를 잡혔다든지."

"이건 어떻습니까?"

나모 나시가 입을 열었다.

"야리 씨, 「비」의 2절이 비유로 쓰였습니다요. 범인은 역시 처음부터 두 사람을 죽일 생각으로 동요 살인을 꾸몄다고 생각해야 하는 게 아닙니까?"

"흠. 지극히 정당한 생각이네."

"관심 없는 말투네요."

"그런가."

"아, 저 눈 좀 봐. 어휴, '두 사람을 좋게 생각하지 않았다면, 나나시, 너다' 같은 소리 할 생각은 아니겠죠?"

"알면서."

"참나, 야리 씨."

"지극히 당연한 추리를 여기서 말해 볼까?"

짜증스러운 목소리로 말하고 야리나카는 나모의 얼굴을 응시했다.

"나와 린도, 카이는 사카키 살해에 완전한 알리바이가 있어. 미즈키와 아야카는 여자니까, 란의 시체를 저 작은 섬까지 옮길 수 있다고는 볼 수 없어. 닌도 선생님에게는 전혀 동기 같은 것이 없고. 따라서 범인은 나나시, 너야."

"말도 안 되는 소리."

나모 나시는 드물게 얼굴을 붉히고 의자에서 일어났다.

"있잖아요, 야리 씨, 저는 결코."

"그렇게 흥분하지 마. 너답지 않은데."

무뚝뚝하게 말하고, 야리나카는 내 옆에 서 있는 마토바 여사를 돌아보았다.

"그를 범인이라고 진짜로 규탄하기 전에 말이죠, 마토바 씨, 저는 역시 아무래도 당신에게 물어봐야겠습니다."

"저희들은 사건과는 무관합니다."

여의사의 목소리에 긴장이 맴돈다. 야리나카는 천천히 좌우로 고개를 움직이면서,

"그 판정은 제 질문에 대답하신 다음에 내릴 겁니다. 객관적으로 봐서 그렇다고는 보이지 않습니다만."

여태까지 없던 강한 어조였다. 마토바 여사는 약간 기가 죽은 듯했지만 드디어 작게 숨을 내쉬고,

"무엇을 알고 싶으신가요?"

그렇게 말하면서 테이블을 돌아서, 비어 있는 의자 하나에 조용히 앉았다.


5


"묻고 싶은 것은 물론 이 집에 대해서입니다."

테이블 너머로 똑바로 여의사의 얼굴을 쳐다보며 야리나카는 말했다. 다른 고용인들의 모습은 이미 방에는 없다.

"키리고에 저택의—아니, 어제 온실에서 여쭌 것 같은 일은 아니고, 즉, 이 시라스카 가에 관해서입니다. 여러분들은 집안 사정을 관계없는 사람에게 알리고 싶지 않겠지만 예를 들어 어제 문제가 된 나루세 씨 건 같은 건 말이죠, 이런 사건 와중에 있는 저희들로

서는 안 좋은 의심이 솟구칩니다. 여러분들이 아무리 자신들과는 무관하다고 우기셔도, 의혹을 밝히기 위해 어느 정도는 가르쳐 주셔도 괜찮겠지요?"

"그건……."

마토바 여사는 당혹스러운 얼굴로 말을 우물거렸다.

"시라스카 씨의 허가가 필요합니까? 그렇다면 제가 그분께."

"아뇨."

등줄기를 뻗고 그녀는 야리나카의 목소리를 가로막았다.

"알겠습니다. 지금은 제 판단으로, 필요하다고 생각되는 것은 대답하겠습니다."

"감사합니다."

야리나카는 볼에 엷은 웃음을 띠고 양손을 테이블 위로 올리며 손가락을 꼬았다.

"우선 묻고 싶은 것은, 주인―시라스카 슈이치로 씨에 대해서입니다. 대체 어떤 분이십니까. 무엇을 하는 분이십니까. 아직 쉰 정도 되는 것 같은데 그런 나이에 어째서 이런 산속에 사람 눈을 피하듯 살고 계십니까?"

물으면서 나는 걱정하지 않을 수 없었다. 어제 아침 이래, 다소지만 우리들에 대해서 부드러운 태도를 보여주게 된 마토바 여사가 이 질문으로 인해 다시 무뚝뚝하고 무표정한 가면 뒤로 얼굴을 감춰 버리는 것은 아닐까 하고.

"주인어른은 조금쯤 편벽하고 완고한 부분이 있는 분이라고 생각합니다."

약간 대답을 어려워하다가 그녀는 그렇게 말했다. 예상과는 달리 그 목소리에는 그다지 차가운 울림은 없었다.

"그야 충분히 알고 있습니다."

야리나카는 쓴웃음을 지어보였다.

"그러나, 조금 전에도 말씀드린 것처럼 결코 냉혹한 분은 아니십니다. 인간을 싫어한다고 하면 그렇기는 하지만, 옛날에는 더 온화하고 사람을 좋아하시는 분이었습니다."

"옛날에는 말입니까. 부인을 잃으시기 전까지라는 말씀입니까?"

여의사는 살짝 끄덕이고,

"4년 전까지는 요코하마에 사시면서, 회사 경영에 분주하셨습니다. 무역관계의 회사로, 해외에 계시는 시간도 많았던 것 같습니다. 그런데 4년 전, 주인어른 부재 시에 집에 불이 나서 부인을 잃으셨습니다."

"애처가셨습니까?"

"과거형이 아니라 현재형입니다."

슬픈 목소리로, 그러나 단호한 어조로 그녀는 그렇게 말했다. 야리나카는 꼰 손가락을 쭉 펴면서,

"화재가 있었던 것은 정확히는 언제 일입니까?"

"4년 전—1982년의 12월입니다."

"화재의 원인은, 그러고 보니 그저께 말씀하셨지요. 텔레비전이 발화했다고."

묵묵히 끄덕이는 여의사의 얼굴을 보면서 나는 문득 강하게 뭔가가 걸리는 것을 느꼈다. '4년 전' '텔레비전 발화' '화재'……
조금씩, 뭔가의 기억이 마음의 한구석에서 움직인다. 그것은—그것은 확실히……

"방화 의혹 같은 것은 없었습니까?"

나의 마음을 알아차리지 못한 야리나카는 질문을 계속했다. 여의사는 고개를 흔들고,

"그런 이야기는 듣지 못했습니다."

"흠. 어쨌든, 그 화재로 인해 시라스카 부인은 목숨을 잃으셨다는 거군요. 아직 젊으셨습니까?"

"마흔은 되셨습니다."

"'미즈키'라는 성함이었다고 했지요."

"네."

마토바 여사는 나란히 앉아, 묵묵히 고개를 숙이고 있는 미즈키의 옆얼굴을 흘깃 살폈다.

"그러나, 이쪽의 미즈키 씨와는 한자가 달라서 아름다울미美에 달월月 자를 쓰셨습니다."

"홀의 그림을 그린 화가의 이름은 아십니까?"

"주인어른이 그리신 것입니다."

"호오."

야리나카는 놀란 얼굴로 동의를 구하듯이 내 쪽으로 시선을 주었다.

"대단하네요. 주인 양반은 그림 재주도 있습니까?"

"젊은 시절에 미술에 뜻을 두셨다고 들었습니다."

"시도 쓰시지요. 도서실의 시집을 봤습니다."

"원래는 그런, 그림이라든지 시의 재능으로 살고 싶었던 분이라고 생각합니다."

"그런데 어째서 무역 회사입니까?"

"거기까지는 모릅니다."

"뭐, 뭔가 이유가 있겠지만요.ㅡ그래서, 4년 전의 화재가 계기가되어, 시라스카 씨는 은퇴하신 겁니까?"

"사장을 다른 사람에게 맡기고 지금은 회장이지만 실질적으로는거의 관여하시지 않는 듯합니다. 한 달에 한 번 상황을 살피러 가는 정도니까요."

"과연. 이곳으로 옮겨 오신 것이 분명 재작년 봄이었죠? 아니,닌도 선생님으로부터 들었습니다만."

"네."

"어떻게 해서 이 건물을 찾으셨습니까?"

"원래는 사모님 쪽 집안의 소유물이었다고 들었습니다."

"그러면, 돌아가신 미즈키 부인은 이 집을 세운 분의 친척에 해당하는 분이었다는 겁니까?"

"잘은 모르겠지만요."

"이 집에는 평소에 손님이 있습니까? 아니, 그러니까, 우리들이쓰는 2층 방을 보면 손님을 상정해서 준비된 것 같아서."

"거의 밖에서 손님이 방문하시는 일은 없지만, 1년에 한 번 주인어른이나 사모님과 친하신 친구 분들이 모입니다."

"흐음. 부인의 기일 같은 때에?"

"아뇨."

엷게 루주를 바른 여의사의 입술에, 희미한 웃음이 떠올랐다 사라졌다.

"두 분의 결혼기념일입니다. 매년, 9월 말 경에."

야리나카는 말없이 끄덕이고 한 손을 테이블에서 들어, 다시 관

제2의 죽음  323

자놀이를 문지르기 시작했다.

"다른 분들에 대해 말씀해 주시겠습니까?"

약간의 뜸을 둔 후, 그는 말했다.

"우선, 그래요, 나루세 씨인데 옛날부터 시라스카 가에서 일하고 있었습니까?"

"그렇게 들었습니다."

"요코하마의 집에서도, 이곳과 마찬가지로 입주?"

"네."

"이제키 씨도 마찬가지입니까?"

"그녀는, 돌아가신 사모님의 친정에서 따라왔다고 합니다."

"당신은요? 마토바 씨."

"저는 시라스카 가에 드나든 지 5년이 됩니다."

"그렇다면 화재의 전 해부터 근무하고 계셨다는 말입니까?"

"네에."

"주치의로서?"

"그것보다는 처음에는 가정교사를."

거기서 마토바 여사는 퍼뜩 입을 다물었고, 야리나카는 안경 안에서 눈을 반짝였다. 대화를 듣고 있던 다른 사람들도—물론 나도—, 무심코 여의사의 얼굴을 직시했다. '가정교사'라고 분명히 그녀는 말했다. 그렇다는 말은…….

그러나 야리나카는, 바로 추궁하려고 하지 않고 태연한 얼굴로 질문을 계속했다.

"스에나가라는 청년도 이전부터 시라스카 가에?"

"아니요. 여기로 옮겨 올 때에 고용되었습니다."

"그렇습니까. 이렇게 말하기는 뭐하지만, 그도 그렇고 당신도 그렇고 이런 외진 곳에 틀어박히기에는 너무 젊은 것 같은데요. 뭔가 사정이 있으십니까?"

"저는."

말을 끊고, 여의사는 야리나카의 시선에서 살짝 눈을 돌렸다.

"전에는 대학 병원에서 근무하고 있었지만, 인간관계에 좀 지쳐 있었습니다. 그와는 별개로 몸도 좀 상해서."

"병에 걸리셨다거나?"

"네에, 뭐."

끄덕이는 그녀의 얼굴에 문득 어두운 그늘이 진다.

"이런저런 일로 뭐랄까, 제 자신의 미래에 흥미가 없어졌습니다. 스에나가도 과거의 이야기를 별로 하고 싶어 하지 않습니다. 아마 그도 저와 같은 심경으로 이곳에 왔을 겁니다."

여의사의 말에 담긴 어떤 의미를 야리나카는 당연히 알아차렸을 것이다. '미래에 흥미가 없어졌다'—그녀나 스에나가뿐 아니라 사랑하는 아내를 잃은 시라스카 씨에게도, 그리고 아마도 나루세나 이제키에게도 꼭 들어맞는 말이 틀림없다.

'손님이 있으면 그 순간에 이 집은 움직이기 시작한다'고 그녀는 말했다. '이 집은 찾아온 인간의 마음의 형태에 공명해, 그것을 비추는 거울이다'라고도. 밖에서 찾아 온 인간은 누구나 다 자신의 미래에 제일 큰 관심이 있다. 미래를 향해서 살고 있다. 그래서 이 저택은 그것을—미래를 비춘다고 한다. 이것은 뒤집어 말하면, 미래에 흥미를 갖지 않은 인간—즉 이곳에 사는 사람들에게는 자연히 이 집의 '움직임'은 다를 것이 아닌가.

"여러분 모두 독신입니까?"

야리나카가 질문을 거듭한다.

"나루세의 배우자는 이미 상당히 오래전에 죽었다고 들었습니다."

마토바 여사는 훌쩍 눈을 가늘게 뜨고 야리나카의 뒤로 늘어선 프랑스식 창밖으로 시선을 던졌다.

"이제키의 남편은—그 사람이 원래 주방을 맡았다고 하는데—, 화재 때 죽었습니다. 탈출이 늦은 사모님을 구하러 가려다가. 심야의 화재였고, 게다가 아주 낡은 저택이어서 불이 번지는 게 빨랐습니다."

"당신은 결혼하셨나요?"

"하지 않았습니다. 아마, 앞으로도 할 일은 없겠지요."

"스에나가 씨도 입니까?"

"그 사람은."

여의사는 약간 말을 주저했지만, 이윽고 중얼거리듯이 낮은 목소리로,

"한 번 결혼했던 적이 있다고 합니다."

"한 번 있다? 그렇다면 이미 이혼했다."

"아뇨."

그녀는 더욱더 목소리를 낮추어 말했다.

"상대방 여성이 결혼 후 바로 자살해 버렸다던가. 그 이상은 모릅니다."

"그렇습니까."

야리나카는 얼마간 거북한 얼굴로, 머리를 숙이듯이 하며 천천히 끄덕였다.

"아니, 감사합니다. 정말, 대답하기 어려운 것까지 대답해 주셨습니다."

"천만에요."

마토바 여사는 조용하게 고개를 흔들었다.

"켕기는 게 있다는 의심을 받기는 싫으니까, 주인어른도 다른 사람도 마찬가지일 겁니다."

"과연. 그렇겠지요. 그러면, 마토바 씨."

야리나카는 약간 눈초리를 날카롭게 해서 여의사의 얼굴을 다시 보고,

"한 가지 더, 물어도 괜찮겠습니까?"

라고 말했다.

"뭐죠?"

"시라스카 씨와 미즈키 부인 사이에 자녀분은 계셨습니까? 조금 전 말씀하셨지요. 처음에는 가정교사로서 드나들었다고."

그녀는 명백히 당황했다. "아……" 하고 짧은 목소리를 내고, 허둥지둥 얼굴을 숙인다.

"어떻게 된 겁니까, 그 자녀분."

야리나카는 어조에 힘을 더했다.

"이 저택에 함께 살고 있는 겁니까? 아니면, 그 아이도 또한 4년 전의 화재로 죽었습니까?"

"―그렇습니다."

얼굴을 숙인 채, 마토바 여사는 대답했다.

"죽었습니다, 그 화재로. 사모님과 함께."

야리나카는 그 이상 아무것도 묻지 않고 잠시 동안 가만히 허공

을 응시하고 있었다.


6


결국 식사는 거의 넘길 수 없었다.

식은 수프에 조금 입을 댄 다음, 나는 다른 모두보다도 한발 먼저 정찬실을 나왔다. 뻥 뚫린 홀에서 2층으로 올라가 곧바로 도서실을 향한다. 조금 전 마토바 여사가 말했던 편지지의 소재를 확인해 둘 작정이었다.

복도에서 직접 도서실로 들어갔다. 문손잡이에 손을 댄 순간 강하게 주저한 것은 저택을 배회하는 정체불명의 누군가(누굴까?)에 대한 불신과 우려가, 이미 무시할 수 없는 크기까지 커지려 하고 있었기 때문이라고 생각한다.

방에는 누구의 모습도 없었다.

그래도 나는 고요함 속 뭔가 수상한 소리를 들으려고 귀를 기울여, 벽면을 채운 책장을 주의 깊은 눈으로 훑어보지 않을 수 없었다. 지금 이 순간도 어딘가에서 누군가가 가만히 나의 일거수일투족을 바라보고 있다. 그런 느낌이 들어 견딜 수 없었던 것이다.

그때까지 나는 알아차리지 못했지만, 방 중앙에 놓인 검은 대리석 테이블에는 천판* 아래에 얇은 서랍이 달려 있었다. 열어 보니

---

* 책상이나 카운터의 넓고 평평한 부분.

안에는 마토바 여사가 말한 대로 봉투와 편지지가 보라와 노랑, 각각 한 세트씩 들어 있었다.

편지지는 B5 사이즈로 서른 장 정도를 철한 책자이다. 나는 세로쓰기 줄이 들어간 보라색을 집어 들고 표지를 들춰 보았다. 잘 보지 않으면 모르지만, 첫 장이 찢겨 나간 흔적이 있다.

범인이 종이학을 만드는 데 쓴 것이 이 한 장이라고 단정하기는 물론 여기서는 불가능할 것이다. 어젯밤이 아니라 더 전에 다른 손님이 사용했을지도 모르니까.

그렇게 생각하고 겨우 나는 깨달았다.

원래 각 방에 비치되어 있던 편지의 매수를 모르면, 아무리 현재의 매수를 조사해 본들 어쩔 수 없다. 그리고 설령 저 집사가 아무리 꼼꼼한 성격이었다고 해도, 객실 편지지의 정확한 남은 매수를 항상 체크하고 있다고는 생각할 수 없다.

도서실의 편지지가 아니라, 범인은 다른 방에 비치된 같은 것을 썼을지도 모른다. 요는 그렇다.

둔한 사고력에 스스로도 짜증이 났다. 편지지를 원래대로 서랍에 넣고 나는 테이블 위에 양손을 짚고 긴 한숨을 내쉬었다.

'치요가미 접읍시다, 접읍시다' – 키타하라 하쿠슈의 「비」를 의식했다고 보이는 비유가 다시 행해졌지만 여전히 범인의 진의는 오리무중이다.

단순히 우리들을 혼란시키거나 겁주기 위해서? 아니면, 뭔가 더 깊은 의미가 있어서일까. – 마음 한구석에서, 다시 뭔가 위화감이 꿈틀거린다.

영어권 탐정소설에는 이러한 동요 살인의 모티프로, 실로 여러 차례 '마더 구스'가 쓰인다. 반 다인의 『비숍 살인사건』, 애거서 크리스티의 『그리고 아무도 없었다』, 엘러리 퀸의 『수수께끼의 038 사건』…… 지금 대충 생각나는 것만 해도 유명한 작품이 몇 개나 떠오른다. 범인은 그것을 의식해서 '마더 구스'의 일본어 번역으로 유명한 키타하라 하쿠슈와 그의 시를 범죄를 연출하는 소도구로서 고른 것일까.

무거운 머리를 느릿느릿 흔들면서 나는 아무 생각 없이 뒤—복도 쪽—의 벽에 늘어선 책장을 돌아보았다.

천장까지 빽빽이 들어선 책등에 눈길을 던진다. 책장의 중간보다 조금 위의 한 단에 『일본시가선집』의 글자가 늘어서 있는 것을 보고, 나는 그 앞으로 나아갔다. 그렇게 1권부터 순서대로 책 이름을 좇아간다.

도중에 한 권 '키타하라 하쿠슈'의 권이 빠져 있다. 그저께 밤 사카키 유타카 살해에서 흉기의 하나로 쓰인 책이다.

그저께 밤의 범행이 있었다고 추정되는 시간대, 나는 야리나카, 카이 두 사람과 함께 계속 이 도서실에 있었다. 그 시점에서 이미 책장의 이 위치에서는 하쿠슈의 책이 뽑혀 있었던 게 되지만 우리들이 그것을 알아차렸을 리는 없었다.

범인은 사전에 여기서 책을 들고 나갔다. 모든 이에게 그럴 기회는 있었다. 두꺼운 케이스에 든 책이라고는 해도 고작 책 한 권이다. 살짝 이 방에 들어와 윗도리 속에라도 감추어 방으로 들고 돌아가는 것은 누구에게나 쉬운 일이었을 것이다.

이것저것 생각하면서 더더욱 책 이름을 좇는다. 그러다 거기서 묘한 것을 깨달았다.

안의 한 권―뽑힌 하쿠슈의 권부터 세 권 옆의 오른쪽 한 권이, 아래위가 거꾸로 되어 꽂혀 있었다. 정연하게 늘어선 전집인 만큼 대단히 부자연스럽게 비쳤다.

의아함에 고개를 갸웃거리고, 나는 그 한 권을 책장에서 뽑았다. 손으로 들어 보고, 다시 고개를 갸우뚱한다.

책은 하얗고 두꺼운 케이스에 들어 있지만, 상자가 어쩐지 물기를 머금었고 더러웠다. 게다가 뒤표지 위의 한 귀퉁이가 보기 싫게 찌그러졌고 종이 표면이 파손되어 너덜너덜하다.

어떻게 된 일일까.

『일본시가선집 사이조 야소』―표지에 늘어선 검은 고딕체의 글자에 눈길을 떨어뜨리고 나는 잠시 동안 영문 모를 심정으로 책장 앞에 멈추어 있었다.

머지않아 발소리와 이야기 소리가 들려와서 나는 책을 원래의 위치에 넣고, 옆의 살롱으로 통하는 문을 열었다. 마침 복도에서 야리나카 일행이 들어온 참이었다. 마토바 여사도 함께다.

"저, 마토바 씨."

머뭇머뭇 나는 말을 걸었다. 내 쪽에서 직접 그녀에게 말을 건 것은 처음인 것 같다. "네" 하고 이쪽으로 시선을 돌리는 여의사를 향해 나는 말했다.

"저기, 말입니다, 도서실의 책이 한 권 상한 것 같습니다만, 대체 어떻게 된 일인지요?"

"네?"

무슨 일이냐고 하는 듯이 마토바 여사는 검은테 안경에 손을 댄다. 그 옆에서 야리나카가 바지주머니에 질러 넣었던 양손을 꺼내어 팔짱을 끼면서, "아아" 하고 신음하는 목소리를 냈다.

"그건 말이야, 린도, 아마 범인이 또 흉기로 썼겠지. 란의 후두부에는 사카키와 비슷한 타박상이 있었잖아. 같은 수법으로 한 거야."

"역시 그렇게 생각하십니까?"

"모퉁이가 찌그러져 있지 않았어?"

"네. 그리고 약간 물을 머금고 있고 더러워진 것 같은데."

"틀림없다고 봐."

"하지만 사카키 군 때는 책은 현장에 두고 갔어요. 어째서 이번에는 일부러 도서실에 돌려놓은 걸까요?"

"흠, 그건."

야리나카는 오른손을 튀어나온 턱으로 뻗어 드문드문 자란 다박나룻을 쓰다듬었다.

"『비』의 비유에 걸맞지 않기 때문이 아닐까, 사이조 야소의 책으로는?"

"아아, 과연."

나는 일단 납득했다가, 바로 다시 의문을 느꼈다. 비유에 걸맞지 않는다고 해서 책을 되돌려 놓을 바에야 어째서 범인은 처음부터 하쿠슈의 책을 쓰지 않았을까. 찾아보면 도서실에는 그 전집 이외에도 하쿠슈의 책은 있었을 텐데.

내가 그 생각을 말하자 야리나카는 별로 흥미가 당기지 않는다는 얼굴로 어깨를 으쓱하고,

"흉기로 쓸 만한 책이 발견되지 않았던 게 아닐까. 머리를 때려 실신시키려면 튼튼한 케이스에 들어간 두꺼운 책이 필요하잖아. 하쿠슈의 책 중에 그런 조건에 맞는 게 없었으니까 어쩔 수 없이

다른 것을 썼겠지. 그런데, 마토바 씨."

갑자기 생각난 듯이, 야리나카는 옆의 여의사를 돌아보았다.

"바깥의 테라스 말입니다만, 눈을 잘 치워 놓은 것 같습니다. 마지막으로 눈을 치운 것은 언제였습니까?"

"어제 저녁때입니다만."

마토바 여사는 바로 대답했다.

"그건 왜죠?"

"아니, 일단 확인해 두었을 뿐입니다. 그러니까 그, 발자국 문제가 있으니까요."

말하면서 야리나카는 다시 턱을 쓰다듬는다.

"란의 시체를 조사하러 나갔을 때 보니 어디도 발자국은 없더군요. 안뜰에도 구름다리 쪽에도. 한편, 조금 전은 일시적이긴 하지만 눈이 그쳤습니다. 오늘 아침이 되고 나서 테라스의 눈을 치우지 않았다면, 범인은 당연히 어젯밤 눈이 내리는 동안에 시체를 저 작은 섬으로 날랐다는 게 됩니다."

"네에, 그렇죠."

"그러니까, 만일 어젯밤 몇 시경에 눈이 그쳤는지 알면, 조금이기는 하지만 범행 시각을 한정할 수 있게 됩니다. 당신이 오늘 아침 일어났을 때는 어땠습니까?"

"이미 그쳐 있었던 것 같네요."

"몇 시였습니까?"

"평소와 똑같은 6시 반입니다."

"흠. 대체 몇 시 경에 눈이 그쳤는지 알 수 있으면 좋겠지만요. ─ 누군가 아는 사람 없어?"

야리나카는 방에 있는 일동의 얼굴을 둘러본다. 그러나 누구도 그에 대답할 수 있는 이는 없었다.

"집 사람들에게도 일단 물어 볼까요? 아마 확실한 건 모를 거라 생각하지만."

마토바 여사가 말했다.

"부탁드립니다."

쓸쓸한 듯이 미소 지으면서 야리나카는 흐트러진 옆머리를 매만졌다.

"적어도 기상청에 문의할 수 있다면 좋겠지만요. —그렇다고 해도, 저 넓이라면 눈 치우기도 상당한 중노동이겠네요. 스에나가 씨일입니까?"

"네. 하지만, 그렇게 대단한 일도 아니라더군요. 좋은 방법이 있어서."

"그 말씀은?"

"물을 뿌리는 겁니다. 어제도 말씀드린 듯이, 여기 호수물은 수온이 있으니까 눈은 비교적 간단히 녹습니다. 녹은 눈은 테라스가 호수 쪽으로 아주 조금이지만 기울어져 있어서 미끄러져 호수로 내려가는 겁니다."

"과연."

금테 안경에 엄지손가락을 걸고 슬쩍 밀어 올리면서, 야리나카는 다시 볼에 희미한 웃음을 지었다.

"덕분에 멋진 여신들을 볼 수 있었습니다."

# 7

거의 모두가 제대로 옷매무시를 가다듬지 못하고 튀어나온 사람들이어서, 야리나카는 일단 각자의 방으로 돌아가 제대로 차려입고 다시 살롱으로 모이라고 모두에게 지시했다. 그렇게 키미사키란 살해에 관한 자세한 검토가 시작된 것이 오전 11시 반이다. 일단 모습을 감추고 있던 마토바 여사도 그 시간에는 다시 와서 자리에 참가했다.

"조금 전의 건은 집 사람들에게 물어봤습니다만."

여의사는 바로 야리나카에게 보고했다.

"안타깝지만, 아무도 어젯밤 눈이 그친 시간은 모른다고 하더군요."

"그렇습니까. 아니, 정말 감사합니다."

정중하게 감사를 표하고 야리나카는 테이블을 둘러싸고 소파에 앉은 일동을 다시 보았다. 리포트 용지가 한 권 탁자 위에 놓여 있어, 펼쳐진 페이지에 이 집 2층 부분의 대략적인 겨냥도가 그려져 있다. 방 배정이나 위치관계를 정확하게 파악하기 위해, 야리나카가 어젯밤 작성한 것이라고 한다('키리고에 저택 2층 방배정도' 참조). 소파에 빈자리가 없어서, 마토바 여사는 난로 앞에서 스툴을 하나 가져와서, 테이블에서 조금 떨어진 장소에 놓고 조용히 걸터앉았다.

"제일 먼저, 그렇지, 어젯밤부터 오늘 아침에 걸쳐 일어난 사실을 확인해 두고 싶다."

야리나카가 이야기하기 시작했다.

# 키리고에 저택 2층 방 배정도

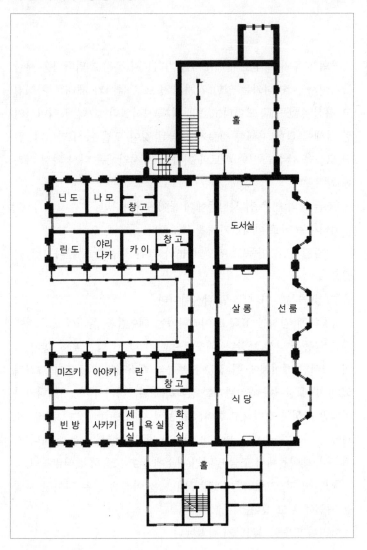

"어젯밤 우리들이 여기서 해산한 것이 아마 9시 반경이었지. 란은 저녁에 그런 소동이 있었으니까, 이미 방에서 쉬고 있었고. 해산하고 방으로 올라가기 전에 나와 닌도 선생님 두 사람이 그녀의 상태를 보러 갔지만, 그때는 아무 이상 없었어. 그랬지요, 닌도 선생님?"

"네."

노의사는 얌전한 얼굴로, 동그란 이중 턱을 목 언저리에 묻었다.

"문의 걸쇠를 내려 두라고 하지 않았습니까?"

내가 묻자 야리나카는 미간을 날카롭게 찌푸리고,

"잘 자고 있어서. 흔들어 깨워서 그렇게 하라고 했지만 실눈을 뜨고 건성으로 대답을 할 뿐이었어. 제대로 지시를 따랐는지 어떤지는, 그러니까 미덥지 않아. 이렇게 될 줄 알았다면, 두들겨 깨워서라도 걸쇠를 걸도록 시켜야 했다고 후회하고 있어."

"그렇지만 어쩔 수 없었다고 생각합니다, 야리나카 씨. 약이 잘 들어서 여전히 몽롱한 듯했으니까."

닌도 의사가 달래듯이 말한다.

"그건 뭐 그렇겠지만요."

한숨 섞어 중얼거리고, 야리나카는 눈썹을 찌푸린 채 다음을 계속했다.

"나와 닌도 선생님이 방으로 돌아간 것이 10시 전이었어. 그다음 바로, 린도가 내 방으로 와서 둘이서 사건에 관한 이야기를 했다. 네가 돌아간 것은 몇 시경이더라, 린도?"

"12시가 지나서였습니다."

"그렇다고 하는군. 사망 시간을 모르니까 그런 것은 알리바이도 뭣도 되지 않지만."

야리나카는 모두의 얼굴을 휙 둘러보고,

"그 외에 해산한 후 누군가와 함께 있었다는 사람은 없나?"

아무도 대답하지 않는다. 조금 뜸을 들이고 그것을 확인한 야리나카는 "그러면" 하고 말을 이었다.

"하룻밤이 지난 오늘 아침 일로 이야기를 진행할까. 우선, 그 시체를 처음으로 발견한 것은 미즈키였다. 방의 창에서 밖을 보고 있다가 발견했지?"

야리나카의 시선을 받은 미즈키는 말없이 살짝 끄덕인다.

"나는 미즈키의 비명에 눈을 떴어. 오전 8시 반경의 일이야. 무슨 일인지 영문도 모르고 있으니 미즈키가 방으로 찾아와서 호수의 작은 섬에 누군가가 쓰러져 있다, 아무래도 란 같다고 했어."

허둥지둥 방을 뛰어나와 그는 옆방의 나를 불러 깨웠다. 비명을 듣고 잠에서 깼지만, 나 또한 무슨 일이 일어났는지 몰라 당황하고 있었다. 미즈키와 놀라서 2층으로 뛰어온 마토바 여사에게 다른 동료를 깨워 달라고 부탁하고, 우리들 두 사람은 아래층으로 뛰었다. 홀에서 마주친 나루세에게 사정을 이야기하고 베란다에서 안뜰로 나가, 곧바로 뛰어온 닌도 의사와 나모 나시와 함께 저 분수의 작은 섬으로 건너갔다.

"뭔가 덧붙일 것은 없을까?"

야리나카가 모두에게 묻자, 미즈키가 숙이고 있던 얼굴을 살짝 들어 뭔가 말하기 시작했다. 그러나 그보다 먼저,

"흉기인 끈은 어디에서 조달했을까요?"

닌도 의사가 물었다.

"어디에나 있을 것 같은 나일론 노끈이었습니다. —마토바 씨."

야리나카는 여의사를 돌아보았다.

"짚이는 것은 없습니까?"

그녀는 나란히 세운 무릎에 양손을 겹쳐 올린 채, 위험한 환자들을 감독하는 정신과 의사와 같은 눈으로 이쪽을 지켜보고 있었다. 우리들이 주목하자 딱딱한 표정을 약간 누그러뜨리고,

"글쎄요."

하며 고개를 살짝 갸우뚱한다.

"정확히는 어디에 있는지 모르겠지만. 아, 그런데 아마, 저런 물건이라면 2층의 창고방을 찾으면 잔뜩 들어 있을 거라고 생각합니다."

"창고는 잠겨 있습니까?"

"잠겨 있지 않습니다."

"누구든 조달이 가능했다는 거군요."

테이블 위의 겨냥도에 재빨리 시선을 떨어뜨리고 야리나카는 곤란한 얼굴로 팔짱을 낀다. 조금 전 입을 열려던 미즈키는 그때 다시 눈을 내리뜨고 입을 다물어 버렸다. 대체 그녀는 무엇을 말하려고 한 것일까. 내가 말을 걸까 어떻게 할까 망설이고 있자, 그도 또한 그녀의 상태를 알아차렸는지,

"미즈키, 뭔가 할 말 있어?"

야리나카가 재촉했다. 미즈키는 가슴께에 늘어뜨린 흑발의 끝을 쓰다듬으면서,

"네. 실은."

하고 천천히 눈을 들었다.

"어젯밤도 자기 전에 창으로 바깥을 봤어요. 좀처럼 잠이 안 와

서, 환기를 시키려고 살짝 창을 연 김에."

"호오."

야리나카는 상당히 놀란 표정으로 신음하고, 끼고 있던 팔을 풀었다.

"설마, 범인의 모습을 봤다든지?"

"아뇨."

"그러면……."

"불빛을 봤어요. 불이 켜져 있는 것을. 아마 1층의 구름다리의 불인 것 같아요."

야리나카는 다시 테이블의 겨냥도로 시선을 떨어뜨린다. 그를 따라 나도 그림을 본다. 미즈키의 방은 내 방에서 봐서 안뜰을 낀 바로 건너편, 즉 건물의 왼쪽 돌출부의 가장 끝에 위치하고 있다. 베란다 쪽 창에서 밖을 보면, 왼쪽 전방에 있는 문제의 구름다리는 저절로 눈에 들어오게 된다.

"몇 시경의 일인지 기억하고 있어?"

야리나카가 묻자, 미즈키는 살짝 가슴에 양손을 댔다. 뭔가 답답한 듯이 가냘픈 어깨를 크게 들썩이며,

"새벽 2시—정각 정도."

"음? 괜찮아, 미즈키?"

야리나카가 걱정스러운 듯이 그녀의 얼굴을 들여다본다.

"안색이 나쁜데. 힘들어?"

"아뇨, 괜찮아요."

가슴에 손을 댄 채, 미즈키는 천천히 고개를 젓는다.

"그렇다면 괜찮지만."

야리나카는 우울한지 그늘진 표정을 지었지만, 바로 털어 내고,

"그래서, 그때 사람 그림자인지 뭔지는 못 본 거야?"

"거기까지는……. 묘하다고는 생각했지만 추웠고, 눈보라도 들이쳐서 바로 창을 닫았으니까. 하지만 설마 그게."

흔들흔들 좌우로 고개를 계속 흔들면서 미즈키는 아름다운 얼굴을 경직시킨다. 그 들여다보일 듯한 하얀 피부를 보니, 문득 '병적이기까지'라는 형용사가 떠올라 나는 무척 당황했다. 그녀에 관해서 그런 말이 떠오른 것은 그때가 처음이었기 때문이다.

"구름다리의 불은 밤중에는 당연히 꺼 두지요?"

야리나카가 마토바 여사에게 물었다.

"네. 그건 물론."

"새벽 2시라는 시간에 누군가 집안 사람이 온실에 가시는 일은 있습니까?"

"있을 수 없습니다."

"끄는 것을 잊었을 가능성은 없습니까?"

"아뇨. 소등은 매일 밤 나루세가 확인하며 돌아요."

어느 질문에 대해서도 여의사의 어조는 단호했다. 야리나카는 테이블을 둘러싼 일동을 다시 바라보며,

"이 중에 어젯밤 2시경, 구름다리에 갔다고 밝힐 사람은 있나?"

하고 물었다.

"없군. 그렇다면 말이지, 상식적으로 판단하면 이런 게 되는데. 미즈키가 본 구름다리의 불빛은 란을 죽인 범인이 켠 빛이라고."

아무도 이론을 제기하려는 사람은 없다.

"그렇군, 지금 미즈키의 이야기가 진실이라고 전제하고, 어젯밤

범인이 취했다고 생각되는 행동을 재현해 보기로 할까.

오전 2시 전, 범인은 란의 방을 찾아갔다. 그때, 방문에 안쪽에서 걸쇠가 걸려 있었는지 어떤지는 모른다. 걸려 있지 않았을지도 모르고, 만일 걸려 있었다면 란을 불러 깨워 열게 했다는 게 된다. 란의 옆방은."

야리나카는 겨냥도를 보고,

"아야카인가. 어때, 아야카. 어젯밤, 뭔가 그럴싸한 목소리라든지 소리는 듣지 못했나?"

"몰라, 나."

동그란 눈을 깜빡깜빡하면서 아야카는 크게 고개를 흔들었다.

"선생님에게 받은 약 먹고, 바로 자 버렸으니까."

"그렇군.—뭐, 그래서 말이지, 어떤 구실을 붙였는지는 모르겠지만, 범인은 란을 방 밖으로 꾀어냈던 거야. 살해 현장이 어디였는지는, 지금 현재 한정할 수 없어. 구름다리까지 데려가서 습격했을지도 모르고, 다른 장소에서 죽인 후 옮겼을지도 몰라. 그러나 범인으로서는 가능한 한 다른 이들의 방에서는 떨어진 장소에서 죽이고 싶었을 거야. 어느 쪽이든 범행 시간 전후에 범인이 켠 불빛을 미즈키는 목격했다는 것이다.

그러면 살해 후, 범인은 시체를 아마 구름다리 문에서 테라스로 끌어내어 분수의 작은 섬까지 날랐다. 준비해 둔 종이학을 시체의 배 아래에 끼워 놓고 같은 경로로 실내로 돌아와서 흉기로 쓴 책을 도서실의 선반에 되돌려 놓는다. 그런 다음 뒷문 홀에 있는 전화기를 부쉈다, 이런 걸까?"

"아니야."

그때 나직이 그렇게 중얼거린 사람이 있었다. 카이 유키히코다. 등을 웅크리고 한 손을 이마에 대고 힘없이 머리를 움직이면서,

"아니라고."

다시 한마디.

"응?"

날카롭게 눈을 빛내며, 야리나카는 카이를 노려봤다.

"뭐가 아닌데."

"아, 아니."

이마에서 손을 떼고, 카이는 부르르 고개를 흔들었다. 콧날에 흥건히 밴 진땀. 다른 사람들 이상으로 창백하고 초조한 얼굴이다. 나는 뭔가 강렬한 두려움을 안고 있는 것 같다는 인상을 받았다.

"아니, 아무것도 아닙니다. 죄송합니다. 잠시 딴 생각을 하느라."

야리나카는 아무 말도 하지 않고, 의심스러운 듯이 눈을 가늘게 뜬다. 카이는 힘없이 고개를 떨어뜨리면서,

"사건과는 관계없는 일입니다. 죄송합니다."

"사과할 필요는 없는데. 흠. 뭐, 뭔가 알게 되면 가슴에 담아 두지 말고 이야기해. 알겠어?"

"─네."

"잠시 괜찮겠습니까, 야리나카 씨."

내가 그때 떠오른 생각을 말했다.

"시체를 섬에 옮길 때 범인은 당연히 옷이 물에 젖었을 테지요. 그러니까."

"소지품 검사를 하라는 건가? 젖은 옷이 나오면 그 녀석이 범인이라고."

야리나카는 입술을 오므리고, 가볍게 어깨를 움츠렸다.

"설마, 그런 바보짓은 하지 않겠지. 하룻밤 있으면 바지 한 벌 정도는 히터로 말릴 수 있고, 혹은 말이지 처음부터 바지를 벗고 호수에 들어갔을지도 몰라. 구두도 마찬가지고."

지당한 의견이었다. 조금 전의 편지지 건도 그렇고, 아무래도 나는 어떻게든 빨리 범인을 찾아낼 방법이 없는지 안달한 나머지 사고가 엉성해질 뿐인 것 같다.

"또 뭔가 없을까?"

야리나카가 모두를 향해 말하자 몇 초 후에,

"그러면, 하나."

나모 나시가 비실비실 손을 들었다.

"아무래도 여기서 말해 두지 않으면, 또 나 이외에 범인은 없니 어쩌니 하는 말을 들을 것 같으니까."

"호오. 그렇다면."

"그러니까 말이죠, 사카키 군이 살해당했을 때 야리 씨와 린도 선생, 카이 군의 알리바이란 뭐, 싫어도 인정하지 않을 수 없다고 하고, 반론하고 싶은 것은 란 짱의 시체를 저곳까지 옮기기는 여자에게는 무리라고 조금 전 아래에서 말씀하셨는데. 그 점 말입니다."

"여자도 가능했다고 생각하는 거야?"

"그렇죠."

"화재 현장에서 위기의 순간에 엄청난 힘을 발휘했다는 소리 같은 건 아니겠지?"

"원, 농담도. 만일 말이죠, 란 짱이 살해당한 것이 구름다리였다고 합시다. 그러면 어쨌든 문을 열어 시체를 테라스로 내놓으면 다음은 쉬운 거잖습니까. 얼어붙은 테라스 위를 미끄러져 호수로 텀벙. 시체를 물에 띄워 끌고 가면 별로 힘도 필요하지 않고. 그 분수 조각상의 등에 얹는 것만 약간 번거롭지만, 그 정도의 순발력이라면 여자들 모두에게도 있어요."

"과연. 그렇군."

"그렇죠?"

나모는 미즈키와 아야카의 얼굴을 흘긋흘긋하고 옆 눈으로 보면서, 다람쥐 같은 앞니를 드러냈다.

"딱히 저 두 사람을 범인 취급하려는 건 아니지만요. 뭐, 여자라면 이 집에는 약 두 명은 더 계시기도 하고."

아무래도 나모는 수상한 것은 어디까지나 이 집 사람들이라고 생각하는 듯하다. '자시키로의 광인'이라는 어젯밤 그의 말이 문득 마음을 스쳐 피부에 살짝 소름이 돋았다.


8


오후 1시 전에 자리가 파했다.

결국 미즈키의 증언으로 범행 시각이 오전 2시경으로 좁혀진 외에는 그럴듯한 수확도 없었던 것 같다. 마지막으로 야리나카는 '어째서 범인은 「비」의 비유에 집착하는 것인가'라는 어제와 같은 의문을 제시했지만, 그에 대한 유효한 해답은 여전히 찾을 수 없었다.

마토바 여사는 점심 식사를 어떻게 할 건지 우리들에게 물었지만, 아무도 먹고 싶다는 사람은 없었다. 어제까지는 식욕이 왕성했던 닌도 의사도 오늘은 역시 의기소침한 얼굴로, "모처럼이지만"이라며 고개를 흔들었다. 여의사는 염려하는 듯이 저녁까지 아무것도 먹지 않는 것은 몸에 좋지 않으니까 적어도 오후 차와 함께 뭔가 단 것을 먹자고 제안했다. 이에 야리나카도 찬성해 오후 2시 반에 2층 식당에서 모이기로 했다.

해산 후에 모두가 취한 행동은 대략 두 가지 패턴으로 나뉘어졌다. 혼자가 되기를 싫어하는 인간과 혼자가 되고 싶은 인간. 이 두 종류이다.

전자에 해당하는 것은 닌도 의사와 나모 나시, 미즈키, 아야카의 네 사람이었다. 딱히 미리 짠 것도 아니지만 그들은 그대로 살롱에 남았다. 야리나카는 혼자서 느긋하게 생각하고 싶다며 자기 방으로 돌아갔고, 카이 또한 무척 초조한 얼굴로 방으로 물러갔다.

나는 어느 쪽이냐면 후자에 해당한다. 미즈키의 존재가 마음에 걸리기도 해서 잠시 동안은 살롱에 남아 있었지만, 점점 그 자리의 무거운 공기를 참을 수 없어서 조금 늦게 야리나카 일행의 뒤를 좇았다. 그러나 도중에 퍼뜩 생각이 나 행선지를 아래층 예배당으로 변경했다. 부주의하게 혼자서 저택 내를 돌아다니는 것은 어쩌면 무척 위험할지도 모른다고는 생각하지만 다양한 의혹으로 매우 혼란해진 마음을 진정시키기 위해서는, 아무래도 그곳이 필요하다고 느꼈다.

예배당에는 아무도 없었다.

어제 오후에 왔을 때와 같이 앞줄 오른쪽의 한 자리에 앉아, 나는 다시 어둑한 채색광 안에서 허공을 바라보는 제단의 예수와 마주했다. 반지하 구조의 돔 밖으로 거칠게 불어 대는 바람소리가, 점점 더 기세를 올리려 하고 있다.

"'비가 내립니다. 비가 내린다⋯⋯.'"

작은 소리로 띄엄띄엄 그 노래를 흥얼거리면서, 나는 오늘 아침 해룡의 작은 섬으로 건너가 란의 시체를 바로 옆에서 봤을 때부터 단속적으로 머리의 한구석에서 계속 꿈틀대는 위화감(이것은 뭘까)을 의식적으로 마음 밖으로 끌어내려고 노력했다.


비가 내립니다. 비가 내린다.

싫어도 집에서 놀아요.

치요가미 접읍시다. 접읍시다.


이것이 「비」의 2절 가사다.

목적이 무엇인지는 역시 분명하지 않지만 여하튼 범인은 제1의 살인 — 사카키 살해에 이어 제2의 살인에서도 키타하라 하쿠슈의 「비」의 비유를 행했다. 시체에 딸려 있던 '치요가미'의 종이학이 그것을 위한 소도구다.

그러나 — (그렇다, 이것이다).

그러나 그렇다면 어째서 범인은 호수 위 해룡의 등 따위에 시체를 운반할 필요가 있었을까.

어젯밤 사건에 관해서만 생각하면, 전원에게 알리바이가 없는 이상 범인은 우리들 중 누구나 될 수 있다. 범행 현장이 구름다리였다면 나모 나시가 말한 대로 힘없는 여자의 힘으로도 시체를 호수의 작은 섬까지 옮길 수 있었을 것이다. 구름다리에서 테라스로 나가는 문의 잠금 장치는 안쪽에서 손잡이 버튼을 누르기만 하면 조작이 가능한 간단한 장치다. 여는 것도 원래대로 닫아 두는 것도 간단한 일이다. 젖은 옷이나 구두를 나중에 말릴 수고만 각오한다면 누구라도 상당히 용이하게 행할 수 있었던 공작이라 생각한다.

그러면 어째서, 범인은 일부러 그런 공작을 했을까.

시체를 호수 위의 테라스로 옮기는 것은 「비」의 비유와는 전혀 무관한 것이다. 그러기는커녕 오히려 「비」의 가사와 모순되는 행위가 아닐까.

'싫어도 집에서 놀아요' —「비」에서는 그렇게 노래하고 있다. '싫어도 집에서……' 라면, 제2의 시체는 야외의 저런 곳이 아니라 건물 안에 있어야 마땅한 게 아닐까.

잠시 동안 나는 그 질문을 머릿속에서 몇 번이고 반추했지만, 아무리 반복해 보아도 결말이 날 것 같지 않았다. 다만 무책임한 직감이지만 대답은 지극히 간단한 것 같기도 하다. 살짝 손을 뻗으면 바로 닿을 만한 거리에 내팽개쳐진 그런 느낌도 들지만, 그렇게 생각하면 할수록 손이 닿지 않는 초조함만이 크게 부풀어 올랐다.

차갑게 고인 공기에 하얀 숨을 토해 내면서 나는 셔츠의 윗주머니를 더듬는다. 이 신성한 장소에서 담배를 피우려던 것은 아니다. 한 갑밖에 남지 않은 니코틴 공급원의 여분을 확인하고 싶었다.

찌그러진 세븐스타 알맹이는 앞으로 너덧 개비였다. 오늘 중에는 떨어져 버릴 게 틀림없다.

바람의 신음소리가 점점 더 격렬해져서 예배당을 중심으로 거대한 소용돌이가 치듯이 울려 퍼진다. 다시 제단의 예수에게 멍한 눈길을 던지며 나는 해답을 찾을 수 없는 문제를 포기하고 다른 방향으로 사고의 촉수를 뻗었다.

　온실의 시든 카틀레야의 모습이 선명하게 떠오른다. 그것은─그것은 정말로 이 집이 나타내는 미래의 '예언'이었을까.

　마토바 여사가 어제 말했듯이 이 집의 '움직임'으로 풀이되는 몇 가지의 일은, 그 자체로는 결코 초자연적인 현상은 아니다. 단순히 생각하면 현실적인 설명도 가능하다. 여기저기서 발견된 우리들의 이름도, 온실 천장에 갔던 균열도, 테이블에서 떨어진 담배 쟁반도, 카틀레야도.

　확실히 문제는 어디까지나 받아들이는 인간의 의식에 있다고 할 수 있다. 어떻게 해석하는가, 라는 것이다. 전부 완전한 우연으로 끝낼지, 아니면 그것에 유의미한 관련을 찾아낼지. 더 한 걸음 나아가 뭔가 신비한 '힘'의 존재를 그곳에서 볼 것인지.

　이러한 문제에 직면하면 '진실'이라는 것의 애매함을 뼈저리게 느끼게 된다.

　'미래를 비추는 거울'─적어도 마토바 여사에게는, 그것이 진실이다. 그런 비과학적인 것은 결코 인정하지 않는다는 이에게는 모든 것이 '단순한 우연'이고 그것이 진실이다. 요컨대 어디까지나 종교적인 문제라고도 말할 수 있다. 어젯밤의 야리나카의 말은 아니지만, '과학'을 절대적으로 의지하는 인간이라도, 굳이 말해 보면 어차피 '과학교'라는 신흥종교의 신자에 지나지 않으니까.

　그러면 지금 내게 '진실'은 어디에 있는 것인가.

　생각하면서 무의식중에 흔들흔들 머리를 움직이고 있었다. 그 움직임이 현재 내 마음속을 단적으로 상징하고 있다. 흔들리고 있는 것이다. 생각할수록 그 흔들림은 격해진다. 역시 기분 좋은 상태는 결코 아니다.

그때 거기에 ─.

하나의 가설이 머리에 떠올랐다.

일단 '어떤 종류의 낡은 집에는 예언력이 있다'는 명제는 결코 현실 세계에서는 성립하지 않는다는 입장에 선다고 하자. 그러나 '우연이다'라고 말해 버리기에 너무나도 그럴 듯한 몇 가지 일이 있다. 그리고 이 집에는 내가 아는 한 적어도 한 사람, 이 명제의 성립을 '믿고 있는' 인간이 있다.

바로 마토바 여사다.

그녀는 이 저택이 가진 '힘'을 믿고 있다. 손님이 있으면 이 집은 움직인다. 그것은 그 사람의 미래를 비춘 움직임이다, 라고.

만일, 그녀의 정신 어딘가에서 어떤 '착오'가 생겼다고 하면, 그에 의해 그녀가 생각하는 '진실'을 나타내는 문맥에 어떤 바꿔치기가 일어났다고 한다면? 손님이 있으면 이 집은 움직인다. 그것은 그 사람의 미래를 비춘 움직임이어야 한다─라는 것이 된다.

자신에게 있어서의 '진실'을 '진실'로 만들기 위하여, 이런 전도된 이론에 따라 마토바 여사가 두 사람을 죽인 게 아닐까.

그저께 밤, 사카키 유타카를 나타내는 '사카키' 무늬가 들어간 담배 쟁반이 '어쩌다가' 테이블에서 떨어져 부서졌다. 그러니까 사카키는 죽어야 했다. 어제 키미사키 란을 나타내는 온실의 노란색 카틀레야가 '어떤 원인'으로 시들어 버렸다. 그러니까, 란은 죽어야 했다. 이 집의 '움직임'을 미래의 '예언'으로 성취시키기 위해서, 두 사람은 살해당해야 했던 것이다.

이 가설이 옳다면 우리들은 이 집의 '움직임'을 중요시하지 않으면 안 된다. 특히 주목해야 할 것은, 그렇다, 그 의미 불명의 균열이다. 온실의 천장유리에 간 십자 모양 균열. 만일 그것이 뭔가 우리들의 미래를 예언하는 현상이었다면(그녀의 주관이 그렇게 해석하면), 그녀는 그것을 성취할 필요가 있으니까……

거기까지 약간 흥분하면서 생각을 진행한 참에 나는 다시 사고의 부족함을 부끄러워해야 했다.

스스로 생각해도 제법 재미있는 가설이기는 하다. 그러나 사건의 디테일과 대조해 보면 바로 허점이 드러나는 것은 명백하지 않은가.

애당초 어떻게 마토바 여사가 그저께 밤 살롱에서 일어난 일을 알 수 있었나. 담배 쟁반이 부서진 것을 그녀가 안 것은 다음 날이 된 이후였다. 그저께 밤 그녀는 사카키 유타카라는 이름의 남자가 손님 중에 있는지조차 몰랐을 것이다.


# 9


"어머."

갑자기 등 뒤에서 소리가 나, 놀라서 의자에서 일어났다. 돌아보니 입구의 문 뒤에서 이쪽을 들여다보는 노모토—아니, 야모토 아야카가 서 있었다.

"뭐야, 당신이군요."

나는 후유 하고 한숨을 쉬었다. 정체를 모르는 그 검은 그림자가 다시 나타났다고 생각했기 때문이다.

"뭐하고 있어, 린도 씨?"

천진난만한 말을 던지고 아야카는 쿵쿵거리며 통로를 뛰어 내 옆까지 왔다.

"생각하는 중입니다."

의자에 고쳐 앉으면서 나는 대답했다. 진 바지에 폭신한 털로 짠 파란 스웨터를 입은 아야카는 어제부터 어울리지 않는 화장을 하지 않았다. 그렇게 하고 보니 통통하고 동그란 이목구비는 열아홉이라는 나이보다 더 어려 보였다. 어린아이 같다고 해도 좋을 정도다.

"이런 곳에 혼자 와서 무섭지 않습니까. 살인범이 어슬렁거리고 있습니다."

내가 말하자 아야카는 한쪽 볼을 약간 부풀리고 눈을 흘기면서,

"그야, 무서운 건 무섭지만."

"위에서 모두와 함께 있는 편이 좋지 않을까요?"

"하지만."

그녀는 내 옆에 털썩 앉았다.

"분위기가 싫어. 모두 입을 다물어 버렸어. 숨 막혀."

"혹시 내가 범인일지도 모릅니다."

"린도 씨가? 설마."

아야카는 깔깔 웃었다.

"절대로 그런 일만은 없다고 생각해, 나."

"어째서죠?"

"린도 씨, 살인자가 될 만한 얼굴을 하고 있지 않은걸. 게다가 확실한 알리바이가 있잖아. 그저께 밤, 사건이 일어났을 때 야리나카

씨와 카이 씨와 함께였으니까."

내 얼굴을 가만히 바라보면서, 아야카는 가벼운 말투로 말한다.

"아니면, 뭔가 트릭을 써서 알리바이를 만든 거야? 야리나카 씨와 카이 씨가 한패라든지."

"한패? 설마."

"거 봐."

아야카는 붙임성 있게 미소 짓고,

"그러니까 린도 씨는 안전해. 야리나카 씨도. 카이 씨도 확실한 알리바이가 있으니까 범인이 아니고. 뭔가 오늘은 상태가 이상한 것 같지만."

"무척 겁에 질린 것 같더군요. 뭐, 당연한 일이지만."

"그렇지.─있지, 린도 씨. 범인, 누구라고 생각해?"

"글쎄요."

나는 애매하게 고개를 저었다. 아야카는 풍성한 스웨터의 소매 안에 양손을 넣으면서,

"생각이라고 해봤자 사건에 대해서잖아. 아니면 미즈키 씨?"

순간 철렁해 아야카의 얼굴을 고쳐 보았다. 그녀는 장난기 어린 웃음을 입가에 띠고,

"아이. 화내지 마."

야리나카는 그렇다 쳐도 이 어린 아가씨에게까지 심중을 들키다니 스스로도 한심한 기분이 들었다. 그러나 물론 여기서 무슨 변명을 해 봐도 소용없다. 나는 새침한 얼굴로 어깨를 움츠리고,

"당신은 어떻게 생각합니까. 범인은 누구라고?"

질문을 되받았다. 아야카는 대답하지 않고, 의자에 앉은 채 당장

에라도 넘어질 듯이 몸을 뒤로 젖혀 반구형의 높은 천장을 올려다보았다.

"아름다워."

하얀 회반죽 천장에 끼워진 스테인드글라스를 응시한다. 머지않아 오른쪽 앞의 벽으로 시선을 옮기고,

"있지, 린도 씨. 저거 무슨 그림이야?"

나는 거기에 있는 커다란 스테인드글라스에 눈길을 돌렸다.

"'구약성서'의「창세기」제4장에 나온 한 장면을 도안화한 것입니다."

내가 대답하자,

"뭐야, 그게?"

특유의 말투로 아야카는 멍하니 고개를 갸웃거린다.

"카인과 아벨의 에피소드, 모르십니까?"

"몰라. 아, 하지만 어제 야리나카 씨가 예배당의 카인이 뭐라는 둥 말했지. 카이 씨의 이름을 나타내고 있다던가 뭐라던가. 저게 그거야?"

"네. 카인도 아벨도 아담과 이브의 아들입니다. 카인은 땅을 경작하는 이가 되고, 아벨은 양을 치는 이가 되었다. 저기 그려진 것은 두 사람이 야훼에게 제물을 바치는 그림으로."

"어느 쪽이 누구란 말인데?"

"오른쪽 남자가 아벨이지요. 양을 데리고 있잖습니까. 왼쪽 앞의 보리 이삭과 같은 것을 놓고 있는 게 카인."

"왼쪽 사람, 뭔가 어두운 얼굴이야."

"모처럼 제물을 바쳤는데, 야훼가 아벨의 양밖에 받지 않았습니

다. 카인의 제물은 무시되었죠. 그래서 두 사람의 표정이 대조적인 겁니다."

"불쌍하네."

"그것에 화가 나 카인은 그 후 아벨을 죽여 버립니다. 인류 최초의 살인입니다."

"흐음."

스테인드글라스를 올려다본 채, 아야카는 머리의 뒤에서 양손을 깍지 낀다. 그대로 조금 가만히 있나 했더니,

"사카키 씨가 처음이었지?"

갑자기 진지해진 어조로 화제를 사건으로 돌렸다.

"다음이 란 씨, 범인은 어쨌든 이 두 사람을 죽이고 싶었던 거야. 그렇다면 보통 밉살스러운 순서대로 죽이지 않을까? 그렇지 않으면, 만만찮은 쪽이 먼저지. 그렇다면 사카키 씨가 먼저라는 건 이상해."

"왜죠?"

"란 씨 쪽이 미움받기 쉬운걸. 더 만만찮은 것 같으니까 기습공격해야지."

그렇게 생각할 수도 있는 건가, 하면서도 나는 "이건 어떨까요" 하며 고개를 갸우뚱했다.

"그녀 쪽이 미움받기 쉽다고 생각하는 건 같은 여자라서겠죠. 만만찮다고 해도, 아무리 가냘프더라도 사카키 군이 남자라서 그런 식으로는 말할 수 없다고 생각합니다."

"그렇지 않아. 그럼 린도 씨, 란 씨가 좋아?"

"그건……."

"거 봐. 나모 나시 씨도 카이 씨도 마음속으로는 야리나카 씨도 그런 타입의 여자를 싫어하는 게 당연하지. 게다가 만만찮은 것은 역시 란 씨라고 생각해. 히스테리를 일으키면 무슨 짓 할지 모르는걸."

"확실히 말 못하겠습니다."

"확실히 그럴 걸."

자신감 듬뿍 담긴 목소리로 말하고 아야카는 계속한다.

"다만 만일 너무나도 란 씨가 미워서 참을 수 없는 경우라면, 그녀가 나중이 될지도 몰라."

"왜죠?"

"뒤로 미뤄서 겁먹게 하는 거지. 다음은 너야, 라고, 확실하게 살인 예고도 하고."

그렇게 말하고 아야카는 시선을 휙 하고 자신의 무릎 언저리로 떨어뜨린다.

"하지만 그렇게까지 그 사람을 미워할 사람은 없어. 굳이 말한다면 역시 나모 나시 씨일까. 알리바이도 없고."

"그가 범인이라고 생각하십니까?"

"그럴지도 몰라. 하지만 나모 나시 씨도, 만일 무척 미워했다 해도 살인 같은 걸 할까? 언제나 말로 괴롭히잖아, 싫어하는 사람은. 이제 와서 목을 조를 필요 따위 없지. 으응, 그럼."

갈색 눈동자를 데굴데굴 움직이면서 아야카는 마치 명탐정인양 두서가 없는 추리를 계속한다.

"확실한 알리바이가 없는 건 그러면 닌도 선생님뿐인가. 하지만 그 선생님한테는 동기가 전혀 없어."

"알리바이가 없는 것은 당신도 아시노 씨도 마찬가지잖아요."

"어머나."

부루퉁 입술을 뾰족하게 하고 아야카는 나를 쏘아보았다.

"내가 범인일 리 없잖아. 미즈키 씨도 그렇고."

강하게 단언하지만 거기에는 아무 논리적인 근거도 없는 듯하다.

어색하게 미소를 지으면서 끄덕이는 한편, 나는 몰래 생각하고 있었다. 미즈키는 제쳐 두고, 아야카가 진범이라는 일이 가능한가를.

가장 란을 미워하고 있는 듯이 보이는 것은 나모 나시보다 오히려 아야카가 아닐까(그저께 온실에서 내뱉은 신랄한 말. 그때 눈 속에서 혀를 내민 어두운 색의 불꽃. 어제 '심문회' 자리에서 란에게 대들었을 때의 그 밉살스러운 어조!). 털끝만큼의 걱정도 없는 지금의 순진한 표정이나 동작, 대사 모두가 만일 교묘한 계산 위에서 만들어진 것이라면.

"마토바 씨가 수상해."

내 의심은 아랑곳하지 않고 아야카는 갑자기 그런 말을 꺼냈다.

"왜요?"

"그 사람, 어제부터 갑자기 친한 척 하잖아. 식사때도 꼭 있으면서 이것저것 해 주잖아요. 그전까지는 그렇게 차가웠는데. 우리들의 상황을 정찰하는 거야, 분명히.ㅡ와아, 여기 그리스도 씨는 핸섬하네."

십자가의 예수를 올려다보고 갑자기 신이 나서 소리를 지르는 그녀의 옆얼굴을 보면서, 나는 "그래서요?"라고 말을 재촉했다. 마토바 여사가 수상하다는 것은 방금 전까지 나도 생각했다. 조금 전 부정한 가설에 미련이 있는 것은 아니지만, 그런 말을 듣고 보니 확실히 어제 아침 이후 우리들에 대한 그녀의 부드러운 태도는 뭔가 까닭이 있는 것 같다고 생각했다.

"으음. 4년 전의 화재도 마음에 걸려."

아야카는 변함없는 말투로 말을 잇는다.

"방화가 아니라고 했지만, 어쩌면 역시 방화일지도 몰라. 그렇다면 범인이 안 잡혔다는 거잖아. 혹시 그 방화범이 여기 있다거나."

새로운 설이다. '4년 전의 화재'라는 말에 다시 뭔가 강하게 걸리는 것을 느끼면서, 나는 "그렇군요" 하고 맞장구를 쳤다.

"그러면 예를 들어 사카키 군이 실은 방화범이라서, 그것을 안 시라스카 가 사람이 복수를 했다든지."

그러자 아야카는 "설마" 하고 괴상한 목소리를 냈다.

"내가 말하는 건 그게 아니라 말이지, 저 사람들 속에."

그녀는 자기 관자놀이를 가리키며,

"살짝 여기 상태가 이상한 사람이 있어서, 저번 집을 태워 버린 거야. 지금은 시침 뗀 얼굴로 일하고 있어. 마토바 씨일지도 모르고 나루세 씨나 이제키 씨일지도 몰라. 그런데 우리들이 와서 그만 펑 하고."

"음."

아야카는 무척 진지한 얼굴로 끄덕인다.

"아니면, 그렇지, 스에나가라는 수염 난 사람일지도 몰라. 부인이 자살했다고 했잖아. 그 충격으로 약간 여기가 이상해져서."

"그만 펑 하고?"

"그래. 그리 생각하면 사카키 씨도 그렇고 란 씨도 그렇고, 눈에 띄는 사람뿐이잖아. 눈에 띄는 인간부터 순서대로 죽이는 거지."

어디까지 진심인지 판단이 가지 않았다. 반쯤 질린 심정으로 아야카의 얼굴에서 눈을 돌리고 별 생각 없이 다시 오른쪽 앞의 스테인드글라스를 본다.

"화재 말인데요."

내가 말했다.

"방화 운운은 제쳐두고, 뭔가 걸리지 않습니까?"

"응?"

아야카가 고개를 갸웃하고,

"어떤 게?"

"4년 전이라고 했지요. 원인은 텔레비전이 심야에 발화했다. 제조사 책임이라고도."

거기까지 말하고, 가까스로 나는 '걸림'의 정체를 알아차렸다. 생각났다.

"그렇구나."

무의식중에 목소리가 높아졌다. 아야카가 이상한 듯이 고개를 갸우뚱한 채,

"무슨 말이야, 린도 씨 4년 전이라면 나는 중학생이나 고등학생이라구."

아야카를 보면서 나는 말했다.

"당시 대형 텔레비전 발화 사고가 잇따라서 상당히 문제가 됐죠. 몇 건인가 그 일로 커다란 화재가 된 케이스도 있었고."

"잘 기억 안 나. 하지만 그러고 보니, 그러네, 어쩐지."

"그런데 문제의 대형 텔레비전은 모두 다 같은 메이커 제품이었습니다. 즉, 리노이에 산업이죠."

과연 내가 말하려는 의미를 이해하고, 아야카는 "앗" 하고 커다랗게 입을 벌렸다.

사카키 유타카 즉 리노이에 미쓰루는 리노이에 산업 사장의 자제였다. 화재로 아내를 잃은 시라스카 씨에게는 말하자면, 미워해도 미워해도 분이 안 풀리는 '가해자' 일당이었다. 배상이나 형사 책임 등, 화재의 사후처리가 어떻게 되었는지는 모르지만, 우연히도 자신의 저택에 뛰어 들어온 사카키의 출신을 알고, 그의 마음에 아내의 복수라는 의지가 싹트지 않았다고는 잘라 말할 수 없다.

화재로 남편을 잃은 이제키 에쓰코도 마찬가지로 동기가 들어맞는다. 마토바 여사로서도. 그녀는 죽은 시라스카 부인을 상당히 앙모했던 것 같고.

그러나—하고, 나는 신중하게 사고를 진행한다.

조금 전 '마토바=범인' 가설을 검토했을 때 부딪친 문제가 있다. 찾아온 손님 중 한 사람이 리노이에 출신이라는 사실을 그들이 어떻게 사전에 알 수 있었다는 말인가.

아니, 그렇다, 알 수 있었다.

사카키 유타카라는 예명은 그렇다고 해도, 리노이에 미쓰루라는 본명은 우리들이 찾아간 첫날 밤에 알 수 있었을지도 모른다. 8월의 사건에 관한 텔레비전 뉴스로.

사카키가 그 사건의 중요 용의자로 수배되어 있다는 보도가 처음 나온 것은 15일 밤이었다고 한다. 리노이에 미쓰루라는 본명과 그의 얼굴 사진이 그때 뉴스에(다음 날 뉴스라도 상관없다) 나왔다면, 그리고 그 얼굴 사진을 보고 나루세나 마토바 여사 혹은 이제키 에쓰코가 알아차린다면…….

"역시 이 집 사람이 범인인 걸까?"

느닷없이 두리번두리번 주위를 둘러보면서 아야카가 목소리를 낮추고 말한다.

"그렇지만 만일 지금 말한 동기라면, 나나 린도 씨는 전혀 상관 없잖아. 원망받을 이유 없는걸."

"키미사키 씨도 살해당할 이유는 없잖습니까."

"그 사람은 사카키 군의 애인이었으니까."

스스로를 타이르듯이 중얼거리고, 그녀는 의자에 양손을 짚고 다리를 흔들흔들 움직이기 시작했다. 잠시 그렇게 입을 다물고 있었지만, 머지않아 별안간 말투가 밝아져서,

"있지, 다음 공연, 어떤 거야?"

하고 물었다.

"아직 모르겠습니다."

"요전날 밤, 의논했잖아, 야리나카 씨하고."

"네. 하지만, 그때는 아직 이런 사건이 일어나지 않았으니까."

"사카키 씨를 주역으로 생각해서?"

"그렇죠."

"다른 사람이면 안 돼?"

"글쎄. 저는 뭐라고도 할 수 없습니다만."

"두 사람이 죽었다고 해서 극단이 망하지는 않겠지?"

"야리나카 씨에 달렸죠."

"그럼 괜찮겠네. 야리나카 씨 부자니까."

아야카는 안심한 듯이 볼을 누그러뜨리고,

"란 씨가 없어졌으니까, 나한테 좋은 역이 오지 않을까?"

이런 소리나 한다. 독이 없는, 어디까지나 천진난만한 말투다.

내가 뭐라 대답하지 못하고 있자 머지않아 그녀는 훌쩍 일어나,

"위층으로 돌아갈게."

라며 자리를 떴다.

"있지, 린도 씨."

문 바로 앞에 멈춰 서서 아야카는 문득 생각난 듯이 의자에 앉은 나를 향해 말을 던졌다.

"미즈키 씨, 가망 있다고 생각해. 왜냐하면, 미즈키 씨는 린도 씨 보고 있을 때 아주 다정한 눈을 하고 있거든."


## 10


오후 2시가—아야카가 나가고 나서 조금 지났을 무렵—못 돼 나는 예배당을 떠났다.

문을 원래대로 닫고, 중2층을 도는 회랑 밑에서 홀의 플로어로 나가는 도중에, 놀라서 걸음을 멈추었다. 초상화와 마주 보는 듯이 난로 앞에 그녀—아시노 미즈키가 혼자 서 있었기 때문이다.

나의 발소리를 들은 듯 그녀는 이쪽을 돌아보고, "어머" 하고 고개를 갸웃했다. 나는 예배당의 문에 흘긋 눈길을 주며 거기서 나왔다는 것을 알리고,

"그 그림, 마음에 걸립니까?"

그녀를 향해 걸으면서 그렇게 말했다. 미즈키는 말없이 슬쩍 끄

덕여 보인다.

"혼자서 이런 곳에 있으면 좋지 않습니다. 위험해요."

무슨 대답을 할 생각인지 이번에는 약간 고개를 흔들고, 미즈키는 다시 벽의 초상화로 눈을 돌렸다. 그녀는 오늘도 검은 롱스커트에 검은 스웨터 차림이다. 저렇게 초상화와 마주 보고 있으니, 마치 금테 액자 안에 든 그림이 아니라 커다란 거울처럼 보이기조차 한다.

"이 사람, 몇 살에 죽었을까?"

차분한 목소리로 미즈키가 말했다. 이 정도로 닮았으니 도저히 남 일이라고는 생각할 수 없는지도 모른다.

"사람이 죽는 건 역시 슬픈 일이지요. 특히, 아직 자신의 미래가 계속될 거라고 믿고 있던 사람이 갑자기 죽어 버리면."

중얼거리는 목소리가 너무나도 애수를 띠고 있어, 나는 참을 수 없는 기분으로 한 걸음 더 그녀에게 다가갔다. 뭔가 말하려고 힘껏 단어를 찾았지만, 마음속에 떠오른 것은 ─.

"아시노 씨."

어제 새벽, 도서실에서 야리나카에게서 들은 것. 그 후에 꿈에서 본 유리벽 건너편의 얼굴.

"한 가지 묻고 싶은 것이 있습니다."

나의 새삼스러운 말투에 미즈키는 약간 당황한 듯 미소를 짓고 검고 긴 머리를 쓸어내렸다.

"미래에 흥미가 없어져서, 라는 말을 오늘 아침 마토바 씨가 했지요. 아주 비슷한 말을 어제 야리나카 씨에게 들었습니다."

"야리나카 씨? 무슨 말이죠?"

"미래를 체념하고 있다고."

작정하고 나는 말했다.

"당신에 대해 그렇게 말했습니다."

"네?"

머리카락을 타고 내리는 그녀의 손가락이 흠칫 멈추었다. 당혹감이 놀라움으로 변한다.

"대체 어떤 의미일까요? 당신은 체념하고 있다, 그렇기 때문에 당신이 이렇게 아름답다고 야리나카 씨는 말했습니다. 저는 그 의미를 모르겠습니다. 모르는 편이 좋다, 수수께끼는 있는 편이 좋다, 같은 말을 그에게 들었습니다. 그렇지만 저는……."

멈출 수 없는 충동에 이끌려 말을 잇다가, 미즈키의 반응을 보고 퍼뜩 다물었다.

"물어서는 안 되는 겁니까?"

어떻게 해야 좋을지 알 수 없어서 나는 검은 화강암 바닥에 불안한 시선을 던졌다.

"내가 알아서는 안 되는 건가요?"

긴 침묵이 휑뎅그렁하게 트인 홀을 덮었다.

2미터 정도의 거리를 두고 미즈키와 마주 본 채, 나는 태엽이 풀린 피에로 장난감처럼 우두커니 서 있었다. 그 이상 그녀에게 다가갈 수도, 그 이상 뭔가 말할 수도 없었다. 얼굴을 숙이고 서 있는 미즈키가 당장이라도 뒤의 초상화 속으로 빨려 들어가 사라져 버릴 것 같았다. 만일 그렇게 되면 나는 분명 이대로 영원히 여기에 계속 서 있었을 것이다.

"저-"

미즈키의 목소리가 울리자 나는 집중했다.

"저, 별로 오래 살 수 없어요. 그러니까."

그 말의 의미를 바로 이해할 수 없었다. 아니, 그게 아니라 막연히 그런 대답을 예상했던 머리가 이해하기를 거부했을지도 모른다.

다시 침묵이 있었다. 머지않아 긴장된 공기 속에 미즈키의 긴 한숨이 떨어진다.

"무슨 말입니까?"

가까스로 나는 목소리를 냈다.

"저는 잘 모르겠……."

"전 보통 사람과는 달라요."

조용히 말하고 그녀는 오른손을 살짝 자신의 가슴에 댔다.

"이 심장이."

"심장? 대체……."

"태어날 때부터 약해요. 약하다기보다 어떤 종류의 선천적 기형이라던가. 여기서 자세하게 이야기해도 소용없겠지만요. —어릴 때부터, 조금 격렬한 운동을 하면 괴로워서 쓰러질 것 같았어요. 그게 너무 심하니까 전문의 선생님에게 가 보고 알았죠. 중학교 때였어요."

눈초리가 긴 눈을 내 발치로 향하며 미즈키는 담담하게—스스로를 불쌍해하는 기색도 전혀 없이—말했다.

"서른까지 살기 어렵다고, 그때 아버지가 들었다고 해요. 아버지는 고민한 끝에 제게 말씀해 줬고."

"그런."

나는 신음하듯이 목소리를 쥐어짰다.

"그런 일이."

"그 말을 들었을 때는, 그야 놀라서 울었고 앞이 깜깜한 기분도 들었어요. 하지만 이상하죠. 1년이나 지나니까 더 이상 아무래도 상관없다는 생각이 들어서. 아니, 될 대로 되라는 기분과는 또 달라요. 인생에 절망해서, 라는 것도 아니고. 뭐라고 하면 좋을지."

─조용한 체념. 그것이 그녀의 마음이야.

야리나카의 말이 마음속에 되살아난다.

─그래. 그녀는 체념하고 있어. 절망이라든지, 늙은이 같은 깨달음이라는 그런 의미가 아니라.

"아주 고요해요, 마음속이. 스스로도 이상할 정도로."

─어떻게 하기도 불가능한 미래를 체념하고, 지금만을 이렇게도 조용히 살고 있어.

"야리나카 씨는 전부터 알고 있었습니까?"

"네. 훨씬 전부터."

"알면서 당신을 무대에 세우는 겁니까? 그런 몸으로 연기를 하는 것도……."

"좋지 않다고 들었죠. 하지만 연극이 좋으니까."

"수명이 단축되도?"

"네."

─기적 같은 거지, 정말. 그래서 그녀는…….

이렇게도 아름답다고 말하는 것인가, 야리나카는.

십년지기 친구를 이 순간만큼 원망스럽게 느낀 적은 없었다.

미즈키에 대한 내 마음을 꿰뚫어 보면서, 어째서 야리나카는 지금까지 이 사실을 가르쳐 주지 않았던가. 아니, 그를 탓하는 것은 그만두자. 당사자의 허락도 없이 멋대로 비밀을 말할 수는 없다─ 그래, 분명 그랬을 테지.

그러나 그렇다면 적어도 그녀를 사랑하는 한 인간으로서, 어째서 그녀의 마음을 다른 방향으로 이끌어 주지 않나. 어째서 그녀의 '체념'을 용인하고 그런 상찬 같은 말까지 내뱉는가. 어쩌면 그것이 그의 미의식일지도 모른다. 하지만─.

생명이 있어야 아름다운 것이 아닌가.

"수술을 받는다든지, 뭔가 방법이 있을 게 아닙니까. 벌써부터 그렇게 포기해 버리다니."

미즈키의 얼굴을 쳐다보고 나는 말했다. 그녀는 내 발치에 시선을 향한 채,

"이식이 필요하다고 해요. 전 드문 혈액형이니까, 잘 맞는 심장을 찾을 리도 없고, 만일 찾았다고 해도 성공할 확률은 아주 조금밖에 없대요."

"그래도."

"게다가 무엇보다도 전 다른 사람의 심장을 받으면서까지 오래 살고 싶지 않아요. 그 정도로 가치 있는 인간은 아니라고 생각하니까."

그렇지 않다. 그럴 리는 없다.

나는 큰 소리로 외치고 싶었다. 가능하다면 여기서 내 심장을 도려내어 내밀어도 좋다고 진심으로 생각했다. 그러나 실제로 그때 입에 올릴 수 있었던 것은 쉰 목소리에다가, 너무나도 흔해 빠진 대사였다.

"자기 목숨을 그렇게 간단히 포기하면 안 됩니다. 조금이라도 가능성이 있다면 희망을 가져야 합니다."

나는 야리나카 같이는 생각하지 않는다.

확실히 그가 말하듯이 사는 것에 대한 집착에서 해방된, 그런 고요한 마음 상태가 지금 미즈키의 거룩한 아름다움을 만들어 내고 있는지도 모른다. 그러나 나는 그런 아름다움은 필요 없다. 아무리 보기 싫어도 추해도 좋다. 그녀가 그녀의, 하나밖에 없는 생에 매달렸으면 좋겠다.

"저는—저는 당신에게……."

미즈키는 그다음 말을 막았다. 안다고 말하듯이, 하지만 결코 싫어하거나 도망가는 것도 아닌 듯 나의 얼굴을 올려다보았다.

"고마워요, 린도 씨."

그녀는 아름답게 미소 지었다.

그런 아름다움은 필요 없다. 필요 없으니까…….

마음속으로 그렇게 되풀이하면서도, 그때 나는 확신을 가지고 생각했다. 에리스가 던진 금사과를 받아들 자격은 이 세상에서 단한 사람, 그녀에게만 있다고. 과장도 무엇도 아니다.

"죄송합니다. 이런 이야기, 아무리 물어봐도 말하는 게 아니었어요. 하지만 이야기하지 않고는 견딜 수 없었어요. 어쩐지 린도 씨가 알아 줬으면 좋겠다는 생각이 들어서."

그런 말을 들은 내가 그 이상 어떤 말을 할 수 있었을까. 너무도 가슴이 아팠다. 이마에 손을 대고, 그녀의 얼굴을 가만히 쳐다보며, "아아" 하고 괴로운 목소리를 내는 것이 고작이었다.

"그보다 한 가지 들어 주시겠어요?"

이제 그 화제는 그만하자는 듯이, 미즈키는 머리카락을 뒤로 쓸어 넘겼다.

"어제 여기서 이야기했지요? 8월의 사건이요. 그때는 자신이 없어서 말하지 않았지만."

"―아아, 네."

마비된 것 같은 머리를 흔들면서, 나는 겨우 새 화제의 의미를 파악했다.

"그, 전화의 저편에 있었을지도 모르는 또 하나의 인물 말입니까?"

"네에. 자신은 역시 없네요. 막연한 인상뿐. 하지만 란 짱까지 저렇게 되니, 그래서 어쩌면……."

그때.

쿵 하는 격렬한 음향이 홀에 울려 우리들은 깜짝 놀랐다. 나는 고개를 들었고, 미즈키는 대각선 뒤쪽을 돌아보았다. 벽에 설치된 난로의 위쪽에서 소리가 났다.

"그림이."

미즈키는 입에 손을 댔다.

"왜 갑자기."

액자를 지탱하던 끈 혹은 사슬이 끊어졌는지, 아니면 쇠 장식이 부러졌는지 벽에 걸려 있던 초상화가 갑자기 떨어졌다. 수직으로 똑바로 떨어진 탓에 다행히 앞으로 쓰러지지는 않았다. 무거워 보이는 금테 액자다. 떨어지기에 따라서는 난로 장식 선반 위에 늘어선 장식품이나, 폿쿠리가 들어 있던 유리 케이스를 부숴 버렸을지도 모른다.

오른쪽, 복도로 이어지는 양쪽 여닫이문이 그때 열렸다. 마침 지나가다가 방금 소리를 들었는지 검은 정장으로 몸을 감싼 나루세가 불쑥 나타났다.

우리들의 모습을 봤지만 그는 가면 같은 무표정을 조금도 움직이지 않고,

"어떻게 된 겁니까?"

잠긴 목소리로 물었다.

"뭔가 소리가 났는데."

"저 그림이 떨어졌어요."

미즈키가 대답했다.

"만지지도 않았는데, 느닷없이."

집사는 성큼성큼 난로로 걸어가 떨어진 액자를 응시했다.

"사슬이 끊어졌습니다. 낡았겠지요."

액자 속의 그림과 미즈키의 얼굴을 빤히 비교하며, 아무 일도 아닌 듯이 그는 말했다.

"스에나가에게 말해서 고치도록 하겠습니다. 부디 신경 쓰지 마십시오."

그동안 나는 찍 소리 하나 못하고, 얼어붙은 듯 같은 곳에 우뚝 서 있었다. 미즈키는 어쩌면 그런 모습을 의아하게 느꼈을지도 모른다.

지금 눈앞에서 일어난 일의 의미를 나는 스스로에게 묻고 있었다. 약해진 사슬이 끊어져 그림이 떨어졌다. 그래. 물론 그렇다. 이상하지도 의아하지도 않은, 지극히 당연한 현상이다. 그렇지만……

부서진 담배 쟁반. 시든 온실의 꽃. 그리고 – 그리고 오늘 밤은……

"린도 씨."

미즈키가 말을 걸어 제정신으로 돌아왔다.

"벌써 2시예요. 위로 가야죠."

나루세의 무심한 시선을 받으며 우리는 홀을 떠났다. 계단을 올라가 회랑에서 층계참으로 거의 몽유병자 같은 발걸음으로 나는 미즈키보다 앞서 걸었다. 할 말은 잔뜩 있는데 단어를 하나도 찾을 수 없었다. 초상화가 떨어지기 직전에 그녀가 하려던 이야기를 묻는 것도 완전히 잊고 있었다.

도중에 지나친 복도 끝 홀 한 구석의 장식장에 놓인 새 박제가 문득 눈을 끌었다.

그때까지 눈여겨 본 적이 없었던 물건이다. 길이는 5, 60센티미터. 날개는 짙은 자흑색에, 같은 색의 긴 꼬리에는 몇 줄의 하얀 띠 같은 것이 있고 눈 주위는 동그랗고 빨갛다. 그것이 꿩 박제라는 것을 나는 그때 처음 알았다.

순간 심장이 꽉 움켜쥐어진 기분을 맛보았다.

비가 내립니다. 비가 내린다.

귀 안쪽에서 흘러나오는 노래. 정답고 서글픈―아니, 지금에서는 어디까지나 저주스럽고 불길한 가락을 타고.

켕켕 새끼 꿩이 지금 울었다.

새끼 꿩도 춥겠지, 외롭겠지.

설마······.

무의식중에 멈춰서 뒤를 따라오는 미즈키를 돌아본다. 그러나 결국 나는 아무것도 말할 수 없었다.


# 11


식당에는 벌써 모두가 모여 있었다.

식탁에서 난로 쪽 한구석에 앉아 있던 아야카가 나에게 의미심장한 시선을 보낸다. 미즈키와 함께 방에 들어왔으니, 뭔가 멋대로 상상을 하고 있을지도 모른다. 그에 대해 아무 반응도 보이지 않고, 나는 비어 있던 의자에 걸터앉았다. 아야카와는 반대쪽 끝이고 옆은 닌도 의사다.

"스에나가가 묘한 일이 있다고 했습니다."

포트의 홍차를 모두에게 따라 준 마토바 여사가 야리나카의 옆자리에 앉으면서 말했다.

"온실에 조롱이 잔뜩 놓여 있지요. 관리는 주로 스에나가가 하고 있는데 그중 한 마리가 아픈 것 같답니다."

"새?"

야리나카가 의아하다는 듯이 여의사의 얼굴을 보았다.

"어떤 새가요?"

"카나리야입니다. 독일계의 노란색 롤러 카나리야로, 이름이 메시앙이라고 하죠."

"메시앙."

야리나카는 그 이름을 입속으로 되풀이했다.

"흠. 〈투랑갈릴라 교향곡〉의 메시앙입니까. 누가 지었습니까?"

"스에나가입니다. 새들에게는 전부 그가 좋아하는 작곡가 이름을 붙였습니다."

"과연. 그런데 그 메시앙 군이 아픈 것 같답니까?"

"네. 어제까지는 건강한 듯했는데 오늘 아침에 갑자기."

"병이라도 걸린 게 아닐까요?"

"그런 것도 아닌 것 같다고 하네요."

"직접 진찰하시지 않았습니까?"

"저는 사람이 전문이라서요."

새침한 얼굴로 여의사는 말한다. 야리나카는 살짝 어깨를 으쓱하고 멋적게 코를 문질렀다.

"묘하다면 묘합니다만, 뭐, 사건과는 관계없는 것 같군요."

검게 옻칠한 식탁에는 맛있어 보이는 사워 체리 타르트가 준비되어 있다. 이제키 에쓰코가 직접 만들어 맛은 특별하다며 마토바 여사는 우리들에게 권했다.

"대체 언제 여기서 나갈 수 있을까요?"

거의 한입에 타르트를 다 먹어 치운, 그때까지 잠자코 있던 나모나시가 평소의 어조로 투덜거렸다. 입가에 묻은 크림을 날름 혀로 핥아먹고 있지만, 표정은 어딘가 어색하다.

"여전히 눈은 저런 상태고.─거참."

"문젭니다."

홍차에 수북이 설탕을 넣으면서 닌도 의사가 대답했다.

"10년쯤 전에도 한 번 이런 상황에 처한 적이 있습니다. 산을 하나 넘은 마을에 갔을 때였는데 이번과 마찬가지로 갑자기 와르르 내려서요. 그때는 일주일이나 갇혀 있었습니다."

"가만히 기다릴 수밖에 없는 겁니까?"

"그렇죠. 하지만 뭐, 아이노 사람들은 눈에는 익숙하니까, 이 정도면 제설 작업도 진행되고 있을 겁니다. 늦어도 앞으로 이삼일 중에는 어떻게든 될 걸로 예상되는데. 그동안 눈보라도 잦아들 테고."

나는 건성으로 이야기를 듣고 있었고 다른 무엇도 생각하지 못한 채 대각선 건너편 자리에 앉은 미즈키를 보고 있었다. 그 시선을 느꼈는지 느끼지 못했는지, 그녀는 한 손을 볼에 대고 고개를 숙이고 있다. 생각 탓인지 평소보다 창백한 얼굴, 굳은 표정으로.

"차로도 역시 무리일까요?"

"내 차로는 도저히."

닌도 의사는 두툼한 아랫입술을 쑥 내민다. 나모는 마토바 여사 쪽으로 시선을 옮겨,

"이 집 차는 어떻습니까?"

"보통 승용차 외에 랜드 크루저가 한 대 있습니다만."

여의사는 대답했다. 나모는 딱 하고 손가락을 울려서,

"그렇다면 어떻게 될 지도 모르겠네요."

"공교롭게도 지난주 초에 고장이 났어요. 공장으로 몰고 가지 않으면 수리는 어렵다네요."

"헛. 맙소사. 어떻게 이렇게 완벽한 거지."

"차고는 어디에 있습니까?"

야리나카가 물었다. 여의사는 무늬유리 벽 쪽으로 눈길을 주면서,

"앞뜰의 건너편입니다."

"건물에서는 떨어져 있나요?"

"네. 원래는 마구간이었던 것을 개조해서 차고로 만든 헛간입니다."

조금 전 초상화의 일을 야리나카에게 이야기할지 어떨지, 나는 생각하다 지쳤다. 적어도 지금 이 자리에서는—미즈키 앞에서는—말할 수 없다. 게다가 내가 말하지 않아도 그림이 떨어진 것은 어차피 나루세 입에서 마토바 여사의 귀로 들어가고, 야리나카에게도 전해질 것이다. 그 일을 듣고 그는 어떤 식으로 받아들일까. 단순한 '우연'으로? 아니면, 이 집의 의사적 '움직임'으로?

아니, 그보다 먼저 대체 나 자신은 그 현상의 의미를 어떻게 받아들이면 될까. 어떻게 받아들여야 하는가.

"차 한 잔 더 어떠세요."

이윽고 마토바 여사가 말했다.

"커피 쪽이 좋겠습니다."

야리나카가 대답하고, 식탁의 일동을 둘러본다.

"모두 다 그럴 겁니다. 커피를 좋아하는 모임이니까."

"닌도 선생님도 커피가 좋으신가요?"

"네네. 저는 달기만 하면 뭐든 상관없습니다."

마토바 여사는 조용히 의자에서 일어나 커피 메이커가 놓인 목제 왜건으로 향했다. 미즈키가 도우려고 일어나는 것을 손을 들어 만류했다. 원두를 가는 밀의 새된 신음소리가 지친 신경에 거슬렸다.

"그렇다고 해도."

일단 자리로 돌아온 여의사를 향해 야리나카가 말했다.

"정말로 이곳은 뭐랄까, 멋진 집입니다."

그저께부터 그가 되풀이해서 입에 올린 말이었지만 이제는 너무나도 천연덕스러운 울림으로 들린다. 답답한 이 자리의 분위기에 대한 나름의 저항일지도 모르겠지만, 적어도 '이런 사건만 일어나지 않았다면'이라는 조건절을 덧붙여 주면 좋겠다고 생각했다.

"건물도 그렇고, 가구도 그렇고, 수집품도 그렇고……. 수집품에는 일본 취미가 많이 눈에 띄는데, 전부 시라스카 씨가 모으신 물건입니까?"

"원래부터 이 집에 있던 것도 상당히 있다고 해요. 물론 주인어른이 모으신 것도 상당한 양이지만요."

"요코하마 집이 탔을 때에 소실된 물건도 상당히 많았던 건 아닙니까?"

"아뇨. 수집품은 그때 탄 안채 말고 다른 동에 한데 모아 두었던 것 같습니다. 도서 등도 그곳에."

"호오. 그것은 ─ 이런 식으로 말해서 좋을지 어떨지 모르겠지만 ─ 불행 중 다행이었군요. 골동품만 봐도 이만한 물건들을 좀처럼 한 번에 볼 수는 없습니다."

야리나카는 작게 숨을 내쉬고,

"평소에 한가할 때는 무엇을 하십니까?"

"별로 '한가하다'는 상태를 의식하는 일이 없어서요. 아니, 바쁘다는 의미가 아니라, 뭐라고 할까요, 여기에 살고 있으면 시간이 다르게 흐르거든요."

"그 말씀은?"

"흘러간다기보다, 천천히 커다랗게 소용돌이치는 듯한 느낌입니다. 시간에 올라타 생활하는 게 아니라 시간에 둘러싸이는 것 같죠. 이런 식으로 말하면 모르시겠지만."

"아니, 그렇지 않아요. 그런 것은 아닙니다. 어쩐지 이해할 수 있을 것 같습니다."

"하지만 뭐, 이른바 '시간 때우기'도 힘들지 않습니다. 근처 숲을 산책하거나, 여름에는 좀 과하게 차가운 것만 참으면 호수에서 수영할 수 있고요. 부지 내에 클레이 사격 연습장도 있으니까요."

"대단한데요. 시라스카 씨의 취미입니까?"

"네."

"분명 멋진 총 컬렉션이 있겠지요?"

그 말에 애매한 미소를 짓던 마토바 여사는 다시 일어나, 왜건 쪽으로 향했다. 드립이 완료되어 커다란 서버에 남실남실하게 커피를 사람 수 만큼 새 잔에 따라 주며 돌아다닌다.

"정말, 부러울 따름입니다."

야리나카는 눈을 가늘게 뜨고 여의사의 모습을 좇는다.

"어떻습니까? 이래 봬도 저는 도쿄에서는 골동품상을 하고 있어서요, 꽤 눈이 높습니다. 관리인으로 써 주시지 않겠습니까?"

여의사는 조금 놀란 얼굴로,

"저한테 말씀하시면 안 되고요."

"흠. 제가 여성이라면 노력해서 주인에게 추파라도 던져볼 텐데요."

"농담도 잘 하시네요."

"당치도 않습니다. 진지하게 말하는 겁니다. 어차피 눈이 그쳐 하산해 버리면, 아마 두 번 다시 이 집이나 당신들을 만날 기회는 없을 테니까요."

마토바 여사가 끓여 준 블랙 커피를 한입 홀짝였다. 향이나 맛을 즐기는 것은 도저히 불가능했고 평소보다 더한 쓴 맛만이 강하게 혀를 자극한다. 옆의 닌도 의사는 역시 설탕과 우유를 듬뿍 넣고 무척 맛있다는 듯이 단숨에 비웠다.

"골동품을 취급하고 있다고 지금 말씀하셨지만, 그러면 이 극단은요?"

자리에 돌아온 마토바 여사가 야리나카에게 물었다.

"이런 소극단으로는 도저히 먹고 살 수 없습니다."

쓴웃음을 짓고 야리나카는 어깨를 으쓱한다.

"고미술상 쪽이 본업입니다. 극단은 뭐, 취미로 하는 거나 마찬가지라서."

"어떤 연극을 하시나요?"

"어떤 연극이 좋습니까?"

"아, 아니, 저는 별로 그 방면은 잘 모릅니다. 대학 시절 두세 번 친구에게 끌려간 적이 있는 정도고."

"우리 것은 비교적 오소독스한 것이 많습니다. 너무 현대적인 건 좋아하지 않습니다."

"그렇군요."

"유행에 딱 맞거나 기관총같이 개그를 연발하거나 배우가 온 무대를 뛰어 돌아다니는, 그런 것은 전혀 안 되고. 관념이나 사상만 앞선 터무니없이 난해한 연극도 좋아하지 않고."

여의사는 별로 감이 잘 오지 않는 얼굴이다. 야리나카는 계속해서 말했다.

"비평가들이 코웃음 칠지 모르지만, 저는 아무래도 자주 말하는 '시대성'이라는 게 싫습니다."

"시대성?"

"현대 연극을 하는 무리들은 '새로움'이라는 주술에 붙들려 있어요. 자신들을 시대의 첨단에 세우고 싶어서 어쩔 줄 모릅니다. 연극의 가치는 시대나 사회의 모순 구조를 들추어 내어, 그것을 부수면서 시대 자체를 앞으로 앞으로 움직여 가는 것에 있다—있지 않으면 안 된다, 라고 말이죠, 그런 신앙이 만연해 있습니다. 뭐, 일부러 정색하고 부정할 생각도 없지만요."

말을 끊고 야리나카는 안경을 벗어 양쪽 눈꺼풀을 손가락으로 힘주어 눌렀다.

"저는 시대를 앞으로 움직이기보다도 도리어 멈추고 싶습니다. 그건 불가능하니까 적어도 그 흐름 속에 움직이지 않는 요새를 만들고 싶어요. 그런 의미에서 오히려 제 마음은 고전 예능 쪽에 호감을 갖고 있을지도 모릅니다."

"요새라면 어떤 거죠?"

"글쎄요."

야리나카는 멀리 바라보는 듯이 문득 눈을 가늘게 뜨고,

"예를 들어, 그렇습니다. 이 집—키리고에 저택 같은."

마토바 여사는 입가에 손을 대고 살짝 끄덕였다. 잔에 손을 뻗어 천천히 커피를 마신다.

"아마, 저는 어떤 종류의 독재자를 동경하는 걸 겁니다."

야리나카는 말했다. 여의사는 다소 당황한 듯이 눈을 깜빡이며,

"독재자……."

"말이 과격합니까?"

"어떤 의미인가요?"

"60년대 이후 일본 현대 연극의 '언더그라운드 패러다임'으로 불리는 게 있습니다. 많든 적든 현재에도 그것에 질질 끌려 다니고 있죠. 그중에서도 '집단 창조'라는 개념이 60년대에서 70년대, 그리고 현재를 잇는 프레임이라고 합니다. 이것은 좁은 의미에서 말하면, 연극을 만드는 집단에서 누구나 작가이고 연출가이고 배우이기도 하고 스태프이기도 한, 신분의 동위성을 이상으로 하는 사상입니다. 요는 극단 내의 계급제도를 걷어치우라고 하는 겁니다. 일종의 직접민주주의지요. 강력한 지도자는 필요 없다, 중요한 것은 배우들 개개의 자립성이다, 라고."

야리나카는 안경을 다시 쓰고 천천히 좌우로 고개를 흔든다.

"그게 싫어서. 그래서 뭐, 독재자라는 단어가 나와 버렸습니다."

"네."

"그러니까, 지배해 버리고 싶다는 겁니다, 세계를. 아니, 오해하지 말아 주십시오. 정치에는 흥미가 없고, 속된 말로 권력을 바라는 것도 전혀 아닙니다. 다만 한 연출가로서, 자신이 연출하는 무대를 완벽하게 지배하고 싶습니다. 그렇게 해야 자신을 표현할 수 있고, 찾고 있는 '풍경'에 가까이 갈 수 있다. 혼자 그렇게 생각한다는 이야깁니다."

평소부터 그가 극단원들 앞에서도 거리낌 없이 하던 말이었다. '암색텐트'는 내 것이라고 그는 말한다. 다른 누구를 위한 것이 아닌, 나 자신의, 나 개인을 위한 표현체라고.

"그러니까 이런 식으로 말해 버리면 혼날 듯하지만, 배우들은 모두 결국은 제 장기짝에 지나지 않습니다. 아니, 물론 배우들 또한 그들 자신을 위해 무대에 서서 그들 자신을 위해 표현을 하는 것임을, 결코 부정하려는 것은 아닙니다. 다만 그 위에서 '세계'를 지배하는 것은 어디까지나 나라고—그렇게 있고 싶다고 제멋대로 생각하고 있을 뿐이죠. 오만합니까?"

"글쎄요."

마토바 여사는 애매하게 고개를 움직였다.

"저는 별로 제 자신을 표현하려고 싶다든가, 그런 문제를 깊이 생각한 적이 없는 사람이거든요."

두 사람의 대화를 듣고 있던 닌도 의사가 이야기의 내용이 지루해졌는지 커다란 하품을 하고 자리에서 일어섰다. 양손을 들어 둥근 몸을 뻗고는 발돋움하면서 "실례"라고 말하고 옆의 살롱으로 향한다. 잠시 후에 나모 나시와 아야카도 살롱 쪽으로 사라졌다.

사건에 대한 화제는 일부러 피하는지 야리나카는 마토바 여사를 상대로 연극에 대한 자신의 생각이나 '암색텐트'에 대해 한 차례 더 이야기했다. 카이는 식탁에 팔꿈치를 짚고 여전히 파리하고 초조한 얼굴로 멍한 시선을 무늬유리 벽에 집중하고 있다.

나는 커피 남은 것을 다 마시고, 의자의 등에 축 기대어 몸을 맡겼다. 몸이 묘하게 노곤하다. 어젯밤은 충분히 잤을 텐데 피로는 쌓이기만 하는 것 같다.

미즈키의 상태를 살핀다. 얼굴을 살짝 숙인 채 그녀는 계속 아무 말도 하지 않고 있다. 이때만큼 보이지 않는 마음의 속을 들여다보고 싶다고 원한 적은 없었다.

그녀는 정말로 자신의 미래를 체념하고 있는 것일까. 어떻게든 선고받은 죽음을 회피하고 싶다고는 생각하지 않는 것일까. 그녀는……

갑자기 미즈키의 시선이 올라와 내 시선과 부딪쳤다. 나는 그대로 가만히 그녀의 검은 눈동자를 쳐다보았다.─그러자, 엷은 벚꽃색 입술이 뭔가 호소하려는 듯이 희미하게 움직이다가 바로 닫혔다. 천천히 작게 고개를 흔들고 다시 얼굴을 숙여 버린다.

그녀는 무엇을 말하려고 했는가. 무엇을 말하고 싶었던 것일까.

결국 그것은 내게 영원한 수수께끼로 남았다.

제5막
# 제3의 죽음

비가 내립니다. 비가 내린다.
켕켕 새끼 꿩이 지금 울었다,
새끼 꿩도 춥겠지, 쓸쓸하겠지.

키리고에 호를 향한 안뜰 테라스는 그늘지지 않은 흰색이어서 어딘가 이국의 신전을 연상시켰다.

어딘가 이 세상에 존재하는 나라는 아니다. 어디에도 존재하지 않는 나라, 만일 있다면 그것은 아득한 옛날 신화의 시대에 있었을지도 모르는 꿈과 같이 먼 이국.

일몰이 임박해 하늘은 어둑하다. 풍화한 수국 같은 색이 두꺼운 구름에 희미하게 밴다. 조금 전까지 거칠게 불어대던 바람은 잠시 호흡을 멈추고, 눈은 이상하게 다정히 소리도 없이 허공을 가로질러 땅에 떨어진다.

조용했다. 우주의 소리가 사라져 버렸나 싶은—시간의 흐름조차도 얼어붙은 듯한 한없는 고요함에, 잠시 주위는 완벽하게 지배되고 있었다.

차가운 순백의 카펫이 빈틈없이 깔린 테라스의 끝에 사람의 몸이 누워 있다.

몸을 호수 쪽으로 향하고, 양손을 앞으로 내밀어 뻗은 모습으로 옆으로 누워 있다. 내려 쌓이는 눈에 녹아들 듯한, 새하얀 레이스로 몸을 두르고 칠흑의 긴 머리칼을 부채처럼 커다랗게 펼치고. 그리고 가슴의 주변에 미친 것처럼 핀 심홍의 꽃.

그 모습은 마치, 신들에게 기도하는 중에 숨이 끊어진 무녀처럼 보였다. 동시에 테라스 전체가 거대한 액자에 담긴 한 장의 그림 같아 보였다.

위쪽 베란다에서 그것을 가만히 내려다보는 두 개의 눈이 있다.

감정이 없는, 건조한 유리구슬 같은 눈. 깊은 자흑색 날개를 접고, 긴 꼬리를 똑바로 뻗은 한 마리의 새—박제 꿩이다. 그 검은 부리는 당장에라도 새된 울음소리를 낼 듯한 기세로 살짝 벌어져 있었다 ('키리고에 저택 부분도3' 참조).

# 1

두꺼운 투명 유리벽 건너편에서 그녀가 힘껏 두드리고 있다. 하얗고 가는 팔을 치켜 올리고 크게 입을 벌리고 뭔가를 소리치는데, 벽에 막혀 소리는 이쪽까지 닿지 않는다. 이윽고 주먹에서 배어나온 피가 유리의 반면을 붉게 물들이기 시작한다.

─미즈키, 미즈키…….

잠꼬대처럼 나는 그녀의 이름을 부른다. 그러나 이쪽의 목소리 또한 벽 저편에는 닿지 않는 게 틀림없다.

─미즈키…….

도움을 구하는 것이다, 그녀는. 분명 그렇다, 어떻게든 이 벽을 쳐서 깨고 이쪽으로 빠져나오고 싶은 것이다.

그렇게 확신한 나는 굳게 주먹을 움켜쥔다. 팔을 치켜 올려 벽을 겨냥해 내리친다. 그 일격에 유리에는 거미줄 같은 가는 금이 간다. 머지않아 ─.

쨍그랑 하고 소리를 내며 갑자기 사각형 유리가 금색 액자로 모

## 키리고에 저택 부분도3

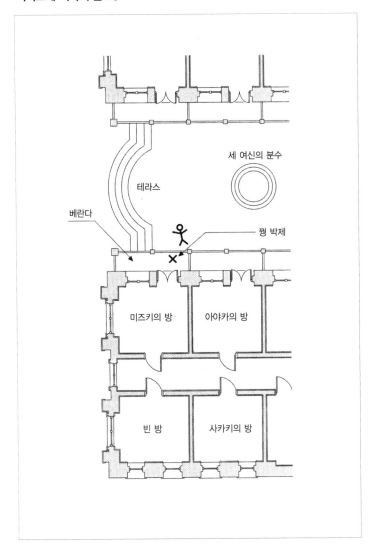

세 여신의 분수

테라스

베란다

꿩 박제

미즈키의 방

아야카의 방

빈 방

사카키의 방

습을 바꿨다. 액자 안에 든 것은 그녀와 같은 얼굴을 한 아름다운 여성의 초상화다. 회색 벽 위에서 그림은 흔들흔들 좌우로 움직이고 있다. 그 움직임이 순식간에 커졌고, 달각달각 하고 가는 떨림이 더해졌나 했더니 갑자기 떨어졌다.

쿵, 하고 둔하고 무거운 소리가 울려 퍼진다. 그것에 공명해 두개골이 찌르르 진동한다. 여운이 무한 루프 운동이 되어 머릿속을 돌아다니고…….

무섭게도 끈적거리는 깊은 진흙의 늪에서 기어 올라오려다 나는 눈을 떴다.

소리의 여운이 아직 희미하게 남아 있다. 꿈속에서 울린 소리는 아니다. 현실의 소리―아무래도 선룸에서 울린 긴 케이스 시계의 종소리인 것 같았다.

납을 삼킨 듯이 무거운 머리를 천천히 흔들면서 나는 손목시계를 보았다. 오후 5시 반이라는 시각을 흐릿한 눈으로 간신히 읽어 낸다. 달력의 표시―물론 11월 18일 화요일.

무슨 일이 일어났는지 그 순간에는 몰랐다. 아무래도 방금 전까지 식탁에 얼굴을 숙이고 잠들어 버렸던 것 같은데.

머리뿐만 아니라 전신이 마비된 듯이 나른했다. 눈에 초점이 잘 맞지 않고, 조금 긴장을 늦추면 쿵 하고 떨어져 버릴 정도로 눈꺼풀이 무겁다. 목이 마르고 혀에는 뭔가 지독한 쓴맛이 있다.

어느새 잠들어 버린 것일까.

이곳은 그렇다, 2층 식당이다. 모두가 모여 차를 마시고 있었다. 야리나카가 마토바 여사를 상대로 연극 이야기를 시작했고, 그래서―.

갑자기 머리가 멍해졌다. 그렇다. 의아하게 생각할 틈도 없이 점점 사고력이 둔해져서 몸이 파도에 흔들리는 것 같은 감각에 사로 잡혀…….

마지막으로 본 시각이 분명 3시 45분인가 그 정도였던 것 같다. 장식 선반 위의 탁상시계를 본 기억이 있다.

힘이 들어가지 않는 상체를 겨우 식탁에서 일으켜 나는 주위를 둘러보았다.

검은 식탁 주위에는 야리나카와 카이 두 사람이 마찬가지로 내팽개쳐진 팔 위로 얼굴을 숙이고 있다. 그들 또한 잠들어 버린 듯하다. 야리나카의 옆자리에 앉아 있던 마토바 여사는 의자에서 떨어져 연지색 카펫 위에 몸을 누이고 있었다. 옆에 하얀 커피 잔이 아무렇게나 구르고 있다. 죽지 않았다는 것은 호흡으로, 들썩거리는 어깨의 움직임으로 알았다.

"야……."

놀라서 야리나카의 이름을 부르려고 했지만, 무의식중에 목소리가 멈췄다.

미즈키는?─없다. 잠에 빠지기 전까지 그녀가 앉아 있던 대각선 건너편 자리에, 그 모습이 없는 것이다.

튕기듯이 일어섰다. 쾅 하고 의자가 쓰러진다. 숙취처럼 휘청거리는 걸음으로 식탁을 돌아 들어간다.

마토바 여사와 마찬가지로 의자 밑에 엉망으로 떨어져 있는 게 아닌가 했지만, 그곳에도 미즈키의 모습은 없었다.

마음 전체가 삐걱삐걱하는, 터무니없이 안 좋은 예감에 사로잡히면서 나는 옆의 살롱으로 향했다. 문은 열려 있다. 소파 위에서 몸을 뒤로 젖힌 닌도 의사의 벗겨진 머리가 갈색 문 건너편으로 보였다. 가볍게 코 고는 소리가 들려온다.

살롱에서는 의사를 포함해 세 사람이 잠들어 있었다. 인동무늬의 페르시아 카펫 위에 엎드린 나모 나시, 그리고 소파에 누운 아야카. 미즈키는 역시 없다.

그녀는 어디에 갔을까.

무늬유리의 문을 열어 선룸으로 나가 본다. 앞뜰을 향한 창밖은 이미 깜깜했다. 좌우를 둘러봤지만 아무도 없다.

도서실을 좀 더 들여다보고 그녀의 모습이 없는 것을 확인하고, 나는 슬리퍼를 신은 발이 꼬이는 것도 상관하지 않고 복도로 뛰어나갔다. 불안한 예감에 점점 더 격렬하게 마음이 삐걱거린다. 아직 반쯤 잠 속에 발을 쑤셔 넣고 있는 예감이, 그리고 현실이 한층 더 무서운 악몽같이 느껴진다.

등이 켜 있지 않은 복도는 어두웠다. 안뜰에서 빛나는 외등의 빛이 프랑스식 창으로 새어 들어와 희끄무레한 발밑을 비춘다.

나는 왼쪽을 향해 달렸다. 미즈키의 방을 보러 가려고 했다. 막다른 곳 바로 앞의 모퉁이를 돌 때는 신고 있던 슬리퍼의 양쪽이 다 벗겨져 있었다.

"아시노 씨, 어딥니까!"

파란 양쪽 여닫이문 바로 앞에서 오른쪽으로 꺾어지는 복도. 그녀의 방은 이 안의 오른쪽일 것이다.

"아시노 씨."

다시 한 번 소리친 시점에서, 나는 헉 하고 숨을 멈췄다. 미즈키의 방 문이 열려 있다. 그리고 그 문 뒤에서 갑자기 나타난 새카만 사람 그림자.

"누구야?"

작고 가냘픈 모습이었다. 나의 목소리에 돌아보지도 않고 똑바로 복도를 가로지른다. 어둠에 녹아들어 확실한 모습은 보이지 않지만, 그 움직임은 어딘가 부자연스럽고 어색했다. 지팡이를 짚고 한쪽 발을 끄는 것 같기도 했다.

"누구야!"

작게 소리치며 나는 달렸다. 그러나 사람 그림자는 나온 방 바로 건너의 문을 열어 스르륵 빨려 들어가듯이 안으로 사라져 버렸다.

방 앞에 도달한다. 대단한 거리를 뛴 것도 아닌데 너무 숨이 가빴다. 심장이 터질 듯이 고동이 빠르다.

검은 사람 그림자가 미끄러져 들어간 문 앞으로 달려들었다. 열려고 했지만 문은 움직이지 않는다. 잠겨 있다.

그쪽은 바로 포기하고 나는 우향우를 해서 열려 있던 문으로 뛰어들었다. 미즈키의 방이다.

"아시노 씨……."

말이 도중에 얼어붙는다. 어둑한 방안에는 누구의 모습도 없었다. 다만, 그러나―.

침대 위에 흐트러진 옷을 발견했다. 검은 스웨터에 검은 스커트, 하얀 블라우스…… 그녀가 오늘 입고 있던 옷이다. 이상한 점은 그뿐만이 아니었다. 정면의, 베란다로 나가는 프랑스식 창이 열려 있다. 바깥의 냉기가 흘러들어와 방의 공기가 얼어 있다.

설마.

나는 크게 숨을 들이쉬고 주뼛주뼛 열린 창을 향해 나아간다. 심장 고동이 조금 전보다도 더 빨라진다. 마음의 삐걱거림은 점점 더 날카롭게, 격렬하게, 소리로 전해져 올 것 같다.

설마……

창밖, 베란다에 쌓인 눈은 아이들이 눈싸움을 한 후처럼 푹 패여 흐트러져 있었다. 선명한 발자국은 남아 있지 않다. 다만, 그 앞ㅡ 명치 정도 높이에 있는 목제 난간 바로 앞에 뭔가 이상한 것이 있었다.

그것이 무엇인지 창 바로 앞까지 가서야 겨우 알았다. 자흑색 날개, 하얀 띠 모양이 들어간 꼬리…… 꿩이다. 복도 끝의 홀에 놓여 있던 박제 꿩이다.

그때에 이르러 나는 최악의 사태가 일어나 버린 것을 확신했다.


비가 내립니다. 비가 내린다.


키타하라 하쿠슈의 「비」ㅡ3절의 가사.


켕켕 새끼 꿩이 지금 울었다,
새끼 꿩도 춥겠지, 외롭겠지.


마비된 머리를 부르르 떨어 그 확신을 부정하려 한다. 그런 일이 있을 리 없다. 그런 일이 일어나게 할 수 없다. 그런 일이…….

몸은 나른하고 다리는 아직 휘청거린다. 부서진 기계 인형처럼 머리를 계속 흔들면서 나는 베란다로 발을 내딛었다.

해는 이미 떨어져 하늘은 칠흑의 어둠으로 전부 덮여 있다. 바람은 그치고, 눈만이 조용히 날리고 있다.

박제 꿩과 나란히 선 나는 양손을 쑥 내밀어 차가운 난간을 잡았다. 숨을 멈추고 몸을 내밀어 외등빛에 비친 테라스를 들여다보고 나는 누운 그녀의 모습을 발견했다.

깊이를 알 수 없는 절망감과 함께 비명의 충동이 목구멍으로 솟구쳐 오른다. 억누르려 했지만 가능할 리도 없었다. 정말 자신의 목소리인가 싶을 정도의 엄청난 비명소리가 주위를 둘러싼 고요함을 산산이 박살냈다.


2


난간에 손을 걸친 채 나는 잠시 그 자리에 우뚝 서서 하얀 테라스에 시선을 고정하고 있었다. 방금 낸 나 자신의 목소리가 귓속에 기나긴 여운을 남긴다.

그녀가―미즈키가 살해당했다.

그렇게 인식하면서도 몸이 취해야 할 다음 행동으로 움직여 주지 않는다. 벼락에 꿰뚫린 듯이 전신이 마비되어 그야말로 손가락 하나 까딱할 수 없다. 눈을 깜빡이는 것조차 생각대로 되지 않는다.

미즈키는 살해당했다. 그 사실 때문일까. 그것을 발견한 충격 때문일까.

물론 그렇다. 그것과는 별개로 눈 아래 떠오른 죽음의 광경이 너무나도 속세와 동떨어진, 너무나 '그림' 같았던 것도 원인 중 하나였을 것이다. 마음의 일부분이 현실 세계로 튿겨 나와 어떤 이가 만든 환상의 하코니와箱庭* 안에 들어가 버린 듯이, 나는 실로 이상하고 거대한 현기증을 동반한 분열감에 시달리면서 잠시 동안 얼어붙어 있었다.

어디선가 내 목소리가 아닌 짧은 비명소리가 들려왔다. 그때서야 가까스로 사로잡혔던 주술에서 조금쯤 풀려났다.

시선을 들어 소리의 출처를 찾는다.

오른쪽 대각선 전방―테라스를 끼고 마주한 돌출부 3층 부분에 급경사의 지붕을 잘라 내어 만든 세련된 발코니가 있다. 그곳에 소리를 지른 사람의 모습이 있었다.

안쪽 방의 불빛을 등진 검은 인간의 모습. 역광과 거리 때문에 확실히는 모르겠지만, 체격으로 추측컨대 아마 집사인 나루세일 것이다. 내 비명에 놀라 뛰쳐나와 테라스의 시체를 발견한 게 틀림없다.

난간에서 몸을 내민 그 모습의 뒤에서, 또 한 사람의 모습이 나타났다. 조금 키가 작다. 그렇다면 시라스카 씨인가.

그리고 나는, 가까스로 난간에서 떨어져 나와 방 안으로 걸음을 돌릴 수 있었다. 그래도 아직 몸의 마비감은 회복되지 않는다. 눈에는 테라스의 광경이 강하게 남았고, 머리에는 여전히 이상한 분열감이 있다.

미즈키가 살해당했다. 살해당한 것이다.

세차게 머리를 흔들면서 힘껏 자신에게 말한다.

---

* 상자에 모형으로 꾸민 정원.

미즈키가 살해당한 것이다. 사카키나 란을 죽인 것과 같은 범인의 손에 의해.

휘청거리는 걸음으로 비틀비틀 복도로 나간다. 조금 전의 그 검은 그림자가 달아난 건너편 방의 문은 닫힌 채였다.

힘을 내어 다시 그 문으로 향했다. 열리지 않으면 몸을 부딪치든 뭐든 해서 부순다. 그렇게 생각하면서 손잡이를 쥐었지만 –.

조금 전 같은 저항은 없었다. 잠기지 않은 것 같다.

나는 문을 열었다. 안은 컴컴했다.

"누구냐."

떨림이 멈추지 않는 목소리를 어둠에 던졌다. 손으로 더듬으며 전등의 스위치를 찾는다.

"숨지 말고……"

불이 켜지고 방의 광경이 드러났다. 다른 곳과 똑같은 구조의 객실이지만 가구에는 하나하나 하얀 시트가 덮여 있다. 그곳에는 누구의 모습도 없었다.

내가 베란다에서 얼을 빼고 있는 사이에 도망가 버렸을까. 아니면, 조금 전 복도에서 본 사람 그림자 자체가 나의 착각 따위였을까.

생각하고 있을 여유는 없었다.

다시 한 번 세차게 머리를 흔들고 나는 어두운 복도를 달려 나갔다. 빨리 돌아가서 모두에게 알리지 않으면 안 된다.

나는 달렸다.

조금 전의 마비감이나 분열감은 점점 사라지고 있었지만, 그래도 뭔가 눈에 보이지 않는 그물이 머리에 쓴 듯 몸의 움직임은 둔했다. 꼬이는 다리가 초조함을 돋운다. 양쪽 벽이 뭔가 기괴한 소리를 내면서 비틀어져 일그러지고 쓰러지는 것처럼 보인다.

숨을 헐떡이며 식당으로 뛰어들자, 의자에서 떨어져 잠들어 있던 마토바 여사가 정신이 들어 일어나려던 참이었다. 야리나카와 카이는 조금 전과 같은 자세로 식탁에 머리를 엎드린 채 움직이지 않는다. 살롱에 있던 세 사람도 여전히 눈을 뜬 기색은 없었다.

"앗, 린도 씨."

상체를 일으킨 여의사가 내 모습을 발견하고 말했다.

"—왜 제가 이렇게."

안경을 누르면서 몇 번이고 머리를 흔든다. 혀가 잘 돌아가지 않는다.

"지금—뭔가 엄청난 소리가 들린 것 같은데."

거친 숨을 토하며 마치 죽은 사람같이 새파란 얼굴을 한 내 모습을 보고, 그녀는 꿀꺽 말을 삼켰다.

"무슨 일 있습니까?"

식탁에 손을 대고 일어나 내 얼굴을 응시한다.

"그녀가."

까슬까슬하게 마른 입술로 나는 쉰 목소리를 토해 냈다.

"이번에는 그녀가."

"그녀?"

마토바 여사는 눈썹을 찌푸리고, 눈을 휘둥그레 떴다.

"그녀란—설마."

"아시노입니다. 그녀가 아래의 테라스에. 누군가에게 살해당해서."

여의사는 작게 비명을 질렀고, 그 소리에 반응했는지 식탁에 푹 엎드려 있던 야리나카의 어깨가 움찔하고 움직였다.

"모두 자고 있습니다. 저도 자고 있었습니다. 그사이에 누군가가 그녀를."

거기까지 말하고 나는 털썩 그 자리에 무릎을 꿇었다. 방금 전 본 테라스의 광경이 깜빡깜빡 눈 속에서 되살아난다.

어째서.

나는 마음속으로 절규하고 있었다.

그렇게나 아름다웠던 미즈키. 앞으로 몇 년 후에는 완전히 소멸할 목숨으로 조용히 살고 있던 미즈키. 그녀가 어째서 연속 살인의 세 번째 희생자로 뽑히지 않으면 안 되는 것인가. 대체 어째서…….

허공을 헤엄치듯이 비틀거리면서 마토바 여사가 방을 뛰쳐나간다. 나는 주먹을 움켜쥐고 짐승과 같은 울음소리를 내면서, 발밑의 카펫을 세게 찼다. 두 번, 세 번 되풀이한다. 둔한 아픔이 마음속 깊은 곳까지 울려 퍼진다.

피가 배일 정도로 세게 입술을 깨물며, 나는 소리 죽여 울었다.

# 3

 제일 먼저 테라스로 달려간 것은 고용인 스에나가 코지였다. 내가 비명을 질렀을 때, 그는 마침 1층 배선실에 있었던 것 같다. 배선실은 주방과 정찬실 사이에 있는 작은 방으로, 비명에 놀란 그는 정찬실에서 뛰어나와 창밖의 기이함을 발견했다고 한다.

 복도에서 돌아온 마토바 여사와 함께 자고 있는 모두를 깨워 우리들은 아래층으로 뛰어갔다. 깨어난 사람들은 모두 눈을 비비며 무거운 듯이 머리를 흔들거나 주먹으로 툭툭 치고 있었다. 여전히 의식이 몽롱해서 반쯤 비몽사몽 상태인지, 새로운 사건의 발생을 들어도 바로 나올 만한 반응을 보이는 이는 적었다.

 여의사에게 인도되어 정찬실의 프랑스식 창에서 베란다로 나갔다. 슬리퍼가 벗겨진 채 테라스에 내려선다. 내려 쌓인 눈에 발이 얼어붙는 것도 개의치 않고, 나는 두 의사가 시체를 조사하는 모습을 그저 멍하니 바라보고 있었다.

 "아무래도 우리들은 약을 먹은 것 같군."

 시체 옆에 웅크리고 앉은 닌도 의사가 살찐 몸을 느릿느릿 일으켰다.

 "약 말입니까."

 침통한 얼굴로 야리나카가 말한다. 그도 닌도 의사도 둘 다 슬리퍼를 신은 채다.

 "그렇소."

 의사는 둥근 얼굴을 찌푸리고, 두툼한 입술을 혀로 핥았다.

"입 안이 쓰지는 않습니까? 목도 타죠?"

"네. 확실히."

"제가 갖고 온 수면제입니다. 아마 그것을."

"누군가가 훔쳐서 우리들에게 먹였다고?"

"그럴 겁니다. 방에 돌아가서 가방을 뒤져 봐야겠군요."

"하지만 어느 틈에."

"야리나카 씨."

참을 수 없는 심정으로 나는 끼어들었다.

"그보다, 어서 그녀를 집 안으로."

안으로 날라서, 그래서 지하실에 눕히자는 것인가. 사카키나 란과 마찬가지로 나중에 경찰에게 넘겨 줄 일개 변사체로서.

내가 말했지만 곧바로 어떻게 할 수 없는 기분에 사로잡혀 한 말을 후회했다.

그보다도 여기서 새하얀 눈에 묻힌 채로 있는 편이…… 하는 마음이 문득 스쳤다. 조금 전 2층 베란다에서 내려다본 광경이 거대한 액자에 든 환상적인 한 장의 '그림'이 되어 눈 속에서 다시 깜빡였다.

"그렇지."

야리나카는 망연한 얼굴로 끄덕이고,

"닌도 선생님, 조사는 이제 끝나셨습니까?"

"어차피 별로 알 수 있는 게 없습니다."

노의사는 벗겨 올라간 이마를 손바닥으로 누르면서 힘없이 고개를 흔들었다.

"보시는 대로 가슴을 칼로 찔린 것이 사인입니다. 약으로 잠들어 있는 것을 겨냥해서 찔렀겠지요. 단번에 심장을 관통했군."

하얀 레이스를 물들인 선혈의 빨강이 떨어지는 눈에 덮여 하얗게 되어 간다. 검은 빛을 띤 칼 손잡이가 한가운데에서 튀어나온 것이 보인다.

"그렇게 해서 죽은 그녀를, 범인은 저 위 베란다에서 던져 떨어뜨렸군요. 눈이 쿠션이 된 덕분에 눈에 띄는 상처는 나지 않았지만, 그렇다고 해도 이렇게 지독한 짓을."

호수 쪽을 향해 기도를 바치는 듯이 양손을 내밀어 뻗은 미즈키. 휘감긴 레이스 아래로는 무엇 하나 두르지 않은 모습이었다. 눈꺼풀을 닫고 가볍게 입을 다문 그 얼굴에는, 고통이나 공포로 일그러진 주름 하나 없다. 어디까지나 평온한, 그리고 너무나도 아름다운 얼굴이었다. 자는 동안, 거의 아픔을 느낄 겨를도 없이 죽었기 때문인가. 아니면 이 또한 그녀가 '체념한' ─ 삶에 대한 집착에서 자유로웠기 때문인가.

"폭행의 흔적은 없는 듯합니다. 그리고 몸에 비교적 온기가 남아 있으니까 사후 아직 긴 시간은 지나지 않았고. 기껏해야 두 시간 정도일까요. 뭐, 이번 경우는 그런 확인은 별로 의미 없겠지만.─마토바 씨, 뭔가 보충할 게 있습니까?"

시체에 시선을 떨어뜨린 채 마토바 여사는 말없이 고개를 흔들었다.

그러는 동안에도 눈은 쉴 새 없이 계속 내렸고 잠시 그쳤던 바람이 다시 세차게 불기 시작했다. 오늘 아침 란의 시체를 옮겼을 때와 마찬가지로 야리나카와 나모 나시, 나 세 사람이 미즈키의 몸을 메고 얼어붙은 바람에 내몰리듯 베란다의 계단을 올랐다.

난간에 기대어 수심에 잠긴 눈으로 이쪽을 바라보던 아야카가 쉰 목소리로 미즈키의 이름을 중얼거린다. 얼굴을 보지 않았지만 울고 있는 것은 알았다. 카이는 열린 프랑스식 창 건너편에서 무릎을 끌어안고 웅크린 채 앉아 있다. 경련처럼 가늘게 계속 떨리는 어깨의 움직임이, 충격의 격렬함을 이야기하고 있었다.

정찬실에서 복도로 나오려던 참에 시라스카 씨가 와서 마주쳤다. 우리들은 발을 멈췄고 그 또한 들춰 멘 미즈키의 몸 옆에 멈춰 섰다.

"아아."

검은 빛을 띤 녹색 가운을 입은 저택 주인은 준수한 거무스름한 이마에 깊은 주름을 새기고 미즈키의 죽은 얼굴에 시선을 집중했다.

"어떻게 이런, 잔인한 짓을."

낮게 죽인 목소리가 새어 나온다. 지금까지 우리들에 대해 어떤 종류의 동요도 보인 적이 없는 그였지만, 지금은 달랐다. 입가에, 곧잘 보이던 미소는 없다. 슬픔에 가득 찬 표정으로 눈을 꼭 감고, 괴로운 듯이 크게 어깨를 떨고 숨을 내쉬며 몇 번이고 가늘게 고개를 흔들었다. 4년 전에 잃은 아내의 얼굴을, 분명 미즈키에 겹쳐 본 것이 틀림없다.

"야리나카 씨."

이윽고 시라스카 씨는 시체의 다리를 든 야리나카의 얼굴로 눈길을 돌렸다.

"대체, 이런……."

"노여움은 지당하시지만."

그의 말을 가로막고 야리나카는 마음속의 무거운 덩어리를 토해 내듯이 말했다.

"저는 어떻게 할 수 없었다고밖에 말씀드릴 수 없습니다. 가능하다면 지금 여기서 탐정을 그만두고 싶은 심경입니다."

시라스카 씨는 일순 표정이 굳어져 성난 빛을 띤 눈으로 야리나카를 쏘아보고는, 바로 홱 얼굴을 돌렸다. 이제 됐다라는 듯이 낮게 손을 들어, 집안으로 향한다. 묵묵히 그것을 지켜보고 있다가 야리나카는 옆에서 이쪽을 지켜보던 여의사를 바라보며, "마토바 씨"라고 말을 걸었다.

"지하실까지 안내해 주시겠습니까."

지독하게 지친 목소리로, 그는 말했다.

4

지하의 방에 시체를 놓아두고 우리들은 그 길로 2층으로 향했다. 앞장 선 마토바 여사도 함께다. 살해 현장인 미즈키의 방을 봐 두지 않으면 안 된다고 야리나카가 말했다.

불을 켠 그녀의 방에서 나는 야리나카에게 명령받은 대로 시체를 발견한 경위를 이야기했다. 순서에 따라 설명하려고 노력했지만 머리는 아직도 충격에서 벗어나지 못하고 목소리가 떨려 좀처럼 말이 되지 않았다. 필시 요령부득의 변변치 못한 설명이었을 것이다.

이야기를 한 차례 다 듣고 야리나카는 험악한 눈초리로 다시 방

안을 둘러보았다.

"우리들과 똑같이 잠들어 버린 미즈키를 범인은 이 방까지 옮겨서 죽였다. 살해 현장은."

아리나카는 옷이 흐트러져 있던 세미더블 침대로 걸어다가가,

"이 위인가. 시트에 피가 묻어 있어. 여기서 옷을 벗겨 레이스를 몸에 감은 뒤 가슴을 찔렀다. 레이스는 저기 창에 걸려 있던 커튼이군."

야리나카가 말한 대로 안뜰을 향한 내리닫이창의 커튼이 떼어져 있다.

"흉기인 칼은."

말을 하다가 야리나카는 방 한구석에 풀이 죽어 우두커니 서 있는 마토바 여사를 보고,

"이 저택 겁니까? 알아보시겠습니까, 마토바 씨."

"아마 식당의 식기장에 들어 있던 페티나이프petit knife*인 것 같아요. 손잡이의 색과 모양을 본 적이 있습니다."

"나중에 확인받을 수 있겠습니까?"

여의사는 얌전히 끄덕이고 야리나카는 침대 옆을 떠나 열려 있는 프랑스식 창 쪽으로 걸음을 향했다.

"그렇게 그녀를 죽인 다음, 범인은 여기서 시체를 테라스로 던져 떨어뜨렸다는 건가.─린도."

야리나카는 나를 돌아보고, 질문을 던졌다.

---

* 작은 식칼. 과도 등으로 쓰임.

"베란다에 발자국은 남아 있지 않았나?"

"처음부터 저렇게 되어 있었습니다."

내가 여기로 달려왔을 때 베란다에 쌓인 눈은 일부러 밟아 엉망으로 만든 듯 파헤쳐지고 흐트러져 있었다. 지금은 그 위에 얼마간 눈이 더 내려 내가 만든 발자국조차 지워지고 있다. 도저히 범인의 발자국을 식별할 수 있을 만한 상태는 아니다.

"범인이 고의로 엉망으로 만들었군. 정말 빈틈없는 녀석이다."

야리나카는 한숨을 쉬고 창밖으로 한 걸음 나아갔다.

"이 녀석이 문제의 꿩인가. 저쪽 복도 끝에 장식되어 있던 거군. 그렇지요, 마토바 씨?"

야리나카의 뒤에서 베란다를 들여다보고 마토바 여사는 "네" 하고 대답했다.

"또 「비」의 비유라는 겁니까."

양손을 가슴께에서 문지르며 나모 나시가 말했다. 완전히 차가워진 방의 공기가 숨을 하얗게 얼리고 있다.

"'켕켕 새끼 꿩이 지금 울었다' —였나요, 「비」의 3절."

"그래."

야리나카는 눈을 뒤집어쓴 박제 꿩을 응시한 채,

"'새끼 꿩도 춥겠지, 외롭겠지' 다. 눈이 쌓인 베란다에 놓인 박제 꿩. '새끼 꿩'은 아니지만, 보니까 보통 꿩보다 약간 작은 것 같아."

"미카도 꿩이라고 하는, 타이완의 고산高山에 생식하는 품종이라고 합니다."

마토바 여사가 설명을 덧붙였다.

"일본 꿩에 비하면 약간 작다고 들었습니다."

"그렇군요. 깃털의 색조도 일본 꿩과는 상당히 다른 것 같네요."

그렇게 말하고 야리나카는 다시 한숨을 쉰다.

"이대로 밖에 놓아두는 것도 문제가 있겠지요. 안으로 들일까요? 뭐, 설마 범인의 지문이 남아 있지는 않겠지만요."

윗도리 호주머니에서 손수건을 꺼내어 야리나카는 그 자리에 몸을 굽혔다. 자신의 지문이 묻지 않도록 손수건으로 손을 감싼 다음, 꿩이 놓인 목제 대를 잡아 들어올린다. 방 안으로 가져와서 살짝 바닥에 놓고,

"그런데, 린도."

눈 섞인 바람이 불어드는 프랑스식 창을 닫으면서 그는 내 얼굴에 날카로운 시선을 던졌다.

"사람 그림자를 보았다고 했지? 이 방에서 나왔다고."

"네."

"더 상세하게 듣고 싶은데."

야리나카는 흘끗 마토바 여사를 살핀다. 그녀는 생각 탓인지 표정이 굳어져 자신의 발밑으로 시선을 떨어뜨리고 있었다.

"어떤 모습을 한 녀석이었나? 뭔가 기억나는 특징은 없어?"

"그렇게 말씀하셔도."

힘없이 고개를 흔들면서 나는 나직하게 대답했다.

"복도에는 불이 켜 있지 않아서, 확실히는……. 검은 사람 그림자―아마, 거무스름한 옷을 입고 있었던 것 같습니다. 말랐고 움직임이 어딘지 모르게 어색해서."

"지팡이를 짚었다?"

"그렇게도 보였지만, 아아, 아니, 역시 잘 모르겠습니다."

"흠. 이 방에서 나왔다는 것은 틀림없겠지?"

"아마."

"나와서 건너편 방으로 도망쳐 들어갔다고 했잖아."

"네. 그렇게 보였습니다. 따라가서 문을 열려고 했지만 열리지 않았어요. 잠긴 것 같았습니다. 그런데 나중에 다시 열려고 했을 때는 열려 있고 안에는 아무도 없었죠."

"어떻게 생각하십니까, 마토바 씨?"

야리나카는 여의사 쪽을 다시 보았다.

"린도가 사람 그림자를 봤을 때 다른 사람들은 모두 식당과 살롱에서 정신없이 자고 있었습니다. 당연히 이 집 사람 중 누군가였던 게 됩니다만."

발밑으로 시선을 준 채 마토바 여사는 아무 대답도 하지 않는다.

"대체 누구였을까요. 어떻게 생각하십니까?"

야리나카가 거듭해서 묻자 그녀는 천천히 시선을 들어,

"뭔가 잘못 보신 거겠죠."

눈을 부릅뜨고 단호한 목소리로 그렇게 말했다. 야리나카는 조금 당황한 듯이,

"잘못 봤다? 아닐 겁니다."

"실례지만 린도 씨의 말은 믿기 어렵다는 생각이 들어서요. 잠에서 막 깼고 게다가 무척 놀라셨지요. 복도도 아주 어두웠을 것이고 수면제로 잠들었다면 그 영향도 남아 있었을 겁니다. 있지도 않는 사람을 봤다고 착각했을 뿐이라고 생각합니다."

"막무가내군요."

야리나카는 어깨를 으쓱하고 내게로 시선을 옮겼다.

"반론할 말이 있을 텐데, 린도."

정색하며 반론할 기력 따위, 지금의 내게는 있을 턱도 없었다. 마토바 여사가 저렇게까지 말하며 부정하는 것을 보면 어쩌면 내 착각이었을지도 모른다는, 그런 될 대로 되라는 기분으로 나는 느릿느릿 고개를 가로저었다.

야리나카는 머쓱해하며 다시 어깨를 으쓱했지만, 더 이상 그 화제에 관해서 언급하려 하지 않았다. 다시 한 번 방안을 휙 둘러보고 나서 우리들을 재촉해 문 쪽으로 발걸음을 되돌린다.

미즈키의 방을 나가서 야리나카는 똑바로 복도를 가로질러, 건너편 방문을 열어 안을 들여다보았다.

"이 방은 어떤 방입니까?"

마토바 여사에게 묻는다.

"객실입니다만, 쓸 수는 없습니다."

여의사는 담담하게 대답했다.

"쓸 수는 없다니요?"

"히터가 망가졌습니다. 난방이 안 되면 도저히 손님을 묵게 할 수 없어요."

"호오."

움푹 들어간 턱을 문지르면서 야리나카는 그녀의 얼굴을 말끄러미 고쳐 보았다.

"언제 망가졌습니까? 혹시, 아주 최근 일입니까?"

"최근인지 어떤지는 모르겠습니다. 토요일에 여러분이 오셔서 나루세가 방 준비를 했을 때 알았습니다."

"이 집에는 이 방을 포함해 전부 열 개의 객실이 있습니까?"

"네. 홀의 중2층에 두 칸이 이어지는 커다란 방이 있는데, 전에는 중요한 손님용 특별실이었던 것 같습니다만, 지금은 전혀 쓰지 않습니다. 그러니까."

"역시."

신음하는 목소리로 말하고, 야리나카는 조용하게 방의 문을 닫았다.

"원래 열 개 있는 손님방 하나를 사용할 수 없어서 아홉 개로 줄었다. 식당의 의자뿐만 아니라 방 수에 의해서도 이 집은 하나의 예언을 제시하고 있었다는 겁니까."

'예언'이라는 단어를 듣고 가장 민감하게 반응한 것은 나다. 차가운 손으로 뺨을 맞은 듯한 기분이었다. 나는 숙이고 있던 얼굴을 들어,

"야리나카 씨."

하고 쉰 목소리를 던졌다.

"응? 뭔데."

"실은……."

나는 몇 시간 전에 아래의 홀에서 목격한 일을 그에게 말했다. 미즈키라는 이름을 가진 고 시라스카 부인의 초상화가 돌연 벽에서 떨어졌던, 그 일을.

야리나카는 안경 안에서 눈을 부릅떴고, 마토바 여사는 입에 손을 대고 목소리를 삼켰다. 나모 나시는 작게 휘파람을 불고 딱딱하게 굳어진 얼굴로 과장되게 양팔을 펼쳤다.

"마토바 씨, 아무래도 우리들은 어제 당신이 말씀하신 이야기를

진심으로 믿지 않을 수 없게 된 것 같습니다."

목구멍의 깊은 곳에서 쥐어짜 내는 듯한 목소리로 야리나카는 말했다.

"이 집이 가진 이상한 힘이란 진짜인 것 같군."


# 5


어제 아침이나 오늘 아침처럼 시라스카 씨에 의해 소집되지 않고, 우리들은 다시 2층 식당에 모였다. 오후 7시 반의 일이다.

이 자리의 답답한 공기는 이미 구제할 길이 없었다. 누구 한 사람, 스스로 입을 떼려고 하지 않는다. 울어서 부은 눈을 비비면서 오열을 하는 아야카. 낮게 고개를 숙이고 어깨를 계속 떨고 있는 카이. 삿갓 모양으로 입술을 구부리고 팔짱을 낀 나모. 닌도 의사는 대체 몇 상자를 갖고 왔는지, 맛없는 듯이 캔디를 한입 가득 물고 여태까지 보이지 않았던 엄한 눈초리로 다른 자들의 모습을 살피고 있다.

마토바 여사를 포함해 모두는 오후의 차를 마실 때와 같은 자리에 앉아 있었다. 테이블 위에는 빈 컵이나 잔 받침이 원래대로 늘어서 있다. 다른 것은 다만 그의 대각선 맞은편 한자리에 미즈키의 모습이 없다는, 그뿐이었다.

"입 다물고 있어도 소용없어."

머지않아 야리나카가 엄숙하게 입을 열었다.

"검토해야 할 것은 여기서 검토해 두지 않으면 안 돼. 그것이 유일하게 지금의 우리가 할 수 있는 일이다. 알겠나, 모두."

허락된다면 이제 질렸다, 라고 나는 말해 버리고 싶었다.

이제 질렸다. 범인이 누구인지, 설사 그것이 이제 판명된다고 해도, 그래서 뭐라는 건가. 죽은 이는 살아 돌아오지 않는다. 미즈키는 살아 돌아오지 않는다. 어떻게 해 봐도—설령 그 범인을 이 손으로 갈기갈기 찢어 본들, 두 번 다시 그녀의 아름다운 미소를 볼 수는 없다.

그러나 그런 내 생각을, 그때 내뱉을 수도 없었다. 이쪽을 보는 야리나카의 시선을 느끼고, 나는 묵묵히 끄덕일 수밖에 없었다.

"먼저, 선생님."

야리나카는 닌도 의사를 보았다.

"약은 확인하셨습니까?"

"했습니다."

의사는 둥근 안경 속으로 험악한 눈을 가늘게 떴다.

"수면제가 가방 속에서 몽땅 사라져 있었습니다."

"우리들 전원을 잠들게 할 수 있을 만큼의 분량입니까?"

"그야 물론. 한 알 먹으면 보통 사람은 맥없이 잠들어 버립니다. 아주 효과가 빠르고, 그런 만큼 지속 시간이 짧은 약이지만, 보니까 열 알 이상은 도둑맞았네요."

"실례지만 선생님은 언제나 그렇게 많은 수면제를 가방에 넣고 다니십니까?"

"아니, 설마. 이번은 우연입니다. 요전에 제약 회사의 영업 사원에게 샘플을 잔뜩 받아서, 가방에 들어 있었습니다. 별로 꼼꼼한 성격이 아니라서 말이지요."

"가방은 계속 선생님 방에 놓아두었겠지요?"

닌도 의사는 끄덕이고, 면목 없다는 듯이 이마를 손바닥으로 쳤다.

"멍청하다면 멍청했지요. 설마 이런 일에 악용될 줄이야."

"마지막으로 가방 안을 본 것은 언제였습니까?"

"어젯밤입니다. 린도 씨와 노모토—아니, 야모토 씨가 약을 달라고 해서요. 그때 이쪽으로 가져와서 두 사람에게 한 알씩 드리고, 그것이 마지막입니다."

"훔쳐 낸 것은 그다음. 그렇다면 누구에게도 기회는 있었다는 건가?"

"그렇게 되는군요."

"문제는, 그러면 어떤 식으로 우리들에게 그 약을 먹였느냐네요."

야리나카는 테이블 위에 놓인 빈 커피 잔을 가볍게 손톱으로 두드렸다.

"속효성의 약이라고 하셨지요. 그러면 수상한 것은 여기서 마신 홍차, 타르트, 혹은 그 후의 커피, 세 개로 좁혀지는데."

자연히 모두의 시선이 야리나카의 옆에 앉아 있는 마토바 여사의 얼굴로 모였다. 홍차도 과자도 커피도, 그때 우리들이 여기서 입에 댄 음식물 모두는 그녀의 손으로 준비되었기 때문이다.

"제 탓입니다."

마토바 여사가 갑자기 결심한 목소리로 그런 대사를 던졌다.

"제 탓입니다. 분명, 저……."

"어떤 의미입니까?"

야리나카가 묻자 그녀는 침울한 표정으로, 어깨너머 대각선 뒤를 돌아보았다. 커피 메이커가 놓인 목제 왜건이 그 시선의 끝에 있었다.

"그때 커피 메이커의 밀 안에는 사용하지 않은 원두가 1인분 정도 들어 있었습니다."

"사용하지 않은 원두? 처음부터요?"

"네. 저는 그전에 누군가가 커피를 마시려다 말았다고 가볍게 생각하고 그대로 거기에다 콩을 더 넣어서."

"그렇군요. 즉, 이미 들어 있던 원두 안에 수면제가 섞여 있었다는 말씀입니까."

"더 의심해 봐야 했습니다. 어느 분이 넣었는지 모두에게 물어보거나, 버리거나."

"끝난 일은 어쩔 수 없지요. 여기서 당신을 탓해 봐야 어쩔 수 없습니다."

야리나카는 바로 옆의 커피 잔에 억울한 듯 시선을 떨어뜨리고,

"커피 안에 들어갔던 건가. 흠, 어쩐지 너무 썼어."

그때 갑자기 묵묵히 대화를 듣고 있던 나모 나시가 가볍게 의자에서 일어나 방의 난로 쪽으로 향했다. 무엇을 하나 했더니 난로 옆에 놓인 등나무 휴지통을 불쑥 들여다보고, "이야" 하며 짧게 소리를 지르고 안에 손을 집어넣는다. 그렇게 그가 꺼낸 것은 은색으로 빛나는 약 포장지였다. 알맹이는 전부 비어 있다.

"틀림없는 것 같군."

나모로부터 포장지를 받아들고 야리나카는 그것을 테이블의 잔 옆에 놓고 다시 옆자리의 여의사를 보았다.

"경찰이 올 때까지 여기 있는 잔은 전부 이대로 씻지 않고 두는

편이 좋겠지요. 알겠습니까, 마토바 씨."

　범인이 닌도 의사의 가방에서 수면제를 훔쳐 낸 것은 오늘 아침 시체 발견 소동부터 오후의 차 시간에 모두가 모이기까지의 사이라고 보는 게 우선 틀림없다. 기회는 누구에게나 있었다. 훔쳐 낸 약을 살짝 식당으로 숨겨 들어와 넣어 둘 기회도, 이 집 사람들을 포함한 우리들 전원에게 있었을 것이다.

　범인은 커피에 섞어 우리들에게 약을 먹이려 했다. 그렇게 해서 모두를 잠들게 만들고 새로운 살인을 실행할 기회를 얻었다.

　커피에 수면제를 섞는 방법은 단순히 생각해서 두 가지 있다. 하나는 커피를 끓이는 데 쓰이는 주전자의 물에 정제를 녹여 두는 방법. 또 하나는 커피콩에 섞어 두는 방법이다.

　확실성에 중점을 둔다면 메리트는 전자에 있을 것이다. 약이 제대로 물에 녹았는지 어떤지 확인할 수 있고, 누군가가 그 물로 커피를 끓이는 단계가 되어도 의심받을 염려가 없다. 다만 '준비'에 드는 수고를 생각한다면, 다량의 약을 완전히 물에 녹이기 위해 나름의 시간이 걸려 위험할지도 모른다.

　그 점에서는 후자의 방법은 밀에 정제를 넣은 다음 적당한 양의 원두를 넣어 두기만 하면 된다. 최소한의 시간으로 '준비'가 가능하다. 실제로 범인은 이 방법을 택했지만, 만일 이미 콩이 들어 있는 것을 수상하게 여기거나, 약이 잘 녹지 않아 필터에서 여과되어 원하는 대로의 효과가 나타나지 않은 경우에는 그 시점에서 계획을 중지하면 된다. 임기응변의 대응만 마다하지 않는다면 이것이 더 안전한 방책이었다고 할 수 있다.

　"가령 이 안에 범인이 있다면."

야리나카는 싸늘하게 테이블의 일동의 얼굴을 둘러보았다.

"녀석은 생각대로 수면제가 든 커피를 마시는 척만 했겠군. 물론 모두가 잠들어 버린 다음에 자기 커피는 실수 없이 처리했겠지. 범행 후에는 다시 여기로 돌아와 누군가 일어나 소동이 날 때까지 그저 자는 척을 했고."

마토바 여사와 둘이서 모두를 깨우러 갔을 때를 떠올려 본다. 막연한 느낌이지만 그때 별로 부자연스러운 반응을 보인 사람은 없었던 것 같다. 어쩌면 범인은 모든 일을 끝내고 나서 스스로도 적당량의 수면제를 먹고 '잠들게 된 사람' 안에 끼었을지도 모른다.

"어쨌든 우리들이 감쪽같이 커피를 마시고 잠들어 버려서 범인은 원하던 기회를 손에 넣었다."

일부러 감정을 죽인 담담한 목소리로 야리나카는 계속 말했다.

"모두가 잠든 것을 확인하고 범인은 미즈키를 그녀의 방으로 옮긴 다음 죽였다.—마토바 씨, 조금 전 말씀하신 칼은 확인받으셨습니까?"

여의사는 끄덕이고 식기장 쪽으로 눈길을 던졌다.

"역시 저곳에 넣어둔 페티나이프가 없어졌습니다."

"그렇다면 말이지. 옷을 벗기고 레이스의 커튼을 두른 그녀의 가슴을 그 칼로 찔렀다는 건데.—피가 튀는 모양은 어땠을까요, 닌도 선생님?"

"그다지 심하게 피가 분출되지 않았던 것 같습니다. 나이프를 뽑지 않았으니까. 휘감긴 레이스가 피를 흡수하는 역할도 했고. 어디까지 범인이 계산해서 했는지 모르지만 피가 튀어도 별로 뒤집어쓰지 않은 게 아닐까 생각합니다. 뭐, 루미놀 반응을 조사하면 소량의 혈액으로도 검출이 되겠지만."

"경찰을 기다려야 한다는 겁니까?"

야리나카는 얼굴을 찌푸리고 입속으로 몇 번이나 반복해서 혀를 찼다.

"그러나 처음부터 튀는 피를 주의해서 옷을 벗고 범행에 임했다고 할 수도 있지요. 만일을 위해 범행 후에 잽싸게 샤워를 했을지도 모릅니다."

"그렇다면 두 손 드는 거지요."

닌도 의사는 실제로 그 포즈를 취해 보였다.

"확실히 그렇습니다."

맞장구를 치고 야리나카는 눈을 꼭 감았다. 냉정함을 유지하려고 하지만 그 또한 상당히 신경이 쇠약해진 듯하다. 탐정을 그만두고 싶다—조금 전 시라스카 씨에게 한 말이 절실한 울림으로 귓가에 되살아났다.


6


"어째서 미즈키 짱인지도 역시 큰 문젭니다."

잠시 동안 자리를 둘러싼 침묵을 깨고 나모 나시가 말을 꺼냈다.

"어째서 미즈키 짱인가."

나모는 되풀이하고, 괴로운 얼굴로 팔짱을 낀 야리나카 쪽을 본다.

"어떻게 생각합니까, 야리 씨. 사카키 군과 란 짱이야, 그래도 알만합니다. 이렇게 말하면 뭐하지만, 그 두 사람은 상당히 타인의 반감이라든지 원망을 사기 쉬운 면이 있었으니까요. 하지만 미즈키 짱은……"

그렇다. 바로 그 말대로다.

참을 수 없는 기분으로 나는 허공을 매섭게 쏘아보고 이를 갈았다.

사카키나 란과 같은 레벨로 미즈키를 싫어하거나 역겹게 생각한 인간이 있었다고는 도저히 생각할 수 없다. 그저 아름답기만 한 것은 아니었다. 결코 자신의 미모를 자랑하지 않았고, 오히려 언제나 조심스럽고 조용한 여성이었다. 사려 깊고 경솔한 행동은 절대 하지 않고 타인의 기분을 헤아리는 감각이 뛰어났다.—이렇게 진부한 말을 늘어놓으면, 사랑했던 인간의 어리석은 생각에 지나지 않는 게 아니냐고 비웃음을 살지도 모른다. 그러나 무슨 말을 들어도 내 생각은 변하지 않는다. 바꿀 생각도 없다.

"저기."

마토바 여사가 입을 열었다.

"예를 들어 뭔가, 극단 내의 입장이라든지 이해관계 같은 것에 얽힌 세 사람에 대한 공통된 동기는 고려할 수 없을까요?"

"그 말씀은?"

야리나카가 되묻는다. 여의사는 다소 염려스러운 표정으로,

"극단에 대해서는 잘 모르지만 멋대로 상상하자면, 예를 들어 다음 공연에서의 배역 다툼이라든지, 그런."

"노골적인 이야기군요."

야리나카는 어깨를 으쓱하고,

"더 큰 규모의 극단이라면 몰라도, 우리같이 자그마한 곳에서는

그런 이야기는 별로 현실감이 없습니다."

"그런가요?"

"만일 그런 갈등관계가 존재하고 살의로 부푼다 해도, 사카키와 란과 미즈키, 세 사람을 연달아 죽이려고 하지는 않을 겁니다. 나모나 카이가 다음 무대에서 주역을 따고 싶다면 사카키만 죽이면 되죠. 아야카의 경우라면 방해인 것은 란이나 미즈키 중 한쪽, 혹은 양쪽. 배역 다툼이 원인인데 세 사람을 다 죽이다니 아무리 생각해도 있을 수 없습니다."

"그렇다면, 이런 동기는 어떨까요?"

마토바 여사가 계속해서 의견을 말한다.

"사건을 일으켜 극단의 이름을 선전한다."

"호오. 그러니까, 제가 우리 극단에 세간의 주목을 모으려고 배우들을 죽였다는 말씀입니까?"

야리나카는 크게 양팔을 벌리고,

"어처구니가 없군요."

분연히 내뱉었다.

"그렇다면 죽일 상대를 제대로 골라야죠. 란은 어쨌든 간에 사카키와 미즈키가 죽어 버린 것은 '암색텐트'에게 거의 치명적인 타격입니다. 아무리 극단의 지명도가 올라가도 남은 배우가 싸구려면 말이 안 되잖습니까."

"잠깐, 야리 씨, 말에 가시가 있는데요."

'싸구려' 취급당한 나모 나시가 짙고 굵은 눈썹을 찌푸리고 야리나카를 노려본다. 불끈 입술을 뾰족하게 내밀며 무시하는 야리나카에게 마토바 여사가 말했다.

"그렇다면 거꾸로, 야리나카 씨에게 원한이 있다고 하면 어떨까요?"

"저한테요? 흐음. 소중한 배우를 죽여 극단 주재인 저를 곤란하게 만든다는 겁니까?"

"네."

"그 때문에 셋이나 되는 인간의 목숨을 빼앗았다는 말씀입니까? 설마요. 다른 사람에게 그만큼 증오받을 일을 한 기억은 없습니다."

"그렇지만."

"동기에 관해서 실은 하나 생각나는 게 있습니다."

그렇게 말하고 야리나카는 일동의 얼굴을 다시 둘러보았다. 전에 없이 날카로운 그 시선에 누구나 미묘하게 표정이 경직됐다.

"그것은."

하고 말을 꺼내다가, 그는 바로 "아니" 하고 고개를 흔들고,

"그전에, 마토바 씨."

다시 여의사에게 눈길을 돌렸다.

"어차피 부정하겠지만, 역시 저는 당신들에 대한 의심을 완전히 풀 수가 없습니다. 우리들 중에 범인이 있다고만 한정할 수 없단 말이죠."

그때까지 계속 머리를 숙이고 있던 아야카가, 야리나카의 그 말을 듣고 퍼뜩 얼굴을 들었다. 내 쪽으로 시선을 던져, 뭔가 말하고 싶은 듯이 입술을 떤다.

아마 그녀는 오후에 예배당에서 이야기한 것을 여기서 말하면 어떨지 호소하고 싶었을 것이다. 4년 전에 요코하마의 시라스카 저

택을 태운 화재의 원인이 현재 사건의 동기와 관련되었을 가능성이 있다는 것을.

그것을 알면서도 나는 아무 말도 하지 않았다. 분명 그것은 사카키 살해의 강력한 동기가 될 수 있을 것이다. 사카키의 애인이던 란의 살해 이유도 어쩌면 설명할 수 있을지도 모른다. 그러나—.

외등에 비추어진 사각형 테라스. 순백의 레이스에 싸여 누운 몸. 내려 쌓이는 눈 속, 부채와 같이 퍼진 칠흑의 머리칼. 미친 듯이 핀 심홍의 꽃. 평온하게 눈을 감은 아름다운 얼굴.

문제는 역시 미즈키의 죽음이다.

그렇다고 해서 어째서 미즈키가 살해당해야 했나. 죽은 시라스카 부인과 꼭 닮은 그녀를, 대체 어째서 이 집 사람이 죽여야 했단 말인가.

풀이 죽은 듯 고개를 흔들면서 마침내 도저히 참을 수 없게 된 나는 의자에서 일어났다.

"왜 그래, 린도."

야리나카가 놀라서 묻는다. 나는 끄덕거릴 줄밖에 모르는 싸구려 기계 인형처럼 느릿느릿 고개를 계속 흔들면서 가까스로 대답했다.

"죄송하지만, 자리를 뜨게 해 주십시오. 혼자 있고 싶습니다."

식당을 나가서 나는 그대로 1층 홀로 향했다.

불은 켜져 있지 않아서 홀은 컴컴했다. 층계참에서 벽을 손으로 더듬어 전등 스위치를 발견한다. 누르니 회랑의 램프—초목의 곡선을 본뜬 놋쇠살이 벽면을 기어올라, 그 끝에 갓을 씌운 전구가 달려 있다—에 불이 들어왔다.

벽의 램프는 수가 적어서 탁 트인 휑뎅그렁한 공간을 비추는 빛은 낮 이상으로 약하다. 검은 화강암 플로어에 내려 서자 어둑함이 더했다. 아마 따로 전등이 달려 있겠지만 회랑 밑의 예배당으로 내려가는 계단 주변에는 농밀한 어둠이 캄캄하게 여전히 웅크리고 있다.

나루세로부터 들어서 스에나가가 이미 고친 듯, 초상화는 원래대로 난로 위의 벽에 걸려 있었다. 나는 빨려들 듯이 그 앞에 서서 쓸쓸한 미소를 띤 그녀의 얼굴을 올려다보았다.

뜻밖에 이 키리고에 저택을 찾아온 지 벌써 사흘이 된다. 원래라면 지금쯤 도쿄의 익숙한 좁은 하늘 아래서 우리들은 각자 많든 적든 평온하고 지루한 생활로 돌아가 있었을 것이다. 물론 그렇게 되지 않을 사람도 적지 않게 있다. 예를 들어 사카키 유타카. 8월의 사건에 관한 조사 때문에 그는 돌아가자마자 경찰에 끌려갔을 것이다. 사카키와 함께 사건에 관계했다고 보이는 란도 마찬가지다. 그러나 그렇다고 해도 이런 식으로 어떤 자에게 목숨을 빼앗기는 일은 결코 없었을 것이다.

만일 그날 눈보라 따위와 만나지 않고 무사히 도쿄로 돌아갔다면.

의미가 없다는 것을 알면서도 의식은 그런 허무한 가정 속으로 자꾸 도망쳐 들어가려 한다.

나모 나시는 집사람을 설득하는데 성공해 이혼을 면했을지도 모른다. 카이는 사카키에게 갚기 위한 몇 십 만인가의 돈을 변통하느라 분주했을 것이고 아야카는 역시 미하라야마의 분화를 알고 대소동을 벌였겠지. 야리나카는 본업에 정열을 쏟는 한편, 다음 무대의 구상을 가다듬었을 것이고, 나로 말하자면 더러운 독신용 2DK에서 돈으로 바꾸기 위한 잡문을 빈둥빈둥 엮어 쓰고 있었음에 틀림없다. 그리고―그리고 미즈키는…….

―저, 별로 오래 살 수 없어요.

바로 몇 시간 전 똑같은 곳에서 그녀와 나눈 대화, 그녀가 입에 올린 말 하나하나가 벌써 아득한 옛일처럼 느껴진다.

―아주 고요해요, 마음속이. 스스로도 이상할 정도로.

―다른 사람의 심장을 받으면서까지 오래 살고 싶지 않아요. 그 정도로 가치 있는 인간은 아니라고 생각하니까.

포기해서는 안 된다는 내 말에, 고맙다며 아름답게 미소 짓던 그녀. 이야기하지 않고는 견딜 수 없었다고 말해 주었다. 자신의 비밀을 내가 알아 줬으면 좋겠다, 그런 식으로도.

쿵 하는 격렬한 음향이 귓속에서 메아리친다. 그 대화 후 갑자기 이 초상화가 벽에서 떨어지던 소리다. 미즈키와 같은 이름과 얼굴을 가진 시라스카 부인의 그림―그 낙하가 '예언'한 그녀의 (단 몇 시간 후의) 미래…….

그때 내 머리에 묘하게 논리적인 생각이 떠올랐다.

－이 집은 거울입니다.

어제 저녁, 마토바 여사가 말했다.

－밖에서 여기를 찾아오는 사람들은 모두 자신들의 미래에 가장 관심이 있습니다. 미래를 향해 살고 있지요. 여러분에게 지금이라는 시간은 언제나 미래로 이어져야만 하는 순간입니다. 그러니까 이 집은 그것을 비춥니다. 여러분의 마음의 형태에 공명하듯이 미래를 보기 시작합니다.

그렇게 말한 그녀는 자신을 비롯해 키리고에 저택에 사는 사람들은 모두 미래에 관심을 잃은 마음의 소유자라고 했다. 사랑하는 사람을 잃고 세상이 싫어져서 아마 그들이 가장 소중하게 여기고 싶은 과거의 추억 속에서만 살기 위해 산속 깊은 땅의 서양식 저택에서 고요히 생활하고 있는 것이다. 그런 그들에 대해서는 그러니까, 이 집은 '미래를 비추는 거울'은 될 수 없다. 그렇다면······.

서른까지 살기는 어렵다고 의사에게 선고받은 미즈키는 그런 자신의 목숨을, 자신의 미래를 체념하고 있다고 했다. 그것은 즉, 미래에 대해 적극적으로 마음을 쓸 수 없다－미래에 흥미를 갖지 않는다는 것이다. 그래. 이 저택 사람들과 마찬가지로.

그럼에도 불구하고, 이 집은 '움직인' 것이다. 곧 살해당할 운명에 있는 그녀의 미래가 '움직임'에 의해 비추었다. 이 모순을 대체 어떻게 해석하면 좋을지.

마토바 여사의 말이 옳다면(아, 이미 나는 그것－이 집이 가진 불가사의한 힘－을 '진실'로 믿고 있다), 그 시점에서 이 집은 미즈키의 '마음의 형태에 공명'한 것이 된다. 즉 그녀는 적어도 그 시점에서 말과는 정반대로 자신의 미래를 완전히 포기한 것은 아니었다. 그런 게 아닐까. 그것은―지독한 자신감일지도 모르지만―어쩌면 그때 나와의 대화에 의해 어느 정도 마음이 움직여서……?

그렇다면 어떻게 이런 얄궂은 일이 다 있을까. 그때까지 체념하고 있던 자신의 미래에 그녀가 마음을 움직였고, 그 변화에 이 집이 보인 미래의 예언이 곧바로 찾아올 그녀의 죽음이었다니.

초상화를 올려다보고 멈춰선 채 나는 양손의 주먹을 손톱이 파고들 정도로 세게 움켜쥐었다. 부들부들 팔이 떨린다. 멈추려고 해도 떨림은 가라앉지 않는다.

그때 내가 떨어진 초상화를 이 집의 '움직임'으로서 더 심각하게 받아들였다면, 다음에 목숨이 위험한 것은 미즈키일지 모른다고 더 주의를 기울였다면. 자신을 저주하는 기분과 함께.

미즈키를 죽인 범인에 대한 분노와 증오가 한없이 의식의 표층으로 솟아 나온다.

사카키가 살해당했을 때도, 란 때도 범인에 대해 이런 증오를 품은 적은 없었다. 다만 살인이라는 비일상적인 일에 조우한 충격과, 그것을 저지른 인간이 같은 집 안에 있다는 불안이나 공포, 결국 그것밖에 없었던 것 같다. '살인자=악'이라는 사회적인 규범을 이 사회의 일원으로서 인정하지만 그것을 이유로 범죄자를 '증오할' 정도로 내 마음은 이 사회에 잘 적응한 게 아닐지도 모른다.

그러나 지금 나는 마음속 깊이 분노와 증오를 느끼고 있다. 아시노 미즈키라는 이 세상에 단 하나뿐인 여성의 목숨을 빼앗은 범인에 대해, 그 행위 자체에 대해.

어째서 미즈키가 살해당해야 했느냐는 의문이 다시 고개를 쳐든다. 조금 전까지 마음을 덮고 있던, 어떤 의미에서 지독한 자포자기의 기분이 서서히 변질되는 것을 느낀다.

누가 범인인지 판명되었다고 해도 그녀는 살아 돌아오지 않는다. 설령 격심한 증오로 그 자를 내 손으로 때려죽였다고 해도 그녀가 살아 돌아올 리는 없다. 그러나—.

어째서 그녀를 죽였는지를 범인에게 따져 묻고 싶다. 어째서 그녀가 살해당해야 했나, 그것을 알고 싶다. 알지 않으면 안 된다고 지금 절실하게 생각한다.

팔의 떨림이 멎지 않는다. 모르는 사이에 눈물이 넘쳐 나와 벽의 초상화를 올려다보는 시야가 번져 갔다.

그렇게 어느 정도의 시간을 거기서 보냈을까. 뒤에서 다가오는 발소리에 나는 현실의 흐름으로 되돌아갔다.

"야리나카 씨가 걱정하고 계십니다."

돌아보니 계단을 내려오는 마토바 여사의 모습이 있었다.

"위로 돌아가시는 게 어떨까요."

"자리는 이제 끝났습니까?"

내가 꺼칠한 목소리로 묻자 그녀는 묵묵히 끄덕이고 계단을 다 내려와 걸음을 멈추었다.

"뭔가 아셨습니까?"

"당신이 나가신 후, 야리나카 씨의 희망에 따라 집 사람들을 불러 모았습니다. 주인어른은 오시지 않았지만요."

"그래서?"

"알리바이를 모두에게 물으셨지요. 오후 4시경부터 5시 반까지. 다행히, 그 시간대의 알리바이는 집 사람들 모두에게 있었습니다."

"알리바이가 있었다. 정말입니까?"

"네. 나루세는 3층 오락실에서, 계속 주인어른의 체스 상대를 하고 있었다고 합니다."

"3층 방이란—아시노 씨 방 대각선 건너편의."

"네."

그때—내가 미즈키의 방의 베란다에서 비명을 지른 직후에 본, 3층 발코니의 사람은 역시 나루세와 시라스카 씨였다는 말인가.

"이제키와 스에나가는."

마토바 여사는 계속해서.

"그 시간에 각각 주방과 배선실에 있었다고 말했습니다. 이제키는 부엌일을 했고 스에나가는 배선실에 있는 장의 수리를 했답니다. 주방과 배선실 사이의 문이 열려 있어서 언제나 서로의 모습은 눈에 보였다는 거죠."

"그렇습니까."

나는 그녀의 얼굴에서 눈을 돌려 어깨너머로, 다시 난로 위쪽의 초상화를 올려다보았다. 무심코 커다란 한숨을 내쉰다. 높게 트인 천장으로 시선을 옮겼다가, 이번에는 발밑으로 시선을 떨어뜨린다. 여의사는 아무것도 말하지 않고 잠시 동안 그런 나의 어쩔 수 없는 감정을 주체하지 못하는 동작을 지켜보고 있었다.

"기분은 알겠습니다."

잠시 후 마토바 여사는 말했다. 그 목소리에 문득, 왠지 아주 따뜻하고 다정한 울림을 느껴, 나는 이상한 기분으로 그녀의 얼굴을 다시 보았다.

"그녀—미즈키 씨를 사랑하셨지요?"

내가 입을 열려고 하자, 여의사는 천천히 고개를 흔들어 그것을 제지하고,

"함께 온실에 가시지 않겠습니까."

하고 말했다.

"온실? 어째서?"

"그곳에, 뭔가 꽃을."

그녀는 조용히 난로 위 장식 선반 쪽을 바라보았다.

"정말로 사모님과 꼭 닮으셨습니다. 처음에 만났을 때 이쪽의 눈을 의심할 정도였죠. 그러니까."

미즈키美月와 미즈키深月―젊어서 죽은 두 '미즈키'를 위해 초상화 앞에 꽃을 바치자고 그녀는 말하고 싶은 것인가.

나는 끄덕이고, 여의사의 뒤를 따랐다.


# 8


"4년 전의 화재 말입니다만."

온실로 향하는 복도로 꺾어진 쪽에서 나는 큰맘 먹고 마토바 여사에게 물어보았다.

"그 화재의 원인은 텔레비전 발화 사고였다고 하셨지요. 오늘 오후 겨우 생각났습니다. 그러니까―."

앞을 걷고 있던 여의사는 문득 발을 멈추고 이쪽을 돌아보았다.

"그러니까 텔레비전이 리노이에 산업 제품이었다는 것을. 주인

어른이나 당신들은 물론 그것을."

내 질문이 채 끝나기 전에,

"알고 있습니다."

그녀는 대답했다.

"사카키 군이 리노이에 산업의 사장 아들이라는 것은 언제 아셨습니까?"

"제가 그것을 안 것은 어제 저분이 돌아가신 후입니다. 뉴스를 듣고."

여의사는 유감스럽다는 표정으로 내 얼굴을 응시하며,

"그래서 야리나카 씨는 저희들을 의심하셨다는 겁니까?"

"아니. 야리나카 씨가 아는지 어떤지는 모릅니다. 아직 말하지 않았으니까. 이것은 제가 멋대로 생각해서."

"화재의 복수를 위해 우리들 중 누군가가 사카키 씨를 죽였다고?"

"그럴 가능성도 있다고……."

내가 말하고도 어쩐지 무척 천박하게 느껴져 나는 입을 다물었다.

"그런 일은 결코 없습니다."

그녀는 단호하게 말했다.

"저는—아니, 저희들은 여기서 그런 원한이라든지 증오 같은 감정과는 무관하게 살고 있습니다. 이 집은 그런 곳입니다."

그 말로 이 집 사람들에 대한 의혹이 전부 풀린 것은 물론 아니다. 그러나 적어도 여의사가 범인은 아니라고, 확고한 논리적 근거는 없지만, 그런 생각이 들었다.

복도를 가는 도중 마토바 여사는 나를 기다리게 하고 오른쪽으로 늘어선 방 중 하나로 들어갔다. 꽃을 꽂을 병을 가져온다고 한다. 조금 있다가 나온 그녀의 손에는 어두운 녹색 꽃병이 들려 있었다. 구형 몸통에 가늘고 긴 목이 달린 두꺼운 유리병이다.

온실에 도착해 여의사는 곧바로 중앙의 광장까지 가서 온실을 채운 난들을 둘러보았다. 머지않아 "저게 좋겠네요" 하고 안쪽 한 곳에 핀 심비디움을 가리킨다. 똑바로 뻗은 화수에 무리지어 핀 하얀 꽃. 조금 작고 아주 청초한 모습이다. 꽃병을 원탁 위에 놓고, 그녀는 꽃 쪽으로 걸음을 향했다.

뒤를 따라 안으로 향하려다 나는 통로 옆에 놓여 있던 한 조롱에 주목했다. 엷은 녹색의 새장 안, 노란색의 작은 새가 한 마리, 컵 모양의 둥지 위에서 몸을 웅크리고 있다.

아무래도 이 새가 차 시간에 여의사가 말했던 '메시앙'이라는 이름의 카나리아 같다. 죽은 것 같지는 않지만 역시 전혀 힘이 없다. 롤러 카나리아 중에서도 날개가 순 노란색 '독일계'는 유난히 예쁜 목소리로 운다지만, 우는 소리는커녕 희미하게 호흡의 움직임이 보일 뿐 거의 움직이지 않는다.

"무슨 일 있으세요?"

목표로 하는 꽃을 가져온 마토바 여사가 통로를 돌아와, 몸을 굽혀 조롱 안을 들여다보는 내 옆에 나란히 섰다.

"이 새 말입니다."

나는 새장을 가리키고,

"이것이 메시앙입니까?"

"아아, 네."

"확실히 무척 쇠약해진 것 같습니다만."

"그런 것 같네요. 저도 스에나가에게서 들었을 뿐 보는 것은 이

번이 처음입니다. — 스에나가는 거듭거듭 고개를 갸웃거렸습니다. 어제까지는 무척 건강했다면서."

작은 새에게 눈길을 쏟으면서 그녀 또한 의아스러운 듯이 고개를 갸웃하고,

"카나리야란 튼튼한 새라서 그렇게 쉽게 병에 걸리지 않는다고 해요. 마음에 걸리시나요?"

"아뇨, 별로."

그 이상 새에 관해서 이야기하는 일도 없이 우리들은 광장으로 돌아갔다. 마음에 걸린다면 확실히 마음에 걸리는 이야기이지만, 어떻게 생각해 보아도 역시 사건과 별로 관계가 있다고 생각할 수 없다.

민짜 나무 원탁 위에서 잘라 온 난을 유리병에 꽂으면서,

"야리나카 씨는 뭐랄까, 이상한 것을 갖고 계신 분이세요."

마토바 여사는 천천히 그런 말을 꺼냈다.

"이상하다면?"

"잘 말할 수 없지만."

그녀는 조금 머뭇거리고,

"사물을 생각하는 법이나 흥미의 대상이나, 그리고 성격적인 부분도 어쩐지 그렇게."

"별난 인물로 보인다는 말씀인가요?"

"별나다는 것과는 또 다르지만."

여의사는 좌우로 천천히 고개를 흔들었다.

"예를 들어 구체적으로 지극히 소박한 예를 말씀드리면, 골동품을 취급하는 한편 연극 연출을 하시는 것도 제게는 어쩐지 이상한

조합처럼 보이거든요."

"그렇군요."

나는 십년지기 친구의, 예술가 같은 마른 얼굴을 새삼스레 머리에 그리며 그때 문득 떠오른 말을 그대로 입 밖에 내었다.

"그는 어쩌면, 살아 있는 것에 별로 흥미가 없을지도 모릅니다."

"그 말씀은……."

여의사는 약간 놀란 듯이 눈을 깜빡거리고,

"골동품에 관해서는 알겠지만, 연극 연출과 어떻게 결부되는 거지요?"

"제멋대로 받은 인상입니다만, 그가 만드는 연극은 모두 그런 식입니다. 뭐라고 하면 좋을까, 맞아, 죽음의 삶, 이라고 할까요."

"죽음의, 삶?"

"기묘한 말이네요. 하지만 그런 느낌입니다. 이번 가을에 한 연극에서도 등장인물이 전부 체스의 말이었습니다. 살아 있는 인간은 한 사람도 나오지 않습니다. 드라마 자체는 꽤 인간적이었지만, 어디까지나 말의 바깥쪽에서 조정하는 어떤 이의 속성이자 의사이고, 말 자체는 실로 담담하게 자신들의 운명을 바라보고 그것을 받아들여 가죠. 마치 어차피 자신들은 처음부터 세속적인 '삶'과는 인연이 없는 존재라고 깨닫기라도 한 듯이. 그러니까 그런 의미에서의, 죽음의 삶."

"네."

"그리고, 죽음에 이르는 삶이라는 모티프도 즐겨 쓰는 것 같습니다. 질질 끌려가는 듯이 죽음을 향해 기울어져 간다—그런 처음부터 '멸망'으로 가는 벡터밖에 가질 수 없는 삶."

마음에 솟구치는 이미지를 나는 차례로 말했다. 당황한 얼굴의 마토바 여사를 보면서 나 또한 자신의 묘한 요설에 당황한 것 같다.

"한편으로 그는 자신의 삶—자신이 살아 있는 것의 의미에 무척 집착을 갖고 있는 것 같습니다. '풍경'을 찾고 있다고 하더군요. 자신이 몸을 두어야 할 풍경. 그 속에서 자신이라는 존재의 의미를 잘 실감할 수 있는……. 그 때문에 '암색텐트'를 만들었다고 언젠가 말했지요.

아, 멋대로 떠들어 버려서 죄송합니다. 이렇게 불충분한 말로는 잘 전달되지 않았을 텐데."

"아뇨. 그렇지 않습니다."

그렇게 말하면서도 역시 그녀는 당혹한 표정을 감추지 못한다.

"그러면 린도 씨나 다른 극단원 분들도 그런—야리나카 씨 같은 의식을 가지고 계신가요?"

"그건 아닐 겁니다."

나는 고개를 흔들었다.

"배우란 대개 생생한 '삶'과 마음을 공명시킬 테니까요. 죽음의 삶이라든지 죽음에 이르는 삶이라든지, 그런 것과는 인연이 먼 존재입니다. 당연히."

나는 목이 메어,

"그녀는—아시노 씨는 꼭 그렇지 않았던 것 같지만요."

"린도 씨는 어떻습니까?"

"저 말입니까. 저는."

말을 끊고, 나는 원탁 위의 꽃병에 눈길을 주었다.

불투명한 녹색 유리병은 모양과 광택 나는 색조를 보아 중국의, 이른바 건륭 유리가 아닐까 짐작했다. 건륭 유리란 청나라 시대에 만들어진 유리의 속칭으로, 이처럼 불투명한 물건이 많다. 중국에서 고대 권력의 상징으로서 귀하게 여겨진 '옥'의 색조에 가깝게 만들기 위해 일부러 불순물을 많이 섞었다고 한다.

"저는 야리나카 씨와 같은 지식도 감정안도 없지만, 오래된 미술품이나 공예품에는 역시 강하게 마음이 끌립니다. 다만, 그것은 그것들 하나하나에 느껴지는 다양한 '삶의 모양'에 끌린다고 생각합니다."

"삶의 모양이라고요?"

"예를 들어 이 꽃병을 봐도."

나는 탁상의 유리병에 눈길을 준 채,

"자체의 아름다움과 똑같이, 아니 어쩌면 그 이상으로 만든 사람의 마음이라든지, 그것에 부어진 뜨거운 시선, 그런 것에 흥미가 동합니다. 후미바코文箱* 안에 든 편지나, 그릇 위에서 오가는 대화나…… 그러한 것들을 무심코 생각하는 게 좋습니다."

"로맨티스트시군요."

그렇게 말하고 희미하게 웃음을 보인 마토바 여사는 하얀 난이 꽂힌 꽃병으로 손을 뻗었다.

"가실까요?"

---

* 편지용품을 넣어두는 상자.

# 9

온실을 뒤로 하고, 우리들은 홀로 돌아갔다. 난로 위 장식 선반의 중앙, 폿쿠리가 들어 있던 유리 케이스 옆에 꽃병을 놓고 마토바 여사는 묵념을 올리듯이 잠시 눈을 감았다. 그 옆에서, 나는 다시 초상화의 그녀를 올려다보고 솟아오르는 슬픔과 분노를 견뎠다.

"린도 씨는 이 집을 어떻게 생각하십니까?"

이윽고 난로 앞을 떠나면서, 마토바 여사는 그렇게 물었다.

"어떻게, 라니요."

나는 질문의 정확한 의미를 파악할 수 없어서 약간 당황했지만, 바로 생각이 나서,

"어제 당신이 말씀하셨던 이야기를 저도 지금 믿고 있습니다."

라고 대답했다.

"이 집에는 이상한 뭔가가 있다. 그런 것은 상식적으로 도저히 긍정할 수 없다―아직 믿을 수 없다는 기분도 반쯤 있지만요."

"꼭 믿으실 필요는 없습니다. 결국은, 그렇게도 받아들일 수 있다는 이야기니까요."

나는 "아니" 하고 고개를 흔들고 여의사의 얼굴을 응시했다.

"거울이라고 말씀하셨죠? 이 집은 손님의 미래를 비춘다고."

다시 벽의 초상화로 시선을 던지면서 그녀는 희미하게 끄덕인다. 나는 물었다.

"그러면, 마토바 씨, 이 집은 여기에 사는 여러분들에게는 무엇입니까? 무엇을 '비추고' 있습니까?"

"조금 전 온실로 가는 도중에 한 말을 기억하시는지요. 이 집에서 저희들은 원망과 증오라는 다양한 고통의 감정에서 도망쳐서 살고 있습니다. 이 집은 그러한 이를 위한 곳입니다."

"여러분들의 마음이 미래가 아니라 과거를 향하고 있다는 겁니까? 그것을 이 집이 비추고 있다는 말씀입니까?"

"어떨까요. 반드시 부정은 할 수 없지만."

나는 여의사의 얼굴을 응시한 채 잠시 동안 입을 다물었다. 그녀 쪽도 딱히 말을 계속하려고 하지는 않았다. 석조의 벽 바깥으로 거칠게 부는 바람소리가 갑자기 더 날카로워져 우리들의 침묵을 감싼다.

"여기에 오고부터 계속 그렇게 느끼고 있습니다."

머지않아 나는, 어둑한 홀을 천천히 둘러보면서 말했다.

"뭔가―맞아요, '기도'와 같은 것입니다. 이 집은 모든 곳, 수집된 물건 전부, 그것들 하나하나가 동시에 일체가 되어 뭔가를 향해 진지한 기도를 바치고 있다, 그렇게."

"기도."

그 말을 되풀이하고 마토바 여사는 회색 정장의 가슴께에 살짝 손을 댔다. 나는 계속해서,

"어쩌면 그것은 이 집을 만든 사람의 정념일지도 모릅니다. 혹은 여기에 있는 수많은 수집품을 만든 사람 각각의 정념, 그리고, 그것들을 모은 이의 정념."

"그럴지도 모르겠습니다. 만든 이의 기도, 모은 이의 기도."

두꺼운 렌즈 저편으로, 여의사는 멀리를 바라보듯이 눈을 가늘게 뜬다.

"어쩌면 주인어른도 야리나카 씨와 마찬가지로—조금 전 당신이 말씀하신 것처럼—, 삶을 꺼려 하고 죽음에 끌리는 마음이 있을지도 모릅니다. 그렇다기보다 어쩌면 그것이야말로 이 집, 이 건물에 옛날부터 이어져 온……."

거기서 여의사는 천천히 고개를 흔들어,

"아니. 역시 지금 말은 취소하겠습니다. 주인어른도 저희들도 결코 죽음에 마음을 끌리지 않습니다. 그런 게 아니라—죽음이 아니라, 그것은."

"그것은?"

"글쎄요."

살짝 고개를 기울여 중얼거리고, 마토바 여사는 나를 향해 인사하며, "그럼, 저는 이만" 하고 몸의 방향을 바꾸었다.

"린도 씨도 이제 2층으로 돌아가시는 편이 좋겠습니다."

나는 좀 생각하고 나서,

"예배당에 잠시 있고 싶습니다만."

하고 대답했다.

"괜찮겠습니까?"

"마음대로 하세요. 하지만 자꾸 혼자서 계시는 것은 좋지 않을지도 모릅니다."

"알고 있습니다. 감사합니다."

"그럼."

여의사가 물러가는 것을 지켜보고 나는 혼자 예배당을 향했다.

벽 몇 군데에 설치된 램프형 전등이 희미한 주황색 빛으로 예배당 내에 뚜렷한 음영을 새긴다. 차가운 공기에 몸이 떨렸다. 제단의 예수의 표정을 살피듯이 시선을 던지면서, 나는 중앙의 통로를 나아갔다. 앞줄 오른쪽의 의자 앞에 섰을 때,

"린도 씨."

갑자기 뒤에서 누가 말을 걸었다. 누구의 목소리인지는 바로 알았다. 돌아보니 입구의 문 뒤에서 이쪽을 들여다보는 야모토 아야카의 얼굴이 보였다.

"어쩐 일입니까?"

내가 놀라서 묻자, 아야카는 문 뒤에서 스르륵 몸을 끌어내고,

"걱정되어서 보러 왔어."

라고 말했다.

"걱정? 나를 걱정해 준 겁니까."

"그래. 린도 씨가 미즈키 씨의 뒤를 좇아 자살해 버리는 게 아닐까 하고."

꼭 농담도 아닌 듯이 그녀는 말했다.

"그런."

나는 스스로를 조소하듯이 입가를 떨었다.

"괜찮아요. 저는 겁쟁이니까요. 그보다도 아야카 씨야말로 안 됩니다, 혼자서 어슬렁거리면."

뭔가 말하고 싶은 얼굴을 했나 했더니, 아야카는 발을 끄는 듯한 걸음으로 이쪽으로 달려왔다. 옆까지 오자 문득 나의 발밑에 눈길을 주고,

"아, 싫어, 린도 씨. 아직 양말만 신고 있네. 감기 걸려."

그 말을 듣고 비로소 매우 차가워 저릴 것 같은 발을 깨달았다. 아무것도 대답하지 못하고 나는 의자에 걸터앉았다.

"있지, 마토바 씨랑 무슨 이야기했어?"

내 옆에 앉자, 아야카는 떠보듯이 물었다.

"마주쳤습니까?"

"위층에서 스쳐 지나갔어. 층계참에서 이야기하는 소리가 들리던데. 무슨 이야기했어?"

"여러 가지. ─ 뭡니까. 미심쩍다는 표정인데요."

"왜냐하면."

"역시, 그 사람을 의심하는 겁니까?"

다시 한 번 아야카의 얼굴을 보고 나는 가슴이 두근거렸다. 미즈키의 죽음을 알고 울다가 부은 눈은 이미 가라앉았지만, 그 대신에 뭔가 오싹할 정도로 어두운, 이때까지 그녀가 보인 적이 없는 심각한 표정이 거기에 있었기 때문이다.

"왜냐하면 말이야."

입구의 문 쪽을 불안한 듯이 흘끗 돌아보면서, 아야카는 평소보다도 톤이 낮은 침착한 목소리로 이렇게 말했다.

"이 집에는 누군가 한 사람 더 있는 게 아닌지 제일 신경을 썼던 게 미즈키 씨였으니까."

"네?"

"어젯밤, 처음으로 말을 꺼낸 것은 카이 씨였지만 진심으로 걱정했던 건 미즈키 씨였어."

"대체 무슨 말입니까?"

"있잖아, 너무 많이 안 사람을 죽인다는 거. 게다가, 오늘 여기서 말했잖아. 눈에 띄는 인간만 살해당한다고. 눈에 띈다는 점에서는 역시 미즈키 씨도 그러니까."

"그녀 ― 마토바 씨가 눈에 띄는 인간부터 순서대로 죽여 갔다는 겁니까."

"또 한 사람의 누군가가."

아야카는 진지한 얼굴로 말했다.

"마토바 씨는 말이야, 역시 우리들의 상태를 정찰하고 있어. 또 한 사람의 누군가를 지키기 위해서."

넓은 저택 안을 배회하는 새카만 그림자. 지팡이를 짚는 딱딱한 소리. 광기에 일그러진 그자의 눈이 그늘진 곳에서 우리들을 쏘아 본다. 피에 굶주린 짐승같이 축축이 젖은 눈빛. 혀로 입술을 핥고 거친 숨을 죽이며. 그리고 그 흉포한 손톱자국을 감추려 기를 쓰는 집 사람들.

오싹한 나의 마음에 생생하게 그 검은 그림자가 떠오른다. 이 예배당에서 본 그림자. 뒤쪽 계단에서 본 그림자. 어두운 복도를 가로질러 간 그림자…….

그때.

갑자기 밖에서 소용돌이치는 바람의 소리에 섞여, 뭔가 이상한 소리가 예배당 안에 메아리친다.

아야카가, "꺅" 하고 작은 비명을 질렀다. 나도 무척 놀라, 바닥을 바라보던 시선을 들었다.

"아아."

넓은 시야 가운데서 방금 들렸던 이상한 소리의 출처를 발견하고 무심코 헐떡이는 소리가 새어 나왔다.

"아아, 어떻게 된……."

전방 오른쪽 벽면을 장식한 커다란 스테인드글라스에 이상이 생졌다. 「창세기」 제4장을 모티프로 한 그림의 일부분이 하얗게 금이 가 버린 것이다. 왼쪽에 그려진 인물 – 꿇어앉은 카인의 머리를 산산이 박살내듯이.

## 10

나와 아야카가 예배당을 나갔을 때 시각은 이미 오후 9시가 되려던 참이었다.

2층으로 돌아가려고 계단을 향하다가 우리들은 급한 발걸음으로 위에서 내려온 한 남자와 마주쳤다. 카이 유키히코다.

"어떻게 된 겁니까?"

그의 상태를 보고 나는 놀랐다. 모래색 카디건 위에 갈색 가죽 블레이저를 입고 손에는 자신의 여행 가방을 들고 있다. 대체 어떻게 된 것인가. 설마, 지금 밖으로 나갈 작정인가.

"참을 수 없어. 더 이상은."

카이는 창백한 얼굴로 몇 번이고 머리를 부르르 흔들었다.

"더 이상 여기에는 있을 수 없어."

"그런 말을 해 봤자, 밖에는 아직."

"잡지 마."

평소의 그와는 다른 사람 같은 거친 목소리로 내뱉었다.

"나는 나갈 거야."

"카이 군."

"카이 씨, 어떻게 된 거야."

아야카는 그에게 달려가 팔을 잡았다.

"있지, 카이 씨……."

"놔 줘."

아야카의 손을 난폭하게 뿌리치고 카이는 격렬하게 어깨를 떨었다.

"미안하지만, 나는."

목이 꽉 막혔나 했더니 크게 숨을 한 번 쉬고,

"차가 있다고 했어. 그걸 타고 달아날 거야."

"말도 안 돼요. 무리입니다."

"비켜서세요, 린도 씨."

막아서려는 나를 카이는 엄청난 기세로 밀쳐 냈다. 그리고 현관으로 연결된 듯한 검은 양쪽 여닫이문을 향해 맹렬하게 달려간다.

"기다려."

나는 외쳤다. 거들떠보지도 않고, 카이는 문의 저편으로 자취를 감추었다.

"사람들을 불러 주십시오. 막지 않으면 위험합니다."

계단 밑에서 멍하니 휘둥그레 눈을 뜬 아야카에게 그렇게 명령하고, 나는 카이의 뒤를 쫓았다.

문의 저편에는 2층 높이가 하나로 트인 로비가 있었다. 다다미 열장 정도의 플로어에 응접세트가 놓여 있다. 카이는 들어와서 오른쪽 벽에 있는 문을 열어 그 옆방(이것이 현관 같다)으로 가고 있었다.

"카이 군."

나는 말을 걸었다. 일순 멈춘 그는 등을 돌린 채 고개를 저었다.

"안 됩니다. 진정해요."

"내버려 둬."

눈에 갇힌 저택에서 연이어 동료가 살해된다―이런 이상한 상황 속에 있다가 결국 신경이 견딜 수 없게 되었을까. 살인자의 마수가 다음에는 자기 몸으로 뻗어 올지도 모른다는 공포에 씌어 이대로 이곳에 머물 바에는 무리를 해서라도 나가는 편이 낫다고, 막다른 곳에 몰린 마음이 그렇게 판단했을까.

카이는 건너편 방 안에 있는 한층 더 큰 목제 양쪽 여닫이문을 열었다. 순간, 휙 하는 날카로운 신음과 함께 얼어붙은 세찬 바람이 안으로 들이친다.

카이는 잠시 비틀거렸지만 바로 가방을 고쳐 들고, 내가 외치는 목소리를 무시하고 밖으로 뛰쳐나갔다.

"카이 군."

나도 뒤따라 밖으로 나갔다.

현관 포치는 바람을 타고 들이치는 눈으로 두껍게 덮여 있었다. 일단 제설이 된 모양이지만 그래도 쌓인 눈은 상당했다. 내딛은 다리가 푹 하고 무릎 밑 언저리까지 잠겨 들었다.

"카이 군!"

외침소리가 바람소리에 지워진다. 약해질 줄 모르는 눈이 얼어붙은 밤의 어둠 속을 격렬하고 어지럽게 날고 있다.

"카이 군, 돌아와."

그때 이미 그의 모습은 몇 미터쯤 앞의 눈 속에 있었다. 가슴께까지 눈에 빠졌다. 부드러운 눈을 죽을 둥 살 둥 팔로 헤쳐 헤엄치듯이 앞으로 나아간다.

자살하는 것과 마찬가지라는 생각이 들었다. 마토바 여사가 말했던, 앞뜰 건너편에 있는 차고로 향할 작정이겠지만 이런 엄청난 적설에, 거기까지 도달하기도 힘들지 않을까.

카이를 쫓아서 나도 포치에서 밖으로 뛰어나갔다. 하지만 몇 걸음 쯤 나아갔다가 눈에 발이 걸려 꼴사납게 엎어졌다. 셔츠에 카디건만 걸친 몸에 격심한 냉기가 바늘처럼 박힌다.

일어나려다가 다시 중심이 무너졌다. 몸을 지탱하려고 쑥 내민 팔이 허무하게 눈 속으로 가라앉았다.

이런 눈 속에서 카이는 목숨을 잃는 걸까, 하는 생각이 뇌리를 스쳤다. 이런 사태를 조금 전의 예배당 사건―부서진 카인의 얼굴―이 암시하고 있었나.

"카이 군……."

가까스로 일어섰을 때, 그의 모습은 이미 눈과 함께 어둠에 삼켜져 보이지 않게 되어 버렸다.


# 11


아야카로부터 소식을 듣고 야리나카 등이 달려온 것은 그 직후다. 거의 비슷하게 나루세와 스에나가도 달려왔다.

야리나카나 나모 나시가 뛰어나가려는 것을 나루세가 만류하고, 우선 앞뜰의 외등을 전부 켰다. 회중전등과 삽을 준비해 헤쳐진 눈의 흔적을 따라 야리나카와 나모, 스에나가 세 사람이 카이의 뒤를 쫓는다. 나는 얼어붙은 몸을 팔로 부둥켜안고, 포치 지붕 밑에서 지켜보고 있을 수밖에 없었다.

잠시 후 세 사람의 손에 의해 카이는 끌려 돌아왔다. 차고 바로 앞까지 갔다가 힘이 다 빠져서 몸을 움직이지 못하는 상태였다고 한다. 그의 몸은 얼음처럼 싸늘해졌고 의식도 거의 몽롱했지만 다행히 목숨이 위험하지는 않았다.


# 12


오후 10시 반.

겨우 소동이 가라앉고 우리들은 살롱의 소파에 지친 몸을 파묻었다. 카이는 닌도 의사가 영양제와 진통제를 주어서 얼마간 평정을 되찾고는 자기 방에 틀어박혀 버렸다.

마토바 여사가 뜨거운 녹차를 끓여 주었다. 그러나 아무도 기꺼이 입을 대려고 하지 않는다. 그녀를 직접 의심하지는 않는다 해도 또다시 뭔가 약이 섞인 게 아닌지 걱정이 되었다. 식사를 어떻게 할지 물어서, 오늘은 이제 됐다고 모두가 고개를 흔든 것 또한 마찬가지 이유인 것이 틀림없다.

"조금 전, 이번에는 이제키가 뭔가 묘한 일이 있다고 했습니다."

모두가 찻잔에 손을 대지 않는 것을 아는지 모르는지, 마토바 여사는 차를 한 모금 마시고 문득 생각난 듯이 말했다.

"주방의 식기장에 넣어둔 은 서비스 스푼 하나가 구부러져 있다고 하네요."

"스푼?"

야리나카가 눈썹을 찌푸리고, 물었다.

"꺾어져서 구부러졌습니까?"

"아뇨. 한 번 구부러진 것을 원래대로 되돌리려고 했던 것 같이 모양이 망가졌다고 합니다."

"전부터 그랬던 게 아니고요?"

"저도 그런 말을 했지만 그런 일은 없다고 단호하게 말하더군요. 식기류 손질에는 각별하게 주의를 하고 있다면서."

"흐음. 누군가 초능력자라도 있는 게 아닐까요?"

별로 흥미 없는 목소리로 말하고, 야리나카는 축축한 머리카락을 쓸어 넘긴다.

"뭐, 스푼으로는 사람도 죽일 수 없을 테니까, 사건과는 관계없 겠죠."

"그렇다고 해도 마토바 씨."

닌도 의사가 입을 열었다.

"괜찮을까요? 그러니까 그, 식재료 말입니다만. 슬슬 바닥이 보이는 게 아닙니까?"

"걱정하실 필요 없습니다."

여의사는 대답했다.

"이제키는 부지런해서 햄이나 치즈는 전부 직접 만듭니다. 그 외에도 보존식품이 잔뜩 있으니까요."

"그래도 벌써 나흘째인데."

여전히 노의사는 불안한 표정이다. 양손을 배 위에서 깍지 끼고 힘없는 숨을 길게 토해낸다.

"배가 고프십니까? 역시 먹을 것을 준비하는 편이 좋을까요?"

"아니, 아니, 됐습니다."

닌도 의사는 내키지 않는 얼굴로 손을 흔들었다.

"아무래도 오늘 밤은 도저히 뭔가 먹을 생각은 들지 않네요. 하지만 뭐랄까, 송전선이 끊어지지 않는 게 불행 중 다행입니다. 이런데다 전기까지 끊어지면 차마 눈뜨고 볼 수가 없지."

"그러게요. 일단 자가 발전기는 있지만 여태까지 쓴 적이 없어서 얼마나 도움이 될지."

선룸 쪽 무늬유리 벽 너머로 바깥의 눈보라소리가 울린다. 나는 대화보다도 오히려 그쪽에 마음을 빼앗기면서 나는 셔츠의 윗주머니에서 얼마 안 남은 담배 한 개비를 꺼냈다. 깨진 담배 쟁반은 탁상에서 사라졌고, 대신 파란 대리석으로 된 둥근 재떨이가 놓여 있다.

조금 전의 소동 직전에 예배당 스테인드글라스가 깨졌을 때의 모습이 문득 떠올라, 나는 무심코 공포에 몸을 떨었다. 개보수 손질이 되고 있다고는 해도 이렇게 낡은 건물이다. 예를 들어 불어닥친 강풍에 의해 그런 일이 일어났다고 생각해도 이상하지는 않다. 그러나 이미 나의 마음은 그 사고를 '단순한 우연'으로 치부하기가 불가능한 상태다. 카이는 결국 무사했다. 그러나……

그 일은 벌써 야리나카에게도 말해 놓았다. 그러나 그는 곤란한 얼굴로 작게 끄덕였을 뿐 아무 의견도 말하려고 하지 않았다.

"린도."

두 의사의 대화가 끊어지고, 그로부터 이어진 잠시 동안의 답답한 침묵을 깨고 야리나카가 내게 말을 걸었다.

"범죄라는 것의 본질을 다시 생각해 본 일은 있나?"

"범죄의 본질?"

질문의 의미를 잘 이해하지 못해서 나는 되물었다.

"무슨 말입니까?"

"살인은 범죄라고 단언해 봐도 반론을 주장하는 자는 적지. 보통의 사회화된 인간이라면, 그것은 상식이라고 생각할 거야. 그러나 사람을 죽인다는 행위 자체가 '범죄성'이라는 속성을 가지고 있는 것이 아니라고 하면, 고개를 갸웃할 사람은 많을 거다."

야리나카의 말을 따라하듯이 나는 고개를 갸웃했다. 그는 계속해서,

"한 세기 쯤 전에 프랑스의 에밀 뒤르켐<sup>Emile Durkheim</sup>이라는 사회학자가 이렇게 말했어. '어떤 행위는 그것이 범죄라서 비난받는 것이 아니라, 우리들이 그것을 비난하기 때문에 범죄가 되는 것이다'라고. 실로 정곡을 찌른 지적이라고 생각하지 않나?"

"뭔가 역설 같군요."

"즉, 예를 들어 살인이라는 행위를 봐도 그 자체는 '사람을 죽인다'는 단순한 행위밖에 되지 않는다는 거야. 좋은 것도 나쁜 것도 아니다. 가치로서 완전히 중립이랄까. 해당 사회 구성원의 의식의 총체─뒤르켐은 '집합 의식'이라는 명칭으로 포괄하고 있지만 이 것이 그 행위에 대해 '범죄성'이라는 네거티브한 가치를 인정해서 그에 적합한 반응을 보이는 것에 의해 비로소 살인은 범죄가 된다. 끝까지 따져 말하면, '범죄성'이란 실체로서는 존재하지 않는 거지. 어디까지나 그것은, 사회─집합 의식의 인식 구조이고 반응하는 방법에 지나지 않아."

같은 살인이라도 사형이라는 공적으로 인지된 제도나 전쟁이라는 특수한 상황 아래에서 행해지는 것은 범죄가 되지 않는다. 그러한 단순한 사례를 떠올려 이해하면 되는 것인가.

"그러니까 말이야, 말하자면 범죄는 사회에 의해 만들어진다고 하는 극단적인 논의로도 이어지는 거지. 사실 60년대 이후에 인기가 있던 레이블링 이론 Labeling Theory이라는 범죄 이론은, 어떤 행위에 범죄라는 이름이 붙어 가는 프로세스를 클로즈업해서 분석하려는 건데."

이야기를 듣는 다른 이들은 모두 약간 어리둥절한 얼굴이다. 어째서 야리나카가 여기서 그런 강의를 시작했는가, 나 또한 당혹감을 억누를 수 없었다.

"이런 극단론은 어떨까."

야리나카는 계속한다.

"이 세상에서 범죄라는 것을 완전히 없애기 위해서는 어떻게 하면 좋은가. 답—법률을 없애는 것이다."

"야리나카 씨."

짜증스러운 기분이 들어서 나는 끼어들었다.

"대체 그래서 무슨 말을 하고 싶은 겁니까."

"흠. 요컨대 이런 식으로 생각하면, 나는 통감하지 않을 수 없는 거야. 탐정이라는 행위 그 존재의 천박함 같은 것 말이야."

그렇게 말하고 야리나카는 수척한 볼에 문득 자조적인 표정을 띠었다.

"미스터리는 질서 회복의 드라마라고 하지. 그 말대로다. 탐정의 역할은 그렇게 네거티브한 가치가 부여된 타인의 행위를 들추어

내어 집단의 질서를 회복시키는 데 있다. 그곳에는 반드시 집단 – 이 사회의 '정의'라는, 이 또한 사회적으로 만들어진 가치를 근거로 존재하는 것으로, 더더욱 그 배후에는 민주적 다수라는 말로 장식된 천박한 권력 구조가 놓여 있다는 거야. 탐정 자신이 그것을 의식하든 하지 않든, 좋아하든 좋아하지 않든 상관없이. 정말 싫은 도식이 아닌가.

경찰관이라는 것은, 정말로 그 도식을 단적으로 나타낸 존재일 거야. 학원 분쟁 때의 광경을 떠올려 봐. 당시의 학생 운동을 딱히 미화하려는 것은 아니지만, 쇠파이프와 경찰봉, 화염병과 최루탄 –양자의 폭력 사이에 대체 어느 정도의 차이가 있었을까. 두랄루민 방패를 경계로 썩은 권력으로 지지된 '정의'와 그에 대한 편의상 좋지 않은 '악'과의 구분이 있었을 뿐이야. 설사 개별적인 상황이 얼마나 다르든, 타인의 소행을 범죄로 들추어내어 심판하는 것, 결국 그것이 저급한 권력을 배경으로 한 일종의 폭력인 데는 변함이 없어. 그렇지?"

"그건 알겠지만, 왜 갑자기 그런."

나는 납득이 가지 않는 심정으로 야리나카의 얼굴을 쳐다보았다.

"설마, 그런 이유로 이 사건의 범인을 동정하자는 건 아니겠죠?"

"동정? 설마. 그건 아니야. 이건 나 자신의 문제다. 친한 사람이 살해당한 것에는 물론 분노를 느끼지. 용서할 수 없다고 생각해. 하지만 한편으로는 이렇게 나 자신이 탐정의 입장에 서서 범죄를 폭로하려는 때에 자동적으로 평소부터 몹시 싫증을 내고 있는 이 사회의 권력 구조를 배경으로 사물을 말하는 게 되니까……"

야리나카는 어깨를 움츠리고 묵묵히 이야기에 귀를 기울이고 있던 마토바 여사에게 눈길을 옮겼다.

"뭔가 하실 말씀이 있는 것 같은데요."

"아, 아뇨."

여의사는 안경테에 손을 댄다.

"아니, 얼굴에 똑똑히 쓰여 있습니다. 이런, 뭐, 의미가 없는 허튼 소리를 장황하게 떠들 계제가 아니라고요. 알고 있습니다. 음, 알고 있어요."

야리나카는 실처럼 눈을 가늘게 뜨고 고민을 떨쳐내는 듯이 머리를 흔들었다.

"사건의 동기에 관해 하나 생각하는 것이 있다고 오늘 말했죠. 그것은 즉."

짐짓 점잔을 빼는 듯이 말을 끊고, 야리나카는 천천히 한 번 눈을 깜빡인 뒤,

"어째서 범인은 이 집에서 이 사건을 일으켜야 했는가. 그것이 아마 사건의 요점이라고 생각합니다. '눈보라의 산장'이라는, 범인에게는 어떤 의미로 가장 위험한 상황 속에서 어째서 이런 범죄를 저지르기로 했는가, 저질러야 했는가. 아직 분명한 확신을 갖고 있지 않지만, 그것을 실마리로 어쩌면……."

사건의 진상을 알 수 있을지도 모른다고 말하는 것일까.

"조금만 더 시간을 주셨으면 좋겠다고 시라스카 씨에게 전해 주시겠습니까?"

야리나카는 확실히 뭔가 알아차린 듯했다. 그러나 그것이 구체적으로 무엇인지, 만일 지금 좀 더 파고들어 물어봐도 어차피 제대로 대답해 주지 않을 것이다. 그가 이렇게 의미심장한 말투가 될

때는 아무리 캐물어도 소용없는 것을 오랜 교제로 알고 있다. 본받지 않아도 좋은 '명탐정'의 나쁜 버릇을, 그는 세심하게도 천성적으로 갖추고 있었다.

"오늘 밤은 이제부터 어떻게 하십니까?"

마토바 여사가 야리나카에게 물었다.

"여러분, 쉬지 않으시나요?"

"글쎄."

야리나카는 우리들을 둘러보고,

"모두 아주 형편없는 얼굴을 하고 있어. 무리도 아니겠지만."

그리고 그는 여의사를 다시 보며, 그 역시 심하게 지친 얼굴로 이렇게 말했다.

"이대로 서로를 지키고 있을 수도 없잖아. 자지 않는 것에도 어차피 한도가 있어. 적당한 선에서 쉬자고. 문은 단단히 걸어 잠그고 말이야."


## 13


바깥의 눈은 다소 약해졌다. 바람소리도 조용해져, 깊은 어둠 속에서는 하얀 눈이 분방한 곡선을 그리며 사뿐사뿐 날고 있다. 수증기에 흐려진 창유리를 손으로 닦아 따뜻한 방 안에서 바라보는 그 모습은, 카이를 쫓아 현관에서 밖으로 뛰쳐나갔을 때의 흉포한 눈보라의 광경과는 완전히 별개인 것 같았다. 지금 우리들이 직면한 피비린내 나는 현실과 전혀 관계가 없는, 심원하기까지 한 고요함이 감돌고 있다.

오후 11시 50분. 우리들은 각자의 방으로 돌아갔다.

창가를 떠나 침대 끝에 걸터앉는다. 윗주머니의 담배를 더듬자 마지막 한 개비가 남아 있었다. 약간 고민한 끝에 불을 붙였다.

피어오르는 연기의 저편으로 방문이 보인다. 무심코 조금 전 이 손으로 내린 걸쇠에 눈이 간다. 니코틴이 혈액에 녹아드는 가벼운 현기증에 취하다가 문득ㅡ.

비가 내립니다. 비가 내린다.

누구인지도 알 수 없는 동자의 목소리가 귀 안쪽에서 들려오기 시작한다.

놀러 가고 싶어, 우산은 없어,
붉은 끈 나막신도 끈이 끊어졌다.

키타하라 하쿠슈의 「비」.

팔각형의 온실에서 살해된 사카키 유타가의 시체가 노랫소리를 타고 뇌리에 떠오른다. 하쿠슈의 책으로 후두부를 얻어맞고 자신의 벨트로 목이 졸려⋯⋯. 온실 중앙의 광장으로 옮겨진 시체는 양팔을 몸에 휘감은 부자연스러운 자세를 취하고 있었다. 공중에 매달린 물뿌리개에서 몸 위로 쏟아지는 물. 발 옆에 놓인 빨간 폿쿠리.

범인은 어째서 「비」의 비유'를 행한 것인가. 모든 열쇠는 역시 그곳에 있을 것 같은 느낌이 든다.

비가 내립니다. 비가 내린다.
싫어도 집에서 놀아요,
치요가미 접읍시다, 접읍시다.

호수에 뜬 해룡상의 등 위에서 발견된 키미사키 란의 시체. 사카키와 마찬가지로 후두부를 맞고 목이 졸려……. 이 집의 편지지로 접은 종이학이 시체의 옆에 있어서, 이것이 「비」 2절의 가사를 암시하고 있었다.

도서실의 책이 한 권 아래위가 거꾸로 되어 책장에 꽂힌 것을 발견한 사람은 나다. 때가 타고 모서리가 깨진 – 분명 사이조 야소의 시집이었다. 아마 사카키 때와 마찬가지로 범인은 그 책을 흉기로 써서 란의 머리를 때렸을 것이다. 또 하나의 흉기는 시체의 목에 휘감긴 채 남아 있었다. 별다른 특징이 없는 나일론 노끈으로 집 창고에 들어 있던 물건이라고 한다.

란 살해에 관해 내가 느낀 최대의 의문은 어째서 시체가 집 안이 아니라 문밖, 그것도 호수 위의 분수 같은 장소에 옮겨져 있었나, 라는 것이다. 분명히 「비」의 비유'라는 모티프와는 모순되는 이 공작에는 이것대로 뭔가 특별한 의미가 있을까.

비가 내립니다. 비가 내린다.
켕켕 새끼 꿩이 지금 울었다,
새끼 꿩도 춥겠지, 외롭겠지.

세 사람째는(아아……) 아시노 미즈키였다. 전라의 몸이 하얀 레이스 커튼에 휘감겨 안뜰 테라스에 내팽개쳐 있었다. 그녀는 찔려 죽었다. 식당의 식기장에 있던 페티나이프로 가슴을 찔려……. 새하얀 풍경 속에 핀 심홍의 피의 꽃─이 연속 살인사건에서 처음으로 흘러나온 피였다. 베란다에서 그것을 내려다보는 미카도 꿩 박제가 「비」의 3절을 나타내고 있었다.

그렇다고 해도─다시 지금 생각한다.

어째서 범인은 미즈키를 죽일 때 그런 번잡한 짓을 했을까. 죽여서 「비」의 비유를 행할 뿐이라면 장소는 어디든 상관없었을 것이다. 예를 들어 선룸에라도 끌고 가서 죽이고 박제 꿩을 놓아두면 된다. 그뿐이면 안 되는 것이었다. 어째서 전라에, 레이스를 휘감아 테라스에 던져 떨어뜨릴 필요가 있었을까.

그런 구체적인 의문들과는 별개로─.

지금 다소이기는 하지만 흥분이 가라앉은 머리로 세 사건을 돌이켜보니, 아무래도 뭔가 어긋나는 느낌이 든다. 어긋난다─이상하다, 묘하다, 라는 생각이 의식을 하면 할수록 높이 고개를 쳐든다.

무엇이 어떻게 이상한지 확실한 모양은 보이지 않는다. 대단히 애매하고 감각적인, 그렇다, 불협화음과 비슷하다. 정연한 오케스트라의 연주 중에 언뜻언뜻 어른거리는 미묘한 음의 흐트러짐 같은 것. 어쩐지 기분이 나쁜, 신경을 바늘 끝에 찔리는 듯한.

기분 탓일까. 묘하다고 하면 모든 것이 묘하다. 애당초 이 키리고에 저택이라는 집 자체부터 그렇지 않은가. 아니, 하지만…….

몇 번이고 본 검은 그림자 탓일까. 아니면 다른 뭔가…… 온실의 천장에 간 십자 모양 균열? 이 집이 나타낸 수많은 '움직임' 속에 있으면서 여전히 그 균열의 의미는 불명이지만, 그 외에는—, 온실의 새가 한 마리 쇠약해진 것? 혹은 조금 전 마토바 여사가 말했던 구부러진 은 스푼이 뭔가……?

모르겠다. 구체적으로 생각하려고 하면 할수록 더더욱 애매모호한 감각으로 퇴행해 버린다.

어차피 범인은 하쿠슈의 「비」의 가사를 모방해 세 사람을 없애 버렸다. 왜 「비」인가. 그리고 범인은 누구인가.

마지막 담배가 밑동까지 재가 되자 나는 침대에서 책상 앞으로 몸을 이동했다. 책상 서랍을 열어 그 편지지를 꺼낸다. 함께 들어 있던 펜을 쥔다. 누군가에게 편지를 쓰려는 것은 아니다. 메모를 하려고 생각한 것이다.

그 편지지—보라색 세로쓰기용—의 한 장에 우선 사건 관계자 전원의 이름을 쓰기 시작했다. 어젯밤 야리나카가 보여 준 알리바이나 동기의 일람표를 본떠 순서대로 이름을 늘어세워 본다.

우선 '암색텐트'의 관계자

사카키 유타카(리노이에 미쓰루)

나모 나시(키누가와 시게키)

카이 유키히코(아이다 테루오)

아시노 미즈키(카토리 미즈키)

키미사키 란(나가노 키미코)

야모토 아야카(야마네 나쓰미)

린도 료이치(사사키 나오후미)

야리나카 아키사야

또 한 사람의 손님

닌도 준노스케


다음은 이 키리고에 저택 거주인들이다.


시라스카 슈이치로

나루세 타카시

마토바 아유미

스에나가 코지

이제키 에쓰코


이 중 사카키, 란, 미즈키 세 사람은 피해자다. 그들 중 누군가가 살아 있을 가능성은 없다.—나는 펜을 고쳐 쥐고 세 사람 이름 위에 각각 ×표를 달았다. 이른바 '소거법'을 여기서 다시 해 보려고 한다.

제1의 사건에서 알리바이에 따라 세 사람이 더 소거된다. 야리나카와 나, 그리고 카이. 범행 시간으로 추정되는 16일 오후 11시 40분에서 다음 날 오전 2시 40분까지, 이 세 사람의 알리바이는 완전한 것으로 어떤 의혹도 끼어들 여지가 없다. 17일 오전 0시부터 두 시간, 아야카는 미즈키와 방에서 이야기를 하고 있었다고 하지만, 당연히 충분한 알리바이라고는 인정할 수 없다.—이름 위에 ×표가 세 개 늘어난다.

제2의 사건에서 누군가를 소거할 수 있을까. 범행 시각은 미즈키가 구름다리의 불빛을 목격했다는 18일 오전 2시 전후로 생각된다. 그러나 이 시간의 알리바이는 누구에게도 없다. 여자에게는 무리라는 설도 있었지만 꼭 그런 것은 아니라는 의견의 일치를 보았다. 소거의 재료는 여기에는 없을 듯하다.

제3의 사건에서는 어떨까. 이것은 완력이 없는 여자에게는 어려운 범행이라고 인정해도 좋을 것이다. 잠든 미즈키의 몸을 식당에서 그녀의 방까지 옮겨 옷을 벗기고, 살해 후에 베란다 난간 너머로 던져 떨어뜨려야 했던 것이다. 상식적으로 생각해서 여자의 범행이라고는 생각할 수 없다. 따라서 아야카와 마토바 여사, 이제키에쓰코 세 사람이 여기서 소거되지만.

아야카는 확실히 힘이 없다. 언젠가 리허설 장에서 그녀가 소도구 운반을 돕는 것을 본 적이 있지만 그다지 무게가 나가지 않는 듯한 책상 같은 것을 혼자서 옮기지 못해서 주위 사람의 실소를 샀다. 극단 안에서도 운동 신경이 둔하기로는 1, 2등을 다툰다는 말도 듣는다. 그런 그녀가 도저히 범행이 가능했다고 볼 수 없다.

마토바 여사와 이제키는 어떨까. 뭐라고도 할 수 없다는 것이 솔직한 심정이다. 마토바 여사는 여자치고는 키도 크고 체격도 좋다. 처음에 봤을 때는 남자인가 했을 정도니까, 어쩌면 범행도 가능했을지 모르겠다. 이제키는 몸집이 작고 통통해서 겉보기에는 별로 힘이 없을 듯하지만 실제로 어떨지는 잘 모르겠다.

신중을 기한다면 여기서 소거하는 것은 아야카뿐이다. ─ ×표가 하나 늘어난다.

남은 사람 중 마토바 여사를 뺀 네 명의 집 사람들에게는 제3의 사건에서 알리바이가 성립했다고 한다. 시라스카 씨와 나루세가 3층에 있었고 문제의 시간에 계속 체스를 하고 있었다. 이제키와 스에나가는 주방과 배선실에서 서로가 보이는 위치에 있었다. 공범이라고 할 가능성은 일단 무시한다면 이 알리바이에 의해 그들은 소거된다.

다소 망설이기는 했지만 나는 결국 네 사람의 이름 위에 ×표를 써 넣었다.

남은 것은 세 사람이다. 나모 나시와 닌도 의사, 그리고 마토바 여사─이 중에 범인이 있다는 것이 된다.

뭔가 소거 재료가 없을까 하고 나는 기억을 더듬다가, 거기서 어떤 광경을 떠올렸다. 수면제가 섞인 커피를 마셨을 때의 일이다.

닌도 의사는 내 옆자리에 앉아 있었다. 나는 커피를 블랙으로 한 입 홀짝이고 쓴맛에 얼굴을 찌푸렸지만, 그 옆에서 설탕과 밀크를 듬뿍 넣은 커피를 의사는 정말 맛있다는 듯이 단숨에 비웠다. 나는 그것을 보고 있었다. 확실히 그는 그 커피를 마셨다.

마찬가지의 기억이 마토바 여사에게도 남아 있다. 그녀는 옆자리의 야리나카와 이야기하면서, 때때로 천천히 커피를 홀짝였다. 나는 정면 건너편 자리에서 그것을 보고 있었다. 그것이 '마시는 척'이라고는 도저히 생각할 수 없다. 만일 그렇다고 하면, 그녀는 지금 당장에라도 일류 마술사로 출세할 수 있을 것이다. 즉 그녀도 또한 확실히 그 커피를 마셨다는 것이다.

범인이 커피에 수면제를 넣은 수법은 그 후 검토한 대로였다고 봐도 틀림없다. 커피 메이커의 밑에 필요량의 약을 원두와 섞어 두었다. 따라서 당연히 그때 넣은 커피 전부에 약이 녹아들었던 것이다. 닌도 의사가 마신 커피에도 마토바 여사가 마신 커피에도. 수면제를 복용한 상태에서 범행은 가능할까.─답은 아니다.

닌도 준노스케와 마토바 아유미, 두 사람의 이름 위에 나는 새로

×표를 더했다. 그렇게 해서 남은 인간은 한 사람, 나모 나시뿐이다.

그를 소거할 물리적인 데이터는 없다. 기계적으로 판정을 내린다면 그가 사건의 범인이라는 것이 된다.─그러나.

다양한 장면에서 그의 언동이나 표정, 목소리 상태를 떠올리며, 나는 천천히 고개를 흔들었다. 그 남자가 세 사람의 동료를 죽인 범인이라고 도저히 믿을 수 없다.

아야카가 말한 듯이 그는 언제나 말로 타인을 괴롭힌다. 그렇게 내심의 스트레스를 발산시키는 듯한 면이 있다. 그런 그가 어째서 이제 와 사람을 죽일 것인가. 사카키를, 란을 그리고 미즈키를 하쿠슈의 「비」에 비유해서 죽인 범인상과 그는 너무나도 동떨어진 존재 같다는 느낌이 든다. 물론 그런 인상을 믿고 여기서 그를 소거하는 것은 잘못일 것이다. 그것은 알겠지만.

그때 나는 문득 손뼉을 쳤다.

아니, 아니다. 그는 소거되지 않으면 안 된다.

어째서 지금까지 잊고 있었는지, 어리석음을 조소하고 싶은 기분이었다. 나모 나시에게는 '날붙이 공포증'이라는 심리적인 특성이 있다. 식사용 나이프조차 무서워서 다루지 못하는 그가 어떻게 페티나이프로 미즈키의 가슴을 찌를 수가 있다는 것인가. 만일 그가 범인이라면 찔러 죽이는 방법만은 결코 선택하지 않았을 것이다. 목을 조르거나 머리를 때리는 등 다른 방법을 고르는 게 당연하고, 실제로 그렇게 할 여지는 얼마든지 있었을 것이다.

입밖으로 내지는 않았지만, 야리나카는 물론 훨씬 전에 이것을 알아차렸을 것이다. 혹은 미즈키의 죽음 후의 '검토회'에서 내가 자리를 박찬 다음에도, 이미 나모 나시가 그 이유로 자신의 무고를 주장했을지도 모른다.

나모 나시의 이름의 위에 ×표를 붙인다. 열네 명의 사건 관계자 중, 이렇게 열네 명 모두의 이름이 소거되었다.

나는 펜을 놓고, 커다란 한숨을 책상 위로 떨어뜨렸다.

범인이 될 사람이 모두 없어져 버렸다. 어떻게 된 일인가. 자문할 것도 없다. 결론은 하나다. 즉一.

범인은 이 집에 있는 또 한 사람의 인물이다.

셔츠 밑에서 팔의 살갗이 오싹 전율했다.

지금 한 소거법에 오류가 없다면 범인은 그 이외에 생각할 수 없다. 이 집에 사는 여섯 번째 인간—그 검은 그림자.

—이봐, 자주 나오잖습니까. '자시키로의 광인' 이라는 거.

—비유 살인이라니 정말 이상한 녀석이 할 만한 짓이지.

귓속에서 속삭이는 몇몇 소리.

—이 집에는 누군가 한 사람 더 있는 게 아닌지 제일 신경을 썼던 게 미즈키 씨였으니까.

—피아노 소리를 들었어요. 아주 희미한 소리여서 무슨 곡인지 모르겠지만요.

—있잖아, 너무 많이 안 사람을 죽인다는 거.

무심코 문의 걸쇠를 바라본다. 정적 속에서 귀를 기울인다. 한숨이 또다시 책상 위에 떨어진다.

어떤 인물인지는 모른다. 그러나 만일 '여섯 번째 사람' 이 범인이라면 그(혹은 그녀일까)가 살인을 한 동기는 일종의 '광기' 라고, 그렇게 생각해야 할 것이다. 갑작스러운 방문객을 세 사람이나 연속해서 죽일 정당한 이유가 그(그녀)에게 있었다고는 생각할 수 없기 때문이다. 집요한 「비」의 비유를 봐도 결국은 광기에 의한⋯⋯.

거기까지 생각한 나는 어떤 무서운 사실에 맞닥뜨렸다.

키타하라 하쿠슈의 「비」는, 그렇다, 3절로 끝나지 않는다. 아직
더 있는 것이다.


비가 내립니다. 비가 내린다.

인형 재워도 아직 그치지 않네.

센코하나비線香花火*도 다 탔다.


이것이 「비」의 4절이다. 그리고 마지막 5절.


비가 내립니다. 비가 내린다.

낮에도 내려. 내려. 밤에도 내려.

비가 내립니다. 비가 내린다.


남은 2절의 가사에 맞추어 두 사람이 더 살해당할지도 모르는 것
인가.

"말도 안 돼."

낮게 중얼거리고, 나는 느릿느릿 의자에서 일어났다. 열네 개의
이름과 ×표가 늘어선 편지지를 들고 침대로 향한다.

시각은 오전 0시를 30분 정도 넘었다. 나는 편지를 든 채 털썩 침

---

* 손에 들고 태우는 작은 불꽃.

대 위에 몸을 던졌다.

범인은 이 저택에 사는 또 한 사람이다. 내 나름으로 일단 결론을 냈다. 그러나 어디까지 믿어야 할지 크게 주저되는 것도 분명했다.

야리나카가 살롱에서 마토바 여사를 향해 했던 말이 떠오른다. '어째서 범인은 이 집에서 이 사건을 일으켜야 했는가'―그것이 사건의 요점이라 했다. 대체 무슨 의미였을까.

나는 몸을 옆으로 돌리고 조금 전의 메모를 다시 한 번 고쳐 보았다.

이 소거법에 실수가 있는 것일까. 그때 야리나카의 말투는 아무래도 단순한 광기를 동기로서 상정하는 것 같지는 않았다. 그는 무엇을 생각하고 있는 것일까. 무엇을 깨달아 가고 있었던 것일까.

―그때 편지지의 메모를 바라보던 나는 어떤 기묘한 발견을 했다.

이것은?

무심코 눈을 깜빡인다. 거기에 늘어선 문자열을 응시하며 상체를 일으켜, 그것이 틀림없는지 어떤지 확인했다.

"이것은……"

틀림없었다. 하지만―.

그래서 어떻다는 말인가. 이것은―이런 것은 단순한 우연이 아닐까. 어떤 의미도 없는, 그저 우연.

그 이상 생각하지 않았다. 편지지를 나이트 테이블 위에 내팽개치고 나는 다시 침대에 누웠다.

# 14

깜빡 조는 동안, 나는 노래를 들었다.

더듬더듬, 긴장된 공기에 음표 하나하나를 새겨 넣는 듯 울려 퍼지는 아주 맑고 구슬픈 음색―오르골 소리다. 연주되어 나오는 가락은 그리운 그 동요. 한참 옛날―아이 적에 외운 노래. 초등학교 음악 시간에 배웠을까, 아니면 어머니가 불러 줬을까.

멜로디에 맞춰 그 노래를 흥얼거리려고 움직인 입술이 문득 멈춘다.―주저. 당혹. 그리고 의심. 음이 잘 맞지 않는다. 아무리 노래하려 해도 목소리가 나오지 않는다. 부를 수 없다.―이상하다. 뭔가가 다르다. 뭔가가 뒤틀려 있다. 뭔가가…….

오르골 소리가 천천히 음색을 바꾼다. 연주되는 가락도 모양을 바꾼다. 멀리서 울려 퍼지는 날카로운 바람소리에 섞여 희미하게 귀를 울리는 음악에―.

나는 퍼뜩 눈을 떴다.

침대 위였다. 담요도 덮지 않고 벌렁 드러누워 자고 있었다. 불은 켠 채다. 손목시계를 보니 시각은 오전 2시 전. 이 자세로 생각을 하는 사이, 깜박 졸음에 빠진 것 같다.

창밖에서 날카로운 바람소리가 들려온다. 다시 눈보라가 격렬해지고 있을까.

천천히 몸을 일으킨다. 두꺼운 안개가 덮인 듯이 머리가 멍했다. 이상한 자세로 잔 탓인지 가슴이 좀 불편하다. 가벼운 두통도 있다.

침대에서 발을 내리고 양손을 관자놀이에 댔다. 그때 바람의 신음에 섞여 희미하게 울려오는 그 소리가 다시 귀에 들렸다.

나는 몸이 굳어졌다.

쳄발로의 음색이다. 예배당에 있던 쳄발로─지금 누군가 치고 있다.

마토바 여사일까.─설마. 그녀가 이 시간에 예배당에서 쳄발로를 칠 리가.

들은 기억이 있는 곡이었다. 바람 소리가 방해가 되어 띄엄띄엄 들을 수밖에 없지만 이 음울한 선율은─그렇다, 슈베르트의 〈죽음과 소녀〉가 아닌가.

걷은 커튼을 닫고 나는 훌쩍 일어섰다. 들려오는 멜로디에 끌리듯이 그대로 문을 향한다. 별다른 망설임도 없이 몸이 움직인 것은 어쩌면 의식의 몇 할쯤이 아직 잠에서 깨어나지 않았기 때문일지도 모른다.

걸쇠를 빼고 어두운 복도로 나왔다. 건물의 구조가 영향을 주는지, 쳄발로의 소리는 더더욱 희미한─들리는지 안 들리는지 모를 정도로 희미해졌다.

오른손을 벽에 붙이고 카펫 위를 걷는다. 복도의 공기는 싸늘하게 식어 있어 한 걸음 걸을 때마다 체온이 내려가는 느낌이 났다.

옆방의 야리나카에게 말을 걸려는 생각은, 어떻게 된 일인지 티끌만큼도 떠오르지 않았다. 역시 아직 의식이 분명히 깨어 있지 않았을 것이다. 무척 위험한 행위일지도 모른다는 것을 알면서 나는 혼자 예배당의 상태를 보러 가려 했다.

막다른 곳을 왼쪽으로 꺾어 층계참으로 이어지는 파란 양쪽 여닫이문에 손을 뻗은 그 때.

"린도 씨."

갑자기 등 뒤에서 낮고 쉰 목소리가 이름을 불렀다. 비명만 지르지 않았지 나는 심장이 입에서 튀어나올 정도로 놀라 뒤로 목을 틀었다.

"카이 군."

천천히 이쪽으로 다가오는 그림자는 다부진 체격을 보니 카이 유키히코란 것을 알 수 있었다.

"어떻게 된 겁니까, 이런 시간에."

문에 뻗은 손을 움츠리며 나는 물었다. 설마 또다시 혼자 눈 속으로 뛰쳐나갈 작정은 아니겠지. 자살 행위와 똑같다고 충분히 알았을 것이다.

"당신이야말로, 어째서."

목소리를 죽이고 카이는 되물었다.

"들리지 않습니까?"

나는 말했다.

"예배당에서 누군가가 쳄발로를."

"아아. 저도 들었습니다. 문득 이 소리를 듣고 마음에 걸려 어찌할 바를 몰라서."

"이제 몸은 괜찮습니까? 기분은 어때요?"

"죄송했습니다. 조금 전은 그런―허둥거리는 모습을 보여서."

완전히 겁을 먹은, 전혀 패기가 없는 목소리였다. 무척 떨리는 것처럼도 들렸다.

그동안에도 희미한 쳄발로 소리는 계속된다. 어둠을 꿰뚫듯 경직된 카이의 얼굴을 바라보며 나는 말했다.

"같이 보러 가시겠습니까."

"네."

문을 열고 우리들은 뻥 뚫린 홀에 튀어나온 층계참으로 나갔다. 손을 더듬어 회랑의 불을 켰다

쳄발로의 울림이 커졌다. 연주되는 소리를 조금 전보다도 확실히 들을 수 있다. 느린 템포로 진행되는 어둡고 묵직한 선율. 역시 〈죽음과 소녀〉다. 슈베르트가 스무 살 때 쓴 유명한 가곡으로, 나중에 그의 유작이 된 같은 제목의 현악사중주곡의 제2악장에서 주제로 쓰이기도 했다.

우리들은 발걸음을 죽이고 계단을 내려갔다.


-물러가라!

물러가라, 죽음의 사자!

젊은 몸에 온다면

손대지 못하리


곡에 맞춰 불리는 마티아스 클라우디우스의 시를 떠올렸다. 죽음의 신이 방문한 소녀의 말이다. 이에 대답해 사신은 말한다.


-소녀여, 그 손을 다오.

그대가 친구라면

부드러운 가슴에

조용히 잠들라

그때—미래의 수명을 내게 말했을 때의 미즈키 얼굴이, 울려 퍼지는 음울한 가락에 불려나온 듯 마음에 되살아난다. 젊어서 죽음의 선고를 받고, 그것을 조용히 받아들인 그녀. 그렇게 다짐했던 시기를 기다리지 못하고, 먼 곳으로 끌려간 그녀……

중2층을 둘러싼 회랑의 모퉁이 바로 앞까지 나아갔을 때 갑자기 선율이 끊겼다. 나와 카이는 얼굴을 마주 보고 걸음을 약간 빨리했다.

끊어진 소리는 다시 울리지 않았다. 들켜 버렸나. 그래도 구두소리를 죽이는 노력을 계속하면서, 우리들은 회랑을 나아갔다. 플로어에 내려와 예배당의 문으로 향한다.

회랑 아래 반지하 높이로 내려가는 몇 단의 계단. 예배당 입구의 양쪽 여닫이문은 오른쪽 한 장만 사람 몸의 폭만큼 열려 있었다. 안은 불이 켜져 있다. 주황색의 약한 광선이 끈끈하게 웅크린 어둠을 좁게 가르며 이쪽으로 새어 나오고 있다.

나는 앞장서서 그 광선을 길처럼 따라 더듬더듬 계단을 내려갔다. 바짝 뒤에서 카이가 뒤따른다.

쳄발로 소리는 사라진 채였다. 나는 꿀꺽 숨을 삼키고 반쯤 열린 문으로 안을 들여다보았다. 제단 왼쪽에 놓인 악기 쪽으로 시선을 향한다. 연주자의 모습은, 그러나 그곳에는 없었다. 어둑한 안을 대충 둘러보았지만 사람 그림자는 어디에도 보이지 않는다.

"누구 있습니까?"

안으로 한 걸음 내딛고 나는 과감하게 소리를 냈다. 의자나 뭔가의 뒤에 몸을 숨기고 있는 게 아닐까 생각했기 때문이다.

"지금까지 쳄발로를 치고 있었잖아요. 어디에 숨어 있습니까."

"린도 씨."

이어서 들어온 카이가 주뼛주뼛 속삭인다.

"눈치 채고 이미 도망간 게 아닐까요."

"그럴지도 모르죠. 하지만."

나는 고개를 갸웃거리면서, 다시 한 번 모습이 보이지 않는 어떤 자를 향해 목소리를 던졌다.

"누구……."

등 뒤―문밖에서 그때 갑자기 딱 하고 작은 소리가 울려, 나는 놀라서 입을 다물었다. 더 안으로 들어가려던 발을 멈추고, 허둥지둥 뒤를 돌아본다. 마찬가지로 뒤를 돌아보았지만 무척 놀랐는지 카이는 그 자리에 우뚝 선 채 움직이려 하지 않았다. 그 등을 억지로 밀면서 밖으로 나갔다.

"누구야."

나는 날카롭게 소리쳤다.

엷은 먹빛을 몇 겹으로 칠한 듯한 어둠 속에서 새카만 그림자가 움직이고 있다. 마침 홀로 올라가는 계단의 마지막 단을 다 올라간 것 같았다. 방금 전 흘러나온 빛에 의지해 우리들이 예배당 문을 향해서 나아갔을 때, 그(그녀?)는 어둠에 몸을 숨기고 가만히 숨을 죽이고 있었던 것이다.

"기다려."

나 또한 놀라서 당황했다. 사람 그림자를 쫓아 달려 나간 것은 좋았지만 계단의 첫 단에서 발부리가 걸려 앞으로 고꾸라지고 말았다.

그사이에도 그림자는 계단을 돌아 대각선 위쪽의 플로어를 오른쪽으로 이동해 갔다. 지팡이를 짚는 딱딱한 소리가 어색한 움직임에 맞춰 울린다. 자세를 고쳐 세우고 가까스로 내가 계단을 두세 단 올랐을 때―.

홀을 비추고 있던 어둑한 조명 전부가 갑자기 뚝 꺼졌다. 새카만 어둠이 포위망처럼 우리들을 둘러싼 순간 아무것도 보이지 않게 되었다.

"린도 씨."

뒤에서 카이의 목소리가 떨렸다. 나는 다리가 얼어붙어 잠시 몸을 움직일 수 없게 되었다. 예배당에서 비치는 가냘픈 빛 덕분에, 어렴풋이 물건의 윤곽을 알 수 있었다.

나는 계단을 올라가 그림자가 간 방향으로 몸을 돌렸다. 카이가 가까스로 내 옆까지 다가온다.

"린도 씨."

불안한 듯이 속삭이는 목소리를 "쉿" 하고 막았다. 그리고 나는 그림자가 달아났다고 생각되는 그 방향, 한층 더 밀도가 짙은 어둠 속으로 시선을 집중했다.

마침 그곳은 예배당 문에서 봐서 오른쪽―인형이 장식된 선반의 앞 정도가 될까. 한 걸음 발을 내딛어 더더욱 시선을 집중해 보지만, 아무것도 보이지 않는다. 오로지 농밀한 어둠이 그 공간을 전부 메우고 있다.

"거기 있죠."

나는 상기된 목소리를 냈다. 덜컥, 하고 어둠 속에서 어떤 소리가 났다.

"왜 숨는 겁니까, 당신은."

딱, 하고, 이번은 지팡이 소리. 말을 계속할 겨를도 없이 또다시, 딱…… 하고.

나는 숨을 삼키고 태세를 갖추었다. 사람 모양을 한 검은 그림자가 어둠 속에서 꿈틀거렸다. 어둠의 가장 깊은 곳에서 희미하게 감도는 빛 속으로 그 윤곽이 점점 드러난다. 부자연스러운, 그러나 은밀한 발걸음으로.

"누굽니까."

가까스로 나는 다시 목소리를 낼 수가 있었다.

그림자의 윤곽이 드디어 확실하게 보인다. 새카만 옷을 입고 있다. 작은 몸집이다. 아주 날씬한 몸매는 내가 알고 있는 누구와도 달라 보인다. 그렇다면 역시 이 인물은 키리고에 저택의 여섯 번째 사람인 것인가.

"대체, 당신은."

곧바로 어둠 속에서 떠오른 그 인물의 얼굴을 보자마자 내 말은 "앗"이라는 작은 외침으로 변했다. 옆에서 카이에게서도 비슷한 목소리가 새어 나왔다.

내가 거기서 본 것은 하얀 얼굴이었다.

부자연스러울 정도로 하얀—새하얀 계란형 얼굴이 어둠에 두둥실 떠올라 있다. 반들반들한 매끄러운 피부. 실을 붙인 듯 가는 두 눈. 입술은 양끝이 살짝 끌려 올라가 으스스한 웃음이 고정돼 있다. 눈도 입도, 꿈틀도 하지 않는다. 무서울 정도의 무표정…….

가위에 눌린 듯이 나는 온몸을 경직시켰다. 말이 안 나온다. 대체 저 이상한 얼굴이 무엇을 의미하는지 생각하기조차 불가능했다. 옆의 카이도 마찬가지다.

우리들이 지켜보는 가운데 검은 그림자는 하얀 얼굴을 이쪽으로 향한 채 게처럼 왼쪽 방향으로 이동했다. 딱딱, 지팡이 소리가 울린다. 머지않아 복도로 나가는 문 앞까지 도착해서는 지팡이를 든 한 손을 뻗어 문을 열고, 스르륵 미끄러져 들어간다.

문밖으로 사람 그림자가 모습을 감추었다. 몇 초 후에야 겨우 몸에 휘감긴 형태 없는 긴장이 풀렸다.

"기다려."

나와 카이는 거의 동시에 소리 질렀다. 비틀거리듯이 문을 향해 뛰어가 가늘게 열린 그 틈으로 밖으로 뛰쳐나간다.

안뜰을 향한 프랑스식 창에서 외등 빛이 비쳐 들어와 복도의 어둠을 조금 덜었다. 그러나 사람 그림자는 이미 보이지 않는다. 지팡이 소리도 들리지 않는다. 바깥에서 거칠게 부는 바람소리와 미친 듯이 뛰는 내 심장 고동만이 들렸다.

"린도 씨."

카이가 신음하는 듯한 목소리로 말했다.

"저것은 대체."

"찾읍시다."

나는 가슴에 손을 대고, 천천히 깊게 호흡을 했다.

"분담을 해서. 아니, 잠깐. 떨어지지 않는 편이 좋아."

"하지만……"

완전히 갈팡질팡하는 카이. 나는 분발해서 먼저 발을 내딛었다. 몇 걸음쯤 앞으로 나아가 오른쪽으로 꺾어지는 복도를 들여다본다. 컴컴해서 상황은 모르겠다. 이쪽으로 도망친 것일까. 아니면……

그때 중앙 복도의 막다른 곳에 있는 문 건너편에서 번쩍 하고 불이 켜졌다. 발소리가 희미하게 들리더니 문의 간유리에 검고 커다란 그림자가 비친다.

나는 다시 숨을 삼키고 태세를 갖추었다. 흘긋하고 카이 쪽을 돌아본다. 그는 완전히 겁에 질린 아이처럼 몸을 움츠리고 복도 끝에 우뚝 서 있다.

문이 열리고 사람 그림자가 나타났다. 그러나 조금 전의 사람은 아니다. 실루엣만으로 알았다. 키가 우뚝하고 다부진 넓은 어깨. 미즈키의 시체를 발견한 그때, 3층 발코니에서 본 것과 같은 그림자—나루세다.

"무슨 일이십니까."

아주 침착한 발걸음으로 어두운 복도를 걸어온다. 힘없는 억양, 쉰 목소리로 초로의 집사는 우리들에게 말했다.

"몇 시라고 생각하시는 겁니까. 목소리가 들린 것 같아서 보러 왔습니다만."

"지금, 누군가 있었습니다."

내가 대답했다.

"예배당에서 쳄발로를 치고 있었습니다. 누굽니까?"

"누구냐고 하시면?"

내 2미터 정도 앞에 있던 나루세가 무감각한 목소리로 되물었다. 파자마 위에 감색 가운을 입고 있다. 상황이 상황인 만큼 어둑한 가운데서 보는 그의 풍모는 첫날 밤 아야카가 말했던 것처럼 셸리 부인이 창조한 괴물처럼 보이기조차 했다.

"지팡이를 짚은 녀석입니다. 새하얀 얼굴을 하고 있었어요. 그 얼굴은."

가면이었던 게 아닌가, 그때가 되어 비로소 나는 생각이 미쳤다. 그 장식장은 분명 여러 종류의 가면을 넣은 부분이 있었다. 그 중 하나를⋯⋯.

"꿈이라도 꾸신 거겠지요."

이쪽을 무서운 눈초리로 노려보면서 나루세는 냉담하게 그렇게 말했다. 한 걸음, 두 걸음 걸어와 양손을 내밀어 내 어깨를 잡는다.

"돌아가시길 부탁드립니다."

"기다려 주십시오. 우리들은 분명히."

"밤도 늦었습니다. 돌아가십시오."

나루세가 엄격한 목소리로 되풀이한다. 뒤에 있던 카이가 낮은 소리를 내고 허둥지둥 발걸음을 돌려 달아나듯이 뛰어가는 구두 소리가 탕탕, 하고 홀에 울린다. 어깨에 파고든 집사의 손에서 벗어났지만 마지못해 복도를 뒷걸음질 쳤다.

"편히 쉬십시오."

싸늘하게 말하고 나루세는 나의 코앞에서 문을 닫았다.


## 15


그대로 2층으로 돌아간 나는 가라앉지 않는 심장의 두근거림에 가슴을 누르면서 홀의 전등 스위치를 찾았다. 벽에서 찾은 스위치 몇 개 중 하나를 누르니 천장에 매달린 샹들리에에 휘황하게 불이 켜졌다. 빛으로 채워진 공간은 낮보다도 오히려 밝을 정도로 조금 전의 체험이 그야말로 꿈처럼 느껴진다.

나는 장식장 앞에 섰다. 조금 전 그 인물이 어둠에 몸을 숨기고 있던 근처다.

장 안에는 다양한 종류의 일본 인형이 전에 이것을 들여다봤을 때와 같은 배치로 늘어서 있었다. 그 왼쪽의 한 부분 – 장의 3분의 1정도의 공간에 수많은 노멘이 진열되어 있다.

"역시."

유리문 한 장이 조금 열려 있는 것을 발견하고 나는 무심코 중얼 거렸다.

열린 유리문 안에는 세 단이 설치되어 있다. 그 중간의 한 단— 몇 장의 가면이 정연히 늘어선 중에 한 군데 빈 공간이 있었다. 그 단에 늘어선 가면은 다 여자 가면이다. 한냐般若, 하시히메橋姫, 데이간泥眼, 야세온나痩女, 코오모테小面, 마고지로孫次郎……. 빠진 것이라면, 조增 일까.

어둠 속에서 하얗게 떠오른 그 으스스한 얼굴을 떠올리며 나는 세차게 몸을 흔들었다. 그때의 가위눌린 듯한 감각이 몸의 곳곳에서 어지러이 되살아날 것 같았다.

대체 어떤 놈이었을까. 녀석이야말로 역시 세 사람을 죽인 범인일까.

크게 어깨를 흔들며 숨을 토하고 나는 혼란스러운 머리를 흔들면서 계단을 향했다. 카이의 상태를 살피거나 야리나카를 깨울 기력도 없이, 곧장 방으로 돌아와 바로 담요로 기어들어가 마음을 오로지 잠에 맡겼다.

제6막
# 제4의 죽음

비가 내립니다. 비가 내린다.
인형 재워도 아직 그치지 않네.
센코하나비도 다 탔다.

그날 아침의 키리고에 저택은 요 며칠간 한 번도 없었던 것 같은 평온한 공기에 둘러싸여 있었다.

새벽까지 휘몰아치던 바람은 완전히 잦아들었다. 눈은 아직 간간이 내리지만 만지면 바로 바스라질 듯 속절없는 기세다. 여전히 납빛의 구름이 하늘을 덮고 있지만 그 구름이 문득 틈새를 만들어 태양빛이 황금색 비단처럼 호수 위로 쏟아져 내리는 순간도 있었다.

이래저래 30년 이상 시라스카 가의 집사를 맡아온 나루세 타카시는 그날도 정각에 눈을 떴다.

오전 7시를 지나 정연하게 몸단장을 마치고 뒤쪽 계단에서 1층으로 내려와 제일 먼저 복도의 프랑스식 창으로 바깥을 보았다. 하얗게 눈이 쌓인 테라스를 내다보고 이상이 없는 것을 확인하고, 호수에 뜬 '해룡의 분수'에도 시선을 준다. 그곳에도 아무 이상은 없었다.

곧바로 중앙 복도를 가로질러 홀로 향한다. 그리고 파란 양쪽 여닫이문을 두 손으로 연 그 순간 그것이 그의 눈에 들어왔다.

누군가의 짓궂은 장난이 아닌가 하고 일순 생각했다고 한다. 손님들 중 누군가가 거기서 자신을 놀라게 하려 한다, 그런 식으로도.

그러나 사실은 물론 달랐다.

나루세가 본 것은 밤색 바지를 입은 두 개의 다리였다. 바닥에 서 있는 것은 아니다. 바닥에 뒹굴고 있는 것도 아니다. 눈앞의 공중에 떠 있었던 것이다.

허둥지둥 홀 중앙으로 돌아 들어가자 그는 겨우 무엇이 일어났는지를 이해했다고 한다.

층계참 난간에 연결된 로프에서 한 남자가 목을 매고 있었던 것이다('키리고에 저택 부분도4' 참조).

# 1


투명하고 두꺼운 유리벽 건너편에 세 구의 시체가 누워 있다.

내리쏟아지는 「비」에 젖은 빨간 스웨터의 사카키 유타카. 거기에 바싹 달라붙은 듯한 노란 원피스를 입은 키미사키 란. 그리고 새하얀 레이스로 휘감긴 아시노 미즈키.

그들의 죽음을 애도하듯이 어딘가에서 서글픈 멜로디가 흘러나온다. 길게 울려 퍼지는 높고 투명한 오르골 음색. 연주되는 곡이 무엇인지, 그러나 나는 잘 떠올릴 수 없다.

그립다―잘 알고 있는 곡이다. 애써 기억을 더듬는다. 그러나 도저히 떠올릴 수 없다. 가사도 제목도 확실히 기억하고 있을 텐데 나오지 않는다.

유리벽 너머로 나는 멍하니 시체들을 지켜보고 있다. 눈물이 마른 눈으로. 화석처럼 전신을 경직시키고. 각각의 시체에 겹쳐 떠오르는 세 광경―테이블에서 미끄러져 떨어진 '사카키' 담배 쟁반, 시든 노란 난 꽃, 떨어진 미즈키 부인의 초상화.

## 키리고에 저택 부분도4

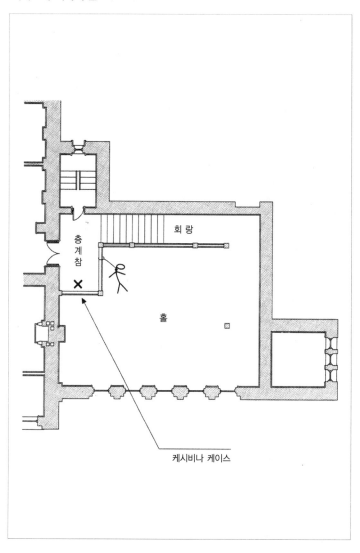

회랑

층계참

홀

케시비나 케이스

흐르는 가락의 템포가 서서히 늦어진다. 이윽고 문득 태엽이 다 풀린다. 잔향과 여운. 유리 건너편으로 순식간에 어둠의 장막이 내린다.

그때 등 뒤에서 거친 숨소리를 느꼈다.

돌아보니 눈앞에 그 얼굴이 있었다. 매끈매끈하고 새하얀 피부, 정지된 으스스한 표정. 가만히 나를 응시하는 노멘의 얼굴. 이것은 코오모테인가. 세상의 더러움을 모르는 청순한 처녀를 나타낸…… 아니, 다르다. 마음의 어딘가에서 목소리가 외친다. 아니다. 코오모테는 아니다. 그것은 조였다. 이것은 조다. 이것은…….

현란한 노能의 장속을 몸에 휘두르고 손에는 고풍의 칼을 쥐고 있다. 내가 뒤로 물러나자 가면 뒤로 깔깔, 하고 새된 웃음소리가 울린다. 마치 그에 장단을 맞추듯이 다시 울리기 시작하는 오르골의 선율.

너는 누구냐 (이 노래는 뭐지).

소리치려고 하지만, 전혀 목소리가 나오지 않는다.

새된 웃음이 싸늘하게 우물거리는 목소리로 변했다. 그런가 했더니 칼을 번쩍이며 내게 덤벼든다.

누구냐, 너는 (뭐지, 이 노래는).

ㅡ그때.

오르골의 가락이 이번은 끊기듯이 툭 멎었다. 그와 동시에 상대의 몸도 팔을 치켜올린 채 정지한다. 하얀 가면이 분라쿠文樂* 인형

---

* 일본의 전통 인형극.

의 얼굴처럼 달그락 하고 갈라져, 그 뒤로 예리한 송곳니를 드러낸 한냐의 가면이 나타나……

조급한 노크 소리에 꿈이 중단되었다.

꿈? 지금은 그냥 악몽이었나. ─그래. 물론 그렇다.

쿡쿡 계속 웃는 반야의 얼굴을 세차게 머리를 흔들어 떨쳐 버리며, 나는 침대에서 나왔다.

파자마로 갈아입지도 않고 손목시계도 찬 채로 잠들어 있었다. 시계를 본다. 오전 8시 반. 미늘창 틈으로 비쳐 들어오는 빛이 어제보다도 밝게 느껴지지만 기분 탓일까.

몇 번 더, 노크가 되풀이되었다.

"네."

쉰 목소리로 대답하니 문 건너편에서 익숙한 여자의 목소리가 들렸다.

"마토바입니다."

"아, 네. 지금 열겠습니다."

이 시간에 그녀가 무슨 볼일인가. 떠오른 답은 하나밖에 없었다. 그러나 그때 나는 아마 반쯤 의식적으로, 그것을 무시하려고 했던 것처럼 느껴진다.

"큰일입니다."

걸쇠를 풀고 문을 열자마자, 마토바 여사가 말했다.

"아래층 홀에서 카이 씨가 돌아가셨습니다."

## 2

야리나카와 닌도 의사는 이미 일어나 현장으로 향했다고 한다. 대각선 건너편 나모 나시의 방문을 노크하는 마토바 여사의 뒤를 빠져나가 나는 복도를 뛰었다.

층계참에 나온 양쪽 여닫이문은 열려 있었다. 뻥 뚫린 홀에 울려 퍼지는 이야기 소리가 이쪽까지 들려온다.

어떤 상태로 카이가 죽었는지 아직 듣지는 못했다. 층계참에 뛰쳐나가 나는 난간에 가슴을 대고 아래의 플로어를 들여다보았다.

마침 그 바로 밑에 카이의 모습이 있었다. 검은 화강암 바닥에 벌렁 누워 있었고 몸을 굽힌 닌도 의사의 벗겨진 머리가 그 옆으로 보였다. 풀어 헤쳐진 모래색 카디건. 힘없이 내팽개쳐진 팔과 다리. 그리고 목에 감긴 회색 로프. 시체 옆에 로프의 남은 부분이 똬리를 튼 듯이 놓여 있다. 길이가 상당한 것 같다.

그렇다면 카이가 저 로프로 목을 맸다?

나는 움찔하고 난간에서 몸을 떨어뜨렸다. 지금까지 가슴을 누르던 커피색 난간 부분에 뭔가 딱딱한 물건에 쓸린 듯한 자국이 있다. 로프를 묶은 흔적이 틀림없는 것 같다.

자살—이라고 생각하고 나는 망연히 자리에 우뚝 섰다.

어젯밤 쳄발로 소리에 끌려 함께 이 홀에 왔을 때의 카이를 떠올린다. 뭔가 무척 겁먹은 듯한 표정이나 목소리는 여전했다. 그 몇 시간 전에 눈보라 속으로 뛰쳐나간 때와 비교하면 상당히 안정을 되찾은 것으로 보였지만. 그것이 자살할 인간의 모습이었는가 묻는다면, 나는 뭐라 대답할 말이 없다.

어차피 카이 유키히코는 죽었다. 이 키리고에 저택이 '움직임' 으로 보인 네 번째 '예언' 이 성취된 것이 된다. 예배당의 스테인드글라스에 나타난 하얀 금이 머릿속에서 딱 하고 소리를 낸다.

"아아, 린도 선생님."

나모 나시의 목소리에 나는 뒤를 돌아보았다. 부스스하게 흐트러진 곱슬머리를 양손으로 매만지면서 복도에서 층계참으로 나온다. 두리번두리번 주위를 둘러보면서,

"카이 군이 당했다고 들었습니다. 대체 범인은 몇 명을 죽여야 만족하려나."

"여기에서 로프로 목을 맨 것 같습니다."

나는 자국이 난 난간을 가리켰다.

"자살했을지도 모릅니다."

"뭐?"

나모는 움푹 팬 눈을 끔뻑끔뻑했다.

"정말입니까? 그건 또."

어안이 벙벙한 얼굴로 훌쩍 이쪽으로 걸어오다가, 그는 "어라" 하고 작은 소리를 지르고 몸의 방향을 바꾸었다.

"아닙니다, 린도 선생님. 자살이 아닙니다."

진지한 목소리로 나모는 그렇게 말했다. 나는 고개를 갸웃하고,

"아니라니, 어째서요?"

"이거요. 이 녀석을 보세요."

그가 손가락으로 가리킨 것은, 층계참 끝에 놓여 있는 사각형 유리 진열 케이스였다. 에도 시대 케시비나의 히나단 장식이 든 케이스다.

"그것이, 어떻게⋯⋯. 앗."

그 앞으로 다가가다가 나는 몸을 움츠렸다. 높이와 폭, 둘 다 6, 70센티미터인 케이스 안, 녹황색 양탄자를 깔아 채운 작은 히나단 위. 남자 히나와 여자 히나, 3인 관녀, 5인 악단 ─ 장식된 열 개의 히나 인형이 전부 뒤로 쓰러져 있었다.

"자살이 아닙니다."

나모가 되풀이했다.

"카이 군은 살해당했습니다. 이거 「비」 4절인데요."

비가 내립니다. 비가 내린다.

귀 안쪽에서 천진난만한 동자의 노랫소리가 울린다.

인형 재워도 아직 그치지 않네.

센코하나비도 다 탔다.

나와 나모 나시가 아래로 내려가니 시체를 조사하는 닌도 의사의 모습을 지켜보던 야리나카가 오른손을 낮게 든 채 다가왔다. 난로 앞에 검은 정장으로 차려입고 무뚝뚝한 얼굴로 서 있는 나루세의 모습도 있었다.

"저 사람이 발견했다고 해."

올린 손을 바지 호주머니로 다시 넣으며 야리나카는 집사 쪽에 눈길을 주었다.

"층계참의 난간에 매달려 있었지요?"

내가 확인하자, 야리나카는 끄덕이며,

"마토바 여사의 지시로 그와 스에나가 씨가 내렸다고 하더군. 목을 맨 로프는 창고에 있던 것 같아."

"발견했을 때 불은?"

"회랑의 램프만 켜져 있었던 것 같아."

야리나카는 휙 몸을 돌려 다시 닌도 의사 옆으로 걸어간다. 나와 나모 나시도 따라서 앞으로 간다.

쪼그리고 앉은 노의사의 땅딸막한 어깨너머로 흉하게 이완된 카이의 얼굴이 보인다. 보라색 울혈이 있다. 목부터 귀 뒤로 걸친, 튼튼한 회색 로프가 단단히 죄어들어 있었다. 썰렁하고 침체된 홀의 공기에 코를 찌르는 심한 악취가 섞였다. 시체의 구두와 바지자락을 적신 바닥의 물웅덩이─실금의 흔적이다.

"어떻습니까."

야리나카가 닌도 의사에게 물었다.

"액사縊死가 틀림없군요."

한숨을 토하는 듯한 목소리로 말하면서, 의사는 천천히 일어났다.

"삭흔 근처에 피하출혈이 생겼네. 다른 원인으로 죽고 나중에 매달았을 가능성은 없습니다. 원 모양 로프를 목에 걸고 위에서 뛰어내린 듯합니다. 사인은 기도 폐쇄 및 경부 혈관 폐쇄. 충격으로 목뼈도 부러졌습니다."

"자살입니까?"

"삭흔에 수상한 부분은 없는 듯합니다만. 아아, 그러니까 말이죠, 예를 들어 교살한 시체를 자살로 꾸미려고 매단 경우에는 때때로 삭흔의 위치가 벗어납니다. 로프를 거는 법이라든지 힘이 더해지는 각도가 달라서. 적어도 그런 수상한 점은 보이지 않습니다."

"그러면 역시."

"아닙니다."

야리나카의 목소리를 가로막고 나모 나시가 말했다.

"카이 군은 자살한 게 아니야. 어떻게 했는지 모르겠지만 누군가가 죽였어."

"어떻게 알아?"

약간 당황한 얼굴로 야리나카는 나모를 보았다. 나모는 뾰족한 턱을 내밀며 대각선 위쪽 층계참을 가리켜,

"저기 히나 인형, 못 보셨습니까?"

"히나 인형?"

야리나카는 의아하다는 듯이 눈썹을 찌푸린다.

"무슨 소리야?"

"히나단 인형이 말이죠, 전부 넘어져 있던데요."

"뭐?"

깜짝 놀라 야리나카는 눈이 휘둥그레진다. 나모는 가늘고 긴 양팔을 펼쳐,

"「비」의 4절에 비유해서 범인이 한 짓입니다. '인형 재워도……'라고. 어딘가에 '센코하나비'도 떨어져 있지 않을까요?"

"그렇지만."

야리나카는 아무래도 납득이 가지 않는다는 표정으로 층계참을 올려다보았다. 미간에 깊게 주름을 지으며,

"그 케시비나가 왜."

웅얼웅얼 입안으로 중얼거린다. 고개를 비틀어 뭔가 골똘히 생

각하는 표정 같기도 하다.

어딘가 비슷한 표정, 비슷한 반응을 전에도 본 적이 있다는 느낌이 그때 들었다. 야리나카가 아니었다. 야리나카가 아니라…….

나는 바닥에 누운 카이의 얼굴을 보았다.

그렇다.─카이다. 어제 아침, 우리들이 란의 시체를 해룡의 작은 섬에서 테라스로 운반했을 때, 늦게 달려온 그가 보인 반응. 내가 손수건 속에서 종이학을 꺼내 보이고 닌도 의사가 주문처럼 「비」의 2절을 흥얼거리기 시작한 그때.

어쩌면 카이는 그때 뭔가 중대한 것을 알아차렸던 게 아닐까.

그런 생각이 문득 떠올랐다.

어제 하루의 카이의 언행을 다시 돌이켜 본다. 그때의 놀란 표정. 그 후의 무척 겁먹은 얼굴, 떨리는 목소리. 그리고.

그 외에도 뭔가 마음에 걸리는 것이 있었던 것 같다.─그렇다. 분명 2층 살롱에서 란의 살해에 관해 한창 검토할 때였다. 느닷없이 "아니야"인지 뭔지 그런 소리를 중얼거렸다. 야리나카가 어떤 의미인지 묻는데도 사건과는 관계없는 생각을 하고 있었다고 대답하며 사과했다. 낮게 고개를 숙이고 다부진 어깨를 움츠리고.

그것은 무엇이었을까. 정말로 사건과는 관계없었을까. 아니면 역시 그는 뭔가 중요한 것을 알아차렸나. 그렇다면 '아니야' 란, 대체 뭐가 '아니'었던 것일까.

"시반과 경직 상태를 봐서 적어도 사후 다섯 시간 이상은 지났을 겁니다."

닌도 의사가 계속해서 사체 소견을 말한다.

"대충, 그렇지, 다섯 시간에서 일곱 시간일까요. 지금이 9시니까, 죽은 것은 오전 2시부터 4시 사이쯤. 뭐, 홀의 온도도 있으니까 나중에 마토바 씨의 의견도 듣고 좀 더 검토해 봐야겠지만."

어젯밤 홀에서 일어난 일을 말하려다가 나는 단념했다. 난로 앞에서 가만히 이쪽을 응시하는 나루세의 눈이 마음에 걸렸기 때문이다.

카이와 둘이서 여기로 내려온 것이 오전 2시 이후라고 기억한다. 복도에서 나루세에게 야단맞고 방으로 돌아간 것이 아마 2시 40분 경. 카이가 죽은 것은 당연하지만 그다음이었다는 것이 된다.

만일―하고 나는 생각한다. 만일 카이의 죽음이 어젯밤의 저 일 때문이라면 그때 그것을―그 가면의 인물을 본 탓에 살해당해 버렸다면.

하쿠슈의 「비」는 5절까지 있다. 앞으로 1인분, 가사가 남아 있다. 범인이 다음으로 노리는 것은 그렇다면, 카이와 함께 그것을 봐 버린 내가 되지 않을까.

"삭흔에 수상한 점은 없다고 하셨는데, 타살의 가능성은 전혀 생각할 수 없는지요?"

소름이 돋은 팔을 문지르면서 나는 닌도 의사에게 물었다.

"아니, 아니, 무조건 없다고는 할 수 없습니다."

의사는 하얀 수염을 쓰르르 쓸어내렸다.

"타살이라는 것도 뭐, 있을 수 있지. 예를 들어 말이지요, 단순히 생각하면 이런 방법이 있습니다. 미리 로프를 난간에 감아 놓고, 목을 거는 고리를 만든 곳에 카이 씨를 불러낸다. 등을 돌린 틈에 감춰 들고 있던 고리를 재빨리 목에 걸고 그대로 밀어 떨어뜨린다. 이런 식으로."

"그렇군요."

"어젯밤부터 오늘 아침 사이에 지진은 없었나?"

갑자기 야리나카가 그런 말을 꺼냈다. 나와 닌도 의사, 나모 나시 세 사람은 얼굴을 마주 보고 각각 고개를 가로저었다. 지진 따위는 여기 오고 나서 한 번도 일어나지 않았을 것이다.

"아, 음. 그렇지."

험상궂게 눈썹을 찡그리고 야리나카는 카이의 시체에 눈길을 떨어뜨렸다. 그대로 잠시 입을 다물고 있었지만, 이윽고 작게 콧소리를 내고 다시 층계참을 올려다본다.

"그런가. 지진인가."

혼잣말처럼 중얼거리나 했더니 바지 주머니에 찔러 넣었던 양손을 꺼내어, 힘차게 계단 쪽으로 발을 내딛었다.

"어디 가는 겁니까?"

내가 묻는데도 그는 조급한 걸음으로 계단을 올라가면서,

"인형 보러."

돌아보지도 않고 대답했다.


3


야리나카와 올라갔을 때 마토바 여사와 아야카가 계단을 내려왔다. 여의사가 앞에 서고 아야카는 그 뒤에서 서너 걸음의 간격을 두고 주뼛주뼛 따라온다.

플로어로 내려가다가 아야카는 바닥에 쓰러진 카이의 시체에 눈길을 멈추고 작은 비명을 질렀다. 양손으로 얼굴을 덮고 도리질을 하는 듯이 몇 번이고 고개를 흔든다.

"뭔가 아셨습니까?"

마토바 여사가 닌도 의사를 향해 딱딱한 목소리로 물었다.

"액사라는 것에 의문은 없지만요."

노의사는 곤혹스런 얼굴로 대답했다.

"아무래도 자살이라고는 단언할 수 없을 것 같아서."

"히나 인형 때문에요?"

여의사는 흘끗 층계참으로 시선을 들고,

"지금, 야리나카 씨가 조사하러 가셨습니다만."

"어젯밤에 상당히 허둥거렸잖습니까."

닌도 의사는 높은 천장을 향해 허무하게 눈을 뜨고 죽은 카이의 얼굴에 시선을 던진다.

"상당히 신경이 쇠약해졌던 것 같았습니다. 이런 긴장 상태를 견디지 못하고 자살했다는 것도 그때 상태를 생각하면 충분히 있을 수 있다고 생각하지만요."

그사이 난로의 앞에서 대기하고 있던 나루세는 아무 말도 하지 않고 홀을 나가 버렸다. 그것을 알아채고 나는 어떻게 할지 망설인 끝에 마토바 여사에게 말을 걸었다.

"나루세 씨로부터 이미 들었을지도 모르시겠지만."

"네?"

여의사가 이쪽을 본다.

역시 확실하게 물어야 한다고 생각했다. 어젯밤의 그것은 어떤 사람인가. 착각이라든지 기분 탓이라든지, 그런 식으로는 더 이상 통하지 않는다. 나는 이 눈으로 분명히 그 사람의 모습을 보았다.

"실은 어젯밤."

그때.

어둑한 홀의 썰렁한 공기를 떨리게 하는 듯 갑자기 높고 투명한 오르골 소리가 울리기 시작했다. 이곳에서 들으리라고는 전혀 예기치 못했던 그 소리에 나는 놀라 입을 다물고 두리번두리번 주위를 둘러보았다.

어느새 이동했는지 난로 앞에 아야카가 서 있었다. 시라스카 부인의 초상화와 마주 보듯이, 집으로 돌아가는 길을 잃어버린 아이처럼 오도카니 서 있다. 장식 선반 위, 어젯밤 마토바 여사가 장식한 하얀 난 꽃 옆에 어제까지 거기에 있던 폿쿠리 유리 케이스를 대신해, 전에 본 적이 있는 작은 자개 상자가 놓여 있었다. 뚜껑이 열려 있고 소리는 거기서 흘러나온다.

"2층에 있던 오르골이 아닙니까?"

나는 마토바 여사에게 물었다. 그녀는 "아뇨" 하고 조용히 고개를 흔들고,

"다른 물건이에요."

계속 울리는 가락에 매료돼 나는 장식 선반으로 다가갔다. 잘 보니 모양이나 크기는 같지만 자개의 그림 모양이 2층 살롱에 있던 물건과는 다른 것 같다. 선율은, 그러나 틀림없이 「비」였다.

"안은 똑같네요."

나는 여의사를 돌아본다. 그녀는 끄덕이고 이렇게 대답했다.

"주인어른이 특별히 만드신 물건입니다."

"시라스카 씨가? 들어 있는 곡은 어째서 「비」입니까?"

"그것은."

마토바 여사는 조금 우물거리면서 벽의 초상화로 쓰윽 눈길을 돌린다.

"돌아가신 사모님이 자장가처럼 자주 부르셨다고 합니다. 아키라あきら 씨가 어릴 때. 그것을 모아서……"

"아키라?"

나는 귀담아들은 그 이름을 따라했다. 아키라─아키라─'彰'이라는 글자가 순간적으로 머리에 떠오른다. 어딘가에서 들은 이름이다. 어딘가에서 본 이름이다.

"혹시 화재로 돌아가셨다는 시라스카 씨의 자녀분 이름입니까?"

나는 물었다. 여의사는 약간 당황한 얼굴로 얼버무리는 듯이 검은테 안경에 손을 대었다.

"네에. 그렇습니다."

오르골의 「비」는 계속된다. 휑뎅그렁한 뻥 뚫린 홀에 울리는 구슬프고도 원망스러운 그 선율에 방금 전 여의사의 입에서 들은 '자장가'라는 단어 탓인지, 문득 몇 년 전에 병으로 돌아가신 어머니의 목소리가 되살아나 귓속에서 가사가 겹치기 시작한다.


비가 내립니다. 비가 내린다
놀러 가고 싶어, 우산은 없어,
붉은 끈 나막신도 끈이 끊어졌다.


비가 내립니다. 비가 내린다.

싫어도 집에서 놀아요,
치요가미 접읍시다, 접읍시다.

비가 내립니다. 비가 내린다.
켕켕 새끼 꿩이 지금 울었다.
새끼 꿩도 춥겠지, 외롭겠지.

비가 내립니다. 비가 내린다.
인형 재워도 아직 그치지 않네.
센코하나비도 다 탔다.

비가 내립니다. 비가 내린다.
낮에도 내려, 내려. 밤에도 내려.
비가 내립니다. 비가 내린다.


우리들은 잠시 할 말을 잃고 영롱하게 이어지는 「비」의 가락에 귀를 기울이고 있었다.

5절의 멜로디가 담담하게 되풀이되고, 거기서 몇 초의 공백이 있었다. 다시 소리가 울리기 시작한 그 순간과 겹치며─.

쿵! 하고, 뭔가 무거운 소리와 진동이 위에서 울려 우리들은 오르골에 집중할 수 없었다. 그 소리에 깜짝 놀랐는지 아야카가 작은 상자의 뚜껑을 쾅 하고 닫는다. 울리던 선율이 딱 멎는다.

"어떻게 된 겁니까, 야리 씨."

나모 나시가 층계참을 향해 목소리를 던졌다. 아무래도 지금은 야리나카가 위에서 낸 소리인 것 같다.

"아아, 미안해. 놀라게 했군."

난간의 저편에서 얼굴을 내밀고 야리나카가 대답을 돌렸다.

"지금 소리는 뭡니까?"

"아니, 잠시."

그렇게 해서 곧바로 플로어로 돌아온 야리나카는 기분 탓인지 조금 전 계단을 올라갔을 때보다 환한 얼굴을 하고 있었다. 안경 안의 눈초리는 여전히 엄격하지만 미간에 잡은 주름은 없고 이쪽으로 걸어오는 움직임은 어쩐지 태연하게 보인다.

"야리나카 씨."

마토바 여사가 말했다.

"실은 주인어른이."

"또 잔소리입니까?"

야리나카가 어깨를 으쓱하고, 여의사의 말을 딱 끊었다.

"그렇다면 더 이상 필요 없습니다. 그렇게 전해 주십시오."

그는 과감하게 말했다. 마토바 여사는 의표를 찔린 듯이 짧게 눈을 깜빡거리고,

"무슨 말씀인가요? 혹시……."

그때 열려 있던 복도 문에서 느릿느릿 들어온 이가 있었다. 스에나가 코지다.

"마토바 선생님, 잠시 괜찮겠습니까?"

카이 시체의 건너편에서 그는 여의사를 손짓으로 불렀다. "실례" 하고 그녀는 우리들 곁을 떠나 시체를 우회해서 스에나가 옆까지 간다. 스에나가는 소곤소곤 낮은 목소리로 그녀에게 뭔가를 전했다.

바로 이쪽으로 다시 돌아오자, 마토바 여사는 우리들에게 이렇게 말했다.

"메시앙이 죽었다고 합니다."

"메시앙?"

야리나카가 눈썹을 찌푸리며 대답했다.

"그 쇠약해진 새가, 말입니까. 일부러 그 말을 하러 온 겁니까?"

여의사가 끄덕이는 것을 쳐다보면서 야리나카는 험악하게 눈을 가늘게 뜨고 거칠게 매부리코를 문지른다. 그렇게 다시 그가 입을 열려던 찰나, 이번에는 아야카가 옆에 서 있는 난로 쪽에서 갑자기 뭔가 격렬한 소리가 났다.

"꺅."

아야카가 소리치고 홱 물러선다. 보니, 아까의 오르골 작은 상자가 검은 화강암 바닥에 떨어져 뒹군다.

"난, 아무것도."

허둥지둥 발밑을 바라보는 아야카의 옆으로, 내가 뛰어 다가갔다.

"어떻게 떨어졌습니까?"

"몰라."

"손으로 잡은 게 아닙니까?"

"몰라."

나는 바닥에 무릎을 짚고 나뒹구는 자개 상자를 주워 올렸다. 낙하의 충격으로 측면의 판이 무참하게 깨져 버렸다. 살짝 뚜껑을 열어봤지만 안의 장치도 고장나 버린 듯, 소리가 나오지 않는다.

"죄송합니다."

마토바 여사를 겁먹은 눈빛으로 보며 아야카는 맥없이 머리를 숙인다. 여의사는 말없이 이쪽으로 걸어와 나에게서 부서진 오르골을 집어 들고 원래의 장소로 돌려놓았다.

"신경 쓰지 않아도 됩니다."

고개 숙인 아야카에게 마토바 여사는 다정한 목소리로 말했다.

"당신 탓이 아니죠. 주인어른에게는 제가 말해 놓겠습니다."

의외의 얼굴로 아야카는 시선을 든다. 여의사는 조용히 발길을 돌려 야리나카가 서 있는 옆으로 돌아갔다.

"잔소리할 필요는 없다고 조금 전 말씀하셨는데."

그녀는 야리나카의 반응을 살폈다.

"분명 그랬죠."

야리나카는 의연하게 그 시선을 받아서,

"그렇습니다. 지금부터 30분 후, 이 집에 있는 전원을 한 방에 모을 수 있습니까? 물론, 시라스카 씨도 함께."

"그건……."

대답이 막힌 여의사에게 야리나카는 선언했다.

"어젯밤 조금만 더 시간을 달라고 했습니다. 그 약속을 지키려는 겁니다. 다소 늦었을지 모르겠지만 거기서 전부 확실히 해 보이겠습니다."

# 4

스에나가에게 나루세와 둘이서 카이의 시체를 지하실로 옮기도록 지시하고, 야리나카의 말을 주인에게 전하러 마토바 여사는 총총히 자리를 떴다. 살롱에서 기다리고 있으라는 말을 들은 우리들은 2층으로 돌아갔다.

"정말입니까, 야리 씨?"

소파에 허리까지 파묻은 야리나카의 주위를 어슬렁어슬렁 돌면서 나모 나시가 거듭거듭 묻는다.

"아니, 대체 누가 범인이라고 결론이 났습니까?"

"나중에 말하지."

무뚝뚝한 목소리로 그렇게 말하고 야리나카는 깊게 팔짱을 낀다. 그 표정은 조금 전 분명하게 사건의 해결을 선언했지만, 뭔가 무척 근심스러운 일이 있는 것 같기도 했다.

"그렇게 말하면서 거드름 피우지 말라니까요. 어휴, 조금이라도 좋으니까 말해 주세요."

"좀 있어 봐."

"설마, 질리지도 않고 또 '나나시, 네가 범인이다' 같은 소리 하는 건 아니죠?"

"글쎄, 어떨까."

"정말 싫습니다."

툴툴거리면서 나모는 난로 앞의 스툴에 걸터앉았다. 익살 떠는 어조로 말하고는 있지만 눈매는 절실하다.

"어제도 말했잖아요. 다른 건 어떻든 미즈키 짱 건이 있으니까 절대로 나는 범인이 아니라고. 나이프로 가슴을 찌르다니 생각하는 것만으로도 현기증이 나니까."

어젯밤 생각했던 대로 역시 그는 자신이 미즈키를 죽일 가능성이 없다는 것을 이미 주장한 것 같다.

"어떨까."

야리나카는 문득 심술궂은 웃음을 보이고 부루퉁한 얼굴의 나모나시에게 시선을 되돌렸다.

"마음만 먹으면 이런 식으로도 생각할 수 있는데 말이야. 그러니까, 너는 언젠가 자신이 날붙이로 사람을 죽일 것을 예상해서, 그때에 대비해 평소부터 '날붙이 공포증'을 가장하고 있었다고."

"무슨 말도 안 되는."

그런 대화가 들리는 한편으로, 아야카는 식당에서 라디오를 들고 와서 방의 콘센트를 찾고 있었다. 소파 뒤의 벽에서 발견하자 플러그를 꽂고 전원을 켠다. 라디오를 테이블에 놓고 자신은 카펫에 무릎을 짚었다.

"미하라야마 뉴스입니까?"

소파에서 몸을 내밀면서, 닌도 의사가 묻는다. 아야카는 "응" 하고 작게 끄덕이며 라디오를 빌린 날 밤, 식당의 식탁에서 떨어져 굽어져 버린 안테나를 당겨 뺐다.

튜너가 다이얼을 도는 사이, 이윽고 잡음 속에서 뉴스 프로그램 같은 소리가 들려온다. 갑자기 거기서 "이즈 오시마의……"라는 캐스터의 말이 시작된 것은, 물론 완전한 우연이기는 했지만, 아주 멋진 타이밍이었다.

나모도 야리나카도 입을 다물고 라디오 소리에 귀를 기울였다. 잡음 섞여 듣기 힘든 목소리의 뉴스는 미하라야마의 분화 활동은 활발하게 이어지고 있어 머지않아 분출된 용암이 내륜산內輪山을 넘어 흘러나올 것이라 전하고 있었다.

"하아, 그렇구나."

걱정인 듯이 얼굴이 어두워지는 아야카를 아랑곳하지 않고, 갑자기 야리나카가 뭔가를 알아차린 듯한 느낌의 소리를 냈다.

"어쩌면."

"왜 그러십니까?"

건너편 소파에 앉아 있던 내가 물었다. 야리나카는 금테 안경을 꼼꼼한 손놀림으로 바로 하면서,

"잠시 같이 함께 가지 않겠어?"

하고 내게 말했다.

"같이 가다니, 지금부터 뭘 말입니까?"

"하나 확인하고 싶은 게 있어."

그렇게 말하자마자 야리나카는 냉큼 소파에서 일어났다. 다른 사람들에게는 여기서 기다리고 있도록 지시하고 복도로 이어지는 문으로 향한다. 나는 영문을 몰랐지만, 그래도 그를 따라 살롱을 나갔다.

야리나카가 나를 데리고 간 곳은 죽은 카이 유키히코의 방이었다. 문을 열고 조금의 망설임도 없이 안으로 들어간다.

"야리나카 씨."

나는 뒤에서 말을 걸었다.

"어째서 카이 군의 방입니까? 무엇을 확인하려는 겁니까?"

아무 대답도 하지 않고 야리나카는 불을 켰다. 방의 창은 정면에 늘어선 프랑스식 창과 내리닫이창은 물론, 바깥의 미늘창도 닫혀 있다.

침대의 바로 앞바닥에 본 적이 있는 적갈색 여행 가방이 내팽개쳐 있었다. 야리나카는 빠른 걸음으로 거기로 다가가, 가방을 침대 위에 올리고 지퍼를 열었다.

"저기, 야리나카 씨,"

내 목소리에 돌아보지도 않고 부스럭부스럭 안을 뒤지기 시작한다. 그리고 머지않아 ─.

"있다."

중얼거리고 그가 안에서 꺼낸 물건은 문고본 정도 크기의 검은 기계였다. 카이가 들고 온 워크맨이다.

"그게 뭐라고."

더더욱 알 수 없는 심정으로 고개를 갸웃거리며 나는 야리나카 옆으로 다가갔다.

"그게 대체 사건과 어떤 관계가 있다는 겁니까?"

"모르겠어?"

흘끗 나를 돌아보고 야리나카는 어깨를 으쓱했다. 그리고 손에 든 기계에 살짝 시선을 떨어뜨리나 했더니,

"역시 그런가?"

만족한 듯이 혼잣말을 한다.

"린도, 이걸 봐."

나는 그의 손을 들여다보았다.

"어때. 분명히 움직이지?"

"아아, 네."

그의 말대로 지금 분명히 기계는 작동하고 있다. 안에서 카세트 테이프가 돌아가는 작은 소리. 야리나카의 발치에 늘어진 헤드폰 끝에서는 사각사각 하는 희미한 소리가 흘러나온다.

"이틀째 아침, 카이가 워크맨의 전지는 다 됐다고 아야카에게 말했던 것을 기억해?"

야리나카가 그렇게 묻자 나는 갈피를 못 잡으면서도 끄덕였다.

"그런데 지금 이 기계는 이렇게 움직이고 있어. 무슨 의미일까?"

나중에 생각해 보면 그 답은 기가 막힐 정도로 간단했다. 그러나 그때 내게 야리나카의 질문은 혼란스러운 머리를 한층 더 혼란시키는 역할밖에 하지 못했다.

"아직 모르겠어?"

야리나카는 다시 어깨를 으쓱하고 곤혹스러운 내 얼굴을 살폈다.

"그럼 진상에 다가서기 위한 결정적인 단서를 하나 더 가르쳐 줄까? 이렇게 특수한―키리고에 저택이라는 집에서밖에 통용되지 않는 것 같지만."

"이 집에서밖에."

"그래. 이틀째의 오후에 처음 온실에 갔을 때 우리들이 목격한 천장의 균열이야. 그것이 무엇을 의미하는지, 그것만 불명확하다고 린도, 그때께 밤 네가 말했잖아."

"네, 그랬죠. 하지만 그게 왜요?"

"그 균열의 의미를 알면 범인의 이름을 알 수 있다는 말이다."

야리나카는 천연덕스럽게 말했다.

"그러니까 그것은―이 집의 일련의 '움직임' 중에서도 그것만은,

머지않아 살해당할 운명의 인물이 아니라, 머지않아 사람을 죽일 운명의 인물, 즉 범인의 이름을 나타내는 것이었어."

# 막간 2

멀리서 바람소리가 계속된다.

저 소리는 역시 거대한 무언가가 내는 통곡이다. 문득 그런 생각이 강하게 든다. 가만히 귀를 기울이면서 가슴 깊은 곳에서 배어나오는 둔한 아픔을 억지로 참는다. 창밖의 어둠에 날리는 눈의 움직임을 눈으로 쫓으면서 바람소리에 공명하는 듯이 귀의 안쪽에서 계속 울리는 그 노래를 입술로 더듬는다.

결국 대체 그것은 무엇이었을까.

4년 전의 과거를 돌아보며 나는 또다시 4년간 몇 번이고 되풀이해온 그 질문을 스스로에게 던졌다.

그것은 뭐였을까.

일상의 현실로부터 완전히 괴리된, 불가사의한 어떤 존재. 키리고에 저택이라는 서양식 저택이 가지고 있던 이상한 의사와 힘. 방문자의 미래를 비추는 거울. 암시. 예언.─그 며칠 사이에 우리들이 만난, 그 '움직임'의 하나하나를 지금 여기서 다시 한 번 들어 본다.

저택의 곳곳에 여러 가지 형태로 나타난 우리들의 이름. 찾아간 우리들의 머릿수에 맞춘 듯이 아홉 개로 줄었던 식당의 의자. 마찬가지로 수가 준 객실. 온실 천장에 간 십자 모양 균열. 테이블에서 떨어져 부서진 담배 쟁반. 얼마 안 되는 시간에 시들어 버린 난 꽃. 벽에서 떨어진 초상화. 깨어진 예배당의 스테인드글라스. 그리고─아아, 그리고……

그것은─그것들은 대체 무엇이었을까.

새삼 생각해봐도 마찬가지다. 나의 답은 정해져 있다. 그래도 몇 번이나 묻는 것은 어딘가 마음 깊은 곳으로 옮겨진 '상식'이라는 이름의, 싸움에서 진 병사가 마지막으로 몸을 둘 곳을 확보하기 위함이라고 생각한다.

필경 그것은 받아들이는 이의 의식에 따라 어떻게든 의미를 바꾼다. 이것 또한 실컷 되풀이해 온 말이다. 모든 것은 단순한 우연의 장난이었나. 예를 들어 심리학자 융이 제창한 '싱크로니시티'라는 개념을 거기에 끼워 맞춰 보는 것인가. 아니면 근대 과학이라는 지배적 구조에서 완전히 이탈해 그 집의 불가사의한 의지의 존재를 인정해 버리는 것인가.

여러 해석 중 대체 어느 것이 '진실'인지, 답은 그중의 어느 것인지는 믿을 수 있는 자의 마음속에만 제시될 수 있다. 그리고 그때 그 집에 있던 우리들의 주관으로는 '불가사의한 무언가'가 확실히 존재했다. 4년 후인 지금도 기본적으로 내 대답은 변하지 않았다. 한편 아무리 그렇게 주장해 보아도 상식 있는 제3자의 찬성을 얻기는 힘들다는 것은 안다. 그래도 상관없다. 단지―.

단지 하나, 이것만은 확실히 해 두어야 한다.

먼저 열거한 몇몇 일은 결코 인위적인―누군가의 손에 의해 작위적으로 만들어낸―현상은 아니었다는 것이다. 어떠한 의미에서도. 애당초 그럴 가능성은 전무했다고 순수하게 논리적 주장을 하려는 것도 아니다. 이것은 단순히 결과로서 내가 알고 있는 것에 지나지 않으니까.

그러나 이 또한 결과로서 확실한 것은, 그 안에서 행해진 일련의 범죄 자체는 분명히 피가 통하는 인간의 손에 의해서였다는 것이다. 거기에 우리들이 아는 인간의 감정이 있고, 행동이 있고, 인과가 있었다. 그 수수께끼를 해명하기 위해 필요했던 것은 어디까지나 냉철한 논리적 추리와 심리적 통찰이었다고 해도 지장 없을 것이다.

　그날 — 4년 전의 11월 19일.

　죽은 카이 유키히코의 방에서 야리나카 아키사야가 최후의 '확인'을 한 후 관계자 모두가 한자리에 모였다. 야리나카의 말대로 사건의 진상은 드디어 우리들 앞에 드러나게 되었다.

제7막
대결

# 1

"앉으시지요."

여전히 평온한 미소를 입가에 띠며 시라스카 슈이치로 씨는 우리들을 맞았다. 11월 19일 수요일─키리고에 저택을 찾아온 지 닷새째, 오전 10시 반의 일이다.

2층 살롱에서 대기하던 우리들을 방금 전─자리를 마련해 달라고 야리나카가 마토바 여사에게 부탁하고 나서 4, 50분 지났을 때─나루세가 부르러 왔다. 안내된 곳은 앞뜰을 향한 쪽에 있는 1층 중앙의 방으로 이 위치는 살롱의 바로 아래에 해당한다.

복도와 방 사이에는 가늘고 긴 대기실이 있었다. 이 대기실에는 알코브<sup>alcôve</sup>*풍으로 깊게 잘려 들어간 양쪽 안의 벽 쪽에 각각 커다란 유리 케이스가 설치되어 있어, 붉은 색과 감색, 두 벌의 갑주가 안에 들어 있었다. 오래된 일본의 갑옷이다. 앞의 복도를 지나간

---

*벽의 한쪽을 움푹 들어가게 만든 부분. 침대를 넣기도 한다.

것은 몇 번쯤 있었지만 이런 물건이 놓여 있는 것은 몰랐다. 만일 어젯밤 나루세에게 야단맞지 않고 그 노멘을 쓴 인물을 찾아 돌아다니다가 이 갑옷과 맞닥뜨렸다면, 필시 무서운 경험을 맛보았을 것이다.

양쪽 여닫이문으로 구분 지어진 안쪽 방으로 들어가자, 우선 눈이 휘둥그레진 것은 천장 한가득 그려진 멋진 산자수명山紫水明의 그림이었다. 청묵색 대리석 난로가 두 개, 양옆의 바로 앞 모퉁이에 설치되어 있다. 같은 색조의 대리석 바닥. 방의 한가운데에는 선명한 빨강과 노랑을 주조로 한 만다라 같은 무늬가 들어간 중국 융단이 깔려 있다. 중후한 흑단 테이블과, 검은 바탕에 금은의 자수가 들어간 비단 소파—호화로운 응접세트가 그 위에 낙낙히 배치되어 있었다.

양쪽 벽에는 좌우의 옆방으로 통하는 문이 있는 듯, 각각의 바로 앞에 한 첩씩 병풍이 놓여 있다. 이쪽을 바라보는 저택 주인의 눈을 아랑곳 않고, 야리나카는 천천히 오른쪽의 병풍으로 다가갔다. 수묵화를 연상시키는 심산유곡을 배경으로 아름다운 백로가 물가에서 노는 그림이 그려 있다.

"오쿄잖아."

안경테에 손을 대고 병풍 그림의 구석에 찍힌 낙관을 들여다본 후, 야리나카는 소리치듯 말했다. 오쿄? 마루야마 오쿄円山応挙의 미발표작이라는 말인가. 또 하나의 병풍에는 금색 바탕에 죽림과 산조山鳥의 그림이 그려져 있었다. 이것도 누군가 이름 있는 화가의 손으로 완성된, 어쩌면 중요 문화재급의 작품인 걸까.

주인이 권한 소파로 걸어가면서 나는 살짝 발돋움을 해서 야리나

앞에 있는 병풍의 건너편을 들여다보았다. 문은 열려 있어서 옆방 벽에 장식되어 있는 우키요에가 흘끗 보였다.

"야리나카 씨, 부탁합니다."

시라스카 씨에게 재촉받은 야리나카는 또 하나의 병풍 쪽으로 향하던 발을 멈추었다.

"아, 실례했습니다. 이런 물건을 보면 그만."

익살을 떠는 느낌으로 가볍게 팔을 벌리며 야리나카가 말했지만 얼굴에는 역력한 긴장의 빛을 느낄 수 있다. 정면의 돌출창을 등지고 앉은 주인의 맞은편 자리에 그는 앉았다.

"어렵게 모여 주셔서 황송합니다."

정중하게 말하고 야리나카는 방에 모인 집 사람들의 얼굴을 둘러보았다. 시라스카 씨와 나란히 앉은 마토바 여사. 벽 쪽에 예비 의자를 놓고 걸터앉은 스에나가와 이제키. 나루세는 의자에 앉지 않고, 주인의 대각선 뒤편에서 대기하고 있다. 여유롭게 소파에 몸을 묻은 저택 주인 외에는 누구나 전에 없이 딱딱한 표정을 하고 있다.

"범인의 이름을 들어볼까요."

무릎 위에서 깍지 끼고 있던 양손의 손가락을 펼치고 시라스카 씨가 단도직입적으로 말을 꺼냈다. 그 위압감에 가득 찬 시선을 똑바로 받아치며,

"순서에 따라 이야기하겠습니다."

야리나카는 대답했다.

"괜찮겠습니까?"

"좋으실 대로."

"감사합니다."

등줄기를 펴고 다시 한 번 천천히 모두의 얼굴을 둘러본다. 크게 한 번 심호흡을 하고 나서 야리나카는 "각설하고"라는 고전적인 문구로 말을 시작했다.

"먼저, 사건 전체를 대강 훑어보기로 합시다. 요 사흘간 일어난 사건은 전부 네 건. 그렇지요, 편의상 각각을 제1막에서 제4막이라고 부르기로 할까요.

제1막은 사카키 살해. 그저께 아침, 사카키 유타카 즉 리노이에 미쓰루가 온실 안에서 교살된 것이 발견되었습니다. 제2막은 어제 아침 발견된 키미사키 란 즉 나가노 키미코 살해. 이것도 교살이었습니다. 제3막은 어제 오후, 아시노 미즈키 즉 카토리 미즈키가 찔려 죽은 사건. 마지막 제4장이, 오늘 아침 발견된 카이 유키히코 즉 아이다 테루오의 사건입니다.

전체를 부감해 보고 제가 품은 의문은 대충 두 가지가 있습니다.

하나. 어째서 범인은 키타하라 하쿠슈의 「비」의 비유를 행했는가. 비유 살인의 의미라는 문제이지요.

둘. 어째서 범인은 이 키리고에 저택에서 살인을 행했는가, 행하지 않으면 안 되었는가. 이것은 그대로 범행 동기의 문제와도 밀접하게 관련되는 것입니다.

그리고 실제로, 이 모두가 사건의 핵심을 건드리는 중요한 문제였다고 지금 알게 됐습니다. 여기서는, 그렇지, 우선 제2의 의문점부터 이야기를 진행해 가는 것이 좋겠지요."

말을 끊고 야리나카는 마른 입술을 혀로 축였다.

"어째서 범인은 키리고에 저택에서 살인을 했는가, 하지 않으면 안 되었는가.

우리들이 이곳을 찾아온 15일 밤부터 현재까지 키리고에 저택은 이른바 '눈보라의 산장'이라는 상황에 놓여 있습니다. 외부 세계로부터 완전히 고립된, 들어오기도 나가기도 불가능한, 일종의 밀실 상태에 있는 겁니다. 이러한 특수한 상황은 연쇄 살인을 실행하려는 범인에게 몇 개 정도의 장점을 제공하는 한편, 그것과 동등한, 혹은 그 이상의 단점을 짊어지게 하기도 합니다.

　장점이란 무엇보다도 경찰의 개입이 없는 것. 그리고 목표로 하는 인간을 놓칠 우려가 없는 것. 상대방의 심리를 막다른 곳에 몰아넣어 커다란 공포심을 줄 수 있다는 것도 범행의 동기에 따라서는 장점 중 하나로 열거해도 되겠지요.

　단점은 범인 자신도 달아날 수가 없다는 겁니다. 양날의 검이라는 거지요. 폐쇄된 산장의 문이 열렸을 때 — 즉, 눈보라가 그치고 고립 상태가 풀려서 경찰이 수사에 들어갈 때, 범인은 그 시점에서 살아남은 얼마 안 되는 인간들로 불가피하게 한정되어 버립니다. 그렇지 않아도 이러한 한 집단 내에서 발생하는 연쇄 살인에서는 한 사람 죽일 때마다 점점 용의자의 틀이 좁아지죠. 갇힌 이들의 경계심은 강해지고, 경찰이 오지 않아도 당연히 범인을 찾는 노력을 할 테니까요. 이것은 범인에게 매우 커다란 위험일 겁니다.

　살인자는 대부분 경찰이 바로 개입할 수 없다는 장점에 끌려 이러한 범행을 결의한다고 상상할 수 있습니다. 발전한 현대의 범죄 수사 기술, 능력이 뛰어난 형사들, 경찰이라는 권력 기구가 가지는 위압감…… 이것들은 모두 범죄자에게는 커다란 위협일 테니까요. 그로부터 해방된 곳에서 프로 수사원에 의한 감시나 미행의 걱정도 없이 계획을 수행할 수 있다. —우선은 이것이 어떤 살인의 무대로 '눈보라의 산장'이 선택된 주된 이유라고 할 수 있겠습니다.

그런데, 조금 전 말한 대로 이 무대에는 동시에 이들 장점을 상쇄해 버리고도 남는 단점이 존재합니다. 좁혀지는 망 속에 범인 스스로가 남겨진다는 위험.

그러면 장점을 살리고 단점을 최소한으로 억제하는 방법은 뭔가 없을까. '눈보라의 산장'에서 범죄를 저지르려고 꾸미는 자는, 정도의 차는 있지만 반드시 그렇게 생각할 것입니다. 예를 들어, 제일 먼저 그곳에 있는 인간 모두를 죽여 버리고 시체를 처리해서 누가 누구인지 모르게 하고 자신은 도주해 사건과는 무관한 척하고 있다. 혹은 죽인 사람 모두를 전부 사람 눈이 닿지 않는 곳에 묻든지 어떻게든 해서 사건 자체를 경찰의 눈에서 감추어 버린다."

요는 '몰살'이라는 것이다. 그렇게 한 다음에 범인 스스로도 자살해 버린다는 너무나도 유명한 탐정소설의 스토리를 떠올리지 않을 수 없었다.

"그러나, 이번 사건의 범인은 적어도 이 '몰살'을 행할 의지는 없었던 듯합니다. 어젯밤 오후, 우리들이 수면제를 먹고 저항할 수 없는 상태가 되어 있는 동안, 그러니까, 가장 많이 시체를 만들 수 있을 때, 범인은 미즈키 한 건밖에 살인을 실행하지 않았습니다. 이것을 봐서 알 수 있겠지요.

그러면 범인은 '눈보라의 산장'에 따르는 단점을 해소하기 해서 어떠한 대책을 세우려 했는가. 전혀 그런 것은 생각하지 않았을 가능성도 있겠지만, 주도면밀한 비유 공작이나 우리들에게 약을 먹인 교묘한 수법 등에서 추측되는 범인상은 그런 가능성과는 너무나도 어울리지 않습니다. 약간의 지성이 있는 인간이라면 이러한 특수 상황을 연쇄 살인의 무대로 고른 이상, 어떤 형태로든 단점을 해소하려는 의지를 가졌을 거라고 생각합니다.

단점의 해소 방법은 조금 전에 든 '몰살책' 외에 이런 것을 생각할 수 있습니다. '좁혀진 망'으로 말한다면 '그 망 밖에 몸을 둔다'라는 게 될까요. 이것은 크게 두 개의 패턴으로 나뉩니다. 즉-.

1. 처음부터 망 안에 들어가지 않는다.
2. 망 안에서 도망친다.

이 두 가지입니다.

'망 안에 들어가지 않는다'란 자신은 산장-이 키리고에 저택 안에는 없는 것으로 해 버린다는 의미입니다. 구체적인 방법을 들면 처음부터 여기에는 오지 않았다, 원래 존재하지 않았다고 우리들이 생각하게 한다. 혹은 도중에 나가 버렸다고 생각하게 한다. 혹은 몰래 밖에서 들어온다는 것도 생각할 수 있지요.

한편 '망 안에서 도망친다'란 내부에서 수사가 행해지는 단계에서 가능한 한 빨리 범인이 아닌-범인이 될 수 없는 인간의 그룹에 들어가게 한다는 의미입니다. 예를 들어 피해자를 가장한다든지, 어떤 트릭을 써서 자신은 범행이 불가능하다는 것을 명시한다든지.

범인은 이것들 중 대체 어떤 방법을 썼을까, 쓰려고 했는가."

저택의 주인은 배 위에 손가락을 깍지 낀 채, 가볍게 눈을 감고 야리나카의 이야기를 듣고 있다. 가만히 그 얼굴을 향하던 시선을 돌려 야리나카는 대각선 건너편에 앉은 마토바 여사를 살폈다. 당신은 어떻게 생각합니까, 라는 듯한 그 모습에 여의사는 묵묵히 좌우로 고개를 흔든다.

"여기서 주목해 보고 싶은 것은 우리들 '암색텐트'의 일행이 키리고에 저택을 방문하기까지의 과정입니다."

야리나카는 계속했다.

"11월 13일 오후, 우리들은 도쿄에서 미마하라로 왔습니다. 2박 3일 일정을 끝내고 15일 오후 호텔의 송환 버스로 귀로에 올랐습니다. 그런데 이 버스가 우연히 엔진 고장을 일으켜 버렸습니다. 버스가 고장 난 장소가 우연히 아이노 읍내 근처였으므로 우리들은 열차 시간도 있고 해서 걸어가기로 했죠. 그때 덮쳐 온 건 갑작스런 눈보라입니다. 길은 고불고불한 비포장 고갯길로 나중에 물어보니 산기슭까지 길이 하나가 아니었다더군요. 추위와 나쁜 시계, 초조…… 여러 가지 악조건이 겹쳐 우리들은 길을 잃어버렸습니다. 눈 속을 헤매며 걸은 끝에 우연히 도달한 곳이 이 키리고에 저택이었습니다.

이렇게 경위를 좇아 보면 우리들이 이 저택으로 오기까지는 실로 많은 우연이 있었다는 것을 알 수 있습니다. 예를 들어 우리들과는 행동을 함께 하지 않았던 어떤 사람이 우리들이 이곳에 오도록 밖에서 조작했다는 일은 이 경우 결코 있을 수 없습니다. 아무리 버스에 뭔가 조작을 했다고 해도 우리들이 아이노까지 걷지 않고 미마하라의 호텔로 돌아가는 쪽을 골랐다면, 이곳으로 올 가능성은 전혀 없어지는 것이죠. 그 외에도 말을 꺼내자면 한이 없습니다. 눈보라가 칠 것을 확실하게 예상할 수 있을까, 길을 잃고 이 집을 발견한 것을 예상할 수 있을까. 마찬가지로 우리들 그룹 한 사람 한 사람의 행동도 예상할 수 없습니다.

따라서 '1. 처음부터 망 안에 들어가지 않는다' 중, 몰래 밖에서 들어온다는 방법은 완전히 무시해도 됩니다. 우리들이 이 저택을 찾아와 이곳에 갇힌 것은 어떤 사람도 예상할 수 없었을 테니까요.

또한, 그날 그 버스에 탔던 것은 우리들뿐이었습니다. 후속 차도 없고 제3자가 우리들을 미행했을 가능성은 없습니다. 따라서 여기에 오지 않은 척하고 어딘가에서 몸을 숨기고 있는 방법도 불가능합니다. 게다가 요 닷새간 집에서 나간 사람은 하나도 없으니까 나갔다고 생각하게 만들어 몰래 돌아와 있는 것도 검토 대상에서 빠집니다.

문제는 이곳에는 존재하지 않는 것으로 된, 이라는 경우입니다."

그렇다, 그것이다―라고, 나는 생각했다.

어젯밤 한동안 생각하고 해답을 낸 게 아니었나. 알려지지 않은 또 한 사람의 인물이 범인이라고. 게다가 그 후 나는 실제로 이 눈으로 그 인물을 목격했다.

키리고에 저택에는 분명히, 우리들이 모르는―우리들에 대해서는 '존재하지 않는 것으로 된' 여섯 번째의 사람이 존재한다. 그 새카만 사람 그림자―지팡이를 짚은, 그 노멘의…….

야리나카에게는 결국 어젯밤 일을 말하지 않았다. 어쩐지 말할 기회를 놓쳐 버린 것이다. 조금 전 둘이서 카이 방으로 갔을 때에도, 그의 언동에 완전히 마음을 빼앗겨 말하고 싶었지만 할 수 없었다.

"그렇지만 야리나카 씨."

감고 있던 눈을 천천히 뜨고, 시라스카 씨가 말했다.

"여러분들은 완전히 우연히 이 집에 왔다. 방금 그렇게 확인되었지요. 여러분들에 대해 살의를 품을 인간이 이 저택에 숨어 산다는 것은, 만일 여러분에게 그런 미지의 인간이 존재했다고 해도 말입니다, 우연이 너무 지나치게 겹치는 게 아닙니까."

"분명 말씀하시는 대로겠지요."

야리나카는 천천히 턱을 쓰다듬었다. 긴장이 넘쳐흐르는 표정에 변화는 없지만, 마주 보는 저택 주인과 막상막하로 아주 차분한 기색이다.

"하지만 하나의 가능성으로서는 남을 겁니다. 닌도 선생도 언젠가 인정하셨습니다만 키리고에 저택이라는 집에는 뭐랄까, 엄청난 우연이 흘러넘치는 것 같으니까요. 게다가 반드시 당연한 동기가 필요하다고는 잘라 말할 수 없습니다. 그 인물은 미친 살인마일지도 모르고."

시라스카 씨는 역시 기분이 좀 상한 듯했다. 흠칫 눈썹을 찡그리고, 목소리를 날카롭게 한다.

"이 집에 광인 따위는 없습니다."

야리나카는 그러나, 단호한 어조로,

"가능성은 남습니다."

라고 말했다.

"단지 상당히 희박한 가능성이라고 인정하지요."

## 2

　"이야기를 본론으로 돌립시다. 다음은 '2. 망 안에서 도망친다'
는 방법에 관해 검토하지 않으면 안 됩니다."

　야리나카의 이야기는 이어진다.

　"사건이 일어나고 우리들 앞에 나타난 시체는 전부 네 구. 이들
은 다 닌도 선생과 마토바 씨, 두 전문가에 의해 사망이 확인됐습
니다. 피해자를 가장한다―시체인 척해서 자신은 죽었다고 해 둔다
는 방법은, 따라서 당연히 선택할 수 없었을 겁니다. 사실 어제 일
이지만 키미사키 란의 시체를 지하실로 옮길 때, 이쪽의 린도 군이
그런 생각을 하고 사카키의 시체를 조사했습니다. 그 시체는 우리
들은 가까이에서 보기만 하고 직접 손으로 만지지는 않았으니까
요. 닌도 의사나 마토바 씨의 사망진단 자체를 의심해 봤던 겁니
다. 그러나 물론 확실한 시체였습니다.

　자, 이렇게 해서 순서대로 소거해 가면, 결국 조금 전 시라스카
씨는 부정하셨지만 이곳에는 존재하지 않는 것을 선택한 우리들에
게는 미지의 인물이 범인이라는 가능성과, 또 하나 어떤 수단에 의
해 범행이 불가능한 인물이 범인이라는 가능성, 이 두 가지가 남습
니다. 전자는 지금 우리들이 막무가내로 집 안을 수색하면 어떤 형
태로 진위가 판명되겠지만, 그런 행동을 할 생각은 없습니다. 여기
에서는 어쨌든 후자에 관해서 자세히 고찰해 보기로 합니다."

　정면의 돌출창 밖에는 온통 백은의 눈으로 덮인 저택의 앞뜰이
펼쳐져 있다. 공중을 흩날리는 눈의 모습은 보이지 않고 바람소리

도 들리지 않는다. 눈보라는 겨우 지나간 것일까. 그때 갑자기 구름 사이로 비치는 햇빛이 먼 곳의 땅에서 눈부시게 빛났다.

"범행이 불가능하게 되어 있다니, 그러면 대체 어떠한 상태입니까."

다시 눈을 감은 저택 주인의 얼굴에 시선을 고정하고 야리나카는 계속한다.

"우선 떠오르는 것은 시간적인 알리바이입니다. 그리고 부상을 입고 있다, 눈이 보이지 않는다, 색맹이다 따위의 육체적인 핸디캡에 의해 범행의 가능성이 부정되는 일도 자주 있습니다. 현장이 밀실이어서 출입이 불가능했다는 것도 그중 하나입니다만, 이 사건에서는 이른바 밀실 살인은 한 건도 없으므로 생각할 필요는 없고요.

일련의 사건에서 육체적 핸디캡에 의해 용의자에서 벗어나는 사람은 딱히 없습니다. 억지로 들자면 나모 나시의 '날붙이 공포증'이라는 게 있겠지만, 그런 형태가 없는─즉 심리적·정신적인 특성은 형태가 있는 것에 비교하면 대개 날조가 쉽습니다. 그의 '날붙이 공포증'이 진짜인지 어떤지, 여기서는 확인할 방법이 없다는 거죠."

나모 나시는 내 오른쪽 옆에 앉아 있다. 뾰족한 턱 끝에 손가락을 대면서, 칫 하고 희미하게 혀를 찼다.

"특히 어제의 미즈키 살해 같은 것은 완력이 없는 여성에게는 무리인 듯하지만, 이것도 소거의 재료로서는 다소 신뢰성이 부족하다고 생각합니다. 마음만 먹으면 여성이라도 할 수 있을지도 모른다고 생각할 여지가 있기 때문입니다. 게다가 요즘 여성분들은 어떤 일도 남성과 '같지' 않으면 직성이 풀리지 않는 세태니까, 여기서 여성은 불가능하다고 단정해 버리면 차별이라고 규탄당할지도 모릅니다. 세상의 여권론자에게 경의를 표해, 그녀들의 가능성은 인정하지 않으면 안 됩니다. 다음은, 그렇지, 지팡이를 짚은 미지의 인물이 자신의 핸디캡을 주장하고 있는 것 같습니다만, 이에 관해서는 일단 생각하지 않기로 합니다.

그러면 시간적인 알리바이는 어떨까요.

제1막에서는 나와 린도, 죽은 카이 세 사람이 완전한 알리바이가 성립합니다. 미즈키와 아야카도 불완전하기는 하지만 알리바이 같은 것이 있고. 제2막의 란 살해에서는 알리바이를 가진 사람은 하나도 없습니다. 제3막에서는 시라스카 씨, 당신과 나루세 씨, 이제키 씨와 스에나가 씨의 두 팀이 서로의 알리바이를 증명하고 있습니다. 제4막에서는 아직 미확인입니다만."

야리나카는 휙 하고 자리를 둘러보고,

"누군가 이 자리에서 어젯밤의 알리바이를 주장하는 분 있습니까? 닌도 선생님에 따르면 카이가 죽은 것은 대강 오전 2시부터 4시 사이로 추정된다고 합니다."

대답하는 사람은 한 명도 없었다.

"네 사건 중, 알리바이를 주장하는 사람이 있는 것은 제1막과 제3막이군요. 그런데."

야리나카는 크게 숨을 토했다.

"여기서 제일 처음으로 제시한 두 문제점 중 하나를 여러모로 생각해 보고 싶습니다. 즉 어째서 범인은 하쿠슈의 「비」의 비유를 행했던 것인가, 라는 문제입니다.

네 건의 사건 중 이 비유 공작이 가장 공들여 행해진 것이 제1막인 것은 말할 필요도 없겠지요. 최초의 비유라는 것도 약간 관계가 있을지도 모릅니다만, 그렇다고 해도 다른 세 건과 비교해서 확실히 공을 들여 시체를 장식했습니다. 그래서 정말 뭔가 특별한 의도가 담겼다는 인상을 받았습니다. 그런 연유로 여기서 조금 시간을 쪼개어, 제1막, 사카키 유타카 살해에 초점을 좁혀 고찰을 해 보기로 합시다.

사건의 개요를 돌이켜 보면—.

사카키의 시체가 발견된 것은 17일의 오전 7시 반경. 장소는 온실. 발견자는 스에나가 씨였습니다. 현장의 상황은 이렇습니다. 시체는 온실 중앙의 광장에 약간 묘한 포즈를 취하고 누워 있었다. 양팔을 이렇게, 명치를 보호하는 듯한 느낌으로 몸통에 휘감고 있었습니다. 살해 방법은 후두부를 구타해서 실신시킨 다음 교살. 흉기는 키타하라 하쿠슈의 책과 사카키 자신의 벨트. 시체 위쪽에는 물뿌리개가 매달려서 안에는 수도 호스를 끌어넣어 물이 떨어지고 있었습니다. 게다가 발치에는 칠기의 폿쿠리가 놓여 있었죠. 그리고 시체가 있었던 광장과는 다른 장소—온실의 입구 근처의 통로에 살해 흔적이 남아 있었고, 두 개의 흉기도 그곳에 떨어져 있었습니다.

검시 결과 시체는 사후 여섯 시간 반에서 아홉 시간 반으로 추정되었습니다. 과거 경찰관계의 일도 하셨던 닌도 선생님이 마토바 씨와 상담한 후, 신중하게 범위를 잡아낸 숫자입니다. 이것이 오전 8시 10분경이었으니까, 역산해서 사망 추정 시각은 16일 오후 11시 40분부터 17일 오전 2시 40분 사이. 설령 오차가 있다고 해도 기껏 플러스마이너스 10분 정도인 것입니다.

이 사건의 가장 두드러진 특징은 말할 것도 없이 비유 살인이라는 것입니다. 물뿌리개에서 쏟아져 내리는 물, 빨간 풋쿠리, 키타하라 하쿠슈의 책—이것들은 명백히 동요 「비」의 가사를 모방한 비유 공작이었습니다.

한편, 최초의 설문으로 돌아갑니다. 범인은 대체 어떤 의도로 이러한 비유를 행했는가. 어째서 하쿠슈의 「비」여야 했던 것인가.

비유 살인이라는 것이 어떤 의도를 갖고 행해진다—그것에는 아마 다음과 같은 세 가지 경우를 생각할 수 있을 듯 합니다.

첫 번째로 범인이 '비유'라는 시체를 장식하는 행위 자체에서 적극적인 의의를 찾는 경우. 이 경우에는 그것이 어떤 비유인가 하는 문제는 별로 의미가 없는 것이 됩니다. 즉, 범인의 주된 목적은 어떤 비유 공작에 따라, 말하자면 시체를 놀림감으로 만드는 것에 있습니다.

두 번째는 범인이 「비」라는 노래, 혹은 시, 단어에 뭔가 중요한 의미를 인지하고 있는 경우, 「비」를 연출한다는 것 자체에 범인의 주요한 목적과 집착이 있어서, 그렇게 행해진 비유는 범인에 의한 일종의 메시지라고도 해석할 수 있습니다.

세 번째로 시체 장식이라든지 「비」의 연출 같은 표면적인 행위 자체에는 범인의 진의가 없는 경우입니다. 비유 자체는 어디까지나 하나의 눈속임에 지나지 않는다. 그 화려한 속임수로 뭔가 알려져서는 곤란한 것—예를 들어, 범인 혹은 범행의 실상, 범인에게 불리한 증거—그러한 것을 감추거나, 혹은 다른 한편으로 범인에게 유리한 어떤 허상을 만들어 내는 것이야말로 진짜 목적인 것입니다.

첫 번째와 두 번째는, 둘 다 극히 심리적·내면적인 부분으로 귀결되는 문제로 좀처럼 정확한 판단을 내리기가 어렵지요. '놀림감으로 만든다' '장식한다' '노래나 시에 대한 집착' —이런 말과 쉽게 결부되는 것은 사디즘, 페티시즘, 모노마니아, 파라노이아 등 일련의 이상심리겠지요. 요는 범인은 그런 어떤 이상심리에 의해 비유를 행했다는 게 되는데, 저로서는 아무래도 그것만으로는 납득이 가지 않습니다. 복수를 위해서 놀림감으로 만들었다고 하는 것도 당연히 생각할 수 있지만, 충분한 설득력을 갖고 있다고 하기는 어려운 것 같습니다.

그러면 세 번째 경우는 어떤가. 저는 역시 이것을 지지하고 싶습니다. 비유 자체에는 진의가 없었다. 진정한 의도는, 비유 자체와는 다른 곳에 있다. 즉, 그 공작은 뭔가를 위장하기 위한 행위였다."

야리나카의 목소리에 날카로움이 더했다.

"제1막에서 「비」의 비유를 구성하는 요소를 들어 보겠습니다. 물뿌리개에서 떨어지는 물, 발치에 놓인 폿쿠리, 그리고 하쿠슈의 시집.

범인은 현장에 「비」를 내리게 하는 것으로 뭔가를 감추려고 했는가. 아니면, 빨간 폿쿠리 혹은 하쿠슈의 시집이 온실에 있다는 부자연스러움을 위장하기 위해 비유를 행한 것인가.

여기서 나루세 씨에게 물어보겠습니다. 괜찮습니까?"

"네."

갑자기 자신의 이름이 불렸지만 주인 뒤에 대기한 초로의 집사의 대응은 평소와 조금도 다름이 없었다.

"그 폿쿠리에는 뭔가 이상한 점이 있었습니까?"

야리나카의 질문에 나루세는 천천히 고개를 옆으로 흔들었다.

"아니요. 물에 젖은 것을 제외하면, 딱히."

"예를 들어서 물기를 세심하게 닦아낸 다음에 홀의 유리 케이스에 원래대로 넣어 두었다고 합시다. 그 경우 뭔가 수상함을 느꼈을 거라고 생각합니까?"

"느끼지 못했을 겁니다."

"그러면 시집은 어떻습니까. 책이 더럽혀지거나 상한 것을 시치미 떼고 도서실의 책장에 돌려 놓았다면 알아차리셨을까요?"

"제대로 원래 위치에 되돌려 놓으면, 아마 책을 무시호시虫干し* 하기 전까지는 알아차리지 못했을 겁니다."

야리나카는 만족스러운 표정으로 나루세에게 감사하다고 말하고 시라스카 씨의 얼굴로 눈길을 되돌려 이야기를 계속했다.

"들으신 대로, 그 공작은 폿쿠리나 시집에 기인해서 행해진 것은 아닌 모양입니다. 빨간 폿쿠리 혹은 하쿠슈의 시집 자체에 범인의 약점이 있었더라면, 그것을 얼버무리기 위해 번거로운 비유 공작을 하지 않아도 지금 들은 것처럼 원래의 위치에 돌려 놓으면 됐을 테니까요.

그렇게 되면 남은 것은 하나, 물뿌리개의 「비」입니다만, 지금 여기서 필요한 것은 하쿠슈의 「비」라는 부가적인 의미와는 떨어진 곳에서 이 공작 자체의 의미를 생각해 보는 일입니다. 물뿌리개에서 떨어지는 「비」 — 이것을 일개의 현상으로 파악했을 때 본래적으로 갖고 있는 요소는 무엇인가. 지극히 당연한 일입니다만 두 가지가 있다고 생각합니다. 즉, '소리'와 '물'입니다.

물뿌리개의 「비」는 물소리로 사람들의 주목을 모으기 위한 것인

---

* 삼복 무렵에 곰팡이나 좀이 스는 것을 막으려고 옷이나 책에 햇볕을 쬐고 바람을 쏘이는 작업.

가. 혹은 다른 어떤 소리를 감추기 위한 것인가.—답은 아니다, 겠지요. 온실과 우리들이 있던 본관과는 긴 구름다리를 사이에 둔 위치에 있습니다. 온실의 물소리가 누군가의 주의를 끈다고는 생각할 수 없고, 하물며 물소리에 의해 감출 수 있을 정도의 소리는 애당초 우리 귀에 들릴 리가 없지요. 들릴 우려가 없는 소리를 감출 필요가 대체 어디에 있을까요. 실제로 시체는 평소 아침과 다름없는 시간에 스에나가 씨가 온실에 가기까지 누구에게도 발견되지 않고 거기 있었습니다.

'소리'는 관계없다. 그렇다면 또 하나의 요소인 '물'에 어떤 의미가 있다고밖에 생각할 수 없는 것이 됩니다. 시체에 물을 뿌리는 것—이것이 범인의 진짜 목적이 아닐까.

만일 그렇다고 하고, 그러면 어째서 범인은 사카키의 시체를 물로 적실 필요가 있었을까요."

길게 전개된 추론이 거기서 하나의 가경을 맞이하려는 것 같았다. 야리나카는 말을 끊고 귀를 기울이는 모두의 얼굴을 둘러보았다.

"어째서 시체를 물로 적실 필요가 있었나."

같은 질문을 되풀이하고,

"세 개의 답을 생각했습니다."

야리나카가 스스로 대답했다.

"첫 번째는 물로 적시는 것에 의해 어떤 물리적 혹은 생리적인 효과를 노렸다는 답입니다. 예를 들어 우리들에게 알려져서는 곤란한 어떤 내출혈이나 가벼운 화상 등이 시체에 남아서 식히려고 했다든가. 이미 죽은 자의 몸을 식힌다고 낫는 것은 아니지만, 뭐, 예를 들자면 그렇다는 겁니다. 마토바 씨가 말씀하셨는데, 물은 호수에서 끌어오는데 여기 호수는 비교적 수온이 높다. 그래서 식힌다고 해도 그렇게 커다란 효과는 기대할 수 없었겠지요. 그 외에도 ─시체가 고열이 있었다든지─세세하게 떠올려 봐도, 다들 이 사건의 상황에는 잘 들어맞지 않는 것 같습니다.

두 번째로 생각할 수 있는 것은 무언가를 물에 흘려보내려고 했다는 대답입니다. 우리들에게 알려져서는 곤란한 뭔가가 시체 혹은 시체가 쓰러져 있던 부근의 바닥에 달라붙어 버렸다. 물로 씻어낸 후 위장을 위해 물뿌리개의 「비」를 내리게 만들었다, 이런 연유입니다. 이 경우, 그러면 달라붙은 물건은 대체 무엇이었을까요.

시라스카 씨, 어떻게 생각하십니까."

키리고에 저택의 주인은 아직도 계속 눈을 감은 채였다. 어쩌면 그것이 마음에 걸렸을지도 모르는 야리나카가 질문을 던지자 그는 조용히 눈꺼풀을 깜빡이고,

"글쎄요."

입가의 미소를 펼친다.

"잘 모르겠네요. 범인에게 물어보기라도 하지 않는 이상."

그러자 야리나카는,

"그래, 확실히 그 말씀대로입니다."

진지한 얼굴로 끄덕였다.

"달라붙은 물건이란 무엇인가. 상상은 마음껏 할 수 있습니다. 뭔가 가루 같은 물건이었을지도 모르고, 액체일지도 모릅니다. 냄새가 났을지도 모르고요. 더 구체적인 상상도 가능합니다. 범인의 타액, 범인의 혈액, 범인의 토사물, 범인의 얼굴에 발라져 있던 화장분, 향수 냄새…… 열거는 얼마든지 할 수 있습니다. 그러나 그

것이 씻겨 내려간 지금은 실제로 그것이 뭐였는가, 정확하게 결정하는 것이 우리로서는 불가능합니다.

따라서 뭔가를 씻어 버리기 위해 물을 뿌렸다고 해도 알려지지 않도록 번거로운 비유 공작을 실시한 것에는 전혀 의미가 없다. 범인에게 그런 짓을 할 필요는 전혀 없다고 저는 생각합니다."

야리나카는 천천히 이마에 드리워진 앞머리를 쓸어 올렸다.

"남은 것은 세 번째 답입니다. 즉, 뭔가 다른 이유가 있어서 시체는 원래 물에 젖어 있었다. 그 사실을 우리들의 눈에서 감추기 위해 범인은 물뿌리개의 「비」를 내리게 했다."


## 3


"사카키 유타카의 시체는 다른 이유로 원래 젖어 있었다. 그리고 범인은 어떻게 해서든 그것을 들켜서는 안 되었다. 대체 어떤 일일까. 그 정답 속에 사건의 진상이 감추어져 있다고 저는 확신합니다.

시체는 어째서 공작 이전부터 젖어 있었는지를 검토해 봅시다. 몸이 물에 젖는 상황, 몸을 적시는 물이라면 떠오르는 것은 우선 목욕 – 욕조 혹은 샤워의 물이지요. 그 외에는 호수 – 키리고에 호의 물, 그리고 바깥의 눈…….

그런데 사카키의 시체는 틀림없이 교살되었고 현장은 틀림없이 온실 속이었습니다. 살해 현장의 바닥에는 확실하게 실금의 흔적이 남아 있어서 위장 공작이었다고도 볼 수 없고. 어딘가 다른 장소―예를 들면 야외에서 살해당했다, 더구나 익사당했을 가능성은 전혀 없다고 해도 될 겁니다.

어떻습니까, 닌도 선생님, 마토바 씨."

야리나카는 두 의사의 얼굴을 순서대로 살폈다.

"이의 없습니다."

닌도 의사는 대답했다. 마토바 여사도 얌전하게 끄덕인다.

"즉 시체는 살해당했을 때 젖은 것은 아니라는 말입니다. 그러면 당연하지만, 시체가 젖은 것은 살해당하기 전이었든지 살해당한 후였든지 둘 중 하나가 됩니다.

지극히 상식적인 판단에 의해 저는 후자를 지지합니다. 죽기 전에 젖었다―예를 들면 사카키가 목욕탕에 들어가거나 샤워를 한 직후였다든지, 있을 수 없는 일이지만 호수에서 헤엄치고 온 다음이라든지, 그런 일이 만일 있었다고 해도 범인이 그것을 감추어야 할 이유는 어디에도 없겠지요.

따라서 사카키의 몸은 죽은 다음―살해된 후에 젖은 것으로 보입니다.

시체는 살해된 후에 젖었다. 그것이 어떻게 일어났는지는 앞에서 든 욕조 혹은 샤워의 물, 호수의 물, 바깥의 눈이라고 하는 것들과 연결시키면서 검토해 보죠.

우선 욕조 말인데 우리들이 쓰는 욕실은 2층 끝에 있습니다. 한편, 살해 현장은 온실 입구 부근. 만일 시체가 욕실에서 젖었다면, 범인은 온실에서 죽인 사카키의 시체를 짊어지고 안채로 돌아가 2층으로 올라간 후 욕실로 가서 시체를 적시고, 흠뻑 젖은 시체를 메고 다시 온실로 돌아갔다―이런 행동을 취한 것이 됩니다. 현실적으로 이렇게 되었다고는 도저히 생각할 수 없습니다. 너무나 말도 안 되는, 의미 없는 해석입니다.

그러면 시체를 젖게 만든 것은 호수의 물, 아니면 바깥의 눈일까. 어느 쪽이라고 해도 시체를 약간 움직이기만 하면 가능하지요. 온실에서 구름다리로, 거기서 옆의 테라스로. 사카키가 가냘픈 체격이라는 것도 고려하면, 대단한 이동 거리는 아닙니다. 가장 가능성이 높은 답이라고 판단됩니다."

온실로 통하는 유리를 끼운 구름다리에는, 호숫가의 테라스로 나가기 위한 문이 하나 설치되어 있다. 안쪽에서 간단히 잠그고 열 수 있어서 분명 그런 이동도 어렵지 않았을 것이다.

"여기까지 생각을 해 보면, 시체가 취하고 있던 묘한 포즈의 의미도 저절로 알게 됩니다."

야리나카는 계속 말했다.

"일반적으로 사후 시간이 별로 경과하지 않은 사이에 시체를 움직여서 자세가 바뀌면, 시반도 그에 맞춰 이동한다고 알려져 있습니다. 시반은 혈액의 취하 현상이니까 당연히 혈액이 유동성을 가진 상태인 동안은 아래쪽으로 이동해 가는 겁니다. 예를 들어 원래는 벌렁 누워 있던 시체를, 일정 시간 후 엎드리게 하면 몸의 양면에 시반이 나타나는 일도 있습니다. 이러한 시반의 이동 상태를 보고 전문 검시의는 시체가 어떻게 움직여졌는지를 추정한다고 합니다.

범인은 아마 그런 법의학적인 지식을 어느 정도 가지고 있었을 겁니다. 시체를 움직인 것을 우리들에게 들키지 않도록 시반의 이동을 최소한으로 막고 싶었겠죠. 거기서 제일 움직이기 쉬운 양팔을 몸통에 휘감아서 고정한 것은 아닐까, 하는 생각이 듭니다.

한편 그렇게 고심을 해서 범인은 시체를 구름다리 문에서 집 밖으로 꺼냈습니다. 그 결과 시체는 밖에서 계속 쏟아지던 눈에 젖었지요. 시체를 호수에 담가 적신 건지 어떤지는 일단 제쳐 두고, 그러면 대체 무슨 목적으로 범인은 그런 짓을 했을까요."

한 사람 한 사람의 반응을 확인하듯이 야리나카는 천천히 자리를 둘러본다. 긴—너무 긴 것 같은 간격이 있었다.

시라스카 씨는 가늘게 눈을 뜨고 변함없는 미소를 입가에 띠고 있었다. 그 옆에서 야리나카의 얼굴을 바라보는 마토바 여사의 긴장된 눈빛. 주인의 대각선 뒤에서 미동도 하지 않고 직립한 집사의 무표정. 벽 쪽에 앉은 이제키와 스에나가도 긴장한 기색은 보이지만 기본적으로는 나루세와 비슷비슷한 무표정이다. 내 오른쪽 옆에는 문어처럼 입술을 쑥 내민 나모 나시가 북북 머리를 긁는다. 왼쪽 옆의 야리나카의 건너편에는 닌도 의사와 아야카가 나란히 앉아 있지만, 두 사람의 표정은 알아볼 수 없었다.

"과연. 그렇군."

갑자기 닌도 의사가 중얼거렸다. 야리나카는 그것을 기다렸다는 듯이,

"아셨습니까, 선생님."

"이런 겁니까? 즉 범인은 그렇게 해서 나나 마토바 씨의 검시를 망치려고 했다?"

"말씀대로입니다."

야리나카는 깊게 끄덕였다.

"시체를 밖으로 꺼낸 것은 눈이 내려 쌓인 밖의 저온을 이용하기 위해서였습니다. 빙점을 밑돌 정도의 저온에 시체를 놓아두어서, 사

체 현상을 늦추는 것, 그것이야말로 범인의 진짜 목적이었습니다."

"사체 현상이라니."

나모 나시가 말하다가, 탁 하고 손가락을 울렸다.

"하, 과연. 그렇게 해서 범인은 알리바이를 만들려고 한 거군."

"그렇지."

야리나카는 다시 끄덕이고,

"사망 시각을 추정하기 위한 기본적인 재료가 되는 이른바 사체 현상의 진행은 시체가 놓인 환경 조건에 의해 크게 변합니다. 보통, 온도가 높아지면 진행은 빨라지고 역으로 낮아지면 늦어지죠. 적어도 사후 경직 등의 시체 내부의 화학 반응은 확실히 그렇게 말할 수 있습니다. 빙점을 밑도는 극단적인 저온에서 냉동 상태에 있으면, 그러한 사체 현상은 거의 진행되지 않는다고도 예상할 수 있습니다.

일정 시간 시체를 밖에 내놓고 냉동 상태로 있게 한 후, 나중에 상온의 온실 안으로 다시 들여온다. 만일 아주 단순한 계산을 한다면, 내놓은 시간만큼 사체 현상은 늦어 사망 시각을 실제보다도 늦은 시간으로 꾸밀 수 있는 겁니다. 그리고 당연히 그렇게 사망 추정 시각을 틀리게 해서 범인은 가짜 알리바이를 만들 수 있게 되는 것이죠.

사카키의 사망 추정 시각은 오후 11시 40분부터 오전 2시 40분이라고 추정되었습니다. 그러나 이것은 착오였죠. 실제로는 더 이른─사체 현상이 늦어진 만큼 이른 시간대였다고 생각할 수 있습니다.

사카키 유타카를 죽인 것은 누구인가. 여기에 와서 망의 안과 밖이 역전하게 됩니다.

앞에서 추측한 대로 '눈보라의 산장'의 단점을 해소하기 위해 범인은 첫 살인에서 제일 빨리 알리바이를 만들어 좁혀진 망 안에서 도망치는 방법을 썼습니다. 즉, 그날 밤 알리바이를 주장한 인간 중에 범인이 있다는 결론이 논리적으로 인정됩니다."

일동의 반응을 살피면서 야리나카는 계속한다.

"제1막에서 알리바이를 주장한 것은, 저와 린도, 그리고 카이, 여기에 미즈키와 아야카를 더할 수 있습니다. 그 외의 인간에게는 알리바이는 없었습니다. 따라서 이 다섯 명 중에 범인이 있다는 말입니다.

우선 미즈키와 아야카입니다만, 아야카가 잠이 안 온다며 미즈키의 방을 찾아가 잠시 둘이서 이야기를 했다고 했습니다. 이 경우, 의심받아야 할 것은 당연히 찾아간 아야카 쪽이겠지요. 무엇보다도 미즈키는 제3막에서 살해당해 버렸고.

범인은 그녀―아야카. 과연 그럴까요?"

"앗" 하고 아야카가 겁에 질린 소리를 지른다. 야리나카는 그녀 쪽으로 흘긋하고 눈길을 주고, 바로 가볍게 고개를 흔들었다.

"아야카와 미즈키가 함께 있었다고 주장한 시간은 오전 0시부터 2시경까지의 사이였습니다. 일단 알리바이 주장이기는 하지만 결코 완전한 것은 아닙니다. 오히려 불완전한 쪽이 눈에 띄는 알리바이입니다.

시체를 일정 시간 밖으로 내어 둔 결과 대체 어느 정도 사체 현상이 늦어져서 추정되는 사망 시각이 늦어지는가. 도서실의 법의학서 정도를 조사할 수 있다고 해도 정확한 부분은 범인도 예상할 수 없었을 겁니다. 가짜 알리바이는, 따라서 가능한 한 폭넓게 확보해 두어야 했을 테지요. 그런데 0시부터 2시라는 좁은 시간대로는 의도한 시간대에서 쉽게 걸려 버릴지도 모르고, 사실 아야카의 알리바이는 불완전했습니다. 만일 그녀가 범인이라면 좀 더 신중하게 알리바이를 만들 시간의 위치와 시간대를 정했을 겁니다. 따라서 아야카는 범인이 아니라고 저는 판정합니다."

후유 하고 숨을 내쉬는 아야카의 얼굴을 다시 한 번 보고 나서 야리나카는 내 쪽으로 눈길을 돌리고,

"다음으로 저와 린도인데, 우리들 두 사람은 오후 9시 반에 해산한 다음, 거의 틈을 두지 않고 9시 40분경부터 오전 4시 반경까지 계속 도서실에 함께 있었습니다. 실제 사망 시각은 추정된 시간대보다도 빨랐을 테니까 우리들은 당연히 어느 쪽도 범행의 기회를 전혀 갖지 못했습니다. 저도 린도도 범인은 아닙니다. 따라서."

한 호흡 남기고 야리나카는 말했다.

"남은 것은 한 사람, 카이 유키히코입니다."


4


"카이가 저와 린도가 있는 도서실에 온 것이 16일 오후 10시 반경. 9시 반에 자리가 파하고 나서 한 시간이 경과했습니다. 그 한 시간 동안에 사카키를 온실로 꼬여 죽이는 것은 충분히 가능했겠지요."

다른 이가 끼어들 겨를도 없이 야리나카는 이야기를 계속했다.

"여기서 그가 범인이라고 가정하고 범행의 과정을 재구성해 보면ㅡ.

미리 도서실에서 꺼내 둔 책으로 사카키의 빈틈을 봐서 때려 쓰러뜨린다. 배트라든지 무거운 장식품 같은 흉기라면 몰라도 책을 한 권 들고 있다면 상대에게 별로 의심받지도 않았을 겁니다. 기절한 사카키를 그가 차고 있던 벨트로 목 졸라 죽인다.

다음으로 카이는 가짜 알리바이 만들기를 위해 도서실로 오지요. 저와 린도가 거기서 다음 연극의 상담을 했던 것은 다들 알고 있었습니다. 만일 우리들이 없으면 뭔가 교묘한 구실을 마련해 누군가의 방을 찾아가면 됐고.ㅡ그래서 그때부터 17일 오전 3시 이후까지 그는 계속 우리들과 함께 있었는데, 시체를 밖에 둔 것은 그 전이었을까 나중이었을까. 아마 나중이었다고 추측됩니다.

아까도 조금 말했지만, 영하까지 내려간 밖에 시체를 두고 냉동 상태로 만들면, 가장 단순하게 생각해서 밖에 있던 시간만큼 사체 현상은 정지하는 것은 아닌가 예상됩니다. 실제로는 어떨지 모르지만 그런 계산을 범인이 일단 어림잡고 있었다는 것은 충분히 생각할 수 있습니다. 카이가 범인이라고 하고 만일 그가 시체를 그런 상태로 둔 것이 도서실을 찾아오기 전이라면, 그 후 그가 도서실을 나간 오전 3시까지 시체는 네 시간 이상이나 눈 속에 방치되었던 게 됩니다. 그렇게 되면 알리바이 공작의 의미가 없어요. 만일 죽인 것이 오후 10시였다고 하면 방치 시간이 다섯 시간, 단순하게 그만큼 사체 현상이 늦어졌다고 생각하면 사망 추정 시각은 오전 3시. 당연히 그 추정은 상당한 시간 폭을 가지니까 그렇게 하면 그의 알리바이가 꼭 성립하는 것은 아니게 되니까요.

따라서 카이는 알리바이 공작 후, 즉 오전 3시 이후에 다시 복도로 내려가 시체를 밖으로 꺼냈다고 생각할 수 있습니다. 그때까지 시체는 구름다리에 있었다고 상상할 수 있습니다. 왜냐하면 계속 온실에 방치해 놓고 나중에 밖으로 가져가서 사체 현상을 늦추려고 하면, 그 경우에는 적어도 늦추고 싶다고 생각하는 시간과 똑같은 시간만큼 밖에 둘 필요가 있기 때문입니다. 오후 10시에 죽인 것을 오전 1시로 가장하려 한다면, 최소 세 시간은 시체를 냉동 상태로 해 둘 시간이 필요합니다. 그러나 오전 3시부터 세 시간이라면 6시가 되어 버립니다. 이 집의 아침이 대략 7시경에 시작한다는 것은 전날 아침의 상황을 보면 알 수 있을 테니까 도저히 그렇게 어물거릴 수도 없습니다.

그래서 시체를 우선 온실에서 구름다리로 옮겼던 것입니다. 복도는 난방이 되지 않으니까, 바깥 정도는 아니지만 상당한 저온 상태에 둘 수 있습니다. 당연히 사체 현상은 온실 내에서 일어나는 것보다도 약간 늦어지겠지요. 이렇게 해 두면, 그 후 시체를 밖에 두어야 하는 시간, 세 시간보다도 상당히 단축할 수 있을 겁니다. 바꿔 말하면 그렇게 해서 시체는 이중으로 사망 시각을 속였다는 거죠."

이 집을 찾은 다음 날 오후 다른 사람들은 축 늘어져 자면서 피로를 푼 상태였지만, 카이 한 사람은 수면 부족인지 심하게 충혈된 눈을 하고 있었다. 그리고 그 다음 날 사카키의 시체가 발견된 날 아침에는 더더욱 피로가 쌓인 것처럼 보였다. 지금 야나가가 말한 대로 살인 계획을 카이가 가다듬어 실행했다면 그런 초췌한 상태도 납득이 간다.

"이렇게 보면 카이가 범인이라는 가정에는 아무런 문제점이 없는 것 같습니다. 그 외에도 생각할 수 있는 몇 개쯤의 조건을 충족하고 있습니다. 예를 들어―.

이 트릭을 성립시키기 위해서는 가능한 한 숙련된, 우리들이 신용할 수 있는 검시의라는 존재가 필요한데, 그 점에서는 전에 경찰에서 그런 일을 도운 적이 있는 닌도 선생님은 절호의 인재였습니다. 선생님의 그런 경력을 카이는 사전에 알고 있었는가.―알고 있었습니다. 이틀째의 오후 2층 살롱에서 선생님이 린도를 상대로 이야기하시는 것을 방문이 열린 옆의 식당에서, 나나 미즈키와 함께 그는 들었을 겁니다. 게다가 이 집에는 전속 의사가 살고 있는 것 같다는 말도 마토바 씨를 정식으로 소개받기 전에 닌도 선생님에게 들어 그는 알고 있었습니다. 한 사람보다 두 의사의 합의에 의해 확인되는 편이 사망 추정 시각의 신뢰도는 당연 높죠. 신뢰도가 높으면, 그만큼 그의 알리바이도 확실한 것이 됩니다.

이 트릭을 생각해 낼 수 있는 기반이 되는 사체 현상에 관한 지식이 그에게는 있었을까요?―있었습니다. 그는 예전에 의학부를 지망했다고 합니다. 다른 사람과 비교하면, 다소지만 법의학적인 지식 기반이 있었을지도 모르고, 또 우리 일행 중에서도 그는 전부터 상당히 많은 미스터리를 읽은 사람이었습니다. 살인을 하면서 비유 살인이니 알리바이 공작이니 하는 생각이 수월하게 머리에 떠올라도 이상할 것은 없고, 저온이나 고온의 환경에 시체를 두는 것으로 사망 추정 시각을 빗나가게 하는 트릭의 원리를 봐도, 몇 개쯤의 유명한 응용 사례가 미스터리에는 있기도 합니다. 거기서 힌트를 얻었다는 것도 충분히 생각할 수 있습니다.

그는 이 저택에 저런 온실이나 구름다리가 있는 것을 알고 있었는가.─이 또한 물론 알고 있었습니다. 이틀째의 오후, 나나 린도가 온실을 발견했을 때 조금 늦게 그도 그곳으로 왔으니까요. 그 방의 온도가 섭씨 25도로 유지되고 있는 것도 구름다리에는 난방이 되지 않고 바깥의 테라스에 나가는 문이 있는 것도, 전부 사전에 알 수 있었습니다."

야리나카는 그리고, 길게 이어진 추리의 결론을 내렸다.

"이렇게까지 조건이 갖춰지면 이제 잘라 말해도 지장 없겠지요. 범인은 카이 유키히코였다고."

"하지만, 야리 씨, 카이 군은."

나모 나시가 말하려는 것을 가볍게 한 손을 흔들어 만류하고, 야리나카는 말을 이었다.

"그가 제1막에서 취한 행동은 지금 제가 말한 추측대로라고 생각해도 거의 틀림없을 겁니다. 죽인 사카키의 시체를 한 시간이든 두 시간이든, 그가 좋다고 판단한 시간 동안 테라스의 눈 위에 놓아둔 다음, 그는 다시 온실 안으로 옮겼습니다. 그리고 계속 내린 눈에 시체가 젖은 것을 위장하기 위해, 하쿠슈의 「비」를 따라 비유 공작을 행했습니다. 홀에서 가져온 풋쿠리를 발치에 놓고 물뿌리개의 「비」를 내리게 해서…….

어째서 그것이 하필이면 「비」였나 하는 문제인데, 첫날에 우리들은 살롱에서 그 오르골을 들었으니까요, 그것도 매우 인상적인 타이밍에. 살인의 계획을 세우는 단계가 되어 그때 들은 오르골의 음악에 발상이 연결되었다고 해도 전혀 부자연스럽지는 않겠죠.

그리고 그렇지, 또 하나 여기서 덧붙여 두어야 하는 것이 있습니다. 어째서 그는 온실 중앙의 살해 지점과는 다른 장소에서 그 비유를 행했는가, 하는 문제입니다.

일부러 말할 필요는 없을지도 모르지만, 그 이유는 살해의 흔적, 즉 바닥의 실금 흔적이 물뿌리개의 물에 씻겨 내려가는 것을 원하지 않았기 때문입니다. 시체가 온실 밖으로—혹은 온실 밖에서—이동된 게 아닌지 의심받는 것은 그에게 최대의 위협이었을 겁니다. 온실에서 구름다리, 테라스 그리고 다시 온실로, 그는 재삼 시체를 움직이고 있습니다. 온실 밖으로의 이동이 알려지면 그대로 알리바이의 붕괴로 이어지니까요. 시체의 팔을 고정하는 것뿐 아니라, 움직였을 때의 시체의 자세 전체에도 충분히 신경을 썼을 겁니다. 구름다리에 놓아두었을 때 바닥에 묻은 것들은 세심하게 닦아낸 게 틀림없습니다. 시체는 계속 온실 안에 있었다고 우리들이 믿게 하는 것이, 그리고 그에 따른 사망 추정 시각을 끌어내게 하는 것이 이 계획이 성공하기 위한 제1조건이니까 그것을 위해서는 어떻게 해서도 온실 살해의 흔적을 확실하게 남겨 두어야 했습니다. 물뿌리개의 「비」는 그러니까 그곳과는 다른 지점에서 뿌릴 필요가 있었습니다."

카이 유키히코가 범인.

야리나카의 지극히 논리적이고 빈틈없는 추리에 끄덕이면서, 나는 카이의 섬세한 얼굴과 신경질적인 성격, 그리고 다부진 체격을 떠올리고 있었다. 과연, 그라면 세심한 주의를 기울이면서 지금 설명된 몇 번의 시체 운반도 어려움 없이 할 수 있었을 것이다.

하지만.

"하지만, 그는."

무심코 튀어나온 말에 야리나카는 바로 반응했다.

"오늘 아침 사건?"

"네."

고개를 갸우뚱하면서 나는 말했다.

"카이 군이, 어째서 어젯밤……. 아니면 역시 자살이었다는 겁니까?"

"그래."

야리나카는 시원스레 그렇게 대답했다.

"양심의 가책인지 체포되는 것에 대한 공포인지, 본인에게 물어보지 않으면 모르지. 다만 카이의 죽음이 자살인 것만은 확실하다고 봐. 어젯밤, 그렇게 이성을 잃고 혼자서 도망치려고 한 것도 같은 이유지. 다음에는 자신이 살해 대상이지 않을까 해서 무서워서 달아난 게 아니라, 그 자신이 범인이었으니까 도망치려고 한 거야. 그것도 실패해서 결국 그는 스스로 죽음을 택했지."

"하지만 그 인형은."

"그러니까 말이야, 그건 지진이 일어났다는 거지."

"지진이라니 그런 일은 없었습니다."

"지진이란 비유다."

야리나카는 내 얼굴을 보며 살짝 어깨를 들썩였다.

"요컨대 그 케시비나는 누군가 사람 손에 넘어뜨려진 게 아니라, 층계참 자체 진동으로 쓰러진 거라고."

"그 말씀은?"

"난간에 로프 끝을 고정해서, 반대쪽 끝에 원을 만들어 목에 감고 카이는 층계참에서 뛰어내렸겠지. 상당히 격심한 충격이 난간에 갔을 거야. 매달린 상태에서 크게 흔들려 아래의 기둥에 몸이 부딪혔을 가능성도 높아. 그 충격이 층계참 전체를 지진처럼 진동시켰어. 거기 놓여 있던 히나단에도 당연히 상당한 진동이 전달됐던 거겠지. 작은 인형을 쓰러뜨리기 충분할 정도의 진동이."

"역시, 그래서."

나는 조금 전 홀에서 인형을 조사하러 층계참에 올라 간 야리나카가 낸 소리를 떠올렸다. 쿵! 하는 무거운 소리와 진동. 그는 아마 층계참 위에서 실제로 뛰어 보고 어느 정도 바닥이 흔들리는지 실험해 본 게 틀림없다.

역시 그러면 카이의 죽음은 자살인가. 어젯밤 둘이서 노멘을 쓴 인물을 목격했을 때 그는 더 이상 자신의 죄를 감출 자신을 잃고, 혹은 완전히 지쳐서 스스로의 목숨을 매장할 결의를 굳혔다는 것인가.

"동기는 뭡니까?"

이번은 나모 나시가 질문했다.

"설마, 정말로 몇 십 만인지의 푼돈을 갚기가 싫어서 사카키 군을 죽였다는 건 아니겠죠. 무엇보다 그렇다면 란 짱과 미즈키 짱까지 죽일 이유가 되지 않아."

"물론 그런 동기로 한 건 아니겠지."

야리나카는 묵묵히 이야기를 듣고 있는 저택 주인을 다시 보았다.

"여기까지 말한 것은 이 사건의 가시적인 부분을 재료로 애매한 요소를 극단적으로 배제하려고 노력한 추리로―즉, 동기라는 인간의 마음속 문제는 일부러 언급하지 않았습니다. 하지만 사실을 말하면 저는, 처음부터 지금 같은 추리를 짜 맞추어 카이가 범인이라고 판단한 것은 아니었습니다. 오히려 먼저 동기의 문제를 생각해서 거기서 그가 범인인 게 아닌가 하는 의혹과 맞닥뜨렸다는 것입니다."

## 5

"여기서 제일 처음의 질문으로 다시 되돌아가지 않으면 안 됩니다. 즉, 범인은 어째서 키리고에 저택에서 사건을 일으켜야 했는가 하는 문제로 말입니다."

야리나카는 다시 설명을 시작했다.

"'눈보라의 산장'의 장점, 단점에 관해 처음에 한 차례 검토했지만, 이 특수한 상황에서 양자의 비율을 따지면 역시 단점 쪽이 단연 높다고 생각합니다. 아무리 그것을 해소하려고 트릭을 구사해 본들, 이 상황에서 연쇄 살인의 실행이 아주 위험한 도박인 것에는 변함이 없습니다. 비록 죽이고 싶을 정도로 상대를 미워했다 해도 가능하면 다른 시기에 다른 장소에서 죽이는 편이 좋은 게 당연하죠.

그런데 범인은 일부러 지금 이곳에서 실행했습니다. 거기에는 상당한 각오와 결의, 그리고 필요성이 있었을 것입니다. 사람이 사람을 죽이는 동기는 무수하게 있을 수 있지만, 용의자가 완전히 한정되어 버리는 이런 밀폐 상황 속, 게다가 지금 죽이지 않으면 안 되는, 죽일 수밖에 없는―그런 동기가 이 범인에게는 있었다는 게 됩니다.

조금 전 내린 결론은 여기서는 일단 없었던 것으로 하고 이야기를 진행해 가면―.

범행의 동기에 관해 생각했을 때 처음으로 내가 의심한 것은, 실례지만 역시 이 집 분들이었습니다. 시라스카 씨, 조금 전 당신은 사카키에 대해 살의를 품은 사람이 우연히 이 집에 있다는 것 같은 우연은 있을 리 없다고 말씀하셨지요. 하지만 실제로 그런 우연이 있었다는 것은 물론 알고 계시겠지요."

시라스카 씨는 여전히 말없이 약간 어깨를 들썩여 대답했다. 야리나카는 주인의 대각선 뒤에 선 검은 옷의 집사에게 흘끗 눈길을 주고,

"예를 들면 그 하나는 8월에 도쿄의 리노이에 쿄스케 씨 댁에서 살해된 경비원의 존재입니다."

라고 말했다.

"나루세 미노루라는 이름의 경비원을 살해한 것이 실은 사카키인 것 같다는 보도가 15일 밤부터 뉴스에 나왔고, 한편 이 집에는 같은 성을 가진 집사가 우리들을 맞았습니다. 만일 살해된 나루세 씨가 이 집의 나루세 씨와 뭔가 연고가 있는 남자였다면 어떨까요. 나루세 씨는 그런 관계를 부정하셨지만, 의심의 여지는 그것으로 없어진 것은 아니었습니다.

그리고 또 하나, 4년 전에 일어난 화재가 있습니다. 요코하마의 시라스카 저택을 전소시킨 화재의 원인이 텔레비전의 발화였던 것은 마토바 씨의 입으로 들었습니다. 그 결함 텔레비전이 다름 아닌 리노이에 산업 제품이었다는 것이 당연히 기억났습니다.

만일 이런 우연에 의해 복수의 살의가 생겼다면, '어째서 지금 이 장소에서인가'라는 의문은 해빙되는 겁니다. 눈보라를 피해 찾아온 갑작스러운 손님들 중에 미운 상대를 찾았다. 눈이 그치면 손님들은 도쿄로 돌아가 버린다. 이 기회를 놓치면 두 번 다시 기회는 없을지도 모른다……

그러나 비록 그런 이유로 사카키를 죽였다고 해도, 계속해서 그의 연인이었던 란까지 죽이는 것은 좀 너무한 것 같습니다. 게다가 세 번째 피해자가 아시노 미즈키였다는 사실이 있습니다. 그녀는 딱히 살해당할 이유가 없습니다. 죽은 미즈키 부인이 그녀와 아주 닮은 용모였던 것도 함께 생각해 보면, 더더욱 있을 수도 없는 가설이라고 판단하지 않을 수 없지요."

긴 이야기로 다소 피로가 쌓였는지 야리나카는 거기서 다시 말을 끊었다. 안경을 벗고 손가락으로 눈꺼풀을 세게 누른다. 시라스카 씨는 그런 야리나카의 동작을 조용한 눈빛으로 바라보고 있었다.

"그러면—"

드디어 손가락을 떼고 천천히 안경을 고쳐 쓰면서 야리나카는 계속했다.

"그러면 역시 범인은 이 집 사람 가운데서가 아니라, 우리들 손님 중에 있는 것일까요. 생각한 끝에 저는 겨우 놓쳐서는 안 될 또 하나의 동기가 존재할 가능성에 생각이 닿았습니다.

정말, 상당한 시간이 걸렸다고 생각합니다. 잘 생각해 보면, 이것은 질릴 정도로 단순한 일로, 얼마든지 빨리 알아차리는 게 마땅했습니다. 지금 생각하면 다른 일에 정신을 너무 빼앗겨서, 그 부분만이 사고에서 쏙 빠져 버렸던 거라고밖에 생각할 수 없어요. 답은, 그 정도로 간단한 것이었습니다."

뭘까-하고, 그때에 이르러서도 아직, 나는 그것을 알아차리지 못하고 있었다. 카이 유키히코가 사건의 범인임을 이미 알고 있었음에도 불구하고.

카이가 사카키 유타카를 죽일 동기. 카이가 키미사키 란을 죽일 동기. 카이가 아시노 미즈키를 죽일 동기. 그들 세 사람을 이 키리고에 저택에서 죽여야 했던 동기.

"아까도 조금 언급했지만 8월에 도쿄에서 이런 사건이 있었습니다. 아시겠지만 여기서 반복하겠습니다."

야리나카는 계속한다.

"8월 28일 심야, 리노이에 산업 회장인 리노이에 쿄스케 씨 댁에 도둑질을 목적으로 침입한 듯한 어떤 자가 경비원 한 명을 죽이고 도주했습니다. 사건의 수사는 계속 난항에 부딪쳤지만 아주 최근에 유력한 목격자가 나타나 경찰은 급히 쿄스케 씨의 손자인 리노이에 미쓰루, 즉 사카키 유타카를 중요 용의자로서 수배하기에 이르렀습니다. 여행 중 우리들은-사카키 자신도 포함해서-그런 상황이 된 것은 전혀 알지 못했습니다.

그리고 지금은 저와 린도 밖에 모르는 사실입니다만, 8월의 사건에 뭔가 관련이 있을지도 모른다며 죽은 미즈키가 이런 이야기를 했습니다. 그에 따르면-.

문제의 사건 당일 밤, 그녀의 집에 사카키로부터 전화가 왔습니다. 그때 그는 아무래도 뭔가 약을 하고 있었던 듯, 함께 있는 란의 웃음소리도 들렸고요. 그리고 또 한 사람이 전화의 건너편에 있었던 것 같다고 하는 겁니다. 자신이 없다며 결국 그녀는 그 인물이 누구라고 생각하는지는 이야기해 주지 않았습니다. 그러나 이 '또 한 사람'의 존재의 의미를 파고들어 생각해 보면, 이 집의 사건 동기는 지극히 간단하게 풀려 버립니다."

8월의 사건에 관계했을지도 모르는 또 하나의 인물. 그래. 그런 일이 있었다.

그저께 오후 미즈키로부터 그 이야기를 듣고, 그 후 잠시 동안 나도 신경이 쓰였다. 그 인물이 누구인지 그날 밤 야리나카와 검토도 해 보았다. 그러나―아, 그렇다, 어제 미즈키가 홀에서 다시 그 말을 꺼냈을 때는, 나는 다른 일―그 직전에 들었던 그녀의 비밀에 정신을 빼앗겨 도저히 신경 쓸 상황이 아니었다. 더군다나 그때는 그녀의 말을 끊는 듯 갑자기 초상화가 벽에서 떨어져서……

"그 또 한 사람의 인물이 사카키나 란과 함께 그날 밤의 사건에 관련됐다. 요는 그런 것입니다."

커다란 한숨을 토해 내는 내 옆얼굴에 슬쩍 눈길을 주고 야리나카는 이야기를 계속했다.

"약물에 취한 기세로 세 사람은 돌이킬 수 없는 죄를 저질러 버렸습니다. 두 달 반이 흘러 다행히 당국의 눈이 자신들에게 향해지는 기색은 없고. 사카키는 낙천적인 성격이었으니까, 이제 괜찮다고 완전히 안심했을지도 모릅니다. 란도 꽤 만만찮은 성격이었으니까, 자신은 차에서 기다리고 있었을 뿐이라고 스스로를 타이르며 태평스레 굴고 있었을 지도 모릅니다. 그러나 그 또 한 사람은 언제 수사의 손길이 자신들에게 뻗쳐 올지 아직도 안절부절못한 거죠.―만일 그런 상황 속에서 그 인물이 자신들이 신슈로 여행하러 온 사이 수사 당국의 움직임을 알았다면 어떤 식으로 생각했을까요.

도쿄로 돌아가면 바로 사카키는 체포될 것이다. 심문을 받고 그는 자신 이외에 두 사람의 공범자가 있었다고 자백할 것이다. 그렇게 되면 자신은 파멸이다. 혹은, 그렇지, 그 사건에서 경비원을 죽인 것은 실제로는 사카키가 아니라 그 또 한 사람이었을지도 모른다. 그렇다면 더더욱 그렇잖습니까. 절대로 사카키를 경찰의 손에 넘겨서는 안 된다. 사카키의 연인으로서 당연 란도 주시해야 하니까 가능하면 그녀도.

그러니까 그 인물은 눈보라가 그쳐 자신들이 이 집에서 해방되기 전에 사카키와 란의 입을 막을 필요가 간절했던 겁니다. 두 사람을 도쿄로 돌려보내서는 안 되었던 겁니다. 경찰의 움직임을 사카키와 란에게 알려 주고 도망가도록 권할 수도 있지만 그들이 잡히지 않는다는 보증은 없습니다. 당연히 용의가 있는 것은 사카키뿐인 듯, 자신이 관계한 것은 달리 아무도 모를 테니까. 두 사람의 입만 막아 버리면 결코 자신의 존재가 밝혀질 우려는 없다는 결론이 도출된 게 틀림없습니다.

그런데 우리들이 마토바 씨로부터 듣고 문제의 뉴스를 안 것은 그저께, 사카키가 살해당한 후였습니다. 그래도 지금 말한 동기가 맞는다면 그 또 하나의 인물, 즉 범인은 당연히 그전부터 뉴스를 알고 있었던 게 됩니다.

그러면, 범인은 대체 어떻게 그것을 알 수 있었을까.

우리들이 머문 장소에 텔레비전은 한 대도 없습니다. 신문도 물론 없죠. 전화는 첫날 밤늦게 선이 잘려 버렸고. 나머지는 라디오뿐이지만 갖고 있는 라디오 중 닌도 선생님의 자동차 라디오는 부서졌습니다. 남은 것은 카이가 갖고 있던 워크맨 라디오나, 마토바 씨가 빌려 주신 이 집의 라디오, 두 개 중 하나입니다.

여기서 하나, 주목해야 할 것이 있습니다. 16일─사카키의 시체 가 발견되기 전날의 오후 6시 이전에 홀에 놓인 폿쿠리의 유리 케 이스를 누군가 연 흔적이 있었다는 사실입니다. 이것은 스에나가 씨가 그 케이스 안의 건조 방지용 물을 보충한 때에 알았다고 했는 데 누구의 짓인지 모두에게 물어보니 스스로 나서는 사람이 하나 도 없었습니다. 따라서 폿쿠리 케이스를 만진 사람과 사카키를 죽 인 범인은 동일 인물로 보입니다. 그리고 또 몰래 그 케이스를 열 어 본 시점에서, 범인의 머릿속에서 이미 「비」를 모티프로 한 비유 살인의 계획이 서기 시작했다는 것은 쉽게 짐작 가능할 겁니다.

이상의 내용으로 범인이 문제의 뉴스를 안 것은 늦어도 16일 오 후 6시 이전인 것을 알 수 있습니다. 마토바 씨에게 라디오를 빌린 것은 그보다 나중이었습니다. 범인이 뉴스를 알 수 있는 마지막 수 단은 단 하나─카이가 소지하고 있던 워크맨뿐이라는 것이 됩니다."

"그러면 야리 씨."

나모 나시의 목소리가 갑자기 끼어들었다.

"카이 군이 그 뉴스를 들은 것은 첫날 밤의 그때─미하라야마가 분화했다고 떠들썩거리던 그때였다는 겁니까?"

"그렇게 생각하면 틀림없겠지."

시간 저편으로 과거를 들여다보는 듯이 야리나카는 문득 허공을 향해 눈을 가늘게 떴다. 얼떨결에 나도 따라 눈을 가늘게 뜬다. 이 집을 찾아온 그날 밤─15일 밤 살롱에서 생긴 일이 떠올랐다.

란이 일기예보를 듣고 싶다고 해서 카이가 워크맨을 가지고 왔다. 헤드폰을 끼고 라디오를 듣던 그가, 갑자기 "뭐라고" 하고 작게 소리 질렀다. 아무래도 무척 놀란 듯, 당황한 목소리로. 어떻게 된 것인지 물어보니 그는 대답을 못했다. 그렇게 상당히 긴, 부자연스러운 간격이 있은 후 미하라야마가 분화했다는 뉴스를 이야기했던 것이다.

그때의 카이의 모습은 확실히 묘했던 것 같다. 아야카라면 몰라도 직접적인 관계가 없는 그가 미하라야마의 뉴스를 듣고 그렇게 당황한 모습을 보인 것도 부자연스러운 이야기고. 그러고 보면 그 후 란이 라디오를 들려 달라고 졸라 댔을 때 헤드폰으로 귀를 막으며 건네려 하지 않았던 그 모습을 봐도…….

"이런 일도 있었습니다."

다시 앞을 보며, 야리나카는 계속했다.

"16일 오후, 아야카가 미하라야마의 뉴스를 듣고 싶으니까 워크맨을 빌려 달라고 카이에게 부탁했습니다. 그러자 건전지가 다 됐다고 하며 거절했습니다."

거기까지 듣고 가까스로 나는 이 방에 모이기 전에 야리나카가 카이의 방에서 한 '확인'의 의미를 제대로 이해했다.

워크맨이 제대로 작동했던 것의 의미.—그래, 건전지가 다 된 게 아니었던 것이다. 즉, 카이는 그 때 아야카에게 거짓말을 했다. 어째서 그런 거짓말을 할 필요가 있었을까. 그것은 다른 사람이 라디오를 들어서는 곤란했기 때문이다. 사카키의 입을 막기 전에 사카키를 비롯해 우리들 사이에 문제의 뉴스가 알려지는 것을 그는 어떻게 해서라도 피하고 싶었다. 그래서…….

게다가 같은 날 밤, 마토바 여사로부터 빌린 라디오로 아야카가 뉴스를 들을 때 카이는 얼마나 마음을 졸였을까. 전날 밤과 같은 보도가 언제 흘러나올지도 몰랐다. 라디오가 울리기 시작하자 그는 바로 그 근처로 자리를 옮겼다. 그리고 실제로 미하라야마의 뉴스가 끝난 다음 '올해 8월 도쿄 도 메구로 구의……'라는 뉴스가 시작해 버렸다. 그때 우연히 아야카가 코드에 걸려 라디오를 떨어뜨린 것은 그에게는 실로 행운이었다. 만일 그런 해프닝이 일어나지 않았다면 분명 그가 직접 라디오의 스위치를 껐음이 틀림없다.


# 6


"그런 사정입니다."

조금 전 카이의 방에서 '확인'한 사실과 그 의미를 말한 다음 야리나카는 말을 이었다.

"15일 밤, 문제의 뉴스를 들어서 그의 마음은 사카키와 란을 이 집에서 죽여 버리지 않으면 안 된다는 결의를 향해 기울기 시작했던 겁니다. 같은 날 밤 들은 오르골의 「비」, 밖에서 계속 내리는 눈, 전화선이 끊어져 완전히 외부와 고립된 상황. 두 의사의 존재, 온실, 빨간 폿쿠리—그런 다양한 유인誘因, 요인이 있어서 비유 살인에 의한 알리바이·트릭을 착상해 실행으로 옮길 의지를 굳혔습니다. 이 집 집사의 성이 8월 사건의 피해자와 같은 '나루세'라고 알았고, 게다가 마토바 씨의 입에서 4년 전 화재의 원인을 들은 것도 당연히 영향을 끼쳤을 겁니다. 잘 하면 우리들의 의심이 그쪽으로

향할 것이다. 혹은 경찰도……. 그런 기대를 품은 게 틀림없다고
생각합니다."

그저께 사카키의 시체가 발견된 후에 보인 카이의 언동이 잇따
라 떠오른다.

원래 온실의 시체에 있던 장식이 「비」의 비유가 아니냐고 말을
꺼낸 것은 그가 아닌가. 그 외에도 있다. 8월 사건의 뉴스가 마토바
여사에 의해 전해졌을 때, 살해된 경비원의 성이 '나루세'는 아니
었느냐고 처음으로 지적한 것도 분명 그였다. 게다가 이 집에 사는
'여섯 번째 사람'이 마음에 걸려 어쩔 수가 없다고 말을 한 것도.

"제2막 이후에서는 더 이상 별로 말할 필요도 없겠지요.

사카키를 죽여서 알리바이를 확보해 망 밖으로 몸을 두는 것에
성공하고, 다음으로 카이는 란을 죽였습니다. 나루세 씨가 범인일
지도 모른다는 가능성이 명백하게 된 단계에서 그녀의 의심은 그
방향으로만 향해서 완전한 알리바이가 증명된, 그것도 8월 사건의
'한패'였던 카이가 범인이라고는 의심도 해 보지 않았겠지요. 카
이는 '한패'로서 향후의 대책을 상담하지 않으면 안 된다든 등, 그
럴싸한 구실을 붙여 밤중에 그녀를 방에서 불러내어 그대로 살인
에 성공했습니다. 「비」의 2절의 비유로 시체에 종이학을 놓은 것은
물론 '연속 비유 살인'이라는 도식을 만들어 내어 제1막의 알리바
이 트릭 위장을 강화하기 위해서였습니다.

제3막. 미즈키를 죽인 이유는 여기까지 오면 설명할 것도 없겠습
니다. 그녀가 8월의 사건에서 '또 한 사람'의 존재를 눈치챘다는
것을 그는 어쩌다가—린도와 그녀의 대화를 엿듣거나 해서—알았
습니다. 그래서 그녀의 입을 막을 수밖에 없었던 겁니다.

이상, 이것으로 사건의 진상은 거의 명백해졌다고 생각합니다."

찬물을 끼얹은 듯 조용해진 방 안, 야리나카는 침착하게 일동의 얼굴을 둘러보고 그로부터,

"마지막으로 하나만 더 언급해 두어야 할 것이 있습니다."

라고 말했다.

"이 키리고에 저택이라는 집이 가진 특수한 힘이 첫 사건이 일어나기 전에 이미 범인의 이름을 예언하고 있었다는 겁니다."

조금 전 카이의 방에서 그가 말했던 것이다. 온실의 천장에 간 균열의 의미—어리석게도 나는 아직 그것을 알지 못했다.

"예언?"

나모 나시가 괴상한 소리를 질렀다.

"이 집이 기묘한 집이라는 말은 실컷 들었지만요, 하지만."

"정말입니까?"

닌도 의사가 고개를 쑥 내밀고 야리나카를 쳐다본다.

"범인의 이름이 예언되었다니, 또 어디에?"

"16일 오후에 나와 린도가 온실에서 목격한 '움직임'이 그것이었습니다. 천장의 유리가 갑자기 금이 가서 십자 모양 균열을 만들었습니다."

무릎 위에 양손을 겹치고 미동 하나 없이 이야기를 듣고 있는 마토바 여사의 얼굴. 야리나카는 시선을 옮겼다.

"마토바 씨는 충분히 알고 계시겠지만 '찾아온 자의 미래를 비춘다'는 이 집은 몇몇 '움직임'에 의해 이 사건의 피해자가 된 인간의 이름을 예언하고 있습니다. 예를 들면 겐지코노즈의 '사카키'의 무늬가 들어간 담배 쟁반이 깨져 버린 일이나, 온실의 난 꽃이

갑자기 시들어 버린 일이었습니다. 그런데, 일련의 그런 '움직임' 중에서 딱 하나 의미를 알 수 없는 것이 있었죠. 그것이 지금 말한 온실 천장의 균열이었습니다."

거기서 다시, 야리나카는 정면의 시라스카 씨의 얼굴로 시선을 되돌리고,

"이것은 물론 아무런 과학적인 뒷받침도, 논리적인·필연성도 없습니다. 세상의 상식적인 사람들에게는 요만큼의 설득력도 없는 것이겠지요. 하지만 적어도 여기서 며칠을 보낸 제 주관으로는 이 집의 신비한 힘—의사라고 해도 되고 공간이라고 해도 되는—그것은, 확실하게 있다고 파악됩니다. 그리고 그 힘이 나타내는 '움직임'의 의미를 정확하게 해독하는 것이야말로, 결과적으로 범인의 이름을 알기 위한 지름길이었습니다."

야리나카는 건조한 입술을 핥았다.

"'십자 모양의 균열'—문제의 금을 저나 린도는 그렇게 불렀습니다. '십' '십자' '십 문자' ……. 그것이 포함하는 의미를 이것저것 생각해 봤지만, 아무것도 보이지 않았습니다.

그래서 저는 관점을 약간 바꾸어 보기로 했습니다. 저것은 '십자 모양'이 아닌 게 아닐까 하는 발상입니다. '십'이라는 것은 우연히 그때 우리들이 서 있던 위치에서 그렇게 보였을 뿐이었던 것이다. 즉, 진짜 모양은 이것을 45도 회전시킨 'X'인 게 아닌가.

'X'—'엑스' '가위표' '파치' '미지수' …… 여기에도 일견, 아무 의미는 없는 것 같습니다. 그러나 조금 더 궁리를 하면 해답은 지극히 간단히 나타납니다. 이 'X'는 '엑스'라고 그냥 알파벳으로 읽는 게 아니라."

"아아."

그 답을 겨우 알아차린 나는 무심코 소리를 냈다.

"그리스 문자로 읽는 것입니다. 그리스 문자의 'X'는 즉 '카이'입니다."

새 구름의 틈새로 내리는 햇빛이 창에서 비쳐 들어온다. 나루세가 소리도 없이 움직여 창 몇 개에 커튼을 닫았다. 방안이 약간 어스름해진다.

나루세가 원래의 위치로 돌아가기를 기다려,

"그런데, 시라스카 씨."

야리나카는 그때까지의 엄격했던 표정을 약간 누그러뜨렸다.

"여기까지 확실해지면 앞으로 가능성으로서 남은 이 집의 여섯 번째 사람이 범인이라는 설을 일부러 다룰 것도 없지요. 조금 전에는 상당히 실례했지만 이 집에 그러한 인물이 있든 없든 사건과는 무관할 겁니다. 필요에 충분한 해답은 여기서 얻었다고 생각합니다만, 어떻습니까?"

야리나카의 수척한 볼과 얇은 입술에 부드럽게 웃음이 번진다. 깊이 소파에 등을 기댄 채 시라스카 씨가 야리나카에게 대답하기 위해 입을 열었다.

그때다. 피아노 소리가 들려온 것은.

# 7

옆방―오쿄의 병풍으로 구분 지어진 건너편 열린 문 쪽에서 소리가 흘러나왔다.

높고 희미한 소리가 뭔가 서글픈, 그리고 그리운 가락을 연주하기 시작한다. 아이가 장난으로 치는 것처럼 더듬더듬, 모든 사람이 움직임을 멈춘 방의 공기를 흔든다.

이것은―이 노래는.

아주 옛날―어릴 적에 들은 노래. 초등학교 음악 시간에 배웠나, 아니면 죽은 어머니가 노래해 들려주었나. 「비」는 아니다. 「비」가 아니라―아, 그렇다, 어젯밤 깜빡 졸다가 꾼 꿈에서, 그리고 오늘 아침 자다가 꿈에서 들은 것과 같은, 그…….

실제로는 불과 몇 분의 1초쯤의 시간이었을 것이다. 그러나 그 선율을 듣고 이해하고 기억 속에서 그에 맞는 유명한 동요의 제목과 가사를 끌어내기까지, 그 순간에 몇 년―몇 십 년의 시간이 내 속을 빠져나간 느낌이 들었다.

……노래를 ……잊어버린

……카나리야는……

연주되는 가락에 맞춰 마음속으로 그리운 누군가의 노랫소리가 들려온다.

……뒷……산에

……버릴까요……

얼어붙은 고요함 속에서 낮은 웅성거림이 서서히 우리들의 사이로 퍼져 갔다.

야리나카가 안색을 바꾸고 소파에서 일어났다. 뒤이어 나모 나시가 그리고 내가 일어나, 한무리가 되어 병풍 쪽으로 걸음을 향한다.

피아노의 소리는 이어진다. 무엇인가를 호소하려는 듯이 더듬더듬 그 가락을 계속 연주하고 있다.

야리나카가 병풍에 손을 뻗어 마치 귀중한 고미술품을 대하는 손길이라고는 생각할 수 없을 정도로 거칠게 옆으로 걷었다. 동시에 피아노 소리가 뚝 하고 멎는다.

활짝 열린 양쪽 여닫이문. 수많은 멋진 우키요에가 벽면을 장식한 건너편의 넓은 방에는 오른편 창 쪽으로 다갈색의 그랜드피아노가 한 대 놓여 있었다. 그리고 흑백의 건반에 낭창낭창한 손가락을 내리고 우리들에게 옆얼굴을 보이며 단정히 앉아 있는 한 남자.

우리들 세 사람은 문 바로 앞에서 무심코 걸음을 멈추었다.

검고 폭이 좁은 바지에 검은 셔츠, 검은 라운드 스웨터, 전신을 검은 옷으로 휘감은 그 남자─라기보다 '소년'이라 부르는 편이 어울릴 듯한 젊은 사람이다─는 그때 피아노 앞의 의자에서 천천히 일어났다. 옆에 세워 둔 검은 지팡이를 왼손에 들고 조용히 이쪽을 향해 걸어온다.

"덱이었나."

나모가, 덤벼들 듯이 큰소리로 외쳤다. 남자─소년은 아무것도 대답하지 않고, 씨익 입가에 웃음을 지었다.

소파에서 일어선 시라스카 씨가, 우리들 옆을 빠져나가 옆방으로 들어갔다. 소년의 옆까지 다가가서 자신의 가슴 정도밖에 오지 않는 그 홀쭉한 어깨에 살짝 손을 감고 가까이 있던 의자에 앉는다.

"소개가 늦었습니다만."

입가의 미소를 태연하게 얼굴 전체로 퍼뜨리며 키리고에 저택의 주인은 말했다.

"제 외동아들 아키라라고 합니다."

아키라— 오늘 아침도 마토바 여사의 입에서 들은 이름에 '彰' 라는 글자가 겹쳐, 나는 가까스로 기억이 났다. '아키라' 란, 그래, 이 집을 찾은 다음 날 오후, 야리나카, 미즈키, 아야카와 나, 네 사람이 저택을 '탐험' 했을 때 본 이름이다. 회랑의 벽에 걸린 그림—키리고에 저택이 그려진 수채화—에 표기되어 있던 사인. 야리나카는 그때 보통 사람이 그린 게 아닌가 했지만, 그 그림을 그린 것이 그러면 이 소년이라는 것인가.

"외동아들?"

나모 나시가 소리를 질렀다.

"4년 전에 화재로 죽었다고, 어제 마토바 씨가 말했는데."

"오호, 그런 말을."

안색 하나 바꾸지 않고, 시라스카 씨는 가볍게 팔을 펼쳤다.

"분명 마토바 선생이 뭔가 착각을 하셨겠지요."

시라스카 아키라는 희고 단정한—아름답다고 형용해도 좋은 얼굴을 한 젊은이였다. 나이는 열여섯이나 열일곱. 침착한 태도나 조용한 얼굴 표정을 보면 어쩌면 그보다도 두세 살 위인지도 모른다. 자그맣고 무척 가냘픈 체구. 갸름한 얼굴의 오른쪽 반을 거의 덮어 감추듯 늘어뜨린 찰랑찰랑한 긴 앞머리. 이쪽을 보는 오른쪽 눈 속 깊고 칠흑 같은 눈동자에는, 시원하면서 묘하게 조숙한 빛이 깃들어 있다.

"야리나카 씨가 당신입니까?"

그―아키라는 잠시 주저하는 표정을 보였지만, 머지않아 문 바로 앞에 멈춰 선 야리나카에게 눈길을 던지면서 천천히 입을 열었다. 처음으로 듣는 그 목소리는 역시 '소년'이란 말이 어울리는 발랄한 테너였다.

"그렇다."

야리나카가 험악한 목소리로 대답하자, 아키라는 일순 겁을 먹은 듯이 몸을 움츠렸다. 그러나 바로 당혹함을 떨치듯이 세차게 고개를 흔들면서 이렇게 말했다.

"층계참의 케시비나가 쓰러진 것은 우연이 아니라, 고의입니다. 제가 한 일입니다. 고발의 의미를 담아서."

고발? 고발이란 대체 무슨 말인가. 게다가 인형을 쓰러뜨린 것이 그였다니.

"설마."

야리나카가 눈을 크게 뜨고,

"그 인형은 진동으로 쓰러진 거야. 나는 실험도 해 봤어. 확실히 그건."

"아닙니다."

야리나카의 얼굴을 쳐다 보며 소년은 말했다. 겁먹은 표정은 이미 사라지고, 목소리에는 오히려 적극적인 여운이 있었다.

"제가 쓰러뜨렸습니다. 이상하다고 생각되지 않았습니까?"

"이상해? 뭐가?"

"히나단에 장식되어 있던 것은 쓰러진 열 개의 인형뿐이 아니었을 겁니다. 병풍, 카이오케, 즈시다나廚子棚*나 와도케이和時計**

같은 히나 도구도 같은 히나단 위에 있었습니다. 그러한 세세한 도구류는 쓰러지지 않고 남아 있고, 그에 비하면 중심이 아래쪽에 있어서 오히려 쓰러지기 어려운 인형이 쓰러져 있었다. 그것도 전부 위를 보고. 조금 전 당신이 말씀하신 진동이 원인이라면 이렇게 쓰러지는 것은 너무나도 부자연스럽지 않습니까?"

"그것은……."

야리나카는 말문이 막혔다. 눈을 깔고 자신의 실수를 탓하듯이 꼭 쥔 오른손 주먹으로 관자놀이 주변을 톡톡 친다.

"그런가."

이윽고 낮게 중얼거리더니 그는 훌쩍 오른팔을 들어 소년을 향해서 검지를 내밀었다.

"네가 범인이었군."

골똘히 생각에 잠긴 목소리로, 야리나카는 말했다.

"지금 스스로 인형을 쓰러뜨렸다고 했지. 「비」의 4절을 비유했군. 즉, 네가 범인이라는 증거가 아닌가. 네가 카이를 죽였어. 응? 그렇지?"

규탄은 점점 더 격해진다.

야리나카의 표정은 진지함 그 자체다. 그러나 그는 조금 전 그렇게나 치밀하고 논리적인 추리를 보였지 않은가. 그가 도출한 결론대로 범인은 죽은 카이 유키히코가 틀림없다. 그런데 어째서 이렇게나 간단히 태도를 뒤집어 버리는 것일까.

---

* 무가의 세간. 식기장.
** 에도 시대에 만들어진 일본식 시계.

"저 녀석이 범인이었어."

동의를 구하듯이, 야리나카는 내 쪽을 돌아보았다.

"린도, 너는 봤지? 미즈키가 살해당했을 때, 그녀의 방에서 도망쳐 나온 저 녀석을. 카이도 미즈키도, 전부 저 녀석 짓이었어. 이 집에 사는 여섯 번째 인간이 범인—남아 있던 또 하나의 가능성이 사건의 진상이었던 거야."

나도, 그 옆에 선 나모 나시도 뒤늦게 문 앞까지 달려온 닌도 의사와 아야카도 목소리가 거칠어진 야리나카와 그것을 초연하게 바라보는 아키라를 번갈아 보며 머뭇머뭇할 뿐이었다. 확실히 내가 재삼 목격한 그 검은 사람 그림자는 이 소년이 틀림없다. 그때 미즈키 방에서 나온 것도 어젯밤 홀에서 만난 것도, 분명 그였을 것이다. 그러나······.

"알겠지? 그러니까 모두 빨리 저 녀석을 잡아."

야리나카의 태도에서는 조금 전까지의 냉정함은 더 이상 보이지 않았다. 스스로 중독에 빠진 듯 몸을 비비 꼬면서 다급한 목소리를 토해낸다.

"어떻게 된 거야. 어이, 모두. 빨리······"

우리들이 누구 하나 움직이려 하지 않는 것을 보고, 그는 그만 직접 방으로 뛰어들어 의자에 앉은 소년을 향했다.

그때—.

"그만두시죠."

날카로운 소리가 울려 야리나카의 움직임을 제지했다. 보니까 어느새 옆방의 복도 쪽 문이 열려 있다. 그리고 그곳에 어떻게 된 일인지 두 손으로 라이플을 든 마토바 여사가 서 있었다.

"움직이지 말아요, 야리나카 씨. 거기 의자에 앉으십시오."

그렇게 말하고 여의사는 방의 구석에 놓여 있던 팔걸이의자 중 하나를 턱으로 가리켰다.

"자, 빨리."

확실하게 위협당한 야리나카는 숨이 막혀 괴로운 듯이 어깨를 들썩거리면서 의자에 앉았다. 우리들의 옆을 지나서 스에나가가 방으로 들어갔다. 황새걸음으로 야리나카의 뒤까지 가서 어깨를 뒤에서부터 꽉 누른다.

마토바 여사는 라이플을 쥔 채, 신중한 발걸음으로 야리나카의 옆으로 갔다. 그다음 잘 닦인 검은 총구를 그의 머리에 바싹 고정했다.

## 8

문 바로 앞에 굳어진 채 꼼짝 못하는 우리들은 그저 멍하니 그 광경을 지켜볼 뿐이었다. 핏기를 잃은 얼굴을 경직시킨 야리나카. 방아쇠에 손가락을 걸고 침착한 눈빛으로 그것을 응시하는 마토바 여사.

"서서서, 설마."

나모 나시가 목소리를 떨었다.

"설마 당신들 모두 한패였던 건 아니겠죠. 설마 여러 사람이 합세해서 우리들을 어떻게 할 생각은."

"그럴 생각은 전혀 없습니다."

대답한 것은 시라스카 아키라였다.

"다만, 그래요, 저는 여러분에게 사과하지 않으면 안 될지도 모르겠습니다. 그러니까."

소년은 어쩐지 초연한 아름다운 얼굴에 문득 그늘을 드리우고,

"여태까지 여러분들 앞에 숨어서 행동했던 것. 어쩌다가 모습을 들켜도 결코 정체를 밝히려 하지 않았던 것."

"역시."

내가 머뭇머뭇 입을 열었다.

"몇 번 본 그 사람 그림자는 모두 당신이었습니까? 예배당이나 뒤쪽 계단, 그리고 온실에서도."

"네."

소년은 조용히 끄덕였다.

"어제 죽은 그 사람, 아시노 미즈키 씨의 방에서 나오다가 당신─ 린도 씨에게 들킨 것도 저였습니다."

"어젯밤 노멘을 쓰고 있던 것도?"

"그렇습니다. 무척 놀라게 해서 죄송했습니다."

"어째서 그런."

"그때는 저도 당황해서. 결코 협박할 생각은 아니었습니다."

그렇게 말하고, 아키라는 작게 숨을 내쉬었다.

"제 방은 3층에 있습니다. 보시다시피 다리가 조금 불편해서, 가능한 한 계단을 오르락내리락 운동하려고. 그래서 여러분에게는 결코 3층에 오지 않도록 나루세가 부탁했던 겁니다. 사람과 만나거나 이야기하는 것은 그다지 잘 못하거든요."

"하지만."

"아시노 씨의 방에 간 것은 여러분의 상태가 이상하다는 것을 알아차렸기 때문이었습니다. 어제 여러분이 오후 2시 반에 식당에 모인다는 것은 마토바 선생님한테 들어서 알고 있었습니다. 그것이 끝나면 선생님이 상황을 전해 주러 제 방에 오기로 약속했습니다."

소년은 흘끗 마토바 여사에게 눈길을 주었다. 그것을 받아 그녀는 우리들을 향해 묵묵히 끄덕여 보였다.

"그런데 저녁이 되어도 선생님이 오시지 않습니다. 수상하게 생각해서 상태를 살피러 내려가니 이야기 소리는커녕 사람 기척조차 없었죠. 과감하게 식당을 들여다보니 여러분이 잠들어 계셨습니다."

"그래서 그녀의 방으로?"

"그렇습니다. 걱정이 되서."

"거기서 당신도 테라스의 시체를 발견했습니까?"

"네."

소년의 얼굴에 드리워진 그늘이 짙어진다.

"그때―놀라서 방에서 뛰쳐나올 때 린도 씨가 오셨던 겁니다."

"그렇다면 그런 식으로 숨지 않아도 되는데."

소년은 조용히 고개를 흔들면서,

"저도 놀랐습니다. 저 사람이 설마 저렇게 되다니. 하지만 그것도 예상할 수 있었던 일이었습니다. 너무 후회됩니다. 린도 씨의 목소리를 듣고, 순간, 어쩌면 범인이 돌아왔나 하는 생각이 들어서. 그래서……."

"어젯밤, 한밤중에 예배당에서 쳄발로를 친 것은 무슨 이유로?"

"저 사람의 죽음을 애도하기 위함입니다. 왜냐하면 정말 – 돌아 가신 어머니와 꼭 닮았으니까요."

소년은 얼굴을 숙이고 잠시 입을 다물었다. 가는 어깨가 슬픔에 떨리듯이 희미하게 움직였다.

"지금 이렇게 여러분의 앞에 나오기로 결심한 것은 여러분이 좀 더 생각해 주실 것이 있기 때문입니다."

드디어 얼굴을 든 그의 표정에는 방금 전까지의 어두운 그늘은 사라졌다. 온갖 감정을 떨쳐낸 시원한 눈으로 우리들을 응시하며 평온한, 그러면서도 아주 무게가 있는 어조로 말했다.

"조금 전에도 말했듯이 층계참의 인형을 쓰러뜨린 것은 접니다. 나루세가 시체를 발견한 다음, 여러분에게 알리기 전에 제가 한 일 이었습니다."

"고발의 의미를 담아서?"

내 질문에 소년은 눈으로 끄덕였다.

"카이 씨는 자살로 위장해 살해당한 겁니다. 자살이 아니다, 살 인이다, 라고 고발할 작정이었습니다."

"당신은 그러면 범인을 알고 있다는 겁니까?"

"네. 사건의 진상에 관해서는 어젯밤에 대체로 짐작이 갔습니다. 다음으로 살해당할 사람이 있다면, 카이 씨일 거라는 것도."

소년은 살짝 어깨를 움츠리고,

"어젯밤 홀에서 린도 씨 등에게 들켰을 때, 도망가지 않고 제대 로 이야기하는 편이 좋았을지도 모릅니다. 그랬으면 사태는 조금 달라졌을 테니까요."

"사건의 범인은 카이 군이 아니었습니까?"

"아니라고 해도 틀린 건 아니겠지요."

"그렇지만."

납득이 가지 않는 심정으로 나는 고개를 갸우뚱했다.

"조금 전 야리나카 씨의 이야기를 이 방에서 듣고 있었잖습니까. 카이 군을 범인이라고 지적한 그의 추리에 부족한 점이 있었다고 는 도저히 생각할 수 없습니다. 그게 틀렸다면 대체 진범은."

말하려다 나는 마토바 여사가 라이플을 들이대고 있는 야리나카를 문득 쳐다보았다. 그것을 따르는 듯이 다른 이들의 시선도 다시 그에게로 모인다.

설마 야리나카가? 아니, 있을 수 없다. 있을 수 없을 것이다.

"그럴 리 없습니다."

저는 세차게 고개를 흔들었다.

"야리나카 씨가 사카키 군을 죽이는 것은 불가능했습니다. 그날 밤, 그는 계속 나와 함께 있었습니다. 설사 어떤 트릭을 썼다고 해 도 그 알리바이는 절대로 움직일 수 없습니다. 그렇지 않으면 설마 제가 거짓 증언을 하고 있다는 말입니까?"

그러자 아키라는 눈을 가늘게 뜨면서 대답했다.

"사카키 씨를 죽인 것은 카이 씨였습니다. 저도 그렇게 생각합 니다."

"앗."

"야리나카 씨의 설명은 여기서 들었습니다."

소년은 덤벼들 듯이 자신을 쏘아보고 있는 야리나카의 얼굴로 곁눈질을 했다.

"아주 잘 된 논리라고 생각합니다. 감탄도 했습니다."

"그러면, 뭐가 잘못되었다는 겁니까?"

거듭되는 나의 물음에 대답해, 아키라는 말했다.

"첫 사건―야리나카 씨의 말투를 흉내 내어 말한다면 제1막―에 관한 조금 전 추리는 확실히 멋졌습니다. 다른 의견을 주장할 것이 없습니다. 하지만 야리나카 씨는 제2막 이후에 관해서 대체 어느 정도 언급을 하셨습니까?"

"아아……."

듣고 보니, 과연 그 말대로다.

제4막의 카이의 죽음에 관해서는 어찌 됐든, 2막, 3막에 관해서는 야리나카는 그저 카이가 범인이고 살인을 했다고, 그의 동기에 따라 간단한 설명을 더했을 뿐이었다. 예를 들면 란의 시체가 어째서 호수 위 분수로 운반되었는가, 혹은 어째서 미즈키는 그렇게 살해당했는가, 그런 몇몇 문제에 대해서는 해답을 아무것도 제시하지 않은 게 아닌가.

미묘하고 효과적인 시간이 흐른 뒤, 서라스카 아키라는 나를 향해 말했다.

"괜찮으시면, 여기서 제3막에서 범인이 취했다고 보이는 행동을 아시는 만큼 설명 부탁드릴 수 없을까요?"

"네."

그의 말대로 나는 스스로에게 설명하듯이 이야기했다.

"우선 범인은 닌도 선생님의 가방에서 수면제를 훔쳐 내어, 몰래 커피 메이커에 넣어 두었죠. 오후에 모두가 식당에 모여 차를 마시고, 마토바 씨가 한 잔 더 어떤지 권해서……. 그래서 아하, 그러고 보니 야리나카 씨가 그때 커피가 좋다고 주문을 해서, 마토바 씨가 사람 머릿수대로 커피를 끓여 주었습니다. 그렇게 우리들이 수면제가 든 커피를 마시고 잠든 사이에, 범인은 그녀―아시노 씨를 식당에서 그녀의 방으로 옮겼습니다. 침대에서 옷을 벗기고 레이스 커튼을 떼어 몸에 두른 다음, 식당의 식기장에서 가져온 페티나이프로 가슴을 찔렀습니다. 시체를 밑의 테라스로 던져 떨어뜨리고 꿩 박제를 베란다에 놓고……."

이야기할수록 마음속에 무겁게 침전하고 있던 슬픔이나 분노, 자책, 그로부터 여러 가지가 뒤섞여 올라온다. 가슴이 삐걱거리는 듯이 아파서 나도 모르게 목소리가 떨렸다.

소년은 그런 나의 얼굴을 조용한 눈빛으로 바라보면서,

"그런 범행을 저지른 범인상을 감상하시겠습니까?"

하고 말했다.

"범인상, 입니까. 그렇군요."

"여자에게는 무리야."

아야카가 갑자기 옆에서 소리를 질렀다.

"미즈키 씨를 방까지 옮기거나 옷을 벗기거나 베란다에서 떨어뜨리거나, 그런 거 내가 하려고 하면 고양이를 밟은 것 같은 대소동이 날 거야. 야리나카 씨는 조금 전 그런 식으로 말했지만, 절대로 여자에게는 무리라고 생각해."

아키라는 작고 색깔이 옅은 입술에 희미한 웃음을 머금고,

"그렇지요. 범인은 역시, 남자 쪽이 맞는 것 같습니다. 그 외에는?"

"아야카 짱이 그렇게 말한다면 나도 새삼 주장하고 싶은데."

이번은 나모 나시가 입을 열었다.

"나이프로 가슴을 찌르다니, 나는 무서워서 도저히 안 돼. 야리 씨는 신용할 수 없다든지 뭐라든지 말했지만."

"그 외에도 뭔가 없습니까. 린도 씨는 뭔가 짚이는 거라도?"

"범인은."

여전히 혼란이 가라앉지 않는 머리로 생각을 굴리면서 나는 대답했다.

"수면제를 훔쳐 낼 기회가 있었던 사람입니다. 하지만 기회는 모두에게 있었어요. 닌도 선생님의 방에 숨어들어 가방을 뒤져서 그 약을."

거기까지 말하고, 나는 어떤 것을 깨달았다. 무심코 말을 멈춘 내 모습을 보고, 아키라는 칠흑의 눈동자를 날카롭게 빛냈다.

"뭔가."

"그러고 보니."

약간 흥분하면서 나는 대답했다.

"카이 군은 어쩌면, 수면제가 무슨 색인지 어떤 모양인지, 어떤 식으로 포장되어 있는지 몰랐던 게 아닐까요?"

"무슨 말입니까?"

나모가 물었다.

"그러니까, 닌도 선생님의 가방 속에는, 여러 가지 약이 어수선 하게 들어 있습니다. 포장지에 표기된 약의 상품명이나 기호에 밝다면 몰라도, 그런 지식이 없는 사람이 저 속에서 원하는 약을 찾 아낼 수 있다고 생각할 수 없습니다. 그러니 범인은 당연히 약의 형태와 색깔, 포장지 종류나 크기 같은 것을 알고 있어서 그것을 근거로 수면제를 훔쳐 냈을 겁니다."

"하, 그것은……."

"이틀째 밤, 키미사키 씨가 잠들 수 없다고 하면서 닌도 선생님에게 약을 받았을 때, 그녀가 선생님의 방까지 따라 갔죠. 그때는 그러니까, 다른 누구도 가방의 내용물이나 약을 볼 기회가 없었던 겁니다. 그리고 그 다음 날―그저께 밤에 저와 노모토, 아니, 야모토 씨가 같은 약을 받았을 때는 선생님이 살롱으로 가방을 들고 와 주셨습니다. 그랬지요, 선생님?"

"예."

닌도 의사는 벗겨 올라간 이마를 쓰다듬으며,

"분명 그렇게 한 것 같습니다만."

"약을 받아든 우리들뿐만 아니라, 그 자리에 있던 사람은 모두 약의 형태나 색깔을 볼 수 있었군요. 그러나 그때."

"그렇구나."

나모가 탁 하고 손뼉을 쳤다.

"기억하고 있습니다, 린도 선생님. 닌도 선생님이 가방을 들고 돌아왔을 때 나와 카이 군이 화장실에 갔지."

"그렇습니다. 우리들이 약을 받아 들었을 때, 당신들은 그 자리에는 없었습니다. 그 후, 닌도 선생님이 우리들 앞에서 가방을 열거나 수면제를 꺼낸 적은 한 번도 없으니까, 카이 군과 당신에게는 약이 어떻게 생겼는지 알 기회가 전혀 없었던 게 됩니다."

"과연. 나는 분명 의사 선생님 가방 안은 깨끗하게 정돈되어 있다고 생각했으니까, 별로 아무 생각도 없었고. 수면제라고 적힌 봉투에 들어 있겠지 생각했지."

"카이 군은 그것이 수면제라는 확신을 가지고 약을 훔쳐 내기가 불가능했다. 따라서 그가 아시노 씨를 죽인 범인이라는 것은 불가능합니다."

만족스럽게 우리들의 대화를 듣는 소년을 다시 보며 나는 말했다.

"그러나, 제1막―사카키 군을 죽인 범인은 그였지요?"

"그렇게밖에 생각할 수 없습니다."

아키라는 주저 없이 대답했다.

"저도 사카키 씨의 시체나 현장 상황은 이 눈으로 보았습니다. 여러분들 사이에서 어떤 말이 오가고 어떤 일이 있었는지도 거의 파악하고 있으니까요."

나는 라이플을 움켜쥔 마토바 여사 쪽으로 눈길을 주었다.―그녀가 첫 사건 이후, 갑자기 우리들에게 접근한 것은 그 때문이었나. 아마 그녀가 지금도 가정교사를 맡고 있는지, 이 소년에게 사건에 관한 상세한 정보를 전하기 위해―그 때문에 그녀는 우리들 사이로 들어와 이것저것 보살펴 주었던 것이다. 분명 그럼에 틀림없다.

그리고―.

소년의 얼굴로 눈길을 돌리면서, 나는 기억을 더듬어 나간다.

그때―그저께 오후, 나와 미즈키가 홀에서 이야기를 했을 때―, 그전에 예배당에 와서 내게 모습을 보인 그는 그 후 복도의 문 뒤에 몸을 숨기고 있던 게 아니었을까. 그렇게 나와 그녀의 대화에 귀를 기울였다면 8월의 사건에서 '또 하나의 인물'도 그는 그 시점에서 알 수가 있었다.

"그러면, 아키라 씨."

나는 물었다.

"―아시노 씨를 죽인 사람이 카이 군일 리가 없다는 것은 대체 무슨 말입니까?"

"조금 전 야리나카 씨가 '눈보라의 산장'의 단점을 해소하는 방책에 관해 여러 가지 이야기하셨지요. 그 방법은 크게 나누어 두가지. 하나는 좁혀진 망 안에 처음부터 들어가지 않는 것. 그리고 또 하나는 망 안에서 달아나는 것. 또, 이렇게도 말씀하셨습니다. '망 안에서 달아난다'는 것은 범인임이 불가능해 보이는 사람의 그룹에 들어가는 거라고."

아키라는 흘끗 다시 야리나카 쪽으로 눈길을 주고 나서 계속 말했다.

"저는 여기에 또 한 가지의 방법을 덧붙이고 싶습니다. 이런 것입니다. '범인이 아닌 사람이 범인이 될 수 없다고 확정된 것에 편승해 새로 살인을 한다.'"

"범인이 아닌 사람이……."

소년의 대사를 앵무새처럼 따라하던 도중에, 나는 한마디 말이 떠올랐다.

"편승 살인."

"네. 그렇습니다."

"분명 일관된 모티프를 가진 살인이 연속해서 일어나면 우리들은 거의 자동적으로 범인은 같은 사람이라고 간주해 버립니다."

"그렇죠. 이 사건의 경우 키타하라 하쿠슈의 「비」에 따라 새로운 살인을 하면 그것도 처음과 같은 범인의 짓이라고 모두가 생각하게 만들 수 있죠. 즉, 자신의 죄를 '제1의 범인'에게 전가하려 했다는 겁니다."

"그러나 아키라 씨."

"뭔가요."

"반대로 그 범인 – '제2의 범인' 말인데, 그 녀석은 제1의 범인이 범한 죄까지 자신이 뒤집어쓰는 지경에 빠질지도 모르지 않습니까."

"자칫 잘못하면 물론 그렇죠. 그러니까, '범인이 될 수 없다고 확정된 것에 편승해서'라는 부분이 중요한 것입니다."

"아, 그렇군요."

"예를 들면 제1의 사건, 혹은 그에 이어지는 사건에서 완벽한 알리바이가 성립하면 되는 겁니다. 자신이 편승 살인을 할 때, 만일 먼저 일어난 사건의 범인이 누구인지 안다면 그 인물에게 죄를 뒤집어씌우기 위한 적극적인 공작을 하는 것도 가능하겠죠."

"입막음을 위해 그 녀석을 자살로 꾸며 죽이는 것도 가능하다는 겁니까."

나모 나시가 끼어들었다. 우리들은 얼굴을 마주 보고, 그로부터 거의 동시에 이끌린 듯 야리나카 쪽으로 시선을 향했다.

조금 전까지 소년을 쏘아보던 험악한 얼굴은 이미 그곳에 없었다. 살짝 얼굴을 숙이고 입술을 한일 – 자로 다물고 눈을 꼭 감고 있다.

설마 그 '편승 살인'을 꾀한 '제2의 범인'이 야리나카라고 아키라는 말하고 싶은가. 나의 의혹은 지금 틀림없이 그에게 향하고 있었다. 그러나 –.

의심하면서도 역시 믿을 수 없다는 기분이 강했다. 믿고 싶지 않았다는 것도 있다.

아키라가 지적하는 것은 어디까지나 하나의 가능성에 지나지 않는 게 아닐까. 바꿔 말하면, 그 가능성과 야리나카를 연결 짓는 것은 제1막의 사카키 살해에서 그에게는 완벽한 알리바이가 있었다는, 그뿐이다. 이것은 분명 단락短絡이라고 생각한다. 제1막에서 알리바이가 있다고 하면, 다름 아닌 나 린도 료이치도 완전히 같은 조건에 있으니까.


9


"사카키 군을 죽인 것은 카이 군이었지요. 마지막으로 자살같이 죽은 것도 카이."

뾰족한 턱 끝을 점잖빼는 듯이 쓰다듬으면서 나모 나시가 말했다.

"그렇다고 카이 군이 미즈키 짱을 죽인 범인은 아니야. 즉 '제2의 범인'의 죄까지 뒤집어쓰고 허망하게 살해당했다는 거군요."

"그러면 아키라 씨."

이어서 내가 당연히 떠오르는 다음 의문을 던졌다.

"제2막은? 키미사키 씨를 죽인 범인은 누구였다는 겁니까? 카이 군입니까. 아니면 그 사건도 '제2의 범인'의 짓이라고?"

"그렇습니다. 그러면─."

소년은 왼손에 든 지팡이로 가볍게 발밑의 바닥을 쳤다.

"그러면 다음으로 제2막에 관해서 생각해 볼까요. 음, 이번은 나모 나시 씨에게 여쭤 보겠습니다. 사건의 상황을 기억하고 계십니까?"

부친인 시라스카 씨와 어딘가 닮은 부분이 있는 평온한, 그러면서 묘하게 위엄이 서린 어조였다. 아름다운 용모나 목소리의 색 자체가 엄격한 어조와 부조화를 이루는 것 같기도 하고 이상하게 어울리는 것 같기도 하다.

"그야, 물론."

전에 없이 긴장한 목소리로 나모는 대답했다.

"제2막의 무대가 된 것은 호수의 작은……."

"'해룡의 분수'라고 부르고 있습니다."

"그 '해룡의 분수'로, 란 쨩의 교살 시체가 발견됐죠. 사망 시각은 추정할 수 없다고 했는데 미즈키 쨩이 오전 2시경 구름다리에 불이 켜진 것을 목격했고. 흉기는 창고에 넣어 두었다는 나일론 노끈. 「비」의 2절에 비유해서 이 집의 편지지로 만든 종이학을 시체 밑에 끼워 놓았습니다."

"그 시체를 둘러싼 상황이 아무래도 묘했던 것은 눈치채지 못하셨습니까?"

"아하."

나모가 고개를 갸우뚱했지만, 머지않아 실룩실룩 코를 움직이면서,

"그러고 보니."

하고 팔짱을 꼈다.

"2절의 가사에 맞지 않는데, 라고 나중에 약간 수상하게 생각했죠. 「비」의 2절은 '싫어도 집에서 놀아요'인데 어째서 란 쨩의 시체는 집밖의 저런 분수 위까지 옮겨졌던 건지."

그렇다. 그것은 나도 거듭 의문으로 느꼈던 것이다. 어째서 범인은 그런 「비」의 비유와는 모순되는 공작을 했나. 할 필요가 있었나.

"제1막에서는 비유가 무척 세세하게 되어 있었지요."

소년이 앞을 재촉하듯이 깊이 끄덕이는 것을 보고, 나모 나시는

탄력이 붙은 듯이 서슴없이 말을 늘어놓았다.

"그런데 2막은 아무리 봐도 전혀 뒤죽박죽인 인상이었습니다. 어째서 일부러 호수의 분수 같은 곳까지 시체를 갖고 갔을까요. 대단한 힘은 들지 않았겠지만, 그렇다고 해도 상당히 귀찮은 작업이었을 겁니다. 게다가 한밤중이었다고는 해도 2층의 창에서 분수가 보이고. 만일 누군가 베란다에 나가 있기라도 했다면 다 틀린 겁니다. 애당초 이 추운데 그런 짓 할 녀석이 있을 리도 없다고 대수롭지 않게 여겼을지도 모르지만요. 그것은 그것으로 됐다고 해도, 역시 저런 곳까지 시체를 나르기는 귀찮고, 위험하기도 했을 텐데.

도대체 그럴 필요가 어디에 있었는지 아무래도 모르겠습니다. 예를 들어 사망 시각을 모르게 하고 싶었다고 해도, 딱히 저기까지 나르지 않아도 테라스에 살짝 내놓으면 되는 건데."

"확실히 그렇지요."

아키라는 조용하게 미소 짓고,

"제2막에 관해 뭔가 그 외에 묘한 점은 없었습니까?"

하고 또 물었다.

"그 외에."

나모 나시는 팔짱을 낀 채, 신통하게 눈썹을 모으고 생각에 잠긴다. 대신해서 내가 떠오른 몇 개쯤을 그대로 말했다.

"도서실의 책이 있었지요. 어제 아침, 제가 발견했습니다. 『일본 시가선집』 중 한 권으로, 아래위가 거꾸로 되어 꽂혀 있어서 알아차렸습니다만, 전날의 사건 현장에 떨어져 있던 하쿠슈의 책과 비슷하게 무척 손상돼 있었습니다.

그리고 별로 사건과는 관계가 없는 듯하지만, 어쩐지 마음에 걸리는 문제가 두셋 있습니다. 마토바 씨로부터 들었는데 온실의 메시앙이라는 이름의 작은 새가 쇠약해졌다거나, 주방의 찬장에 넣어 둔 은 스푼이 구부러져 있었다거나."

"상했다는 그 책은 무슨 책이었습니까?"

소년의 목소리가 갑자기 날카로움을 띠었다.

"분명 사이조 야소의."

그 후 발견을 알릴 때 야리나카와의 대화를 떠올리며 나는 대답했다.

"아마 그 책도 제1막에서 하쿠슈의 책과 마찬가지로 흉기의 하나로 쓰였던 것으로 저희들은 생각했습니다. 어째서 그것을 일부러 원래의 책장에 돌려 두었는지 의문으로는 생각했지만, 분명「비」의 비유에 걸맞지 않았기 때문이라고 야리나카 씨는 설명했지요. 흉기로 쓸 만한 하쿠슈의 책을 못 찾아서 어쩔 수 없이 그 책을 써서, 그래서."

"린도 씨는 어떻게 생각하십니까?"

"글쎄요."

나는 고개를 비틀었다.

"저는 뭐라고도 할 수 없습니다. 다만, 그렇죠, 그때는 어쩐지 그 설명만으로는 납득이 가지 않았던 것 같습니다."

"역시. 저도 찬성입니다."

아키라는 시원한 눈으로 나를 바라보고, 말했다.

"뭔가 알아차리지 않으셨습니까?"

"그 말씀은?"

"사이조 야소의 책, 쇠약해진 작은 새, 구부러진 스푼─지금 당신이 말씀하신 일련의 사실에서 뭔가 연상되는 것은 없습니까?"

"야소의 책, 쇠약해진 새, 구부러진 스푼."

중얼중얼하고 입속에서 말을 반추한다. 거기서 느닷없이 머리에 번뜩인 하나의 해답이 있었다. 무의식중에 나온 "앗"이라는 외마디 소리에 소년은 엷은 미소를 떠올리며 끄덕였다.

"메시앙은 카나리야였다. 그리고 구부러진 것은 은 스푼……."

"아시겠지요?"

그 대사가 신호인 것처럼, 그때 시라스카 슈이치로 씨가 실내복 품에서 한 권의 책을 꺼내어 아들에게 건넸다. 아키라는 그것을 오른손에 들고 조용히 의자에서 일어서서 나를 향해 천천히 걸어왔다.

"여기."

소년이 내민 책은 어제 내가 도서실에서 손에 든 사이조 야소의 시집이었다.

"책갈피가 끼워진 페이지입니다."

나는 책을 펼쳤다.


카나리야


─노래를 잊어버린 카나리야는 뒷산에 버릴까요.

─아니, 아니, 안 됩니다.

─노래를 잊어버린 카나리야는 뒤쪽 늪에 묻을까요.

─아니, 아니, 안 됩니다.

─노래를 잊어버린 카나리야는 버드나무 채찍으로 때릴까요.

─아니, 아니, 불쌍합니다.


─노래를 잊어버린 카나리야는,

상아 배에 은 노,

달밤의 바다에 띄우면,

잊었던 노래를 생각해 낸다.


## 10


"'상아 배에 은 노' ─역시 그런 것이었군요."

그 페이지를 편 채 책을 나모 나시에게 돌리고 나는 소년을 다시 보았다. 그는 내 앞을 떠나 다시 원래의 의자에 앉아 있었다.

"─제2막에서 비유된 것은 하쿠슈의 「비」가 아니라, 야소의 「카나리야」였다."

"그렇게 생각합니다."

"잠깐 기다려."

아야카가 나모가 펼친 책을 들여다보려던 동작을 멈추고 어리둥절한 목소리로 말했다.

"린도 씨는 참. 그게 무슨 의미야?"

"「카나리야」 노래, 알잖아요."

그렇게 말하고 나는 그 유명한 동요의 한 구절을 흥얼거려 보였다.

"'-노래를 잊어버린 카나리야는,

상아 배에 은 노,

달밤의 바다에 띄우면,

잊었던 노래를 생각해 낸다.'"

"응."

아야카는 멍한 얼굴로 끄덕인다.

"조금 전, 아키라 씨가 피아노로 쳤던 곡이죠."

"그렇습니다."

"그런데."

"키미사키 씨의 시체가 놓여 있던 '해룡의 분수' - 호수 위의 하얀 테라스는 바다에 띄운 '상아 배'였습니다. 그리고 구부러진 은제 서비스 스푼, 그것은 아마, '은 노'를 암시하기 위해서 훔쳐 낸 물건이었겠죠. 온실의 메시앙이 쇠약해진 것도 마찬가지입니다. 그 카나리야는 새장째로 시체와 함께 분수까지 옮겨졌던 게 아닐까요. 그 탓에 몸이 약해져서 오늘 아침 드디어 죽어 버렸죠. 그리고 제1막과 마찬가지로 머리를 때린 흉기로 사용된 사이조 야소의 시집."

"과연."

닌도 의사의 새된 신음소리가 뒤에서 들렸다.

"그렇지만."

나모 나시가 야소의 시집을 노의사에게 건네면서,

"어째서 그게 「비」의 2절이 되어 버렸습니까?"

"그것은."

생각에 생각을 거듭한 나는 대답했다.

"범인의 마음이 도중에 변했든지, 아니면 어쩔 수 없는 사정이 생겨 바꾸지 않으면 안 되었다든지."

"아닙니다."

그것을 부정한 것은 시라스카 아키라였다.

"이 집에 「비」의 노래가 담긴 오르골이 있는 것은 여러분, 아시겠죠."

"네, 물론."

"조금 전 야리나카 씨의 추리에서는 제1막의 범인, 즉 카이 씨가 떠올린 알리바이 트릭을 위장하는 비유 공작의 주제로 하쿠슈의 「비」를 고른 것은 오르골을 들었기 때문이라고 했습니다. 그것은 옳다고 생각합니다. 그런데."

소년은 창을 향해 놓인 피아노 쪽으로 눈길을 던지고,

"그 오르골을 마지막까지 들으신 분은 계신가요?"

"마지막까지?"

나는 놀라서 되물었다.

"무슨 뜻입니까?"

아들의 시선을 좇는 듯이 시라스카 씨가 피아노로 걸어간다. 본 적이 있는 자개 세공의 작은 상자가 그 위에 놓여 있는 것을 비로소 알아차렸다.

"2층에 있던 물건을 갖고 왔습니다."

소년이 말한다. 시라스카 씨가 작은 상자에 손을 뻗어 살짝 뚜껑을 열었다. 동시에 흐르기 시작하는 「비」의 선율.

우리들은 마른침을 삼키고, 잠시 동안 영롱하게 울리는 그 가락에 귀를 기울였다. 1절이 끝나고 2절, 3절…… 다섯 번의 반복이 끝난 후, 몇 초의 공백. 그리고 다시 상자 안에서 연주된 곡은-.

"이건."

나는 깜짝 놀라 소년의 얼굴을 보았다. 울리기 시작한 곡은 「비」가 아니었다. 「카나리야」였던 것이다.

-돌아가신 사모님이 자장가처럼 자주 부르셨다고 합니다.

오늘 아침 홀의 장식 선반에 놓여 있던 저 오르골에 대해 마토바 여사가 한 말이 떠올라, 나는 "그렇구나" 하고 중얼거렸다.

-아키라 씨가 어릴 때 그것을 모아서…….

"그것을 모아서"라고 그녀는 말하지 않았나. 오르골에 들어 있는 것이 「비」 한 곡뿐이었다면, 결코 그렇게 말하지 않았을 것이다. 「비」 외에도 곡이 들어 있기 때문에 '모아서'라는 말을 쓴 것이다.

"그러면 범인은 모두가 없을 때 오르골을 마지막까지 들어보고, 그래서?"

내 물음에 소년이 끄덕임과 동시에 시라스카 씨의 손에 의해 작은 상자의 뚜껑이 닫혔다. 「카나리야」의 선율이 희미한 여운을 남기고 멈췄다.

우리들이 처음으로 이 오르골을 들은 것은-이 집을 찾은 첫날 밤이었다. 닌도 의사가 살롱의 장식 선반 위에 있던 상자의 뚜껑을 열어 보았을 때다. 그리고 마침 1절 분의 멜로디가 끝났을 때, 나루세가 문을 열고 나타났다. 닌도 의사가 놀라서 뚜껑을 닫았고, 거기서 오르골 소리는 중단되었다.

다음으로 들은 것은 분명 그저께―사카키의 시체가 발견된 날 밤이었다. 그때는 야리나카가 뚜껑을 열었다. 사건이 「비」를 모티프로 한 비유 살인이라는 것은 이미 판명되어 있었기 때문에 다들 복잡한 표정으로 그 가락에 귀를 기울였다. 오르골 소리는 세 번째 반복 부분쯤에서 점점 템포가 느려져 곧 멎었다. 태엽이 다 풀린 것이었다.

그런 연유로 우리들 중 누구도 이 오르골의 내용은 하쿠슈의 「비」 한 곡이라고 믿어 의심치 않았다. 그에 이어 또 한 곡, 야소의 「카나리야」가 들어 있다는 것을 안 사람은 '카나리야'의 비유를 꾸민 제2막의 범인을 제외하고 한 명도 없었다.

오늘 아침이 되어 홀의 장식 선반에 놓여 있던 오르골을 아야카가 울렸을 때도 그랬다. 「비」가 끝나고 다시 소리가 울리기 시작했을 때, 층계참에서 야리나카가 낸 소리에 놀라 아야카가 뚜껑을 닫아 버렸다. 그 곡이 「비」가 아니라 「카나리야」라고 알아차릴 겨를도 없이.

"저쪽 홀에 이것과 같은 오르골을 놓아 둔 것은 오늘 아침에 제가 마토바 선생님께 부탁해서 한 일입니다."

아키라가 말했다.

"여러분이 조금이라도 이 오르골의 내용을 주목했으면 해서."

"그러면 대체 뭐가 되는 겁니까."

머리를 북북 마구 긁으면서 나모가 말했다.

"제1막의 범인은 카이 군. 제3막은 그가 아니라 '제2의 범인'이 한 범행이었습니다. 1막도 3막도 다 「비」의 비유였지만 한편 제2막은 원래 「카나리야」였던 것 같습니다. 그 말은."

"이런 걸까요?"

나모의 뒤를 이어 내가 말했다.

"제2막의 범인은 「카나리야」의 가사에 비유해서 키미사키 씨를 죽였다. 그런데 그것을 안 다른 사람이 어떤 이유로 「비」의 2절로 비유를 변경하려고 한 것이라고."

"그렇다고 생각합니다."

"과연."

쉰 목소리로 휘파람을 불고, 나모가 신음했다.

"란 짱을 죽인 것은 그러면 역시 카이 군이었다는 거군요. 야리 씨가 설명한 그의 동기를 생각해 봐도 사카키 군을 죽인 다음 란 짱만 남겨둘 수 있을 리가 없지."

처진 눈초리에 잡힌 주름에 가운데손가락 끝을 대고 비비는 듯이 돌리면서, 나모 나시는 계속한다.

"잠깐 복습을 하게 해주십시오. 흠, 먼저 카이 군이 8월의 사건 관계의 동기로 사카키 군과 란 짱을 죽일 결심을 하고 계획을 세웠다. 바깥의 저온을 이용해서 사망 추정 시각을 어긋나게 만들어 알리바이를 확보한다는 트릭을 생각해 내어, 그것을 위장하기 위해 「비」의 비유를 했다. 이렇게 최초의 단계에서 자신을 '망 밖'으로 도피시킨 후 다음 범행의 기회를 살폈다.

그저께 밤 카이 군은 다행히 란 짱을 죽이는 것에 성공했다. 그는 거기서 제1막의 트릭을 더욱더 위장할 의도로 제2의 비유를 행한다. 그것이 「카나리야」였던 거군요. 요컨대 카이 군의 머릿속에 있던 것은 「비」를 주제로 한 연쇄 살인이 아니라, 오르골의 내용을 모티프로 한 '연속 동요 살인'이라는 구도였다는 거군. 하지만, 생각하기에 따라 당연한 발상일지도 모르겠네요. 왜냐하면 제1막 「비」의 비유에는 그의 생사를 결정할 트릭이 숨겨져 있었다. 언제까지나 「비」만 주목받기보다는 다른 노래의 비유를 다음으로 해버려서 모두의 주의를 분산시키는 편이 유리하다.

한편, 그런 카이 군의 계획과는 별개로 '제2의 범인'이라는 녀석이 있었다. 이 녀석은 제1막 후 편승 살인을 생각해냈다. 요컨대 미즈키 짱을 카이 군의 소행으로 꾸며 죽였던 것이다. '제2의 범인'은 최초의 사건을 분석한 결과 카이 군의 트릭이나 동기를 간파했다. 거기서 다음은 란 짱이 틀림없이 범행 대상이라고 확신한다. 언제 그렇게 확신했는지는 모르겠지만 그 시점에서 분명 녀석은 틀림없이 다음의 란 짱 살해에서 「비」 2절의 비유가 행해질 거라고 혼자 납득한 게 틀림없어. 그래서 몰래, 편승해서 다음으로 미즈키 짱을 죽일 때에는 꿩의 박제를 써서 「비」의 3절을 연출하려고 생각했다. 그런데 웬걸, 카이 군은 「카나리아」의 비유를 했다.”

시원한 템포로 나모는 사건의 순서를 좇는다.

“늦어도 그저께 밤에는 '제2의 범인'은 카이 군이 범인이었다는 것을 알아챘던 거군요. 당연히 그의 움직임에 주의를 기울이고 있었겠죠. 새벽 2시 경이 되어 카이 군이 란 짱을 꾀어 내어 구름다리로 간 것도 그런 이유로 눈치 챌 수가 있었고.

그런데 거기서 어쩐지 기묘한 상황이 되어 버린 겁니다. 예상대로 란 짱을 죽인 것은 좋지만 카이 군은 어떻게 된 일인지 시체를 집 밖의, 그것도 저런 분수의 섬 같은 곳으로 옮겨 버렸습니다. 두 사람의 뒤를 따라갔을지도 모르고, 2층의 창에서 봤을지도 모릅니다만. 어쨌든 녀석은 그것을 알고 당황했죠. 「비」 2절의 비유일 텐데, 어째서 시체를 밖으로 옮기는 거야, 라고. 그래서 카이 군이 일을 끝내고 방으로 돌아온 것을 확인하자, 몰래 시체를 살피러 갔겠죠. 그랬더니 그곳에는 「비」가 아니라 「카나리야」의 비유 공작이 되어 있었습니다.

거기서 무엇을 생각했는지 '제2의 범인'은 비유를 변경하기로 했어요. 시체와 함께 분수에 옮겨진 카나리야의 새장은 온실로, 사이조 야소의 책은 도서실에 돌려놓았습니다. 은 스푼도 — 구부린 게 카이 군이었는지 '제2의 범인'이었는지는 모르겠지만, 떨어뜨려 밟든지 어떻게 해서 구부러진 것을 원래의 모양으로 만들어 부엌의 찬장에 돌려놓았죠. 그리고 그 대신에 「비」의 2절에 따라 종이학을 만들어 시체의 배 밑에 끼워둔 겁니다. 가능하면 시체를 집 안으로 들여오고 싶었을지도 모르지만, 도저히 그렇게 할 여유는 없었을 겁니다. 그렇지만 아무리 그래도 어째서 그런 번거로운 짓을."

나모 나시가 거기까지 이야기한 참에 나는 문득 그때까지 그다지 주목하지 못했던 어떤 일 — 그 중요한 의미 — 을 떠올렸다. 무심코 목에서 튀어나온 짧은 외침에 나모는 깜짝 놀라 입을 다물었다.

"린도 씨, 뭔가."

아키라가 물었다.

"실은 어제 — 키미사키 씨의 시체가 발견된 날 아침의 일입니다만."

나는 이마에 손을 대고 지금 알아차린 그것이 틀림없는 일인지 아닌지 신중하게 확인하면서 말을 이었다.

"우리들은 시체를 발견한 아시노 씨의 비명에 눈을 떴습니다. 바로 테라스로 달려가 — 그렇죠, 야리나카 씨는 파자마 위에 윗옷을 걸친 차림이었습니다. 그와 나, 나모 군 셋이서 시체를 지하실로 옮긴 다음, 우리들은 일단 젖은 옷을 갈아입기 위해 2층 방으로 돌아갔습니다. 그때는 세 사람 다 옷을 갈아입고 바로, 나란히 아래층의 정찬실로 갔습니다."

나는 그 후에 일어난 일을 순서대로 말했다.

정찬실에서 아침을 먹은 후, 나는 다른 사람들보다도 한 걸음 먼저 2층으로 돌아가 혼자 도서실에 들어갔다. 종이학에 사용된 편지지의 소재를 확인하려 했기 때문이다. 그리고 그때, 책장의 사이조 야소의 시집이 상한 것을 알아차렸다. 머지않아 모두가 복도에서 오는 소리가 들려, 나는 도서실에서 옆의 살롱으로 가서 들어온 마토바 여사에게 그 책에 대해 말했다. 그것을 옆에서 들은 야리나카와의 대화는 이랬다.

―그것은 말이야, 린도, 아마 범인이 또 흉기로 썼겠지. 란의 후두부에는 사카키와 비슷한 타박상이 있었잖아. 같은 수법으로 한 거야.

―역시 그렇게 생각하십니까?

―모퉁이가 찌그러져 있지 않았어?

―네. 그리고 약간 물을 머금고 있고 더러워진 것 같은데.

―틀림없다고 봐.

―하지만 사카키 군 때는 책은 현장에 두고 갔어요. 어째서 이번에는 일부러 도서실에 돌려놓은 걸까요.

―흠. 그건, 「비」의 비유에 걸맞지 않기 때문이 아닐까, 사이조 야소의 책으로는?

그 직전에 나는 마토바 여사에게 '도서실의 책이 한 권 상한 것 같다' 고밖에 말하지 않았다. 그 책이 사이조 야소의 시집이라는 것 따위는 한 마디도 입 밖에 내지 않았다. 그런데 야리나카는 말했다. '사이조 야소의 책으로는' 이라고.

대체 그는 언제 그것이 야소의 책이라는 것을 알았을까.

"어제 아침, 그에게는 도서실을 살필 만한 짬은 요만큼도 없었을 겁니다. 그 책을 알 수 있을 리가 없어."

이 모순에 대한 해답은 이미 명백했다. 나는 끈끈한 침을 꿀꺽 하고 삼키고, 뭐라고도 할 수 없는 기분으로 계속 말했다.

"문제의 책은 그 전날 밤, 제2막의 범인인 카이 군에 의해 흉기로서, 또한 「카나리야」의 비유의 소도구로서 반출된 물건이었습니다. 책이 상한 것은 당연히 그때 그것으로 머리를 때리거나 눈에 젖었거나 한 탓이겠죠. 그리고 그 후 '제2의 범인' 이 그것을 '해룡의 분수' 에서 가져와 책장으로 다시 꽂아 놓았습니다. 그 시각은 범행 시각인 오전 2시 경보다도, 그래, 적어도 한 시간 이상은 다음의 일이라고 추측됩니다. 물론 모두가 잠들어 있던 때지요. 그래서 그때 제가 발견하기까지 손상된 책을 본 인간은 없었을 겁니다. 다만 한 사람, 책을 원래대로 되돌린 '제2의 범인' 을 제외하고는."

실로 단순한 논리다. 말을 끊고 어쩔 수 없는 심정으로 한숨을 쉬고 나는 결론을 말했다.

"따라서, 범인 이외에 알고 있을 리가 없는 사실을 알고 있던 야리나카 씨야말로 범인이다,라는 결과가 됩니다."

# 11

일동의 시선이 일제히 야리나카로 향했다.

스에나가의 억센 손에 양어깨를 눌린 채, 뾰족하게 눈썹을 찌푸리고 두 눈을 꼭 감고, 조금 전부터 그는 같은 자세로 미동 하나 하지 않고 있다. 더 이상 저항하지 않는다고 판단했는지, 옆에 선 마토바 여사는 그의 머리를 겨누던 라이플의 총구를 이미 내리고 있었다.

그런데 갑자기 나모 나시가 모두가 놀라 눈을 휘둥그레 뜰 만한 큰소리로 웃음을 터뜨렸다.

"야리 씨가 범인! 과연. 이거 정말 엄청나게 얄궂네."

"나모……."

내가 말하려고 하자 그것을 가로막고,

"왜냐하면 그렇잖아요. 어째서 '제2의 범인'은 자신이 멋대로 생각했던 「비」를 중지하지 않고 「카나리야」의 비유를 깨부수려고 했나. 어떻게 생각합니까, 린도 선생님."

"글쎄요."

"딱히 그렇게 고생해서 비유를 변경하지 않아도, 자신은 아직 아무것도 행동을 일으키지 않았으니까, 자신의 계획을 '연속 동요 살인'으로 바꾸면 되는 거잖아요. 어째서 그렇게 하지 않았을까."

나모는 가늘고 긴 팔을 크게 벌리고,

"당연하다고 하면 당연하지요. 야리 씨가 '제2의 범인'이라면 「카나리야」의 비유를 그대로 해 둔다는 것은 탐탁지 않았을 겁니다. 왜냐하면, '카나리야'를 뒤집어서 읽어 보면 일목요연하니."

"—앗."

"카나리야—야리나카—정말 너무나 어이가 없지."

울다가 웃는 듯 앙상한 얼굴을 경직시키며 나모는 눈을 감은 채 움직이지 않는 야리나카 쪽을 향해 한 걸음 발을 내딛었다.

"야리 씨, 그러고 보니 이 집에 와서 우리들의 이름이 저택 여기 저기에 있는 것을 찾아내고 자기만 없다고 마음에 걸려 했지요. 마토바 씨가 아래층 수집실에 창 같은 게 있다고 해도 별로 감동하지 않은 것 같았는데 거참, 엉뚱한 곳에 있었군요. 야리 씨의 이름은 거꾸로 되어 제시되었네. 온실의 카나리야, 그리고 오르골 안의 '카나리야'의 노래."

야리나카가 제1막의 진상을 알아차린 것은 그저께 밤, 자리가 파한 후에 그의 방에서 나와 사건의 검토를 한, 그 한창때, 혹은 그 직후였던 게 아닌가 하고 생각한다.

최초의 실마리는 스스로 '결과적으로 사건의 범인의 이름을 알기 위한 지름길이었다'고 평한 것처럼 이 키리고에 저택의 '움직임'의 의미를 바르게 해독하는 것, 정말로 그것이었을지도 모른다. 온실의 균열이 '카이'를 의미하는 거라고 짐작을 하고 그것을 계기로 해서 그의 두뇌는, 동기, 트릭—사건의 진상을 모두 간파하기에 이르렀다. 그리고 그것은 그대로 '편승 살인'이라는 악마적인 발상으로 전개된 것이다.

그렇다면—.

혹은 설마, 그것도—어젯밤, 내가 소거법을 위한 메모를 만들다 발견한 그 기묘한 우연의 일치도 그때 그의 사고에 어떤 영향을 미쳤을 가능성이 있는 것은 아닐까. 그도 또한, 그날 밤 동기나 알리 바이의 일람표를 들여다보면서 그것을 깨달아……

"온실의 천장에 간 균열이 그날 밤에 살인을 저지르게 되는 카이 군의 이름을 예언했던 것과 마찬가지로, 제2막에서 우연히 카이 군이 꾸민 '카나리야'의 비유는 그 자체가 다음 날에 미즈키 짱을 죽이려고 생각한 야리 씨의 이름을 나타내는 상황이 되어 버렸다. 이 집의 이상한 힘에 야리 씨는 무척 신경을 썼으니까. 그것을 진심으로 받아들인 이상, 살인 현장에 명백한 형태로 남겨진 자신의 이름을 도저히 그대로 내버려 둘 수는 없었던 거죠? 그렇죠, 맞죠, 야리 씨."

야리나카는 아무 대답도 하지 않고 무릎 위에 주먹 쥔 손을 놓은 채, 여전히 눈꺼풀을 열려고 하지 않는다. 암울한 기분으로 그런 그의 모습에서 시선을 돌리면서 나는 기억에 남아 있는 몇 가지 장면을 생각해 냈다.

어제 오후, 마토바 여사가 묘한 일이 있다며 메시앙의 상태를 전했을 때의 야리나카의 반응. 몹시 불쾌하게 코를 문지르고, 바로 '사건과는 관계없다'는 판단을 내렸다. 밤이 되어 그녀가 구부러진 은 스푼에 대해 말했을 때도 같은 반응이었다고 기억한다. 애써 관심 없는 기색으로 바로 사건과의 관계를 부정했다. 어느 쪽이든 그의 마음은 결코 차분할 수 없었을 것이다.

더 떠올랐다.

란의 시체가 발견되었고 거기 종이학이 있던 것을 알았을 때 카이의 반응. 그것 말고는 아무것도 없었는지 당황한 목소리로 물었다. 영문을 알 수 없다는 표정으로 멍하니 학을 바라보고 있었다.

무리도 아니다. 자신이 남겨 둔 물건들이 사라지고 대신에 기억에 없는 「비」의 비유가 된 것이다. 얼마나 걱정되고 불안했을까.

그 후 사건을 검토하는 자리에서 느닷없이 그가 중얼거린 '아니야'라는 말의 의미도 지금에서는 손바닥을 들여다보듯 이해할 수 있다. 비유의 변경뿐 아니다. 그저께 밤, 전화선 복구를 우려해서 뒤의 계단 홀에 놓인 전화기를 부순 것도 카이가 아니라 야리나카가 한 게 아닐까. 자신이 한 기억이 없는 많은 일이 모두 한 범인ㅡ즉 그 자신의 소행이라고 듣고 무의식중에 입 밖으로 나와 버린 것이 그 대사임에 틀림없다.

미즈키가 살해되어 카이의 공포는 결정적인 것이 되었다. 불안은 가속도를 붙여 부풀어 올라 정체를 알 수 없는 어떤 이의 그림자를 두려워해, 그만 견딜 수 없어서 그는 눈보라 속으로 뛰쳐나간 것이다.

그리고ㅡ.

야리나카가 오늘 아침 층계참에서 케시비나가 쓰러져 있는 것을 알았을 때에 보인 표정, 반응. 그것이 어제의 카이와 어딘가 비슷하다고 느꼈다. 당연한 일이다. 야리나카 또한, 카이와 같은 상황에 처했으니까. 쓰러진 인형은 시라스카 아키라가 '고발'의 의미를 담아서 했던, 야리나카 입장에서는 전혀 기억에 없는 비유 공작이었으니까.

어젯밤, 나와 카이가 홀에서 아키라와 맞닥뜨린 후, 야리나카는 뭔가 교묘한 구실을 만들어 카이를 방에서 꾀어 냈다. 아니, 어쩌면 '네가 범인이라는 것을 알고 있다' 같은 소리를 완전히 겁먹은 카이에게 했을지도 모른다. 그 사실을 입 다물어 주는 대신에, 라든지

하는 거래를 하자면서 카이를 층계참까지 데려갔다. 어둠 속에서 빈틈을 노려 미리 난간에 장치해 둔 로프를 그의 목에 걸고 저항할 틈도 주지 않고 밀어 떨어뜨린다. 그때, 어쩌면 정말로 카이의 몸이 뒤의 기둥에 부딪쳐 층계참 바닥을 심하게 진동시켰을지도 모른다. 자살로 위장하기 위해 범행 후에 회랑의 불을 켜 두는 것도 잊지 않았다.

그런데 오늘 아침이 되어 현장에 가 보니 히나단의 인형이 전부 쓰러져 있다고 했다. 야리나카 또한 무척 놀라고 당황했을 것이다. 바로 인형의 상태를 조사하러 갔고 거기서 그의 입장에서는 도저히 이해할 수 없는 현상을 설명하기 위해 카이가 목을 맸을 때의 진동이 쓰러뜨렸다는 해석 뒤로 숨은 것이다.


## 12


그렇게 잠시 동안 다들 아주 비슷한 생각에 잠겨 있었던 때문일까, 그 자리에 있는 모두가 야리나카의 움직임을 간과하고 있었다.

"아앗!"

갑자기 마토바 여사의 비명이 방의 공기를 흔들었다. 놀라서 우리들이 그쪽을 주목했을 때는 이미, 여의사가 가지고 있던 라이플이 스에나가의 손을 떨치고 일어난 야리나카 수중으로 들어가 버렸다.

"정말 이 집의 힘에는 질렸어. 뭐, 그것을 믿어 버린 내 마음에 모든 원인이 있을지도 모르지만. 흠, 그렇지. 확실히 엄청나게 알궂은 일도 있는 거야. 어때, 나나시, 이 녀석도 같은 얄궂음의 연속이겠지. 응?"

재빨리 벽을 등진 야리나카는 건조한 목소리로 그렇게 말하고, 잡은 라이플을 나모 나시에게 겨눴다.

"야야야, 야리 씨, 농담도."

반사적으로 양손을 머리 위로 들고 한 발 한 발 뒷걸음질하는 나모. 야리나카는 "흠" 하고 가볍게 코웃음을 치고 총구 방향을 의자에 앉은 시라스카 아키라 쪽으로 옮겼다.

"시라스카 씨."

아들 옆에 선 저택의 주인을 향해, 야리나카는 말했다.

"당신도 참 사람이 나쁩니다. 이렇게 우수한 인재가 있으면서, 일부러 제게 익숙하지도 않은 탐정 따위를 시키다니."

시라스카 씨는 역시 얼굴을 경직시키고 아들을 감싸는 듯이 그 가냘픈 어깨에 손을 얹었다.

"이봐, 명탐정."

야리나카는 다음으로 아키라의 얼굴을 보면서.

"항복합니다. 아무래도 나의 패배인 것 같아. 꼭 말을 하자면 말이지."

소년은 그러나, 조금의 동요도 보이지 않고 서늘한 시선을 야리나카에게 고정하고 있었다.

"어떻습니까. 하는 김에 '제2의 범인'이 아시노 미즈키를 죽인 동기에 관해서 설명하실까요?"

"단순한 상상이라도 괜찮으시다면."

소년은 침착한 목소리로 대답했다.

"동기에 관해서는 범인이 기회 있을 때마다 말한 여러 가지에서 추측할 수밖에 없는 듯하니까요."

"상관없습니다. 어떤 식으로 받아들여졌는지 꼭 듣고 싶군."

"예를 들어 그는 한 연출가로서의 사상이기는 하지만, 이런 식으로 말했지요. 자신은 아마 어떤 종류의 독재자를 동경한다고. '세계'를─자신이 연출하는 무대를 완벽하게 지배하고 싶다고도 말했습니다. 배우들은 결국 그것을 위한 자신의 장기짝에 지나지 않는다, 그런 식으로도.

그러니까─라면 엄청난 비약이 될 것 같지만─그가 저지를 제3막의 사건이란 그에게 어떤 종류의 창조 행위로서 의도된 게 아닐까 합니다. 이상적인 무대 연출로서의 '세계'의 지배, 그런 게 그의 의식의 가장 뿌리 깊은 곳에 있는 게 아닌지."

"흠. 과연."

"또한 그의 친구 입에서, 그에 관해 이런 말도 나왔습니다. 그는 살아 있는 것에 별로 흥미가 없는 게 아닌가. 삶보다도, 오히려 죽음이라는 개념에 매력을 느끼는 그런 감성의 소유자라고."

"린도에게서 들은 겁니까. 과연. 대단한 기억력이군."

그렇게 말하고 야리나카는 조금 전까지 자신이 앉아 있던 의자 옆에 우뚝 서 있는 마토바 여사에게 눈길을 주었다.

"훌륭한 스파이가 될 수 있을 겁니다, 마토바 씨."

여의사는 창백한 얼굴로 라이플을 응시하고 분하다는 듯이 입술을 깨물었다.

"중요한 점을 하나 빠뜨린 것 같지만, 뭐 어쩔 수 없지. 기백, 그래, 그런 부분에서 정답으로 해 둘까요."

조용히 눈을 가늘게 뜨는 아키라를 향해, 야리나카는 입술 한쪽 끝을 끌어올려 어색한 웃음을 보였다.

　　"나는 말이지, 사카키가 살해당하기까지 — 아니, 범인이 카이인 것을 그날 밤에 확신하기까지 내가 미즈키를 보면서 때때로 느끼는 초조함 같은 감정이 무엇인지 잘 몰랐어. 그녀는 내 사촌형의 딸에 해당하는 인간이니까, 대개의 경우 나는 그녀의 아름다움과 그것을 지탱하는 마음의 형태를 더없이 사랑하고 있었으니까. 존경한다고 말해도 좋아.

　　다만, 때때로 나는 지독한 초조함을 억누를 수 없었어. 그녀가 일상 생활 속에서 뭔가 먹거나 빨래 걱정을 하거나 만원 지하철에서 흔들리며 연습장으로 오거나 할 때 나는 그런 그녀에 대해 거의 분노에 가까운 것조차 느꼈지. 이게 어떤 것인지 알겠습니까?"

　　"글쎄요. 저는."

　　"몰라? 그야 그렇겠지. 아무리 그녀가 돌아가신 당신의 어머님과 닮았다고 해도."

　　야리나카는 더더욱 입술을 끌어올린다.

　　"그녀는 — 미즈키는 그런 식으로 행동하는 게 아니었어. 나는 그렇게 느끼고 있었던 겁니다. 지금 생각하면 그러한 초조함의 앞에 있는 것이 무엇인지 일부러 자문하려고 하지 않았어. 그것이 마음의 표면에 결코 모습을 드러내지 않도록 무의식중에 제어하고 있었던 건지도 모르지요.

　　그저께 밤, 일단 온실의 균열을 깨닫고 거기서 카이가 사건의 범인이라는 답을 도출했을 때 — 그렇게 해서 그 상황에 편승해 새로운 살인을 할 수 있다는 생각이 미치기 몇 걸음 전에 마음의 바닥에 있던 그것이 순식간에 떠올랐지. 나는 내 욕구를 알고, 그리고 바로 이렇게 결론을 냈던 겁니다. 미즈키는 지금 현시점에서 삶과 헤어져야 한다, 이 집에서 아름다운 시체가 되어야 한다고 말이죠."

이야기하는 중에 야리나카의 입가에 깃든 미소는 점점 처음의 어색함이 벗겨져 어쩐지 무서움을 띤 표정으로 변했다. 금테 안경 안의 눈을 번뜩이면서 열렬한 어조로 그는 이야기를 계속한다.

"한편으로 나는 이 키리고에 저택이라는 건물에 거의 말로는 다 할 수 없는 매력을 느끼고 있었어. 혼돈과 조화—줄타기 같은 균형 감각으로 완성된 이 공간. 어떤 것에도 결코 유혹당하지 않고 어떤 것에도 더럽혀지는 일 없이 여기에 존재하는 이 아름다운 공간. 마치, 그렇지요, 시간의 흐름 속에 지어진 요새 같은. 나는 이 집에서 여태까지 나 자신이 찾아온 '풍경'의 일부분을 슬쩍 엿본 것 같아. 그리고 그것은 미즈키라는 여성의 죽음을 품고 더욱 커다란 부분으로 확대되어 갔지.

알고 있습니까, 아키라 군. 미즈키는 말이죠, 어제 내가 이 손으로 죽이지 않았어도 어차피 요 몇 년 사이에 목숨을 잃을 운명이었습니다. 그런 몸이었습니다. 그녀도 알고 있어서 조용히 자신의 미래를 체념하고 있었어요. 그러니까 그런 의미에서 그녀는 훌륭한 여성이었다. 그렇기 때문에 그녀는 저렇게나 아름다울 수 있었죠. 하지만 그런 만큼 때로는 참기 힘들었어. 이 썩은 현실 세계에 사는 인간 위에 도망칠 수도 없이 죽임당하는 천박한 인간들이.

그녀는 그런 인간들로부터 완전히 자유로워야 했어. 인간이기보다도, 그래, 오히려 인형이어야 했다. 그녀는 밥을 먹으면 안 되고, 남자와 자서도 안 돼. 늙어서 추해지는 것 따위 당치도 않고 젖비

린내 나는 어린 시절도 있어서는 안 돼. 과거도 미래도 초월한, 그렇게 해서야말로 그녀의 아름다움은 완벽해진다고 나는 생각했지."

"그런."

무심코 소리를 낸 것은 나였다.

"그런 생각은 당신의."

"멋대로 라는 거냐."

야리나카는 이쪽을 돌아보고,

"린도, 너를 슬프게 만든 것은, 뭐, 정말 미안하다. 그러나 나는 나대로 그녀를 마음속으로 사랑했어. 다만 사랑하는 방법이 너와는 좀 달랐을 뿐."

"말도 안 돼. 사랑했다면 어째서."

"그러니까, 사랑하는 방법이 다른 거야. 너는 분명 말하겠지. 살아 있으니까 아름답다고. 생명을 가지고 말하고 웃고 움직이니까 아름답다고. 하, 그야말로 시시하고 어리석은 농담이야."

내뱉듯이 말하고 야리나카는 방의 안쪽 구석에 놓인 커다란 이로에 단지를 향해 턱짓을 했다.

"저 닌세이仁淸 단지를 봐. 만일 저것이 저기 꽂아 놓은 단풍나무 잎과 마찬가지로 생명이 있는 물건이라면, 저 아름다움이 이렇게 현재까지 남아 있다고 생각하나. 설마. 훨씬 이전에 바싹 말라 더러운 흙덩이로 돌아갔을 거야.

이렇게 말하면 또 너희들은 말하겠지. 장미는 떨어지는 직전까지 한껏 피어 있으니까 아름다운 거라고. 응? 그렇게 생각하나, 린도?"

비웃는 듯이 야리나카는 콧날에 주름을 새겼다.

"아니야. 그런 게 아니야. 장미가 아름다운 것은 바로 질 운명에 있기 때문이지. 장미는 필 때부터 이미 지고 있어. 우리들이 태어난 순간부터 죽음을 향하는 것과 마찬가지로. 그것은 이 세계 전체가 모두 똑같아. 이 나라도 사회도 인류 전체도, 더구나 이 지구라는 별이나 우주 전체조차도. 예외는 하나도 없어.

그렇지. 장미는 지고 있어. 가장 아름다운 순간을 골라 꺾어야 의미가 있는 거야. 눈앞에 놓고 꽃이 시들어 가는 것을 바라보면 돼. 어디의 누가 아름답다고 생각할까. 어차피 떨어져 썩은 꽃잎을 보고 옛날에는 아름다웠는데, 하고 한숨을 쉴 게 뻔하지.

정말, 너희들은 아름다운 것을 너무 업신여기는 것 같아. 알겠나? 정말로 아름다운 것은 결코 시들면 안 돼. 아름다운 것 자신이 그것을 막는 기술이 없다면, 우리들이 손을 빌려 주어야 한다고." 반론할 틈도 주지 않고 거기까지 떠들고 야리나카는 "시라스카 씨"라고 말하고 저택의 주인에게 눈길을 던졌다.

"이 멋진 집이 퇴색하기 시작하면 당신은 온갖 수를 다 쓰겠지요. 벽을 다시 칠하고, 돌을 다시 깔고……. 아닙니까?"

시라스카 씨의 대답을 기다리지도 않고, 야리나카는 다시 내 쪽을 보았다.

"다른 것들도 모두 그렇게 하지 않으면 안 돼. 온갖 수를 써서 아름다움을 지켜 주지 않으면 안 돼. 그리고 특히 살아 있는 것 중에 빠른 속도로 죽음을 운명으로 짊어지고 있는 것이 있다면 어떻게 하는 게 좋을까. 나는 깨달았어, 그저께 밤에."

뭔가 이겨서 우쭐대는 듯한 말투로 야리나카는 말했다.

"이 손으로 꺾는 거지. 그 이외에 방법은 없어."

"꺾는다."

나는 암담한 기분으로 그의 그 말을 되풀이했다.

"그래, 린도. 꽃의 색이 퇴색하는 것은 꽃의 책임이야. 꺾은 꽃도 역시 퇴색하겠지. 하지만 이 경우의 책임은 꽃이 아니라 꺾은 이에게 있어. 퇴색하는 것을 도저히 막을 수 없다면 흉하게 퇴색하기 전에 가장 아름다운 순간에 꺾는다. 그렇게 해서 모든 책임을 진다. 이것이 최상의 방법이야. 가장 헌신적인, 아름다움에 대한 사랑이다."

"그것은 –."

납덩이가 폐 속에서 부푸는 듯 둔한 가슴의 아픔을 참으면서 나는 목소리를 짜냈다.

"그건 단지 아름다운 것을 자기 손으로 지배하고 싶다는 당신의 욕망의 형태가 아닙니까?"

"지배? 흠. 괜찮네, 그런 식으로 말해도."

"혹시, 야리나카 씨."

거기서 나는 조금 전 생각이 미친 그 일을 그에게 물었다. 물어보지 않고는 견딜 수 없었다.

"당신이 그 사상에 따라 이 집에서 그런 범죄를 저지르기로 결정한 것은 – 거기에는 혹시 그날 그것을 알아차린 것과 관계가 있습니까?"

"그것이라니?"

"이름입니다."

헐떡이는 듯한 목소리로 나는 말했다.

"그저께 밤, 당신 방에서 보여주었지요. 사건을 검토하기 위해 만든, 알리바이와 동기 표 말입니다. 그중에−거기에 늘어선 우리들의 이름 속에 묘한 우연을 발견해서."

"호오. 알아차렸나?"

야리나카는 낮게 목구멍을 울리고,

"그렇지, 린도. 그 말대로다."

"무슨 말입니까, 린도 씨."

시라스카 아키라가 자신에게 향해진 검은 총구를 응시한 채 물었다. 내가 그것에 대답하려고 하자 그 전에 야리나카가,

"제가 대답하지요."

라고 말하고, 소년의 하얀 얼굴로 눈길을 향했다.

"이 집에 찾아온, 우리들 '암색텐트' 일행의 이름에는 간단한 암호가 숨겨져 있습니다."

"암호?"

"그래요. 죽은 사람도 포함해서 우리 여덟 명의 이름을 나이가 많은 사람부터 순서대로 늘어세워 보면 이렇게 됩니다. 야리나카 아키사야, 린도 료이치, 나모 나시, 카이 유키히코, 아시노 미즈키, 키미사키 란, 사카키 유타카, 그리고 노모토 아야카. 단, 최후의 노모토 아야카는, 이 집을 찾아온 후 그저께 오후에 닌도 선생의 추천에 따라 개명했습니다. 새로 붙은 이름이 야모토 아야카입니다.

다시 한 번, 성만을 늘어세워 볼까요. 야리나카, 린도, 나모, 카이, 아시노, 키미사키, 사카키, 그리고 노모토를 고쳐서 야모토. 어떻습니까, 명탐정. 아이들 놀이 같은 거지요. 여덟 이름의 첫 음을 따면 어떻게 됩니까?"

"—아아."

소년은 그것을 이해한 듯했다. 야리나카도 계속해서,

"그리고 다음은 본명입니다. 지금 든 것은 제 이름 외는 전부 예명 혹은 필명이니까요. 본명을 이번에는 나이가 젊은 순으로 늘어세워보면 이렇게 되죠. 야마네 나쓰미, 리노이에 미쓰루, 나가노 키미코, 카토리 미즈키, 아이다 테루오, 마쓰오 시케기, 사사키 나오후미, 그리고 야리나카 아키사야. 단 이 경우도 마쓰오 시케키 즉 나모 나시에 관해서는, 여기에 온 후, 그저께 아내와의 이혼이 성립되었습니다. 데릴사위였던 그는 성이 원래대로 돌아간 겁니다. 키누가와라는 성이지요.

야마네, 리노이에, 나가노, 카토리, 아이다, 마쓰오 고쳐서 키누가와, 사사키, 그리고 야리나카. 어떻습니까. 멋지죠. 이쪽도 또한, 각각의 첫 음을 따면 하나의 이름이 완성됩니다. '야·리·나·카·아·키·사·야—바로 제 이름이."

그리고 야리나카는 내 쪽으로 고개를 돌려, 뭔가 씬 듯한 이상한 웃음으로 얼굴 전체를 일그러뜨렸다.

"정말, 린도, 이 녀석을 알아차렸을 때는 묘한 기분이 됐어. 전날 밤 내 방에서 너도 그때 함께 있었던가. 어떻게 해석했을까. 그야, 단순한 우연의 장난이라고 하면 그렇겠지만, 그렇다고 해도 이 우연이 일어난 것은 역시 키리고에 저택이라서, 인거야. 아야카가 개명한 것도 나모의 성이 바뀐 것도 다 이곳에 왔기 때문에 생긴 일이었지. 만일 그렇지 않으면 아무리 여덟 개의 이름을 주물러 본들 내 이름은 완전한 모양으로 나오지 못했어. 그러니까."

"그것도 이 집의 예언이었다는 겁니까."

내가 말하자 그는 안경 안에서 갑자기 눈을 가늘게 뜨고,

"뭐, 어떤 종류의 예언이겠지."

약간 말투를 누그러뜨리고 그렇게 대답했다.

"아니, 오히려 나는 이런 식으로 해석했을지도 몰라. 이것은 계시라고. 즉, 너희들 일곱 명의 미래는 내 손 안에 있다. 너희들은 모두 내 이름하에 지배받는 장기짝이라고 뭐, 오만하게 말하면 그런 게 될까."

"야리나카 씨, 당신은."

어찌 할 수 없는 분노와 슬픔에 괴로워하면서 나는 살이 찢어질 정도로 입술을 꽉 깨물고 십년지기 친구의 얼굴을 노려보았다.

"용서할 수 없다는 거야?"

야리나카는 더욱더 비정상적인 웃음을 얼굴에 띤다.

"미즈키를 죽인 것을 탓하고 싶다면 마음껏 탓해도 돼. 그렇지만 어떨까, 린도. 그녀는—저 새하얀 테라스에서 순백의 레이스를 감고 가슴에 큰 송이의 붉은 꽃을 피운 그녀는 아름답지 않았나. 여태까지 네가 본 그녀 중에서도 가장. 저것은, 그래, 아키라 군이 조금 전 말한 듯이 내 일생일대의 연출이었어. 키리고에 저택이라는 지상至上의 무대에서 말이지.

미즈키는 더 이상 늙지 않아. 몇 년 후 병원의 침대 위에서 흉하게 죽어갈 갈 일도 없어. 그 아름다움이 살아 있는 인간이기 때문에 망가지는 일은 절대 없어. 저곳에서 그녀의 시간은 멈추고, 그녀의 아름다움은 '풍경' 속에 각인되어, 그리고 하나의 영원함이 태어났다. 이 집에서—저 새하얀 무대 위에서, 그녀는 말이지, 바꿔 말하면, 완벽한 미를 갖춘 인형으로 다시 태어난 거야.

그녀에게는 그렇게 있을 필요가 있었고, 한편으로 이 집에도 그녀가 필요했어. 그야말로 완벽한 거야. 응? 어떻게 생각하나, 린도."

"저는—."

흔들흔들 좌우로 고개를 흔들면서, 나는 대답했다.

"저는 당신이 그린 '그림'보다 살아 있는 그녀의 눈 깜빡임 하나가 더 아름답다고 생각합니다. 게다가 저는 아무리 그녀가 늙어서 아무리 흉해져도 똑같이 사랑했을 거라고 생각합니다. 사랑하고 싶다고 생각합니다. 아무리 시간이 지나 외모의 아름다움이 쇠해도 그 자체의 본질은 변함이 없다고 생각합니다."

야리나카는 그러자, 무척 머쓱한 듯이 얼굴을 찡그리고 시선을 휙 돌렸다. 총구를 아키라 쪽에 고정한 채, 곤란하다는 듯이 가볍게 어깨를 들썩이고 들으라는 듯이 한숨을 토해낸다.

"그거 안타깝군. 아무것도 모르는구나."

쓴웃음을 띠며 그는 말했다.

"뭐 됐어. 결국, 너와 나는 찾고 있는 '풍경'이 다르다는 거겠지. 그렇게 해서 나는 미즈키를—그녀의 아름다움을 지켰으니까."

"말도 안 되는 소리 하지 마."

그의 얼굴을 노려본 채 나는 무의식중에 거친 목소리를 내고 걸음을 내딛었다.

"그러면 야리나카 씨, 그것과 카이 군을 죽인 것은 대체 무슨 관계가 있습니까? 설마 그 또한 죽는 편이 아름다웠다고는 말씀 못하겠죠?"

야리나카는 대답이 막혔다. 얼굴에 지어진 웃음 위에, 일순 참기 힘든 굴욕을 당한 권력자 같은 표정이 나타났다 사라졌다.

"당신 자신의 보호를 위해서입니다."

나는 토해 내듯이 말했다.

"모든 책임을 져 주는 것이 사랑이라고 했죠. 그렇게 말하면서도 당신은 책임을 벗어나려고 했어요. 나는 도저히 이해할 수 없지만, 당신은 당신 자신의 미에 대한 헌신을 모독했습니다. 그렇지 않습니까?"

"나오는 대로 잘도 지껄이는군."

"그것이 사실이니까요. 저는 야리나카 씨, 당신을 마음속 깊이 증오합니다. 당신이 말하는 미의 존재 방식을, 당신의 사상을, 당신이 행한 범죄를."

"범죄인가. 흠. 모처럼 풀이해 줬더니 보람이 없네."

야리나카는 내 눈을 똑바로 응시하고, 그때까지의 광신자 같은 웃음을 갑자기 지독히 외로운 듯한 미소로 바꾸었다. 그리고 아키라를 향하고 있던 라이플의 끝으로 천천히 호를 그리면서 방에 있는 일동의 얼굴을 훑더니, 갑자기 몸을 획 돌려 자리에서 뛰어가기 시작했다.

"야리나카 씨."

놀라서 그의 이름을 부르고 뒤를 쫓으려고 했을 때, 그는 이미 열린 문에서 복도로 뛰쳐나가고 있었다.

"야리나카 씨."

나는 그를 쫓아 뒹굴듯이 복도로 나갔다. 뒤에서 나모 나시나 닌도 의사, 마토바 여사가 허둥지둥 따라온다.

오른쪽 방향─복도 중앙에 늘어선 프랑스식 창 중 하나를 발로 차서 여는 야리나카의 모습이 보였다. 베란다로 뛰어나가 테라스로 내려가는 계단을 뛰어 내려간다.

"야리나카 씨!"

"야리 씨!"

우리들의 목소리를 무시하고 그는 눈 쌓인 테라스를 구르듯 달렸다. 황금 사과를 서로 차지하려는 세 여신의 분수 바로 앞까지 가서 거기서 뚝 하고 멈춰 섰다.

야리나카는 돌아보고, 베란다에 나온 우리들을 향해 라이플을 겨누었다. 우리들은 움찔하고 걸음을 멈추었다.

"야리나카 씨……."

볼에 외로운 미소를 띤 채, 그는 겨눈 라이플의 방향을 바꾸었다. 방아쇠에 엄지손가락을 걸고 검은 총구를 부자연스럽게 천천히 자신의 입에 질러 넣는다.

그 순간 나의 뇌리에 오늘 아침 1층 홀에서 일어난 두 가지 일이 떠올랐다. 하나는 마토바 여사가 스에나가의 보고를 받고 우리들에게 전한 것 — 온실의 메시앙이라는 이름의 카나리야가 죽어 버린 것. 또 하나는 장식 선반 위에 놓여 있던 작은 오르골 상자가 갑자기 낙하해 부서져 버린 것 — 「카나리야」의 곡이 들어간 그 오르골이.

멈춰, 라고 외칠 겨를도 없이 야리나카는 총의 방아쇠를 당겼다.

엄청난 폭발음이 얼어붙은 공기를 흔들고, 동시에 그의 머리에서 새빨간 피보라가 피어올랐다. 한순간에 목 위의 형체를 잃어버린 몸이 하늘하늘 춤추는 것 같이 움직이면서 붉은 색으로 물든 눈 위에 쓰러진다.

잠시 동안 아무도 움직이려 하지 않았다. 베란다의 난간에 가슴을 대고 그 무참한 시체에 눈을 고정한 채 바깥 공기의 추위도 잊고 우뚝 서 있을 뿐이었다.

그런 우리들 사이를 빠져나가, 제일 먼저 테리스로 발을 디딘 것은 시라스카 아키라였다. 왼손으로 지팡이를 짚고 한발을 끌듯 걷는 그는 오른팔에 선명한 홍색으로 잎을 물들인 단풍나무 가지를 안고 있었다. 조금 전 방의 이로에 단지에 꽂아 놓은 물건이다.

소년은 눈 위를 조용한 발걸음으로 완전히 변해 버린 야리나카의 몸을 향해 나아간다. 시체의 옆까지 도착해 잠시 동안 가만히 그것을 내려다보더니, 가지고 온 단풍 가지를 부서져 흐트러진 그 머리 위에 살짝 떨어뜨렸다.

그로부터 소년은 이쪽을 돌아보았다. 테라스를 내려가는 계단에 발을 내딛고 내가 말을 걸려고 하자 그는 그것을 거부하듯이 하얗고 아름다운 얼굴을 숙였다. 그렇게 말없이 그 자리를 떠나 다시 우리들의 사이를 빠져나가서 지팡이 소리만을 희미하게 남기고 어둑한 복도 안으로 사라져 갔다.

마지막으로 스쳐 지나갔을 때 나는 긴 앞머리가 덮인 소년 얼굴의 왼쪽 반을 주시했다. 거기에는―.

아마 4년 전에 그의 어머니를 죽인 불꽃이 할퀸 자국인지, 거무스름하고 커다란 화상의 흔적이 남아 있었다.

그 후의 일에 관해서 별로 말하지 않겠다.

나와 나모 나시, 아야카, 그리고 닌도 의사 네 사람은 그로부터 사흘 후, 11월 22일 토요일 오후에 의사가 운전하는 차로 키리고에 저택을 떠났다. 도로는 제설 작업이 진행되어 이미 경찰차가 몇 대나 왕래한 다음이라서 아이노 읍내까지 가는 길에 불안을 느끼는 일은 없었지만, 그때의 하늘은 다시 두꺼운 구름에 덮였고 때때로 조금씩 눈이 날리는 듯한 날씨였다. 마토바 여사만이 현관까지 나와서 우리들을 배웅해 주었다. 야리나카의 죽음으로 사건이 종국을 맞은 후, 우리들은 결국 한 번도 그 소년-시라스카 아키라의 모습을 볼 수 없었다.

그날 우리들은 처음으로 키리고에 저택의 외관을 정면에서 볼 기회를 얻었다.

상아색 벽에 멋진 밸런스로 배치된 검은 목골과 많은 창유리. 뻥 뚫린 홀이 있던 정면으로 봐서 오른쪽 끝부분은 중후한 석조이고 그 반대쪽—첫날, 우리들이 들어온 뒷문이 있는 왼쪽 끝 부분은 산장풍의 목조건축이었다. 곳곳에 깃든 아르누보의 터치. 눈이 반쯤 떨어진 급경사 지붕은 퇴색한 녹청색으로 낡은 붉은 벽돌 굴뚝이 여기저기를 장식하고 있다. 아득히 높은 위치에서 자잘한 용마루 장식이 잿빛의 하늘을 레이스 모양으로 잘라 내고 있다.

당당하게 우뚝 솟은 저택의 양 끝에 엷은 녹색을 머금은 회색 호면이 보였다. 우리들은 거기서, 키리고에 호라는 이름의 유래를 직접 보았다.

호면에서 피어오른 유백색의 안개가, 느리게 흐르는 바람에 이끌려 천천히 커다란 소용돌이를 만든다. 하계의 굶은 소동으로부터 저택을 지키려는 듯이 하얀 소용돌이는 서서히 건물의 벽면을 기어오르고 둘러싸서 우리들의 눈으로부터 건물을 숨기려고 했다.

차가 꾸물꾸물 문을 향해 나아가는 사이에도 나는 한순간도 대각선 뒤쪽으로 멀어져 가는 서양식 저택의 모습에서 눈을 떼지 않고 있었다. 피도 증오도 일그러진 정념도 슬픔도 고독도, 그리고 절망조차도 모두 소리 없이 승화시키려는지, 마치 고요함의 수호신인 듯한 풍정으로 그것은 서 있었다. 거기에는 명백하게 하나의 '기도'가 보였다. 무엇 하나 가까이 오게 하지 않고, 동시에 또한 무엇 하나 다가오는 것을 거부하지 않는—한결같은 기도의 모습은……

문득 건물을 둘러싸는 하얀 안개의 좁은 틈으로 나는 검은 사람 그림자를 발견했다. 저택의 어느 위치에 해당하는지는 잘 모르겠다. 다만 벽에 늘어선 유리창 어느 쪽인가의 건너편에 어떤 이가 서서 창에 얼굴을 가깝게 대고 이쪽을 바라보고 있다—그렇게 확실하게 보일 리도 없는데, 나는 어쩐지 그렇게 직감했다.

어딘가에서 본 기억이 있는 그림자, 체격이나 얼굴 생김은 모르겠다. 그러나 확실히 그것은 나와 잘 아는, 아주 가까운 이의 모습이라고 느꼈다. 저택에 남은 사람들의 얼굴을 순서대로 떠올려봤지만 그 느낌과 호응하는 이는 찾을 수 없었다. 그렇다면 대체 누구였던 것일까.

물론 단순히 내 생각 탓이었을지도 모른다. 물론……

넓은 앞뜰을 가로질러 차는 문을 나가서 비탈길을 올라가 낙엽송의 숲을 빠져나간다. 유백색 소용돌이에 에워싸인 키리고에 저택의 모습은 그렇게 눈으로 아름답게 덮인 나무숲 건너편으로 녹아 떨어졌다. 그다음부터는 그저 피어오르는 안개의 희미한 그림자가 남았다. 머지않아 그림자조차도 사라져, 겨울을 맞은 하얀 풍경을 바라보는 내 마음속에는 전설과 비슷한 모양을 한 하나의 기억만이 깊이 새겨졌다.

우리들이 도쿄로 가는 귀로에 오른 것은 그 이틀 후다.

멀리 바람소리는 계속된다.

어딘가 이 세상 밖에서 헤매다 들어온 거대한 것이 원래 있던 세계를 생각하며 발하는 통곡이다. 그리고 그 서글픈 음색에 메아리치듯이, 어쩌면 그 소리가 몰래 연주하기라도 하는 듯이, 내 귀의 안쪽 깊숙한 곳에서 오래도록 이어지는 그 노래의 가락.

그것 또한 무척이나 서글픈, 그리고 그리운 노래였다. 아주 오래

전—어린 시절에 배운 노래. 초등학교 음악 수업에서 배웠던지, 아니면 어머니가 노래해 주었던가. 이 나라에서 태어나 자란 사람이라면 아마도 누구나 알고 있을 그 유명한 동요—「카나리야」.

이 노래 때문에…….

그렇다. 그 인물—야리나카 아키사야는 이 노래 때문에 파멸했다. 이 노래가 상징하는 그 집의 불가사의한 의지. 그것을 알고 그 존재를 받아들여 의도적으로 그것을 뛰어넘으려고 하다가 결국 그는 스스로 파멸로의 길을 더듬어 갔다고, 그처럼 말해도 틀림은 없을 것이다. 다만, 그러나…….

그로부터 딱 4년의 세월이 지났다.

시간은 역시 유난히 급한 발걸음이었다. 80년대 말에서 90년대로—급속한 동서의 접근과 긴박한 중동 정세 속, 세계는 확실히 새로운 시대를 맞이하고 있다. 우스꽝스럽기만 한 소동과 함께 '쇼와'는 끝나, 새로 붙여진 원호元号 아래 이 나라의 국민들은 질리지도 않고 쌓아 올린 모래성의 증축에 계속 힘쓴다. 내가 사는 이 거대한 거리는 더욱더 그 기형성을 증폭시키면서, 그래도 더 많은 인간들을 빨아들여 팽창을 계속하고 있다.

도처에서 의심스러운 예감을 안으며 모든 것은 세기말을 향해 뭔가에 쐰 듯이 곧장 달린다. 그리고 그 끝에 있는 것을 생각할 때, 나는 4년 전 그날에 스스로 목숨을 끊은 야리나카의 말을 떠올리지 않을 수 없었다.

우리들은 태어난 순간부터 죽음을 향하고 있다. 그것은 이 세계 전체가 모두 똑같다고 그는 말했다.

그런 것은 새삼 그에게 듣지 않아도 충분히 알고 있었다. 그러나 실제로 이해할 수 있다고는 아마 말할 수 없지 않을까. 지금에서야 나는 그렇게 느끼지 않을 수 없다.

세계는 확실히 정해진 순간을 향해 가속하는 중이다. 지금 이 문명의 방향성을 근본적으로 바꾸기라도 하지 않는 한 질주는 멈추지 않을 것이다. 아니, 만일 그런 근본적인 변혁이 실현되었다고 해도 거기에서 태어난 새로운 방향성의 끝에는 또 다른 형태의 종언이 기다리고 있을 뿐이다. 아직 많은 사람들이 믿어 의심치 않듯이 세계에 남겨진 시간은 오래지 않음에 틀림없다.

무엇을 그렇게 서두를 필요가 있을까 나는 언제나 조바심을 느낀다. 그리고 그렇게 생각하면서도 광기 어린 격류 속에 속절없이 삼켜져 가는 내 자신 또한 조바심이 나서 어쩔 수 없었다.

ㅡ그로부터 4년.

극단 '암색텐트'는 주재자 야리나카의 죽음으로 당연히 그 짧은 역사의 막을 내렸다. 그 결과, 연극을 그만둔 단원도 있고 거기서 떨어지지 못하는 이도 있다. 그해 안에 다른 소극단에 입단한 나모나시는 지금은 개성이 있는 배우로 상당한 평가를 받고 있는 것 같다. 노모토 아니, 야모토 아야카는 그 후 직접 이름점에 몰두해, 다시 한 번 예명을 바꾸어 잠시 동안은 연기를 계속했지만 다음 해 가을이 되어 시원스레 결혼하고 은퇴해, 지금은 이미 두 아이의 어머니라고 들었다. 나 린도 료이치는 재작년 봄 어떤 문학상(이른바 순문학의 상은 아니지만)에 응모한 작품이 뜻밖에도 수상의 기회를 얻어, 이후 전업 소설가로서 원고의 마감에 허덕이는 생활을 보내고 있다.

황망한 시간의 흐름 속에서 내 마음의 형태가 서서히 변해 가고 있는 것을 최근에서야 통감하게 되었다. 분노의 불은 꺼지고 아픔은 욱신거림으로 변하고 기억의 세부는 허무하게도 풍화해 벗겨지고 떨어져 나간다. 이렇게 해서 언젠가는 '암색텐트'라는 이름의 극단이 존재한 것조차, 야리나카 아키사야라고 하는 친구가 있던 것조차, 아시노 미즈키라는 한 사람의 아름다운 여성이 내 마음을 점령하고 있었던 것조차도 나는 잊어버리는 것일까. 아니, 잊지는 않겠다. 잊지는 않겠지만, 그러나 그것들은 분명 그때와는 전혀 다른 것으로 형태를 바꾸어 남게 될 것이다. 어떻게 해서도 피할 수 없다는 생각이 강하게 든다.

그래서 나는 여기로 찾아왔다.

4년 전 그 사건의 모습을 지금 한 번 머릿속으로 정확하게 재현해서 온당한 모양으로 정리하고 싶었다. 그렇게 하고 나서 허락된다면 이제 그것을 시간의 강 수면에 띄워 내 손에서 놓아 버리고 싶다고 생각했다.

어제는 미마하라에 묵었다.

촌스럽던 산촌은 4년 전에 묵은 세련된 호텔의 풍채 좋은 지배인의 전망에 어긋나지 않게 매우 현대적인 종합 리조트로 변모하고 있었다. 아이노에서의 우회도로도 완성되어 새 건축물이 여기저기에 세워지고 풍경이 다른 것으로 바뀌었다.

나는 거기서 일부러 의원을 휴업하고 와 준 닌도 의사와 만나 잃어버렸던 기억의 단편을 보충했다. 그는 여전히 붙임성 좋은 웃음을 복스러운 둥근 얼굴에 지으며 우수한 세 자녀들의 푸념을 한 차례 한 다음 쾌히 나와 동행해 주었다.

그때 키리고에 저택에 사는 소년의 일도 화제에 올랐다.

들건대 그 후 아이노의 읍내로 볼일을 보러 내려온 마토바 여사와 만날 기회가 몇 번쯤 있었던 것 같다. 그러나 거기서 안 사실이라면, 4년 전 소년이 열여덟이었다는 것, 열네 살 때 화재로 큰 부상을 입었다는 것 정도로, 그 이상은 어떻게 해도 캐낼 수 없었다고 한다.

노의사는 어젯밤에 아이노로 돌아갔고, 나는 오늘 아침 일찍 혼자 미마하라를 출발했다.

우회도로가 아니라, 카에리토우게 너머의 산길로 택시를 향했다. 그날 호텔 버스가 고장 난 근처에서 차를 세우니, 의아해 하는 운전수에게 여기서부터 걸어가겠다고 했다.

3, 40분을 가니 길은 두 갈래로 나뉘어 있었다. 과연 어느 쪽이 본래 길이고 어느 쪽이 샛길인지 그 방향에서는 순간적으로는 판단을 하기 어려운 갈림길이었다.

그날 이곳에서 우리들의 운명은 이 길과 마찬가지로 두 방향으로 분기해 있었다. 그리고 우리들 중 적어도 몇 명쯤은 여기서 그것을 잘못 골라 버렸다.―그 생각은 불손한 것일까.

나는 오른쪽으로 뻗은, 약간 좁은 쪽 길로 나아갔다. 불그스름하게 퇴색한 낙엽송의 숲을 양쪽으로 두고 잠시 걷는 사이 도폭은 점점 좁아져서, 아이노로 이어지는 길은 확실히 아닌 것 같았다. 하지만 눈보라 속에서 정상적인 감각을 잃은 그날의 우리들에게는, 그런 판단을 내릴 여유가 전혀 없었다.

4년 전과 같은 계절 같은 날이다. 여기서 다시 눈이 내리기 시작하면 어떻게 할 생각인가. 걸으면서 일순 그런 위구심을 느끼기는 했지만, 나는 머지않아 그렇게 되어도 괜찮다고 생각하기 시작했다. 애당초 시간은 그때보다 훨씬 일렀고 날씨도 좋았다. 다시 그런 위험에 빠질 가능성은 없다고 내심으로 알고 있었다.

그로부터 상당히 긴 시간, 나는 산속을 계속 걸었다. 잎이 떨어진 나무들과 시든 풀들이 마른 소리를 내며 바람에 수런거린다. 때때로 아직 선명하게 남은 단풍이나, 빛바랜 풀숲 속에 쪼그리고 앉은 듯이 핀 작은 꽃을 발견하고 걸음을 멈추었다. 가을 끝의 숙연한 풍경을 눈으로 좇는 한편, 귀는 그 안쪽에서 그날의 흉포한 눈바람의 신음소리를 듣고 있었다.

그렇게 얼마 만큼의 거리를 걸었을까.

대각선 전방의 흰 자작나무 숲 사이로 언뜻, 그때까지 풍경을 만들고 있던 것들과는 이질적인 것이 모습을 드러냈다. 그것은 3미터 정도의 높이가 있는 울짱이었다. 허리까지 빨간 벽돌이 쌓이고, 그 위에 덩굴 조각으로 장식된 청동의 울짱이 심어져 있다. 그 울타리가 대체 무엇을 의미하는 물건인지 다소의 놀람과 낭패의 끝에 깨달았다.

다가와서 울짱을 잡고 건너편의 상태를 살폈다. 드문드문 이어지는 나무들 너머를 보아도, 거기에는 그날 눈 속에서 발견한 호수의 색을 찾을 수 없었다.

울짱을 따라 어둑한 숲속을 나아갔다. 길게 이어져 끊어질 기색이 없다. 숲이 먼저 끊어져서 나는 차가 한 대 겨우 지나갈 정도의 폭을 가진 자갈길로 나갔다. 울짱은 거기에 높은 문을 이루고 있었다. 길은 문을 너머 똑바로 이어져, 낙엽송림 사이를 완만하게 올라간다. 마지막 날 닌도 의사의 차로 지나간 길이라는 것을 알았다.

이 비탈을 올랐다 내려간 곳에 그것은 있을 것이다. 닫힌 청동의

문을 있는 힘껏 흔들어 보았지만, 단단히 걸쇠가 내려져 있어서 열리려 하지 않았다.

단념하지 못하고 시간이 허락되는 한 울짱을 따라 걸어 봤지만, 결국 나는 저 서양식 저택의 모습은 물론 안개가 피어오르는 호수의 모습조차 엿볼 수 없었다. 그렇게 미련이 남은 마음으로 문까지 돌아가, 다시 잠시 동안 숲속을 오르는 길의 저편을 바라보는 동안, 나는 자신이 저 집에서 계속 보았던 '기도'가 무엇에 바쳐지는 것이었는지에 대답할 하나의 단어를 찾았다.

그것은 잠이다.

소리도 없이 시간조차도 없이 곤히 이어지는 깊은 잠. 몽환만이 배회하는 끝이 없는 잠. 과거도 미래도 현재도, 전부를 그 안에 싸넣은, 결코 어떤 이도 흐트러뜨릴 수 없는 잠. 그렇다면 그때 저기서 죽은 그들은, 그런 잠의 나라로 들어갔을까. 저 하얀 안개의 소용돌이 속에서 한없이 고요하게, 달아날 수 없는 시간의 주술에서도 해방되어…….

아니, 그렇지 않다. 그렇지 않다며 정색을 하고 고개를 흔들려 했을 때, 나는 요 4년간 계속 마음에 걸렸던 마지막 의문에 대한 답을 찾았다.

저 집을 떠난 날, 꾸물꾸물 문을 향하는 차 속에서 본 저 그림자. 안개의 틈새, 유리의 건너편에 서 있던 저 그림자. 잘 아는, 아주 가까운 이의 모습이라고 느꼈던 사람 그림자가 어떤 이였는지, 그 답을.

그것은—그래, 그것은 분명 나의 그림자였을 것이다. 다른 누구도 아닌, 나 자신의 모습을 그때 나는 저 안개 속에 비추어 보았음에 지나지 않았다.

그것은 즉, 노도와 같은 시간의 흐름 속에 움직이지 않는 바위를 쌓고 싶다고 한 그의 말에 내 마음의 어딘가가 공감하고 있었다는 것일까. 혹은 다시 저 집의 저 '풍경' 속에 그녀의 아름다움을 새겨 넣었다고 한 그의 행위를, 그 가치를, 나는 이 마음 어딘가에서 그 때 이미 인정해 버렸다는, 그런 것일지도 모른다.

설령 그녀가 지금도 살아 있다고 해도……. 그런 식으로 생각하다가 무심코 다시 세차게 고개를 흔든다.

본질로서 있는 것은 변하지 않는다고, 나는 그를 향해 말했다. 그 생각이—그때는 보잘 것 없는 자신의 신념으로 입 밖에 낼 수 있었던 것이, 이렇게 지금 덧없이 흔들리고 있다. 그것은 세기말을 향해 달리는 이 시대의 탓일까. 요 4년간 흐른 시간의 탓일까. 아니면…….

초연하게 발길을 돌려, 나는 문을 뒤로 하고 자갈길을 걷기 시작했다.

어느 쪽이든 언젠가 나는 다시 이곳을 찾아올 것이라고, 묘하게 확신을 갖고 생각했다. 언젠가 또 저 하얀 소용돌이에 둘러싸인 서양식 저택 안으로 들어간다. 그때 본 사람 그림자는 분명 저 불가사의한 집이 나에 대해 보인 최후의 '움직임'이었음에 틀림없다.

그리고 거기서, 나는…….

아, 이제 슬슬 끝이다.

인기척 없는 역사의 대합실. 천장에서 깜박이는 형광등. 최근에 다시 칠한 듯이 보이는, 몹시 흰색이 눈에 띄는 벽. 세련된 관광 포스터. 앉아 있던 벤치에서 나는 천천히 일어선다. 낡은 코트의 앞을 여미려고 하다, 이미 밑동까지 다 탄 세븐스타의 필터를 손가락에 끼우고 있는 것을 알아차렸다.

하얗게 눈이 날리는 어둠의 저편에서, 지금─.

잠시 멀어져 가던 시간의 흐름을 태우고, 돌아가는 열차소리가 다가온다.

아야츠지 유키토 작가는 개인적으로 특별한 의미가 있다. 일본 미스터리 소설에 빠지게 된 직접적인 계기를 준 작가이기 때문이다. 일본 미스터리 소설을 좋아하는 독자라면 아시겠지만 아야츠지 유키토의 『십각관의 살인』을 비롯한 '관 시리즈'는 십 년 전쯤에 국내에서 출간된 적이 있다(얼마 전 재출간이 되기 전까지는 그 당시에 나온 책이 상당히 비싼 값에 거래되기도 했다). 당시 휴학 중이던 나는 친구와 종종 서점을 어슬렁거렸는데, 그때 친구가 추천해 준 책이 『십각관의 살인』이었다. 그전까지는 애거서 크리스티 등의 영국이나 서양 고전 미스터리는 많이 접했지만, 일본 쪽은 〈소년 탐정 김전일〉 같은 만화 외에는 읽은 적이 없었다. 처음 읽은 것이 무척 임팩트가 강했고 재미있었으니 일본 미스터리에 빠지는 것은 당연한 수순이었다. 그렇게 해서 일본 미스터리 소설에 관심을 가진 것이 어떤 형태로든 작용해 번역 일을 선택한 계기가 되었다고 생각한다. 사실 직업적으로 번역을 하게 되면서도 아야츠지 유키토의 작품을 할 수 있을 거라고는 상상조차 하지 못했다. 십 년 전에 탄성을 지르면서 읽었던, 그토록 동경하던 '관 시리즈' 작가의 작품을 십 년 후에 직접 번역하게 되다니 사람 일은 참 알 수가 없다. 그런 감회를 품으며 작업을 했다.

『키리고에 저택 살인사건』은 본격 미스터리 팬들이 좋아할 요소를 고루 갖추고 있다. 벗어날 수 없는 최악의 날씨, 그로테스크하면서도 화려한 저택, 수상한 거주인들, 묘하게 얽힌 인간관계 등을 바탕으로 연속 살인사건이 일어난다. 『십각관의 살인』처럼 속도감 있게 한달음에 결말을 향해 달려가지는 않지만 '키리고에 저택'이라는 폐쇄된 공간의 기기묘묘한 분위기를 듬뿍 맛볼 수 있으니, 이런 분위기를 충분히 즐기면서 천천히 범인을 추리해 나가는 재미가 쏠쏠하리라.

작업에 많은 도움을 주신 시공사 편집부, 윤영천 씨, 그리고 아야츠지 유키토를 알게 해 준 친구 카오루에게 감사의 말씀을 드리고 싶다.

2008년 11월
한희선